笨叟

村语

乐朋 著

海峡出版发行集团 | 海峡文艺出版社

图书在版编目(CIP)数据

笨叟村语/乐朋著. — 福州:海峡文艺出版社,
2014.10
ISBN 978-7-5550-0318-2

Ⅰ.①笨… Ⅱ.①乐… Ⅲ.①杂文集—中国—当代
Ⅳ.①I267.1

中国版本图书馆 CIP 数据核字(2014)第 195303 号

笨叟村语

乐 朋 著		
责任编辑	朱墨山	
出版发行	海峡出版发行集团	
	海峡文艺出版社	
经 销	福建新华发行(集团)有限责任公司	
社 址	福州市东水路 76 号 14 层	邮编 350001
发 行 部	0591—87536797	
印 刷	福州万达印刷有限公司	邮编 350008
厂 址	福州金山橘园洲工业园仓山园 19 号楼	
开 本	650 毫米×960 毫米 1/16	
字 数	534 千字	
印 张	29.75	
版 次	2014 年 10 月第 1 版	
印 次	2014 年 10 月第 1 次印刷	
书 号	ISBN 978-7-5550-0318-2	
定 价	60.00 元	

如发现印装质量问题,请寄承印厂调换

一觉文场梦

远在上个世纪60年代初上中学的时候，我就对当记者、做作家，很神往，将其视为天底下最自由、最光荣的职业。高考填志愿那会，我第一志愿就报了复旦大学新闻系。惜乎造化弄人，将我招进华东师大教育系。那些苏联式的教育学、心理学、教学法种种，令我索然无味。于是我便跑阅览室、钻图书馆，找些文史哲的书报杂志来读，以打发时光。及至"文革"爆发，旋即投身运动，刻钢板，写大字板，办校刊，并写文章在京沪两地发表，成了小有名气的"红卫兵笔杆子"。

毕业分配去成都，在企业当工人，满以为实现与工农相结合，从此不再是"臭老九"；无奈鬼差神使，又把我推入笔耕生涯。一方面从事为领导拟报告、写讲话的正业，另一方面干点思想、文艺评论之类副业。从80年代后期起专事杂文随笔写作。10年前退了休，可停停写写、终未搁笔。我就这样吃了一辈子笔头饭。于今回首，不禁慨叹：生来劳碌命，复交华盖运；一觉文场梦，虚耗五十春。

长达半个世纪的写作，码字近300万，发表的超过200万字，还出了几本杂文随笔集。但很失笑，记者是特约的，作家是业余的，挂个作协会员的空名，如此而已。文章写得越多，自己越不满意，不只是做无用功，有意思的东西亦寥寥。舞文弄墨，劳心费神、招惹风险不说，简直又是人生失败的象征。仅有的收获是，明白了世事维艰、人心叵测；也懂得文章的优劣，不在一时的劲爆红火、洛阳纸贵，而在其经时间淘洗之后是否仍具鲜活的生命力。君不见，那些闹猛宣传的大块文章，独领风骚三五天，可有几篇站住了脚？不过是肥皂泡沫，转瞬即破，乃至沦为笑柄。其由即在，充当权势的奴仆或传声筒，既无独立之精神，又乏自由之思想。

握灵蛇之珠、抱荆山之玉的好文章，须具备博大的人文情怀，言人之所未言，发人之所不发，闪烁着人类文明与智慧的光华。按此度量，我的写作不及格。要说心得倒有一点：写杂文，比拼的仍是基本功，即作者的思想、学识和文字功底，最终则归于人格。

现在，把近几年的东涂西抹之作，收录付印，就算对吃笔头饭的一个纪念，自娱自乐吧。惟岁荏七秩，笨手笨脚，笨嘴笨舌，笨头笨脑，且自小生长乡间，说惯闲言碎辞、村言俚语，然如曹子建所云，"街谈巷说，必有可采；击辕之歌，有应风雅。匹夫之思，未易轻弃"（《与杨德祖书》），故名此集曰《笨叟村语》。

乐朋草于南京寓所

2014 年 4 月 17 日

目　录

花颜侠骨笑男儿

后蜀国主孟昶的慧妃，姿容秀美，才华出众，擅长宫词、乐府，且能歌善舞，犹花蕊般轻盈雅致，艳压群芳，深受宠幸，被冠以"花蕊夫人"之号。

天有不测风云。964年，宋太祖赵匡胤兴兵伐蜀。顷刻之间，国破家亡，孟昶和花蕊夫人沦为囚虏，由水陆两路分别被押解至宋都汴梁。抵达汴京后没几天，孟昶就莫名其妙地"暴亡"；花蕊夫人则被留置宫中，赵匡胤垂涎其美貌和才华，欲立她做皇后。她却不为所动，屡拒不从，唯以思念亡夫为甚，还用祭祀"打弹张仙"的名义，把孟昶画像挂在房中祭拜。她忘不了与蜀主20余年的夫妻情分。

宋太祖自然不会罢手。一日与花蕊夫人闲聊，说及后蜀亡因，赵匡胤振振有词：是孟昶贪恋美色，宠爱花蕊，由失德而败亡。花蕊夫人听罢，即作绝句一首，以为回复：

> 君王城上树降旗，妾在深宫哪得知。
>
> 十四万人齐解甲，更无一个是男儿！

如果说花蕊夫人当年写的那些宫词、乐府，大抵是"宫中人写宫中事"，展现宫廷生活的闲趣和一腔柔情，"每度驾来羞不出，羽衣初著怕人看"之类；那么这首《述亡国诗》，就像金戈铁马，黄钟大吕，是掷地有声的悲愤和豪气！后世诗评家说，寥寥四句足可使"普天下须眉一时俯首"，真乃精到之论。看似柔弱的倾城美女，生有一副丹心侠骨。

在家天下的男权社会，成功男人视天下为私产，权力、财宝、美女，都是他们争抢的猎物。美貌女子，乃他们掌中的玩偶、尤物；但他们又极度的虚伪、卑鄙，一方面，恨不能将天下美女一网打尽，供自己尽情享乐，而另一方面，总把失政亡国的责任，以"红颜祸水"为借口，统统推到美女身上。这种透过女人、推卸男人责任的谰言，在我们这个古老的国度，至今犹有不小市场。对赵匡胤的"祸水"论，我们不妨稍作推理：

既然你都明白了孟昶失蜀，过在贪恋花蕊美色，那你又为何要步孟昶后尘，对花蕊夫人恋恋不舍，必欲霸占之，甚至想封其为皇后呢？这不是自相矛盾，自打嘴巴么？

其实，爱美之心人皆有之。美貌何辜？花蕊何罪？后蜀不战而亡，城头竖起大白旗，身在深宫的花蕊夫人毫不知情，毫无干系。倒是那 14 万众的男人们，齐刷刷地解甲投降，把后蜀推入国破家亡的深渊。"更无一个是男儿！"这句铿锵之诗，写尽男人的卑怯、孱弱，无血性、无骨气！贪恋功名富贵的男人，面对强敌缴械投降的男人，你们哪里还配称为男子汉？花蕊夫人的诗句，是哭诉，是洗冤，是控告。天下的男人，尤为那些手握权势的男人，你们在花蕊夫人的斥责声中，难道不自惭形秽吗？

鲁迅在《南腔北调集·谚语》中论及专制者的奴性时说过，"孙皓是特等的暴君，但降晋之后，简直像一个帮闲；宋徽宗在位时，不可一世，可被掳后偏会含垢忍辱。做主子时以一切别人为奴才，则有了主子，一定以奴才自命：这是天经地义，无可动摇的。"以好汉名世的赵匡胤做梦都想不到，其不肖子孙赵佶在败亡后，竟如此奴颜婢膝。倘地下有灵，他也要为花蕊夫人那句"更无一个是男儿"叫好吧！

被掳入宋的花蕊夫人是不幸的，大约在入汴京的第二年，郁郁死于宋宫；另说因屡拒太祖而为赵匡义射死，时年 39 岁。一位绝代风华的女诗人，在权势的压迫下香消玉殒，如锦城芙蓉花般凋零了。

花颜侠骨笑男儿，词苑千秋传绝句。洗脱铅华的花蕊夫人以不屈的灵魂抒写了丈夫气概。

2009 年 8 月 15 日

乔丹说接力棒及其他

20世纪后20年最伟大的篮球明星，当数"飞人"乔丹。今年入选美国篮球"名人堂"，是对乔丹职业生涯的最高褒奖。

本世纪初10年间最耀眼的篮球明星，则属"小飞侠"科比。因为他所在的洛杉矶湖人队四获NBA总冠军，在本赛季科比领衔的湖人队以最好战绩列全联盟之首。他自己也多次荣膺"周最佳""月最佳""得分王"，力压"小皇帝"詹姆斯，稳坐球星排行榜头名，无可争议地成为超级明星。

拿国人惯用的话语说，"小飞侠"科比是"飞人"乔丹当之无愧的"接班人"。

是的，科比与乔丹，有太多的相同、相似之处：

一样的身高，一样的得分后卫角色，一样出色的身体素质，一样的攻守兼备，得分如同探囊取物，防守则如影随形、坚不可摧，一样练就急停起跳、后昂投篮的绝技，一样当"关键先生"、在最后"一球定乾坤"……太多的一样，使人不得不赞叹：科比果真是得乔丹真传的天皇巨星！

但在诸多一样中，我以为神似犹强于形似。最核心的是他们同样具有永不放弃、永不言败、愈挫愈勇、敢创奇迹的精气神。

还记得当年乔丹退役时，关于谁是下一个乔丹的预言，希尔、卡特、艾弗逊，都被列入备选名单。然而，在2003年NBA全明星赛上，"飞人"的谢幕演说如是云：我已经把篮球交给了最出色的选手，其中有布莱恩特、艾弗逊等等，就像当年我从前辈"J博士"、"魔术师"、"大鸟"手中接过接力棒，现在我将接力棒交给他们。我可以安心回家了。

"飞人"的眼力真棒。他心目中的最佳传人，科比·布莱恩特排在第一位。数年之后的今天，可以说，这是两位球星的惺惺相惜，是"飞人"和"飞侠"间的心有灵犀！今之科比，足堪与乔丹比肩而立。科比把乔丹递过来的接力棒，高高举起，续写辉煌！科比加盟的美国男篮，在北京奥运会登上最高领奖台；在失去"大鲨鱼"支撑的情况下，科比以"老大"地位带领湖人队重登总冠军皇座。科比完成了国家队、湖人队和他自己的"自我救赎"。世人的怀疑、诟病、讥讽，一扫而空！从此，继乔丹之后，科比

3

成了全世界篮球迷们的最爱，主宰赛场的"篮球之神"。

然而，乔丹、科比都是有血有肉的人，不是横空出世、不食人间烟火的神。篮球运动场上的新陈代谢，不可避免；老一代球星把球技、精神传承给新一辈球星，也势所必然。这就是乔丹所说的接力棒。在这里，乔丹没有用咱们惯用的"接班人"。而科比，也从未说自己是乔丹的"接班人"。这就引起我这个老球迷的深思：他们为什么拒绝"接班人"之说？在咱们这儿，无论"国球"的乒乓，还是大把抓金牌的羽毛球、跳水，老明星退役时的"接班人"问题，为什么总在媒体上炒作不休？我们的许多行业，在新老交替中为什么会有剪不断的"接班人"情结？

"接班人"问题困扰我们太久了。不客气地说，这是皇权专制文化的余绪，也是社会泛政治化的表征。家天下几千年，老皇帝指定"接班人"承继大统，搞世袭制。上个世纪60年代的"反修防修"，又把"接班人"问题当作关系党和国家前途、命运的头等大事。上上下下，老老少少，全要挑选、培养"接班人"。几岁的娃娃，都要高唱"我们是共产主义接班人"。"接班人"意识扩展、渗透到社会的每个角落。本是政治术语的"接班人"被泛化、滥用得不可收拾，至今犹不时的闪烁在一些领域，不能自拔。事实上，权力交替也不该圈定"接班人"。在球场上搞"接班人"，更是荒唐。运动场上只讲公平竞争，以成绩、胜败论英雄。由少数人来培养、选拔"接班人"的政治游戏，岂可用于体育竞技场？令人不解的是，央视体育频道在圣诞新闻中，仍重弹"谁是乔丹接班人"的老调！

"接班人"一说，我看要淡化，淡化，再淡化。

2009 年 12 月 23 日

公民谣

说道公民莫尽欢，公民等级细琢磨：
一等公民是"公仆"，富贵荣华好快活。
二等公民做大款，香车豪宅享艳福。
三等公民忙小康，不愁吃穿愁买房。
四等公民找饭碗，八方奔走没着落。
五等公民去搬砖，吃苦受累流臭汗。
六等公民锄禾菽，背负苍天叹辛酸。
权利愈少愈窘迫，只盼儿孙早当官。

2010 年 1 月 11 日

"想要健康，去蹲牢房"

日前返乡，与几位中学同窗相叙，谈天说地，偶闻一则笑话。

有某副镇长甲，因贪墨事发，身入囹圄数载；出狱后逢往昔同僚，总念念叨叨其健身之道："想要健康，去蹲牢房。"又现身说法云：当年为官时，"三高"（高血压、高血脂、高血糖）缠身，患脂肪肝，体虚多病，虽药石亦不能治；可于今，"三高"全无，身体棒棒，俨然换了个人！有好事者追问其由，甲欣然答曰：

"三高"之疾，皆由口入。酒池肉林日日醉，荤腥油腻不离嘴，能不"三高"哉？然入得牢房，天天粗菜淡饭，酒肉几稀矣。牢饭不啻是一味治疗"三高"灵药也。此其一。

其二在，官场勾心斗角，心理压力大，且四体不勤，五脏劳顿，生活无节奏、少规律，加之隔三岔五去歌厅、洗浴消磨，种种疲劳弄得心力交瘁，失眠、神经衰弱；后来去蹲牢房，吃饭、睡眠、起床全都定时准点，又参加体力劳动，天天出身汗、睡觉特别香。积之数年，体魄岂能不强健？

昔日同僚闻其言，只有摇头、苦笑。谁个官人愿为健康"去蹲牢房"呢？

另有某镇土管所长乙，与甲相类，吃完官司出来，也逢人便说"想要健康，去蹲牢房"。孰料世事变幻，不久乙某凭借人脉，当上老板，生意红火。但未几，故态复萌，啤酒肚凸起，"三高"卷土重来。一日在高档酒楼做东，觥筹交错，酒过三巡，微醺的乙某突然泪眼婆娑，喃喃自语：悔不该走出牢房、踏入商场，悔不该为发财又损了健康。朋友见其失态，便扶他去一旁沙发休息，他竟咆哮：快把我送去牢房，快把我送去牢房，去了牢房才有健康！

听罢笑话，举座捧腹。诗曰："牢愁余发五分白。"（刘克庄《次韵实之春日五和》）岂有把牢房当健身房之理？但从"想要健康，去蹲牢房"，我确乎窥见一种不健康、不文明的生活方式。

这是一则黑色幽默。

2010 年 1 月 16 日

袁主席，你不该沉默

足球打黑风暴震动神州大地。从国家体育总局局长刘鹏、副局长崔大林，到球员、媒体，无不纷纷表态，发出声音。然而，在这舆论汹汹的当口，有一个重量级人物始终沉默着，听不见他的发言，看不到他的态度。

这个人，便是原国家体育总局局长兼中国足协主席的袁伟民先生。

袁主席三缄其口，是因为他身份特殊，或是因为他与中国足坛的假、赌、黑无涉，还是什么别的原因，我不得而知。但综观中国足球伪职业化的进程，我只能说，袁主席这个局内人对这场打黑风暴持缄默态度，仿佛置身事外，毫不相干，实在有些说不过去。

自1992年起，袁伟民就一直是中国足协的主席，标标准准的足坛头号掌门。虽然有种说法称，此时的足协主席为虚职，真正的掌门是专职副主席；可熟知国情的人都明白，主席与副主席，一把手与其他副手，前者的分量更重、权力更大。许多大事情，诸如用人、财务等，一把手的主席不点头，副手的副主席是不能轻易僭越、揽权的。退一步说，就算你的主席一职是虚职，但你的总局局长职务该是实职吧。中国足协和足球管理中心又是两块牌子、一套班子，外加中超公司，均在国家体育总局的管辖之下。作为局长的你，岂有不问不闻、超脱事外之理？也就是说，中国足球搞成现今这副烂摊子，袁主席，不，该叫袁局长，你起码负有领导、监管不力的责任吧！说得重些，更有渎职之嫌。那么此时此刻，打黑风暴席卷整个中国足坛，袁主席你怎能不置一词呢？

对于袁主席，我这个江苏同乡是很尊重，并引为光荣的。你统领的中国女排创下的辉煌，国人谁不引以为豪啊。同时，素以管理严格著称的你，也敢于直言。如去年你出版的那本书，披露了中国申奥的内幕，批评老资格的何振梁先生，让国人称道你的大胆、直率。可对中国足球的假、赌、黑，从前些年的反"黑哨"迄今，我就从未听到你的一言半语，连句道歉的话也没有。自己主政中国体坛期间所发生的像瘟疫般蔓延的足坛腐败，难道你可以置若罔闻，不理不睬吗？总得有个态度，有所交待，不至于让后任刘鹏局长替你背足坛腐败这个黑锅吧！

中国足坛的腐败，假、赌、黑猖獗，根子在官商一体的足球体制，即权力寻租。如果说煤炭行业的腐败是"血煤"，那么足坛腐败便是"血球"，让无数球迷掏自己的血汗钱去观看掺假、赌球的低劣表演。通过操纵裁判、操控职业联赛和国家队球员、教练，以及足球的市场化，实现寻租、贪贿，是中国足协权力腐败最黑暗的一幕。现在，黑幕终于掀开一角，足协副主席南勇、杨一民被刑拘了，这当然是打黑风暴的阶段性成果。但是，南勇、杨一民这两位腐败的足协掌门，染指假、赌、黑由来已久，从时间段上看，大都处在袁局长主政体坛期间。仅此一点，袁局长就有不可推卸的用人失察、养痈遗患之过。你不该作点自我批评，检讨一下吗？中国足球堕落到如今地步，你不该感到愧疚吗？

"雾雨十年同隐遁，风雷何日振沉潜？"（韦庄《冬日长安感志》）中国足球的体制瓶颈不突破，官办足协既当运动员、又当裁判员的毛病不医治，足坛清明、足球振兴，大抵是南柯一梦！在此，我诚恳地提句忠告：

袁主席，你不该沉默。

2010 年 1 月 29 日

反驳黑格尔

端木赐香的《叩问传统：中国传统文化讲演录》，由福建教育出版社出版。书中谈到，几千年的中国历史，只是千年孤独，或叫千年轮回。其立论引经据典，搬出德国哲学家黑格尔的一段话：

中国的历史从本质上看是没有历史的；它只是君主覆灭的一再重复而已。任何进步都不可能从中产生。

照黑格尔的说法，中国几千年几乎都没有什么进步。像他这样把中国历史说得一团漆黑，贬至极点，可谓前无古人、后无来者；我们的国粹家、"国学"家，恐要如丧考妣，恨不能将之从棺材里拖出来，暴尸三日。

我非"国学"家或史学家，但不免有些义愤，忍不住要站出来反驳黑格尔的中国停滞不变论。

我要反驳黑格尔的无知。泱泱中国存在于世几千年，创造出了炳彪人类史册的伟大文明。只有你黑格尔是睁眼瞎，无视中国的历史，不把勤劳勇敢、才俊辈出的中国人放在眼里。按中国的皇历推算，黑格尔生在乾隆，活在嘉庆，死于道光，历我大清三朝；此时的大清处于盛世之末，虽在道光时有所衰落，但论 GDP，咱中国是世界第一，比德国不知要强多少。他的诅咒，十足暴露其"欧洲中心论"的无知和浅薄。

我还要反驳黑格尔的自大。不要以为只有你们德意志民族、日耳曼人，才是天下第一聪明人。虽然你们那里诞生了马克思、爱因斯坦两个千年伟人；但请你记住，中国在两千多年前就有过"诸子百家"的时代，孔子、老子、墨子、荀子，哪个不是大家？"天不生仲尼，万古长如夜。"中华古文明，岂是尔等"蛮夷"所能湮灭的？中国的君主政体、传统文化，经几千年风雨冲刷而不衰，足见其生命力之强旺。如今的中国更是跨入了"G2"行列，GDP 超过德国、直逼日本，居当世"老二"，你们有什么可自傲、自大的？你们德国人构想的社会主义、共产主义，过去是救了中国，但现在，可是中国在"拯救社会主义"了。黑格尔你逞什么狂？

我更要反驳黑格尔的"绝对精神"哲学。哲学家的你在 1830 年当过柏林大学校长，好像是个大哲人、教育家。殊不知，当代中国人，从 10 来岁的孩童到 70 岁的老妪，对物质变精神、精神变物质的辩证法，无不了然于胸。他们虽然没有留下大部头著作，但运用哲学、解决问题的能力，无人可媲美。就说办大学吧，敢问：德国有几所？有多少在读本科生、研究生？又有多少教授、博导、院士？咱中国都是全球翘楚，早把德国甩在了后面！你说"先觅衣食，方可领略天国乐趣"。你活着的时候可曾开过豪华轿车，住过舒适洋房，逛过世界名胜？咱盛世中国之人可都享受过，让你眼红不是？你呀就是会钻"绝对精神"的牛角尖，不知天外有天，人上有人。你把自然、历史、精神世界描述为变化、发展的过程，说得精彩；但你怎么就不用变化、发展的眼光来看待中国和中国的历史呢？你怎能断言中国只会停滞不变呢？你创造了"绝对精神"哲学，还有什么逻辑学，但你不懂中国人"中体西用"的大智慧，犯了学用脱节的错误。

黑格尔先生，你对中国历史的断语，说得太绝对，太没逻辑。一位哲学家说这样的话，我真为你可怜，可悲。但是，更有荒诞不经的，法国当代政、学两界名流的阿兰·佩雷菲特，对黑格尔的这段话发表见解称："批驳黑格尔关于中国处于停滞不变状态的观点很容易……然而，黑格尔是对的。"叫我说，这就是偏见比无知距真理更遥远。可恼的法国佬，与黑格尔一鼻孔出气。既然"黑格尔是对的"，那么我的反驳黑格尔，不就成了胡说八道？

是对是错，我心里也没底呀。

2010 年 3 月 1 日

幸亏只有五枚金牌

温哥华冬奥会谢幕了。中国体育代表团以5枚金牌名列第七，创下历史新纪录。虎年春节假日里，国人为我们的奥运健儿勇夺金牌，升国旗、奏国歌而兴奋、激动不已。现在，奥运健儿们凯旋，庆功、奖赏的大戏又拉开了帷幕。

《现代快报》3月3日有则报道，"替金牌得主们算笔经济账"，这使我明白了冬奥会金牌的巨大"含金量"。获两金的周洋，"收入＞400万"，一夜之间脱了贫；花滑冠军申雪、赵宏博，挣钱门道不少，"收入＞500万"；特别是"三金王"王濛，"收入＞1000万"，成为中国冬季运动项目的"第一富姐"。

金牌得主如此暴富，起初我有些不信。可细看报道，又不能不令我信服。如王濛的经济账是这样算的：体育总局颁发的国家奖励，每枚金牌35万，可得105万；黑龙江省和七台河市两级政府的奖励标准都是每枚金牌100万，共计600万；奥运金牌又要折算为黑龙江省的第12届全运会获5金，即可得奖金一两百万，再加上香港老板霍英东体育基金奖励的至少30万，此外还有无法计算的商业代言费收入。上列各项相加，"三金为她带来超过千万的收入根本不是问题"。账算得明细，有根有据，假不了。王濛就这样跨入了千万富豪俱乐部。

奥运金牌不好拿。运动员付出的汗水、心血，常人难以想象。给金牌得主发重奖，收入几百万，已是多年惯例，没见人有过什么非议或微词。相比官员们自己给自己定标准长工资、发奖金，他（她）们是创造纪录、为国争光的英模，凭实力、靠夺金牌拿重奖，谁个会眼红、不服气啊！

幸亏只有5枚金牌。这幸亏，说的是国家、政府掏钱不多，运动员、教练员的奖金加在一起，就那么几千万，不过是数万亿财政收入的九牛一毛。比起北京奥运会51枚金牌、奖金总额高达几个亿，冬奥会的5枚金牌省下多大一笔钱呀！国库的银子能多留些，派用到老百姓的民生上，花在全民健身上，实为幸事一桩，对不对？

我说幸亏只有5枚金牌，还是有些掩饰不住的痛楚。痛楚之一，给这样

11

的重奖，毕竟花的是纳税人的钱。除了丁俊晖，奥运健儿从小到大的训练、比赛全都用公款，"举国体制"呀。俗话说，花钱似割肉。作为纳税人，眼见着银子哗哗往外流，能不肉痛？痛楚之二，政府官员也是咱纳税人供养的。他们动用公款重奖金牌得主，定下百万奖励标准，怎么就不事先公示、征询民意、听听纳税人的意见，或者提交人代会讨论通过以后，才付诸实施呢？纳税人的钱怎么就像是他们的私房钱，随心所欲玩潇洒，是不是草率了些？不说政府财政收支要透明公开，接受纳税人的监督；百万重奖这样的事，纳税人的知情权、发言权不该被剥夺吧？地方政府官员可曾把重奖标准按程序告知纳税人，尊重纳税人应当享有的民主权利？如若没有，只是官员在办公室内拍板，有违依法行政，我们能不为权利受损而心痛吗？

眼下，官员们爱说"与国际接轨"。可咱们的竞技体育，却总是躺在"举国体制"上，与国际通行的社会办体育保持着距离，不愿与之"接轨"。其中的原委，似深奥莫测。如有人读了这篇杂感说：重奖一个亿，你去夺块金牌回来，否则就不要说三道四；那么老汉我便只好双手作揖婉辞：对不住，我这辈子无福消受，下辈子怕也没啥指望。因为我知道自己不是竞技体育的料。但，这绝不能叫人闭嘴，成为堵塞言路的"封口令"吧？

2010 年 3 月 3 日

再说茅台不是酒

1988 年，叶延滨曾撰杂文《笑说茅台不是酒》。当时的一瓶茅台酒售价 300 元。折算下来，一两 30 元，抿一口 10 元，嗅一下味儿 5 元。老百姓调侃称："茅台是一级教授。"一瓶茅台的价格等同于一级教授的月薪，所以说，茅台不是酒了。

一晃 20 多年过去，现在茅台酒价格几何？今年初贵州茅台酒公司决定产品出厂价平均上调 20％之后，市场上一斤装的 53 度茅台酒，售价已达 1300 元。相比 1988 年时，整整涨价 1000 元！如今的一级教授的月薪，又能买几瓶茅台酒？问题还在于，市场上的茅台酒大半不是正宗货。要喝窖藏 20 年以上的陈酿茅台，非花大价钱不可，甚至得上拍卖会去举牌。2010 年的拍卖价，有这样三组数据：

1985 年产的一箱（姑且按 12 瓶装算）茅台酒，拍至 130 万元，每瓶超过 10 万元；

1958 年产的一瓶五星茅台酒，以 112 万元成交；

另一瓶 1958 年产茅台酒，在中国陈年名酒拍卖会上拍出 145.6 万元的天价。

试问，现时一级教授的月薪，还能喝一口茅台酒吗？大概只能嗅一下味儿了。叶先生当年尚能"笑说"，于今我欲哭无泪，再也不敢"笑说茅台不是酒"。

茅台不是酒，那它是什么呢？

是高档礼品。远离百姓生活的茅台酒，是人际交往、礼尚往来的紧俏货。除了某些高消费的宴请有公款买单或大款做东之外，买的不吃、吃的不买，似成茅台酒的消费常态。拉关系、走后门，请托、托请，拎几瓶茅台酒做礼品，时尚又稳妥。官爷和款爷互相授受，笑纳不倦，乐在其中。

也是绝佳藏品。时下的茅台酒，特别是多年的陈酿茅台，不是用来喝的，而是价值不菲的收藏品。收藏茅台酒的，当然仍属非权即贵者的专利，小百姓断无此能力。美元、人民币会贬值，可典藏茅台酒则不一样。藏在家里，一不会变质，二又随着时间的延伸不断升值，拿出去拍卖，一瓶茅台酒就让你当定百万富翁。要是收藏一二十瓶，那就成千万富豪啦！这样包赚不赔的好买卖，到哪里去寻啊！

但是，又是这可恼的但是，高档礼品也好，绝佳藏品也罢，不是酒的茅台，总也难以洗脱不洁不净的腐臭味。因为，送礼的与收礼的心照不宣地所行的，大抵是权钱交易，污浊了社会风气，且其中有些与"贿"字扯上了干系。说白了，茅台不是酒，它恰恰充当了官商勾结、行贿受贿的一种道具。这从倒台贪官家搜出成打成箱的茅台酒，便可见一斑。

"国酒"茅台，欲说爱你又踟蹰。咱老百姓高攀不上。权力与资本的魔力棒把你异化得变了模样。产自民间，本为寻常消费品的茅台酒，不经意间被炒作成权贵享用的天价奢侈品、专利品，我不知这是茅台酒的荣耀，还是它的蒙垢。

有官商两界坚挺的茅台酒，其供不应求的紧俏态势还将走强。有财有势者完全可以喝茅台、藏茅台，把"国酒"神话延续下去，只要他们的钱来路正，是干净的。然而，那些与腐败现象、不正之风沾亲带故的不是酒的茅台，须另当别论。

抄一段叶先生的绕口令，以为煞尾："买茅台的不喝茅台酒喝茅台的不买茅台酒喝茅台的不丢茅台瓶收茅台瓶的不造茅台酒送茅台的不从前门走后门来的茅台不是酒。"不过，我想补一句：如今送不是酒的茅台的还分什么前门后门么？

2011 年 2 月 10 日

（载 2011 年第 4 期《四川文学》）

国家是个筐

累受外侮的中国人，爱国救亡的情结浓酽得化不开，也颇出了些爱国的自大家。即在现今，人们特爱拿国家说事，总把爱国的调门提到高八度；乃至每有人挟国家的招牌遮掩私货，以售其奸。

国家是什么？我非政治社会学家，答不上来。但以某些同胞国人的做派看，我敢说：国家是个筐。

一旦国家成了筐，那就啥都往里装。且看国人往这筐里装些什么货色。

把自我装进筐。这疑似"朕即国家"的现代版。比如，香港一位武打明星，自称唐代名相房玄龄的嫡裔传人，而且又当过中国申奥大使，所以张口闭口"我代表中国"。似乎就他那个百十斤躯体，便将国家之筐填得满满当当。如有人对他评头论足，那就是对国家的不敬，有损中国形象。这头老虎的屁股，摸不得呀！

把企业装入筐。有垄断国企自封"共和国长子"，姑且不说；福建一家叫"归真堂"的药企，从活熊身上取胆制药，网民反对其血腥残忍、坑害保护动物。药企老板就放出狠话："谁反对我们就是反对国家。"好家伙，一个药企成了国家化身，它胡作非为的烂事，就说不得、惹不起，只管往别人嘴巴上贴胶带。其霸道、蛮横，叫人胆寒！国家这个筐，太好使、太威风。

大学也能装进筐。西安交大的李连生、束鹏程，以造假手段骗取国家科技进步奖的学术丑闻曝光之后，该校领导不但不检讨、反思自己的错误和责任，反而对举报此事的6位退休教授施加压力：你们这样做"不但丢了西安交大的脸，也丢了国家的脸"。我怎么也想不通，西安交大出这等欺诈糗事，不以为耻，反倒打一耙，把学术打假、捍卫学术道德的义举斥为"丢了国家的脸"。难道学术造假、骗取荣誉和奖励，是给国家长脸？照此逻辑，把陈良宇、成克杰等腐败高官揭露出来、押上审判台，岂不更是给党和国家脸上抹黑？那还要反腐败干吗！滥用国家的名义，实出于不可告人的昧心。

列位看官，不觉得往国家这个筐里装的东西太脏、太臭，简直就把国家当作装破烂的垃圾箱；国家、国家，有多少腐恶借汝之名而行！

人民需要国家，是因为它可以而且必须保障人民的权利，保卫人民的家园。舍此，国家即全无意义。把国家糟践成一个啥都往里装的筐，根子在权利太孱小、权力太傲慢。不论阿狗阿猫，只要手中有丁点儿权，便拉国家作虎皮，披在身上去欺凌、恐吓民众，以盗名欺世谋私利。这实非国人之福，而是国家之哀。还是80多年前的陈独秀说得痛快：

"我们爱的国家是为人民谋幸福的国家，不是人民为国家做牺牲的国家。"（《我们究竟应当不应当爱国》）

别老拿国家说事。或者，在唱爱国高调之前，先把国家是什么的问题掰掰清。行不？

2011年3月1日

（载2011年4月12日《城市金融报》，

第5期《杂文选刊·中》选载）

红包大壑

"绿柳三春暗，红尘百戏多。"（徐陵《洛阳道》）过年过节亲友送红包、讨吉利的礼常往来，于今却被某些官员演绎成了纳贿敛财的道具。

3月4日《报刊文摘》揭载的茂名市常务副市长杨光亮受贿案，即与红包大有干系。早在80年代任电白县县长时，杨光亮一年收的红包就有上百万；及至前年案发，其收受红包数额竟高达"数千万元之巨"。杨光亮以收红包发家、沦为巨贪，足见腐败蛆虫的无孔不入、纳贿敛财的花样百出。

一查《辞海》，却找不到红包的词条，其释义当然也无觅踪影。辞书落后于生活，无可置疑。不过，对于杨光亮的收红包，我仍有不解之惑。

疑惑之一，官场生态何以如此不堪？80年代普遍穷困，当个"万元户"就很了不起。可杨光亮一年的红包收入就高达百万，莫非真是"做官不发财，请我都不来"？为什么在反腐败之弦愈绷愈紧的态势下，官员收受红包会成为无人过问的常态、常情？令人不可思议的还在于，像杨光亮这样的贪官，居然在官场上春风得意、步步高升，当上了茂名市委常委、常务副市长，形成越贪越升、越升越贪的怪圈。难道真的如养猪，非要喂成一头大肥猪，才肯将它拉出来宰杀？从小贪、中贪到大贪、巨贪，杨光亮走过的贪腐之路告诉人们，小贪不治，必养大贪。不从防微杜渐、从收红包之类细微处入手惩腐倡廉，官场生态必堕于恶浊之境。官员收受红包之类问题，历时20多年而不得根治，反愈演愈烈，杨光亮们"漂沦欲海，颠坠邪山"（《定国寺碑》），何足怪哉！

疑惑之二，权力寻租是不是制度性腐败？杨光亮作为分管财政的常务副市长，他的"一支笔"就决定着市府各部门财政预算的多少；对给红包、送大礼的，预算年年增，不跑不送的部门则原地踏步，别想多要一分钱。权力被他当作变现套钱的资本。这样的收红包，完全是恃权勒索，哪有半点礼尚往来的影子气？更叫人气恼的是，杨光亮还拿收受的红包赃款，用于放高利贷。他通过高息放贷非法获取暴利，竟有几千万元！不是有严禁官员经商谋利的制度规定么？而且，像杨光亮那样放高利贷、扰乱金融秩序，岂不触犯了国家法律？法律、制度、规定，怎么一碰到权力就趴下了呢？杨光亮腐败案揭示了一个常识：权力之所以肆无忌惮地设租、寻租，总与暗箱运作的集权体制相纠结。只有把权力置于阳光下，把权力关进"笼子"里，它才会老实、清白，不致为非作歹。一如已故的周恩来总理的那句"廉政语粹"："一个领导者，应该永远赤裸裸地站在群众面前"（转见2011年3月7日《报刊文摘》）。

前些时候，纽约时代广场的大屏幕上曾播过"中国形象"的宣传片，据说反响很好。但我想，中国官员的形象恐就不佳。新华网公布的"透明国际"组织对2010年度全球180个国家和地区的清廉指数调查结果，就使我沮丧。在指数满分为10分的排名中，中国得3.5分，没及格，列第78位，属于"严重腐败国家"。这个"中国形象"有些丑陋，几时能得改善，还真不好说。清廉指数上不去，国民的幸福指数又焉能提升？

小小红包弄出大大贪官，应了"欲壑难填"的老话。《庄子·天地》云，"夫壑之为物也，注焉而不满，酌焉而不竭"。但是，切莫把杨光亮们的红包大壑，归罪于拜金主义。在中国，拜权主义比拜金主义更坏。杨光亮们的红包敛财，不过是其做官拜权的衍生物而已。

2011 年 3 月 7 日

18

歪嘴专家

不知是电视机未调好，还是观看的角度问题，某些正襟危坐、侃侃而谈的专家，在我眼里，他那张嘴总觉得有点歪斜。故戏称之曰，歪嘴专家。

我不想埋汰中国的专家。除了李一之类"养生专家"，我对学术有专攻的行家，如大学教授、国字号研究员等，从心底里钦仰。但某些专家，这里专指那些人文社会学科专家的高谈阔论，我又不敢恭维；其谈论之悖，令人惊诧，似把最起码的良知、常识，全抛进了汪洋大海！

即如北大那位姓孙的教授，就曾公开声称：老上访户 90％以上患有精神病。当时我即揪心，坏了，专家发话了，老上访户准得关进精神病院去"被治疗"。原本一些"截访""维稳"的官员还有点顾忌，害怕受到舆论的谴责；这下好啦，权威专家作出诊断，强制上访户入精神病院，还担忧什么？

从这位专家的言论看，他的嘴巴，明显歪向了谋求"零上访"的官员，是在为其乱作为的权力张目。

又如，保护 18 亿亩耕地问题。北京另一所大学的教授赵烨，专门核查过最近 10 多年非农建设占用耕地，达 2700 多万亩，相当于半个海南省的面积；可说到保护难的原因，他就"感叹"："谁最愿意保护耕地，中央；谁最不愿意保护耕地，农民。"（见 2011 年 1 月 6 日《南方周末》）土地为何变成一件"扔了怕冷，穿上丢人"的"破棉袄"？这位专家的结论一目了然，过在农民，不在政府。但我想，专家的板子，打错了对象。试问，在土地里刨食的农民，焉有不爱惜土地的道理？失去土地即意味着失去基本生存保障的农民，又怎能不守护这条"红线"？我不否认，确有少数农民对承包的薄田不再看重，或转包或抛荒；那是因为种田效益太低，或有了别的谋生之道。再说了，夺田卖地最热衷的，也不是农民，而是大小"土地爷"。他们去年的"土地财政"，就有近 3 万亿之巨。从深层说，是土地权属的虚置，导致农民与土地的疏离，不愿把耕地当作自家产业来守护。其责任，当由政府承担而不该责怪农民。有恒产者自有恒心嘛。

说赵教授是歪嘴专家，并不冤枉。

中国专家的悖论雷语多，以至被讥为"砖家"、"总体沦落的人群"，并非是他们弱智或口无遮拦。最大的毛病，在于他们和官员走得太近，与权力贴得太紧。且不说许多专家身兼一官半职，就是未做官的专家，也向往仕途，媚官媚权，企求为权力所专宠，以争名逐利。这类专家的漠视民众利益，不讲学术尊严，不愿为真理和道义做担当，甘心做权力的仆役和应声虫，就不在话下。歪嘴专家多有歪理邪说，是他们的屁股坐得不对、不正。屁股决定脑袋，也决定嘴。

　　外国的专家好像大不一样。我不敢说外国没有歪嘴专家，但至少不像中国，有那么多歪嘴专家。比如生于印度、又为辛格政府重要经济顾问的阿玛蒂亚·森，得过诺贝尔经济学奖，《时代》周刊还将他列为百名"世界上最有影响力的人物"之一。称其为世界顶级专家，名副其实。他可不是媒体包装、胡吹的伪大师。可就是他，不顾印度总理辛格要"赶上中国经济增长速度"的宣示，也不睬内阁部长钱德拉塞卡关于印度要有赶超中国经济10％增长率的雄心壮志，公开站出来批评印度政府"非常愚蠢"。说印度领导人要关注的，是减少12亿国民中长期营养不良的人数，而非追求经济的高增长目标（见2010年12月23日《环球时报》）。

　　洋专家森，公然与政府高官唱反调，给印度攀比中国的"赶超热"泼冷水，批评起来毫不留情。中国的专家可有这个胆量和勇气？中国的官员，可有雅量聘请这样的专家做政府顾问？这位诺奖得主的经济学家，不替党和政府说话，却总为穷人和改善民生呼号。他的屁股坐得正、坐得对，这才不愧是有良知、有尊严的经济学大家！在这杆标尺面前，中国那些歪嘴专家，怕要恨无地洞可钻哦。

　　专家之悖，"未必悖在讲述他们的专门，是悖在倚专家之名，来论他所专门以外的事。"（《且介亭杂文二集·名人和名言》）于今中国的一些专家，即便论他所专门学问内的事，也未必不悖，反倒雷语迭出；其因无他，只为嘴歪、屁股歪。

　　末了，说一点我的愿景：恳请专家少发悖论，企盼歪嘴专家早些息影。

2011年3月11日

人人都叫弱？

放眼当世，人人都在叫弱，称自己是可怜的弱势群体。

蒙冤受屈的上访者、拆迁户，求诉无门，呼天抢地叫弱。

农民工、失业人，四处求职，生存艰辛，摇头叹弱势。

课业沉重、考试繁多的中小学生，熬更守夜忙学习，要叫弱。

家境殷实的企业小老板，也为原料涨价、贷款无门、找不准转型方向，而苦闷叫弱。

尤为离奇的，是知识分子和官员都说自己属于弱势群体。《西安晚报》刊载的一项问卷调查说，知识分子叫弱的比例占 55.4%，党政官员自称弱势的有 45.1%。另有网络调查显示，自认为弱势群体的比例，全社会竟达 70%。

不说于今是太平盛世么，怎么满世界一片叫弱声？其实，人人叫弱，未可一概而论。有些是真弱势，需要社会的关爱、帮扶；有的则是起哄、凑热闹，轻信不得。

比如威势赫赫的党政官员，其叫弱就有些矫情，甚至是装弱、做秀。在眼下的官本位社会里，官员是个地位很高，且生活优裕的社会群体。尊荣无比的他们，自称弱势者，不合情理，也不能成立。网络上有则"一"字干部的民谣："一请就到，一喝就冒，一捧就笑，一给就要，一苦就叫，一劝就燥，一批就跳，一查就倒。"（见花城出版社《2010 中国杂文年选》）话糙理不糙。这类官员叫弱，意在搅混水、掩饰其假公仆的嘴脸。

事情就怕认真推敲。如果官员当真成了社会的弱势群体，那么我想反问：

为什么社会上的各色人等都想当官，乃至跑官要官，花钱买官谋升迁？

又为何作为知识精英的大学教授，也要一窝蜂地争抢一个处长的职位？

每年的公务员招考报名，缘何总是门庭若市，热浪滚滚？他们都冲着去做弱势群体么？

无情的事实宣告了官员叫弱的虚妄。倘若非权即贵的党政官员都成了弱势者，那现今中国有谁配称强势群体？莫非当今社会是个全民皆弱的弱势社会？

不过，对官员叫弱现象，还须作点具体拆解。因为，强势与弱势是相对而言的。在官员面前，工人、农民、学生、教师等普通民众，是弱势群体；但在官员这个庞大的社会群体中，官阶有高低，衙门分大小，权力各不同。所以，在官员中又有了强势与弱势的区分。即如：

在权重、利大的实权部门官员跟前，一些"清水衙门"的官员，觉得自己弱势、吃亏。

小科员面对顶头上司的科长、处长，呈弱势；而科长、处长一站到厅长、市长身边，也就官卑职小，成了弱势者。

官场的等级森严，以及潜规则的存在，让不少官员感到有不公的苦恼，并产生失落感。例如，活没少干，事没少办，水平也不低，可一到考核或提拔的节骨眼上，却不如那些有背景或善于吹牛拍马者。心中有苦无处诉，前程茫茫颇失落，他们的自许弱势、喊苦叫弱，就自然之极。当然，官员的声声叫弱，与平民百姓的真弱势，不是一回事。

人人都叫弱，或许显现出权利意识的觉醒和期待。但在国富民穷、官贵民贱的社会里，大多数人的被剥夺感、不安全的恐惧感，不易消解。从臣民社会向公民社会的过渡、转型，更不会一蹴而就。社会要诀别官本位、确立人本位，唯有如罗斯福所说，把自由和人权作为社会秩序的核心，使政治经济体制能够满足国民的基本需求："机会均等"，"皆有工作"，"得到安全"，"结束少数人的特权"，享受科技"进步的果实"并"广泛地不断提高生活水平"（转见《大学人文读本·人与国家》），才能真正实现社会和谐，保障国民幸福。也只有在这时候，天下谁人不叫弱的景况，方会改观。

2011 年 3 月 13 日

（载 2011 年 4 月 9 日《大公报》）

大楼问

大楼，由水泥、钢筋、砖块垒砌而成的建筑物，既无神秘，又非超自然。可在不少国人眼里，大楼就像法力无边的神圣，为之顶礼膜拜，变作一种拜物教。遂有大楼之问：

实现城市化、建设国际化大都市，就是盖大楼、让摩天大楼成群如林吗？

创办世界一流大学，也就是争先恐后造大楼，把高等学府变成高楼大厦吗？

发展文化产业，竟同于打造"标志性工程"，不吝一掷亿金地盖大剧院、建大图书馆吗？

我以为，非也。

之所以为非，在于热衷盖大楼的主事者，目中无人。用时髦话说，他们只要"硬件"而罔顾"软件"，且这"硬件"又为非必要条件。

城市化、大都市的内涵，在于经济文化制度的现代化和功能的全球化。即以"硬件"论，大楼也不是主要或唯一的标志。当世确有如纽约、东京等大楼鳞次栉比的国际化大都市；但几乎没有高楼大厦的巴黎，建筑物都在 37 米以下，楼房仅六七层高，唯一的高楼是建于 1973 年的蒙帕纳斯大楼，59 层、高 210 米。而这座摩天大楼，却被巴黎人诟病为损坏古典美的"幽灵楼"。可谁能说巴黎不是国际化大都市？城市化、大都市成了比拼大楼，把城市搞成一座"水泥森林"，使农村"空心化"、呈一片衰败景象，又有何意义？

一流大学也毋需大楼的支撑。牛津、剑桥那爬满青藤的小屋，不影响其成为世界顶级名校。我没去过哈佛、耶鲁，但到过的哥伦比亚大学、芝加哥大学、西北大学、马里兰大学等，都没有什么豪华的现代化大楼，反倒尽是些典雅古朴的旧建筑。只有那些建校历史短的，比如克里夫兰大学，才有所谓"标志性工程"的大楼。可它只是一般的大学，入不了一流。一流大学的真正"标志"，在于一流的大师、一流的学术文化！用盖大楼来创建一流大学，舍本逐末，太不明智。

文化产业的发展，更不在大楼。好莱坞影城、NFL 和 NBA 体育产业，有何大楼？人家把文化产业做得又大又强，靠的是大制作、高质量的文化娱乐产品和先进的商业运作方式。像我们那样盖大剧院、大图书馆，却拿不出什么像样的好剧目、好演出，观众、读者寥寥，几至门可罗雀，不是极大的资源浪费吗？

大楼拜物教在中国蔚然成风，国人的眼光短浅固是一因，但症结似不在此。古今权势者，大抵都好大喜功、急功近利。雄才大略的汉武帝，"既侈其好大喜功之念，又发其殴贤用佞之心"（梁辰鱼《浣纱记·被围》）；今之某些官员，为谋政绩、图升迁，也爱搞"面子工程"、"政绩工程"。于是，眼睛里只有大楼、大楼！盖大楼、造"标志性工程"，见效快，又能让上级看得见；还能拉动 GDP 快速增长，又可加重政绩砝码；还为自己博得重视教育、文化的好名声。一石三鸟，好不惬意。

然而，他们竟或不愿想想，滥盖大楼会产生多少负面恶果。老朽昏昧，亦能道出三害：

之一，形成竞逐奢华的攀比风，致使资金、原材料等短缺，其间又夹杂着诸多浪费、腐败；

之二，建筑质量低劣的摩天大楼，运营成本高、安全隐患大，而伴生的地面沉降以及拆了建、建了拆的大量建筑垃圾，给原本脆弱的生态环境添加了巨大压力；

之三，最大的弊害，是大楼拜物教使中国的城市化、创建一流大学、发展文化产业误入歧途，漠视经济、教育、文化体制的深层改革，或对改革不给力。

见物不见人的大楼拜物教，与以人为本的科学发展相悖。我之大楼问，天高听卑否？

2011 年 3 月 17 日

（载 2011 年 4 月 12 日《联谊报》）

同病相怜的小螺帽和经适房

人到暮岁，眼昏耳背。未及古稀的我，跟不上生活的快节奏。即如读报看新闻，总慢几拍，成了读旧报看旧闻之人。

但看旧闻也有乐趣。如去年第2913期《报刊文摘》的两条消息，对我就有去不掉的魅力。

一条是关于小螺帽的。广西柳州市推行新机动车固封装置，每个车号牌的四个安装孔，须安装代号"桂B"的固封螺帽，售价27元。而国家和自治区车管部门明文规定，固封螺帽售价为一元。所以有人戏称，柳州的小螺帽是"史上最贵螺帽"。

另一则是说经济适用房的。陕西山阳县为缓解县城居民住房困难，兴建"丰阳花园住宅小区"的经适房。一期工程完工后，开始对"申请购买经适房人员名单"进行审核，在共计932人的申购名单中，政府机关公职人员占了九成多，被网络舆论指为是替该县机关干部"量身打造"。

小螺帽与经适房的经济价值，没有可比性；但两则旧闻，又道出了小螺帽与经适房的同病相怜：一样患了权力自肥的寻租病。

同病相怜的权力寻租，忘不了披上一张画皮。柳州市车管所声称，高价螺帽是机动车驾驶人协会卖的，与己无关。但事实是，作为卖固封螺帽的"唯一经销商"的驾协，其办公地点、营业执照登记住所，均在市交警支队院内，车管所与驾协之间"千丝万缕的关系"，怎么撇都撇不清。500万销售额中的巨大盈利，由谁来"分肥"，明眼人一看便知。同样，山阳县政府也玩了一套"程序"花样，如公示申购名单，电脑选号，房改办审核等等。但结果是，"没查出来什么"，一切都"透明公开"。权力为自己寻租，还要打扮成"合理合法"，适见其卑鄙。

经济学家吴敬琏说，"越是加强垄断和权力干预，寻租的基础就越加具备，腐败就越加难以制止。"（2010年2月28日《现代快报》）在一颗颗小螺帽上，做出获利几百万的大文章；在一幢幢经适房里，让数百个机关干部拣个大便宜。没有权力的垄断和干预，办得到吗？对柳州市交警支队和山阳县政府而言，权力就是一棵大大的摇钱树。

马克思的《资本论》揭示了商业资本榨取工人劳动剩余价值的奥秘。如马克思所指出的，伴随资本的积累，必然产生社会的两极分化：在资本家的一极，"是财富的积累"，而在另一极的劳动工人，"是贫困、劳动折磨、受奴役、无知、粗野和道德堕落的积累"。当下中国的"官富民穷"，贫富差距拉大，不是拜权力资本所赐么？

在革命褪色、和谐高扬的现今，无可避讳的事实是，弱势的普通民众，遭受着资本和权力的双重剥夺。大量雇佣工人的贫困，彰显着资本积累的残酷；而从小螺帽到经适房之类的权力寻租，又见证着垄断权力的腐败及其超经济的盘剥。理论上，我们已经消灭了剥削阶级。现实中，剥削现象比比皆是，只不过变换了名目和方式。其中，以权力自肥寻租演绎的剥削与掠夺，最为猖獗。从上世纪80年代末的"官倒"，到新世纪头10年的"倒官"，即所谓"要想富，动干部"，陈陈相因，权力资本化趋向明显。倘马克思在天有灵，不知会不会重写一部资本论，书名或可叫《权力资本论》。

"红色理论家"布哈林，曾把苏联社会的"军事封建剥削"现象总括为"一句话"："人民为官吏，而不是官吏为人民。"他担心这会毁掉布尔什维克党和苏联这个国家。不幸而言中。苏共垮台了，苏联解体了。小螺帽和经适房的同病相怜，实乃危险的信号。

古云，"同病相怜，同忧相救"。权力自肥寻租的隐忧，该怎样来解救？资本，不管是商业的还是权力的，总不免其逐利的天性。如果说当年的革命，我们驱逐了商业资本这头"前门之虎"，那么于今我们却又放进了权力资本的"后门之狼"。当然，"虎狼"肆虐，缘于改革的不彻底、不配套。摆在国人面前的一大任务，是在遏制商业资本作恶的同时，尤须把权力关进"笼子"里去，真正做到权为民所用，而非相反。

2011年3月20日

（载2011年第12期《雨花》，
入选南京大学出版社《百家杂文》）

一点不多　一点不少

　　方块汉字，功能奇妙。标为"、"的小小一点，放在一些词语里，就一点不可少，也一点不可多。少一点或多一点，那个词的意思，即会发生180度的大逆转。

　　如民主，是一点不可少的。王乐天先生有幅漫画，题为《霸王自供——我就是民主少一点》。民主少一点，即为民王。其一点之少，就由民主变作专制，由人民当家作主变为民王独裁称霸。少一点的民主，走向了反面，其义之殊，岂可以道里计之！

　　再如大儒，多好的一个词啊，它象征着饱读诗书，学富五车，令人起敬。可是，如果大儒多一点，变成犬儒，那就让人不齿，要遭人诟病和唾骂了。这一点之多，对探求真理的知识分子来说，简直是性命交关。

　　我这样说一点，似有些搞文字游戏、玩噱头。但较真而论，倒也不无一点道理。个中关节，在于闹明白那个一点的奥妙。

　　民主少一点，这一点是什么？在我看，这个一点所代表的，是民权，即公民的权利。失去了民权，公民权利没有法律的保障，那么权力的傲慢，掌权者的官员无法无天，为所欲为，全不把老百姓放在眼里，反视为奴役的对象，也就不足为奇。少了一点的民主是假民主。因为，民王的权力，非民所赋，非民所享，也勿为民所用了。少了一点的民主，其实就是不受约束、不被制衡、不能监督的绝对权力，或集权垄断。看似轻描淡写的少一点，会给人民带来多少灾难！区区一点，焉可少得？

　　大儒所多的一点，又是什么呢？依我的拙见，这一点较为复杂，非三言两语所能说白。但有一点可以肯定，那就是名缰利锁的羁绊，使许多大儒，包括现今的一些专家名流，丧失了独立人格，摈弃了自由思想，视学术为沽名钓誉谋私利的器具，因而变作媚官媚权的犬儒。比如，汉朝的董仲舒，清代的纪晓岚，都很有学问，堪称当世之大儒；可是，一个甘心替汉武帝制礼作乐，一个为乾隆帝编《四库全书》，把灵魂卖给了皇上，低眉顺眼地干起了类同倡优的文学侍从活计。升官发财的欲望多了一点，大儒即变犬儒。这小小一点，安可多哉！

当然，大儒多一点而成犬儒，也不能全怪他们的品性德行。若那样看问题，失之偏颇，又欠公正。稍加端详，便可发现这多一点与那少一点之间的内在联系。从根本制度和体制层面说，大儒的多一点，恰恰源于民主的少一点。即：古今民王的权力专制，使儒者的知识分子独木难支，被压弯了脊梁，才变为媚态可掬、与权势一鼻孔出气的犬儒。作为生命个体的人，纵然是大儒，也终究不敌体制强力的淫威。

"不知几州铁，铸此一大错。"（苏轼《赠钱道人》）遵行千载的秦汉之制，在不可少的地方，偏偏少了一点，而在不可多得地方，恰恰多了一点，为我们这个古老的民族铸下无比深重的苦难。它使中国的制度、文化，长久地踯躅于前现代社会，落后于全球发展之大势。于今，我们该知耻而后勇，奋起直追了。

2011 年 3 月 26 日

（载 2011 年 12 月 14 日《当代杂文》）

28

憋气的牛仔裤

少男少女套上牛仔裤，挺拔有致，煞是帅气。可叫我来穿它，顿嫌紧绷板结，不大受用。

看过《新周刊》的文章，我对牛仔裤更觉憋气难捱。原因就在，中国的牛仔裤卖得太贵了。

同款的产于东莞的李维斯牛仔裤，国内售价 889 元人民币；而在美国亚马逊网站上，标价仅 24.42 美元，折合人民币 166 元。两相比较，国内买一条牛仔裤的钱，在美国买 5 条还绰绰有余。牛仔裤价格的倒挂，岂非咄咄怪事？

是中国人钱多、购买力超强？不对呀，咱人均收入每天不足 1 美元的穷人，有 1.5 亿；就算是头号富裕的深圳，人均年收入也不到 3 万元，比美国人吃"低保"的标准、人均年收入约 3.6 万元人民币，还差了一截。而社会保障上的后顾之忧，中国人又比美国人要多。中国的老百姓，有点钱也不敢消费，宁可存银行、做储蓄。"内需"拉而不动、提而不振，怎么一条牛仔裤就卖出在美国的五倍价来呢？我看不懂。

牛仔裤算不上奢侈品，也不是进口货，而是真真正正的"中国制造"商品。全球销售的牛仔裤，"中国制造"占了六成。但咱们自己做的牛仔裤，卖给国人和外人的价格却大相悬殊，宁叫自己吃亏，总把便宜留给外人。莫非"中国制造"奉行"毫不利己、专门利人"的国际主义，当真比白求恩还要白求恩？

我还是想不通。牛仔裤售价的内外有别，我以为既不公平，也不合理。据说，"中国制造"只赚得 15% 的加工费。咱们的制造业工人的劳动，又很廉价；低成本的牛仔裤，就没有理由弄出个高售价。而且，这个高售价又专门针对生产者的中国人。"中国制造"，似乎成了替老外定做的香饽饽。我们引以为豪的 GDP 增长，其意义到底在哪里？中国经济是否得了外贸依赖症？

出口牛仔裤，可以换来外汇收入。中国的外汇储备居当世第一，光是美国"国债"，咱们就买了 8 千亿。但是，这笔外汇中国的老百姓用不上；

何况，大笔外汇随着美元贬值在不断缩水！咱们又吃了大亏。如此出口买卖，实在叫人憋气。

外行看热闹，内行见门道。有人给奇贵的牛仔裤作出货币解读：因为中国出口一美元商品，在国内就得按汇率增发相应数量的人民币，以平衡国内市场，导致货币投放超量，通货膨胀，物价飞涨。我恍然大悟，"中国制造"的牛仔裤，价廉物美地穿到了美国人身上，中国的政府收获了大把美元，而中国的老百姓则承受通胀的压力，为高物价买单。奇贵的牛仔裤，究竟该怨谁？

国产商品的内销与外销的价格倒挂，绝不只是牛仔裤这一宗。汽车、家电、鞋子、箱包，无不如此。难怪不少国人都要利用出外旅游的机会，到香港、欧美等地区或国家"抢购"！同款商品，在境外买就是比在大陆买便宜。他们也是被逼无奈呀！

对牛仔裤啰嗦了半天，无非想说，当下中国的物价问题已危及民生，不能再熟视无睹地放任下去了。调控物价，政府责无旁贷。然而，什么都让政府这只"手"去做，又潜藏着危险。如市场化改革，就会有被扭曲、变形之虞。出路只有一条，在经济市场化的同时，推行政治民主化。两种改革，趋于同步。先搞市场化、后行民主化的做法，看似很稳，实际上确如孙越生先生在 20 世纪 80 年代末所断言的："如果实行'先市场化，后民主化'的方针，则正中官僚主义的下怀，不仅将断送民主化，而且将断送市场化！"（《君子豹变，小人革面》）

爱穿牛仔裤的人们，想买便宜货，去美国旅游、网购吧！不过要当心，勿超过 5000 元的限额。否则，又得要缴税！话已扯远，就此打住。

2011 年 3 月 29 日

（载 2011 年第 7 期《四川文学》）

概念太好玩

玩足球，玩音乐，玩电游，中国人似玩不赢欧美人；但论玩戏法，玩概念，咱就当仁不让，比洋鬼子要强许多。

股市，咱玩"概念股"。前些日子，日本福岛发生核危机，传言"碘盐"能防辐射，于是闹出"抢盐风潮"，盐业股票乘机蹿红，再把股民紧紧套牢。

保健，玩"养生"概念。一时间，"养生大师"到处开讲座，"养生"书刊摆满了柜台，以至出现"豆你玩"、"蒜你狠"。绿豆、大蒜，身价暴涨。

最近的一桩玩概念，当数楼市"调控"。"新国八条"的出台，要求各地抑制商品房价格的上涨趋势，以保民生。可截止3月末，几十个大、中城市公布的"调控"目标，除了北京明确宣布"稳中有降"之外，其余的"涨声一片"，把"调控"玩成了"空调"——白忙乎一场。其中的两家，很有意思。

如贵阳市，提出房价"不高于全国平均值"。"全国平均值"是多少？别说老百姓一头雾水，就是国家住房建设部，也拿不出一个翔实、可靠的数据。这"全国平均值"，只有天知道！反正是贵阳市政府说了算。这样的楼市"调控"，能信吗？

再如榆树市，拿出个"低于2010年新建住房价格增幅"的"调控"目标。乍看挺美，"增幅"低了；但一查该市去年的房价"增幅"，吓你一大跳：高达50.5%的大涨价！"低于"这个"增幅"，到底低多少？你不知道吧，那我来告诉你：哪怕只消降低0.5或0.1个百分点，"低于"去年房价"增幅"的"调控"目标，便大功告成。而事实上，"增幅"仍在50%的高位运行。既有"调控"之名，又得涨价之利。他们玩概念，端的是炉火纯青！

说穿了，几十个大、中城市的楼市"调控"，做的尽是玩概念的游戏。就内心而言，都不大愿意让房价降下来，把楼市泡沫挤干。他们很清楚，如果房价大幅下跌，楼市萎缩，那么不但"鸡的屁"（GDP）会下滑，而且赖以生存的"土地财政"收入也将大缩水，其日子就不好过，快要玩不转了。性命攸关的楼市、房价，除了玩概念、应付"新国八条"，他们没有其他选择。

官员玩概念，也不算什么新花样。许多年以前，一些人就早在玩"鸡的屁"的"增长"概念了。例如，1999年"增长"13％，而2000年为11％，明明是低了两个百分点；但落到官员的嘴里，就绝不说降低，仍要吹成"增长"，叫做"负增长"。虽是负数，但毕竟在"增长"，好听得多！可你又不能说他讲得不对。哎，泱泱中华，难道真像鲁迅说的，本就是"撒谎国和造谣国的联邦"（《集外集拾遗·通讯（致孙伏园）》）？

一个概念玩腻了，再弄另一个概念来接着玩。即如现在，GDP"增长"概念不大吃香了，就拉出"幸福指数"的新概念。"幸福"这东东，本来就主体观感极强，加上"指数"，玄妙无穷，就更会把人玩晕了去。鲁迅曾指出，"我们中国是大人用的玩具多"，鸦片枪、麻将牌、姨太太、《毛毛雨》、科学灵乩、金刚法会等等，玩个不停，"忙个不了"（《花边文学·玩具》）。可叹大先生没有想到，在这信息爆炸年代，概念、名词、口号之类，全做了"大人用的玩具"。"玩具"依旧，而"大人"，则有别于相对小孩的那层意义了；玩概念大抵是官爷专利，很有"中国特色"嘞，而这，又是个百试不爽的大概念！

概念太好玩。八面玲珑，无影无踪，秀得热闹，又不用问责。但是，无休止的玩概念，我怕会玩丢诚信，玩掉民心，说不定还会把自己和子孙都给玩完。那，就大大的不好玩了。

2011年3月31日
（载2011年第12期《雨花》）

菜娃， 听我给你说

孩子与父母间的"代沟"，不可讳言。问题是，现在有10％的孩子，与其父母到了"水火不容"的境地。网上有"父母皆祸害"小组，有个自号"小白菜"的年轻人，即发帖诉苦，寻求安抚。老汉我行年奔七，于此聊发少年狂：菜娃，听我给你说……

我知道，你们不是"大逆不道"的孩子；你们在成长过程中面临的压力、困惑很大、很多。也许，你们跟我们做父母的，有许多冲突和误会。但是，菜娃你要记住：可怜天下父母心，我们无不希望你们能健康成长，能有个好前程。所以，父母纵有千般错，或对你们造成伤害，你们也得多些宽容、理解，而不要形同水火，视若冤家对头。那样既无助于相互沟通，又不利于缓和矛盾、解决问题。我这番话，该不算是"教训"人的。

菜娃，你们埋怨我们在学习方面抓得太严，让你们的童年失去了玩耍的乐趣，过得很苦、很累；可是，你们想过没有，在当下竞争激烈、就业艰难的时代，考试成绩差一分，就意味着我们做父母的要多付出数千、上万元的代价，甚至使你失去上重点名校的机会，将来到社会上逊人一筹，找不到好工作，过不上好日子。做父母的，又岂能不揪心？我们真的是为你们好，才这样苛刻、狠心的啊！不说现今啥都要"拼爹"么？可咱这个"爹"，无权无势，也没什么"关系"可托，得靠孩子你自己去奋斗、拼搏！我们那样逼你、苛求你，实出于无奈，是被社会环境逼得慌，才出此下策啊！菜娃，你说能怪罪爹妈吗？哎，要怪就怪我们的无能、无用吧！

叫声菜娃、我的儿，你们可曾知道，我们这代为父母者，受过怎样的"祸害"！我们也伤痕累累，像你们一样被父辈粗暴地对待；而且，没有接受良好教育的机会，年轻时被"下乡"，还未老又被"下岗"，老了还得去打工、做小买卖，挣钱糊口。我们这大半辈子，过得一点不轻松！我们自小吃了上顿没下顿，营养不良；所受的教育，就是"与天斗，与地斗，与人斗"，"阶级斗争，一抓就灵"。于是，妻子揭发丈夫，孩子批斗父母，学生造老师的反。我们是吃"狼奶"长大的，不知爱为何物，更不懂爱的教育。我们年轻那阵子，一言不慎，即堕为"阶级敌人"。哪像你们现在，自由言说，没人怪罪；你们于今可以公开喊爱，送上999朵玫瑰、玩浪漫，这在我们那个时代，就是"小资产阶级思想"，抑或是"资产阶级腐朽思想"，要遭批判，被唾骂。推己及人、设身处地想一想，我们这些"爹妈"，又去向谁诉苦、讨个公道？你们是不是身在福中不知福，反怪"父母皆祸害"，就不能稍微体谅一二么？

菜娃，最后我还得跟你说，"儿女都是债"。这是我年近九旬的老母亲常挂在嘴边的话。她辛劳一辈子，70多岁还下地揠草、种菜，为不争气的老二操持、当家，累得大吐血。我说她有福不享，自讨苦吃。老妈则道，她是在还债，还前世欠儿女的债。菜娃，你没有成家、生儿育女，也许听不明白老祖母的话。待到你做了爹娘、有了儿女，那时，你就会知道"儿女都是债"这句话的涵义和分量了。

古语说，养儿防老。现今呢，恐是养儿到老。人至垂暮，最牵挂、最惦念的，便是儿女。菜娃，你在听我说吗？

2011年4月2日

（载2011年4月29日《杂文报》）

以钱励志总显陋

树无根不长，人无志不立。励志，对当代大学生而言，不是件小事。可听了经济学家董藩教授的"雷语"，我却忍不住要重提鲁迅的话："寻什么乌烟瘴气的鸟导师！"（《华盖集·导师》）

董教授这样"要求"其研究生："当你40岁时，没有4000万身家不要来见我，也别说是我学生。"此言遭恶评后，他在微博上"声明"，那是"对我学生讲的励志的话"；并反唇相讥、倒打一耙，"多数人有点虚伪，一谈钱就怎么怎么样，一看老师谈钱就觉得不可容忍。"（见2011年4月7日《现代快报》）

没半点虚伪的董教授，低估了别人的智商。在于今这"有钱的王八大三辈"的年头，大学教授谈钱很平常，也不算什么耻辱。生活中的人们都要挣钱谋生，居家过日子，哪样少得了钱？发财致富，很光荣嘛！但像董教授般"励志"，"要求"学生当千万富豪的，确属少见，而且又使他一夜走红，成为"学术界凤姐"。我只想问："励志"妙语传导的价值观，真的对头么？

做学问与做富豪，总不是一回事。即如董教授，身为北师大房地产研究中心主任、博士兼博导，在房地产经济学上的造诣，自是非同一般；可是，年逾40的他，"一不偷，二不抢"，虽有"开发商走狗"的骂名，却至今也没挣够4000万，算不上富豪。自己做不到的事，又怎能"要求"学生去做到？这个"励志"名言，不就是一句空话，在为难、折磨学生吗？学者、教授及其所带的研究生，都是搞学术、做学问的人。商人、房地产老板，才是做生意、赚大钱的。两种行当，两类角色，岂可混同！董教授"励志"，竟只讲4000万钱，全然不顾学问，他要把学生引向何方？莫非他教的经济学就是生意经，干的是挂羊头卖狗肉的营生？果真如此，他的经济学家头衔，就得打个大大的问号。

董教授以钱"励志"，据说是有经济学依据的。因为"市场经济就是财富经济"，所以"钱是衡量对社会贡献大小的主要依据。"（同上引）这话用在企业家或商人身上，还有几分道理；可叹弄错了对象，强加于大学生头上。而且，这些大学研究生，又是专攻学术的人。当然，他们跨出校门后的职业选择，存有不确定性，没准也会有人去干房地产业，做商界大亨。但就总体而言，把钱作为对社会贡献大小的"主要依据"，尤其是作为衡量教育、学术界人士对社会贡献大小的"主要依据"，肯定是不合适、不正确的。学者、教授们创造、培育的，主要是精神财富，诸如先进的科研成果，优秀的学术人才，等等。拿金钱作准绳来衡量其贡献大小，就好比赶鸭子上架，硬叫孔夫子去做生意、发大财一样。不但说不通，而且极有害。只有财迷心窍、掉进钱眼里的人，才会说此类昏话！金钱拜物教对教育、学术界的腐蚀之深，可见一斑。

孔夫子"十有五"而"志于学"，其到 40 岁，也仅在臻于"不惑"，与4000 万钱财毫无干系。蔡元培先生在就任北大校长的著名演讲中，说得更明白："大学学生当以研究学问为天职，不当以大学为升官发财之阶梯。"他给学生的励志语是，"抱定宗旨，为求学而来。入法科者，非为做官；入商科者，非为致富。"这才是一个学者、教授为人师表、诲人不倦的样子！而董藩教授的"励志"语，大概只配称谓"叫兽"之吠；倘若以钱励志真的成了大学教育的圭臬，那么它与宣扬"书中自有黄金屋"的科举，又有什么分别？

自由、人格等，"固不是钱所能买到的，但能够为钱而卖掉"（鲁迅《坟·娜拉走后怎样》）。董教授搞炒作不是头一回，再炒一次也无妨。但是，指望这样的学者、教授去学术创新，摘取诺贝尔科学奖，没门！一心只为赚大钱、做富豪的学者，不会是好学者；只顾借学术牟利发财的学术界，定然是造假欺诈、恶浊腐败的渊薮。媚钱、媚权入骨的中国学术、教育界，其精神矮化和道德堕落，不知何时有尽头。可我仍得说——

以钱励志总显陋，唯名是图必出丑。

2011 年 4 月 8 日

（载 2011 年 4 月 13 日《教师报》）

上梁不正下梁歪

央视播出的武汉市某基层工商所、行业商会以及市场管理人员抗拒执法检查,与售假商户沆瀣一气打"招呼"的画面,着实叫人震惊。

《京华时报》4月6日就此刊出特约评论员文章,批评"基层权力失范",并提出:治理失范的市场,"首先需要治理某些失范的公权","而治理失范的公权,关键在于让公权信仰法规律令"。

毫无疑问,"权力失范"的基层工商所、行业商会以及市场管理者等,该打屁股。他们本当是市场秩序的执法者或管理者,可他们执法犯法,对武汉市劳保用品批发市场上假军服、假警服的泛滥,竭力庇护,又在解放军总后勤部、国家公安部、工商总局等七部委联合调查组前往该批发市场检查的前夜,给售假的不法商户通风报信,授意其关门歇业,让联合调查组一行扑空。其行为,用"基层权力失范"来描述,有些过于客气;他们是不折不扣的以权害法,渎职犯罪。对充当售假商户"保护伞"的他们,仅用党纪、政纪来处理远不够的,必须追究其法律责任。

但是,"权力失范",绝非只在"某些基层"。武汉市劳保用品批发市场上,假货的销售批发呈"一条龙"局面,"猫鼠"一家亲,决不单纯是基层工商所或市场管理者的问题。假货成市,形成很大规模,光靠"基层权力"的工商所、行业商会和市场管理者,是不可能的。其上级管理和执法部门,绝不会毫不知情。即以这次抗拒七部委联合执法检查一事而论,"基层权力"的工商所或管理人员,他们没有资格、也没有机会出席部署联合执法检查的会议。可他们对执法检查的时间、地点等,了如指掌,能从容应对。他们的消息为何如此灵通?难道这些"基层权力"者个个是孙悟空,都长了顺风耳、千里眼?答案很明显,上面有人,有更高的权力者与他们一鼻孔出气,提供讯息。这样来看,光打某些"基层权力"的板子,并不公正。俗话说,上梁不正下梁歪,中梁一歪塌下来。只批评"下梁"之歪,却放过"上梁"的不正,则治理公权的失范就不可能卓有成效。

在集权治理的架构下,上行下效是常规、惯例。歪风邪气,大抵由上而下刮开来,一如古语所云:"上行下效,淫俗将成。"(《旧唐书·贾曾传》）假如把武汉的市场管理权力分作上、中、下三个层面，那么基层的工商所、行业商会、市场管理者等，只能叫下层权力。它的上面，还有区级的中层权力和市级的上层权力。上层、中层权力行得正，公正无私，维护公平竞争的市场秩序，坚决打击制假售假的不法行为，下层的"基层权力"，会"失范"到目无法纪、公然对抗国家七部委联合执法检查的地步吗？没有"上梁"不正的示范、纵容，哪来"下梁"的歪邪、胡来？治理公权失范，首先要从上层做起，把"上梁"矫正！

治理"失范的公权"，让公权信仰法律，当然很关键。但是，公权对法律的信仰，仅靠教育、检查之类，是建立不了的。核心问题在于公权必须有约束并透明运作，扭转权大于法，有法不依、执法不严、违法不究的不良倾向。这就涉及公权的架构模式和运作机制，非本文讨论的范围了。统而言之，由武汉市"基层权力失范"、对抗七部委联合执法检查所引出的最大难题，仍在：

怎样阻遏公权的被滥用和预防公权的腐败？

2011 年 4 月 10 日

（载 2011 年 5 月 14 日《当代杂文》）

监守自盗

《大明律》中，载有监守自盗的条款，"凡监临主守自盗仓库钱粮等物，不分首从，并赃论罪"。可知官吏监守自盗，在公务或业务上盗窃自己经营管理的财物，由来已久，堪称中国官场的"传统特色"。

于今怎样？很不幸，官吏贪得无厌，监守自盗，似呈加剧之势。新近我就看到两例——

上海卢湾区红十字会在一家叫"惠公馆"的餐饮公司大吃大喝，"一顿饭吃了9859元"；网上曝光后，舆论纷纷谴责其挥霍公益善款。

发生在重庆巫山县曲池乡的截留、贪污惠民款事件，更为离奇。政令规定的生态补偿款是每人5000元，而乡干部邓川却压低标准、只发3000元，从每个人头上截留、克扣2000元。村民为拿到这笔补偿款，还得请吃、送好烟，有人奉上芙蓉王，邓川竟冷脸相向："芙蓉王？我抽的是软中华。"据重庆检察机关披露，近3年中查办的侵吞惠民款案，涉及金额11.8亿元，1977名官吏被绳之以法。最需帮扶的低收入人群，屡屡成了官吏"打劫"的对象。

贪官污吏的监守自盗、不顾百姓死活，真的是挖空心思，不择手段。

对那些监守自盗的赃官，你可以指责他们人品太差，觉悟太低；但我以为，问题不在官吏个人的品行操守，而在于公共财物的监管体制，是封闭的、不透明的自我监管模式。在这种体制下，官吏拥有极大的自由裁量权。公款怎么花，公物怎么处置，都由经管的官吏说了算；对他们的约束、监督，形同虚设。打个比方说，自我监管的模式，要么是左手管右手，要么是老子管儿子，等于白搭。

不是吗，卢湾区红十字会"一顿饭吃了9859元"被《新京报》"端"出来以后，该会表示，将马上展开调查，上海市红十字会也表态要查明此事。挥霍善款的嫌疑人成了调查者，这样自己调查自己，关起门来"自查自纠"，能有好结果么？这种自我监管，能信得过？

自我监管，必然导致监守自盗。左手管右手，老子管儿子，集多种权力于一体的自我监管，"自纠自查"，除了腐败还是腐败！以食品安全而论，

"毒瓜子"、"敌敌畏火腿"、"毒奶粉"、"苏丹红"、"毒豇豆"、"瘦肉精"、"彩色馒头"，乱象丛生，治不胜治，根源也不在食品行业的"道德滑坡"，而在于"自纠自查"、自我监管的行规和官商合流的利益潜规则。

自我监管、监守自盗而堕于腐黑的典型标本，当数中国足协。它是中超联赛的管理者，又是足球商业运作的经营者，还是绿茵场上的执法者，集管、办、督于一身。结果是几任足协掌门，连同其众多官员和诸多裁判员、运动员、俱乐部，都栽进了假赌黑的"腐败门"，霉变腐烂成了一个黑窝子！权力愈封闭、愈集中，官吏弄权自肥、监守自盗就愈猖獗、愈变态。

行政权力独大在一个封闭的小圈子里运行，外部约束、异体监督缺失，或徒有其名，没有独立公开、公平、公正的监管体制，那么各色官吏的监守自盗，弄权谋私，自我腐败，便未有穷期，百姓则永无宁日。

2011 年 4 月 19 日

（载 2011 年 5 月 13 日《今晚报》）

兴衰不由唱

70亿天下人，于今都是"地球村"人。村东人和村西人，相互议论、品评，即如唠家长里短般稀松平常，毋须大惊小怪。

如，村东的国人，在经济总量跃居当世老二之后，就豪情万丈，扬言"中国崛起，美国衰败"，"世界权力中心"正在向东方"转移"；而村西的洋人，有说咱是新兴"金砖"的，也有指责中国的人权状况的，并诅咒中国经济泡沫的破灭和危机，等等。唱兴唱衰，或誉或毁，好话坏话，错杂纷纭。

可村东的国人，对村西洋人的责难，总有些沉不住气。一听唱兴的好话则喜，洋洋自得，听到唱衰的坏话则怒，斥之为嫉妒、中伤，抑或是"亡我之心不死"的"反华"图谋。于是，怎样对待村西洋人的议论，成了一个不大不小的问题。

人长了一张嘴，就要说说唱唱。老想堵住别人的嘴，不让人说话，也办不到。明智的态度是：好话坏话都要听，贵有一颗平常心。

唱兴的话，舒服、受用，特爱面子的国人一听就笑！但我以为，对村西洋人的恭维话、颂扬词，须保持几分清醒。勿被"捧杀"，尤须当心洋人给咱唱兴背后的陷阱。我们并不发达，与真正的民富国强还有不小的差距。

对唱衰的话，哪怕是挖苦、谩骂，我们也不必一听就跳！不妨视为一帖清凉剂，给自身增强些忧患意识，正视自己的问题和短处，有则改之，无则加勉。世界上从来就没有被骂倒的、被唱衰的，所多的，反是自衰、自败。我坚信，国之兴衰不由唱。

唱衰西方资本主义，少说也有百年了。把西方资本主义唱作"腐朽的、垂死的"东西，可把它唱衰了么？上个世纪五六十年代，咱们天天唱"敌人一天天烂下去，我们一天天好起来"，可惜也未兑现。

可见，迷信唱兴唱衰，以为靠宣传攻势，就可以击垮对手、富强自身，不过是玄虚的昏昧之举。舆论是有点用处的，但把舆论的功效过分夸大，尽玩"唱功"，不发力"做功"，即不在构建先进的制度、文化，促进国民自由、自主上用真功夫，务实创新，实际上就成了自我陶醉、自我麻痹、自毁前程。这个历史的教训，可谓深创巨痛。

　　远在民国初期，村西的一些洋人就曾赞颂过中国、赞誉过国人。但正如鲁迅指出的，对这些赞颂者应区别对待。一类是"可恕的"，他们不明中国国情，或受蛊惑而"昧却灵性"；另一类则是"可憎恶"的，他们"故意称赞中国的旧物"，或出于猎奇，要"到中国看辫子"，"因而来反对亚洲的欧化"（《坟·灯下漫笔》）。现在，仍有洋人在赞美中国的旧文明，说孔夫子、康熙帝如何伟大，东方儒学如何不朽。他们的居心何在，不可不察。

　　他人唱衰不打紧，自我麻醉却要命。唱得响亮不如做得漂亮。最糟糕的，是唱得像一朵花，干得像豆腐渣。在与世界的交往中，关键在我们要正确看待自己，有自知之明，做好自己的事情。一个现代的世界大国、强国，绝不会害怕、拒绝别人的批评和议论。国民集体的精神世界成熟与否，倒真的关乎国家兴衰的命运。

　　写到这里，夜色已深。不想再絮叨，洗洗睡觉去，明天还有事要办呢。

2011 年 4 月 21 日

（载 2011 年 7 月 12 日《联谊报》，

入选长江文艺出版社《2011 年中国杂文精选》）

钟山青，中山情

　　南京东郊的紫金山，古称金陵山，汉代叫钟山，东吴改作蒋山，明代又更名为神烈山。这里绿树成荫，风光秀丽。庄严肃穆的中山陵，巍峨壮观，浩气长存。盘桓在陵前石阶上，脑海中忽然飘过一朵疑云，孙中山先生为何选择这里做他的安葬之地？

　　答案似乎简单、现成：孙中山生前在南京当过中华民国首任大总统，因而予钟山情有独钟。

　　不过，我还有疑问：生于广东香山（今中山市）的孙中山先生，在那里有他的故居、祖茔。从1912年元旦莅任到4月1日卸职，他这大总统做得焦头烂额，而且只有短短3个月时间。缘何不归葬故里，反在临终前向夫人宋庆龄和长子孙科特意交待，死后将他葬于钟山呢？

　　选定钟山之麓为自己的长眠之地，并不是孙中山弥留之际的灵光乍现，而是出于10多年前的未雨绸缪。那是个春光明媚的日子，刚卸去大总统之职的孙中山和胡汉民等人到紫金山狩猎休闲。他们一行登上俗称"小茅山"的钟山东峰半山腰，驻足小憩，极目远眺，但见此处背负青山大江，前临沃野平川，左侧千顷碧涛滚滚，右侧有朱洪武墓地明孝陵和东吴大帝孙权墓葬之梅花山，山川形胜，别具一格。抑制不住兴奋的孙中山，对随行人员说了自己的身后事："待我他日辞世，愿向国民乞此一抔土，以安置躯壳尔。"对孙中山来说，长眠钟山，此愿久矣。

　　孙中山对南京、对钟山的钟爱，固然有其担任大总统在此开创倾覆帝制、肇始共和伟业之因；而金陵"帝王州"的地理环境和历史风貌，也是吸引他的一大要素。所谓"钟山龙蟠，石城虎踞"，南京作为六朝古都，在中国具有独特的历史文化地位。而且像孙中山自己所赞言的，"南京有高山，有平原，有深水，三种天工，钟毓一处，世界中之一大都市，诚难觅如此佳境"。在这样钟灵毓秀的去处觅得一块宝地，作为身后安息处，岂非人之常情！

　　需要指出的还在，孙中山生前对绿化钟山的一往情深。任职临时大总统期间，金陵大学的美国籍教授裴伊理曾造访总统府，向孙中山建议设立

"义农会"，即把流浪于街头的乞丐、游民组织起来，植树绿化紫金山。这样以工代赈，既救济了灾民，又绿化了环境，一举两得。裴伊理起草了一份发起书，面呈孙中山；孙中山极为赞赏，第一个在发起书上签名。黄兴、黎元洪、唐绍仪、程德全等政界名流共 30 多人都签名支持，并定名"华洋义赈会"。在钟山之麓划出 4000 多亩荒山，由裴伊理组织流民开垦土地，辟种苗圃，植树造林，绿化钟山。1916 年，在此又兴办了第一造林场。生前带头绿化钟山的孙中山，愿死后长眠于此、与绿树青山相伴，合乎人情世故。于今的南京人，昵称钟山为南京的"绿肺"、"大氧吧"。应该说，这是孙中山、黄兴等民国元戎们留给后人的巨大福祉。

孙中山之钟情钟山，或许还有某种机缘巧合。我们知道，他最早取名"中山"，是在 1897 年流亡日本时。当时，他的东京寓所门牌署作"中山坊"，他亦化名叫"中山樵"。大抵有念念不忘中华香山故土的意思。而常以"中山"署名题辞，是在他任民国政府临时大总统之后。凑巧的是，其名"中山"，与南京东郊的钟山，不谋而合，山人相谐，浑然天成。孙中山归葬钟山的抉择，是出于偶然，还是机缘巧遇，谁能说得明白？

钟山青未了，中山不了情。孙中山的英名和功业将与不老的钟山同在，郁郁葱葱，永世长青。

2011 年 4 月 25 日

（载 2012 年第 6 期《雨花》）

卡扎菲玩"国有化"

统治利比亚40多年的卡扎菲，在北约和"过渡委"武装的双重夹击下，命丧苏尔特。他的死去，对利比亚民众，对"过渡委"官员，抑或对美、法、英等国的一些政要，都是极大的利好消息，省去了诸多麻烦。一片硝烟中，我想起卡扎菲上台后大力推行的"国有化"。

"国有化"，按权威辞书的诠释，就是把私人所有的生产资料全部收归国家所有。据云，因国家之性质不同，"国有化"还有社会主义与资本主义的区别。卡扎菲的"国有化"是哪一种？从利比亚的国家名称"阿拉伯利比亚人民社会主义共和国"来看，它当属社会主义"国有化"。

然而，卡扎菲搞的"国有化"到底是啥模样？新华社的消息说，卡扎菲及其8个子女几乎掌控了国家的一切。利比亚经济命脉的石油、金融、通信等支柱产业，连同军队、传媒、酒店、医卫以及基础设施等，都在"国有化"的名义下，被收归于卡扎菲一家。每年的红利收入达数百亿美元。他这一家子又在海外购置产业，所控制的海外资本即有700亿美元之多。执政40余年，没有制定过一部宪法，也从未进行过公民选举。利比亚的权力、资源，都在"国有化"中"化"到了卡扎菲及其子女手中。最后，"革命领导人"的卡扎菲，连一个国家公职人员的头衔都没有，可事实上，他却成了货真价实的皇帝，彻头彻尾的独裁者。

不得不叹服卡扎菲的精明强干！玩个"国有化"，便把利比亚整个国家装进了自家口袋，弄成不折不扣的家天下。称卡扎菲为当世之窃国大盗，一点儿也不冤枉他。

对于当权者而言，打着国家的旗号搞名堂，轻而易举，名正言顺。"国有化"下的卡扎菲一家人，轻松地迈入了社会主义"天堂"，过上了奢华无比的神仙日子。只不过，利比亚的底层民众，却被"化"得贫穷愚昧，失业率高达30%，只得替卡扎菲家族当牛做马。剥夺民众自由、幸福的"国有化"，即是利比亚人民的赤贫化、奴役化。利比亚终酿成冲突、战乱，难逃官逼民反的劫数。

从前苏联的溃败到利比亚的战乱，近百年世界史昭告了一个真理：对剥夺民权的"国有化"、"公有制"的迷信，必须破除。无论是过去的苏联、东欧诸国，还是现今的利比亚、朝鲜、古巴，这些以社会主义"国有化"名义行世的大小国家，经济都一团糟，贫穷落后，民不聊生。捅穿那层"国有化"的窗户纸，奥秘系于一端：实行高度集权的国家体制。

集权体制之下，国家的经济、政治、军事、文化和社会生活的所有领域，无不由威权操纵。"国有化"等于官有化。权力通吃，官本位独大，大小权力者飞扬跋扈，拥有一切。而广大民众则一无所有，听凭摆布，民权、自由要么被赤裸裸地践踏，要么被悬置半空，沦为一纸虚文。集权制形态各有不同，如有萨达姆、卡扎菲式的家族化，也有如斯大林式的一党化；但不管何种形态的集权制，到头来总是走向个人独裁而无一例外。集权制是通向专制独裁的不二法门！集权制下的"一把手"必然异化为"一霸手"。从这个意义说，"国有化"只不过是看上去挺美的一个局。集权制正是滋生大小贪官、乃至卡扎菲式的窃国大盗的温床。

由卡扎菲玩"国有化"，似可引出一个教训：国家的进步与落后，并不在它高唱的什么主义，也不在它搞"国有化"还是搞私有化。关键只在，它是实行分权制衡的民主制，还是实行大权独揽的集权制。在公民自由权利没有法律保障的情况下，以人为本被权本位、官本位所取代，那么，无论一时的经济发展如何快速，军事力量如何强大，都不会有普通民众的安全与幸福，其国家也就不会长治久安。卡扎菲玩"国有化"及其垮台，无疑给全世界的人们上了一堂鲜活的政治课。

酷爱自由的中国人，岂可再蹈卡扎菲的那条不归路？

2011 年 10 月 21 日

（载 2011 年 11 月 14 日《当代杂文》）

"狼爸"，放下你的鸡毛掸子

香港商人萧百佑日前作客《现在开讲》，介绍其家庭教育"成功的经验"，并围绕"三天一顿打，孩子进北大"的主题，与多位嘉宾展开了一场电视激辩。

从 11 月 15 日《现代快报》的报道看，"狼爸"萧百佑的家庭教育，颇为"成功"。他的 3 个儿女，都"打"进了北大。他还写了一本《所以，北大兄妹》的书，拥有无数的粉丝。远在地球另一边的美国家长，也打电话向他"请教怎么打孩子，打得好，不犯法"。港商萧先生，俨然成了别具"中国特色"的教育家。

可是，"狼爸"的教育经验，我以为大抵是陈词滥调，不值得推广。

"棍棒底下出孝子"，本就是中国教育的传统。但请不要忘记，这种"不打不成材"的"棍棒教育"，正是皇权主宰的臣民社会纲常礼教的一部分。它实属专制"丛林法则"在家庭伦理中的表现，即所谓"父为子纲"。用"狼爸"的话说，"孩子们是民，家长是主"，孩子必须无条件服从、遵守家长的要求和规定！"为民作主"的"狼爸"，不顾孩子的尊严、人格，唯求孩子恭顺、"听话"，稍有违拗，就用鸡毛掸子"伺候"。"狼爸"在家庭中的地位、角色，与社会生活中的君王一样，都以暴力和恐怖为治理手段。一把鸡毛掸子，成了"狼爸"奴役孩子、"魔鬼式训练"的武器。哎，都什么年代了，还在炫耀"棍棒教育"，不把孩子当人待，折磨、摧残孩子！我真的为中国的孩子悲哀，为中国的家庭教育悲哀。"狼爸"喧哗的家教暴力，令我感受到一股"丛林"戾气，扑面而来。

在当下倡行"以人为本"，人人都要活得有尊严的时候，"狼爸"的传经布道，不能不说是泛起的沉滓。电视论辩现场，公然宣称"在中国打他就是尊重，家长亲自打就是尊重，科学的打就是尊重"的"狼爸"，终于撕下了"天下最好的爸爸"的假面。不过，此中玄机尚需拆穿。说白了，所谓"在中国打"，其"尊重"的是拿高分、上名校的教育功利规制，而所谓"科学的打"，便是用鸡毛掸子抽大腿，讲究尺度、分寸，不要像"虎妈"那样，对孩子"一天三顿打"，且随手拿到什么器具就开打罢了。家教暴力披上"科学"外衣，"狼爸"真精明、够时髦。

鲁迅对中国的家庭教育作过剖析。他说，暴力的打骂教育，把孩子弄得"仿佛一个奴才，一个傀儡"，但其家长却"自以为是教育的成功，待到放他到外面来，则如暂出樊笼的小禽，他绝不会飞鸣，也不会跳跃"。（《南腔北调集·上海的儿童》）"狼爸""三天一顿打，孩子进北大"的"成功的经验"，不就是把孩子当作奴才么？真正成功的教育，并不在于让孩子上名校，能当白领、挣大钱，或做高官，而在养成独立的人格，培育合格的现代公民。如果以现实的功利作为教育成功与否的标准，那么，这种教育本身就背离了教育的旨趣。

商人萧百佑持功利的教育观，我能理解：生意人嘛，关注盈亏，不做蚀本的买卖。可是，"资深"时评家刘根生竟也做了"狼爸"的拥趸，主张"打孩子要趁早，要有惩戒，赏识是麻醉剂"，为"三天一顿打，孩子进北大"的家教经验喝彩，就叫我大跌眼镜，倍感愕然了。刘先生当真不明白家教暴力之乖谬？

中国的孩子，十之八九是在打骂中长大的。但这些自小被打手心、抽屁股的孩子长大以后，做了家长，又像他们的父辈一样，对自己的孩子挥舞棍棒、举起鸡毛掸子。代代相演的家教暴力，对孩子进行奴化启蒙，并孕育出代代相续的顺民、奴才，即鲁迅笔下"卑怯的国民"（《华盖集·忽然想到七》）！奴化教育播下专制、愚昧的种子，使国人长久地在臣民社会中踯躅。自然，奴化教育可以是硬暴力的棍棒、鸡毛掸子，也可以是软暴力的"绿领巾"、"红校服"种种。"教育者，养成人格之事业也。"教育家蔡元培先生的名言，我确信不疑。扭曲人格、戕害身心的奴化教育，只会毒害孩子心灵，有碍未来发展。在尊重和保障人权汇为世界潮流的于今，我想对中国的"虎妈"、"狼爸"进一言——

请放下你的鸡毛掸子！

2011 年 11 月 16 日

（载 2011 年 12 月 2 日《湘声报》，
次年第 1 期《杂文选刊·中》选载）

有五十个鲁迅会怎样

中国出了个鲁迅。茅盾生前，为新中国出不了鲁迅而纳闷。愚钝如我，却生出另一个问题：有五十个鲁迅会怎样？在我看来，鲁迅多多益善。中国有五十个鲁迅，乃天大的好事、幸事。理由嘛，简明得像太阳总从东方升起一样。

因为，诚如毛泽东《新民主主义论》所说，鲁迅代表着民族的大多数，是在向敌人冲锋陷阵的最勇敢坚决、最正确忠忱的"空前的民族英雄"。一下子冒出五十个鲁迅，汇成一支"英雄突击队"，对中国革命和建设助莫大焉，即对世界也是了不得的贡献！有这样光耀千秋、功垂宇宙的"英雄团队"，对中华民族的解放和复兴，求之不得，幸何如之！

又为，鲁迅是现代中国的文学大家。其小说名篇《阿Q正传》，风靡华夏，饮誉欧美。他匕首、投枪般的杂文，也令人激赏、受教，成为现代文化经典之一。鲁迅在世时，就曾进入诺贝尔文学奖的提名视野。若中国有五十个鲁迅，那就至少有五十个名篇、五十部文化经典，中国获诺贝尔文学奖的概率也会成倍翻番。何需像现时的某些作家，要用下三烂的行贿手段去获取诺贝尔文学奖提名？

鲁迅还代表着中华民族"新文化的方向"。且不说鲁迅在小说、杂文领域的创新，单是在古籍整理、编著《中国小说史略》上的工作，即令现今的许多大学教授、博导等专家们汗颜！自编讲义时的鲁迅不过是"兼课讲师"，连个副教授的头衔都没有；可他不畏艰辛，开拓创新，拿出了原创性的学术成果《中国小说史略》，填补了中国文学史的空白。有五十个鲁迅，意味着中国文化学术的多大繁荣啊！咱们的创新便不再是空嚷嚷。

作为写杂文的，我对中国有五十个鲁迅的向往，更有一层缘由：杂文界的兴盛与热闹。有五十个独树一帜的杂文名家，加之"鲶鱼效应"，会对中国的思想、著作界造成多大的震撼和推动！文化生产力势将节节攀升。一如朱大路《世纪末杂文200篇》"前言"所说，有几十、上百个"成熟的杂文家，运用他们艺术之笔，评说政治，圈点经济，匡正世风，抚挽人心，以求地平天成，臻于郅治，这将是中国的幸运"。断不会像现时的杂文界，总显出死样活气的平庸和沉闷。

统而言之，中国有五十个鲁迅，我乐观其成，不嫌其多。但是，与鲁迅活着的时候就有许多人喜欢他，又有不少人诅咒他、憎恶他一样，现今也有人对中国出五十个鲁迅，持忧心忡忡、惊呼"狼来了"般的恐惧！衮衮诸公中，便有小说家、曾任文化部长的王蒙。他在《人文精神问题偶感》里称，"文坛上有一个鲁迅，那是非常伟大的事，如果有五十个鲁迅呢？我的天！"

"我的天"一语，尽现王蒙的忧虑、恐惧。在他眼里，一个鲁迅足矣。倘若中国有五十个鲁迅，那就将天崩地坼，糟透了。起初我有些不解，后来从文化部长的角度细想，王蒙这样说，颇合其官家身份。

有这么多鲁迅在文坛，用三寸"金不换"抨击时弊，揭露阴暗面，岂不要"抹黑"现实，冲销"政绩"，扰乱稳定？

几十个鲁迅整天发出不同的声音，乃至指桑骂槐、含沙射影，不但将忙坏、累死大小文化检查官，而且有碍思想文化的大"一统"，他这个文化总管怎么向上面交差？

王蒙错就错在把鲁迅当成了《西游记》里的孙悟空。似乎鲁迅只会破坏，不会建设，动不动就"大闹天宫"，闹得鸡犬不宁！一方面，这是对鲁迅的曲解。鲁迅的思想文化建树业绩，明明白白的摆在那儿，谁也否认不了。另一方面，鲁迅所破坏的，是黑暗的旧势力，落后的旧文化，何辜之有？难道倒要去维系、保护那些黑暗、落后的东西不成？呼天抢地的王蒙，如此惧怕、忌惮出现五十个鲁迅，他把自己摆到哪里去了？

有心也好、无心也罢，王蒙对中国有五十个鲁迅是祸不是福的看法，凸显的其实仍是文艺和政治的冲突。官方当局要的是维持现状，政治家、官家最不喜欢别人反对他的意见，最怕老百姓个个开动脑筋，张口说话。作家、文艺家却不安于现状，偏好说不同意见、反对意见，对世事评头论足，说长道短，当然就特不招官家、政治家的喜欢，除非去当"歌德派"。就像鲁迅剖示的，文学家的命运总是"处处碰钉子"，"即共了产，文学家还是站不住脚"（《集外集·文艺与政治的歧途》）。一个鲁迅就够叫人头痛的了，何况有五十个鲁迅，简直要闹翻了天！王蒙虽已身在官场外（说此话时已退休），心却仍在官场内，一句"我的天"，不改"讲政治"之本色也。

我信鲁迅之见，文艺没有"旋乾转坤的力量"（《三闲集·文艺与革命》）。所以，中国真有五十个鲁迅，天也不会塌下来。我所焦虑的则是中国的思想文化生态如何改善、改良，才能多多催生鲁迅般世界级的文化才俊。

2011 年 12 月 28 日

（载 2012 年 1 月 14 日《联谊报》）

新世纪杂文的文化结算

——评《世纪初杂文200篇》

创"文汇品牌"的《杂文300篇》《世纪末杂文200篇》,又续写了新篇章——由朱大路主编的《世纪初杂文200篇》,日前出版。

上世纪30年代的上海文坛,有过《文选》与《庄子》的公案。鲁迅当时对蜂起的文学选本不看好,持"弊多利少"之见。他认为"选本既经选者所滤过,就总只能吃他所给与的糟与醨"。但鲁迅没有抹杀选本的好处,他认为"凡选本,往往能比所选各家的全集更流行,更有作用。"(《集外集·选本》)要害在选家的眼光。选家"眼光愈锐利,见识愈深广",选本"愈准确",对读者就愈有益;反之,选家"眼光如豆",那就坏了,轻则遮蔽"作者真相",重则铸下"文人浩劫"(《且介亭杂文二集·"题未定"草六》)。

翻完《世纪初杂文200篇》,我的第一感觉是,选家有眼光,这个选本对中国杂文的流播与发展,颇具价值。

与花城、漓江、长江、辽宁版杂文年选本相比,文汇版"朱选本"对新世纪头10年的中国杂文,称得上是个梳理式的"文化结算"。以诸家年选本为依托,加之大路在《文汇报》"笔会"主持杂文栏目20载,对当代中国杂文的流变熟识深知,又在杂文界积攒了充裕的人脉,其选编眼光的胜人一筹,自是不言而喻。10年在历史的长河中只是短短的一瞬,然而经10年的时间淘洗,杂文被慢慢过滤,渐渐有所积淀。一些思想文化含量欠佳的作品淡出或汰没了,而质地上乘的佳作则显山露水,愈见强健。《世纪初杂文200篇》当然不是时代编年史,但新世纪头10年的全球风云变幻、千奇百怪,如9·11事件、西伯利亚矿难、孙之刚之死、非典、伊拉克战事、海选"超女"、汶川大地震和"范跑跑"、北京奥运、张悟本"养生"骗局、金融危机等等,都经由杂文点评、批判、解读、生发,可从中窥见时代的眉目和世风的印记,也给人以多维度的思索空间和一份观赏的愉悦。唯因有积淀,选家有眼光,方显其精到与厚重。

譬如对腐败现象,杂文的声讨、抨击不绝于耳,不乏有见地的力作。而童大焕对萨达姆家族的海外400多亿私产,别出心裁,发掘出"腐败的境界"：一般贪污受贿、生活腐化，属下等的"第三境界"；官商勾结、权力寻租、工程腐败之类，只算中档的"第二境界"；最高的"第一境界"，乃在以特权方式存在的"政治腐败、经济腐败和文化腐败的高度合一，是物质控制和精神控制两根绳子合力拧成一股绞索将人的身体和精神双重捆绑"。其"境界"之高妙，已达于极其腐败而没人说谁腐败，反倒要感恩戴德的程度。这就突破一般反腐杂文的思维套路，把目光引向历史和现实的深处，彰显了浑厚的社会和文明批判功力。

言而无文，行之不远。杂文当杂而有文，色彩斑斓。《世纪初杂文200篇》追求的"文学元素"，不在词藻的华丽，或技巧的纯良，而在"文质彬彬"，即一种有文化、有修养的质地，一种优雅恬适的文风。孔子云："文质彬彬，然后君子。"（《论语·雍也》）"朱选本"中的杂文，如魏剑美的《反动派》，举重若轻，半痴半醉，尽写其处世的豁达、洒脱，似具魏晋风度。而杂文圈外的作家，如黄亚洲的《普京离灾难最近》，分明在批评某些中国官员，讽刺其在救灾现场玩"仪式感"，却用斯文的笔调，宛如唠家常般的亲切，诉说普京的真诚、务实，摈弃一切官场陋习："这人不玩虚的，就像他打跆拳道一样。"是的，杂文是批判的，说理的；但它的批判，不是瞪眉竖眼的发火，也不是恶言秽语的骂街，它的说理，不是枯槁的说教，也不是盛气凌人的训斥。平易近人、斯文雅致的批评、说理，才更有说服力，更能打动人。

我不敢说，《世纪初杂文200篇》把最近10年的杂文精品一网打尽而无遗珠之憾，但我敢说，它诚是10年来杂文精品荟萃的一次检阅与汇展。爱好杂文、研究杂文者，倘想一睹近10年中国杂文之风采神韵，欣赏杂花生树之摇曳多姿、活色生香，那就读一读这个"朱选本"，它会让你心明眼亮，神清气爽，一快朵颐。

2012年1月16日

（载2012年2月3日《文汇读书周报》）

推敲幸福

什么是幸福？央视龙年春晚的穿越小品《今天的幸福》，就给了个答案。可相较而言，央视女主持董卿那个一本正经的说法，语妙天下，独具神韵，堪谓画龙点睛之笔：

别老想着自己没什么，多想想自己有什么。

幸福就是心情舒畅的境遇和生活。权威辞书对幸福的诠释，包含着客观存在与主观感受的双重内涵。董卿的说法不同，似乎幸福纯粹是个心理活。幸福不幸福，全在人的一念之差。即看你怎么想，是想着自己没什么，还是想着自己有什么。如果"老想着自己没什么"，那你就不会幸福；反之，"多想想自己有什么"，那就心满意足，幸福之至。拿董卿作比，我不知她还有什么"没什么"，但只要多想想"有什么"，如有车有房，有娇美容颜，有很高收入，有超高知名度，还有数不清的粉丝等等，她便一准是世间最幸福的人了。让这样一个幸福之人来说幸福，你我"老不信"不信也得信，不服也得服！

都说发展是硬道理，其实，幸福比什么硬道理都更硬、更有价值。一切发展，为的不就是人的幸福生活么？可董卿推介的幸福，太廉价，让世上所有不幸之人都掉进了幸福的蜜罐子。咱也玩把穿越，叫"不像活在人间"（鲁迅《且介亭杂文·病后杂谈之余》）的一些国人幸福一回。

要饭的乞丐很幸福——别老想着自己缺吃少穿，挨饿受冻，多想想自己有百家饭可讨，有那么多同情、怜悯目光的眷顾，还有走门串户、闯南游北的观光之乐。

卖春的娼妓也幸福——只要别想着自己受侮辱、被蹂躏，多想想自己有小费可拿，有几个相好，还有比良家女子强过千百倍的性福。

净身的太监更幸福——抛开没儿没女、不继香火的坏处，多想想自己得到的好处，如有口福，可享用皇家美食，有眼福，得觑皇上天颜，尽览后宫美色，还有权可弄，得享常人难以企及的荣华富贵。

如此这般"多想想"，不幸的乞丐、娼妓、太监，全成了睡在梦里也笑醒的幸运儿、有福人！

暂停穿越，回到现实。时下的弱势群体、蒙冤受屈之人，按董卿的说法，也会感到福如东海，乐不可支。

譬如攀高楼、爬电杆讨要欠薪的农民工——别想着要不到自己的血汗钱，多想想自己有份工打，有口饭吃，还有媒体的声援，有车送你回家过大年，那就幸福啦。

又如失学的山区孩童——莫想自己家穷、上不起学，多想想有爷爷奶奶照应，还有几间茅屋遮风挡雨，以及有希望工程，有城里叔叔阿姨捐赠的文具、书籍等等，不也从心底涌出幸福的暖流么。

极而言之，即便是天灾人祸下的受难者——只须别老想着自己的苦难和不幸，多想想自己有什么。如被地震压在废墟下的人，多想想举国上下送来的温暖，高层领导的关切，万千军民的生死大营救，亲人的呼号、思念，哪怕不幸送命，也有隆重的悼念以及高耸的纪念碑，那就像山东省作协副主席王兆山的词所写，"纵做鬼，也幸福"！再如屈死的刘少奇、贺龙，别老想着自己被批斗、遭迫害的深创巨痛，多想想自己曾经拥有的高位重权，无上荣光，以及死后的平反昭雪、恢复名誉，直到见了马克思，在他身边喝咖啡、吃糖果种种，也就冤气顿消，像钱咏说的，感到"生前之福何短，死后之福何长"，庆幸自己的福泽绵绵。

然而，这般没有底线的幸福，如此廉价的幸福，谁愿消受？按董卿推介的幸福，普天之下还有不幸福的人吗？穿越小品《今天的幸福》，不接地气，穿越的不是时空，反把幸福穿透，只剩下"权力审美"的疲劳和"以德服狗"的荒诞。

人生追求幸福，天经地义，是人不可剥夺的权利。但幸福与自由一样，又是不可分割的，只要一人受奴役、不幸福，所有的人便都不幸福，或不会有长久的幸福。权贵们横行霸道，作威作福，老百姓当牛做马，受苦受难，这样的国家不会富强，这样的社会也没有安宁。说幸福、谈幸福，不该失去人的安居乐业和自由发展。否则，幸福云云，即由人的灵魂、感受的不相通，而变作一丝不挂的扯淡。鼓吹安贫乐道、甘受奴役，"从奴隶生活中寻出'美'来，赞叹，抚摩，陶醉"，那就如鲁迅所说，"简直是万劫不复的奴才了"（《南腔北调集·漫与》）。敢问央视董美女，是练就了站着说话不腰疼的硬功夫，还是只想着提升"幸福指数"？你津津乐道地说幸福是什么意思？

2012 年 1 月 23 日

（载 2012 年 2 月 28 日《杂文报》，
入选南京大学出版社《百家杂文》）

连自己也"烧"在里面

朱铁志的杂文平易近人，耐读醒脑。其一大特色，在推己及人，批判落后、腐恶势力的同时，把自己也"烧"在里面，既解剖别人，又解剖自己。

同时被收入《中国当代杂文二百家》和《世纪初杂文 200 篇》的《屋顶上的山羊》，便是铁志的代表作。它深孚我心，也让我自愧弗如。

杂文当然不能或缺批判元素。但是，在批判别人时把自己也放进去，一同批判，以拯救自己的灵魂，这就很不容易。在这里，杂文家需要有深沉的自我警醒意识和无畏的自我批判勇气。

譬如鲁迅，有人称他的文字是说真话的；实际上，鲁迅也"未尝敢将心里话照样说尽"。他主张"时时解剖别人"，又躬行"更无情面地解剖我自己"（《坟·写在〈坟〉后面》）。在批判各色论敌的时候，他从不讳言自己的毛病，或"鬼气"。他把攻读马列，喻为普罗米修斯从天上"窃火"，为的不仅是批评创造社的"革命文学家"，尤在用它来"煮自己的肉"，即批判自己，纠正自我的思想偏颇。他对比新旧文艺，指明分水岭就在："以前的文艺，如隔岸观火，没有什么切身关系；现在的文艺，连自己也烧在这里面，自己一定深深感觉到；一到自己感觉到，一定要参加到社会去！"（《集外集·文艺与政治的歧途》）自觉的自我批判精神，确是一个成熟的杂文家的显著标志。

铁志的《屋顶上的山羊》，把杂文家的自我批判，发挥得淋漓尽致。他自己，就是那只站在屋顶上的"山羊"！读《伊索寓言》的这个故事，让他"感到脊背发凉，有一种被人当头棒喝、幡然醒悟的感觉"。

官本位的当下，权力炙手可热。一些人有了一官半职，做了市长、厅长之类高官，立马趾高气扬，学问见天长，似乎什么都懂，无所不知，无所不能。权力、地位、金钱、名誉等等，都会使人丧失自我，变得飘飘然，醉熏熏，失却自知之明。当这些"屋顶上的山羊"目中无人、顾盼自雄的时候，留给人们"仰视"的，"除了黑洞洞的鼻孔和虚妄的自负以外，还有什么呢"？铁志以冷峻的笔调，无情解剖了"山羊"们的自高自大，也深刻批判了现实生活中的权力颠狂症和金钱拜物教。然而，铁志的批判并不是打手电筒——专照别人。他老老实实、毫无隐讳地把自己"烧"在里面，对自己的灵魂进行严格拷问，把自己人生经历中"几回站到'屋顶'"的心路历程，坦然亮给读者，并展开自我反省。

在他如愿考上北京大学的时候，周围的一些人就夸他是"青年才俊"，似乎自己也觉得成了什么了不起的人物；从大学毕业，他到政治理论权威刊物《求是》杂志社工作，每当外出时，人家客气地把他称为"理论权威"；再后来，他写杂文随笔成名，得过鲁迅文学奖，出了几本书，于是就有读者呼他是"著名杂文家"。一顶顶高帽子从天而降，沾沾自喜的他，甚至都有些"不好意思"。但杂文家的铁志，保持着清醒和理智，不失自知之明。他称自己的综合素质、各方面能力，"不过中等水平"，是"北大这座高高的学术殿堂，无形中膨胀了我的良好感觉、抬高了我的有限身价"。在人家称他为"理论权威"时，他知道那是沾了"神州第一刊"的光，为自己的"狐假虎威"而"羞愧难当"。至于"著名杂文家"的虚名，更不值一晒，因为在学术文化浮躁的如今，"家"太好当了。总之，扪心自问，自己"不过是'屋顶上的山羊'而已"。

以"屋顶上的山羊"自况的铁志，是个厅级高干，照例是有点傲视旁人的资本的。但从与他的接触看，他终不改书生本色，待人谦和、恭谨，彬彬有礼，没有官场中人的做派。对前辈杂文家牧惠、邵燕祥、王春瑜等，尊敬有加，俨然小学生；即便对同辈或后生的杂文家，如张心阳、王乾荣、杨学武等，他也不倨不傲，视同好友，甘愿为之热忱服务。其人格魅力，盖出于他对自我的洞察和对"屋顶"认知的精当："高高的屋顶仿佛云里雾里，容易叫人摆不正自己在人群中的位置，错误地以为自己处处高人一头，时时胜人一码。"

多些铁志那样的成熟而自觉的杂文家，中国当代杂文定会别开生面，拥有美好的未来。

2012 年 1 月 26 日

（载 2012 年 2 月 24 日《杂文报》）

论招安

"若要官，杀人放火受招安。"宋江及其梁山一百单八将所走的，就是这条曲线做官的路子。

所谓招安，实为一种政治交易，或曰利益博弈。买卖双方的朝廷和梁山，都会千方百计地讨价还价，加重己方筹码，以图在交易中得到更大好处。

在宋江和梁山一方，既要通过宿太尉、李师师，向朝廷传递等待招安的讯息，以表卖方诚意；又要重创高俅、童贯的进剿大军，显示梁山的强劲实力，以抬高身价，卖出高价位，好做朝廷栋梁的大官。

而在赵佶和朝廷一方，则开出招安的苛刻条件，不但要检测宋江一伙是否真正忠于朝廷，而且要假一百单八将之手，北上征辽，南剿方腊，待其"建功立业"之后，方许封官加赏。其如意算盘，在以盗制盗，攘外安内，一石二鸟，可谓精妙之极！

从来的统治者，对扯旗造反、割据一方的山贼、草寇，总有软硬两手，即剿杀和招抚。先剿后抚，抚而又剿，剿抚并用，双管齐下。招安，往往是在剿杀无果，代价太大，或形禁势格，力有不逮时所实行的权宜之计。因为统治者的朝廷、官府，与造反者的梁山盗寇，存有不小的利益冲突。山贼、草寇一天不消灭，既有的统治秩序就不稳定，赵佶、蔡京们就一天也不能安枕入睡。招安，大抵是统治者不得已而为之的妥协谋略。

招安能给买卖双方带来安宁、安全吗？一部《水浒传》已然说得分明：招安、招安，招而不安。权力和利益的争斗，并不会由于招安而停息。

如朝廷方面，包括徽宗皇帝、蔡京、童贯、高俅等在内，对受招安、易帜为官军的梁山人马，仍是一万个不放心。既害怕宋江、卢俊义等的强势介入，改变朝廷权力结构，损害自己的利益，又担心梁山好汉掌握兵马重权，尾大不掉，威胁朝廷；所以，他们总要竭力排挤之，陷害之，不惜施展种种阴谋诡计。说实话，像赐毒酒害死宋江、卢俊义这天大的谋杀案，称只是蔡京、童贯、高俅之类奸臣的阴谋，皇帝老儿被蒙在鼓里、浑然不知，我是不愿相信的。没有最高权力者的授意、默许，他们敢如此胆大安为？

对受招安的梁山人马来说，招安是条不归路。出身不同，利益不同，想法不同，决定了一百单八将对招安的态度，大有差异。招安之后对朝廷的忠诚度，卖力度，也有云泥之别。但是，他们的最终结局，都不大美妙。其大多数，或喋血沙场，或伤残病故，或遁迹江湖，没几个人能安度余生。经打方腊一仗，宋江活着带回来的只剩下 34 人，而这 34 人中辞官不干的又占了 21 人。也就是说，真当上官的，不过宋江等十数人而已。"杀人放火受招安"的曲线做官之道，对大多数梁山头领而言，无疑是场清秋梦！至于梁山人马中的小头目、喽啰兵，死伤无数，连个名字都留不下来。李逵那句"招安！招安！招甚鸟安"，倒道出了梁山众好汉的运命，也似揭开了招安的招而不安真谛。

梁山好汉受招安的谢幕戏，是宋江、吴用、花荣、李逵的"魂归蓼儿洼"。宋江的甘心受死，不足道；对招安心存不满、不安的吴用、李逵，为何死心塌地的追随宋江而去？与"龙头大哥"同生共死的江湖义气，是明摆着的，但在江湖义气的背后，其实就是皇权社会普遍存在的人身依附关系。宋江之念念不忘招安，搞所谓"替天行道"，不过是他一心依附朝廷，要归顺正统权力罢了。吴用、李逵们犹如一株株凌霄，"偶依一株树，遂抽百尺条；托根附树身，开花寄树梢"，可末了，不免如白居易诗云，"朝为拂云花，暮为委地樵"，难得善终。招安做官的风光荣耀，顷刻间被皇权机器碾为齑粉。曲线做官的招安，无异于是对皇权的卖身投靠。

"说《水浒传》里有革命精神，因风而起者便不免是涂面剪径的假李逵"。梁山好汉的招安闹剧，褪去了他们头顶的革命光环。热衷于翻拍《水浒传》的人，须当记住鲁迅的告诫，"拉旧来帮新，结果往往只差一个名目"（《集外集·〈奔流〉编校后记》）。

2012 年 1 月 27 日

（载 2012 年第 11 期《杂文月刊·上》）

菜刀管制了，别的刀呢

《法制晚报》消息称，北京大型超市和家居用品店最近贴出告示，依据公安机关的要求，购买菜刀推行"实名制"，须登记其姓名、身份证号、家庭住址和说明用途。否则，不予出售。

枪支的管制，我是知道的。别说冲锋枪、手枪，就是猎枪、仿真枪之类，老百姓是不准随便购买或收藏的。想想也对，平民百姓要是有了枪支，哪怕是打野兔的猎枪，或孩子玩的仿真枪，一旦发生冲突，人们便拔枪而射，那有多可怕，会带来多大的不安啊！为免于恐惧，增强社会的安全感，在中国这个人口众多、矛盾交织的国度，实行枪支管制，我是真心赞成，十分拥护的。

但是，细细一想，像"首善之区"的北京那样，仅"实名制"买菜刀，对菜刀管制，我以为还不够彻底。刀具管制的力度，须进一步加大。如果说菜刀能用来行凶杀人，因而要加以管制的话，那么还有别的刀呢？

锋利的水果刀，照样可致人死地。

理发的剃刀、裁缝师傅的剪刀，一样能要人的命。

刮胡须的刀片，也可以割破人的喉管、动脉。

即便是小学生用的铅笔刀，一刀戳过去，照样能把人刺得鲜血淋淋。

这些刀具要不要也管制起来，搞"实名制"，以确保安全无虞？

可拿来行凶杀人的，不只有刀。建筑工的锤子、樵夫的斧子，还有钢钎、木棒、砖头等等，哪一样都能用来砍人、砸人，行凶作案。不管制起来，怎么行？

最好，把拳脚也一并管制。《水浒传》里的鲁达，三拳就把镇关西给打死了。行者武松、浪子燕青的一双铁拳、两条鸳鸯连环腿，都是致人非命的武器，不比一把菜刀差。所以，对有些拳脚功夫的练家子，公安机关也有必要责成武术协会，搞拳脚"实名制"，进行登记注册，说明用途。否则，不准习武。

为了社会和谐的稳定大计，把所有可能伤人、杀人的器具，不管它叫不叫刀，统统管制起来，那才叫高，"高家庄的高"！

可老百姓的日常生活，又离不开各色各样的刀具器械。总不能把农民的钉耙、锄头，工人的钉锤、螺丝刀，西餐店的铲子、叉子，都管制起来吧！

怎么办？法子倒有一个，开发研制一种新材料、新工艺，替代现在用精钢打造的菜刀、水果刀、剃须刀，使之既有切割功能，又无伤人、杀人的危险。这就看中国的发明家有什么突破创新了。苟能如是，功德无量，应由公安机关隆重授予其维稳大奖。不，该叫世界和谐奖。

一条菜刀管制新闻，令我惶恐。政府的"手"伸得太长，管得太宽。一宿胡思乱想，害我患了神经衰弱症。还好我是个平头百姓，倘若社会管理的诸公也得上此症，麻烦可真大了。

2012 年 1 月 29 日

（载 2012 年 2 月 14 日《杂文报》）

教育碎思录

低科技教育

在全球高科技竞争如火如荼的当下，美国的硅谷精英语出惊人，推崇对孩子的低科技教育。

低科技教育是说：低龄儿童要少接触智能化的电脑和网络，恪守教育的启蒙传统，让孩子勤用脑、多动手，激发兴趣，养成良好习惯。这对迷信高科技的人而言，不啻是当头泼了盆冷水。

我为低科技教育喝彩。低龄儿童过早、过多接触高科技的电脑，利小弊大，有碍孩子心智的启蒙和成长。高科技无疑是人类智慧的结晶；然而，正像科学巨匠爱因斯坦所说，无论多么"伟大的科学功绩"，都源于人的"品德力量和热忱"，都没有"人格的伟大"珍贵；"关心人的本身，应当始终成为一切技术上奋斗的主要目标"（《历史深处的声音·科学的颂歌》）。高科技不能替代孩子的大脑发育。高科技也不能锻造孩子的意志品质。高科技可以成为传播知识的强大工具，但高科技又不可能包办人类对未知世界的探求，以及代代相续的知识创新。或许将来某一天会在人脑中植入高科技的智能芯片，可它仍是辅助人类思考而不会取代人脑的进化。低科技教育抓住了关心人、人的成长这个根本，避免孩子沦为高科技的附庸和奴隶，让教育、特别是幼儿教育，回归本源正途。因为，教育不只是传授知识，尤须开发智慧和完善人格。

高科技是个好东西。而对孩子的智慧发展和人格完善，还是低科技教育较为适宜。

免费教育好

西藏自治区决定，实行从学前到高中的 15 年免费教育，上学费用全由政府承担。西藏的孩子们真有福！

地处边陲、经济发展滞后的西藏出此教育大手笔，而中东部地区比西藏富裕得多，为什么不能实行 15 年免费教育？他们在教育投入上为何像高老头一样吝啬？有这样一组数据：公共教育经费投入占 CNP 的比例，发达国家为 5.3％，南非国家 4.6％，印度 3.5％，最不发达国家为 3.3％，而中国只有 2.3%；仅两亿多人的美国年教育经费为 7000 亿美元，十几亿人口的中国年教育投入仅 400 亿美元，不到美国的 1/17；肯尼亚、乌干达、莱索托、坦桑尼亚、莫桑比克等全球最穷的国家，都实行小学免费教育，上学 6 年不用缴一分钱。咱们的 GDP 名列当世老二，可教育投入的占比至今未达 4% 的法定线。9 年制义务教育有名无实，尽管免除了学费，但是各色杂费却多如牛毛，令贫困家庭不堪重负。

免费教育要花钱。但对中国、尤其是中东部各省来说，钱不是问题。各地政府都有钱，就看他们把钱怎么花，用到什么地方。少上些高耗低效的建设项目，少盖些豪华办公楼，少买些高档轿车，少搞些奢侈的吃喝玩乐，教育经费即绰绰有余。政府急功近利而又不廉洁，只想着自己的政绩，或只顾潇洒享受，钱再多也不够用，更别说下血本、办教育了。就此而言，西藏实行 15 年免费教育，确是"将"了中东部各地政府的"军"。

教育家难得

蔡元培、梅贻琦、晏阳初、陶行知，这些现代中国的教育家，名垂青史，令人敬仰。近闻北京市出台新举措，要在今后每隔两年评选 20 名教育家，至 2018 年共评出 80 位教育家，以推动首都教育的大发展。

在为北京的教育界人士庆幸之余，我却生出了隐忧。教育家是靠政府评选出来的吗？年均出 10 个教育家的速度是否太快？这些暴长速成的教育家，会不会盛名之下其实难副，以至滥竽充数、贻笑大方？我真的有些惴惴不安，担心其非教育之福。

譬如北大校长周其凤，身为中科院院士、化学专家，大抵是评选教育家的上佳人选之一。但他接掌北大时间不长，亦未见有多大办学方面的建树；反倒是去年圣诞节前在长沙的演讲，信口雌黄美国教育"一塌糊涂"，引得媒体一片声讨。其立论依据，"每一任总统都不懂得尊重人"，美国经济在低谷徘徊等等，不光逻辑荒唐，而且把经济状况和总统道德当作评判一国教育成功与否的标志，更适足表明其不大懂教育，不像个教育行家，只是个遵奉官本位的颟顸高官而已。这样的教育家评得越多，离真正的教育就越远。

学校不是官场，教育也不是生意。教育家难得。他不是工业流水线上的批量产品，更不是政府权力封赏的顶戴花翎。看看蔡元培、陶行知们是怎样成为教育家的，我们即可明白大半。

2012 年 2 月 1 日

（载 2012 年 3 月 16 日《杂文报》）

嫉妒贪官的 N 个理由

杂文界对贪官的口诛笔伐，上纲上线，声势浩大。有指贪官为叛党的，有斥贪官是卖国贼的，恨不能寝其皮食其肉，方泄心头之忿。夜深人静、扪心自问，我对贪官却是嫉妒羡慕恨、五味杂呈，似像吃不着葡萄说葡萄酸。下面，试说嫉妒贪官的 N 个理由，幸勿见笑。

我嫉妒贪官在位时的活得滋润。他有权有势人人敬，吃穿住用样样精，什么名山大川没玩过，就差乘宇宙飞船逛太空了！坐车，有人为他开门；吃饭，有人给他买单；住宿，早备下星级包房；下雨，有人为他打伞；讲话，有人代他拟稿；哪怕把讲稿汇集出书，也不用花书号费、不须自个儿校对半行，还能扬大名、赚一笔！陈同海平均每天花销 9 万元。"工资基本不动，老婆基本不用"。钱多房多女人多，个个都是"许三多"。贪官过的是神仙日子呀！

我嫉妒贪官给他一家子带来的幸福。普通人家的妻子儿女，要多辛苦有多辛苦，整天忙上班、忙上学，像陀螺似的转不停；但贪官家人，背靠大树好乘凉。老婆孩子开公司、做生意，一准发大财；能力弱、成绩差不打紧，重点名校随便挑，油水足的肥缺任意拣；做什么事都有人帮衬，无法无天也有人保。最省力省心的，干脆坐在家里吃空饷，一点烦恼都不耗。贪官一人得道，家人鸡犬升天，幸福生活乐逍遥。

我嫉妒贪官的安全系数高。别信什么"手莫伸，伸手必被捉"，中国贪官露馅、出事的概率低着呢。被揪出来的贪官，要么是小偷偷出来的，要么是情妇反水检举的，或者是塌台老板咬出来的，或者是自己不小心，抽天价烟、戴天价表，被媒体曝光才倒霉的。只要后台硬、靠山牢、关系铁，加上管好情妇、做好防盗、别太炫富，他就捞个千万、上亿也不怕！说不定还越贪越升、越升越贪，官帽元宝比翼飞。

我嫉妒贪官落马后的境遇好。说落马的贪官是臭狗屎？错！且不说身陷囹圄的贪官，有人为之说情，有人为之打捞；只消他嘴巴牢靠，别往上胡攀乱咬，哪怕如文强般被判死刑、丢了性命，可老婆孩子一家人，依旧有人照应。单说蹲班房的日子，也跟普通犯人不一样，不用去敲石子、做苦工，住单间吃小灶，读书看报一样不少。平头百姓贪污几百万，不杀头也得准备把牢底坐穿，他们就不同，贪了几千万、判了无期或死缓，只要里里外外运动关系，弄个保外就医，就优哉游哉逛大街，能再混个顾问、研究员什么的干干。贪官出牢香着哩。听闻某身居高位的大贪官落马之后被养了起来，住湖滨别墅，一天几百元生活费，每月几千元零花钱，俨然超高干的待遇。岂不叫人羡煞！

听了上述N个理由，你对贪官嫉妒羡慕不？做贪官的好处多了去，比做什么买卖都强。自知修炼不够，慧根太浅，觉悟不高，经受不住权、财、名、色的诱惑。古人云，"天下柄不可假人。威权既振，孰敢议者？"（《新唐书·高力士传》）在有权就有一切、权力成了乐趣的地方，权力寻租、权力腐败，出一批批大小贪官，稀松平常，不用大惊小怪。所以说，我的嫉妒羡慕贪官，也属人之常情。

当然，这番嫉妒贪官的内心独白，不便为外人道，免得有损形象。如有不对，听候批判。谁叫咱们是"两面人"呢？这，大家伙都懂的。

2012年2月3日

世袭不是好鸟

秦汉以来国家权力的更替交接，大抵是父传子、子传孙的家天下世袭制。至于改朝换代，虽经血火洗礼，新皇取代旧帝，其所推行的也仍是权力世袭的老套路。接班也好，抢班也罢，都只是龙子龙孙的专利，与平民百姓无干。直到百年前辛亥革命、开启共和，世袭制才偃旗息鼓。

现今的英国、荷兰、日本等，仍有世袭的女王、天皇，但已不关乎国家权力，只保留一个君主的名义。行政权力，归于议会、内阁，须通过民主选举，绝不再世袭。倒是一些名为共和的国家，在搞子承父业，老子死了把权力传给儿子；尽管儿子乳臭未干，没有资历人望，也无寸功尺勋，却在一夜之间登大宝，成为手握党军大权的"最高领袖"、"最高统帅"。在那里，国家权力的世袭不是耻辱、不是落伍，反倒理所当然，光荣无比。在全球现代化的当下，一如马克斯·韦伯所说，"暴政也在现代进程中一起'现代化'"了。

依我拙见，世袭是权力之耻与恶。因为世袭给国家、人民带来的，总不是自由与幸福，而是专制与穷困，以至是动荡与战乱。利比亚、叙利亚的困境，足资证明。其实，权力世袭对于权力者及其子孙们，也未必是幸事。秦二世胡亥，被逼自杀；玄武门之变，太子建成、齐王元吉及其诸子，一起脑袋搬家；明建文帝被叔叔赶下台、下落不明；崇祯吊死在歪脖子树上之前，还把后妃、公主等一并杀了；康熙爷死后诸子夺嫡，雍正把亲兄弟杀的杀、囚的囚，贬为猪狗；光绪帝禁闭瀛台，终遭毒害。中国历史上的权力世袭，并没有消弭皇家的权力争斗，却把宫廷权力场变作一方布满阴谋诡计、血腥味冲天的污秽地。由权力世袭而株连、冤死的龙子龙孙、王公大臣，数不胜数。即便在现今，曾为世袭宠儿的乌代、库赛、赛义德等等，都落得家破人亡，死无葬身之地。权力世袭给龙子龙孙们铸下的苦难、祸害，三天三夜也说不完。

1901年1月29日，慈禧太后发布的变法上谕称，"误国家者在一私字，困天下者在一例字"。话说得蛮漂亮，但请问：是谁家之私误国？又是何例困天下？倘叫我答，正是爱新觉罗氏的一家之私，贻误了中国的前程，让国家蒙受割地赔款的耻辱；也正是因循权力世袭的老例，把五六岁的儿童抱上龙椅、做傀儡皇帝，由你老佛爷垂帘听政，操控天下，才酿成天下困苦，民不聊生！误国家、困天下的罪魁祸首，恰恰是你慈禧。你的权欲私字比天大，奉行世袭老例最顽固。你有何面目说三道四，教训旁人？你吃尽权力世袭的甜头，可不也充当了爱新觉罗王朝的掘墓人么？死后遭挖棺、暴尸，算不算上天对你的报应、惩罚？

奔小康、搞现代化的中国，自然不再有一家一姓的权力世袭。但近从《同舟共进》上读到周瑞金先生的文章，得知当下中国竟有"大规模世袭"，令我吃惊不小。他说，权力和财富的"代际遗传"有三大表现：草根阶层失去向上流动可能，并在通货膨胀中频现生活窘迫；中等收入阶层因高房价等产生严重的被剥夺感；新富阶层大量移民，特殊利益集团则陷入"捞一把是一把"的疯狂。他认为，这种"官二代、富二代，贫二代、农二代，代代相传"的"大规模世袭"，比穷富、官民间的财产和收入差距，问题更大，也更危险。看看周遭的情形，我对他的判断确信无疑，唯有折服！经他一说，权力的世袭，仍在变态延续。所谓"官二代"，就凭"拼爹"、靠爹妈的庇荫，在仕途上春风得意，一马平川，才"接"上权力之"班"的。父辈的政治资源、人脉关系，为"官二代"世袭注入了无所不能的活力！当然，"官二代"粉墨登场，不再沿用"先皇遗诏"的旧套，而是使上了"萝卜招聘"之类新招，或走过了公示、表决等既定"程序"。其权力造假之高超，起唐宗宋祖于地下，也会自叹望尘莫及。

公器私相授受，世袭不是好鸟。"大规模世袭"警示人们，中国的改革又到了最危急的时刻。重聚改革共识，再造改革动力，对包括干部选举任用在内的政治体制改革，如何突破滞缓局面，推进民主法治，我们真得克难攻坚，全力以赴。万不可再推托迁延，错过时机。

2012 年 2 月 6 日

（载 2012 年 2 月 21 日《杂文报》，

获全国第三届鲁迅杂文大奖赛二等奖）

瑶瑶的假期作业

邻家女孩名瑶瑶，聪明活泼又可爱。才6岁的她，就在读小学一年级了。

正月十四，放寒假的最后一天。小瑶瑶愁眉不愁，像有什么心事。起初以为，她是放假没玩够，还想再舒心几天，问过我才得知，是老师几天前给她妈妈发了手机短信，说开学那天每个孩子要缴一份假期作业，把自己寒假中的幸福生活片断，做成彩色图板，展示龙年春节的快乐祥和；而且，孩子的作业都要张贴出来，展览评比，对优秀的给予嘉奖。眼看着今天已到大限，瑶瑶的这份作业仍大字没写一撇，喜欢争强好胜的她，能不火急火燎，忧心如焚吗?

好在瑶瑶妈是个电脑图像制作的高手。她家就是吃这碗饭的，开着一家专营店。门面虽不大，若说设计制作一块彩色图板，那倒是驾轻就熟，小菜一碟，不费多大劲。我去店里的时候，正撞上瑶瑶嘟着小嘴、对她妈妈嚷嚷：快点嘛，我的作业就差这一份了，妈你什么时候给我做嘛?在电脑前忙得不亦乐乎的妈妈，很不耐烦地一摔手，吼道：别吵了，妈妈干完手上的活就给你做。

估摸过了大半个钟头，她家的彩色打印机吐出一张30公分大小的图片。“瑶瑶，你的作业出来了。”妈妈的话音刚落，瑶瑶一把抓过那张彩色图板，脸色立马由阴转晴，跳着欢快的小步直叫唤：“嗬，作业完成啦!”

我凑过去瞧了一眼，图板设计制作得太漂亮了。上端是“瑶瑶的寒假生活”七个大字，闪光夺目；三张瑶瑶的生活影像，错落有致地排列在一抹粉红的底色版上。有在夫子庙闹市玩花灯的，有大年三十跟奶奶、爸爸、妈妈在一起吃团圆饭的，还有跟小朋友一同踢毽子的。影像边沿写着充满幸福感的说明文字，如“秦淮彩灯甲天下”“欢欢喜喜过大年”等等。图板上的小瑶瑶，头上缀着火红的蝴蝶结，笑靥如花，机灵可爱而又有几分调皮，活脱脱个小天使！要我说，这张彩色图板的构思、布局、色彩、文字，与其说是一个孩子的寒假作业，倒不如说是童星瑶瑶的精美广告。明天拿到学校展出，定然出类拔萃，是会得大奖的。我为它的只能在小学校园里展览而感到惋惜。

看着瑶瑶高兴莫名的样子，我对她的爹妈陈述了一点疑惑与不安。我说，这样的寒假作业，不是拼爹拼妈么？对孩子有什么意义？瑶瑶妈两手一摊，快人快语：没办法，现在小学老师布置的作业，别说小孩做不出，就是家长也头疼；再说了，人家的孩子都在拼爹拼妈，由家长越俎代庖，咱家不拼不做，不就吃亏、委屈了孩子么？

可怜天下父母心。现今的城里孩子都是独苗一根，宝贝疙瘩；上学、就业的社会竞争压力又那么大，家长哪有不疼爱、不帮忙，无动于衷、袖手旁观的？想到这里，我只得对瑶瑶妈报以无奈一笑。但我弄不明白，孩子的家庭作业都到了要拼爹拼妈的地步，那还要老师做什么？这教育怎么了？这些自小靠拼爹拼妈长大的孩子，将来会是什么样的人？《颜氏家训》说，"潜移暗化，自然似之。"邻家女孩未长成，拼爹拼妈争虚名。虚夸、浮躁、功利的教育，悬乎危哉！

元宵节早晨，瑶瑶牵着妈妈的手，小书包里装着妈妈代做的那份寒假作业，欢蹦着向校园方向走去。我的心里泛出几丝愁绪、几许惆怅，目送她们的背影渐渐消失在熙熙攘攘的人流中……

2012 年 2 月 6 日元宵节

（载 2012 年 7 月 3 日《文汇报》）

霸权无主义

央视《今日关注》邀集国内权威嘉宾，在每晚九点半的荧屏前解读天下大事，评说全球经济、政治、军事的风云变幻。我素爱看这档节目，可对某些嘉宾的言说，不敢苟同。

去年我国海军编队穿越东海、赴太平洋军演时，日本媒体颇有微词。为反驳日方舆论，特约评论员、海军少将尹卓，就在屏幕上侃侃而谈，申述中国不称霸的两点理由：第一，中国乃社会主义性质的国家，不对外扩张；第二，中国传统的历史文化，是内敛的、防御性的。说得义正词严，头头是道。但略加思索就发现，此论与史实不符，其说也无法自圆。

毛泽东、周恩来、邓小平等中国领导人生前曾再三声明，中国不称霸，不搞霸权主义。不仅现在不搞，将来中国强大了也永不称霸。列宁在《帝国主义是资本主义的最高阶段》中说过，帝国主义的主要特点之一，就是"几个大国都想争夺霸权"。说来遗憾，称霸、争霸，搞霸权主义，并不是帝国主义、资本主义的专利。一个国家的是否称霸，搞不搞霸权主义，其决定性因素，不在它实行何种社会制度、持什么意识形态，而在国家的综合实力，即其军事、科技、经济、文化等硬实力和软实力，是否强大到了可以外向扩张的程度。由之可说，霸权无主义，与国家的资本主义性质、还是社会主义性质、甚或是封建主义性质，没有多大干系。尹卓将军的理由，在中国和世界的历史事实面前，破绽百出，难于立足。

两千多年前，齐桓公、晋文公、楚庄王、吴王阖闾、越王勾践，诸侯争霸，征战不休，被称为"春秋五霸"。他们搞的是不是称王称霸的霸权主义？还有大元帝国的"大汗"铁木真，率蒙古铁骑踏遍中亚，直抵俄罗斯贝加尔湖，又把抢得的疆土分封给三个儿子。这不是对外扩张掠夺的称霸之举？说传统历史文化内敛的、防御性的国家不会搞霸权主义，难道尹卓将军法力无边，随随便便就能把"春秋五霸"、成吉思汗等从中国历史上一笔勾销？

大国争霸，小国其实也弄霸权。如萨达姆治下的伊拉克，自恃国力强盛，即穷兵黩武，先与伊朗对掐了8年，打得两败俱伤，后又吞并邻国科威特，把人家的珍宝、油田洗劫一空。其地区霸权的野心，大着呢！又如与中国相邻的越南，虽是弹丸之国，一朝走强，就出兵柬埔寨，扩张其势力；且屡屡在边境寻衅，对帮过他大忙的"老大哥"开火，现在又染指中国南海岛屿，欲做南亚老大。它的地区争霸胃口也不小。"同志加兄弟"的亲密友谊，挡不住对外扩张、争雄称霸的步伐。

社会主义国家就不搞霸权吗？不说希特勒的"国家社会主义工人党"及其第三帝国，挑起第二次世界大战，疯狂侵略扩张；就看正宗、老牌的社会主义国家苏联，搞霸权主义几乎从来就没有停息过。它结成"社会主义阵营"与西方对抗，军备竞赛愈演愈烈，是20世纪"两霸"之一。超级大国的苏联，哪怕对它的社会主义兄弟国家也不轻易放过。视东欧诸国为其势力范围，控制经济，干涉内政，驻扎军队，出兵弹压，无所不为。即论它与中国的关系，早在蜜月期就先霸占了海参崴等中国领土，并觊觎大连军港，撕破脸皮后又卡脖子逼债，挑起珍宝岛事件，欲要摧毁中国的核基地。其绑架中国、称霸世界的恶行，如今年过花甲的中国人，哪个不是感同身受、切齿愤恨！更别说它在80年代占领阿富汗，图谋向南亚扩张了。一部苏联争霸、称霸史，不恰好证实了霸权无主义么。

霸权主义不是什么好东西。不管它是大国的世界霸权，还是小国的地区霸权。但一个国家搞不搞霸权主义，我以为，并不以它的历史文化或什么主义为转移。人的贪婪和权力的天然扩张性，谋求国家利益最大化的躁动，注定了这个世界通行"丛林法则"的大势。除非哪一天真的实现了世界大同，达成了和谐世界的梦想。人类的苦难，还会在大、小国家竞相争霸的闹剧中延续下去。不知尹卓将军以为怎样？

我尊敬央视的权威嘉宾。但我吁请，多些独到的创见和客观的剖析，少些迷离惝恍的老调和鹦鹉学舌的聒噪。如若不然，恐有堕为威权"砖家"之虞。

2012年2月7日

（载2012年7月13日《当代杂文》，

入选中国文化出版社《公民之声》）

刘瑾弄权有方

有明一代，太监专权，蔚然成风。刘瑾是其中的佼佼者。别笑他大字不识几个，几乎是文盲；可他不学有术而又弄权有方。他的一大秘技，即在把武宗正德皇帝导入声色犬马的温柔乡，无暇顾及、乃至不想过问朝政，随由自己取而代之，独揽大权。

刘瑾掌管的司礼监，居大内宦官二十四衙门之首。批奏章，盖玉玺，督厂卫，管礼仪，提门禁，掌机要，供物资，遣杂役，无所不包，实权之大超过内阁。而司礼监总管，好比现时的中央秘书长兼办公厅主任和警卫团团长，是皇上身边最亲近、最信任的人。如果正德帝勤于政事、独断乾纲，那么刘瑾就只是个办差的奴才，左右不了朝政。所以，要把皇上手中的权力揽过来，最好的办法是支开皇上，让皇上去尽情享乐，舒舒服服地把权柄渡让给自己。

还在朱厚照当太子的时候，刘瑾就在东宫侍候过，深知其性喜游乐，是个不务正业的顽主。登基之后，正德帝变本加厉，筑豹房，听丝乐，观斗兽，玩美女，一发不可收拾。有一次，武宗私幸刘府，把刘瑾的两个大美人抢走了。夺己所爱、本该生气的刘瑾，反倒心中暗暗高兴。他打定了包赚不赔的算盘：你要美女，我要权力；有了权力，何愁美女？从此以后，刘瑾隔三岔五的把美女送入豹房，让武宗玩个够！本土的汉家女子不够味，就挑选丰满白皙的色目美女，让皇上开洋荤。这一招果然灵，武宗沉溺欲海，再也没心思、没精神打理朝政了。

以"诱帝游宴"为弄权术的刘瑾，自有高人一筹处。那就是，看准时机、在皇上玩兴十足的时候，前去奏事、讨批复。此时的皇上觉得败兴、心生厌烦，便把权力运作的机会留给了他。有一天，武宗与几个内监正在观赏乐工排练的新曲，几位新入选的美人也待武宗决定去留。就在武宗和美女"戏弄"时，刘瑾捧着票拟进来，请皇上"批红"。武宗自然满脸不高兴，斥道：刘公公是不是越老越糊涂了，为何总拿这些来烦人，朕要你这个司礼监总管何用！刘瑾则假作谦恭：奴才无德无能。一门心思扑在美色上的正德皇帝传下一道口谕：以后少烦我，有事自家剖断便是！刘瑾要的

71

就是这话。"自此遂专决，不复白。"皇帝的最高权力，旋由刘瑾代行。他悄无声息地把最高权力弄到手，且又名正言顺，他有皇上的授权嘛。

刘瑾弄权有方，不算是我的抬举吧？

一个文盲怎么批答奏章呢？别担心，刘公公有的是法子。他把一摞奏章拿回家，和妹夫以及几个要好的无赖一起商量处理，先拟出个大意，再交给内阁中的同党焦芳修改润色，作为谕旨下发。这样一来，军国大事都按刘瑾的意思办。许多事武宗压根儿就不知晓，做了挂名的皇上；而刘瑾，时人称之为"刘皇上"。刘瑾把前辈王振的那套权术，"活学活用"到了炉火纯青的境界。

一朝权在手，便把令来行。权倾朝野的刘瑾，贪污受贿，卖官鬻爵，广置田产，搜罗美女，红得发紫。满朝文武连同公侯勋戚，都不敢对他行钧礼，去刘府谒见，"相率跪拜"，像朝拜皇上一样。后来刘瑾失势、贬谪凤阳，仍买下良田千亩，置房屋近百间，家中妻妾成群，仆役近千。花甲老翁的他，须眉皆白，却以黑炭染乌，穿上大红袍，娶二八妙龄少女作妾。刘瑾被抄家时，计有黄金1250余万两，白银25950多万两，把皇帝给愣住了，惊呼：他比朕富裕多了！

权力不透明，难免有边际效应。离权力核心越近，边际效应越大。刘瑾作为皇帝身边的红人，且弄权有方，其害必越加放大。于今的情形不同，但像"河北第一秘"李真那样窃权网利、弄权自肥而为贪官的，似又不是孤立的个案。这，不值得人们细察深思么？

注：文中刘瑾材料，见《明史·列传第一百九十二》和《武宗逸史》。

2012年2月9日

（载2013年8期《雨花》）

娱帝朱厚照

专跑娱乐圈新闻的记者，简称"娱记"。专事娱乐的九五之尊，呼为"娱帝"，似亦无妨。中国历代几百位君王中，明武宗朱厚照大概可列娱帝前三名。

头顶"武宗承天达道英肃睿哲昭德显功弘文思孝毅皇帝"名号的朱厚照，顽劣成性，喜爱骑射。他对读书、政事没兴趣，而对游宴玩耍，架鹰斗兽，猎艳渔色，则情有独钟，花样百出。

正德九年春元宵夜，紫禁城里张灯结彩，烟花爆竹齐鸣，煞是热闹。不知怎么的，大内乾清宫失火、烧得火焰冲天。正在豹房观看人虎搏斗的武宗，不急不慌，一不停止玩乐，二不布置救火，却乐呵呵地对左右说："好一棚大烟火！"瞧瞧，自家皇宫遭火灾，一点不心痛，视同放了"一棚大烟火"，像是逗乐子的游戏。其娱乐水准，岂非前无古人、后无来者！或曰，崽卖爷田不心疼。但这些败家子在娱帝正德跟前，提不上筷子。

娱乐，少不得歌舞美人。正德皇帝的玩女人，哪怕隋炀帝都要自叹弗如。皇宫里的成千上万美女玩腻了，他就微服私行，北游宣化、大同，南下扬州、苏杭，狎娼嫖妓不说，还要对寡妇、道姑下手。农家少女、官宦妻妾，他看上谁就是谁，半夜三更带人冲进去强行索要，掳了就跑。御驾亲征时，他也带上一支美女"娘子军"，陪伴左右，供其淫乐。他在位15年，大半时间用在了搜罗、对付女人上。荒淫也罢，娱乐也好，纵然最是缺德，无碍年号正德。

以滥情游戏为人生要义的明武宗，又把军国大事当作娱乐儿戏，玩个痛快。正德十三年秋，朱厚照自己给自己下诏书，托名"朱寿"，自封"总督军务威武大将军总兵官"，率师靖边，加封"镇国公"，每年领禄米5000石，并交吏部贯彻实施。好大喜功的他总想建不世之功，十一番惊天动地的大业；正德十五年，机会来了。谋反的宁王朱宸濠为王守仁领兵剿灭，被押解至南京。可武宗执意要御驾亲征，令王守仁在金陵待命。他率十几万大军南下，一到南京却把囚禁中的朱宸濠给放了，并叫宁王手拿兵器、带上几个假扮的亲兵，一起出逃；然后他再率数百精兵，快骑追击，活捉宁王。骑着高头大马的明武宗挥动宝剑，大吼一声："绑了这叛贼！"四周士卒则振臂高呼，"皇上万岁！"于是，皇上亲俘贼首的传颂，轰动京城。这部自导自演的娱乐大片，着实让朱厚照过了把"以武功自雄"的瘾。他的游戏人生，娱乐至上，便是这般的贪天之功、窃为己有，全然不要脸。

然平心思量，皇帝老儿玩些把戏，把错误推给别人，把功劳归于自己，倒也不算稀奇。人家是天纵英明、永远正确的天子，手握说一不二的绝对权力。王守仁平叛的功劳再大，也得在皇上的圣明领导之下嘛，不服气硬是不行。

传说，娱帝朱厚照是在白洋淀游玩时跌落水中、受了大惊吓，才卧床不起的。不过，头昏眼花的他，虽病体难支，仍纵欲无度、叫平生最喜爱的一干美人侍寝。咽气之际，他的双手还死死的搂住这些美人。端的是牡丹花下死，做鬼也风流。娱帝娱乐至死，年仅 31 岁。就连为尊者讳的史官，对他的评价也不得不说，"耽乐嬉戏，昵近群小"，以致"朝纲紊乱，而底于危亡"。正德呀正德，你就差把江山玩丢、把社稷玩完啦！然而，领导者无历史担当，视权力为乐趣，将权力做了世卿世禄、作威作福的资本，则骄奢淫逸的娱帝朱厚照不失为一面镜子。殷鉴虽远，屡试不爽。

注：文中朱厚照材料，见《武宗逸史》和《明史·卷十六》。

2012 年 2 月 11 日

（载 2012 年 4 月 27 日《杂文报》）

发　票

近几年在南北两京流动生活，天天上菜场、逛马路，发现俗称"牛皮癣"的小广告，有所不同。在南京，多为"办证"；在北京，却多是"发票"。首善之区的京都，发票颇有商机。

商品交易中，卖方开给买方的一种凭证，即谓发票。"牛皮癣"招徕的"发票"，自然是无交易的假发票。它显示着怎样的信息，我说不准。但生活中"发票门"的屡屡出现，似非好事。

中华慈善总会曾被卷入尚德捐款的"发票门"。央视新闻频道播出的调查称，由尚德公司操办的青少年创意大赛组委会主任罗凡华透露，在捐赠品未经核实被变卖、钱款去向不明的情况下，他给中华慈善总会送上 5 万元现金，即从该会拿到 1700 万的减免税发票，使尚德公司享受优惠待遇。明眼人都知道，这是花钱买假发票，从中牟利。与街头的发票贩子相比，倘说他们制售的是真的假发票的话，那么中华慈善总会开具的，即为假的真发票了。而这种真发票所造成的祸害，一点不比发票贩子的假发票小。制假售假、假账假发票多多，成本很低、代价很小而获利很高、很大，商业诚信即荡然无存。"假作真时真亦假"，社会的诚信危机也就日甚一日。

最新的"发票门"，发生在石家庄信息工程职业学院。中国之声《新闻纵横》2 月 6 日报道：在该职业学院举办的今年省外院校艺术类招生专业考试中，仅 2 月 2 日这一天，就有两万多名应考者，各院校向考生收取从 100 到 200 的不等报名费；奇怪的是，没有一名考生拿到过收费发票。当记者采访学校、组织方、物价局等相关部门时，他们都给不出个合理解释。收费不出具发票，不涉嫌违法么？这么一大笔"糊涂账"，该由谁来监管？与慈善总会的"发票门"不同，近两百所招生院校干脆就拒开发票，叫考生索票无门。

看来，中国的发票真是个艺术活。开不开发票，怎么开发票，发票做何用，大有学问。不精于此道者，难免吃亏上当、付出代价。北京电视台一档法治节目就说了这样一个故事——

来自山东的一位小伙子在京给某大老板开专车，月薪五六千，外加老板给他每月 3000 元的报销额度，混得挺不错。只是与妻子两地分居，难耐寂寞。有一天，他电话召来个东北小姐，去宾馆销魂。快活过后，不料为发票起了争执：小伙要小姐给发票，否则不付钱，或减半付费；小姐则说没商量，1800 元一个子儿都不能少。双方吵着吵着动起手来，结果小伙把小姐掐死，又抛尸京郊下水道。后来凶案侦破、小伙子追悔莫及：中介说好给发票的，有发票我才能报销；早知道她没发票，我就不会叫她来。唉，全怪那该死的发票！

为一张发票而弄出人命，"吃喝赌嫖，统统报销"惹的祸，真不小。作为报销凭据，发票必不可少。当然，发票的名目，得有讲究。比如那位山东小伙子索要的发票，就得开汽车修理费，或餐饮费、住宿费之类，最笨的笨蛋也不会写上"嫖娼费"的字样。

到这儿，渐渐悟出点眉目。偌大个北京，大企业、大机关、大医院、大学等等众多的大单位有多大数目的公款，要用发票来报销、冲账呀！于是，各色各样有机会、有条件报销的人们，四处张罗发票，哪管它什么真发票、假发票。发票到手，报销变现，就是花花绿绿的钞票。公款消费给发票贩子招来多少生意！市场法则，利益驱动，此之谓欤。随之我想问：

"牛皮癣"是不是拜公款消费泛滥所赐？

2012 年 2 月 12 日

"老不信"

万般纠结、百般无奈的时代，中国的许多老百姓，一个个渐渐成了"老不信"。

不说别人，平头百姓的我现在能信什么？报纸上登的，电视里播的，官员和专家说的，我的反应几乎一样：怀疑，不信。

生于旧中国、长在红旗下的我，受党和毛主席的教育多年，自忖觉悟不算太低，热爱社会主义的度数不浅，对改革开放的认同感也不差。可我为什么做了"老不信"？想想也觉得惶惑不安。

生活这部教科书的魔力太大了。它对普通百姓的引领、教育作用，比"马恩列斯毛"的经典著作，不知要强多少倍。

还是现身说法吧。我信过"跑步进入共产主义"的大跃进，并在"放卫星"的田头挑灯夜战；却连"共产主义天堂"的门槛也未能摸着，反倒经历了"七分人祸"的大饥荒，整天饿肚子、营养不良。我也相信，"反修防修"的文化大革命"就是好"，参加大串联、斗批改；但它闹得社会动荡，经济崩溃，民不聊生，最终定为"10 年浩劫"，彻底被否。我又曾确信，到 20 世纪末中国实现工业、农业、科技、国防的"四个现代化"；然而，"四化"的宏伟蓝图未能兑现成真，中国仍在不发达之列。信任一次次的遭浪费，希望一次次的被幻灭。从此，理想主义、政治信誉等等，在我心里一落千丈。对那些宏大的口号，庄重的承诺，再也不抱希望，不敢相信。

跨入新世纪，过上了小康日子。我这老百姓的担忧、不安，没有减少，反而加剧。一连串"发展中的问题"，扰得人怨声载道。其中，尤以全社会的诚信危机，叫我六神无主，似乎对什么都要打个问号。不提宏大叙事，只看生活琐事——

假酒、假烟、假币，毒大米、彩馒头、地沟油，山寨手机、诈骗电话、"周老虎"、"欺实码"，直闹得我头发懵、心发慌。菜场的"放心肉"、超市的"绿色食品"，我没法放心买、放心吃。恨不能练成食品鉴定专家，生一双孙悟空的火眼金睛，一眼就能识破所有的假冒伪劣，让自己过安生日子。

可我哪有这么大的能耐！

如今的商场、官场、考场、文场，乃至情场，还有多少诚信、公道？龙年春节刚过，海南三亚的宰客事件持续发酵。有游客投诉富林渔村海鲜大排档恶意宰客；可海南政府官方微博宣称，三亚旅游业在春节期间实现"零投诉"，之后宣传部官员又扬言，"对恶意攻击三亚的人要依法追究责任"，紧接着工商部门出面澄清，说富林大排档宰客"没有证据"。党政领导机关、执法部门的公开"辟谣"，言之凿凿，气冲斗牛。老汉我总该信了吧！但我又被忽悠了一回。在舆论的重压之下，经多方调查取证，海南方面不得不承认，该店的宰客确实存在，并处以吊销营业执照、高额罚款。

真相就这样难求。以正视听的公开"辟谣"，竟成了一桩制造谎言、欺瞒百姓的丑闻！这么一想，我就怕到三亚旅游，更不敢信官方的表白。公权护短、一再失信，或许会产生偏信、迷信，而绝不会有公信、诚信。

生活中有太多太多的不幸，让我从老百姓变为"老不信"。咱们"老不信"，是没完没了的上当受骗苦恼给逼的啊！鲁迅分析过国民的"多疑"，且揭开其"秘密"。他说，国人的"多疑"并非"不下断语"，"而这断语，乃是：到底还是不可信。但后来的事实，却大抵证明了这断语的的确"。生活在布满谎言、欺诈的地方，为"求心的暂时的平安，作为穷余的一策"，他也想去骗人，写"骗人的文章"，但"又觉得对不起热心的读者了"（《且介亭杂文末编·我要骗人》）。

鲁迅当年的这种悲哀，我这个"老不信"似有些感同身受。可我还有个小心愿，请读者诸君不要把这篇东拉西扯的杂感视为骗人的文字游戏。

2012 年 2 月 13 日

（载 2012 年 2 月 28 日《联谊报》）

高尔基的痛苦和厌恶

写下"最合时"小说《母亲》和"恶辣"童话的苏俄文学家高尔基，鲁迅赞其为代表"底层"的"无产阶级作家"（《集外集拾遗·译本高尔基〈一月九日〉小引》）。在高尔基诞辰届临 145 周年之际，读罢尘封 70 年才重见天日的完整版《不合时宜的思想》一书，我则发现了另一个高尔基，一个代表人类良知和尊严、具有大胆而深邃思想的人道主义者的高尔基。

自 1905 年与列宁会面之后，高尔基的思想和创作受布尔什维克主义影响，倾向、支持俄国的革命。他一度被誉为革命的"海燕"，得到了以列宁为首的革命党人的褒扬与尊崇。但在十月革命胜利、联共（布）建立苏维埃政权后不久，高尔基与革命新贵们的龃龉不断，渐行渐远，乃至发生激烈冲突。如果说苦难和拯救是人类的主题，那么压迫无疑就是思想的产婆。

高尔基主编的《新生活报》，秉持客观公正的自由知识分子立场，对十月革命前后出现的野蛮、粗暴、愚昧举动，如焚烧宫殿、抢掠财富、祸及无辜，包括把已经下台的沙皇尼古拉二世一家人枪杀等，进行了揭露、批评。高尔基本人在该报开辟"不合时宜的思想"专栏，就苏维埃的一些政令、举措，以及列宁、托洛茨基等党国要员的言行，作了直言不讳的公开批评。这些言论自然引发革命党人的极大不满。他们开动宣传机器，对《新生活报》和高尔基横加诘难，污蔑谩骂，挖苦讽刺，构陷入罪，其声势之大、调门之高，可用"大围剿"来形容。

1917 年 11 月 30 日，苏维埃官媒《真理报》即发表文章，攻击高尔基用"敌人的语言讲话"，并扣上"敌方营垒的歌手"的帽子，说什么在"反革命大合唱中，又添了一条噪子，大作家高尔基的噪子"。此时距十月革命的成功，仅 20 余天。次年 1 月 20 日，《真理报》公然宣称，"高尔基已经不是革命的'海燕'，而是革命的直接叛徒了"。这样重得可怕的政治罪名，叫高尔基如何承受得了！由于高尔基这个笔名在俄文中意为"痛苦的"，而高尔基又以追求真理为天职，于是该报即登出讽刺诗《痛苦的真理》，大加嘲笑。其末节云："没有鼓舞人的话，只有恶毒的评论和谩骂，/看到痛苦的东西，就变得又恨又怕，/于是我们间的隔膜也就越来越大，/他讲的越来越多的是痛苦的抱怨话，/唉！……亲爱的人民，你们爱你们的作家，/可是你们被他们骗得多痛苦啊！"这首诗把高尔基的名字嵌入诗句，中伤其人格，斥其为骗子，竭尽挖苦、嘲侮之能事。高尔基真的是苦不堪言，可又岂是"痛苦"二字所能尽述。

比官媒的攻击更痛苦的，是苏维埃高官的叫板和迫害。这就不得不说及高尔基与时任联共（布）中央委员、彼得格勒苏维埃主席季诺维耶夫的恩怨。季诺维耶夫曾多次写文章，指控《新生活报》和高尔基在《不合时宜的思想》中表达的观点，调笑高尔基"为资产阶级搔脚后跟"，并提出要与高尔基进行公开辩论；特别是在苏维埃政府迁往莫斯科，由季诺维耶夫主政彼得格勒之后，两人的关系变得格外紧张，冲突加剧。据霍达谢维奇的回忆录称，季诺维耶夫一直在尽可能地对高尔基使坏：高尔基要奔走营救的被捕者，他让其下场更惨；高尔基辛辛苦苦为科学家、文学艺术家争取来的食物、燃料、衣服等生活必需品，他下令截留、挪作别用；谁与高尔基亲近，他就施以威胁、迫害。如高尔基的秘书扎克列夫斯卡娅，季诺维耶夫认定她是"英国间谍"。又以此为由，组织对高尔基在彼得堡的住宅进行抄家式搜查。怒不可遏的高尔基立即前往莫斯科找列宁，要求制止季诺维耶夫对他的无端迫害。

1918 年 6 月 13 日，《彼得格勒真理报》发表编辑部文章《一家卑鄙的报纸》，莫须有地指责《新生活报》"实际上不仅是右翼社会革命党人的黑帮党的，而且直接是普梯洛夫之流银行家、匪帮的专用机关报"。6 月 28日，莫斯科《真理报》又刊发《靠银行家豢养》的匿名文章，污蔑高尔基及其《新生活报》的"谦恭的小姐们"，非常"喜欢肥胖的银行家们那要付出代价的亲热"。不甘受辱的高尔基对这些政治迫害的诬陷不实之辞，发公开信、编辑部短评，进行了激烈的争辩。但一切都无济于事，不可挽回了。仅仅过了几个星期，7 月 16 日，彼得格勒出版事务人民委员部的代表来到《新生活报》社，向高尔基出示了查封令。高尔基当即签署抗议书，同时让儿子带上申诉信，赴莫斯科向列宁求助。遗憾的是，列宁虽然声称"高尔基是我们的人"，但他没有丝毫犹豫，断然发话："当然，应当关掉《新生活报》。在现在的必须动员全国保卫革命的条件下，一切知识分子的悲观主义都是极端有害的。"当权的领袖优先考虑的，总是革命的需要、政权的安危，而不会顾及一张报纸的存亡，不会眷恋私人交情或友谊。

高尔基向往的革命，是能使人生活得更美好、更自由。而残酷的现实生活，也推动高尔基对革命和权力作历史和文化的深沉反思。这时候的高尔基，就不仅是伟大的文学家，而是敏锐卓越的思想家。

例如，关于"两种类型的革命者"的论断。他提出，第一类的"永远的革命者"，是体现普罗米修斯原则，"热爱永葆青春的真理"，尊重人的创造力，不采用强迫人的方法，不对别人记私仇，又善于克服自身卑微、恶毒意识，永远谦虚的人；他们全心全意追求的目标，在于"创造一个由劳动者当家作主的统一的大家庭，在这个家庭里，成了主人的劳动者在为自己创造着一切生活的瑰宝和欢乐"。第二类则是"暂时的、今日的革命者"。他们感到委屈，或受过欺辱，"充满了复仇的感情"，"充满了对人的轻蔑"，"他们对待人就像平庸的动物学家对待那些用来做残忍的科学试验的狗和青蛙一样"；这些人追逐的是权力，对这些人来说，别的人"只不过是一种材料，他们越没有灵性，使用起来就越方便"。

高尔基对后一类革命者的厌恶，溢于言表。但这个以人的尺度来衡量革命成败得失的思想，把"大写的人"视为革命归宿的见解，符合《共产党宣言》的宗旨，闪烁着马克思主义的光辉。

值得格外注意的是，高尔基关于权力和政治的文化思考，令人耳目一新。他指出，"再没有比统治人的权力更卑劣的毒素了，我们应该牢记这一点，使得权力不至于毒害我们，把我们变成比那些我们终生反对并与之斗争的人更卑鄙的食人魔王"。他毫无顾忌地提醒人们，"列宁并不是万能的术士"。他还先知先觉地预警说，培育富有创造力的新人，"仅仅靠政治纲领，靠政治宣传是不可能"的，灌输"与人斗"的思想、煽动暴力和仇恨"只能导致人的全面兽性化和野蛮化"，只有通过强有力的文化教育建设途径，"才能实现真正的文明和自由"。由此，他得出"文化工作要高于政治工作"的结论。高尔基又为政治祛魅，说"政治是一种类似于低级的生理需求的东西"，俄国人"应当站在政治之上，应当学会限制并善于限制自己的政治情感"。高尔基甚至石破天惊地断言："政治——不管是谁搞的政治——永远是令人厌恶的，因为与之相伴的不可避免地会有谎言、污蔑和暴力。"

雨果的《九三年》有句名言："在绝对正确的革命之上，还有绝对正确的人道主义。"高尔基的痛苦和厌恶，展现了人性的温暖与良知的崇高。高尔基的思想，确由其"不合时宜"而愈加光明正大，光前裕后！

注：文中所引除标明者外，均见江苏人民出版社《不合时宜的思想》一书。

（载 2012 年 5 月 13 日《当代杂文》）

改革从哪里来

改革从哪里来？《清华管理评论》说："思想引导变革。"似乎改革是思想引导出来的。也有人说，改革得由上头推动，即是从领导那儿出来的。

两说不无道理。社会变革、自上而下的改革，离不开一定思想的引导，不能没有高层领导的支持。可它没有触及改革的根柢，即改革生发的客观情势与社会条件。思想引导、领导推动，都不是改革的第一推动力。那改革从哪里来？

我赞同一说：改革是逼出来的。或曰，"倒逼改革"。

中国历史上的几次著名改革，其发生的机运，无不是朝廷、国家到了最危险的时候！

若非七国争雄，地处西陲、国弱势危的大秦面临生死存亡的挑战，秦孝公、商鞅怎会废井田、奖耕织、强兵甲，厉行变法？

如不是民贫国穷，朝廷财政揭不开锅、濒于破产，王安石、张居正何须推新政，行改革？

没有甲午海战的大溃败，割地赔款的大耻辱，以及列强环伺、瓜分中国的大危机，慈禧老佛爷、光绪皇帝，能搞维新变法和立宪改革么？

是困难重重、岌岌可危的态势，逼迫当权者改弦易辙，寻求新的生机和出路。这倒应了句古诗：山重水复疑无路，柳暗花明又一村。在所谓国泰民安的太平盛世，政权固若金汤、朝廷府库充盈，大的改革或变法，一般不会提上日程。

当代中国的农村改革，东南沿海地区的改革开放，又是怎么来的？让我说，也都是穷困和危机给逼出来的。

小岗村农民摁血手印、签生死状，搞包产到户的家庭承包责任制，不就是因为农业一团糟，农民连稀粥都吃不饱，这才穷则思变，要改革的么？

宝安的老百姓冒着"叛国投敌"的风险，一次次掀起逃亡香港风潮，不也是极度贫困和落后逼得他们活不下去，才用脚来投票的么？这才孕育出后来深圳的大改革、大开放。一位宝安农民曾对记者说："'改革开放'这四个字，你们是用笔写的，我们是用血写的。"

诚哉斯言！当代中国 30 年来的大改革，是我们千千万万渴求摆脱穷困的父老乡亲，用自己的血和生命抒写出来的。祸国殃民的极左路线、僵化的计划经济体制，把国家和人民推向水深火热的深渊，也使共产党的执政地位，危机四伏。邓小平等开明的政治家审时度势，顺应民意，推出改革开放的大手笔。20 年前邓公的南方谈话，一语中的："不改革开放……只能是死路一条。"

改革，天上掉不下来，也不是领导头脑里固有的。逼出来的改革表明，人总是有惰性的，体制也有其运作的定势和惯性。形势转好，改革后靠；日子难熬，改革将到。大抵如是。所以，高明的政治家不会被逼上死路才想变法、行改革；他们居安思危，未雨绸缪，在社会危机形于未炽之时，即能把握改革的主动权。商鞅的法家变革之所以较为成功，就在其快于六国、抢得改革的先机；而晚清自改革的维新、立宪之所以一败涂地，就改革本身而言，正在其拖得太久、启动太迟，以至积重难返、沉疴不治。今日的叙利亚战火纷飞，动荡不已。巴沙尔政权在风雨飘摇、大厦将倾之际，重拾改革、承诺修宪，惜已派不上大用场，聊胜于无而已。

领导者的历史担当，既表现在勤政廉政，乐于守成，更体现在高瞻远瞩，勇于变革，为国家和人民谋划未来的发展与幸福。有人说，当下的情势，又到了"倒逼改革"的时候。或者说，中国的改革迈入了"深水区"。是否这样，我不清楚；但不管怎么说，除了改革，别无出路。

我们身处改革的时代，活在日新月异地变革的世界。要凝聚改革共识、积攒改革力量，续写"春天的故事"，我宁可多听些报忧说患的乌鸦聒噪，少闻些莺歌燕舞、繁荣昌盛的喜鹊喳喳叫。

2012 年 2 月 19 日

（载 2012 年第 10 期《杂文月刊·上》）

强硬与癫狂

当今天下，敢与世界霸主美国叫板、硬碰硬的，首推伊朗。自伊核问题和中东乱局发生以来，伊朗和以美国为首的西方国家剑拔弩张，就像一部好莱坞惊险大片，地球人看得心惊肉跳，恐慌万状。

伊朗的强硬，表现在和平利用核能权利方面的寸步不让。美国和西方打压、制裁伊朗，欲迫使其放弃核开发，尤其是核武化活动；但伊朗视若无物，把联合国安理会决议当"废纸"，前些天又高调宣布了它的核开发"重大成就"。美国四处游说，联手众多西方国家向伊朗施压；伊朗针锋相对，内贾德总统出访拉美四国，到美国的后院煽风点火。欧盟刚出台停止从伊朗进口石油的决定，还未及实施，伊朗就宣布对法、英两国实行石油断供。美国航母、英国战舰前脚驶过霍尔木兹海峡，伊朗后脚就大展"肌肉秀"，其革命卫队和海、陆军相继开展大军演，又把自主研发的导弹、舰艇，公开亮相。伊朗见招拆招，招招强硬，绝不示弱。乃至咱们的军事专家、权威媒体忧心忡忡，连连呼喊，小心"擦枪走火"！

对伊朗的强硬，我有些欣赏。它捍卫了自己国家的主权和尊严，敢对美国的霸权主义说"不"。可欣赏之余，我又对伊朗的某些强硬言行，不以为然。甚至觉得，它有的说法和举动，与其说是强硬，不如说是癫狂。

比如，其最高精神领袖哈梅内伊、总统内贾德，不止一次的放出狠话：要把以色列从地图上抹去！这话强硬至极，也让一些阿拉伯人感到畅快。但这样的强硬，不只违反联合国宪章，有悖公认的国际关系准则，而且有很浓的种族主义倾向，极不利于世界和平。你可以捍卫自己的国家主权和尊严，但你不可冒犯他国的主权和尊严。否则，你自己也就跌落于地区霸权的泥淖。

又如伊朗扬言，要封锁霍尔木兹海峡。其海军司令称，外国军舰通过该海峡要先行申请，经伊朗海军方面批准才得驶入。众所周知，霍尔木兹海峡是世界石油运输通道的咽喉，系全球经济贸易之命脉。它不是伊朗的领海。他国舰船有自由通航的权利，无须经谁批准。伊朗的封锁论及频频军演，表现强硬。但这强硬不得人心，反而招惹海湾周边国家，引起欧、亚多国的不满，只落得自我孤立。再说，凭伊朗的那些军舰、摩托艇、水雷，能封锁几天？能挡得住美国的三个航母战斗群？一旦封锁霍尔木兹海峡，伊朗将成为众矢之的，并引爆整个中东火药桶，给伊朗带来灭顶之灾。如此自杀式的强硬，岂不愚蠢？

波斯人很聪明，不会那么蠢。对伊朗在核问题、经济制裁上的种种强硬表现，有人称之为虚张声势，有人说它是拖延战术，还有人说，这是不自量力、自欺欺人。我认同中国社科院殷罡先生之见，伊朗的强硬，多半出于其国内政治需要。即以其对西方国家的强硬姿态迎合国内民众的宗教和民族情感，获得广泛的支持，借以稳固其政教合一的伊斯兰原教旨主义政权。掩饰虚弱、逞口舌之利的强硬，我们还见得少吗？

2012 年 2 月 21 日

娱乐可以， 愚弄不行

娱乐似为人的天性。即如目不识丁的农夫，在挥汗如雨的劳作中也会唱山歌、哼小调，以抒困解乏。而今传媒发达、娱乐成风，在各色舞台上，娱乐成了一种被无限放量、且不用担心通胀的大通货。

有"小品王"之称的赵本山，是娱乐界的超级大腕。一年一度的央视春节晚会，总少不了本山大叔的小品表演。他给国人带来的娱乐，车载斗量，无法形容。可不知是没有好脚本，还是大伙看腻了那张老脸，今岁龙年春晚竟未见其踪影。就在替他抱屈、惋惜之时，我忽从《书摘》杂志上读到一位美国人写的文章，顿令我茅塞洞开，汗颜不已。

其实，文章说的是旧闻。在北京办奥运的 2008 年，赵本山率团队赴美巡回演出。国内媒体报道称，巡演空前成功。事实和真相是，"小品王"遭遇滑铁卢。一路上抗议、批评声不断，还险些惹出法律官司。在纽约，有个美国观众为表不满，用漂亮的包装盒装了一摞擦屁股的手纸，再撒在散场后的一把把剧场座椅上！那意思不用我来置喙，大家都懂的。

想不到啊，真想不到。在中国似众星捧月般的本山大叔，竟在美利坚碰壁、吃瘪！一位纽约知名作家撰文说，赵本山的小品是"开起历史倒车"；有位华裔律师指责赵家班的演出，"一讽刺残疾人，二讽刺肥胖者，三讽刺精神病患者"，"把自己的欢乐建立在别人的痛苦之上"。不得了，中国式娱乐被指控为"歧视残疾人"、"嘲弄生理缺陷者"，颇有侵犯人权之嫌。捶胸自问，咱中国老百姓看了那么些年"刘老根"、"本山欢乐营"，哪一次不都是乐得合不拢嘴，把手板心都拍得红红的？咱们咋就看不出娱乐小品的问题？思来想去，我只得说，咱自有"特别国情"，他们的文化价值观、艺术审美观，与咱们不一样。

于是，对"小品王"的反应、评价，咱们与老美就成了两股道上的跑车，没法交汇、融合。我们真得诚恳地检讨一下自己的价值观和审美情趣了。要不然，别说中国文化走不出国门，就算关起门来自娱自乐，也会觉得自惭形秽！

娱乐文化具有商品属性，这不假；但娱乐文化与普通商品有所不同，它带有文化属性和精神价值，具有陶冶人格、完善自我的感染力、影响力。娱乐至上，且又刻意"产业化"的当下，我们是否太偏重于娱乐的感官刺激和票房价值？文化须有品位；唯有人本位、民本位的文化，才是值得尊重的、可称道的文化。以"二人转"起家的赵本山团队，专以插科打诨为能事，以对残疾人、肥胖者、精神病人乃至社会弱势人群的调侃、戏弄为笑料，其品位之低下，不言而喻。权本位、钱本位的娱乐文化，虽风靡一时，但其生命力不会太长久。赵本山不就成了春晚的弃儿么？

　　我无意反对娱乐，更不主张回到"样板戏"的年代，把一切文化娱乐视同灌输主义的传声筒，或是打什么免疫针剂。多元的文化天地里，娱乐应有一席之地。而且，娱乐的个体差异很大，萝卜青菜、各有所爱嘛。但传媒的娱乐至上主义，确又潜伏着一种令人不安的倾向。即在社会矛盾交织、危险和腐败不断迫近的时候，低品位的娱乐却使人们变得麻木不仁，玩世不恭。所以从历史上每每看到，黑云压城城欲摧时，隔江犹唱后庭花；山雨欲来风满楼，却仍是西湖歌舞几时休。个中有何关联？我非杞忧，只得对传媒娱乐说一声：

　　娱乐可以，愚弄不行。

2012 年 3 月 22 日

（载 2012 年第 11 期《雨花》）

淡说"林来疯"

美籍华裔林书豪，一个黄皮肤的 NBA 球员，近来红透了半爿天。电视直播采访，上《体育画报》《时代周刊》封面，受现总统奥巴马、前总统克林顿高度赞美，场上场下万千"粉丝"的追捧，点"球"成金、商机暴涨的他，在北美上空刮起了一股"林旋风"。叫"豪哥"太平淡，干脆造个诨号"林来疯"！大洋此岸的中国媒体，也不遗余力，推出专版，随风起舞。这是华人的荣耀啊！

听说过有"人来疯"，如今出了个"林来疯"。咱也疯一把，说说"万人迷"的"林来疯"。

"林来疯"，真的是一则人生传奇。比丑小鸭变白天鹅的故事，更有英雄色彩，更具壮志豪情！原本身在闹市无人识的球场打工仔，按中国的说法，就是个尚未签劳工合同的"临时工"；却一战成名，一飞冲天，成了尼克斯队的"救世主"、"先发五虎"，即绝对主力。更奇特的是，他上场后球队豪取七连胜，率纽约尼克斯队冲进东区前八。"林来疯"的风头，盖过了当家球星小甜瓜和小斯。不仅如此，以首发八场的比赛数据（共得 200 分，助攻 76 次）论，"林来疯"竟胜过了踏入篮球名人堂的传奇巨星"魔术师"约翰逊和"爵士双煞"之一的斯托克顿。"林来疯"创造的奇迹，震惊了美利坚，也让东半球的中国人快高兴疯了。有人紧急催促中国篮协，给"林来疯"发放通行证，让他代表中国男篮出征伦敦奥运会。咱国家队正缺"豪哥"那样的出色控卫哪！

天上掉下个"林来疯"，中国队现现成成摘个大桃子，岂不美哉？只可叹人家是美国籍，而咱们又不承认双重国籍。所以，就算"林来疯"愿意，他也很难披上中国队的战袍。一厢情愿的疯想而已。"林来疯"没疯，一些国人却像喝高了二锅头，半醉半痴的发酒疯。

"林来疯"成名，其实是抓住了人生可遇不可求的机遇。不是吗，林书豪曾被一所高中拒之门外，后来虽上了哈佛，却在 NBA 选秀中落榜，无人问津；勉强被召入一支球队做替补，竟又接连遭裁汰，做了"待业青年"。"豪哥"先前的运道，背透了。可是，他终于得到了一个不是机会的机会。

由于主力控卫大胡子戴维斯因伤缺阵，主教练临时决定，叫坐冷板凳的林书豪顶替出场。谁知晓，这个意外的机会，被他紧紧抓住，用堪称惊艳的表现，征服了教练和观众。癞蛤蟆吃了天鹅肉，从此神功护体，一发不可收拾，成了人见人爱的"林来疯"。

人道机遇难得。实际上，对于许多人而言，人生中或大或小的机遇总会有的；问题在于，当机遇来临时，你能不能抓得住，是不是准备好了。有句名言，机遇总爱垂青那些有准备的人。林书豪正是这样的人。他在难得的机遇降临时，爆发出了长期积累的全部能量！他成功了，至少是成名了。但没有扎实的篮球功底，没有平时的勤学苦练，没有过硬的心理素质，像 CBA 的控卫那样，传球尽失误，投篮缺准星，慌里慌张怕紧逼，稀里糊涂老犯错，就是给你首发的机会，也准被白白浪费。由此可见，与其埋怨上天不赐良机，莫如好好锻炼自己的本领和能力，做好捕捉机遇的准备。有人对比林书豪与易建联，说是冰火两重天。"一个持续疯狂，一个坐冷板凳"。按说，阿联的机会要比"豪哥"多得多，可"中国易"的表现总是差强人意。这到底是什么原因？

电视上，"林来疯"在诉苦了。成名之后，他和他的家人，包括其在台湾的亲友，都被媒体的追逐搞得不胜其烦，不得安生。这是明星之累，必过之关。没错，"豪哥"现在的压力够大。咱们别再加压，企求他场场得"两双"、永远是赢家。"林来疯"有高潮、巅峰，也会有低潮、低谷，既有胜利、也会失败。热心的中国球迷真爱"豪哥"，那就不光要为他的成功、惊艳喝彩，而且要包容他的失利、低迷。因为他是人，不是神。打仗没有常胜将军，球场也没有不输包赢。美国男篮"梦之队"还走麦城呢！过分苛求，过大期望，过度重压，无益于"豪哥"的成长，成熟。别忘了，他才是 NBA 的二年级生。

请商家和媒体给"豪哥热"降降温吧，不要把"林来疯"逼疯了！

2012 年 2 月 23 日

苦中乐

写作，依鲁迅之说，是个苦差使。拿我的切身经验说，写杂文的苦，有三条：

一苦杂文的难写、难发。提笔之前挖空心思，搜材料、找论据之苦，撇开不说；单是批判思维的尺度把握，就让我苦得紧。能不能批评，会不会触及什么敏感，话说到什么程度，都要再三掂量，耗尽心思。浅了，自己不满意；深了，又有些害怕，怕惹麻烦。左右为难啊！劳心劳力写下的东西，送了出去，却又如石沉大海，发表不了，成了白忙乎。这般苦楚，没地方倒。

二苦杂文的命薄、运舛。杂文在报刊上发表了，也不受人待见。有钱有势的，多数见它就头痛，不想看、不爱看，他们也没哪闲功夫；学者教授，忙着搞项目、做论文，再说杂文又不能用来评职称，所以压根儿就瞧不上这麻辣豆腐块；大、中学生里有些爱读杂文的，可一来他们穷于应付考试，二来学了杂文的另类思维，对自己也是利少害多。这么算下来，真喜爱杂文的，大抵就是杂文圈内的人了。杂文，可以说是舅舅不爱、姥姥不疼的娃——苦命。

三苦杂文的无奈、无用。我从不信杂文有立竿见影、扭转乾坤的道行。可它对世道人心，总得有些激浊扬清的助益吧？反腐倡廉的杂文发了几火车皮，如今的官德、官风可有改善？我想想就泄气、苦恼。不说杂文的社会功效了，只看杂文报刊的销路，我即感叹其无奈。我在北京一所名牌大学住了些日子，校园两处报刊亭曾摆过《杂文月刊》《杂文选刊》，后来就不见了。我问摊主，杂文期刊咋没了？摊主面有难色地答道：哎，就进两三册，还是卖不动；不瞒您说，就只有您老人家每月来买一本。没人看杂文那劳什子，我便不进货啦！杂文报刊的日子，我想也不太好过。

倒这么些苦水，还弄杂文作甚？实话实说，对我而言，写杂文似黄连树下操琴，苦中作乐，苦中有乐。或像居里夫人说过的，我"学会了安于命运，并且总是力求在日常的郁闷生活里找出一点小乐趣"。我的弄杂文之乐，说来还不少。

有读书思考之乐。写杂文少不得要读书，要对照、思考。每从先贤圣哲和当代学者的著作里读到精辟的思想和卓远的见识，我就乐得心花怒放。他们的思想，又助推我去思考问题、寻求答案，使我的头脑在运动中健康起来，不再气死沉沉。得老年痴呆的概率大大降低。而且，写杂文能排郁结、泄心火，减少患癌症的机会。不亦乐乎？

有切磋交友之乐。弄杂文的一大好处，是让我交往、结识了许多杂文界的朋友。其中有写杂文的同道，有报刊的老总、编辑，还有一些勤于思考的读者。与他们一起交流、切磋，论辩、琢磨，不但大大拓展了我的生活圈，而且这些良师益友给我的生活带来充实而又丰富的乐趣。这，是我写作苦中之一大乐。

还有一点小小成功的喜悦。比如，有的杂文入选了"年度最佳"，或得到某次杂文大赛的一等奖、二等奖。当我收到大红获奖证书的时候，心里就美滋滋的，喜不自禁。自然，这算不上什么成功；但总是我劳作的一点收获，乐呵一下，人之常情也。

说得俗气些，我犹有赚些润笔的小乐意。退休的收入不算差，但这年头的物价涨得太快，虽说杂文不值钱，总能换瓶酒喝或买几包烟抽，弄几篇杂文登出来，额外多收三五斗，口袋里宽松些，免得为孔方兄看老伴的脸色。就这么点出息，谁叫咱是俗人哩。

好了，写杂文的苦和乐，我说了一大串，幸勿见笑。胡诌几句，以作煞尾：杂文无奈时弊何，未敢放胆怕碰头；冥思苦想成低吟，亦师亦友乐呵呵。风花雪月任挥洒，禁忌敏讳避开走；今天天气哈哈哈，且赚薄酬沽老酒。

2012 年 2 月 24 日

（载 2012 年 3 月 20 日《杂文报》，

并获当月"最受欢迎文章"）

故乡的眷恋

从 19 岁走出故乡，做都市人快半个世纪了。缘老娘尚在，行年"奔七"的我每年要到乡下探望，与弟妹相聚。太湖之滨的家乡，经济发达，交通便捷，生活富裕。弟妹家都住着洋楼，开着轿车，比我这个城里人阔得多。故乡巨变，令我欣喜。可是，我又为找不到自己年少时的静谧、秀美、温馨的故乡，而怅惘、忧伤。我渐渐地生出对逝去的故乡的眷恋与怀念。

故乡的山，是那么青；水，是那么蓝。

家门口三座小山，有个古老的传说。不知几千年前，一只鹁鸪和一头凤凰，在湖畔斗得你死我活；仙人见怎么都劝不住，就挖来一担泥土，倒在它们中间。从此，形成鹁鸪、凤凰和夹山三座山。我老家就在夹山北麓，孩提时常看着太阳从东边的凤凰山坳升起，傍晚又从西边的鹁鸪山头慢慢落下。山上树木葱茏，山坳里大片松林发出阵阵松涛，新鲜空气吸入口鼻，比吮薄荷糖还爽！后门头的长漕河，水不深，却清澈明亮。灌溉农田、淘米洗菜都用它，就是舀一瓢生吃，也清凉解渴。现如今，河塘淤的淤、涸的涸，剩下的几条河，水全坏了，哪怕是喂猪也不能用了。三座可爱的青山，只遗下半座夹山，还是乡亲们从采石厂的炮眼底下抢下来的。鹁鸪山、凤凰山，已被炸光、挖平，山石做了铺路筑桥、造大楼的建筑材料。炸了半边的夹山山南大深坑，成了周边城市垃圾的填埋场。微风过处，恶臭熏人欲吐！故乡的青山绿水好空气，荡然无存矣。

故乡的米，是那么香；鱼，是那么鲜。

我老家是真格的鱼米之乡。秋天粳稻上场，辗的新米，油光锃亮；用井水熬的粥，酽稠稠，喷喷香，上面浮着一层油衣子；烧出来的饭，糯糯的，油亮亮，不要菜也能吃下两大碗。吃过之后，齿颊犹香。从河塘里捞上来的鱼和虾，只消用清水一串一煮，稍加些许盐和葱花，就比豆腐还要细嫩，比海里的澳龙、鲍鱼还要鲜美。尤让我难忘的是，油菜花黄时用串上蚯蚓的小鱼钩，从埠头石、老树桩洞穴里吊上几条胖乎乎的土虎头鱼，再打个鸡蛋清蒸；这道味至极鲜的农家菜，想想都要淌口水！可现在，土虎头鱼灭绝了。老家出产的米和鱼，自 90 年代起即一蟹不如一蟹。大片良田成了厂房，遍地冒烟的乡村企业的污水、废气、废渣，乱排胡放；严重的重金属污染，毒化水土，水稻、蔬菜，大遭其殃。小河塘里，鱼虾不存，连螺蛳都没了。家乡的水产养殖有些名声，可端上桌一吃，味道寡淡，有的还沾上了柴油气。价格昂贵的特种水产品，如螃蟹、鳝鱼，木渣渣、烂糊糊，不再鲜美。唉，老家的香米、鲜鱼，差不多给污染毁了。

故乡的人，是那么亲；情，是那么真。

前村后舍，左邻右里，就像一家人。哪家有喜庆吉事，一村人都来道贺祝福；哪家有难处，大家接济帮忙。夏天吃晚饭，在家门口的青砖场上放张小方桌，仅有几样素菜，乃至腌菜、萝卜干；我端着半碗饭，走到东、吃到西，可把相邻几家的菜尝个遍。别家的小孩也一样，大家从不计较。在竹林里纳凉，男女老少围拢一圈，听年长的大人讲故事，说笑话，看邻家的新媳妇做针线，纳鞋底。一伙光屁股小朋友，粘蜻蜓，捉萤火虫，直玩到深更半夜。过年的日子最闹猛。杀猪宰羊，河塘捉鱼，放鞭炮，贴门联，祭祖宗，娶媳妇，这家蒸团子，那家炒花生、炖鸡子、煨肉骨头的香气扑鼻，浓浓的年味醉了一村人！记得有回过年，才上脚的新棉鞋一不小心踩在了冰水沟里，弄得裤管湿漉漉，冻得我牙床打颤；邻近小同学的母亲见了，二话不说，拉我到他家换下湿裤，又把一双新打的芦花草蒲鞋替我穿上，并送我回家。这份乡情，于今忆起还觉得暖洋洋的。父老乡亲的真和爱，一直在教导我要做正直、大度的好人。如今城里人，虽是门对门，却不知对方姓何名甚。龙年春节前夕回故乡，闻知儿时的玩伴，有的去了，有的搬了。"感存念亡，触物眷恋"，徒添唏嘘。听小老弟讲，现在乡下人也势利起来，一切向钱看，一有空闲，大都扒在麻将桌上。以赌博混日子的，不在少数。我们小辰光的乡亲邻里情，越来越淡漠。

许是我老了，脑瓜锈了，对剧变的故乡，难以适应；可我自度，不是那种什么都说过去好的守旧派。我相信社会总要发展、进步。我只是近乡情更怯，因为家乡发展的代价太高，牺牲太大。要钱不要命、不给子孙留空间的发展，不可持续，也不值当嘛。

故乡，我那山青水秀、鱼肥米香、温情脉脉的故乡，几回回梦里入怀来！走出故乡的我，还能再走回去吗？

2012 年 2 月 26 日

（载 2012 年第 11 期《雨花》）

偏激无他论

言行偏颇、过激，是谓偏激。它常被视为人的一种缺点，或不成熟的标志。

不过，若把偏激限定在思想文化之域，那它可能就不是缺点、或不成熟，反而成为一个优点和长处。一些思想家、文学家的思想和文字，偏激出乎想象，乃至被当作异端、疯子，是并不鲜见的。"建安七子"之一的孔融，"发辞偏宕，多致乖忤"，即为一例。而五四新文化运动"总司令"陈独秀，算得上是现代思想家中偏激的典型。

"终生反对派"（胡适语）的陈独秀，晚年这样总括自己的言论："我决计不顾忌偏左偏右，绝对力求偏颇，绝对厌弃中庸之道，绝对不说人云亦云、豆腐白菜、不痛不痒的话。我愿意说极正确的话，也愿意说极错误的话，绝对不愿说不错又不对的话。"又是"绝对"、又是"极"，此话本就很偏激了；可在陈独秀，偏激已是他追求的一种风格与境界，大有话不偏激死不休的意味。

"党外无党，帝王思想；党内无派，千奇百怪。以党治国，放屁胡说；党化教育，专制荼毒。三民主义，胡说道地；五权宪法，夹七夹八。"陈独秀作的《国民党四字经》，通俗明快，风传一时。蒋介石对之暴跳如雷，情理之中。"文革"时的毛泽东，对其前四句也颇为赞赏。这首短歌，不但偏激，而且犯忌。可它说的却是铁一般的事实，揭穿了国民党披着宪政画皮、搞一党独裁的真相。不失为痛快淋漓又尖锐深刻。倘加上句，"一党独裁，寿命不长"，似更圆满。

又如他对斯大林实行独裁、践踏民主的批评，并断然预言："说无产阶级政权不需要民主，这一观点将误尽天下后世！"远在70年前便发此宏论，陈独秀的偏激思想包孕着多少先见之明啊！后来的昭昭史实，不亦彰明其理之真么？是他的思想偏激，还是他的思想太超前？不用我来叨扰吧。

曾遭人"思想过激"诟病的文学家鲁迅，又坦承其杂文的偏激。他说："我的作品，太黑暗了，因为我常觉得惟'黑暗与虚无'乃是'实有'，却偏要向这些作绝望的抗战，所以很多着偏激的声音。"代表性事例，就是

《京报副刊》征求"青年必读书"时，鲁迅交了白卷；而给出的参考经验，又偏颇之极："我以为要少——或者竟不——看中国书，多看外国书。"一石激起千层浪。上至文化名流、下到普通学生，都不满其偏激，或责备其胡闹，或诬之为文化"卖国贼"。其实鲁迅的本意，是教青年学生别躲进书斋，做糊涂的呆子，脱离了社会现实。当然，鲁迅也担心中国的旧文化污染了青年的心灵，倒不如用外国的先进思想文化来充实自己。所以，鲁迅的偏激言说，不啻是对"整理国故"、尊孔崇儒"国粹热"的当头棒喝！

我们在中庸的"酱缸"里浸得太久，思想文化、言谈举止，无不以不偏不倚、持重执中为信条。陈独秀、鲁迅的偏激，反中庸之道而行，或许跟他们的叛逆性格，不无关系；但更关键、决定性的因素，是他们深感现实压迫的苛酷，深知因袭文化负担的沉重。其过激的思想和文字，实为对"铁屋子"的一种强烈反抗。而且，要唤醒咱们这个"最中庸的民族"的麻木神经，撞击其卑怯的魂灵，不矫枉过正、不施以有痛感的强刺激，行吗？他们的"偏要"，作偏激的"枭鸣"，有什么可加指责的呢？尤其是杂文，大抵攻其一点、不及其余；存有偏激性，很正常。要求它全面、温良，甚至提一堆"建设性意见"，我以为那无异于紧箍咒、棺材钉。果真如此，和调研报告、学术论文成了一家子，它还叫杂文吗？

由陈独秀、鲁迅观之，偏激，显现着思想文化的独创和人格的独立。在某种意义上，可说乃是他们出类拔萃之天才所迸发的闪亮火花！偏激，不是求全责备的口实，不是禁锢头脑、扼杀自由思想的遁词。不能包容偏激思想文化的社会，难免陷于平庸，乃至停滞、衰败。对偏激，我们真该为之正名，平反。

偏激无他，偏激无咎。不知我的这番言说，会否又被目为偏激之论。

2012 年 2 月 27 日

（载 2012 年 6 月 29 日《湘声报》，
入选长江文艺出版社《2012 年中国杂文精选》）

挂与卖

挂羊头卖狗肉，因其名不副实、坑蒙顾客而不齿于人；国人的生意经，多半如是。当下一些聪明人在挂与卖上的鬼名堂，真还不少。

《现代快报》2月23日报道，市委书记杨卫泽在南京工业大学演讲中，就把那些搞房地产的科技园，痛斥为"挂羊头卖狗肉"。杨书记批得在理。但说得太客气，未能撕尽挂名科技园的丑态。

商家挂羊头卖狗肉，卖的总还是肉；而今集市上的狗肉价格不菲，与羊肉相差无几。狗肉虽上不得席面，烧好了仍不失为美味佳肴。房地产开发，与科技不沾边，干科技园屁事？挂科技园的招牌，行房地产之买卖，岂可以与"卖狗肉"类比？倘要我说，那只配是：

挂羊头卖狗屁。

狗肉、狗屁，一字之殊；其间差别，则遥之千里。并非我恶辣、刻薄，实为只有狗屁，方能尽显冒牌科技园于科学技术的亵渎与糟蹋。尽玩些骗人的"山寨"，岂可以狗肉视之？

对国人秉性洞若观火的鲁迅，挑明了聪明人的"别有用意"。他们扛着羊头、挂出种种神圣高尚的招牌，不过是当作"敲门砖"、"上天梯"；其所做、所卖的货色与"所挂的招牌"，"倒没有什么关系"。所以鲁迅说，信挂羊头的招牌的，只有"笨牛"（《华盖集·十四年的读经》）。

可叹我们一回回的做了"笨牛"，被聪明人挂羊头卖狗屁的把戏，逗得团团转。谓予不信，请看事实。

河南"宋基会"挂的招牌太响亮了。宋庆龄加上慈善事业的名头，多伟大、多高尚。可搞的却是金融、房地产、高利贷，家底厚达30亿。人家的"敲门砖"，叩开了财富之门，发大了！可被"集资"的老百姓呢，活活给慈善的羊头耍了。

四面八方、各类级别的开发区，这些年搞得风生水起，炙手可热。成功开发的有一些，但开而不发、尽长茅草的开发区，还见得少吗？以至中央要发布清理整顿令，把那些"山寨"开发区革籍除名。农民的土地抛荒多年，主事开发区的官员却坐"上天梯"，升了官。

还有什么参观考察、公开招考之类的羊头，挂得名正言顺、光明正大；而挟带的货色，竟是公款旅游度假，以及量身定制的"萝卜招聘"，让沾亲带故者玩潇洒、吃皇粮。这类"红纸包烂肉"的名堂，老百姓都看腻烦了。

像这类挂着公字招牌、干着济私勾当的活计，莫说是挂羊头卖狗肉，就说是挂羊头卖狗屁，也嫌过于轻描淡写。斥之为腐败透顶、祸国殃民，谅亦无妨。

哎，自许聪明绝顶、机变灵活的国人，难道就会干些以假乱真、偷天换日的鬼把戏？我知道，挂羊头卖狗屁，不能全怨国人的素质差。假冒伪劣猖獗的背后，有法治不立的问题，还有明规则偏软偏虚、潜规则又太硬太盛，等等。但说到底，总是人的问题。"笨牛"不少，容易上当；而钻营取巧、挂羊头卖狗屁的聪明人又太多，且招牌越挂越时髦、精妙，能不弄得"山寨"处处么？

不老老实实做人，不认认真真做事，空喊什么诚信、和谐，都是扯淡。

2012 年 2 月 28 日

妄言无理却有价

虚妄不实的胡言乱语，不讲理、没道理是肯定的；但妄言并非一点价值也没有。近日翻书闲读，就见到两则不无意义的妄言。

一则是斯大林说的。列宁逝世之后，其遗孀克鲁普斯卡娅对总书记斯大林多有微词。有一次斯大林召见，对克鲁普斯卡娅说：如不停止对他的批评的话，那么党将会宣布，列宁的妻子不是她。"是的。"斯大林强调说，"党是什么事情都干得出来的。"（林贤治《一个人的爱与死》）

另一则，系广东茂名市委书记罗荫国在接受调查时所说："要说我是贪官，说明官场的人都是贪官。凭什么专整我？真让我交代，我能交代三天三夜，把茂名官场翻个底朝天。中国不就是腐败分子提拔腐败分子，腐败分子反腐败吗？"（2012年第1期《特别文摘·上》）

斯大林的专横霸道，一丝不挂。俄国人哪个不晓得克鲁普斯卡娅是领袖列宁的妻子？可斯大林就能有中生无，宣布她不是，那她就不是了。布尔什维克党的决定，谁能不信？谁敢不信？事实、真相等等，到了斯大林手里，都是随意搓捏的橡皮泥。其言之妄，蛮不讲理，无须再着半字。

罗荫国的妄言，也很昏昧。其一，把茂名官场描绘成个洪洞县，对该市的好官、清官，无疑是极大的诬蔑；其二，他又把整个中国的政治形象抹得一团漆黑，妖魔化得不成样。有谁会信他的无稽之谈？

两则厚颜的妄言，荒唐得很，但妄言颇具警示意义。或者说，细看妄言，有着不小的认知价值。

例如罗荫国之说，这个贪官自道就提醒国人，当今的权力腐败确到了最危险的时候！中国现在的反腐斗争形势，有多么严峻！腐败窝案一串串，贪官提拔贪官、腐败分子反腐败的情状，虽属少数的个案，但确实存在，不容小觑。我们的反腐败机关，要好好思量，拿出新招、实招，不让国人失望。而官员任用、提拔的体制性弊端，不加改革，任其衍蕃，那就真的会把执政党推向腐败的深渊，逼上灭亡的死路。

巧合的是，两则妄言均出于一把手之口。二者的地位、权力，不在一个档次；而相似、相同之处，也不少。一个是"什么事情都干得出来"，一个是能"把茂名官场翻个底朝天"。他们可都曾是一言九鼎的主，几乎无所不能、无所不为，握有生杀予夺的绝对权力！说句实话，倘不是大权在手，权令智昏，他们也不会那样目空一切，胡说八道，而又显得理直气壮。没有约束、制衡的绝对权力，独揽大权的一把手，无所敬畏，什么伤天害理、卑鄙龌龊的坏事都敢干！斯大林的专横，罗荫国的腐败，盖出于斯。

马克斯·韦伯说得妙，"凡是投身于政治的人，也就是说，将权力和暴力作为手段的人，都同恶魔的势力订了契约"（《韦伯政治著作选》第291页）。绝对权力之"恶"，在斯大林、罗荫国两个一把手身上暴露无遗；他们的妄言，不是颇有价值的反面教材吗？

别浪费了妄言的深层政治意义，妄言无理却有价！

2012 年 2 月 29 日

（载 2012 年 3 月 9 日《杂文报》）

养心殿的楹联

　　雍正帝的翰墨不赖，笔力雄健，刚毅浑厚。皇家紫禁城、圆明园里，处处留有他的墨迹。如养心殿正中的"中正仁和"匾，即出诸其手；内中一副楹联，"惟以一人治天下，岂为天下奉一人"，也系他亲笔题写。对仗工整，意境不俗，颇可玩赏。

　　相比而言，雍正的勤学好思，刻苦用功，在康熙的众多皇子中，是无出其右的。因此，康熙选他承继大统、做接班人，倒不算偶然。以读书说，儒释道诸家的经典，雍正帝虽不能称稔熟于心，却也涉猎非浅，甚有心得。他亲书的楹联，"惟以一人治天下，岂为天下奉一人"，很有些辩证风范。既恪守了皇权的治统，又弘扬了儒家的道统，思虑周全，严丝合缝，浑然天成。

　　但是，想想雍正登基后的所作所为，我对此楹联就心生疑窦。在我看，上联是真心，下联为假意。或可说，此联正是雍正帝以硬、软两手治理天下的宣言书。硬的一手，自是皇权独断的铁腕。而软的一手，便是愚弄臣民的欺骗。两手并用，软硬相济，打造爱新觉罗氏的帝国盛世。

　　天下者，百姓之天下，非一姓、一党之私产。那么，作为公器的权力，包括国家的最高权力在内，不可为某个人所独有、独占、独享。"惟以一人治天下"，即为高度集权的独裁。于是，问题出来了：一人独裁之下，天下臣民又岂能不专"奉一人"，即唯皇命是从，一切都照圣旨办！上下联之间，不存有剪不断理还乱的死结么？

　　"惟以一人治天下"的雍正，心狠手辣。亲兄弟也好、大功臣也罢，凡觊觎其皇权者，或只要觉着对自己的权柄构成潜在威胁的，全都一一铲除。手无寸铁的读书人说些牢骚话，写几行泄怨诗，他也用血腥的文字狱，杀戮株连，毫不留情。倘真"岂为天下奉一人"，雍正这么干，不是自食其言，自打嘴巴么？他的好儿子——清高宗乾隆帝，曾声言"本朝家法"："自皇祖皇考以来，一切用人听言，大权从无旁假。即左右亲信大臣，亦未有能荣辱人、能生死人者。"家天下遵行的无非是，既以一人治天下，又为天下奉一人。养心殿里难养心。雍正于此修养的，大抵是过河拆桥的权术、处心积虑的阴谋诡计。指望他养出颗爱民的仁心，修成个好皇帝，与虎谋皮而已。

自号"破尘居士"的雍正，笃道信佛，颇为虔诚。1727年，宫中庆贺黄河水清，蒙古王公连夜赴京觐见，请求诵经祈福。志满意得的雍正帝对蒙古王公们说，如果蒙古草原因为做佛事而人畜兴旺，那是"受朕之赐，朕即释主"！做了皇上不知足，还要做西天佛祖。白乐天诗云，"性海澄渟平少浪，心田洒扫净无尘。"（《狂吟》）自命看破红尘的雍正帝，不能参透禅机，却把乃父"天生圣贤，作君作师"那一套学到了家。身为俗世君王，犹想当"释主"，令佛国信众对他顶礼膜拜。其嗜欲之烈、野心之大，真个是登峰造极，旷古难觅！"岂为天下奉一人"，说的比唱的还好听，欺人之谈耳。

洋鬼子李普曼说过，"把追求知识与行使政治权力结合在一起是不可能的；那些试图这样做的人，结果不是沦为相当恶劣的政客，就是成为冒牌的学者"。醉心于"作君作师"的雍正帝，企图学问、权力一把抓，到头来妄想幻灭，只落个刻毒暴君的骂名。而今某些官人，手握大权不甘休，总还要弄一顶博士、教授、博导、院士帽，担起知识创新的大任。他们有知识、权力一肩挑的超人能耐吗，结果又会怎样，我替他们捏着一把汗。

养心殿的楹联，欲说喜欢又惊恐。

2012年2月29日

（载2012年3月13日《联谊报》）

父迁子滑

清末，徐桐官居体仁阁大学士，位极人臣，且"学富九车"，是朝中学识最渊博的人。可这个理学大家，却又以顽固守旧著称，其思想、行为之迂腐，简直不可思议，叫人啼笑皆非。

博学的徐桐竟不知，地球上除了中国还有别的国家。他坚认那些"乱七八糟的国名"，是出于英夷的编造，"西班有牙，葡萄有牙，牙而成国，史所未闻，籍所未载，荒诞不经，无过于此！"在他眼里，只有大清才是世界上最完美的国家。对时人把美国译作"美利坚"，他就气恼万分，说：中国什么都美，美国有什么可"美"的？中国诸事顺利，美国有什么可"利"？大清国军队无所不坚，美国还有什么可"坚"？反正一切都是中国好，蛮夷之邦毫无是处。对洋人、洋物，徐桐一概排斥，视若仇寇。其极端排外的举动，正史野史的记载就不少。

譬如，他绝不穿洋布衣服，永远只着国产的绸缎、土布；不收光洋银元，只收本土的松江银；绝不使用进口物品，见了中国人戴西洋眼镜就骂。但他的儿子徐承煜，喜欢西洋货，家里置着全套西洋家具。每次从儿子门前走过，徐桐总要捂耳朵、闭眼睛，生怕听到、见到那些洋货。有一次，儿子当着他的面抽起了西洋雪茄，徐桐怒不可遏，大声呵斥："我在尔敢如是，我死，其胡服骑射做鬼奴矣！"并命儿子罚跪在烈日暴晒的地上，以示惩戒。

徐桐的颟顸迂腐，令人难以置信。靠这种人打理朝政，大清国能不衰败吗？

或许是造化弄人，迂腐透顶的徐桐偏偏有个滑头儿子。徐承煜的官做得不小，刑部侍郎大于今之最高法院副院长，是正二品的堂官。他的理学家传丰厚，子曰诗云熟识，但他不仅吸洋烟、爱洋货，而且也绝不像其父的一根筋、榆木脑瓜。

1900年八国联军攻陷北京，老迈的徐桐决意为朝廷殉忠。他在房梁上栓了两根绳子，一根给自己，另一根是替儿子徐承煜预备的；父子俩同时踩上板凳，徐桐多么希望临终前能看到儿子大义报国的场面，儿子却迟迟不肯上吊，还突然号啕大哭起来，说儿子要是先死，就无法为父尽孝，"请允许我为父亲殓葬之后再死"。徐桐没话可说了，只得先行了断，双脚一蹬、命归黄泉。徐承煜可不迂、不傻，他在院子里挖坑把父亲的死尸草草掩埋，然后溜之大吉，逃命去了。这个不忠不孝的儿子，把老爷子忽悠得不轻。

我对徐桐的迂腐、愚忠，没有什么好感、怜悯。他的学问虽好，却食古不化，浑不知全球变局，一味抱残守缺，自大排外，予国家、民族的进步甚是有碍、有害。他的自尽也轻若鸿毛。然而，相较于其子徐承煜，他犹有些可爱之处。

迂腐的徐桐，且不说其"爱国自大家"的盲信与无知；仅以诚实做人这一点而论，他总算是表里如一，言而有信，身体力行的。不像其子徐承煜，说一套做一套，朝上一套朝下一套，滑头滑脑，投机取巧。现今官场中的某些大滑头、老油子，一方面高唱着反对"西化"、复兴"国学"，另一方面安享着现代化的物质文明、欣赏着好莱坞大片，一手举着忠贞爱国、振兴中华的旗帜，另一手则把老婆孩子、搜刮来的财富转移到西方国家，心安理得地在中国做"裸官"。比起来，徐承煜是小巫见大巫，只配给他们提鞋子。

父迂子滑，徐家不幸。而今的我们，既不要徐桐之迂，更不要其子之滑。

2012 年 3 月 1 日

（载 2012 年 3 月 16 日《湘声报》）

服装和文化的革新

　　一团和气，两句歪诗，三斤黄酒，四季衣裳。旧时代中国士子出门入世的四样事中，衣着是颇紧要的一项。自周公制礼，衣服装束就分了等级、派了不同的用场，万万不可乱套。历史上服装的每次大变化，往往意味着文化的革新，乃至社会的革命。如辛亥前后，革命党人不但恨辫子，也恨长袍马褂，孙中山还倡制了中山装，许多人穿上了洋服西装；自袁世凯上台至"五四"之后，长袍马褂又成了"国服"。直如鲁迅所说，"改来改去，大约总还是袍子马褂牢稳"（《花边文学·洋服的没落》）。改革的艰难，可见一斑。想就服装作些说道，是近日读到日本驻华公使森有礼与直隶总督李鸿章的一番对话以后，我才形诸笔端的。

　　1875 年末，森有礼赴保定拜会李鸿章。本为商讨朝鲜局势、交换意见的他俩，席间谈起明治维新以及两国对西方文化的态度。森很不客气，说西学十分有用，中学则仅三分可取、七分无用；李问日本西学有否七分，森答五分都不到。李大惑，日本衣冠都变了，怎说没有五分？他赞赏日本的维新举措，"独有对贵国改变旧有服装，模仿欧风一事感到不解"。不只是不理解，李鸿章认为，日本人舍旧服仿欧俗，那是背叛祖宗的莫大耻辱！

　　洋务派首脑的李鸿章，持"中体西用"的定见，只承认中国在兵器、铁路、电信等器械上技不如人，"不得不采之外国"；其他一切，包括政教、文化、风俗等等，都还是中国的好，因此用不着学西方。他的结论是，"我们决不会进行这样的变革"。

　　而森有礼的回答，又让李鸿章瞠目结舌。他说，舍旧服穿西装"毫无可耻之处，我们还以这些变革感到骄傲"。因为这些变革不是受外力逼迫的，日本对亚、欧各国都一样，"只要发现其长处就要取之用于我国"。拿服装说，日本服宽大舒适，但不方便，"适应怠慢而不适应勤劳"，然而日本"不愿意怠慢致贫，而想要勤劳致富，所以舍旧就新"。森有礼把服装的变革，提到摆脱贫穷、造福国民的高度。日本明治维新、"脱亚入欧"的着眼点，比单纯兴实业、强武备的中国洋务运动，不知高明多少。两者改革目光之远近，安可以百寻咫尺论之！确似郭嵩焘评价洋务之说，"岂有百姓困穷而国家自求富强之理？今言富强者，一视为国家本计，与百姓无与"。

大清重臣李鸿章只知有朝廷、强海军，不知有民生、要富民；森有礼、郭嵩焘的良言，他不会明白，大抵只当耳旁风。但世界演进的潮流不可抗拒，明治维新成功了，中国的洋务运动一败涂地。泾渭分明的改革，就这样主宰了近代日中两国的迥异命运。

小小的服装变革，蕴含着巨大的文化内涵。李鸿章之恪守长袍马褂、拒仿欧风，日本人的效仿西洋、"脱亚入欧"，从根本上说，是缘于对西方文化的不同态度。前者放不下"天朝大国"的架子，自恃华夏文明独步天下，不愿或不敢承认本土文化的落后；而后者则海纳百川，虚怀若谷地学西方，取人所长、补己之短，实行彻底的"拿来主义"。任何文化的革新，没有博采众长是不行的；而学人所长的一个大前提，即先决条件，就在要虚心、有诚意。不敢直面本国的落后，犹抱琵琶半遮面地看待西方文化，甚至像林语堂那样，指责西装不卫生、违反自然，宣称中国的长袍马褂是"唯一的合理的人类的服装"（《论西装》），就不会恭恭敬敬、老老实实地学西方，行改革。如今睁眼看世界，除却一副碗筷、一个酒盅，衣食住行用的方方面面，我们拥有多少自主的知识产权？我们在文化创新上的贡献太少了。若仍自以为是，拿"适合自己的，就是最好的"、"没有最好，只有更好"之类似是而非的理由，掩己之短，拒人之长，那就太没出息。

日本"脱亚入欧"，并没有丢掉自己的和服，也没有变作碧眼金发的西洋人。其"全盘西化"的文化革新，倒造就了日本的民富国强和现代化的亚洲之最。中国30年来的改革开放，不也使我们日益强大、扬眉吐气了么？现在亟待警觉的，恰是一身西装革履、一嘴英格利西，却又满脑子的特殊国情、唯我独好，而对攻坚改革、扩大开放搪塞延宕、畏葸不前的倾向。

注：文中所引除标注者外，均见广西师大出版社《晚清有个李鸿章》一书。

2012年3月2日

（载2012年4月13日《杂文报》，

4月20日《报刊文摘》转摘）

忠奸谁人定

20余年前，秦牧《奸臣的"定场诗"》一出炉，就因其揭破康生的奸恶嘴脸而脍炙人口。于今重读，仍觉其提问——"康生现象"何以会出现？——发人警醒。而另外一个问题，也油然而生：

忠奸谁人定？

戏剧舞台上的忠臣、奸臣，被脸谱化了。一个大白脸登台，哼四句"定场诗"："别人笑我是奸臣，我做奸臣笑别人；我须死后才挨骂，别人生前早亡身！"台下观众立马明白，奸臣来了。忠奸好坏，全由编剧排定。但在生活中，最笨最蠢的奸人也不会给自己抹个大白脸，或在额头张贴奸佞的字样。所以，识别、判定一个人的或忠或奸，难度不小。过去常说盖棺定论，其实不然。康生死后的评价很高，"无产阶级革命家"兼"马克思主义理论家"，挺伟大！实际上，他确是整人、害人无数的阴谋家、大坏蛋。

忠奸凭由皇上定，行不行？揆诸史实，多半靠不住。按说皇上与大臣最亲近、最有发言权，但却是灯下黑，认不清。如叫刚登大宝的秦二世来评价赵高，那准如后人诗云的"赵高功盖汉功臣"；让唐明皇来说李林甫、杨国忠，也肯定是功在社稷的肱股之臣；至于秦桧，宋高宗赵构视为心腹，宠信、褒奖犹恐不及，更不会把他认作奸臣。这些干了坏事的高官之所以在史上留下奸臣的恶名，都是后朝人给定下的。可见，忠奸的论定，靠当朝的皇上是不行的。它须经时间的淘洗、检验，才稍靠谱些。

蒙冤中的刘少奇说过一句名言：好在历史是由人民写的。此话听来不错，符合唯物史观。谁忠谁奸，交给推动历史前进的人民去断定，应当牢靠、稳妥了吧？不幸的是，谁是人民，或由谁代表人民，实践中又是个"哥德巴赫猜想"式的难题。就中国的情形看，处于社会底层的人民群众没有多少话语权，对大人物的功过是非，要么是不知情，要么是不许说三道四，叫他们如何去直接评判、作出定论？人民生就一副"被代表"的命。而代表人民者，又总是今天这样说、明天那样说，评判的标准、口径，变个不停。即拿少奇同志说，他被诬为"叛徒、内奸、工贼"，"中国的赫鲁晓夫"，要"全党共讨之，全国共诛之"时，谁敢说那不是党的定论、人民的宣判？

　　皇上不行，人民不灵。忠奸谁人定的问题，叫我着实头痛。思来想去，觉得评判人物的尺度，不能只盯着忠和奸。人的一生本就不断变化，呈功过复杂、是非斑驳的多维度、多侧面。大忠臣的张良、萧何，岳飞、文天祥，徐达、海瑞，就没有做过一件错事、坏事？大奸臣的李林甫、杨国忠，蔡京、秦桧，胡惟庸、严嵩，难道就没干过一件对事、好事？实事求是，有功说功，有过说过，有好说好，有坏说坏，不比脸谱化的以忠奸论人，要合理、科学些吗！这么看，忠奸谁人定，便不再是问题。

　　鲁迅说，中国的史书"涂饰太厚，废话太多"，"很不容易察出底细来"（《且介亭杂文·病后杂谈之余·二》），还有许多是"妄人信口开河"（1934年4月9日致姚克信）。他郑重提出："中国学问，待从新整理者甚多，即如历史，就该另编一部。"（1933年6月18日致曹聚仁信）忠烈传、奸佞传，即为史书的惯常老例；褒忠贬奸，成了传统史学的一种文化价值。但其落后于时代的陈旧性质，无可置疑。惟以忠奸论人，不跳出根深蒂固的旧文明的历史窠臼，我们的文化学术能有长足进步吗？

　　我无意替历史上的奸臣翻案。我要说的，无非是别再脸谱化，用一把忠奸尺子臧否人而已。英国历史学家卡尔说得好，历史就是"现在与过去之间永无止境的对话"。历史真需要不断解读。

2012年3月2日

（载2012年第7期《四川文学》，

第12期《杂文选刊·中》选载）

答《杂文选刊》 记者问

○记者李庆玲问：您的杂文创作始于20世纪90年代，请问您是怎样与杂文结缘的？

●乐朋答：与杂文的因缘，还是上世纪90年代初的事，但我接触杂文的时间却要早得多。60年代后期，我在上海读大学时适逢"文化大革命"；马、列、毛的著作和鲁迅的书，是当时唯一可读的书。尤其是鲁迅的杂文，尖锐泼辣、深刻幽默，引发了我的阅读兴趣。后来走上社会，又因为长期吃文字饭、"耍笔杆子"，在从事起草报告、讲话的"正业"之余，也干些思想、文艺评论之类的"副业"。一来是坐久了机关，觉得过于单调，想调剂一下自己的生活；二来写多了替领导立言的官样文章（它什么都得有出处、对口径，容不得自由思想），感到很受拘束，且此等文章套话连篇、枯燥乏味，自己看了也觉着没劲，就想写点活泼的东西，借此调剂自己的思维、文笔。这样，"我手写我心"的杂文，即成了最佳的选择。

真正结缘杂文，则是九十年代初的事，又与《文汇报》颇有渊源。我回南京工作时的一位报人朋友调到《文汇报》，正是通过他，我结识了"笔会"副刊的杂文编辑朱大路同志。从此，我集中精力、专务杂文，才算真正踏进了杂文界。

○您曾说："作为中国文化和文人的生存方式之一，杂文的命运，仍将曲折多艰。"如何理解"杂文是中国文化和文人的一种生存方式"？

●我说过这话吗？但这句话，倒也不是对中国文化和文人的唐突。我这么说，多少有些道理。首先，中国文化和文人的生态，一直不那么好。帝国皇权时代，正直、敢言的入世文人，即便做了不小的官，如韩愈、柳宗元、苏轼等，都因为一篇奏章、一首诗，惹出祸端，遭贬、流放；他们的生存状况，大抵是失意多于得意。历史上的文祸、文字狱延续了两千余年。欲避其祸，除非去做吹牛拍马的马屁文人，为权贵们歌功颂德！其次，文人遭遇不幸，心生不平与牢骚，就得寻个一吐块垒的地方；而文人的看家本领就在用文字，于是他们用形象的笔调，写小品、札记、寓言和神鬼故事，鞭挞黑暗，抨击时弊，讽刺愚顽，抒写性灵，以寄托其愤世嫉俗的郁闷情结。这些，就是古已有之的杂文。

于今的情形与过去不同。舆论环境比上世纪五六十年代，宽松、自由得多。这是中国社会的巨大进步。过去有个说法，称文学要干预生活。我的同乡、已故小说家高晓声则说，不是文学干预生活，而是生活干预文学。现在也可以说，不是杂文干预生活，而是生活干预杂文。一些官员，自己当政的地方出了事端和问题，不是解决问题第一、舆论引导第二，而是反其道而行，先要封锁消息、围堵记者。从这个意义上说，杂文还真要当仁不让，成为舆论监督的利器。

〇时下一些杂文存在追热点，求时效的弊病，多以新闻为由头，撞车情况屡见不鲜。而您的作品则给人一个突出的印象，就是题材新颖，"发现"独到，如《谁怕知识分子》、《刈人如刈草》，"避热就冷"，挖掘深入，作品具有极强的生命力。请问您如何把握题材的取舍？

●现实生活里，媒体报道中，杂文题材简直可以说是取之不尽、用之不竭。会写杂文的人，完全不用为题材发愁。关键在杂文作家的思想、文字功底，即其能否对题材作深度开掘，另辟蹊径，写出新意。要说我的粗浅体会，大致有三。其一，取大舍小。尽量选取那些事关大局、有较大认知和审美价值的题材。其二，取远舍近。这是就题材的地域而言。其中的缘由不言自明，少麻烦、易发表嘛！其三，取新舍旧。杂文是感应的神经，对新近发生的人与事作解剖、评说，很抓眼球。规避"撞车"，则要靠对题材解读的独特性。如用一般常规思维，所见略同，不如罢了。此类杂文，又易混同时评；我的想法是，宁要时评杂文化、不要杂文时评化。或许是我年龄大、反应慢，写时评力不从心；所以我对旧题材有些偏爱，喜欢选取一些旧闻做题材，用独立的视角进行冷处理，力求推陈出新。如您提到的《谁怕知识分子》，题材偏旧偏冷。我所提出的问题——旧皇新贵、连同一些知识分子，为什么都害怕知识分子，也不算什么新问题；要说有点意思，就是解剖了中华古文明赖以生存发展的"历史背景"，即其小农生产方式和专制政体所熔铸的社会"潜意识和畸形心理"。这条"历史的尾巴"拖延了千百年之久。就是说，抓住了历史与现实之间的某种内在关联，才挖出那么一点新鲜东西。

〇杂文家严秀先生曾说，杂文有两"性"，一个是思想性，一个是艺术性。"思想性是'质'，艺术性是'文'，'文质彬彬'，然后杂文才能成立。"您亦曾对此观点表示赞同，能否结合您的创作谈一谈？

●关于严秀老先生的经验之谈，我举个小例子吧。今年春节刚过，北京一些商家贴出告示：根据公安机关要求，实行购买菜刀"实名制"。我据此写下《菜刀管制了，别的刀呢?》，千把字的短文，怎么兼具两"性"? 我不过是抄了点近路。其思想性，在批评政府的有形之"手"伸得太长、管得太宽，揭出陈旧的社会管理思维的荒唐；要说有什么艺术性，那就是尽量拓展想象空间，对菜刀之外的水果刀、剃刀、剪刀、铅笔刀一一推想，指明其同样具有行凶伤人的功能，必须同样推行"实名制"，以至对木棍、砖块、拳脚，都须登记注册、管制起来，方可安全、稳定。行文调侃戏谑，近于荒诞杂文。它是否得具两"性"，我自己也说不清。

○有人用"高烈度"来形容您的杂文，喻之文性属火，烈度高。生活中的您是否一如您的文字一般"生辣、本真、血性"呢?

●用"高烈度"形容我的杂文，有些过誉。自忖我的用笔，还不算尖刻、恶辣。但年轻时的我，倒真喜欢喝60度的烈性酒，不大愿意喝30来度的低度酒。生性耿介、心直口快的我，看不惯那些在领导跟前奉迎拍马的人；好提意见、爱唱反调的我，在生活中吃亏不小，但我又不悔。我向往坦坦荡荡做人，做事情则力求做好，起码要做得比一般水平好些。现在年齿渐老，心性也趋平缓，不再追求完美，对一些人和事也淡然处之。连老伴都说，我的脾气比以前好多了。生活总是布满残缺，难有完美；过于崇尚理想主义，自己就活得累。顺便说一句，由于身体原因和医生告诫，现在的我已戒酒多年，高度、低度都不喝了。但或是积习难改，有时在一些读史随笔中还是爱"尾巴翘一翘"。如说李鸿章的"迷踪拳"，就在斥责晚清官场的欺上瞒下、弄虚作假歪风之余，再安了一条小"尾巴"："质之于今，其无后乎?"没办法，生活和现实在激发我的联想，挥之不去。杂文作家关注现实是必须的，他不能像鲁迅所说，"用自己的手拔着头发，要离开地球一样"的自欺欺人。

2012 年 3 月 5 日

（载 2012 年第 3 期《杂文选刊·下》）

宁波要造乔布斯

偶然打开电视，从经济学家郎咸平口中得知，浙江宁波市要在5年内打造1500个乔布斯。大手笔呀，纵不是石破天惊，也可称壮志凌云。

百年一遇的天才乔布斯，是和瓦特、爱迪生一样改变了人类生活的大发明家。其苹果公司研发的平板电脑手机、电脑等，风靡全球，独占鳌头。宁波倘能造出乔布斯，那是知识创新的奇迹，咱们的产业升级、经济转型将马到成功。

我足足亢奋了几分钟。但激动过后，常识和理智又告诉我，牛气冲天的大话好说，真要把事情办成则很难。许多年前硅谷异军突起时，北京、武汉、南京等大都市曾信誓旦旦，扬言要搞本地的硅谷。于今找找，我们的硅谷在哪里？多半是"四不像"而已。于是我担心，宁波的打造乔布斯，会不会又是给人吃空心汤圆。

鲁迅谈过天才。他说："天才大半是天赋的；独有这培养天才的泥土，似乎大家都可以做。做土的功效，比要求天才还切近；否则，纵有成千成百的天才，也因为没有泥土，不能发达，要像一碟子绿豆芽。"（《坟·未有天才之前》）从鲁迅的言说看，宁波打造乔布斯有点悬。

乔布斯是谁打造的？是美国联邦政府，还是加州政府打造出来的？都不是。自小调皮的乔布斯大学都没有读完，就中途退学干自己的事业去了，所以连大学培养也谈不上。天才的异秉、能力，决非出于人为的培养或威权的打造！企图仰仗政府来造就乔布斯式的天才，实为一种权力迷信，似乎权力无所不能，政府全能得如同上帝。在官本位社会，权力迷信、权力万能的现象不可避免。但说白了，这不过是政府的一厢情愿，或叫权力妄想症。

鲁迅又说，"想有乔木，想看好花，一定要有好土；没有土，便没有花木了；所以土实在较花木还重要。"（同上引）权力的责任和政府的工作，并不在直接培育"乔木"、"好花"，而在为"花木"培养"好土"，即打造让天才繁育、发展的条件。就乔布斯的成长、成功看，或有两条：

加大对科技创新的资金投入，促使企业自主创造能力的生长。叫人气馁的是，我国的科技研发投入至今未达 GDP 的 2％，而企业自身的科技创新又缺乏动力。培育天才的"好土"并不厚，更说不上肥沃。

知识产权的保护，事关创新型人才与天才能否成长、成功的根本。恰恰在这个根本问题上，政府很不给力。科技人才辛辛苦苦研发的新技术、新产品，得不到社会的尊重，政府的保护不得力；许多侵犯知识产权的案件，政府部门要么视而不见，要么查处起来心慈手软。结果是拥有知识产权的"李逵"，往往不敌玩"山寨"、行盗版的"李鬼"。在布满"山寨"的社会，假冒伪劣肆虐，还有谁能像乔布斯那样去专注创新，推出一代又一代 ipad 新产品呢？

乔布斯是不可复制的，也不是按照权力和政府的意图就能培育打造的。所以，与其大言炎炎地夸口要造自己的乔布斯，倒不如在做"好土"上用真功夫，为创新型人才的成长创造良好的环境。如加大对科技创新的研发资金投入，切实加强对知识产权的保护，等等。不在这些方面花气力，尽说些漂亮话，多半是望梅止渴、归于徒劳。从这个意义说，宁波市要打造1500 个乔布斯式天才，太急功近利。它应当做的，倒是在培养"好土"、促使创新型人才脱颖而出方面，推出自己的新招、实招来！从"中国制造"走向"中国创造"，当下最迫切的，确是政府自身的改革，以期实现由官本位的掌控型政府向人本位的服务型政府的职能转变。

瓷碟子里只能长绿豆芽，决计培育不出参天大树！

2012 年 3 月 10 日

（载 2012 年 3 月 16 日《杂文报》）

官逼民刁

官逼民反，自古皆然。可这情形不是常态；在比较稳定的社会或所谓盛世，常见多发的则为官逼民刁。

我们素有"泼妇刁民"之说。泼妇姑且不论，仅以刁民说，大抵出于官府的逼迫，一如《陈州粜米》戏文所言，"他若是将咱刁蹬，休道我不敢掀腾。"良民变刁民，主要是拜贪官、坏官、恶吏所赐。或可一言蔽之：狗官催生刁民。虽然高低先生说，狗官是"对狗的侮辱"；但我以为，老百姓骂狗官，不妨视为是对贪官、坏官、恶吏的通称，传神而直白。

说个历史故事。北宋熙宁四年，王安石推行变法，但新政行之州县却变味走样。黄河南岸的东明县，官府勾结土豪劣绅，在变法改革中转嫁赋税，农民的负担不轻反重，引发老百姓不满，纷纷到县衙告状。时为东明知县的贾藩不但不予受理，反倒一拍惊堂木，出言威胁："尔等刁民，官不贪污，何以养家糊口！尔等再闹，必大刑伺候！"见于《资治通鉴》的记载表明，刁民乃是官员的口头禅，凡是不听话、不服管的民众，在他们眼里就是闹事的刁民，须用"大刑伺候"，加以弹压。可他们口中的刁民，不正是敲骨吸髓地盘剥老百姓的狗官所逼迫产生的吗？没有狗官枉法徇私，良民怎会成刁民？后来经王安石过问，罢了贾藩这个狗官，事态方得平息。

中国的老百姓，良善、厚道，不被逼得活不下去，他们是不愿造反的，甚至连上访、告状也不想出头。他们做惯了顺民，权利意识淡薄。一班狗官愈发嚣张，把老百姓当成砧板上的鱼肉，任意宰割。狗官的欺压良善、权力寻租，对民众的正当诉求置若罔闻、阻挠陷害，即便在人民当家作主的现今，也不乏其例。

面包车司机孙中界好意顺道搭载一个年轻人，将他送到 3 里远的目的地。想不到，这一善举被浦东新区城管执法局认作"非法营运"，要罚款5000 元。孙中界为证清白，欲自砍手腕，幸被同事及时拦住才未酿成惨剧。后经多家媒体调查，这是典型的"钓鱼执法"，那个搭车的年轻人就是诱人上钩的"钩子"。执法的城管队如此恶意诬陷害人，不是比刁民更刁恶么？

成都金牛区居民唐福珍，当了"钉子户"不说，最终只得以自焚来抗议暴力拆迁。而在她被送往医院抢救之后，主持执法的官员仍不歇手，用推土机将唐家夷为平地，连其家产也一并埋于瓦砾下，还给她扣上"暴力抗法"的罪名！"阳为道家，阴为富贵，被服儒雅，行若狗彘"（李贽《续焚书·三教归儒说》）的官员，人性沦落。骂声狗官，何过之有？

孙中界、唐福珍们的撒泼自残、自焚，不就为维护自己的合法权益吗？指其为刁民，公道、正义安在？说他们耍刁，岂不是官逼民刁！要而言之，一些狗官本就是奸刁之徒，全无心肝，且中国历来"以吏为师"，普通百姓从那些狗官身上学到的，也就是假公济私、作威作福之类奸猾狡诈的做派。指望其治下之民不刁钻，何其难也。

人权无贵贱。《民主的细节》一书有云："人权是人类的权利，不仅仅属于'我们'或者'他们'。"唯有尊重人权、保障人权成为生活的准则和社会的现实，官逼民刁才会成为历史的过去时。提振公民的权利意识，遏制官员的权力滥用，和谐社会庶几可期可及。

2012 年 3 月 11 日

（载 2012 年 8 月 20 日《西安晚报》，

第 10 期《杂文月刊·下》选载）

"迁论" 之误

　　1927 年 8 月出版的《语丝》周刊发表了北京大学徐祖正教授的《教育漫谈》。同为《语丝》撰稿人、且与徐先生是同事兼朋友的鲁迅，于 9 月 4 日作《反"漫谈"》相回应，评之曰"迁论"。

　　"迁论"迁在哪里？鲁迅指出，就迁在"对教育当局去谈教育"。此话粗看有些费解：向主管教育的"教育当局"谈教育，正是其分内之事，有何迁哉？而鲁迅又曾是"教育当局"中人，何出此言？

　　民元之初，应临时政府教育总长蔡元培之邀，鲁迅赴南京任教育部部员，踏入了官场；是年 5 月随教育部迁至北京，出任教育司第一科科长，8 月转任教育部佥事。佥事作为荐任的三等文官，大至相当于现今的处长，顶多算个副局级。虽说不上多大的官，也算是"教育当局"中之一员。其间因声援女师大学潮，被教育总长章士钊免去佥事职；但随女师大复校、章士钊下台，鲁迅于 1926 年 1 月复佥事职，并到教育部任事，直至 8 月赴厦门大学任教。前前后后，鲁迅的教育官员生涯，维持了 10 多年之久。故鲁迅戏称自己"近于老官僚"。他之所以"决定贡献一点意见"，乃出于"身做 10 多年官僚，目睹一打以上总长，这才陆续地获得，轻易是不肯说的"。

　　鲁迅这样说徐祖正的"迁论"，"对'教育当局'谈教育的根本误点，是在将这四个字的力点看错了：以为他要来办'教育'。其实不然，大抵是来做'当局'的。"鲁迅又说，"教育当局，十之九是意在'当局'"；而所谓"当局"，"说得露骨一点，就是'做官'"！

　　原来如此。"教育当局"意在"做官"，对办教育没有兴趣，或根本不懂教育。徐先生的《教育漫谈》却"对教育当局去谈教育"，不是自作多情的对牛弹琴，枉费精气神的"迁论"么？

　　科举时代，学在官府，是官办教育。宋以后设学政、教谕等学官，如清代的学政，多由进士出身的侍郎、翰林等官简派，且名头很大，官阶与各省的督抚平行。辛亥革命之后废止科举，引进西洋教育的一些制度，在中央政府设立教育部，管理全国的教育。但教育体制的突变不可能迅速肃清科举遗毒，"教育当局"中人做官当老爷的习性，也不会消亡。何况民元之后的一些教育总长，本就是科举出身、做过学官，要他们来办现代教育，不免力不从心。这样，"外行领导内行"，不懂教育的来办教育、管教育的情形，司空见惯。

如鲁迅在教育部任职时就见到过，一个学校的会计员，做了教育总长；今天是教育总长，明天成了内务总长；甚至让司法总长、海军总长，来兼任教育总长。就是说，教育总长这个职位，纯粹是个官位，阿狗阿猫都可以做，不需要一点教育知识！鲁迅曾亲闻某教育总长的就职，仅是为一件案子表决时多一张赞成票，而"再作冯妇的"。可也有人来和他谈教育，鲁迅气愤地说，"我有时真想将这老实人一把抓出来，即刻勒令他回家陪太太喝茶去"。有的总长还喜欢属员上条陈，对办教育提出意见、建议；但条陈递上去，全如石沉大海。而总长口头上仍声称，"我还要看条陈去"，"我昨天晚上看条陈"之类。鲁迅终于明白，在他的"做官课程表"上，有一项是"看条陈"。"看条陈"，不过"就是'做官'之一部分"罢了。把"看条陈"和"办教育"当作一回事，"不是书呆子，就是不安分"。总之，"教育当局"只热心于做官，他们的所作所为和"教育"是没啥关系的。徐先生对这类人谈教育，不是迂得可笑么？弄错了对象的"教育漫谈"，形同给瞎子点灯——白费蜡。

由鲁迅从切身经验中得到的"一种彻底的学识"，反思我们现今的教育，似可受到一点启迪：官本位不革新，行政化不祛魅，中国的教育恐难有真正现代意义上的进步与发展。

2012 年 3 月 17 日

（载 2012 年第 3 期《乐清湾》）

文化繁荣畅想

在文化建设提上重要日程的当下，打造文化强国的宏图呼之欲出。此刻，对中国文化的繁荣发达，我心向往之，畅想联翩。

我们要创造前无古人的现代文明，构建崭新的社会主义核心价值体系，健康的社会道德风尚，使中国人在物质生活实现小康、富裕的同时，在精神和文化生活上也美起来、笑起来。

我们要培育自己的科技英才、学术大师、文化巨匠，摘取现代科技最灿烂的明珠——诺贝尔奖，登上科学文化的高峰。

我们还要打造先进的国民教育体系，在优秀的素质教育基础上，孕育出与哈佛、耶鲁、牛津、剑桥比肩而立的世界一流大学，使各类人才在这些摇篮里茁壮成长。

我们又要拥有发达的传媒资讯，无数的文化精品，强大的文化娱乐产业，使新闻出版、电影电视、竞技体育等，均臻于世界前列，让国人的文化生活变得丰富多彩、美丽充实。

但是，文化的繁荣昌盛，工程浩大，非一朝一夕所能达成。文化需有积淀，是个慢工细活。它得打"持久战"，而不能速战速决，更不可搞"大跃进"。所以，文化建设须力戒浮躁，避免陷入急功近利的窠臼。文化繁荣的诸多要素中，有三点亟待重视。

第一，辨明文化的本质与核心。《周易》云，"文明以止，人文也……观乎人文，以化成天下。"文化的本质与核心全系于人，与人的生命、人格、权利、尊严、自由息息相关。文化即人化，就是人的全面和自由发展。人创造了文化，文化又"反哺"人。因此，文化的繁荣应致力于人的发展，注重于独立人格、优雅气质的陶冶，使之成为"大写的人"。不尊重人的文化，无助于人的权利、自由发展进步的文化，是落后的，最终必走向文化的反面。物化的、沦为工具的文化，或仅仅把文化视为赚钱的"产业"，都背离了文化的本质和核心，是不可取的。文化的繁荣，要走人化的正道。

第二，对思想文化有包容与宽松的空间。思想文化的繁荣有赖于多元的土壤。春秋战国、民国初期，称得上是中国历史中文化繁荣发达的时代，可它们都不是"盛世";其文化繁荣的奥秘何在？就在当时的权力不足以操控社会，给思想文化留有较大的自由发展空间。正是思想文化的多元发展，实行百家争鸣、百花齐放，这才产生了"诸子百家"和众多的文化大师！与之相反，罢黜百家、独尊儒术，把思想文化纳入"大一统"的权力架构之中，便只会有应制诗和八股文，文化建树日趋荒芜。正反两面的历史经验表明，一花独放不是春，万紫千红春满园。与其渴望打造盖茨、乔布斯式的创新天才，不如在培养其生长的好土，打造宽松、包容的文化环境上多下些功夫。对思想文化的垄断操控，与思想文化的繁荣发达，犹冰炭之不同炉。

第三，以宏阔大度的胸怀吸纳外来文化。在地球已然成"村"的当今，文化的闭关锁国，不但愚昧，而且无益。文化贵在创造，但新思想、新文化又不能凭空创造，而需要开源汲流，即在发掘本土优秀文化的基础上，广泛吸纳外来文化的先进因子。文化不仅是民族的、国家的，而且是世界的、人类的。中国文化的繁荣，既要传承中华优秀文化遗产，又要在与外来文化的碰撞、吸纳、融汇中得以发展和进步。正如鲁迅主张的"拿来主义"所说，"没有拿来的，人不能自成为新人，没有拿来的，文艺不能自成为新文艺。""不管三七二十一，拿来！"这样，文化繁荣庶几可待。

"今天你笑了吗?"似不重要，重要的是你的笑是有尊严的笑、体面的笑、出自内心的笑，是洋溢着真善美的幸福的笑！

2012 年 3 月 28 日

（载 2012 年第 2 期《钟山风雨》）

笔耕漫忆

做了一辈子文字工作，成了所谓"笔杆子"，是我年轻时所未曾料及的。于今年近古稀，追溯我的笔耕生涯，有这样两个场景，深深地嵌入了记忆的年轮。

子夜急就章

1968 年 7 月 21 日深夜，我和同寝室的同学都已进入沉沉梦乡。突然，响起"嘭嘭嘭"急促的敲门声。睡眼蒙眬的我从床上爬起来，嘴上嘟囔着："谁呀？半夜三更的敲门！"开门一瞧，嗬，原来是《文汇报》文教部的记者龚国路。

"小杨，真不好意思。快穿上衣服跟我走，要请你立即写一篇文章，明天就要用！"为免打扰同学睡眠，我只得随他，找了一间教室准备写稿。

龚记者和我算是老熟人了。大约一年半前，因为参与上海市教卫部的一个写作班子，写批判"中国赫鲁晓夫"（指刘少奇）的"修正主义教育路线"的文章，我就与专跑文教口的龚记者认识了；陆陆续续写作、发表了几篇文章以后，龚记者对我的印象颇好，认为我年纪轻，笔头快，又是华东师大专攻教育学的，对苏联凯洛夫的教育思想以及中国教育界的状况有所了解，是个可以依靠的"红卫兵小将"吧。

两人坐定，他从皮包内取出一张纸对我说：新华社刚刚发表了一条毛主席的最新指示，说的是上海机床厂的事，但事关中国理工科大学的办学方向。我们报社决定在明天推出一个专版，对最新指示进行学习宣传，所以连夜来找你，让你写一篇学习心得。我接过一看，上面印着黑体字："大学还是要办的，我这里主要说的是理工科大学还要办，但学制要缩短，教育要革命，要无产阶级政治挂帅，走上海机床厂从工人中培养技术人员的道路。要从有实践经验的工人农民中间选拔学生，到学校学几年以后，又回到生产实践中去。"

上海"一月风暴"之后，张春桥、姚文元、徐景贤控制的《文汇报》，异军突起，成了"左"得可怕的一块舆论高地。对伟大领袖毛主席的最新指示，《文汇报》养成了一个传统，叫做"学习宣传不过夜"。既要大张旗鼓，又要及时紧跟，开媒体风气之先，以引领全国"活学活用"毛泽东思想的热潮。我知道，这是一个光荣任务，推脱不得；但我也明白，时间太紧，怕赶不及。我问龚记者，现在几点？他看看手表说，已近凌晨一点。我又问，文章要多长？他说，大约3000字左右。我说，你几点钟要交稿？他答，两点钟要下厂发排。个把钟头要写3000字，且又是刚刚看到最新指示，我还得有个学习消化过程，哪来得及呀！于是，我提出分两篇写，请另一人写篇千字文，我则写篇2000字的。火烧眉毛，只得把对面寝室的刘国荣同学拉出来，让他写那篇短的。

约摸思索了10多分钟，我便开始了急就章的写作。按照当时的惯例，文章开头当然要照抄毛主席最新指示的全文，随后即阐明其重大的现实意义，称它是"大破大立，批判修正主义教育路线的最强大的思想武器，为我们学校的斗、批、改，为史无前例的无产阶级教育革命指明了方向"。接着，集中批判旧教育制度，从旧学制的脱离工农、脱离实际说起，对苏联、中国的"修正主义教育路线"展开批判，称"脱离无产阶级政治，脱离工农兵，脱离生产劳动的旧学制，不出教条主义，就出修正主义！这样害党害国的货色，此时不革命，更待何时?!"而刘同学的那篇则从培养目标切入，声讨旧教育制度造就"精神贵族"的罪孽。

炎炎盛夏的子夜，依旧暑气逼人。那时的教室一没空调，二没电风扇，我边写边擦汗，背心还是湿透了。凌晨一点三刻左右，我俩交了卷。龚记者连忙拿起稿子，骑上摩托车疾驰而去。7月22日，在《文汇报》下午版上，我的那篇急就章《摧毁脱离工农、脱离实际的旧学制》，赫然在目。它是我一生写作生涯里，耗时最短、发表最速的一篇应时"命题作文"。

本无心插柳

就在撰写急就章之后不久，我们这些名义上读了5年书的大学生，即面临毕业分配。当时的分配方针叫"四个面向"：面向工厂、面向农村、面向边疆、面向基层。根本不管什么专业对口、学用一致。我的运气不错，被分在四川成都的冶金部第五冶金建设公司。1968年12月30日，我扛着铺盖卷，登上西去的列车。到成都报到后不久，我和几个清华、昆工的大学生一起，转赴牛市口五冶公司下属的机运站。未几，又"下放"到地处郊区的天回镇附近的一个汽车修理厂，当了一名普通木工。跟我一室而居的，还有位来自同校姓夏的校友。

当工人的日子很平常，每天的生活流程也简单。早餐过后去车间"画卯"考勤，然后听师傅的吩咐，今天干什么活。虽然从库房领了斧头、锯子、刨子等木工工具，但真正使用的，只是羊角锤和螺丝刀——因为我干的活儿几乎天天都一样，就是拆卸报修车辆的废旧车厢板。敲下外包的铁皮，起出钉子，再把旧车厢木板摞起来，加以废物利用。完全不要什么技术，只要有力气就行！下午放工后打打篮球，洗过澡后就开始打扑克，玩四川人爱玩的"拱猪牵羊"，输了就钻桌肚、贴麻子，乐不可支。当时的风气，知识分子是"臭老九"，"大老粗"的工人、农民最光荣。"工人阶级领导一切"嘛！所以，我当"小木匠"，似也心安理得。然而，一个偶然的机会，又让我这个"小木匠"耍起了"笔杆子"。

毛泽东主席曾在 1966 年 7 月 16 日于武汉畅游长江。此后每年是日，全国各地均举行纪念活动，并组织当地工农兵群众游泳。1969 年夏，四川省的游泳纪念活动也要如期举行。由于五冶公司号称"10 万人马"（3 万多职工、6 万余家属子女），是成都最大的工矿企业，上级要求公司组成一个 300 人的方阵，参与新津渡游泳纪念活动。同时又布置，纪念活动要有工人、贫下中农、红卫兵、解放军的代表发言，请各参与单位准备发言稿。

我虽不是旱鸭子，但并不喜欢游泳，加之蜀水冰凉，有些吃不消，所以无缘 300 人方阵。同屋的夏同学特爱游泳，游技也很好，加入了方阵。一日游泳预演，方阵领队、公司工会副主席金科长一脸愁容，说咱们五冶在成都算"老大"，代表工人发言理所当然；可谁能写好这个发言稿呢？夏同学听罢，插了一嘴：嘿，我有位室友杨同学，是我们学校的"才子"，文章写得好，在上海就蛮有名气！金科长眼睛一亮，说：快，叫你同学写个发言稿吧！

夏同学与我在华东师大时并不熟悉。他在外语系，我在教育系，也没有在一起搞过大串联、大批判。不知怎么的，他竟知道我的笔名叫"萧任武"，写过不少文章。但说起来，像我这样未出校门的大学生、20 来岁的毛头小伙，在上世纪 60 年代就能把文章发表在《解放日报》《文汇报》《光明日报》《人民日报》的，也可谓是凤毛麟角了。毕业前的两年间，我单独或与人合作的文章，见诸《文汇报》的即近 20 篇。当然，一不能署真名，二不给稿费，只是有时送些"红宝书"或毛主席像章之类。

言归正传。夏同学回厂一说，我即拒绝，并埋怨他多事。斯时世风浸染，对笔耕我早生倦意，全无兴致。但第二天，金科长拉上汽修厂头头一道来做我的工作，说无论如何要帮这个忙。我仍推却，他们便抬出给公司争光的理由；夏同学以及几个打篮球的球友，又在一旁帮腔说情。这样，于公于私，再不写就太矫情，要被视为摆"臭老九"的架子了。无奈之下，勉强领命。但我提出两个条件，第一，给一周时间，补补形势课；第二，把近 3 个月的《人民日报》《红旗》杂志找来，我要看看舆情。金科长、厂头头满口答应，说给你找间小屋子，一个礼拜内交卷。

细细研读了中央媒体的近期报道文章，又把刚刚结束的党的"九大"文件，还有毛主席畅游长江时的谈话一起找来学习。这我就花了4天。剩下2天，就动笔开写，最后弄出一篇不足900字的发言稿，匆匆交卷。

令我惊诧的是，这篇小小发言稿，竟改变了我的人生运行轨迹！事后得知，我写的发言稿还有个起死回生的神奇故事——

7月16日上午，四川省的纪念活动在新津渡拉开帷幕。张国华、梁兴初、李大章等党政军高官，端坐在主席台上。五冶游泳方阵领队金科长，手揣发言稿递到主席台上，一位工作人员见了，笑着说：都什么时候了，你还来交稿，工人代表发言已确定420厂了！金科长一脸惘然，正准备把发言稿要回来；巧的是，新华社四川分社社长此时正走过来，说：慢着，让我看看稿子。快速浏览之后，他对老金说，你先下去吧，等我去请示领导再说。老金边走边思量，准没戏了。

过了片刻，主席台上传来呼叫声：请五冶公司的代表到台上来！金科长又走上前去，那位新华分社社长对他说：这篇发言稿短小精干，比420厂的强得多。我已经请示领导同意，把420厂撤下来，由你们五冶代表工人发言。你先在台上坐下吧。此时的老金，激动得手足无措……

更加惊喜的事，发生在第二天清晨。当时的干部、群众，差不多都有在早晨六点半收听中央人民广播电台"新闻联播"的生活习惯。7月17日晨，公司军管会以及企业领导干部像往常一样打开收音机，央台报道的头条新闻正是全国各地"工农兵和红卫兵小将热烈庆祝毛主席畅游长江3周年"。听着听着，播音员抑扬顿挫地说，"成都第五冶金建设公司参加游泳活动的工人说，跟着毛主席继续革命，是我们最大的幸福。我们一定要紧跟伟大领袖毛主席乘风破浪不断前进，认真搞好斗、批、改，争取新的更大胜利"。五冶公司领导们兴奋不已，上中央台头条新闻，五冶公司是大姑娘上轿，头一回啊！

当天上班，军代表就把金科长找去，询问事情的来龙去脉。老金把最后一刻登台发言的经过讲述一遍，并称赞写稿的"小木匠"是个人才。军代表立马发话，既然是个人才，当木工太可惜了，就把他调来机关搞宣传吧。次日，老金又来到汽修厂，对我夸赞一番，并让我立即到公司宣传处报到。我并不领情，反一口回绝：不想再摇笔杆子，那太累人了。而且，当工人一个月38斤粮票，才勉强够吃，让我去蹲机关，定粮只有22斤，根本吃不饱，叫我去挨饿呀！金科长直傻眼，只得向上汇报，说那小家伙不肯来，没法解决他的吃饭问题。几个军代表一合计说，那没问题，咱部队农场常给干部家里送粮食，咱们几个军代表凑凑，每月贴他十几斤粮票，不就解决了嘛。

事情到了这个份上，若再不去，我就太不近人情了。8月初，我归还木工工具，到公司机关编辑《五冶工人报》，重新开始了笔耕生涯。我本无心插柳，岂料柳树成荫。其实，我那篇发言稿能"一炮打响"，无非是贴近了"主旋律"，跟上了当时高举"九大"团结胜利旗帜的形势而已。

40多年过去，往事依稀如梦，我却有些落寞惆怅。人道青春无悔，我则青春有愧。固然作为"红卫兵小将"，涉世太浅，幼稚无知，尚有可原；但我的急就章也好，发言稿也罢，毕竟充当了极左错误路线的吹鼓手，成为"文革"肃杀舆论的一部分，给那些"大批判"对象带来了无端的伤害与压力。我必须诚心诚意地向他们表示忏悔！我以为，欠债总须偿还。或许从我早年笔耕生涯中，还能窥见那个远去的动乱岁月之一斑。

我不敢说像古人那样，"既笔耕为养，亦佣书成学"，但在经历坎坷磨难之后终于明白：强权专横实可恨，为虎作伥亦可哀。作为一个笔耕人，超越别人不容易，超越自己更困难，可总要对得起天地良心，有一点文化自省、解剖自我的意识。

2012年8月24日于金陵夫子庙畔

（载2012年第6期《钟山风雨》）

谁在折磨刘翔

伦敦奥运赛场上，刘翔栽了！

顿时，海内外媒体有关刘翔的摔倒、伤情，连带种种猜想、推测，如漫天雪花般纷纷扬扬，直把国人看得眼花缭乱，找不着北。

我肯定，雅典奥运夺冠时的刘翔，是成色十足的英雄。他用飞跃的脚步，谱写出了一幕喜剧。但是，4年前的北京奥运会，刘翔以出人意料的退赛，上演了一出悲剧；而此次在伦敦赛场的摔倒，以及其后的单脚跳，又献上对跨栏的深情一吻，则可称作一场啼笑皆非的闹剧。在以胜败论英雄的竞技体育舞台上，夺冠军、拿金牌是铁的"硬道理"。所以，刘翔英雄不再，或许还会被指为狗熊吧？谁叫中国体坛是成王败寇的名利场了呢！

平心而论，刘翔了不起，也不容易。他以"中国速度"打破欧美选手在110米跨栏项目上的垄断，他创造了"东方奇迹"，被誉为"中国超人"，代表中国形象的"国家名片"！放眼中国体坛，有几人能与之比肩而立？

但北京、伦敦的两次溃败，又真切地见证了刘翔的英雄末路。刘翔的退赛、跌倒，自然缘于长期的脚部伤病。英雄最怕病来磨嘛！严重的伤病折磨着刘翔，拖累着刘翔，使之丧失了夺金能力。伤病是所有职业运动员的第一天敌。

其实，折磨刘翔的并不只是伤病。还有谁在折磨刘翔？从刘翔母亲吉粉花的一席话，似可看出一点端倪。她说："现在刘翔是国家的儿子，等奥运会后才能还给我。如果有一天刘翔不再优秀，希望大家可以原谅他。"（2012年8月16日《南京周末报》）

以前只知道，中石化、中石油等是"共和国的长子"；现在才晓得，刘翔这个体育明星，也居然做了"国家的儿子"，不属于他的父母。这个中国特色的"举国体制"，把伤病累累的刘翔"绑架"到奥运赛场上去了！因为，多拿一枚金牌，就是体育行政部门，乃至是党和国家的"政绩"！所以，哪怕刘翔的跟腱坏了，也得"轻伤不下火线"，去拼搏、"赌"一把。

事实上，由于英雄光环太过耀眼，刘翔的商业价值也像火箭般飞升。当刘翔这个金色的名字变为超级"吸金机器"的时候，包括刘翔本人，赞助商，以及国家田径管理中心，上海市体育局等在内的各色人等，已然形成了共同的"利益链"。每年多达上亿、少则几千万的"大蛋糕"，谁不想切一块、吃一口？刘翔伤而不退，北京奥运后苦苦支撑，在伤病中挣扎，饱受折磨，他们不就是幕后"推手"么？

折磨刘翔的，还有中国的媒体，甚至还有你、我、他等许多人。当媒体、当国人都把刘翔视为"国家名片"而捧上九天的时候，实际上就使他承载了太多的外在东西，也埋下了把他打入九地的悲情种子。中国的媒体特爱吹，在奥运前把刘翔的伤情当作"核心机密"秘而不宣，人们在传媒上看到的刘翔有许多方面是被修饰过、包装过，甚至是被扭曲了的。但这一切，却把国人的浮躁、虚荣推向极致，以至形成了思维定势：金牌就是刘翔的囊中之物！上至国家体育总局，下到普通老百姓，不早早地把那枚跨栏金牌划到中国名下了么？

对中国体育，我反对妖魔化，更反对神圣化，反对神化体育明星。对任何事物的神化，都是一种迷信和蒙昧。4 年一届的奥运会，说白了，就是一场国际大 party。与国家强弱、民族兴衰之类，没有多大干系。别把金牌看得那么重，体育运动的宗旨和本质，在于国民体质和健康水平的提升。过去某些"逗你玩"的奇迹，给了人们太多的教训：在玄虚莫测的奇迹背后，往往活跃着骗子、捧客的身影，还有大群瞎起哄、凑热闹的看客；而当奇迹破灭之后，骗子和捧客们揣着好处溜之大吉，却叫看客和民众去品尝失望、痛苦的滋味。

已在同一条河流里两次呛水沉溺的刘翔，学学你的老乡姚明，疗好脚伤、心伤，回归普通人的正常生活，做妈妈的好儿子吧！千万别再自己折磨自己，活受罪。

2012 年 8 月 26 日

如果菲尔普斯出在中国

美国出了个菲尔普斯。绰号"飞鱼"的他，三届奥运豪取19枚金牌、创多项世界纪录，尊其为游泳天才、奥运"多金王"，实至名归。

激赏之余，忽发奇想：如果菲尔普斯出在中国，那会怎样？参照咱们以往的经验，待他凯旋之后，大抵即有如下种种——

隆重庆功。要在人民大会堂召开高规格的庆功大会，由中央首长亲切接见，握手勉励，并合影留念。当然，合影时"飞鱼"得位列前排正中，与国家主席、总理等紧紧相挨，给这个国家功臣以最高的礼遇。

授予荣誉称号。菲尔普斯拿了一大把金牌，相关部门就得迅速跟进，授予其国家级的荣誉称号，如全国劳动模范，五一劳动奖章，全国青年标兵，新长征突击手，等等。非如此不足以彰显"飞鱼"的至高荣耀。

巡回演讲。以菲尔普斯为首的奥运功臣宣讲团，光去香港、澳门演讲，远远不够了；要以"飞鱼"演讲为重头戏，从华北、东北、华东到中南、西南、西北，把30余个省市区统统巡讲个遍，以弘扬奥运精神，激励全中国的青年一代为国争光。

巨额重奖。咱们今年的奥运金牌奖是一枚270万，这对"飞鱼"怕是不给力；孙扬的奖金都超千万了，"飞鱼"总不能比他少吧？从国家体育总局到省、市、县，层层嘉奖发重金，菲尔普斯拿它个5千万、上亿的，也不为过。至于香港老板、大陆赞助商的奖赏，也定要让"飞鱼"独占鳌头！

名校竞相招揽。奥运金牌得主，享有名校随便挑的特权。"飞鱼"居功至伟，清华、北大、复旦、交大等国内一流名牌大学，纷纷伸出橄榄枝，欲将其招之麾下。上什么专业，读硕读博，听凭菲尔普斯选择，绝无二话。

重中之重，是得给"飞鱼"安排一个官位。仅得一金的刘翔，早已是全国政协委员；邓亚萍当上了《人民日报》副秘书长、人民网总裁；蔡振华、袁伟民做了副部、正部级高官。他们才几枚金牌？比起"飞鱼"的19金来，差了去！所以，若要论功行赏，对"飞鱼"的安排，起码得弄个全国人大常委，或者全国政协副主席，才说得过去。不过，官位安排要请中组部乃至政治局多费心了。区区在下，说了不算。

打住想象，回到现实。"飞鱼"出在美利坚，不是咱"龙的传人"。所以，他从伦敦回去之后，白宫居然毫无动静，既没开庆功会，也无奥巴马总统接见，荣誉称号、巡回演讲、巨额重奖、名校追逐等等，全无踪影！至于官位，别说内阁、参众两院紧闭大门，"飞鱼"至今连个巴尔的摩县议员的位子也没捞着！哎，难怪菲尔普斯在伦敦就宣布退役，要与里约奥运"拜拜"。

　　菲尔普斯若是出在中国，定有享不尽的荣华富贵。可他投错了娘胎、生错了地方，可惜、可惜。我不禁替他扼腕长叹！下辈子转世，"飞鱼"何不来中国活一回？那才叫个滋润潇洒，风光优越，不枉此生呀！

2012 年 8 月 27 日

（载 2012 年 9 月 4 日《联谊报》）

无奈"啃老"

　　阮直兄的《文化"啃老"》（2012年第6期《杂文选刊·上》），力辟市场化"啃老"的"无聊"，倡扬"知识分子用智慧去'啃老'"，别尽拾"古人的牙慧"。我深以为然。稍感缺憾的是，该文没有追寻文化"啃老"现象的深层缘由，因而显得美中不足，意犹未尽。

　　对文化"啃老"，需从历史与现实的角度进行解剖，方能切中肯綮。依我看，文化"啃老"的滥觞，不只出于"无聊"，更多出于无奈。

　　中国的文化，自汉武帝罢黜百家、独尊儒术，以及隋、唐实行科举制以来，便可以说是一种"古纸堆文化"；在文化取向上，一窝蜂地"向后看"而不是"向前看"。文化人皓首穷经，对十三经、二十四史加注作疏，校勘订正，以此作为做学问或奔仕途的"敲门砖"。两千余年之中国文化，差不多就是代代传承的"啃老"文化。这在明、清两代尤为明显，没有多少文化创新。传统文化的历史惰性，无可挽回地延续至今。而"啃老"文化的不时泛起，不只表现为对"古典名著"的不断改编、翻拍，尤其凸显为此伏彼起的"整理国故""弘扬国粹""振兴国学"热浪！把传统文化当作"饭碗"，"没牙的老人啃骨头"（阮直语），"啃"得有滋有味。看看于今的一些大学教授，如于丹、钱文忠等的蹿红为"学术明星"，即可佐证。

　　不过，比"啃老"的文化惰性更具"瓶颈"效应的，还是现实的环境制约。古今文化人中不乏聪明绝顶者，他们完全具备文化创新的实力与智慧。可他们不能创新，不敢创新。因为，突破"定于一尊"的文化格局，需要极大的勇气和胆识，也有许多现实利益得失的考量和羁绊。鲁迅的《哀范君三章》有两句诗，"世味秋茶苦，人间直道穷"。"直道"既穷，许多文化人被迫逃避或趋时，走向文化"啃老"族，以求安身立命。不自由的文化环境，使知识分子动辄得咎、挨整，像"孙悟空"似的头上安了"紧箍咒"。文化创新的成本太高，风险太大，他们还能独运匠心，自由思想么？国人心灵中颗颗自由创造的嫩芽，从孩提时开始，便被现实功利的"风刀霜剑"摧折得七零八落，所剩无几！直面现实的文化批判、文化创新者，多半以一生的痛苦和悲剧收场，譬如马寅初、顾准、邓拓。中国知识分子爱"啃老"，不是规避、适应现实的无奈选择么？

没有自由宽松的环境，文化不具独立的公民权利，次生的文化"啃老"现象，即未有穷期。以娱乐文化说，咱们的编剧、导演热衷"啃老"，大拍特拍宫廷戏、武侠剧，或把《水浒传》《红楼梦》不断翻拍，一方面，自然是着眼于市场和"票房"，另一方面，则在于这类文化产品的风险小，省去许多"审查"的麻烦。我相信，中国的编剧、导演群体中，不乏高手、能人；可他们中有谁能像美国同行那样，去拍摄《2016：奥巴马的美国》，把"反对者"的声音搬上大选年的银幕？莫说在位总统这般大人物，即便对落马的贪官、坏官，如成克杰、陈良宇、薄熙来之流，谁能把他们的"故事"写成剧本，拍出"纪录片"或电视剧？吃吃"祖宗饭"，玩玩文化"啃老"，反正咱们有浩如烟海的典籍和数不胜数的帝王、后妃、将相们，可资"开发利用"。

一言蔽之，自由戴铐，无奈"啃老"。但是，传统国学的"老骨头"上，实在没有多少"肉"可"啃"了。创新的调门叫得高入云霄，却不在体制上革故鼎新，不在构建自由的文化环境上用真功夫，那么文化创新的愿景，大抵只是刻舟求剑式的徒劳。而由于文化"啃老"，就注定我们在文化上的没大出息。一如鲁迅所说，"粹太多"，"太特别"，即"难与种种人协同生长，挣得地位"。（《热风·随感录·三十六》）又何况，"满口爱国，满身国粹，也于实际上的做奴才并无妨碍。"（《且介亭杂文·从孩子的照相说起》）我看大先生的警语，仍不过时。一孔之见，不知阮直兄意下如何？

2012 年 8 月 29 日

（载 2012 年 9 月 7 日《湘声报》，

入选辽宁人民出版社《2012 中国最佳杂文》）

玩不起，死不起

岁近古稀，来日无多。心中系念的有两件事：一者，苟活了一个甲子多，出门旅游观光的机会了了。东京樱花雨、北欧伊甸园、非洲狂原野、南美浪漫情，都无缘涉足；国内的草原奔马、海南椰林、台湾日月潭、雪域高原，也无福消受。所以，总想抓住人生的尾巴，出门游览名山大川，聊慰平生之憾。二者，腰酸背痛、头昏眼花，时时袭来，油枯灯草尽的死亡阴影悄然爬上心头，于是会想到死亡种种，诸如死了怎么办，何处理臭皮囊，等等。

不经意间却发现，现在虽称国泰民安之"太平盛世"，原来竟是玩不起，也死不起。令我惊悚惶恐，寝食难安。

今年清明节"小长假"前夕，我打好行装，准备出发去旅行。不料，景区门票"涨"声一片的消息，顿使我望而却步。你瞧，"红色旅游"之江西井冈山景区，门票从 130 元升至 162 元；山东台儿庄古城景区，自 4 月 1 日起门票由 100 元涨至 160 元。有媒体统计，大陆范围 130 家 5A 级风景区，门票价过百元的超过一半，价位在 100 至 200 元的占比达 35％以上。一张小小门票，涨价幅度均在三成左右。可是，我的收入自 2006 年以来未有增加，渐感囊中羞涩的我，对外出旅游产生了畏意。这年头的吃、穿、住、用，哪样不是物价见天涨？什么"蒜你狠""姜你军""虾死你"等等，都把人闹得心惊肉跳！不是我不想周游世界，饱览祖国大好河山，就那几个退休金，实在是玩不转、玩不起呀！

回故乡给谢世 15 年的父亲祭扫，得知老家山背面的公墓，每个售价已超过两万元。而南京的公墓价据说飙升至 5 万以上，且要排队等候，供不应求。我又从媒体获悉，一平方米墓地，大、中城市售价在 3 到 7 万。首都北京，创下每平方米 35 万元的天价！年届九秩的老娘对我说，现在死不起，墓地加上火化，连同"吃硬饭"的开销，少说也得花上四五万。农村尚且如此，城里就不用说了。中国人真的富得冒油，"不差钱"？我心存疑惑。在京城谋生的女儿，或许是出于孝心，或许是怕我孤单，老要我到她那里去生活、过晚年；我却期期艾艾，不敢允承，一年顶多住上几个月便匆匆回宁。不是不领女儿的情，我是怕一旦病危，死在北京，那个天价墓地岂不要拖累女儿一家子！死不起，在北京就更加死不起啦。

玩不起，死不起，确证了生民之哀。鲁迅生前说过，"在中国的天地间，不但做人，便是做鬼，也艰难极了。"（《朝花夕拾·二十四孝图》）出远门、海外旅游，咱玩不起，不玩也罢。或者，就近踏踏青，玩玩"农家乐"；再或者，到图书馆借几本异国风情的书籍来读一读，打开电视机看看大千世界的千姿百态，也算过把旅游干瘾吧。惟有死不起，让我煞费苦心。人不能不死。如果芸芸众生都"长命百岁"、"万寿无疆"，这世界便人满为患了。现今在世的近70亿人口，已让"地球村"不堪重负，人为的"温室效应"让北极冰川融化大大加速，致使"极端气候"屡屡来袭，祸及不少国家。我不想做招人讨厌的"老不死"。人没有不怕死的，但我信鲁迅的话，"生命不怕死，在死的面前笑着跳着，跨过了灭亡的人们向前进。"（《热风·随感录·六十六　生命的路》）来来往往尽过客，死死生生成古今。死不起的墓地问题，也寻到了办法：要么将骨灰撒到长江，流入大海；要么就在故乡的山坡上埋了——那里有我年少度饥荒时开垦的一小块山地，现仍在我兄弟名下。他是不会拒绝我叶落归根、骸归故土的。

如此这般，难题既解。我这黄土埋到脖颈的人就玩得起，也死得起了。哈哈！

2012 年 8 月 31 日

（载 2012 年 9 月 11 日《杂文报》）

酒的魔力

泱泱华夏，酒香扑鼻。使我领略酒的魔力的，还是央视常播的"丰谷酒王"广告词，"丰功伟业穿喉过，杯酒沉浮江山定"。似乎不喝酒干不成大事，唯酒能扭转乾坤。神奇魔力，孰能过之？

平头百姓遇红白喜事，或朋友相聚，小酌几杯以为助兴，无伤大雅。古人对酒，早有"千岁药""扫愁帚""钓诗钩"之类别称。适量饮酒对益寿延年，调剂情绪，催动灵感，有些助益。曹操贸然下"禁酒令"，不许酿制、销售酒水，有违情理，行之不远。

但是，酒毕竟只是人们生活的辅助品，而不是必需品。在人的食物链上的地位与作用，酒远逊于粮食、蔬菜。所以，对酒魔力的无限放大，上升到"杯酒沉浮江山定"的高度，那就流于吹牛，失之荒谬了。

国人长于"做局"。请客吃饭，设宴谋事，总少不了酒。传世的三个历史故事，也许是"丰谷酒王"广告词的最好注脚。试一一解之。

杯酒释兵权——赵匡胤摆下的"局"，用优厚待遇"赎买"将领的兵权，以防"黄袍加身"重演。但说穿了，是宋太祖的政治智慧高，有驾驭悍将的能力，而不是一杯美酒有什么神通。

煮酒论英雄——曹操设下之"局"，以试探刘备的志向。机警的刘备巧借惊雷掩饰，躲过一劫。"尊前一语瞒曹操，铁锁冲开走蛰龙"。煮酒只是道具，背后实为曹、刘二人斗心机。

鸿门宴——范增、项羽精心策划的"局"，图谋把欲在关中称王的刘邦，除之而后快。可惜被屠狗的樊哙搅黄，他带剑拥盾闯军门、立饮"斗卮酒"，并称"臣死且不避，卮酒安足辞？"又面斥项羽之过，保护刘邦逃离虎口！这与其说是酒的魔力，倒不如说是樊哙有不怕死的拼命精神。

上述三个"酒局"，两个失败，唯杯酒释兵权较圆满。指望凭酒来办大事，多半不靠谱。而"酒局"中布满刀光剑影，尔虞我诈，血腥味十足。对这些卑劣的权力博弈，"打天下"、"坐江山"的阴谋诡计，我们今天没有理由再为之广作宣传，啧啧赞美！如此夸大酒的魔力，难道于今仍在皇权社会？

"无上妙品"的酒，品尝要讲"酒德"。据说大禹喝了仪狄酿的美酒，说过一句警世醒言："后世必有以酒亡其国者。"一语成谶。其第 17 代孙夏桀，以酒为池、以糟为堤，与百官豪饮，"一鼓而牛饮者三千人"。官员泡在酒缸里，夏朝终于灭亡。后来的商纣王，设酒池肉林，作"长夜之饮"，也被武王姬发斩头示众。但实际上，这些"以酒亡其国者"，不是酒的罪过，而是官的祸害。即权力腐败导致生活腐化，吏治恶浊，民怨沸腾，从而"城头变幻大王旗"。诿过于酒，不是替那些昏君、恶官开脱么？一杯美酒，扛不起江山社稷之重负！

　　不过，从小小的酒杯里，又确能映见世风与官场的清浊。每逢王朝末期，都有酗酒成风的怪象，而官场尤烈。如魏末的"竹林名士"，个个是酒鬼。照鲁迅的说法，他们的"沉湎于酒"，"大半倒在环境"。其时司马氏已欲篡位，"竹林名士"不想与之合作，"只好多饮酒，少讲话，而且即使讲话讲错了，也可以借醉得到人的原谅。"（《而已集·魏晋风度及文章与药及酒之关系》）他们都是借酒装醉，躲避政治，在极度苦闷、颓废中消解郁结，结果仍是借酒浇愁愁更愁。而比名士自我麻醉更可怕的，是朝廷高官的酗酒纵欲。谚云，酒是色媒人。两晋时的周顗，外号"三日仆射"，醉酒三天三夜不醒；一日赴尚书纪瞻府中宴游，见纪的侍妾"歌声曼妙"，色艺双绝，竟借着酒劲、当众拉出裆下男根，"欲通其妾"而"颜无怍色"。这样的流氓高官，形同禽兽。官员们吃花酒，玩姑娘，赌麻将，沉沦于酒色财气，无论什么时代都非好兆头。

　　于今，"革命就是请客吃饭"，"接待也是生产力"。"国酒"茅台，化身"特供"，大量耗费公款，败坏党风喝坏了胃。酒的魔力，确然不减。如果还去渲染"丰功伟业穿喉过，杯酒沉浮江山定"，助长"唯酒是耽"的奢靡歪风，于国于民，又有何益？

2012 年 9 月 3 日

（载 2012 年 10 月 16 日《杂文报》）

杂文无台论

不久前在徐州举行的杂文联谊会上，有论者称：杂文是补台的，不是拆台的。论者的苦心，我能体谅；为让杂文组织纳入作协序列，谋得合法地位，他们努力多多。可叹迄未如愿。会后想想，我顿觉此论于杂文有害无益，不得不说点不中听的管见。

台是何物？此非书台、戏台之台，亦不是心之灵台，而是台上台下之台。中国古代，有御史台一类官署，高官亦称抚台、藩台，位高权重的"三公"，别称台衮。永乐、成化时，还有以"三杨"为代表的"台阁体"，一种高官间的往来文书、文风。于今的老百姓，仍把干部的起起落落，呼为上台、下台；贪官中箭落马，则谓垮台、倒台。台者，总与权力官家相纠结。杂文补台、拆台云云，其台的涵义，确指权力官家无疑。厘清此台，免得缠夹不清，我不吝多费唇舌。

说杂文是补台的，我看只是杂文家的一厢情愿。随便拉个官员出来问问，会认可杂文补台吗？他能不把杂文当作异端，斥为"杂音"，就谢天谢地了。在台面上活动的大小官员，最关心的是 GDP、财政收入、民生、维稳，以及自己的政绩、仕途等等；这些台面之事，杂文能帮什么忙、补什么台？就拿反腐倡廉说，杂文写了车载斗量，有哪个贪官是被杂文拉下马的？一百篇杂文，恐怕都比不上一封举报信。故在我看，说杂文可补台，似是杂文家的自作多情！官家台面人物需要的，是盈耳颂歌、"正面宣传"，是脸面贴金、屁股打粉，只嫌报喜鸟的声音小，哪有闲心来听杂文乌鸦噪！不错，在官员中，抑或省、部级高官，也有如邓吴廖"三家村"等喜欢杂文，或写杂文的。他们是铁定想补台的，结果呢？比贾府的焦大还要悲惨。

杂文是拆台的吗？此问有些似是而非。说它似是，缘于有许多台上之人，把杂文的抨击时弊、揭露阴暗面，当作大逆不道、给官家脸上"抹黑"，"与政府作对"。说它非，是因为杂文本就没有拆台的能量，太高估了"花边文学"的影响力。自古及今，有哪个官家是被小小杂文拆了台的？哪怕周久耕那样的科级小吏，拆其台而倒下的，也不是劳什子的杂文，而是新闻记者的一则报道，同时还得引起纪检部门的重视，由他抽超高档香烟入手，一路查

134

其受贿劣迹，才得奏效。鲁迅杂文够泼辣、劲爆吧，又何曾把哪个官员，或国民政府的台拆了？没有共产党领导的八路军、新四军，蒋委员长能逃到孤岛上去？杂文拆台论，其实是把杂文"妖魔化"。杂文虽号称"匕首""投枪"，但也仅是杂文家的比喻，万不可真的视为"武器的批判"。

有人会问，照这么说，岂不是杂文无用，还要杂文作甚？列位看官，请别误解。我只是不赞成把杂文与政治舞台的关系绑得那么紧，别夸张杂文补台、拆台。杂文对官家之台基本无用，但它对世道人心，还是有些用处的。杂文是文学，其主要功能不在于从属于、服务于政治，而在于进行社会的、文明的批评，作为"草根文化"之一枝而存世，宣泄百姓之情愫，熔铸国民之精神。正如鲁迅所说，杂文"和人生有关"（《集外集拾遗补编·做"杂文"也不易》），它是"能和读者一同杀出一条生存的血路的东西"。（《南腔北调集·小品文的危机》）是的，杂文不可或缺批判元素。鲁迅就表白过，其"杂感"爱唱反调，"你要那样，我偏要这样是有的；偏不遵命，偏不磕头是有的；倘要在庄严高尚的假面上拨它一拨也是有的，此外却毫无什么大举。"（《华盖集续篇·小引》）在1933年5月4日致《申报·自由谈》编辑黎烈文的信中，鲁迅又说，他的文章"干犯豪贵，虑亦仍所不免"。其笔锋所及，从党国要员、商贾巨富，到大学校长、学界名流、叭儿文人，直至青年学生、下里巴人，连同他自己亦在内。鲁迅杂文的强烈战斗性，毋庸置疑；但其批判的着眼点，在于社会和人生，在于文明和文化，而不是补台、拆台之类"大举"。弄明白这个问题，我的管见始得站稳。

杂文本无台，何劳补与拆。填填报屁股的杂文，连正宗的文学殿堂都进不去，又遑论上得官家台面，登官媒头版头条。但我欣赏杂文家朱铁志的见解，"世间砖头万种，唯有杂文这块砖头最硬；然用于'敲门'，最不灵"；"杂文的骨髓里有钙、有铁、有钢、有一切宁折不弯的材料和品质。"（《关于杂文的零思片想》）杂文须有风骨，像鲁迅那样不留情面，不带丝毫奴颜媚骨！而说到底，鲁迅杂文之风骨，就在与官家保持一定距离，与权势取不合作之态度。尽管他曾为体制中人，后来还拿过国民政府的津贴。但鲁迅权不惑、"金不换"，始终保持自己的独立人格和自由思想。他既不是拆台派，更不是补台派，而只是一个文学家。

我忧心，老盼着往权力架构里钻爬的杂文家，会不会自甘堕落；还有那个杂文补台论，总想着跟官家套近乎、拉关系，也许便是杂文的异化和末路。"新基调杂文"之内核，概在补台乎？

2012年9月5日

（载2012年9月18日《杂文报》）

权　霸

权霸，是我生造的名目。听来别扭，却是真实的存在。既然人世间有各色恶霸，如渔霸、戏霸、球霸、路霸、狱霸等，岂可少了权霸？国际上有霸权主义，不就是权霸国家的主义么？所以，呼依仗权势、作威作福、横行一方、欺压民众者为权霸，名正言顺，不用大惊小诧。

但叫我见识权霸真谛的，还是载于《杂文月刊》今年第8期（下）的，"山西王"阎锡山的两段话。某日，阎与其幕僚赵承绶讨论"什么叫政治"，赵引经据典说了一大篇。听得不耐烦的阎连连摇头，随即给政治下了定义："所谓政治，就是让对手下来，咱们上去！"后又讨论"什么叫宣传"，赵仍喋喋不休，还是阎锡山一锤定音："所谓宣传，就是让大家都认为咱们好，别人不好！"

两则妙语，堪谓权霸高论。话很露骨，倒颇具"中国特色"，将秦始皇以来的极权政治和文化专制，即权霸主义，描摹得淋漓尽致！睁眼看看咱们的历史，凡嗜权如命、唯权是夺的君王，如嬴政、刘彻、曹操、杨广、李世民、武则天、朱元璋、雍正、洪秀全、袁世凯之类，不都是大大的权霸么？中国的老百姓受权霸之害，吃权霸之苦，至少也有两千年之久。权霸们抢夺"龙椅"，使中国的历史在改朝换代的循环往复中轮回，踯躅不前。但搞来搞去，都是一家一姓独霸权力的家天下。比起这些权霸"大腕"来，阎锡山只能算是"小巫"。

但是，阎锡山的权霸实践，成果不菲。阎笃信星相之学，有一年过生日，他挟着酒兴与亲属密语，"看八字的说，我有帝王之相，除袁慰亭（袁世凯）之外，说中国伟人中，数我相貌最可贵"。天生贵相的阎锡山，确为乱中夺权的高手。辛亥革命时，阎只是个标统（相当于团长），功劳、资历、人望平平；可在选举山西都督的咨议局会议上，他策动部下呼喊"选阎锡山，选阎锡山做都督！"并关上大门，拔出手枪威逼，让那些议员士绅吓得直哆嗦，只好举手赞成。阎锡山小试牛刀，玩了一把"政治"，"对手下来"，他"上去"了。从此长期盘踞山西，成了不折不扣的"土皇帝"。

阎的权霸胃口不小，独霸军权、政权、财权不说，还想霸占文化学术。

他招揽文士，七拼八凑成"二的哲学"，并撰写"经济学著作"，又出英文版、到美国去"宣传"自己什么都"好"，是无所不能的"伟人"。"土皇帝"的权霸瘾，恨不能把天都一口吞下肚去！顺带说一句，跟阎讨论"政治"的赵承绶，或许是得了阎的真传，也官运亨通，抗战时期即任国军"第七集团军总司令"，算得上阎门高足。

权霸高论吓煞人。它颠覆了所有的现代政治学教科书。可说真的，它让我开窍，明白了以前不甚明了的问题。然而，权霸幽灵没有随阎锡山的出逃台湾而销声匿迹。相反，它在"文化大革命"中，红极一时，甚嚣尘上。其中调门最高的，当数那位"亲密战友"的"林副统帅"。在一次大讲"苦迭打"（政变）的中央政治局扩大会议上，林彪宣称："有了政权……就有了一切。没有政权，就丧失一切。"又说，"要念念不忘政权。忘记了政权，就是忘记了政治"，"那就是糊涂人，脑袋掉了，还不知道怎么掉的"。"笔杆子、枪杆子"，无论是夺取政权还是巩固政权，都要"靠这两杆子"。后来，"文革"闹得社会动荡，武斗纷起，经济穷困。林彪却堂而皇之地"宣传"大好形势："我过去说过，文化大革命成绩是最大最大最大，损失是最小最小最小。现在应该说成绩是越来越大，是更大更大更大；损失是越来越小，是更小更小更小。"（1968年10月26日在党的八届扩大的十二中全会上的讲话）佛口蛇心的林彪，真把阎锡山的权霸高论"活学活用"到家了。但是，"林副统帅"身为共产党人，又是上了党章的"接班人"，不是阎锡山那样的土军阀呀！他俩岂能一鼻孔出气？唉，林彪的权霸高论，真要羞煞人！

黄一龙先生曾著文，说"亲贤臣，远小人"，乃是"领袖们的千古难题"。依我看，把权力关进"笼子"里，让人民来选择、监督政府及其官员，这才真是中国政治家的"千古难题"。权霸挥之不去，国人难有幸福安宁。

2012年9月6日

马寅初的骨气

在北大老校长马寅初先生谢世 30 周年之际，我想到了他的骨气。

季羡林生前曾说，他"最佩服两个人"："一个是梁漱溟，另一个就是马寅初。他们代表了中国知识分子的脊梁"。朱健国则称马寅初为"50 年第一士"，"中国 20 世纪下半叶第一文化良知"！他们这样说，倒非眼下的胡乱吹捧，而是恰如其分的定评、至论。事实俱在，马老的骨气，在 20 世纪 40 年代以来的中国知识分子中，无有出其右者。

马寅初的骨气，集中表现在不畏强权，为国家和人民的利益，直言犯上，敢怒敢骂，哪怕搭上自己的身家性命。1940 年夏，他就接到国民党特务机关放有子弹的恐吓信，企图让他闭嘴；但他在重庆的公开演讲中，照样痛斥发"国难财"的"四大家族""丧尽天良"，并把批判的矛头直指蒋介石。说蒋"根本不够资格"称什么抗战的"民族英雄"，"因为他庇护他的亲属家庭，危害国家民族！蒋先生若想做民族英雄，必须做到四个字：大－义－灭－亲！惩办孔祥熙、宋子文！"胆大包天的马寅初，由此博得"长空响惊雷，直声满天下"的美誉。可他随后即付出了代价，被蒋介石下令逮捕，关进了贵州息烽、江西上饶的"集中营"。

新中国成立，且经过对知识分子的"思想改造运动"，当学界名流、文化精英唯唯诺诺、服服帖帖、随风起舞，纷纷化为附"皮"之"毛"的时候，马寅初风骨依旧，为坚持其"新人口论"而不怕挨整受批，不怕当"右派"，对政治强权寸步不让，绝不低头！最高领导人毛泽东、刘少奇的点名批评，康生、陈伯达、郭沫若、周扬等理论权威的口诛笔伐，北大校园铺天盖地的"大字报"围剿，都没有吓倒他、压服他。相反，马老公开声明："为了国家和真理，我不怕孤立，不怕批斗，不怕冷水浇，不怕撤职坐牢，更不怕死……无论在什么情况下，我都要坚持我的人口理论。"其铮铮铁骨，沛沛浩气，真可与日月霁光，懿垂千秋。

最见马寅初骨气的，是奉命来"做工作"的周恩来总理以"忘年之交"的姿态，"请求"马老对"新人口论"写个"检讨"："检讨了，你好，我好，大家好，也算是过了社会主义这一关。如何？"马寅初却不领情，沉思后用两句话作答："吾爱吾友，吾更爱真理。为了国家和真理，应该检讨的不是我马寅初！"这不是把好心当作驴肝肺么？但这就是马老宁折不弯、献身真理的矫矫风骨！权力可以对马老采取"组织措施"，削其职、罢其官，赶出北大燕南园，把他软禁起来，但事实终究彰明，马老的"新人口论"没有错。鼓励生育导致的人口激增问题，给中国的经济、社会带来沉重负担，波及几代人。1979年胡耀邦在审阅马老的平反材料时说："批错一个人，增加几亿人……共产党应该起誓：再也不准整科学家和知识分子了！"可叹胡耀邦总结的教训，也未能持之以恒。

黄庭坚诗云，"胸中已无少年事，骨气乃有老松格。"（《送石长卿太学秋补》）知识精英当然要有知识、有创见。倘若知识分子挺不直脊梁，只要功利、不求真理，在权势、金钱的淫威下畏畏缩缩，溜须拍马犹恐不及，丢弃了独立人格，那么我想，便枉称知识精英，且是学界士林之耻。

马老骨气今何在？现今中国的知识分子，真该扪心自问，好好检讨。

2012 年 9 月 11 日

（载 2013 年 3 月 15 日《湘声报》，

第 5 期《杂文月刊·下》选载）

纪德笔下的吃喝风及其他

　　多年前就读过法国作家纪德的《访苏联归来》，还写过文章；近来重读，我仍觉新鲜，极具现实感。这或许便是文学名著的生命力吧。

　　比如，当时苏联官场上的吃喝风，纪德笔下即有详细实录。

　　纪德一行并不是苏联政府的客人，而是苏维埃作家协会邀请的来访者。当时的苏联，虽宣称建设成就辉煌，但实际上食品短缺，穷人很多，工人苦干一天的工资才5个卢布。可是，苏方出手阔绰，每到一地，"官方的应酬"不断。纪德说，"宴请几乎天天有，正菜还没有上来之前，仅仅头道凉菜就丰盛得三倍于宾客的胃口；六道美味佳肴吃了两个多小时，把你搞得筋疲力尽。多么巨大的浪费呀！"不仅浪费了许多菜肴、钱财，而且浪费了许多时间、精力。他们一行6人加上陪同的柯尔索夫共7个人，但作陪的主人与客人一样多，"有时候还大大超过了客人"；一次宴请的耗费，据了解物价的同伴说，平均每人超过300卢布。一桌酒席的总开销大约4000卢布，相当于一个工人两年多的工薪收入，公款吃喝的劳民伤财，何其严重！

　　但纪德不仅仅局限于批评吃喝风，他想得更深更远。纪德访苏时写的"旅行日记"，记下了一次吃喝的场景：那一天在文化公园游完泳，大家都饿极了；纪德顾不上凉菜、热菜上桌，先狼吞虎咽吃了许多小馅饼。原定八点钟的晚餐拖到八点半，可直到九点一刻，"头轮凉菜还没有上完"。九点半，他看到拿来了汤匙，接着是一道蔬菜鸡块汤，又上了一大盘虾尾圆馅饼，同样多的蘑菇圆馅饼，然后还有鱼，各种烤肉，蔬菜……因为每天要为苏联《真理报》写当天的活动报道，纪德提前离席退场了。可等他发完稿回来，刚好吃着才上的一块巨型冰淇淋。纪德在日记中说，"我不仅厌恶这种大吃大喝，我还要谴责这种大吃大喝。"他还向陪同的柯尔索夫解释道："这种大吃大喝不仅很荒唐，而且是非道德的——是反社会的。"不是吗，当许多平民百姓连黑面包都吃不上的时候，身为公仆的官员却穷奢极欲、大吃大喝，不是连起码的道德良心都丢了吗？不等于是在挖社会主义的墙脚吗？反社会、非道德的吃喝风，不正是权力腐败的表征吗？

　　权力寻租、官场腐败，远不只是吃喝风。老话说，饱暖思淫欲。酒足饭饱之后，发泄性欲，玩玩女人，大抵是权势者的爱好专利。由于纪德对苏维埃领袖们享有特权持批评态度，所以回到巴黎后，一同访苏并对苏维埃"赞不绝口"的C君，与纪德争辩："我常常去看K，他是那么和气、简朴，他让我参观了他的公寓，我没有看到一点豪华、奢侈的排场，他给我们介绍他的妻子，她也很可爱，和他一样简朴……"C君口中的K，是位苏联高官；下面是纪德和C君的对话：

"哪一个?"

"什么哪一个，他的妻子呀……"

"啊，是的，合法的那一个……您不知道他有三个女人。他在其他地方还有两套公寓，还不算到海边或乡下去度假的特殊待遇。他有三辆车，您看到的那一辆是最不起眼的，这辆车是用于日常家务事的……"

"这可能吗?"

"不仅是可能，而且是事实。"

"党怎么能允许呢? 斯大林怎么……"

"您不要那么天真了。斯大林最不放心的是纯粹的廉洁奉公的人。"

苏联的高官，就是一些阳为公仆、阴为蟊贼的两面人。公开示人的，是简朴生活，平易近人；暗地里则是纵情享乐的特权者，玩女人、养情妇，稀松平常，"外面彩旗飘飘，家里红旗不倒"嘛! 在斯大林的高度集权下，特权已然制度化、合法化。这是斯大林笼络高层权贵的重要手段。高官们只要"政治正确"，一切听命于斯大林，绝对忠诚于斯大林，那么，贪污受贿、生活糜烂、腐化享乐等等，就都不成问题，或压根儿不是问题。制度性腐败的可怕，不但使腐败官员屹立不倒，仕途亨通，而且让正直的、廉洁奉公的人，无立足之地。纪德目光之犀利，对苏维埃权力体制的洞察入微，令我钦佩之至。他把人们习以为常的吃喝风、养情妇之类苏联官场"细节"，提升到了人类命运、社会正义公平的历史维度。

《访苏联归来》出版之后，纪德成了苏联的"全民公敌"。谁叫他对苏联的社会主义，作了那么无情的批评和深沉的质难呢? 然而，咱们的权威辞书、79版《辞海》，居然也给纪德扣上"宣扬极端个人主义"，其作品"表达资产阶级享乐思想"的大帽子。看看纪德对苏联官场吃喝风、养情妇的揭露批评，这些大帽子都成了绝妙的反讽! 今天，我们不该照照纪德提供的这面历史镜子吗?

2012 年 9 月 12 日

（载 2012 年第 11 期《唯实》，

12 月 3 日《报刊文摘》转摘）

我之丁玲印象

吾生也晚，无缘识荆。我之丁玲印象得于纸上，肤浅，错乱。

最初的印象上佳。那是才解放时的丁玲，十足的"文坛大姐大"。身为《人民文学》的主编，其名作《太阳照在桑干河上》，又荣膺斯大林文艺奖，这在新中国是独一份的隆誉。对她，我真是高山仰止，景行行之。

过了几年，丁玲印象即一落千丈。什么"反党小集团"头目，什么"右派"，还有鼓吹成名成家的"一本书主义"，以及《三八节有感》是"大毒草"，等等。声誉扫地的丁玲，在我的印象里变为魔鬼，丑陋了。

历经10载动乱，后又拨乱反正，直到中组部为之洗冤平反，我才明白过去错整了丁玲。蒙受不白之冤的她，流放北大荒"劳动改造"10多年，"文革"中又被关进大牢5年多，吃尽苦头。她给我的印象，全然是个比窦娥更冤的受难者。

丁玲一生，坎坷跌宕，颇为传奇；给人的印象，也变幻不定，莫衷一是。但在我读到她平诏狱前夕、写于1982年三八节的《延安文艺座谈会的前前后后》，一个新的印象渐渐浮现于脑海，这就是：天真的文学家。或曰，老天真。

我这样说，绝无讥笑、贬抑的恶意。杜甫还呼李白为"嗜酒见天真"呢。且道家云，"法贵天真，不拘于俗"。烂漫天真的儿童，不也人见人爱么？说丁玲之老天真，我半是赞赏，半是悲哀。

赞赏她的左翼作家本色，还有对革命家毛泽东、张闻天、贺龙等的赤诚之情。那篇给她招来无妄之灾的《三八节有感》，为追求光明、投奔延安的女青年鸣不平，敢于揭露延安存在的等级制和特权现象。同样是女人结婚生子，"有的被细羊毛线和花绒布包着，抱在保姆的怀里，有的被没有洗净的布片包着，扔在床头啼哭"；后者被讥为"回到家庭了的娜拉"，而前者，"有着保姆的女同志，每一个星期可以有一天最卫生的交际舞。"且丁玲明知，说"每星期跳一次舞是卫生的"话的，"就是江青"。这种敢在太岁头上动土的批评精神，不正是以鲁迅为代表的左翼作家的本色么？但文章发表月余之后，在延安整风的高级干部学习会上，便有人对丁玲大张挞伐！幸好当时的毛泽东度量大，还在会议总结里说："《三八节有感》同《野百合花》不一样"，"丁玲同王实味也不同，丁玲是同志，王实味是托派。"（王无奈做了反党"典型"，实际上也是冤案，在此不表）所以40年之后，丁玲仍铭记于心，称"毛主席的话保了我，我心里一直感谢他老人家。"这是一个老布尔什维克不计个人恩怨，对党的领袖忠贞不二、敬仰有加的拳拳之心。

但我又为丁玲的老天真而悲哀。毛主席的话，保得她一时、保不了她一世。否则，如何解释对《三八节有感》的"再批判"，又怎会在她遭整受罪时，"他老人家"不吱一声？丁玲回忆道，"40年之后，现在我重读它，也认为还是有错误的。"错误在哪里？丁玲说，在"我的确缺少考虑，思想太解放，信笔所之，没有想到这将触犯到什么地方去了。"这就是文学家的天真！你以为写杂文是在搞文学，无所顾忌，"信笔所之"，可别人不这样想，指责你别有用心，是在诋毁领袖、反党，遂为莫大的"政治问题"。如果没有王实味，丁玲在延安能否得"保"过关，尚需存疑。本是高级干部的丁玲，却总有些天真幼稚。积数十年官场、文坛之经验，丁玲仍未懂得，文学家去搞政治一准完蛋、政治家去弄文学多半是捣蛋。岂非悲乎哀哉？"思想太解放"，不是什么过错，而是文学家的长处，要不然，何来传世佳作？

美国的"宪法之父"麦迪逊说得好，"如果有检查言论的权力，那也应当是人民检查政府的言论，而不是政府检查人民的言论。"（转见2012年第5期《同舟共进》）苟如是，《三八节有感》便不会被一批再批，丁玲也不致获罪受难。

倘丁玲活着，则是超百岁的人瑞。可天不假年，只让她活了82岁。欣慰的是，她在耄耋之年等到了冤案昭雪的一天！我作这篇印象，不是要算历史旧账，唯一的祈盼，愿天真无邪的"莎菲女士"在天堂平安、快乐！

2012年9月14日

聪明有底线

国人之自诩聪明，由来已久，于今为烈。可在我看，颇有疑问。

近日收看南京电视台的一档"说交通"节目。主持人王警官在公路上拦下一辆轿车，其车尾牌照的后三个数字为590。只见他用手一扒，那个9字就脱落下，变作了7。王警官说，这叫"变造牌照"，属严重违反道路交通法，要对司机处以罚款5000元、治安拘留15天以下的重罚！就在我为王警官的锐利眼光喝彩时，又听得他对违规司机说：你很聪明，以为这样搞就能逃避处罚；只可惜聪明过了头，聪明反被聪明误，要栽大跟斗！一番教育过后，那司机连连点头称是，灰溜溜的站路边，静候交警来处理。

"变造牌照"的司机真"很聪明"，要打引号。在我看，与其称那司机很聪明，倒不如说他很狡诈！不是吗，像他那样"变造牌照"，一旦超速行驶、闯红灯，或者撞坏了行人，不但自己可以逃避责任，免受处罚，而且又可能嫁祸他人，造成极大的麻烦。如此害人利己、触犯法律的行为，岂可以聪明视之？倘然王警官之说成立，那么聪明就成了狡诈奸滑的代名词。把聪明与奸诈划等号，这在小学语文考卷上怕也要打"×"吧。

现今的老少国人中，把狡诈视同聪明的，不在少数。比如，官场中人的"萝卜招聘""裸官"之类，被不少人目为聪明绝顶；又如，商场上的制假售假、价格欺诈，以"名牌""A货"的面目，招摇过市、大发横财，也多半被称做"会做生意"的聪明人；连七八岁的娃娃能说一套、做一套，懂得请客送礼、巴结讨好的"潜规则"，也每每有大人啧啧夸奖那孩子懂事、聪明伶俐，前途无量。唉，种种不守规矩、不讲诚实、不讲良心的行为，都被认作聪明、有才，堂而皇之地登堂入室，肆虐于世。

头脑灵活、富有智慧的聪明，人人都想拥有。鲁迅就希望国人，"都纯洁聪明勇猛向上"（《坟·我之节烈观》），但鲁迅又对"中国的聪明人"（《写在〈坟〉后面》）很是厌恶，因为他们的聪明，大抵是"敷衍、偷生、献媚，弄权，自私，然而能够假借大义，窃取美名"。（《华盖集·十四年的"读经"》）由此可知，国人的聪明，无非是圆滑世故、鼠窃狗偷之类的别名。人类中真正聪明的，是像马克思、爱因斯坦那样能探求真理、进行知识创新的人，但他俩是犹太人，不是中国人；当世的大聪明人，要数盖茨、乔布斯，可他们是美国人，也不是中国人。国人有何颜面自诩聪明？不说大思想家、大科学家、大发明家了，也不谈代表人类智慧"皇冠"的诺贝尔科学奖，单以出国旅行的普通游客论，其不受欢迎的排名，国人位列亚军。咱们的文明、聪明，岂不堪忧！中国的聪明人作伪造假成风，可一到国外就常常吃瘪。咱们并不聪明而又自诩聪明，这是何故？

原因多多，我看重要的一条是，咱们的聪明没底线。没有底线的聪明，即混同于狡狯，与欺骗、使诈无异。聪明的底线在哪里？一曰法律制度，二曰社会公德。或者干脆就是"诚信"二字！中国的诚信老实人太少，而聪明人又太多。或钻营法律漏洞，或打"擦边球"，种种突破诚信底线的聪明，虽可投一时之机，牟一己之私，但到头来总会害人害己，乃至社会的落后、腐败。国人颇为自得的聪明，不，该叫狡诈，不要也罢！

要而言之，聪明须有底线。

2012 年 9 月 15 日

（载 2013 年 2 月 18 日《当代杂文》）

非关痛痒

人的肌肤密布神经，极为敏感，稍受刺激，即有痛、痒、痠、麻的反应。作为生理现象，它正常不过，毋需惊惶。

今夏7月，我算是领受了痛痒的滋味。从北京女儿家返回南京不几天，我的大腿内侧、手臂上，就出现了几个小红包，痒痒的，我没当回事，以为忍一忍、擦些风油精，便过去了。谁知三两天后，小红包越来越多，奇痒难忍，有的还肿了起来，出现痛感，闹得食不知味、夜难安寝！

不瞧医生是不行了。第二天，我跑到一家医院，挂了皮肤科。大夫对我身上的红包检视了一遍，十分肯定地说：你这是螨虫咬的，吃点消炎药、再配些外涂药膏，就会好的。他又问，你是不是睡的草席？我说，是啊，这大热天的，睡草席凉快。他交待我，回去得把草席晒晒太阳，再用除虫中药制剂一天擦抹两次，把螨虫彻底除掉。

可对大夫的诊治，我还有些将信将疑。我和老伴睡在一张床上，我的身上起了红疙瘩，可老伴屁事没有，难道螨虫只咬男、不咬女？听完我的话，大夫笑了，他说：螨虫叮咬，不分男女；只因为你是过敏性体质，对螨毒的反应强烈，所以才起包发炎症，不治不行。

听君一席话，胜读10年书。原来是我的体质过敏，才让我被螨虫叮咬后又痒又痛。我真羡慕老伴的强健，"百毒不侵"，安然无痒。随后10来天，我早晚两次服药、涂膏，还要洗刷、晾晒草席，一忙就是一身汗！小小螨虫，把我折腾苦了。在遵医嘱治疗五六天之后，肌肤上的小红包渐渐消退，也不再痒痒，晚上总算能睡个安稳觉了。

三句话不离本行。退休整10年的我，虽不能像袁成兰称"嫁给了杂文"，但也弄点杂文，好赖算个杂文界中人；于是，由自己的螨灾想到杂文的痛痒。鲁迅说，杂文是"感应的神经"。它对世事的敏感、关切，自不待言。然而，到了不同杂文作家的笔下，痛痒度便大不一样。我想，杂文的痛痒似有三个境界：一为又痛又痒，二则半痛半痒，三乃不痛不痒。三个境界是否有高下，不得而知。但是，"地铺白烟花簇雪"的杂文，如果神经麻木，反应迟钝，那就会不痛不痒，顶多也就半痛半痒。放眼于今之杂坛，又痛又痒的生辣文章确乎不多见。喜耶？悲耶？

在我治螨疗病的日子里，刚巧读到《张凯帆回忆录》。1959年7月，这位前安徽省委书记在无为县农村，见到许多"呻吟不绝"的饥民："农民家里，第一个饿死的，家里人还给他弄几块板，钉个棺材。第二、第三个饿死的，就只用竹床或门板抬出去。第四、第五个就更惨了！惨不忍睹！病人抬死人，埋得不深，没有劲挖，天又热，沿途常闻到腐尸的臭味。"张凯帆责问县委书记姚奎甲：你们收获粮食13亿斤，上交7亿斤，怎么会有这许多浮肿病人？姚却反咬一口："浮肿的人都是好吃懒做，不做事当然没有饭吃。"张凯帆当机立断，采取紧急措施救济饥民；可省委第一书记曾希圣恼羞成怒，责怪张"解散食堂"是"严重错误"，随即将他撤销职务、开除党籍，加之批斗、囚禁！对同一时空、地点下的饥民与尸臭，有人心急如焚，有人安之若素，他们的感知反应有云泥之殊！难道曾希圣、姚奎甲真是"用特殊材料制成"的，练就了"金刚不坏"、不知痛痒的超级武功？

我知道这非关痛痒，而另有背景和缘由。可是，一个人对百姓的苦难无动于衷，且见死不救，那就昧了良心，枉然为人。对这样的人，除了恐惧，我只有痛恨。噫吁兮，这不该算是我的神经过敏，或应激反射吧。

2012年9月17日

（载2012年10月5日《杂文报》）

文 化 饵

　　文化建设勃兴的当下，鱼目混珠，挂羊头卖酸肉的玩意，便也粉墨登场了。鄂西北的郧西县就开演了打造"七夕文化节"，玩文化饵的活剧。

　　7月23日的《经济观察报》揭载，由于域内有条河名叫"天河"，即依托子虚乌有的牛郎织女神话故事，郧西县3年前就办起了"七夕文化节"，大规模地建设"天河景观群"。诸如七夕广场、七夕公园、铜牛雕像、人造月亮等等，平地拔起，颇为壮观。无奈国家级贫困县的郧西，财政拮据，掏不出大笔资金来"造节"。怎么办？该县宣传部副部长兼文体局局长钟建华出了高招，"郧西有很好的一个资源，就是老板"。

　　嘿，用文化饵钓"老板"，一钓就灵。去年某"老板"一次就捐资200万。"七夕文化节"这个饵，又香又甜，"老板"们不想上钩都不行。有权的官家，谁愿冒犯？

　　但文化饵最想钓的，并不是"老板"，而恰是县城周边的农民——它瞄上了农民手里的土地。如家在七夕广场畔的农民邓宪召，其一亩七分菜地，即被以每亩30060元价格征用。但自2011年以来几经谈判，邓家都拒不签字，就为征地的价格太低。可在今年5月11日晚，邓家的菜地仍被强行挖掉。文化不高的农民不上文化饵的钩，当然是为自己吃亏太大。征用的土地转让给房地产开发商，身价暴涨，亩价达145万元。农民所得不足其零头，征用与转让之间的差额，超过48倍。土地买卖这株摇钱树，轻轻一抖，白花花的银子就哗哗直下！郧西县刻意打造"七夕文化节"的奥妙，其撒文化饵要钓的"鱼"，都是成色十足的"金鱼"、"银鱼"呀！

　　郧西的文化饵，说白了，依旧是"文化搭台，经济唱戏"的老套子。而从本质看，也还是打着文化幌子，"造节"设局，掠夺资源，剥夺农民。这个文化饵，岂非可恼、可鄙？

　　顾名思义，文化是养心、冶情、化人的，是要让人活得更自在，更惬意，更幸福。文化不是花瓶、玩偶，更不是坑蒙拐骗的道具。郧西文化饵与文化的真实涵义，风马牛不相及。文化饵可钓来满钵金银，乃至钓出形象、政绩，但它决计打造不出真格的文化。掉进钱眼里的文化，不是假冒伪劣的"山寨"货，便是铜臭味刺鼻的垃圾。反文化的文化饵，不会使人高尚，进步，文明，而只会叫人变得无耻，势利，野蛮。撒文化饵者趁着黑夜，刨人菜地，强横征地的行径，不就透出其武化的信息么。

文化、文化，多少坏种假汝之名而行。牛郎织女倘有在天之灵，能容忍那样胡来，将他们美丽的七夕鹊桥会，当作文化饵去钓"金龟"吗？这对他们的纯洁爱情，是多大的亵渎、污辱啊！

2012 年 9 月 18 日

（载 2012 年 9 月 28 日《杂文报》）

姗姗来迟的春天

1978 年初春，适值全国科学大会在京举行。主流媒体遂引吭高歌：科学的春天来了！但 30 多年后之今日，人们又不得不说，科学的春天，何其姗姗来迟。

同中国经济近 30 年来的高速增长相比，我国的科技发展，步履蹒跚，难以匹配。拿得出手的世界一流科技人才、科技成果，寥寥无几；与先进国家间的科技落差，未见明显改观。我国科技的落后帽子，仍摘不掉。要命的尤在，最新的民调显示，我国青少年的职业憧憬，当大官、做大款，极为时尚；想做科学家的，列工人、农民之前，居倒数第三。科技前景堪忧。

过去科技落后，可归罪于林彪、"四人帮"的破坏，或者还有国家贫穷，投入不足，等等。而今，王张江姚早化作尘埃，砸向科技的资金仅次于美国，列全球第二位。我国的科技水平为什么还上不去？缘何迎不来万紫千红的科学之春？

中国的崛起，当然要倚重经济持续增长和国民富裕程度的提升，但若没有科学技术的雄起作支撑，那么经济和国防实力的增强都是不可持续的。"第一生产力"的科技不发达、不振兴，中国就很难崛起、强大。而科技的进步与发展，只有植根于人的自由，才是可行、可期的。从人的自由发展，特别是科技人才的自由发展看，制约、束缚的主要障碍，仍在于落后的管理体制。体制一经定型，力量硕大无比。好的体制，能助人成才、才尽其用，而差的体制，则窒息人才、浪费人才。所以，没有科教体制的变革与创新，科学的春天便流于望梅止渴，或画饼充饥。

官本位的科教体制，严重弱化、戕害独立思考和人的创造力。权力至高无上，资源的配置都操于官员手中，不按照科技、学术的发展规律办事，教授、学者的政客化，老板化，庸俗化，不可避免。严苛的思想限制，加之传统文化的重"用"轻"学"积习，迫使人们顺从权威，追求现实功利，而不去刨根问底，探求未知世界。正如英国人威克汉姆在关于中国科学崛起的文章中所指出的，中国人"缺乏自由思考和顺从权威的态度伤害了科学进步"（转见 2012 年 5 月 30 日《环球时报》）。今年 5 月新当选美国科学院院士的华人庄小威，15 岁进入中科大少年班，够聪明、拔尖了吧，可她对中国的教育批评说："我在读大学时没有创造力，到了加州大学伯克利分校才慢慢改变，开始批判性地阅读和怀疑性地阅读。""不做跟屁虫"，恰是美国一流大学注重创造性的"公开秘密"（转见 2012 年 9 月 17 日《报刊文摘》）！中国的不少科技人才，在国内是条"虫"，到了国外就变为"龙"。个中奥秘就在国内的束缚太多，人的独立思考、自由发展的空间逼仄。

　　30 年前，邓小平就批评权力过于集中的体制弊端。在 1979 年的一次讲话中，他坦承我国的自然科学、社会科学"水平很低"，"比外国落后"。而造成落后的原因、责任，首先在于"领导方法不对，禁区太多"（《邓小平文选》卷二第 181 页）。科学研究是对真理的探求，它不分国界，没有也不该有禁区。我们却人为设置许多禁区，让学者、专家噤若寒蝉，畏而却步。科技、学术的创造、创新，从何而来？在官学一家、满眼多是"跟屁虫"的土壤里，岂有标新立异者的立锥之地？科学的春天来了之类豪言壮语，到头来都沦为不着边际的大话、空话。

　　鲁迅曾沉痛告白，"其实中国自所谓维新以来，何尝真有科学"（《热风·随感录三十三》），就因为他洞悉中国自由匮乏、人身依附的国情真相。在稍后谈及文化进步要"取材异域"时，鲁迅又说，"倘若各种顾忌，各种小心，各种唠叨，这么做即违了祖宗，那么做又像了夷狄，终生惴惴如在薄冰上，发抖尚且来不及，怎么会做出好东西来。"（《坟·看镜有感》）现今，科学的春天姗姗来迟，中国人自主创造的知识产权寥若晨星，与中国的大国地位极不相称。邓小平当年就说，"认识落后，才能去改变落后。学习先进，才有可能赶超先进。"（《邓小平文选》卷二第 91 页）落后并不可怕，落后却又遮遮掩掩，抱残守缺，不思变革，那才叫自欺欺人，真很坍台。与其扯破喉咙呼唤科学的春天，不如对科技、教育体制的缺陷采取改革的实际行动，哪怕这个行动只是迈出小小的一步！

2012 年 9 月 21 日

（载 2012 年 10 月 9 日《联谊报》）

舌尖上的差别

　　《舌尖上的中国》红透荧屏。那些地方小吃、美味佳肴，钩得人垂涎三尺。中国的饮食文化，多姿多彩，美不胜收。

　　可是，一想到中国的食品安全，我就惶恐不安。吊白块、苏丹红、瘦肉精的滥用，毒大米、彩馒头以及污染蔬菜的行市，迫使国人惊呼：现在还有什么东西能让人吃得放心？

　　作家梁晓声说，现在有"三个中国"。在我看，以食品的安全度论，似也存在三个中国。一是特供的中国，如北京奥运会时供给中外运动员的粮食、蔬菜、肉类、水果等，都是由"特供基地"生产，并经严格检验的无公害的"绿色食品"；二是专供的中国，如内地专供香港、澳门居民吃的食品，据说其合格率达99.99％，令内地百姓羡慕不已；三是普供的中国，即平民百姓在农贸市场或超市购买的食品，安全无保障，有毒无毒、能吃不能吃，全凭你我撞大运。这三个中国，大抵写实了当下国人的舌尖上的差别。

　　大千世界从来就没有什么"无差别境界"。所以，舌尖上的差别的存在，有某种合理性。譬如奥运会的食品特供，保证百分百的合格、安全，是没得说的。对来自五洲四海的宾朋，咱得讲待客之道。保障其食品的绝对安全，不单为运动员免除误吃有害食物而过不了兴奋剂检测关，而且也给咱脸面增光！如果让他们吃污染的有毒有害食物，一旦被曝光，"国家形象"岂不受损？故我对这个特供，双手赞成。那个专供的中国嘛，我就有些腹诽了。港澳居民和内地居民都是中国人，为什么一个专供，另一个就普供，不一视同仁呢？实行"一国两制"，社会制度虽有差别，但在食品安全上，难道也要搞双重标准？这舌尖上的差别，是不是对内地居民的歧视？抑或是质检、安检部门偷懒、不作为？

　　最大的特供群体，还在官场。有媒体爆料，一些级别很高的机关、官员，都由"特供基地"为之生产纯天然的"绿色食品"。粮食、蔬菜、水果，都不上化肥，不打农药。猪、牛、禽的饲养场，多选在生态良好的地方，不喂复合饲料，且是土生土养的名优品种。这些特供食品，不但无污染，而且口味好，营养高。高官的特供与百姓的普供，其食品安全度之差别，不说是九天九地，起码也大过百丈。敢问立党为公、执政为民的诸公，"你在半夜里可忽然觉得有些羞，清早上可居然有点悔么？"（鲁迅《热风·随感录六十二·恨恨而死》）既称全心全意为人民服务的公仆，岂有自家心安理得享特供，而让老百姓饱受有毒有害食品侵扰之理？这个特供，不颠倒了主仆关系么？

舌尖上的差别所照见的，还是官员高人一等，拥有某些特权而已。不逐步限制、减少特权，社会平等即如纸上谈兵。但我说舌尖上的差别，倒不是吃不到葡萄说葡萄酸，更不想蛊惑什么。我所期待的，在执政的公仆和执法的部门，别搞内外有别、双重标准，而能顺从民意，真正解决食品安全这个重大的民生问题，让广大民众吃得放心、健康，以增添对生活的安全感、幸福感。延安时期的王实味说过，"衣分三色，食分五等"，"实在不见得必要与合理。"（王实味《野百合花》）存于现今的舌尖上的差别，当早日缩小、消弭为宜。一个国家，连它国民的食品安全都难以保障，叫国民如何去信任它、热爱它呢？

2012 年 9 月 23 日

（载 2013 年 3 月 18 日《当代杂文》）

吴敬琏的忧虑

中国经济学家的名声不佳。并不是因为他们与诺贝尔经济学奖不沾边，而是像学舌鹦鹉，老说些叫百姓死都不信的大话、屁话。但在中国经济学家里，还好有吴敬琏这个忠厚长者，值得尊敬。人称"吴市场"的他，近来就对中国的货币超发和各地的"保增长投资计划"，深表忧虑。令我这个不懂经济学的普通百姓，为之感动。

炎夏 7 月乘坐京沪高铁返宁，在列车上我读到《报林》杂志刊登的关于货币超发的微博。博主吴敬琏摆出了一组数据——

1990 年，人民币发行总量为 1.53 万亿。

2008 年全球金融危机爆发前，货币量约 40 万亿。

2011 年，货币投放达 85.16 万亿。

至 2012 年 5 月底的最新数据是 90 万亿，距百万亿大关，近在咫尺。

不说不知道，一说吓一跳！人民币的发行量在 21 年间翻了近 59 倍。难怪现在的钱，越来越不值钱了。过去坐直快列车，吃个快餐盒饭，大致花十几元；于今高铁上卖的快餐饭，一份涨到 50 元上下，贵了三四倍。一张百元大钞的实际购买力，比 10 年前低了一半。老百姓如何承受通胀之痛？

金融危机以来，美联储采取"量化宽松"的货币政策，大量印发美钞，遭到中国经济学家的猛烈批评。说美国此举是以邻为壑，转嫁危机，饮鸩止渴，无助于全球经济的复苏，等等。对他们的说辞，原本我就将信将疑；现在看了吴老先生的数据，我更加想不通了。

照吴敬琏的说法，美国法律规定货币发行量不得超过 GDP 的 70％。所以，近 20 余年间美国的货币量仅增长 1.99 倍，比同期中国的货币量翻了近59 倍，要低得多。而且，现在中国的年货币发行量已超过 GDP 的 200％。论货币超发，咱们把老美甩得远远的！

可是，超发货币，动辄 10 万亿地加大投资，在中国又是刺激经济、"保增长"的需要，是我们应对金融危机的有力政策举措呀！我真的弄不明白，同样的超发货币这档子事，为什么放在美国是大错特错，而在中国就名正言顺、完全正确了呢？中国经济学家能给个圆满的解释吗？莫非又是"国情"不同，或咱们总是"常有理"？唉，中国经济学家的那张嘴巴，天生就只会骂洋人、不会说自己。

在这样的语境下，经济学家吴敬琏站出来，忧心中国的货币超发，用铁的数据说话，不显示了一个学者的良心、良知吗？最近，吴老先生又对各地出台的"保增长投资计划"表质疑。9月17日他在《中华工商时报》上说，上周各地上报投资约7万亿，周末已达12万亿，如今攀高至17万亿。他举某省级地区为例，其GDP连年增长14～15％，但投入量越来越大。按本地区GDP总量说，2011年的投资比例占89％，而今年上半年的投资已是本地区GDP的120％。他问：这样的经济增长是可持续的吗？

政府以超发货币、大规模投资为"杠杆"，来"撬动"经济高速增长，在特定的短期也许有效，但不可能长期有用。由政府主导的一味搞投资拉动，不在扩大消费，结构转型，产业升级上花力气，非但经济的增长不可持续，反而可能阻滞、延误中国经济的市场化改革和发育！这才是"吴市场"最担忧的。

假如经济的发展，仅凭超发货币、大量投资就可以大功告成，那么多办几个印钞厂、多开几台印钞机，也就万事大吉了。只可惜它不符经济学的常识。面对物价飞涨、通货膨胀的巨大压力，中国经济的增长将接受严峻的挑战。吴敬琏为货币超发、无节制的大投资而忧虑，绝非杞人忧天。我衷心期待中国经济能够快速增长，给国民带来福祉、实惠。此刻，记起了孟子的一句话："忧民之忧者，民亦忧其忧。"（《孟子·梁惠王下》）愿它真正成为中国经济学家和政府官员的座右铭。

2012年9月27日

（载2012年10月12日《湘声报》）

"官二代" 徐骏遭遇皇权

　　"江东望族"的昆山徐家三兄弟，在清初权势显赫，名重士林。老大徐乾学，庚戌探花，官居内阁学士、刑部尚书；老二徐元文，顺治朝状元，文华殿大学士；老三徐秉义，癸丑探花，吏部侍郎。当时江南流传一则民谣："带叶黄瓜李，不及一个大荸荠。"其意思是说，昆山戴、叶、黄、顾、李五个名门世家，比不上一个新贵徐家。自明珠罢相，徐乾学成为康熙帝最宠信的近臣，"日日入南书房修书。凡有文字，非经徐健庵（乾学）改定，便不称旨。满汉俱归其门。"（李光地《榕树语录续集卷十四·本朝时事》）徐骏，便是徐乾学的小儿子，货真价实的"官二代"。

　　徐骏的仕途，原本一片光明。康熙五十二年，他得中进士，又遴选为翰林院庶吉士。只有进士中之优于文学书法者，才居此职；且当作培养对象，只要不出差池，3年后经吏部铨选，或擢翰林院编修，或赴六部任主事，就可跨入正六品的高干行列。但天有不测风云，徐骏在雍正八年遭杀身之祸，昆山徐家从此一落千丈，迅速衰败。

　　按通常说法，徐骏死于清朝的文字狱。因风传他的诗集中，有"清风不识字，何必乱翻书"、"明月有情还顾我，清风无意不留人"等句，遂为仇家告发。经刑部审讯，以"徐骏狂诞居心，悖戾成性，于诗文稿内造为讥讪悖乱之言"定罪，按"大不敬"律处斩。而道光诗人钱泳认为，上列诗句粗劣，必非徐骏所作，系传闻之误。又有些清代文人则称，徐骏的"人间除却灵蚕种，才说经纶是网罗"、"一自北平开帝座，沙寒水浅集鸥鸟"等诗句，才是其招祸之源。总而言之，徐骏的哪句诗出问题，成了扯不清的糊涂账。但他的脑袋被砍掉，则是确定无疑了。

　　嵇中散云，"富为积蠹，贵为聚怨。"（《卜疑》）"官二代"有个坏毛病，即大都目空一切，"狂诞"、"悖戾"，跋扈横行。徐家炙手可热时，老大徐乾学"仗倚满门显爵，诚如当路豺狼，威镇府县，倒乱王章，遍采殷良，飞殃屠诈，府县莫缨，方面莫制"（《华原淳告徐乾学诈银逼命状》）；老三徐秉义更厉害，"鹰犬满门，爪牙盈室，指示则势倾山岳，发纵则威震雷霆"（《沈悫再控徐秉义等谋占用房逼死人命状》）。父辈们仗势欺人、恃强凌弱的做派，不能不给徐骏幼小的心灵打下深深的烙印。还在他读书求学的时候，由于业师周云骹要求严格，督责甚切，竟引发徐骏投毒报复，将周害死。人们就送他个"药师佛"的绰号。"官二代"的"悖戾"，好可怕。

踏入仕途、当上庶吉士的徐骏，不改"官二代"之坏毛病。佻达狂躁的他有一次上书言事，在奏章里把"陛下"误写作"陛下"，惹得圣祖皇帝龙颜大怒，斥其粗疏，即命赶出京城，放归昆山。这个娄子，徐骏捅大了！加之雍正时其父徐乾学死了多年，叔父亦早"致休回籍"，徐家在康熙中后期已然失宠，屡被"坐斥"、"夺职"，在官场没有什么"背靠大树好乘凉"的庇荫了。小小庶吉士官，徐骏一做就是16年，至死还是个庶吉士。心高气傲的他，能不牢骚满腹吗？何况，作为明末清初坚持与朝廷不合作的顾炎武之重外甥，思想文化上不能不受些亭林先生的影响。写诗炼句，"讥讪悖乱"，腹诽吐槽，不在意外。

徐骏掉脑袋，自有其性格"狂诞"、"悖戾"的因素，但归根结底，还是皇权的淫威太炽。他这个"官二代"竟不懂大清国权力场的铁律：弄权徇私、贪赃纳贿、腐化堕落之类都可以犯，唯独不可谋逆犯上。康熙在位初期，内忧外患，国基未稳，为缓和矛盾计，对江南士林、汉族缙绅搞统战，施笼络。待到雍正上台数年，天下已定，对诋毁朝廷的知识分子，就不须客气了。徐骏不明情势、政策的变化，我行我素，"讥讪悖乱"，雍正帝不杀你这"官二代"才怪！挑战皇权的"大不敬"，乃清朝"十恶"之一，是不许赦免的大罪。不要说区区小官的徐骏还是过了气的"官二代"，即便是封疆大员的当红"官二代"，犯下"大不敬"，不死也得扒层皮。"官二代"徐骏被雍正做了皇权祭品，恐连句"冤枉"也喊不出口哟。

2012年9月28日

（载2012年10月30日《杂文报》）

对号入座

文艺作品之人物形象的对号入座，古已有之。风靡江南的长篇弹词《玉蜻蜓》，即因长洲望族申氏的对号入座，屡遭禁演。

问世于乾隆时期的《玉蜻蜓》，原名《芙蓉洞》，写富家子弟申贵升（后作金贵升），私通法华庵尼姑王智贞，由元配张氏搜庵、受惊吓而病死庵中。王智贞产下遗腹子，以申生前佩带之玉蜻蜓为标记，托人将此子送至申府，不料中途失误，被私访的苏州知府徐上珍收养，并取名元宰。元宰长大、高中解元，获悉身世后赴庵堂认母，最终复姓归宗。其故事曲折，人性、人情动人，演出后深受民众喜爱。但正所谓无巧不成书。《玉蜻蜓》主角申贵升、徐元宰父子的行状，与长洲缙绅申氏祖先徐士章、申时行父子，有若干近似之处；而申时行贵为"状元宰相"，且子孙后代多为明清两朝权势显赫的官宦。所以申氏指控《玉蜻蜓》辱没祖先，要求禁演，把这部弹词告上了公堂。

最早的诉讼发生在清嘉庆十四年，距今已有两百余年。由缙绅申启，向苏州府衙递交控状。府衙畏于申氏威势，很快颁布禁演告示，称《玉蜻蜓》"殊属不敬"，"毋论法华秽迹，诬蔑清名，即弹词淫句，亦关风化"。弹词不许更唱，小说也一并销毁旧版，"如有违抗，一经查察，一并重处不贷"！民国以后，《玉蜻蜓》又两次被禁，其中一次，1920年，申氏宗族的申振纲任苏州警察厅长，上任伊始即利用职权，以"有损申氏先贤名望"为借口，强令苏州各书场禁演此书。直到1931年9月，苏州警方又出布告，命令"一体遵照查禁""假托附会，任意诬蔑"的弹词《玉蜻蜓》。这次查禁行动，还导致有"弹唱状元"美誉的名伶吴升泉，因无辜枉抓、在警局遭冤辱而丧命。申氏对号入座的淫威，非同小可。

那么申氏对号入座，要求查禁《玉蜻蜓》，到底有没有道理呢？

查考相关史志材料，申时行的身世与《玉蜻蜓》故事，差异甚大。

其一，申时行之祖父徐乾原本姓申，因自小过继母舅而改姓徐，时行之父亦随徐姓，取名士章；可徐时行的更名为申时行，则是当了状元并任职翰林院数年，到他30岁经皇帝批准才复姓归宗的。它与书中的徐元宰17

岁庵堂认母而复姓归宗，大相径庭。

其二，《玉蜻蜓》之申贵升死于庵中，生前不可能亲见其子徐元宰；而生活中的徐士章，在其子徐时行24岁时才去世，经历全然不同。

其三，书中的王智贞，系儿子庵堂认母、复姓归宗后亡故的；但申时行的生母王氏，在儿子徐时行12岁那年即早早去世，距其子复姓归宗有18年之久。

观照上述三点，说《玉蜻蜓》"影射"申时行身世，"诬蔑清名"之类，完全站不住脚。申氏后人的对号入座，实乃捕风捉影，自曝蛮横。

文艺形象的对号入座，而致作品被查禁，在新中国的历史上也屡有发生。究其原委，大抵在某些权势者的神经过敏和权力滥用。他们不懂文艺为何物，却总是以自己的好恶为判别是非的标准。文艺被戴上对号入座的镣铐，禁区多多，创作的萧条，难有好作品，即为既定之数。

令申氏家族意想不到的是，《玉蜻蜓》遭查禁5次之多，反倒越查禁越流行。"状元宰相"申时行本碌碌无为，声誉平平，却由一部弹词《玉蜻蜓》的讼案纷争，闹得满城风雨，妇孺皆知。越剧、锡剧、黄梅戏、婺剧、闽剧等地方剧种，都把《玉蜻蜓》移植、改编，做成一出知名度颇高的传统戏。对号入座而适得其反，悲哉！

2012年10月3日

（载2013年第7期《杂文月刊·上》）

魏晋名士"清谈误国"论

魏晋的正始名士、竹林七贤，崇尚虚无、好谈名理。其清谈之风，饱受诟病。说他们清谈误国的，代不乏人。

头一个出来指责清谈误国的，是东晋经学家、曾为豫章太守的范宁。"王、何叨海内之浮誉，资膏粱之傲诞，画魑魅以为巧，历代之罪重，自丧之衅小，惑众之愆大也"。他又说，源于王弼、何晏的清谈风"之罪深于桀纣，乃著论。"（《晋书卷七十五·范宁传》）清谈误国的祸害，比昏君暴主的夏桀、商纣，犹有过之。范宁之见，语出惊人。

明清之际的大学者顾炎武，对嵇康、阮籍为代表的竹林七贤也痛加鞭挞。他在《日知录·正始篇》中称，"国亡于上，教沦于下，羌戎互僭，君臣屡易，非林下诸贤之咎而谁咎哉？"在他眼里，西晋灭亡这笔账，当算在竹林七贤的身上。

乾隆时的学者钱大昕，更是把批判的矛头集中指向嵇康、阮籍。"典午（隐指司马氏的晋朝）之世，士大夫以清谈为经济，以放达为盛德，竞为虚浮，不修身幅，在家则丧纪废，在朝则公务废，而宁（指范宁）此论，以针砭当世，其意非不甚善，然以是咎嵇、阮可，以是罪王、何不可。"（《潜研堂文集卷二》）竹林七贤的清谈风，罪不可恕！

曹魏、西晋，端的是由清谈而误国、灭亡吗？改朝换代的责任，该让嵇康、阮籍们来扛吗？

随翻《林语堂散文选集》，其中《论言论自由》说及清谈之风。"读书人谈不得国事，只好走入乐天主义以放肆狂悖相效率。"竹林七贤之贤，"就是聪明，因为能在不许谈国事之时谈私事，纵欲以求人生之快。这是人权被剥夺时，社会必有的反应，古今同然。"他的《读书与风趣》，又对清谈误国论作了批驳："东晋亡于清谈之手，南宋何尝不亡于并不清谈者之手？所以以亡国之罪挂在清谈上头是不对的。纣王亡于妲己，你想这个昏君，没有妲己就可以不亡了吗？虐主暴君亡国，都得找一个替身负罪。由于昏君暴主政治不良，武人跋扈，像嵇康洁身自好的人犹不能免于一死。所以清谈是虐政生出来的，不是虐政由清谈生出来的。向来儒家，倒果为因，不思之甚。"

到底是被欧风美雨洗礼过的，林语堂的见解堪慰我心。他从人权高度解析竹林七贤所处的社会背景，把握中国君主政体的专横、野蛮本质，指明魏晋清谈之风的源头，在于昏君暴主之"虐政"。正始名士、竹林七贤的空谈、放诞，是"虐政"之果，而非"政治不良"之因。历代儒家指责清谈误国，把王、何、嵇、阮等人当成误国的罪人，不过是给"虐主暴君"找个替罪羊而已。林语堂之高明，就在他以文明价值为标杆，烛照君主政体之昏暗，才能鞭辟入里、推倒清谈误国的儒家陈见，发为卓见新论。

其实，同为"语丝派"中坚的鲁迅，与林语堂的看法十分相近。如空谈、吃药的祖师何晏，只为"他是曹氏一派的人"，所以想篡权的司马氏就视为政敌，要加以杀害。而嵇康的"命丧于司马氏之手"，既在其"思想新颖，往往与古时旧说反对"，且好"发议论"，"于司马氏的办事上有了直接的影响，因此就非死不可了。"指控清谈误国，斥责何晏、嵇康"不孝"、"毁坏礼教"等等，"这判断是错的"，是"很大的冤枉。"（《而已集·魏晋风度及文章与药及酒之关系》）正始名士、竹林七贤的放诞、空谈名理，"大半倒在环境"的迫逼。脱离政治生态和权力集团的争斗来说清谈风，便只能隔靴搔痒，以讹传讹。试听阮籍的呐喊："君立而虐兴，臣设而贼生。坐制礼法，束缚下民。"（《大人先生传》）再读读他的《咏怀诗》，"对酒不能言，凄怆怀酸辛"、"终身履薄冰，谁知我心焦？"就不难体察其纵酒、清谈的痛苦与无奈。

魏晋名士"清谈误国"论，为"虐政"开脱，荒诞不经。及东晋之后，许多人学了王、何、嵇、阮的皮毛，只会空谈和饮酒，再也做不出文章，连"敢于师心使气的作家也没有了"（鲁迅语，同上引），那更怪不得正始名士和竹林七贤，而只能怨他们自己邯郸学步、东施效颦。

2012 年 10 月 5 日

（载 2013 年第 8 期《雨花》）

少吃多滋味

今秋月圆之夜，我在故乡探母。皎洁明月洒下的光华，把老娘的满头白发照得银晃晃的。望着她佝偻的背影，我心里酸酸的。年轻时风风火火、勤快利落的娘亲形象，被无情的岁月磨得了无踪影。人生无常，令我唏嘘。可想想老娘能活到九十高寿，不单把我们兄弟姐妹六人奶大，还将老二家两个侄儿养育成人，至今犹在替老二烧吃、当家，我又真为她的坚韧、安康而欣慰。

团圆饭吃罢，一家人照例要吃月饼。女儿从北京捎来一盒高档月饼，我分切成块，大伙同品尝。一边吃，一边说，冷不丁从小老弟口中迸出句话：现在的月饼还勿如老娘做的麦饼好吃。

小时候过八月半，舍不得花钱买月饼，母亲就用自家磨的小麦面粉，揉些菜油，再包上芝麻糖馅，在铁锅里翻烤，做成一个个圆圆的麦饼，给一家人吃。在那个吃不饱肚子的年头，中秋夜吃上麦饼，算是不小的口福了。但对小老弟的说法，我不大信。土制麦饼，怎会比用火腿、蛋黄、海鲜和椰蓉做馅的高档月饼还好吃呢？所以我对他说，你年过花甲，舌尖味蕾退化，才吃不出月饼滋味吧？小老弟不松口，还是说现在的月饼不好吃。忽然，老娘口中喃喃道：

"是你的嘴吃麻了！"

小老弟家在村里算不上首富，可每年收入也有快 20 万，日子过得不错，比我这个城里人滋润。莫不是好东西吃多了才觉得月饼没味道？可老娘的话，倒让我回想起很多年前的一段经历。

那年恰好是新四军重建军部 40 周年，在盐城举办盛大庆典。刘少奇、陈毅等元戎虽已作古，但李先念、张爱萍等高层领导，都要大驾光临。作为江苏的四套班子之一，省政协钱主席受邀参与庆典活动。而我，有幸陪同他一起入住新落成的盐阜宾馆。4 天庆祝活动，隆重热闹，备尽殊荣。期间的伙食之精美，为我平生见所未见，水陆珍馐，地方名吃，一应俱全。一道名叫"烩裙边"的美味，是用野生甲鱼的软边与土鸡浓汤烩制的，入口滑软，肥而不腻，鲜美无比。做一盘"烩裙边"，少说也要用 5 只老鳖，价格自是不菲！

　　盐城庆典结束，我又随钱主席到东台、海安、南通、如东等县市视察政协工作。一路上的接待规格都挺高，差不多一日两宴，且由地方长官作陪。在如东，有道菜叫"热烈欢迎"，是把配好料的新鲜文蛤肉投在滚热的铁板上烧炙，并立即罩上透明的盖子，但听得噼里啪啦响，就像放小鞭炮一样。少顷掀开盖子，又鲜又嫩的"热烈欢迎"不愧为"天下第一鲜"！于今想来，都会口舌生津。归程最后一站在扬州，又吃上淮扬大菜。前后10多天的贵宾生活，连开车的小孙师傅都说，嘴巴吃木了，吃什么山珍海味也觉得没味道。他索性就向服务员讨要几个扬州酱菜，如腌莴苣、萝卜头等来吃。我也有同感，觉得大菜反不如小菜好吃。回到家里，老婆子说，出门辛苦，专门做了红烧猪排犒劳你；我唯有苦笑，叫她弄点腌菜萝卜干来，荤腥我不想沾了。却惹得她老大的不高兴，说我贱命，没有锦衣玉食的福分。我也认了，自己真不配做美食家。

　　俗话说，少吃多滋味。或曰，多吃少滋味。人的味觉器官有些怪，天天吃香的喝辣的，嘴都吃麻了，最好的东西都不知味；天天粗菜淡饭，反倒觉得有滋有味，吃嘛嘛香。一如昌黎先生《闵己赋》所说，"恶饮食乎陋巷兮，亦足以颐神而保年。"孔夫子推崇食不厌精、脍不厌细，但奢华饮食、弄到"嘴吃麻了"的地步，我看非人生之福。中国的饮食文化太发达，也不是幸事。用在吃喝上的时间、精神、财力太多，于人于世何益？好些人在生活中跟着感觉走，有时就不免失去理性。

　　一轮玉盘似的圆月，高挂在夜空。我扶着老娘，送她回屋睡觉去。感谢她的那句话，让我勾起了对生活的一点追忆和思索……

2012 年 10 月 7 日

罢宴风波

"今日良宴会，欢乐难具陈。"（《古诗十九首》）文墨小吏的我，却亲历过一次罢宴风波，那个啼笑皆非的尴尬场景，终生难忘。

10多年前的我，已近退休年龄杠子，机关交办的事渐少。也许因我在机关的时间长，跟老同志熟悉些，又许是我与市县政协的联系较多，好打交道，所以离退休的一些老领导要到各地走动时，会派我作陪伴，为之服务。大约在2000年的暮春，曾为南京市长、后任省政协副主席的王昭铨，想去苏北看看，我又被指派做了他的陪同者。

王老的洁身自好、平易近人，在南京市、在省级机关统战口，有口皆碑。作为"三八式"的老革命、长期与民主人士打交道的老统战，他的待人接物，和蔼可亲，了无官气。记得他由省委统战部长出任省政协副主席，还在上个世纪80年代之初，那时机关里就只有一辆老上海牌公务轿车。机关循例要派车接送他上下班，不料司机吃了闭门羹。王老说，我住公教新村，与总统府（省政协机关所在地）仅一站多公交车的路程，派车接送浪费汽油不说，我边走路边散步、一会儿就到了，还能强身健体，何乐而不为？他明确地交待机关行政处，以后别再给他派车。所以，仅有的一辆公务车经常闲置在那里。当家的领导都不坐，谁还敢轻易用车？有车不坐，该享的待遇不要，我由心底里钦佩王老的人品、作风。

基于其简朴、低调的习性，苏北之行的一路上我都小心谨慎，事先给相关地方的同行打招呼，在接待中一切从简。比如吃饭，就不要设饭局、搞宴请，得严格按"四菜一汤"办，不可超标。但想不到，在结束走访、返还南京的路上，还是出了岔子。

当时从淮阴回宁，不像现今有高速公路，两个多钟点就妥了，那会儿一般都在中途的江都打尖，吃罢午饭，再驱车返回南京。出发前一天，我便给江都政协打了电话，称王老将在明天中午到，请他们安排一个便饭。第二天正午时分，我们一到江都即被迎入宾馆用餐。在踏进餐厅的瞬间，我就发觉有些不妙：

一张大圆桌上，摆了许多道精致的菜肴，还有白酒、红酒、饮料。而且来了包括市里的书记、市长在内的一堆陪客，并称欢迎王老来江都作客。就在江都政协主席招呼宾主入座的时候，王老直立不动，一脸凝重，随即正色道：我是临时路过，摆这个酒宴做什么？不过酒菜都上好了，不吃也是浪费，由你们自己吃吧。我们就不吃了，请给我们来碗面条就行！说完，王老就拉上我到旁边的空桌上坐下等候。

此举一出，全场愕然。书记、市长、主席等一干主人，面面相觑，只得强颜欢笑，悻悻而去。后来，端来一盆阳春面，我们草草吃上几口，便匆匆踏上归程。这是我这辈子碰上的唯一的罢宴奇遇，太刺激了！

过了几个月，又赴江都公干。我从同行口中得知，王老罢宴的当日下午，市委书记便把政协主席召去训了一顿：咱江都的饭菜是不是没人吃啊，好心好意摆上一桌，不落好不说，反被奚落一顿，你们是怎么办事的？无奈的主席只有连连自责。唉，怪我不好，没有交待清楚：只能随茶便饭，千万不能摆饭局呀！所以我见了江都政协主席都心存歉意，因为是我连累他吃了批评。罢宴风波，不大不小，也累人哪！

白居易诗云，"家山泉石寻常忆，世路风波仔细谙。"（《除夜寄微之》）多年过去，于今王老已驾鹤西行。而我，仍得向他检讨自己的工作粗疏，惹得他罢宴，扫兴。但我又确信，王老无愧是真真正正的老革命、老党员。凭他的高风亮节，其在天之灵，确有资格去见马克思。

2012 年 10 月 8 日

（载 2012 年 10 月 16 日《联谊报》）

新十景病

从报上看到中国"十大名楼"联袂"申遗"的消息，我的第一反应是，十景病又发作了。

十景病之说，出自鲁迅。当年传闻西湖边的雷峰塔倒掉时，他即称，"我们中国的许多人——我在此特别郑重声明：并不包括四万万同胞全部！——大抵患有一种'十景病'，至少是'八景病'，沉重起来的时候大概在清朝……而且，'十'字形的病菌，似乎已经侵入血管，流布全身，其势力早不在'！'形惊叹亡国病菌之下了。"（《坟·再论雷峰塔的倒掉》）

也许像《周礼》说的，"十全为上"吧，中国人特爱十全十美，对什么东西都要凑成十。杭州有西湖十景，"并不见佳"的"雷峰夕照"，即为其一。好点心，要十样锦。蜀绣，有十样景。乐器，有十部乐。洪秀全的拜上帝会守则，叫十款天条。乾隆皇帝，自称十全老人。在阴间，还有十殿阎罗。甚至宣布某个人的劣迹或罪状，"也大抵是十条，仿佛犯了九条的时候总不肯歇手"（鲁迅语，同上引）。说国人患有十景病，真不能算是诬谤。

但这回的"十大名楼"同"申遗"，还是令老夫惊诧莫名。拉郎配拼凑成的"十大名楼"，不但属地分散，功能各异，而且其楼的历史文化价值，不可同日而语。据建筑行家说，西安钟鼓楼、洞庭岳阳楼、宁波天一阁等，"上了年纪"，称得上真格的历史文化遗存；可武汉黄鹤楼、南昌滕王阁，均系上世纪80年代重建，年幼的南京阅江楼2001年落成，才11岁。且建造它们用的，是钢筋水泥、而不是纯砖木结构，连仿古建筑都谈不上。把这类"名楼"抬出去"申遗"，称为"世界文化与自然遗产"，既没有原真性，又失去完整性，岂不要让联合国教科文组织的人笑掉大牙！作伪造假、冒名顶替的把戏，咱们在家里玩玩也就罢了，非得弄到国际大舞台上去，丢人现眼，很不应该嘛。也太低估了世界遗产委员会人士的智商。

当然，国人的十景病发作起来，便顾不上这许多。真如鲁迅所预见的，"倘在民康物阜的时候，因为十景病的发作，新的雷峰塔也会再造的罢。"何止是雷峰塔，黄鹤楼、阅江楼等等，不都拔地而起，蔚为"名楼"了么？"申遗"成功的好处太多，政绩呀，文化工程呀，旅游开发呀，知名度呀，种种光环缤纷眩目，能不诱人？

假作真时真亦假的地方，真相、真诚匮乏，人们对弄虚作假、坑蒙拐骗，则习以为常、见惯不惊。"申遗"的"十大名楼"挂着历史文化的招牌，可阅江楼之类"名楼"，何来历史文化？只是个假古董而已。这些徒有空名的文化赝品造得越多、越富丽堂皇，不只像《现代快报》社评所说是对历史文化的大不敬，尤其是对历史文化的建设性破坏！历史文化的要义在于真实。搞些以假乱真的东西，即走向其反面。所以我想，"十大名楼"的"申遗"，当趁早歇手；热闹非凡的假古董建设，须尽快降温。浮夸、虚妄纵然畅快，但这畅快"不过是无聊的自欺"。

鲁迅早就指出，"中国如十景病尚存"，"所有的"便只能"在互相模造的十景中生存，一面各各的带了十景病"（同上引）。而今，我们生活在新的 21 世纪，不同于旧时，且"'十'字形的病菌"又花样翻新，故在十景病之前得加上一字，新。

2012 年 10 月 11 日

（载 2012 年 10 月 23 日《杂文报》）

诺奖国力说备考

作家莫言，一飞冲天。其问鼎 2012 年诺贝尔文学奖后，各式采访、祝贺纷至沓来。众多贺声里，有一种话语格外瞩目：中国作家莫言获奖，"既是中国文学繁荣进步的体现，也是我国综合国力和国际影响力不断提升的体现"。

前半句，我认同；后半句，则存疑。在我看，这个诺奖国力说失之偏颇，不能成立。因为文学创作与国力无干。诺贝尔文学奖的评选标准只有一个，那就是作品的优秀度和作家的独创性。翻一翻百年来诺贝尔文学奖得主名单，所谓国力说的谬误，昭然若揭。

英、美、德、法诸国作家获诺奖的人数多，是其国力的体现吗？非也。是欧美作家的价值观念，审美情趣，语言文字等等，与斯德哥尔摩的诺奖评委们相近相亲，故而近水楼台先得月。亚非拉国家的作家就没有那样幸运。仅语言文字的隔阂，就让评委们头疼。所以，与其称获诺奖体现国力，倒不如说是文化差异，抑或是文化偏见，注定了欧美作家的捷足先登。

倘依诺奖国力说，那么国力不济的小国、穷国，岂非与诺贝尔文学奖永远无缘？但铁的事实又将国力说击得粉碎。

获 2011 年诺奖的，是瑞典诗人特兰斯特勒默。论瑞典的综合国力，地不足 50 万平方公里，人口不到 1000 万，其经济、军事、科技实力别说在全球拔尖，即在欧洲也排不进前五。而且，欧债危机四伏，去年的经济很不景气，哪还谈得上体现国力提升。

东欧的波兰、匈牙利诸国作家，也曾屡获诺贝尔文学奖。它们的综合国力，充其量跟咱中国的一个省差不多；可其作家，照样走上了诺奖领奖台。国力说安在哉？

再举个极端的例子。拉美岛国特立尼达多巴哥，仅 5000 平方公里，约 150 万人口，它的国力之弱小，几同咱们的一个县。可是，该国作家沃尔科特获得 1992 年诺贝尔文学奖。若说国际影响力，它还是英联邦的成员国，几乎为零。说其获诺奖体现了国力，真要让人笑破肚皮。

文化是国家的软实力要素之一，但文化分支的文学，不可与国力攀近亲。文学作品不是航空母舰，只有待国家的经济、军事、科技等综合国力强大时方能打造。如果说航空母舰是大国、强国的象征，那么文学创作及其优劣精糙，则与作家所在国的穷富强弱，了无干系。为人生的文学不受国界、种族、信仰的限制，纯粹是作家个性化的自由创造活动。它所体现的，是作家对现实生活的感悟，对人世间真善美的执着追求！正像莫言的获奖感言说的，"作家的写作是在他良心的指引下，面对着所有人，研究人的命运，研究人的情感，然后做出自己的判断"；"真正写出人性的作品可以超越国界，为全人类理解。"（2012 年 10 月 13 日《现代快报》）

莫言的自白，不啻是搧了诺奖国力说一记耳光！

鲁迅在光华大学的演讲中说，为人生的文学"真诚最要紧，否则就没有意义"（《文学与社会》）。文学即人学。问鼎诺贝尔文学奖当然是作家的荣耀，也算为国争光。但无端地把诺奖与国力扯在一起，便堕于虚妄。

2012 年 10 月 14 日

（载 2012 年 11 月 16 日《当代杂文》）

鲁迅的比喻

腥风血雨的 1927 年夏天，在广州的鲁迅于暑期学术会作了题为《魏晋风度及文章与药及酒之关系》的演讲。为阐明司马氏杀嵇康与礼教的关系，鲁迅特意打了个"容易明白的比喻"——

"譬如有一个军阀，在北方，……那军阀从前是压迫民党的，后来北伐军势力一大，他便挂起了青天白日旗，说自己已经信仰三民主义了，是总理的信徒。这样还不够，他还要做总理的纪念周。这时候，真的三民主义的信徒，去呢，不去呢？不去，他那里就可以说你反对三民主义，定罪，杀人。但既然在他的势力之下，没有别法，真的总理的信徒，倒会不谈三民主义，或者听人假惺惺的谈起来就皱眉，好像反对三民主义模样。"

鲁迅的比喻，融历史和现实于一炉，寓意深长。一方面，将篡权者的司马氏，比为现代的北方军阀（避讳南方是鲁迅自设的防身"壕堑"），他们都是手握重兵的武夫；另一方面，又把孙中山先生的三民主义喻作"以孝治天下"的礼教。正如鲁迅写于同时的《忧"天乳"》所说，"天下有许多事情，是全不能以口舌争的。总要上谕，或者指挥刀。"由于嵇康说过"非汤武而薄周礼"的话，司马氏即以"毁坏礼教"和不孝的罪名，把他杀了；实际上，司马氏的"崇奉礼教"，不过是"用以自利"，打着孝道的旗号"加罪于反对自己的人罢了"。他们自己，既不是真的忠臣孝子，也并不真正信奉礼教。所以鲁迅说，表面反礼教的嵇康等，其"本心"倒是"相信礼教"，"将礼教当作宝贝看待的"，至少比司马氏们"迂执得多"。看似信手拈来的以今喻古，却自出机杼，别开生面，可收鉴古知今、针砭现实之效。鲁迅讲的，虽是魏晋文学史；但经他一比喻，人们对现实生活中的事情增添了诸多联想和追索，其隐喻的指归不言自明。

不光张作霖、吴佩孚、段祺瑞等北方旧军阀，以种种借口镇压青年学生，杀害革命党人；就连蒋介石、汪精卫、李济深等南方的新军阀、政客，也相继在沪、汉、穗发动反革命政变，屠杀共产党人和革命工农。他们不都是现代的司马氏，为篡夺国家权力、假惺惺地把自己打扮成"总理信徒"，以三民主义卫道士的姿态，排除异己、加害于革命者的么？孙中山首倡的三民主义，在他们手里变作杀人的现代礼教。其实在骨子里，他们何尝是"真的三民主义的信徒"！鲁迅之所以能作出这样精妙的比喻，固然是基于对魏晋历史的了然于胸，研判透彻，更重要的还在，他对北伐时期中国政坛风云变幻的深刻洞察，及其鲜明的国民革命的立场和情感。作为革命文学家的鲁迅，"这半年我又看见了许多血和许多泪，然而我只有杂感而已。"（《而已集·题辞》）是无数革命者的淋漓鲜血，擦亮了鲁迅那双慧眼，才把这世界看得真真切切，明明白白。

由鲁迅的比喻，我想到胡适的话。"主义初起时，大都是一种救时的具体主张。"待到"主张成了主义，便由具体的计划，变成一个抽象的名词。"（《多研究些问题，少谈些"主义"!》）主义一旦被抽象化、偶像化，并做了整治人的工具，它就与礼教没有什么两样。五四先贤说，礼教"吃人"；想不到孙先生的三民主义，竟也做了新军阀们叛卖革命的绞肉机。当主义疯狂整人之际，表面似乎光鲜、成功，其实往往是失信、破产之时。

对于主义，哪怕是先进的马克思主义，我们都应持胡适那样的科学态度："一切主义，一切学理，都该研究，但是只可认作一些假设的见解，不可认作天经地义的信条；只可认作参考印证的材料，不可奉为金科玉律的宗教；只可用作启发心思的工具，切不可用作蒙蔽聪明，停止思想的绝对真理。"（《三论问题与主义》）

用主义乱贴标签，以图包医百病，那是十足的思想懒汉做派。

2012 年 10 月 14 日

（载 2012 年 12 月 9 日《大公报》）

苏轼的聪明误

元丰六年（1083），苏轼为其与侍妾朝云所生幼子苏遁，在黄州做满月并书《洗儿戏作》。诗云，"人皆养子望聪明，我被聪明误一生。唯愿孩儿愚且鲁，无灾无难到公卿。"戏作有些调侃，聪明误，实则是尝过牢狱滋味的苏轼之痛唱。

苏轼的博学多才，睿智干练，闻名有宋一代。应进士考之作《刑赏忠厚之至论》，被阅卷的一代文宗欧阳修赞为异人、奇才。仁宗皇帝看了也喜形于色，称为子孙觅得太平宰相。可是，从凤翔府签判到杭州通判，再知密州、徐州、湖州，直至因乌台诗案贬谪黄州团练副使、不得签署公事，被停俸而生计窘迫，在黄山之东坡躬耕度日。苏轼宦海浮沉20多年，坎坷跌宕，漂泊不定，连连受排挤、遭打击。其仕途运命，可谓华盖当头。"我被聪明误一生"，绝非虚言。

苏轼的聪明误，误在哪里？近日播放的重大历史题材电视剧《苏东坡》，虽有"戏说"的虚构，却大体本于史实，我看了便得到一个结论，那就是，苏轼误在我行我素。

西人有性格决定命运一说。我行我素、率真刚直的性格，一方面，让苏轼的诗、词、赋、书、画独具一格，卓越无比，尊为文坛领袖；另一方面，又使苏轼在官场倾轧中屡屡受挫，吃尽苦头。因为就根本说，皇权官场所需要的，是顺从听话的奴才，而不是我行我素的人才。在风波险恶的官场，要混出个模样，成为大人物，仅凭聪明才智、苦干实干是不行的，唯有遵循潜规则，精通关系学，吹牛拍马，巴结权贵，方可官运亨通，青云直上。惜乎聪明绝顶的苏轼不擅此道，不屑此道，反其道而行，那就注定与宰相之位无缘。

倘论苏轼的官场作为，平冤狱，御外寇，除积弊，赈灾荒，修水利，抗旱涝，脱伎籍，谋民生，进忠言，政绩大焉。他算得上是大宋的好官。但是，我行我素的苏轼，顶撞、得罪的权贵太多，终于一贬再贬，最后客死他乡，铸就其聪明误的人生悲剧。

一生历大宋五朝的苏轼，不但与韩琦、王珪、王安石、司马光等宰辅政见不合，龃龉不断，与镇守一方的知州以及同僚等，不合拍，起冲突，而且他还以诗文讥刺朝政，令仁宗、神宗、哲宗三个皇帝龙颜不悦。如此我行我素，能有好果子吃么？爱民务实、稳健改革的苏轼，既反对王安石的激进变革，又反对司马光的因循守旧，两面受敌，其遭诬陷中伤、外贬流放，即不足为怪。

哪怕在个人婚姻上，苏轼的我行我素，同样惹得权贵忌恨。发妻王弗亡故后，皇家公主、公侯闺秀，纷纷上门提亲，欲给苏轼续弦。他却瞧不上，执意要娶犯官之女。他的不识抬举，大伤皇家脸面，自然被权贵们视为"非我族类"。聪明的苏轼，竟不懂或不愿通过攀亲联姻，依傍权力大树好乘凉！后来续娶亡妻堂妹王闰之，说是遵蜀中乡俗，实为不得已而为之。而失去这样寻求大靠山的利好机会，无疑断送了前程。小小续弦事，反倒招来大麻烦，苏轼太书生气啦！

要而言之，苏轼混官场的智商并不高。为官听话便是德，朝中无人莫做官。自恃聪明的他在仕途腾达上并不聪明，乃至是很不聪明。在官员悉由朝廷委派、百姓无权选择的社会，苏轼为官让百姓满意、高兴，但朝廷不满意、不高兴，其仕途即不免多灾多难。"我被聪明误一生"，是苏轼的自嘲，还是反讽？我既为苏轼之聪明误而悲，尤为那个腐败怯懦之朝廷而哀。

顺带说句题外话。陆毅饰演的苏轼，气度尚可，中年后的形象有缺：少了一把大胡子，还有一个啤酒肚。

2012 年 10 月 19 日

（载 2013 年第 10 期《雨花》）

莫言岂同唐僧肉

莫言得中诺贝尔文学奖以后，华夏遂即涌动一股"莫言热"。上下各色人等，借重莫言大做文章。恰如刘洪波所言，现今"有一个开发项目叫'莫言'"（2012年10月21日《现代快报》）。

在媒体，多是炒作。莫言的一切，连他的父兄、邻里，全登上媒体叨叨，还有无休无止的吹捧，夸口莫言得奖体现了综合国力的提升，等等。莫言的成功，满足了不少国人的虚荣心，又似成了一件奥运金牌式的德政。炒作，让莫言不胜其烦。

在大众，则为消费。莫言的书，一时洛阳纸贵，卖到脱销；阿狗阿猫都要买一本莫言的小说珍藏，装点门面。出版社、书商们瞄准商机，争抢版权，加紧印售莫言作品，大发其财。

当然，开发莫言最卖力的，要数其家乡山东高密的官员。《新京报》披露，高密县官方拟投资6.7亿元巨资，打造莫言文化"旅游带"，创建"旅游大县"。其计划，包括诸如莫言文化体验区，红高粱文化休闲区，爱国主义教育基地之类。有官员称，"万亩红高粱"，就是赔本也要种！此等大手笔、大项目，是我辈芸芸众生不可企及的。

一夜之间，莫言似化为赴西天取经的唐三藏。谁都想从他身上咬一块肉，以图长生不老，发福，发达，成仙，成佛。

20年前商品大潮初起，在绍兴就曾出现过"鲁迅热"。大小商家以鲁迅作品及其人物命名注册的商标，即超过百件，"鲁迅茶馆"、"咸亨酒店"、"阿Q服装"、"孔乙己茴香豆"种种，应运而生。此类借名牟利之举红火了一阵，但效果有限，迄今未见创出什么大品牌，岂非憾哉？

高密的大开发与当年绍兴的小打小闹，自不在一个档次。为策万全，真正把"莫言"这个开发项目搞上去，窃以为，若依着莫言有小说《红高粱》，就种"万亩红高粱"的思路，待开发的子项目还有很多。略献刍言，以供参考：

莫言不是有《蛙》嘛，所以要开挖万亩蛙荡，养它亿万只青蛙、牛蛙，搞个蛙文化观光区。

莫言不是有《透明的红萝卜》嘛，故需再种万亩红萝卜，与"万亩红高粱"相匹配，建个红萝卜文化园。

莫言还有名作《丰乳肥臀》，那就得挑选千名（万名似太多？）前突后翘的性感美女，办个丰乳肥臀文化休闲区，吸引游客观光消费，一准财源滚滚。"无烟工业"，稳赚不赔。

莫言的《四十一炮》，则有些不大好弄，是造置 41 门高射炮，还是火箭炮，或者搞个传统的烟花爆竹文化度假区，我未想周全，烦请莫言家乡父母官敲定。

倘这么办，高密"旅游带"不说超过美国迪斯尼乐园，起码也算中国旅游第一县！

可是，读罢鲁迅 1927 年 9 月 25 日致台静农的信，我又惴惴不安。当年提议鲁迅做诺贝尔文学奖的候选人，鲁迅一口回绝，称"不愿意如此"，"我也不配"。他顾虑，若得诺奖"反足以长中国人的虚荣心……结果将很坏"。今岁莫言获奖，当然是实至名归，而非"不配"；但助长咱的虚荣心，已然应验，而像高密开发"莫言"的结果是好是坏，也很难说。直如韩愈《桃园图》诗云，"当时万事皆眼见，不知几许犹流传。"说句不中听的，把"莫言"当开发项目，欲放颗"旅游大县"的卫星，大抵只是异想天开！末了，草打油四句：

诺奖声名重五洲，一朝问鼎慰屡头；争先恐后咬一嘴，莫言岂同唐僧肉？

2012 年 10 月 22 日

（载 2012 年 10 月 26 日《湘声报》）

旧时惜阴堂

百余年前上海南阳路 10 号地段上，有座并不起眼的两层小洋楼，名叫惜阴堂。它的主人，即是人称"民国产婆"的赵凤昌。

赵凤昌，字竹君，常州人，曾任晚清洋务首领张之洞的首席文案，协理新政，结交上下，深受张器重。时人作联讥张对赵的言听计从云，"两广总督张之洞，一品夫人赵竹君"。光绪十九年，清廷爆发张之洞大参案，赵凤昌因所谓"揽权招摇"，被皇帝亲批"革职永不叙用"。幸得刘坤一、盛宣怀等暗中回护，赵凤昌才躲过一劫，客居沪上，在惜阴堂结纳巨贾显宦，交接湖广赴日留学生员，又凭电报通讯之利，继续为张之洞办理洋务、教育、军事诸多机要。不夸张地说，其时的惜阴堂，实为张之洞之驻上海办事处。1909 年张之洞去世，赵凤昌遂成湖广洋务新政的代表人物。

须当插叙的是，由庚子事变中赵凤昌的"瞒天子而令诸侯"，策动、联络刘坤一、张之洞、盛宣怀、张謇等，达成"东南互保"，维系了大清半壁江山。攒下一笔政治资本、博得"布衣公卿"美誉的他，为后来在辛亥起义、肇立共和的舞台上龙骧虎跃，聚集了广裕的人脉。

武昌新军起义的第二天，赵凤昌从汉口电报局长朱文学复电获悉，湖广总督瑞澂兵败逃亡，首义成功。惜阴堂里灯火通明，上海的工商巨子、社会名流纷纷应邀前来共商大计，预判形势，最后确定：站在义军一边，声援武昌。惜阴堂主迅速出手，三管齐下：

其一，请上海商会主事苏宝森出面，周知驻沪外国使团，"严守中立"，阻断清廷外援。

其二，急电两江总督张人骏，劝其"固圪自保"，不可出兵干预。

其三，速邀密友张謇、庄蕴宽来沪，做袁世凯之北洋新军和武昌起义新军间的调停工作，以免引起战乱，贻祸苍生。

惜阴堂里的一串"组合拳"，为起义新军赢得了时间，并保住了辛亥革命的果实。

惜阴堂对辛亥大变局的贡献，远非上述诸端。此后的肇始共和、南北议和、创建民国，赵凤昌在惜阴堂呕心沥血，折冲樽俎，厥功至伟。小小惜阴堂，简直成了当时中国政治大变革的策源地和总枢纽。

齐集惜阴堂的张謇、庄蕴宽、赵凤昌等，率先发出通电，吁请各省督抚起义，推翻满清统治，拥护共和建国。各路诸侯随即响应，纷纷宣布独立，并派代表赴惜阴堂议定国是。最终以17省代表名义，奠定南京临时国会之基。

在收拾塌天残局、推行民主共和进程中，诞生于惜阴堂的三件文书，为民国建政厘定了大政方针。《组织全国会议团通告书》，效仿"美利坚合众之制度"，确立了共和政体之纲；《国土辽阔种族不一与共和政体之问题》，拟定五条政见，以保国家领土完整，消融种族界限，恢复和平，谋求全体国民之幸福；《外交问题宣言书讨论稿》，则声明不损害外国在华权利，"外人果欲在中国取得稳实可恃之权利，惟有望革命之早成功乎"！在三件文书上签字的，有樊增祥、宋教仁、于右任、汤寿潜、史量才、章太炎、马君武、伍廷芳等。而代表江苏的张謇、庄蕴宽、赵凤昌三人，是起主导作用的核心和灵魂。

辛亥年末的两月间，各路群英云集惜阴堂。革命党人、各省都督、文化名流，如黄兴、宋教仁、汪精卫、戴季陶、吴稚晖、胡汉民、谭延闿、李烈钧、柏文蔚、徐绍桢、李书城、李燮和、章士钊等，走马灯式出没于此。12月25日，孙中山由海外归来。抵沪次日，即赴惜阴堂会晤赵凤昌等，商量统一建国诸事。最重要的，有三件：

第一，推举中华民国临时政府三位总统候选人，为孙中山、黎元洪、黄兴。经17省代表选举，孙以16票当选，开辟了结束千年帝制、创建共和的新时代。

第二，帮助孙中山做好临时政府的人事布局。其中最关键的人事安排实非政府各部总长，而是江苏都督一职。由于设府南京，如果没有一位能串联江苏上下，并兼顾各省各派，既有威望又能亲和地方势力之人物为江苏都督，那么临时政府的运转将十分困难。赵凤昌审时度势，与张謇、汤寿潜一起，力荐做过清朝广州常备军统领、并与革命党深有渊源的同乡密友庄蕴宽出任此职，助孙、黄打理军政，稳定局势。

第三，为南京临时政府注入经济血液，摆脱财政困境。当时局面混乱，各省就地开掘财源、截留税赋，临时政府收不抵支，十分窘迫。又是赵凤昌，邀理财大家熊希龄来惜阴堂，草拟财政计划，寻求出路。自光复之后，上海商界先后筹集资金366万元，供南京临时政府使用。倘无赵凤昌、张謇、庄蕴宽等联络沪上商界资助，恐临时政府连3个月都难以维持。尤在孙中山下野，黄兴在南京留守善后时，经济情况极为糟糕，不得已向赵凤昌求助。赵又雪中送炭，急电张謇，"宁饷万急，罗掘俱穷，日内极须凑发伙食等项"，恳请把自己所买大生股票的 4 万余两股息，"先行核发"，以解黄兴燃眉之急。赵凤昌对孙、黄革命党的无私援助，可谓仁至义尽。

惜阴堂主赵凤昌对民国的贡献，一直延续到南北议和、袁世凯上台组阁，以及后来的反袁复辟斗争，他都殚精竭虑，建树颇多。最难能可贵者，还在其淡泊名利，一心谋国救民，甘为无名英雄。孙中山任临时大总统，曾力邀赵凤昌出山，做"枢密顾问"；袁世凯做大总统后也曾亲笔致信赵凤昌，请他做"咨询顾问"。赵凤昌均一一婉拒，表示"顾问一席万不敢当"，称"昌得列公民已属幸福"，惟一的心愿是"祝大总统励精图治，巩固共和，受赐多矣"！赤诚共襄革命而不恋官位权势，有大奉献而不求索取，赵凤昌的高风亮节令人肃然起敬。

但出人意表，无论是大陆的辛亥革命史，还是台湾的中华民国史，赵凤昌这个名字却被长期屏蔽和湮灭，不见踪影。这不能不说是历史的遗漏与缺憾。无怪辛亥元老蔡元培感叹："国民党对不起赵凤昌。"直到赵凤昌谢世 70 余载的 2009 年 10 月，中国国家图书馆出版 10 卷本《赵凤昌藏札》，终于弥补了辛亥民国史的一大空白。秉笔直书之史家，岂可囿于偏见而闭目塞听、不置一词？

于今，辛亥风云悄然散去，南阳路 10 号的惜阴堂亦片瓦不存。但是，历史的真实不容抹杀，对辛亥革命和创立民国功勋卓著的赵凤昌，不该被遗忘。旧时惜阴堂之地位与作用，绝不逊于武昌起义之红楼和南京的临时大总统府。或曰，一部民国史，半部在江苏。其实，江苏的半部，几乎都在惜阴堂。倘称赵凤昌为"民国产婆"，则惜阴堂便是"民国产房"。它是真真正正值得中华儿女铭刻于心的。

2012 年 11 月 3 日

（载 2012 年 11 月 23 日《湘声报》）

改良中国式

伴随中国崛起，人们总把那些带有中国特色和风格、为别国所罕见的事物与现象，呼为中国式。诸如：中国式酒宴，多半系公款买单，以官家的大吃大喝、浪费挥霍为特征；中国式娱乐，即如赵本山、小沈阳那样，一味开涮生理缺陷者或农民，借此寻开心；中国式情妇，没有多少真诚的男女情感，玩的尽是些权、钱、色的交易勾当。

上列中国式种种，面目丑陋，而今我说中国式，似有不同。但近期媒体揭载的两个中国式，仍使我心有戚戚，不吐不快。

一为中国式过马路。据媒体称，国人过马路，不走斑马线，不把红绿灯当回事，有缝隙就钻，且成群结队地闯红灯，以致事故频发。某地拟出台新规，对群体性闯红灯的前三名实施重罚。

二是中国式评奖。莫言获诺贝尔文学奖之后，该奖终身评委、瑞典汉学家马悦然爆料，山东某"文化干部"曾给他寄了不少画作、古书，并称自己很阔，丰厚的奖金可以不要、由马评委留下，自己只要个名誉，托请他将之提名做诺奖候选人。

看完这两个中国式，我忽然记起鲁迅的话。他说，"体质和精神都已硬化了人民"（《二心集·习惯与改革》），其所显示自己的，"倒是一个死不挣气的瘟虫。"（《华盖集·补白》）横穿马路闯红灯，遇事就忙着找关系、走门子之类，在国人的日常生活里确已习惯成自然。

对中国式过马路，有专家分析道，症结在路口红绿灯的间隔设计不科学，超过了行人等待的忍耐极限。我看未必。要害处，一在中国人口数庞大，人均道路占有量太少，城市交通拥堵不堪；二在国人的交通法规意识淡薄。即如乐某，已近古稀，也明知横穿马路闯红灯不对，但坦白说，我也属中国式过马路之列，且不敢担保从此不闯红灯。为什么？积习难改，大家伙都在闯红灯、横穿马路嘛！

又如山东的"文化干部"，他那样做，丢了中国人的脸。然平心论，他的中国式评奖思路，也并非天外来客，或出于遗传基因。大自两院院士评选，小到商业化选美，各色评奖过程中的公关活动，如拉拢评委、找人托请等等，不早成了司空见惯的循例么？想要获奖而不跑不送、不走门子的，又有几人？"文化干部"之错，错在把中国式当作国际惯例，以为诺奖评选也像咱们的评奖一样而已。他出的洋相，岂能全怨其个人？

鲁迅说过，国人憎和尚尼姑，憎回耶教徒，惟独"不憎道士"；并强调说，"懂得此理者，懂得中国大半。"（《而已集·小杂感》）过去读它，迷离惝恍，于今活了一把年纪，总算略懂一二。其一，国人的"土性"特重，排外情结太浓。其二，咱们的"国情"特别，与世界殊异。道士乃土产的中国式，而僧尼回耶大抵是舶来品。道家的黑白双鱼太极图，仿佛国人的处世行事方式——阴一套阳一套，明一套暗一套，说一套做一套，规则混杂，适我所需。

在明规则虚置、潜规则盛行，守法代价大、收益小，而违法代价小、收益大的特别"国情"下，国民劣根性的滋长蔓延、逆向淘汰机制的坐大强化，不可避免。现实的人情社会里，凡事讲背景，看关系。踏实苦干的不如投机钻营的，正直诚实的不如造假作伪的，光明磊落的不如偷鸡摸狗的，不是常规、常态么？但国人又好唱道德经，其实是舍本逐末，做无用功。说得难听些就是，既要当婊子，又要立牌坊。中国式的奥妙尽在于此。不过要郑重声明，我所说的是那些丑陋的中国式。良好的中国式，不可如是观。揣度中国式，幸勿鱼目淆乱。

柳宗元云，"退自揣度，惕然汗流"。一想到自己改不了中国式过马路的坏毛病，真惭愧得很！但我确认，法治不彰万事休。期望国人自新自立，真正融入世界。

2012 年 11 月 5 日

（载 2012 年 11 月 22 日《联谊报》）

佛头著粪

生前死后的鲁迅，在中国总有说不完的话题。近些年，鲁迅又被指为"文革"罪人而蒙受挞伐，使其魂灵不得安宁。

作家兼主编的韩石山在海洋大学文学院演讲，兴之所至，信口开河云：1966 年，"毛主席就和鲁迅一起发动了'文化大革命'。"

许是觉得此论太唐突，易让涉世尚浅的大学生把庄重的学术演讲当成关公战秦琼的相声娱乐，韩先生自打圆场道，"那是形象的说法"，并非说"两个人商量着搞起的"，而是说"文革"理念，"有毛主席的，也有鲁迅的"；是"毛主席的那一套，和鲁迅的那一套，经过几十年的教化，成了大多数人的人生理念和社会理念，才在毛主席的一声号令下搞起来的"（《少不读鲁迅，老不读胡适》）。

韩石山以过来人姿态说"文革"，颇显魅惑。但天方夜谭的毛鲁联手发动"文革"说，实为佛头著粪，是对鲁迅及其思想的栽赃陷害。

倘说"文革"中流行毛鲁"语录"，造反派又打"语录"仗，即认定是两人发动"文革"，那么当时毛还号召学马列，并指定 6 本马列著作为全党必读，马列"语录"更以黑体字频现于主流媒体，比鲁迅"语录"犹胜一筹，岂不是马克思、列宁都成了"文革"的发动者？让死去 30 年的鲁迅为"文革"背黑锅，不很滑稽么？真正发动"文革"的，确是毛主席及其"无产阶级专政下继续革命"的理论；生在前清、活在民国的鲁迅，没有在"无产阶级专政下"生活过一天，何来"继续革命"的"文革"理念？韩先生发奇谈怪论，硬拉鲁迅做"文革"的替罪羊，恐非出于无知吧。

鲁迅是 30 年代左翼作家的盟主，也是五四新文化的代表人物。可是，鲁迅对那时摆出一副"极左倾"面貌的"革命文学家"，向无好感，并作了严肃的批评。他说，"其实革命是并非教人死而是教人活的。"（《二心集·上海文艺之一瞥》）如果鲁迅活着，对于极权恐怖、批斗整人、毁灭文化的"文革"，他只会痛恨，而绝不会赞同。只要稍许读一读鲁迅，反强权、尚自由，反奴役、立人国，祛官威、扬民魂，斥野蛮、倡文明，贬排外、褒拿来，恶守旧、兴革新，破迷信、尊科学种种，都在其著述中熠熠生辉！

他的思想、理念，与极左的"文革"格格不入。指"鲁迅的那一套"为"文革"的思想祸根，全是凭空捏造的莫须有！

据韩先生演讲，"毛主席的那一套"，现在"没有多少人信了"，而"鲁迅的那一套"，"信的人还很多"，尤以文化界为甚。他忧虑，"信了鲁迅的那一套"，"文革"仍会死灰复燃，所以，"要建设一个文明社会、现代社会，必须从思想上清除鲁迅那一套。这才是真正的文化建设"。莫非鲁迅真是"封建余孽"，与现代文明社会水火不容，不只是"文革"罪人，而且是现代文明的大敌。论诋毁鲁迅，韩石山比泼妇骂街的苏雪林犹有过之。鲁迅毕其一生，高擎五四新文化之"德赛二先生"的旗帜。说"文化建设"要"清除鲁迅那一套"，即等于割断中国现代文化的脐带，抛弃五四的民主与科学传统。失去民主与科学精神支撑的"文化建设"，其结果能想象么？

我为鲁迅辩诬，并非奉鲁迅为神道，也不是说鲁迅的话句句都对。鲁迅说人论世，与其他五四先贤一样也有某些失当或局限。鲁迅不是不能批评，但批评必须尊重事实，不可胡攀乱咬、恣意"棒杀"。我以为，鲁迅思想的基本理念，鲁迅秉持的现实主义，鲁迅塑造的传世文学形象，至今仍有鲜活的生命力，因而是不可否定、不容毁谤的。现今的文化建设，更须进一步弘扬鲁迅精神。

佛头著粪，无损于佛，反显出喷粪者的颠顶、丑陋。恰如鲁迅说的，文人"一瞑之后，言行两亡，于是无聊之徒，谬托知己，是非蜂起，既以自衒，又以卖钱，连死尸也成了他们的沽名获利之具，这倒是值得悲哀的"。（《朝花夕拾·忆韦素园君》）诚望韩先生毋为迅翁所言中。

2012 年 11 月 13 日

（载 2012 年 11 月 27 日《联谊报》）

反集权优越论

在政治体制加快改革步伐的大势下，有一种声音格外刺耳，那便是集权优越论。

今年5月7日《环球时报》的一篇文章，对比当今世界的三种政治体制——集权制、联邦制、准联邦制——认为它们"各有利弊"。但是，"以高效著称"的集权制，由于"政府能够集中力量做大事，比如大型'铁公基'项目。这对一个正在工业化的国家如中国尤为重要。"文章信心满满地宣称，中国"30多年改革开放的成功在一定程度上说明了中央集权制的优越性……不同政体之间的竞争或将促中国在这场角逐中胜出！"

集权优越论，我不敢赞同，持反对意见。在我看，无情的历史与现实，都只能证明集权优越论的荒诞与虚妄。

秦始皇吞并六国后确立废封建、设郡县的中央集权制，如果说在彼时具有某种历史进步意义的话，那么高度集权——把国家的一切权力集于中央政府，最终又归于九五至尊的皇帝之手——在其后的历史演进中就几乎成了皇权专制的代名词。试问集权优越论者，首行集权制的大秦帝国，办成了车同轨书同文、统一度量衡、筑万里长城之"大事"的秦王朝，缘何只是存活了25年的短命王朝？其优越性跑到哪里去了？

以高度集权为特征的秦汉政制，在中国维系了2200多年。简单做一做加减法，包括汉之文景，唐之贞观、开元，明之永乐，清之康乾在内的治世、盛世，计约300年左右，而乱世、衰局，则长达1900年之久。倘说盛世体现了集权的优越，那么其所占的比例也不足14%，低得可怜！况且即在所谓盛世，仍不过是鲁迅说的"暂时做稳了奴隶的时代"（《坟·灯下漫笔》）。中国的平民百姓，从来就没有挣得过人的权利；盛世之优越处，盖在官绅发财、政府富得冒油罢了。

质之中国史实，集权优越论不能成立。倘再按之20世纪的世界，我们又能见到什么呢？

以高度垄断权力、利益和舆论而著称的苏联，在斯大林、勃列日涅夫等党魁的集权治下，曾经把苏联做成"超级大国"。庞大的核武库，游弋大洋的航母，成功登上月球，威势赫赫，称霸全球。可是，苏联模式的集权制，始终解决不了土豆、面包短缺的民生难题，反倒造出一个腐败透顶的特权阶层，最终分崩离析，留下"卫星上天，红旗落地"的诟病。苏联失败所能证明的，是其集权制的落后腐败，不得人心。

巴西、阿根廷、智利、秘鲁等拉美国家，在20多年前都实行集权制，政治上军人专权，经济上搞国有化。结果呢？政府集权主导的一时经济繁荣，没有给人民带来多少福祉，却弄得权贵横行，贫富悬殊，阶层对立，社会危机重重。"南美模式"在上个世纪90年代起不得不变脸，改高度集权为民选政府，搞全面改革，在市场经济和社会公平的"两个鸡蛋上跳舞"。

把中国30多年改革开放的成功，归结于集权制的优越性，实为牛头不对马嘴的扯淡。改革开放总设计师的邓小平，从毛泽东晚年重大过错、特别是10年"文革"所得出的一条历史经验，就是"权力不宜过分集中"。高度集权，"容易造成个人专断，破坏集体领导"，"产生官僚主义"；痛定思痛的他提出了"切实改革并完善党和国家的制度"的重大任务，指明要"从制度上保证党和国家政治生活的民主化、经济管理的民主化、整个社会生活的民主化，促进现代化建设事业的顺利发展"（《党和国家领导制度的改革》）。邓小平推行改革开放的出发点，就在简政放权。无论是农村改革，还是城市经济体制的改革，其关键都在"权力下放"（《关于政治体制改革问题》）。可以说，中国经济的市场化、政治的民主化、管理的社会化改革的巨大成就，其所展现的，乃是公民权利的活跃，是人的解放的创造力，而决非集权的优越。

集权优越论若成立，那么自由民主就真不是好东西了。一部世界列国竞争史已然并将继续表明，高度集权不敌分权制衡，自由民主优于集权专制。执迷于集权优越，即与我们的改革开放背道而驰，有害无益。我们的制度自信，必须建立在科学发展的基础上，与传统的皇权制和苏联的垄断制划清界线、革除弊病。普列汉诺夫《政治遗嘱》里的一段话值得我们牢牢记取——

"决定一个国家真正伟大的，不是它的国土辽阔甚至不是它的历史悠久，而是它的民主传统、公民的生活水平。只要公民还在受穷，只要还没有民主，国家就难保不会发生社会动荡，甚至难保不土崩瓦解。"（转见2012年第5期《随笔》）

2012年11月18日

（载2013年5月18日《当代杂文》）

权力选美与资本选智

古今选美，大抵属权势者之专利。

权力通吃下，最高权力者的皇帝，每隔数年就要广选天下美女，以备后宫之需。"文革"期间，副统帅林彪之妻叶群，曾替"超天才"的儿子林立果"选妃"，沸沸扬扬中，南京美女张宁当上了林家准儿媳。

现在稍有变化，选美多半系商业活动。可暴富的大款及其"富二代"公子哥，仍不时上演选美活剧。日前在武汉开张的富豪相亲海选，主事者宣称，他们还将赴珠海、南京、重庆等地，从 6 万报名者里选拔 40 位美女参与明年在丽江举行的相亲派对，由 30 个身价过亿的富豪从中觅得可心配偶。选美从凭权力说话变迁为用金钱说话，也算某种社会进步啦。

然而，《2012 中国亿万富豪婚恋调研报告》却说，"富二代"与其父辈的择偶观大有差异。父辈爱挑温柔贤淑、容貌漂亮的美女，"富二代"则喜好时尚开朗、家庭和教育背景良好的女子；最终与富豪牵手走上结婚红地毯的，"大部分都不是最漂亮的那个，而是那个拥有大智慧的万里挑一"（见 2012 年 11 月 20 日《现代快报》）。"富二代"的择偶观，不再是单纯选美，而成了要求更高的选智。天生尤物的美女听了，恐要叹息自己的美貌贬值。但我以为，择偶从选美向选智的切换，不等于"富二代"的品位有多大的提升。

爱美之心人皆有之。权势者喜欢美女，找漂亮老婆，说不上过错。问题在于，他们的选美也好，选智也罢，信息不对称，又欠平等，都显现着拥有权力或资本者的傲慢与霸道。

帝王选美，搞三宫六院七十二妃，巴不得独占天下美女。说白了，不过是与对天下人的强权压迫、经济剥削相联结的、赤裸裸的性掠夺。绝对权力之选美，实乃皇权制度的罪恶与无耻。于今的腐败高官，包 N 奶、养情妇，玩弄美女犹同浪蝶狂蜂，承袭了恃权劫色的衣钵；称他们是当世采花大盗，亦不为过。权力选美真不是什么好玩意。

富豪选智，法无禁止，未可视为恶行。可依我之见，其相亲派对也昭示着资本的乖张。因为"富二代"有钱，就可以广罗美女供自己挑选，不同样暴露了资本的傲慢与霸道吗？鲁迅说，"禽兽的种类虽然多，它们的'恋爱'方式虽然复杂，可是有一件事是没有疑问的：就是雄的不见得有什么特权。"（《准风月谈·男人的进化》）富豪选智以资本为特权，算是男人的进化吗？

青莲居士诗云，"人生贵相知，何必金与钱。"（《赠友人三首之二》）没有爱情的婚姻是不道德、不幸福的。富豪相亲派对，专挑美貌、智慧，而应选女子所看重的，则是男方的地位、财富。一位在武汉出场的肖小姐快人快语，"对方必须有一定财力"。由于她家从事采矿业，因资金短缺而停止开采，故而"希望通过结婚，男方能帮助我家重新启动采矿，所以绝对不找'平民老公'"。她的择偶，与相知、爱情不沾边，纯属生意经、搞交易。权钱色智交易之下，能有美满的婚姻么？如此相亲派对，女子的容貌、智慧，不都成了交易筹码么？中国妇女的真正解放，还要走不短的路。在男权主宰的社会，女子依旧摆脱不了对男性的人身依附。而不平等的资本选智，即使嫁入豪门，女子也难说会有真幸福。还是鲁迅所说的，恋爱结婚的男女，"必须地位同等之后，才会有真的女人和男人，才会消失了叹息和苦痛。"（《南腔北调集·关于妇女解放》）

权力选美太丑陋，资本选智亦可哀。笨叟村语，聊博一笑也罢。

2012 年 11 月 21 日

（载 2013 年第 10 期《雨花》）

南阳三胜迹

很小的时候，就从老祖母的嘴边听过南阳，那是一则谜语：南阳诸葛亮，稳坐中军帐，布下八卦阵，专捉飞来将。谜底不难猜，是蜘蛛网。渐渐长大，特别是读了《三国演义》，才知道豫西南的南阳有个卧龙岗，是近乎神人的诸葛亮的隐居之地，我心向往之。南阳城不大，名胜古迹不少，其中三处，涉及三位中国大名人。

城西卧龙岗上的武侯祠，殿宇轩昂，雕梁画栋，苍松翠柏掩映，碑刻题记遍布，显得泱泱壮观，大气磅礴。驻足于此，令人肃然起敬。蜀汉丞相诸葛亮，盖世英名垂宇宙。

南阳东关的医圣祠，就差了去。一尊塑像，几间平房，粗陋简朴，没了武侯祠的气象。墓碑上的头衔亦颇古怪，偏偏把相传而无实据的"长沙太守"官衔，冠于真实确切的"医圣"之前，叫人纳闷。

最冷落寒碜的，当数南阳城北的张衡墓。在石桥镇一方农田的角落里，有一个埋骨的土冢，与之为伴的，是连陌的庄稼、青草。大科学家张衡的尸骨，竟没有片瓦为之遮风挡雨，只得任其风吹日晒。

看罢南阳三胜迹，我的心情有些沉重，也为三大名人死后的礼遇之殊而不平。我知道，南阳这三处文化遗迹，系后人所为，与三位名人无涉；但是，三胜迹景观的天悬地别，倒也形象直观地展示着中国历史文化的固有特色：崇尚权力，唯官是尊。

"臣本布衣，躬耕于南阳"的诸葛亮，"受任于败军之际，奉命于危难之间"（《出师表》），以"隆中对"析天下大势，帮助刘备联吴抗曹、割据西蜀，成三足鼎立之业。他的功劳、忠勤、睿智，妇孺皆知。生前居丞相位、封武乡侯，死后谥武忠侯，诸葛亮无疑是三国时代卓越的政治家、军事家。但是，七实三虚的《三国演义》里的诸葛亮形象，并不真实。鲁迅的《中国小说史略》说，罗贯中"写人，亦颇有失，以致欲显刘备之长厚而似伪，状诸葛之多智而近妖"。诸葛亮不是全智全能、百战百胜的神圣，他的北伐战略、理政用人等，曾有重大失当、失误。其鞠躬尽瘁、死而后已的精神可嘉，但刘备交付的托孤大任，他完成得并不好，那个扶不起的阿斗终为亡国之君。较真而论，诸葛亮于蜀汉，只能算是功过参半。

以对中国科学文化的贡献论，南阳人的二张胜过诸葛亮。精通天文历算的张衡，创举世最早的浑天仪、地动仪，并首个正确诠释月食成因，叙"宇之表无极，宙之端无穷"的《灵宪》一书，确指宇宙的无限性。他是中国、乃至世界最伟大的科学家之一。即便是诗、赋，他也当得起文学家的称号。尊为"医圣"的张仲景，撰《伤寒论》、《金匮要略》名著，济世救人，对中国的医药事业发展厥功至伟，乃一代大医学家。二张的科学建树，知识创新，不但功在汉代，而且惠及后世，堪谓中华文明的杰出代表。诸葛亮与之相比，则暗淡失色，难望项背。

可在他们死后，无论是名声，还是祭祀纪念的礼遇，诸葛亮却大大超过张衡、张仲景。南阳三胜迹的巨大反差说明了什么呢？在我看，就是中国历史文化的价值定位，在官不在民。万般皆下品，唯有做官高。中国的历史，几成一部帝王将相史。科学家、医学家、文学家之类，都被靠边站。一个人的科学贡献最大，也比不上官位大。谁个的官位高，权势炽，谁就位列中心，声名显赫，传之万代；科学发明、文化创造等，都是"雕虫小技"，或"位在声色狗马之间的玩物"（鲁迅《集外集拾遗·诗歌之敌》）。南阳武侯祠的巍峨风光，医圣祠、张衡墓的寒酸冷落，不就彰显着官本位的至高无上么？官本位对发展科学文化的负面影响，至今犹存。院士、校长、教授、作家，乃至出家人的和尚道士，在待遇上都要套个什么官级，树大根深的官本位笼罩着社会的每个角落。尊重科学、尊重知识、尊重人才，说说容易，付诸实践，难矣。

果欲建设文化强国，真要达成创新型社会，我们就得卸下那个沉重的精神十字架，对历史文化的官本位积弊，施以改革的大手术，为科学文化的发展开拓自由驰骋的空间。

2012 年 11 月 22 日

宋美龄的那一抹

　　知识女性、第一夫人的宋美龄，雍容华贵，举止优雅。留学美国且又笃信基督的她，在世人心目中是个颇具西方气质的现代东方女性。

　　然而，1943年在华盛顿发生的一幕，却叫罗斯福总统夫人惊讶不已。

　　那是宋美龄以蒋介石特使身份赴美访问，寻求华盛顿方面对中国抗战的援助。罗斯福总统夫妇在白宫为宋美龄接风，并共进晚餐。席间闲聊，说到当时美国工人的罢工活动，罗斯福问宋美龄，假如中国政府在战争时期遇到这类事，作何处置？宋美龄不假思索，安详地用涂了油彩的食指长指甲，向自己的脖子一抹，做出个优美的杀头手势，令在场之人目瞪口呆。事后，罗斯福总统夫人说，宋"对民主制度能够讲得很漂亮，但她并不知道怎样实行民主制度"。

　　宋美龄的那一抹，意味多多。在我看，它不仅显示了这位第一夫人的言行不一，尤其浓缩了东方文明的精华奥妙。

　　说一套、做一套，说的不做、做的不说，说得像一朵花，做的是豆腐渣，这是咱们的老毛病。鲁迅说，"单是话不行，要紧的是做。要许多人做：大众和先驱，要各式的人做：教育家，文学家，言语学家……"（《且介亭杂文·门外文谈》）。小小的文字改革尚且如此，又遑论经济、政治、社会体制改革的大事。政治家、掌权者若不身体力行，垂范作则，民主自由永远不会天上掉馅饼。

　　严秀先生10多年前说过，"东方文明中可怕的东西实在太多了。蔑视人民应有一点儿民主自由权利，即其中最突出的一种。简言之，西方人把它叫'人权'"（《"东方文明"琐议》）。譬如工人罢工，在美国属于不可侵犯的人权，受到法律保护。不论在和平时期还是战争时期，政府都不可镇压，用暴力杀人。因为政府只有保障公民权利的义务，绝无践踏人权、屠杀民众的权力。但在中国就不同，青年学生、工农大众要求抗日，搞罢工、集会游行，蒋介石"国民政府"便毫不客气，出动军警，枪棒齐下，屠杀平民百姓像踩死几只蚂蚁一样。宋美龄的优美一抹，岂不是蒋家王朝专制独裁的活写真么？

古代中国有知易行难之说,《尚书》"非知之艰,行之惟艰"的话,就是这意思。后来孙中山倡知难行易说,批评革命党人的畏难退缩,所强调的也还是行,先把革命干起来。宋美龄为何讲民主自由很漂亮,行民主自由就很吝啬,以至要杀罢工工人的头呢?按以往说法,乃剥削阶级本性所决定,为的是维护其官僚买办资产阶级的利益。现在让我说,不妨称这个"海归"是十足的口头民主派,因在其西方气质的外表下掩藏着东方文明的专制基因。

蒋介石对美国民主很尊崇,屡屡表示要在中国实行宪政。1940 年底罗斯福连任总统时,蒋在日记中称,"美国之民主,令人羡慕不置",并致电罗斯福祝其成功。喝了数年洋墨水的宋美龄,要对罢工者抹脖子,动杀机,适见东方文明的专制基因绝不是留几年洋,读几本民主自由小册子就能改变。蔑视人权的劣根性,经过两千多年浸淫泅染,在国人身上或多或少、或重或轻地潜在着,遇有合适的气候便会发作。贫贱落魄如阿 Q,在潜意识里还有"满门抄斩"的"嚓,嚓",就别说宋美龄这般人上人了。建立民主制度不易,践行民主制度更难。其难之一,即在国人蔑视人权的基因根深蒂固。

毛泽东在解放初曾把那些有言无行的人称为"口头革命派",而只有"不但在口头上而且在行动上也站在革命人民方面"的才是"完全的革命派"。套用一下可以说,只有不但在口头上而且在行动上也真真切切尊重人权、保护人权的,才是完全的民主派。老实说,我对宋美龄的印象并不差,但她的那一抹,令我憎恶,也使我明白:把民主自由寄望于"海归",太幼稚。

2012 年 11 月 24 日

入嫁豪门须知

女大不中留，"天要下雨，娘要嫁人"嘛。眼下的靓女想入嫁豪门、钓个金龟婿的，不在少数。前些时候，"跳水皇后"郭晶晶结束8年"爱情长跑"，嫁进香港巨富的霍家，引得多少大陆妹垂涎三尺！近日南方某机构推出富豪相亲派对，一下子便招来6万名女子参与海选。入嫁豪门，几成当下妙龄靓女之择偶首选。

炒股的都知道，股市有风险，入市须谨慎。入嫁豪门，当阔少奶奶，锦衣玉食，开宝马，住别墅，风光之极。然所谓豪门深似海，无风三尺浪，入嫁豪门而不能防范风险，便有人财两空、鸡飞蛋打之虞。今据多年来豪门婚姻的经验教训，结合咱国情实际，特撰入嫁豪门须知，以供参考。

一、生子要早。不孝有三，无后为大。豪门不差钱，最愁香火不旺、后继无人。成千上万亿的资产无人继承，父辈打拼一生的辛劳岂不白费？故入嫁豪门后的第一要务，即为早生贵子。生女一打，亦是白搭。如成婚两年不孕不育，未生儿子，则亟须寻良医、觅偏方，或采取试管代孕等措施，以保阔少奶奶之地位。总而言之，早生儿子早得福，一生不愁吃与穿。

二、待上要好。公婆才是掌门人，大树底下好乘凉。不讨公婆喜欢，乃至开罪上人，便等于冲撞财神，冒犯威权，决无好果子吃。轻则让你活得不自在，重则影响小两口的继承权，地位下降，财富缩水，害莫大焉。据此，豪门为媳者当善待公公婆婆，要笑口常开，恭敬礼貌，投其所好，事事与公婆贴心、顺意，做上人的可心小棉袄，甜蜜丌心果。

三、相夫要忍。豪门公子哥花心的不少，纵有家室而外出寻花问柳，养小蜜、泡明星之类的绯闻，恐时有发生。若心生妒意，闹出醋海风波，又给"狗仔队"盯上，那就坏了。一来有损豪门声誉，使公婆颜面无光，二来也会恶化夫妻关系，以致同床异梦，离心离德，引发豪门婚变。万全之计，在忍得一时之忿，有包容、宽宥夫婿过失之肚量，并想方设法拢住老公的心。否则，夫妻交恶，婚姻亮起红灯，即有如欧阳修说的，"人言嫁鸡逐鸡飞，安知嫁鸠被鸠逐"（《代鸠妇言》）的危险。能不忍乎？

四、心眼要活。万勿做绣花枕头，聪明面孔笨肚肠。凡事要多留个心眼，且能审时度势。一朝察觉自己的阔少奶奶地位受到威胁，预防手段不可少。一要搜集于己有利之证据，并请名律师给自己撑腰，以防不测。二要结交几个记者朋友，以便日后在舆论上取攻势，讨公道。三要紧紧抓住未成年子女的监护权，将来对簿公堂亦能讨价还价，多分家产。这般未雨绸缪，即在豪门婚变中游刃有余，立于不败之地。

上列四款须知，虽不能说是入嫁豪门者的葵花宝典，能保阔少奶奶一生富贵平安，但降低、预防风险，大致绰绰有余矣。于今公之于众，切望入嫁或欲嫁豪门的美女谨遵一二，方不负老夫一番苦心。

2012 年 11 月 26 日

（载 2013 年第 2 期《杂文月刊·上》）

法不阿贵

　　坚持法律面前人人平等，有法必依、执法必严、违法必究，是法治的基本准则和精义所在。但社会生活中法律面前不平等的现象，又是抹不去的现实。破解此题，我看关键在落实司法公正，而其核心环节，又在真正做到法不阿贵。即如胡锦涛在党的十八大报告所说："不论权力大小，职位高低，只要触犯党纪国法，都要严惩不贷。"

　　说个历史故事吧。贞观初年，吏部尚书长孙无忌应召入宫，他没有解下随身佩刀就闯入东上阁，触犯了宫禁，唐太宗李世民把此事交众臣议处。宰相封伦主张，守宫校尉失职，罪当处死，长孙无忌误带刀入宫，罚铜20斤。唐太宗觉得此议称心，欲批准执行时，大理寺少卿戴胄出言反对：守宫校尉和长孙大人都有失误，触犯宫规，按律均应处死；可一个被杀头，另一个仅罚钱了事，律法公正何在？如果陛下想从轻处理，那也得先从轻发落守宫校尉，而不是只对长孙无忌法外开恩。他说得有理有据，唐太宗只得叫众臣再议。双方唇枪舌剑，在宫廷上争得不可开交。好在李世民比较开明，采纳了戴胄的意见，说："法者，非朕一人之法，乃天下人之法也，何得以无忌国之亲戚，便欲阿之？"并最终裁定，赦免守宫校尉的死罪。

　　历来传为法不阿贵的这则美谈，在我看来其实存有误读。皇权社会的王法，本质上是一家一姓的私法，它不可能实行在法律面前人人平等。相反，官官相护、徇私枉法、以权压法、以言代法，比比皆是。所谓"王子犯法与庶民同罪"，不过是做戏的宣传，说说而已，当不得真。因为，皇权高于一切、皇帝一言九鼎下的司法实践，归根结底只是人治，而绝非真正的法治。也就是说，当豪门权贵及其子弟享有超越法律的特权的时候，法必阿贵。正如后来长孙无忌对其亲外甥唐高宗李治所说："颜面阿私，自古不免……小小收取人情，恐陛下尚亦不免，况臣下私其亲戚，岂敢顿言绝无。"（《旧唐书》卷六十五）

　　开国功臣兼皇亲国戚的长孙无忌，曾为李世民打江山、坐龙廷立下赫赫功勋，乃凌烟阁上第一人，且被唐太宗视为心腹的股肱重臣，岂能因违犯宫规而处死？因此，唐太宗庇护长孙无忌，不愿依法办事、违法必究，既是一种政治需要，也是顾及皇家颜面。要不然，真把长孙无忌判死罪，他怎么向贤内助的长孙皇后交待？所以，与其说赦免守宫校尉是法不阿贵，倒不如说是守宫校尉沾了长孙无忌的光，是王法的法必阿贵让守宫校尉拣回了一条命。质而言之，只要权力高于、大于法律，那么法律面前人人平等，便终究是虚幻的海市蜃楼。

时易世移。人民当家作主的今天，法律面前人人平等的实现才有可能。然而，历史和现实的种种掣肘，又使现代法治困难重重。以权压法、以言代法、官官相护、徇私枉法现象的大量存在，见证着中国的法治之路还很长。近年曝光的典型事例，如石家庄市的"我爸是李刚"，以及山西永和县"官二代"冯源对受害人咆哮："我爸是县长，在永和我爸就是国法……"等等，不就生动诠释了法律的孱弱和法治的困境么？在这类权贵子弟眼里，法律形同废纸，只要有个官爸爸，自己便可以横行霸道，无恶不作，谁也奈何不了！这就启示人们，权大于法，司法不独立，法律的权威与尊严即无从谈起。社会公器的法律一旦被权力所操控、扭曲，就沦为治民不治官的家法、私法，司法公正、社会公平即不复存在。

法治的要义，首在治权、治官。即要让权力在法律许可的范围内运行，不允许官员有任何超越法律的特权，且执法必严，违法必究，真正做到法不阿贵，在法律面前人人平等。平民百姓要知法守法，权力和官员尤其要遵纪守法。法律如果推不开特权之门，也定然迈不进民众的心。古往今来的事实彰明了这样一个道理："上无道揆也，下无法守也。"（《孟子·离娄上》）

2012 年 12 月 23 日

（载 2013 年 1 月 28 日《西安晚报》）

谈笑末日

2012年12月21日，中国农历的冬至节，恰又是玛雅历法之世界末日。这个日子降临的前夕，特别经由美国大片《2012》的恐怖渲染，一股末日恐慌潮席卷全球。对末日的各种解读与心态，引得我也想来插一嘴。

宇宙学家说，世界末日纯属无稽之谈。地球的毁灭在45亿年之后，现世中人大可不必杞人忧天，庸人自扰。

人类学家说，玛雅人从来不认为他们的日历会停止在12月21日，这一天不过是新纪元的开始。末日说是西方人对玛雅文化的误读。

心理学家则称，末日说出于人类对未知世界的心理恐慌，才要寻求精神寄托，指望万能之神来拯救人类。而某些机构和个人趁机散布末日说，借以谋取私利，乃至图谋不轨。

专家们的解读，言之成理。我不信末日说，但末日说的流布那么广泛，搅得举世汹汹，我们真得找一找原由，问个为什么。

有个现象牵动着我的思绪。那就是，某些邪教组织，如法国的"末日狂徒"，中国的"闪电之神"等等，他们为什么能以荒谬的末日说蛊惑人心，对社会弱势群体的妇女儿童、失业者、流浪汉下手，进而诈骗钱财，杀人越货，把这些盲信教众引入迷途？固然，弱势群体的科学文化素养低下，心理较为脆弱，容易受骗上当。但是，这些人误入歧途的背景，是不是有生活压力过于沉重，让他们感到无助、焦虑，乃至对现实恐惧、对世界绝望的因素？受苦受难的困顿，使弱势群体产生了厌世心态，走向极端，认为与其这样生不如死，倒不如来一次彻底毁灭，同归于尽！这种恐慌的厌世心理，使之与末日说实现了思想和情感对接。弱肉强食的现实世界，不就为末日说蔓延准备了条件吗？所以，全人类的共同富裕、自由平等、和谐发展，才是消除穷富对峙、教派冲突、愚昧落后的有力保障。否则，末日说、邪教的猖獗，将不期而至。

人类是否真有末日，即彻底毁灭的一天？我持肯定意见。这不是我对人类前景悲观，而是我确信，任何物种都不可能永存于世。现代人类就好比中生代的恐龙，它虽在侏罗纪臻于鼎盛，称霸一时，但到白垩纪就灭绝了。人类的聪明、强大远胜当年的恐龙，已然达到可上九天揽月、可下五洋捉鳖的维度。但是，人类的空前繁殖，成为地球上独一无二的霸主，并不能做它永世长存、永不灭亡的保证。地球、太阳等宇宙天体都有毁灭的一天，何况生命脆弱的人类？有生必有死，有兴必有亡。所有现存的一切终将毁灭，这是辩证法的铁律，不以人类的意志为转移。当然，人类毁灭不是末日说的在眼前的某天，而在遥远的将来，或数百万年、或几亿年之后罢了。

除了人类的自然毁灭，还有人类的自我毁灭。以当下的世界论，有两大问题亟须人类的自我救赎。第一，人类要与地球上的其他物种，包括所有动物、植物在内，和谐相处，共存共荣。如果人类发展得只剩下自己，把地球上的其他物种消灭殆尽，那么恐龙的昨天就是人类的明天。第二，人类还要力戒自相残杀、自取灭亡。譬如大规模的核战争，此伏彼起的恐怖活动，都有可能导致人类在血与火的焚烧中灭绝。现有的热核武器，足够把全人类毁灭几次。因此，防止核扩散，消除形形色色的恐怖主义，实为人类自我救赎、免于自我毁灭的当务之急。从这个意义说，开启世界末日的钥匙，就在人类自己的手中。惟有保护好人类赖以生存发展的"诺亚方舟"——地球，构建共同繁荣的和谐世界，人类的自我毁灭，方不致提前到来！

"末日狂欢"，去墨西哥观光旅游，也许展现了人类娱乐至死的天性，然而，这番末日谈笑，我却有些沉重。我怕有些人野心太大又贪婪无比，会贻误、破坏人类的自我救赎，从而加速其自我毁灭的步伐。

2012 年 12 月 25 日圣诞夜

（载 2013 年 1 月 8 日《杂文报》）

吕思勉论学

史学大家、武进同乡的吕思勉往生已半个多世纪，而他的论学见解、治学实践，依然精辟精彩、熠熠生辉。

吕思勉认为，"真正的学者乃是社会的、国家的，乃至全人类的宝物，而亦即是其祥瑞。我愿世之有志于学问者，勉为真正的学者。"这个学者定义，冲破阶级的、党派的牵绊，以国家和全人类的宽广视野，阐明了科学无国界、学术造福人类的最高宗旨。而且学者有别，"真正的学者"，就是那种一心关注国家前途、人类命运的，以人类的自由幸福为己任的学术工作者。那些只想以做学问来谋取个人好处或升官发财的人，是不配称为真学者的。惟有"真正的学者"，才可视为国家和人类的瑰宝，是值得尊敬的大写的人。

如何成为"真正的学者"呢？吕思勉归于一语："绝去名利之念而已。"在吕思勉看来，"显以为名者，或阴以为利；即不然，而名亦是一种利；所以简而言之，还只有一个利字"。他以深邃的目光，勘透名利的实质。在功利化的世俗社会里，名利已然密不可分，有名即有利，名本身也是利；"绝去名利之念"，说到底就是舍去"一个利字"，即不谋私利罢了。不谋私利的学者，方为"真正的学者"；反之，为名缰利锁所累，只想替自己谋利的人，便做不了真学者。吕思勉的这一论学见解，与马克思的名言，"科学绝不是自私自利的享乐"，血脉相通，所见略同。

特别难得的，是吕思勉正本清源，阐发了"不诚无物"的治学之道。"种瓜不会得豆，种豆不会得瓜，自利，从来未闻成为一种学问。志在自利，就是志于非学，志于非学，而欲成为学者，岂非种瓜而欲得豆，种豆而欲得瓜？"吕思勉的话揭示了治学的一条基本规律，即惟有全身心地做学问的真学者，可期学有所成；那些"志在自利"的学者，以治学为获取个人名利的敲门砖，其本身就"志于非学"，与做学问南辕北辙，背道而驰，就注定其做不成学问，出不了优秀学术成果。所以，吕思勉勉励学者，"欲求有成，亦在严义利之辨而已"。

中国古代的义利观，重义轻利。如董仲舒的"正其谊（义）不谋其利，明其道不计其功",被朱熹称为"儒者第一义"。宋、元以后,学者渐不讳言财利,如清代颜元即提出,"正其谊(义)以谋其利,明其道以计其功",就有义利兼顾的意思了。但在皇权科举时代,读书治学被纳入权力治理结构,专志于学者日渐凋落,追名逐利、欲求升官发财者,则蔚成风气,故而中国的知识创新、科技发展,江河日下,落后于西方。降生在前清、治学在民国的吕思勉,身体力行"严义利之辨",淡泊名利,诚心治学,卓有成就。他在1921年就出版了《白话本国史》4卷,是颇具影响的系统的白话本中国通史著作。抗战期间移居故乡常州,生活异常艰辛,他一边做打油盐酱醋之类琐事,一边又在废宅基地上种南瓜、扁豆,维持生计。就在这样窘困的生活中,身处炎夏的吕思勉一手摇芭蕉扇,一手伏案著书,一面为开明书店每日写两千字定稿,一面又撰述《两晋南北朝史》。吕思勉清贫治学,达到了"衣带渐宽终不悔,为伊消得人憔悴"的境界。践行"严义利之辨"治学之道的他,终成一代史家。

听听吕思勉论学,看看吕思勉治学,再想想于今学术界的情形,我禁不住要慨叹:真学者何其少也!学术界的浮躁何其烈也!当学者、教授大都沉缅在争利于市、争名于朝,当名牌大学像钱理群所说,总是在造就一些"精致的利己主义者"的时候,还能期望我们有世界一流的学术成果、高端人才,对人类的文明进步作出较大贡献吗?我有些忧煎而又惆怅。

2013年1月1日

(载 2013 年 1 月 11 日《湘声报》)

妄自则悖

中国近 30 多年的快速发展和崛起，被誉为"中国模式"。而党的十八大高屋建瓴，要求全党"既不妄自菲薄，也不妄自尊大"。我对此深以为然，击节叫好。

好在哪里？就好在我们的高层领导，头脑清醒，有自知之明。

一个政党、一个国家，与一个人一样，要少犯错误，不走弯路，长久保持健康发展的势头，实属不易；但个中最大要素、核心环节，恰在正确认识自己，能够"既不妄自菲薄，也不妄自尊大"。唯有如此，方能谦虚谨慎，戒骄戒躁，不断开拓进取，从胜利走向胜利。一部国家兴亡史反复证明，关乎胜败存亡的最大课题，不是敌手，而正是自己。

自惭形秽，自轻自贱，自暴自弃，全无自信，难有出息，一事无成。井底之蛙般坐井观天，夜郎自大，自负自夸，自吹自擂，不知天高地大，终会干出蠢事来。妄自菲薄，妄自尊大，都失于妄自，即没有正确认识自己。要么太看轻自己，失去自信力，要么过于高估自己，老子天下第一。不能正确认识自己，定然要犯错误，走麦城，以至堕于疯狂而不能自拔。妄自则悖。没有自知之明的当权者，就像荀子所说，"不能治近，又务治远；不能察明，又务见幽；不能当一，又务正百；是悖者也。"（《王霸》）

从以往的经验看，我们妄自菲薄的时候不多，而妄自尊大却是屡犯屡发的老毛病。新中国前 20 多年，穷折腾不断，较大规模的抽风就有两次：一次是"大跃进"。异想天开地"一天等于 20 年"，"大炼钢铁"、"大办人民公社"，不但要"超英赶美"，而且要先于"苏联老大哥"，一跃跨进"共产主义天堂"。结果是瞎指挥，浮夸风，搞得粮食减产，民不聊生，铸下饿死几千万人的大灾难！另一次就是毛主席"亲自发动和领导的无产阶级文化大革命"。自命为"世界革命中心"，要"打倒帝、修、反"，拯救全世界三分之二"受苦受难的人民"。其后果很严重，历时 10 年，闹得国民经济几近崩溃，武斗纷起，又伤害了千万人，终成一场大浩劫！

回头看看"大跃进"、"文革"时期的主流媒体，一些人的妄自尊大、唯我独尊，简直到了疯狂的程度。似乎真理都在自己手里，什么"风景这边独好"，什么"马列主义发展的顶峰"，什么"文化大革命就是好，就是好"等等，弥漫着神州大地。一系列"左"的错误，自有其复杂的社会原因，而从认识论的角度说，就在当局者的妄自尊大，自以为是，既不能正确认识中国的国情，又不能正确认识世界，归根结底，又在不能正确认识自己，把自己当成"一贯正确"的"大救星"。在中国历史上，掌权者尤其是一些握有绝对权力者，如秦皇汉武、炀帝徽宗、康熙乾隆等，稍有所成即患上权力自大症，其最显著的特征就是妄自尊大，好大喜功，并由此而误判形势，错误决策，给国家和人民造成巨大灾难。

由"中国模式"的成功，我们应该有道路自信、理论自信、制度自信，不可妄自菲薄。但是，我们改革开放的路还长、还很艰难，中国还处于不发达行列，社会主义初级阶段这个最大国情、最大实际短期内不会改变，国人仍相对贫穷，与现代化仍有不小差距，因而切忌妄自尊大。我们要发展自信力，但千万不要阿Q式的自负、自欺。妄自尊大，除了自娱自乐，其实只是打肿脸充胖子。抓住机遇、共谋发展，对国人、对国家来说或可以一言蔽之，那就是——

贵有自知之明，毋蹈井蛙之境。

2013年1月4日

（载2013年1月23日《联谊报》）

未富先奢

人有未老先衰，国有未富先奢。

未富先奢的表征，不只是当今中国成了世界的奢侈品消费翘楚，而且在各式人们的喜好摆排场比阔气，挥霍浪费的奢靡之风刮得人醉眼蒙眬、不辨南北！说咱是浪费大国，名不虚传。

仅是"舌尖上的浪费"，即令人咋舌。中国农业大学的调研称，据保守推算有如下两个数字：

全国每年浪费的食物总量约 500 亿公斤，相当于全国粮食年产量的 1/10；

而每年餐饮浪费的蛋白质、脂肪量，分别为 800 万吨和 300 万吨，约等于倒掉 2 亿人的年耗口粮（2013 年 1 月 23 日《现代快报》）。

中国人怎么了？浑不知盘中餐的"粒粒皆辛苦"？咱 GDP 虽跃居全球次席，可中国仍是当世最大的发展中国家呀！咱老百姓才过上低水平的小康日子，跟发达国家相比还穷得很啊，岂能未富先奢、铺张浪费！成由勤俭败由奢的道理，永远不过时。

平头百姓而挥霍浪费的，那是败家，且按下不表；中国最活跃的奢费群体当数手握权力的官员，而最被挥霍浪费、用来竞逐奢华的，便是天文数字般的公款。即如"舌尖上的浪费"，拿公款大吃大喝，一顿饭耗费几千、上万而毫不心疼的，不正是那些大大小小的官场中人吗？白吃白不吃，吃了也白吃，那么其结果，定会是白吃谁不吃！中国餐饮业的营运，倚仗公款消费撑着半爿天。个中的挥霍浪费就像是个无底洞，日复一日，了犹未了。

官场中的挥霍浪费，又绝非止于吃喝风一端。一个乡镇或县级政府机关，动辄就盖"小白宫"或"小天安门"式的办公大楼，并豪华装修；县长、局长乃至乡长、村长，个个"屁股底下冒烟"，花巨款购买高档轿车，以为代步工具；随意找个什么名目，便成群结队地出访、出国，搞变相公款旅游，以及一开会就入住星级宾馆、用警车开道、摆许多鲜花等等。凡此种种，都用公款埋单，年年审计年年犯。未富先奢的挥霍浪费，败坏党风，贻害国家，罪不可恕。

好在以习近平为总书记的党中央旗帜鲜明，立场坚定，作出加强党风廉政建设的多项规定，且身体力行。最近中纪委二次会议又提出厉行节约、反对浪费，坚决抵制享乐主义和奢靡之风。高层决策果断，关键还在落实。从严治党，反腐倡廉，何妨以"三公消费"为突破口，动真格，下狠心，对官场的挥霍浪费来一次大整肃！

伟人早有名言，贪污和浪费是极大的犯罪。惩治贪污受贿，决不可放松；但对铺张浪费，是否过于姑息纵容？法办了许多贪污受贿的贪官污吏，可曾对造成大把浪费的责任人作过党纪国法的严惩？古人尚知，奢汰无度，天下虚耗。故而对"赏尽天下花，踢尽天下球，做尽天下官"的"浪子宰相"李邦彦，照样上书弹劾，罢其官、治其罪。人民当家做主的于今，惩治浪费，要跟惩治贪污一样，毫不手软。

应该明了，官员贪污受贿是腐败，官员铺张浪费同样是腐败。二者均属党风廉政建设之范畴，不可偏废。而且，贪贿者多半挥霍浪费，铺张浪费中又夹杂、滋生着贪污受贿。当今急务，是要确立和践行反浪费的长效机制，如对公务消费厘定明细规章并公之于众，由全社会监督实施；又如，对挥霍浪费公帑者的惩治，则宜出台反浪费法或条例，按情节轻重、危害大小，令其赔偿并加以党纪政纪直至刑事处罚；再如，应设置国家反浪费局，也可与现有的反贪局合署，专主其事。苟如是，则厉行节约、反对浪费，方不致是刮一阵风。

未富先奢，国运不佳。狠煞官场奢靡风，就要严格实施浪费当问责、挥霍须入罪的准则。

2013 年 1 月 23 日

（载 2013 年 2 月 4 日《西安晚报》）

好一匹木马

传说的古希腊木马计，今在中国续写了个重庆版。

新华社记者爆料，由原北碚区委书记雷政富案牵出并持续发酵的"不雅视频事件"涉事高官、高管，1月24日被免职，共计10人之多。所谓"不雅视频"，就是那些高官、高管与一个叫赵红霞的妙龄女子，在卧榻上翻云覆雨的黄色录像。"不雅视频"里屡屡出镜的赵红霞，年轻美貌兼训练有素，一下子放倒众多高官、高管，我不由惊叹：好一匹特洛伊木马！

我说好一匹木马，是惊其负能量之大。不是吗，中套落马的高官、高管，既有正厅级的区委书记、区长，又有市教委主任、金融办主任，还有国企董事长等大老板。这么些权贵要员都被一个小女子先后"搞定"，其手段之高超、效率之超高，不远胜希腊人当年投放的木马么？要知道，希腊人攻克特洛伊城堡整整花了10年时间哦！

倘将赵红霞比作一匹木马，则牵线操控木马的建筑商肖烨等便是木马计的设局者，即中国的奥德修斯。重庆版木马计的实施过程虽刺激，实际上古已有之，与明、清时地痞流氓玩"扎火囤"、"仙人跳"，没啥两样。头一步，在高官、高管与木马同赴宾馆开房时，即由木马或他人进行实时偷拍；接下来，就是高官、高管与木马颠鸾倒凤销魂之际，不速之客突然闯入房间，捉奸在床，并拍下"不雅视频"。至此，对涉黄的高官、高管形成完整的证据链，肖烨之类不法商人就可以借此敲诈勒索、要挟他们就范了。

对涉事的高官、高管而言，赵红霞这匹木马恰像"红颜祸水"，那个"不雅视频"就好比悬在他们裆下的一颗"定时炸弹"。说不定什么时候就爆炸，使自己身败名裂，彻底玩完！所以有人说，木马美眉是害人的狐狸精，还有人说她是公关小姐、高级娼妓，等等。我却不赞同所谓"糖弹"论。木马固有罪过，但"不雅视频事件"的主责，不当由色相诱人的木马来负。她不过是充当不法商人的性贿赂工具而已。策划木马计的"敲诈勒索犯罪团伙"才该负首责。现在，重庆检方批捕肖烨等犯罪嫌疑人，算是正着。

换个角度看问题，设局敲诈的不法商人似乎也扛不了"不雅视频事件"

的主责。中国经济的市场化改革搞了许多年，但公开公正公平竞争的环境，还很不尽人意。资源的配置、调控未能真正实现市场化，仍在政府及其官员手里。上什么项目，工程给谁做，贷多少款，出让多少土地，企业能不能上市，拍板决定权大都由高官、高管说了算。尽管也有招标、公示之类，其实都是走个过场，一切早已"内定"。人创造了规章制度，而规章制度又塑造人、影响人。不公平竞争态势以及官场、商场盛行的"潜规则"，逼迫某些商人铤而走险、玩"盘外招"。屡遭冷眼的肖烨不正是为了揽工程、发大财，才搞木马计，以便套牢高官、高管的么？有报道称，雷政富的"不雅视频"之所以曝光，原因就在雷某得了便宜不办事，才引发肖烨等的报复，将"不雅视频"捅给南方某媒体记者，以至拔出萝卜带出泥，牵扯出一串重庆高官、高管。就此而论，"不雅视频事件"的实质乃是官商纠结斗法，即权力和资本的一场博弈。

集权垄断必然滋生腐败。市场化改革不到位，高官、高管的权重过大，权力寻租的空间就难以压缩，包括性贿赂在内的行贿受贿丑剧仍会上演。惟有改革、全方位的彻底改革，方可减少、清除重庆版木马计一类丑恶腐败现象。对"不雅视频"男主角的免职仅是第一步。我敢斗胆问，他们只是生活作风问题，就没有经济问题、滥权舞弊问题吗？

2013 年 1 月 26 日

慢些长， 长慢些

万物都有个生发、成长、终结的过程。过于功利化的人们总急不可待，盼它高增长、快发展。而生活表明，许多东西并非是速生至上、越快越好。

就说猪羊鸡鸭之类吧。在大规模人工饲养条件下，它们长得很快，出栏时间很短，但其品质下降，吃着不香，口感越来越差。比如"速生鸡"45天就长大上市了，可谁敢吃呢？

树木中的泡桐、意杨长得快，要不了几年就又粗又高，可其材质疏松，乃至树干空心，派不上大用场；而银杏、香樟、楠木等，长得虽慢而材质坚硬，是珍贵的木料。

城市化少不了汽车、大楼，然而一味疯长，弄得整座城市像个大工地，尘土飞扬，汽车长龙尾气漫溢，天空灰蒙蒙的，让市民深受雾霾之害。南京的私家车拥有量每百户接近40辆，但一个月内灰霾超过20天，这"汽车社会"不把人坑苦了么？

哪怕是咱人，也不宜长得太快，一味疯长、患上巨人症，是祸不是福。曾被视为"国宝"的姚明自小高人一头，承袭了祖父"姚长子"的基因，后长成7尺巨人，做了篮球明星、赚了亿万钞票；可别忘了，他的双腿打了十几枚钢钉，走路一不小心都可能引发"应力性骨折"，几乎成了半个残疾人，不得不早早退役。人一疯长，有碍健康。

中国经济30年来两位数的高增长、快发展，国人引以为傲。增长的质量、效益姑且勿论；其带来的负面效应，如资源的紧张、枯竭，环境的污染和生态不堪承受等等，把经济发展推向不可持续、亟须转型的十字路口。盲目追求GDP高速增长，不只难以为继，而且让环境很累，社会很累，人很累，远离实现人的价值与幸福的终极目标。这般赶超式快速发展的意义何在？

童大焕在温州高铁事故发生后说，"中国，请停下你飞奔的脚步！"并呼吁："慢点走，让每一个生命都有自由和尊严，每一个人不被时代抛下，每一个人都要顺利平安地抵达终点。"我知道他的意思，不是要让高铁停运，也不是说中国不要发展，他所提示的，是要把发展归于全体中国人的自由和幸福。否则，一切发展和增长都等于零，甚或是负数。

　　也许是年岁不饶人，我对生活的快节奏有些不适应。我认同作家莫言的主张，"没有必要用那么快的速度发展，没有必要让动物和植物长得那么快"，"悠着点儿，慢着点儿，十分聪明用五分，留下五分给子孙。"杀鸡取卵的快发展，竭泽而渔的高增长，对当代中国人、对我们的子孙后代，都是害多利少，不可取的。"休闲到梅州，享受慢生活"，这句广告词深孚我心。我的耳边响起军旅歌唱家马玉涛的磁性声音：马儿呀，你慢些走啊慢些走……

　　奥运百米"飞人大战"，博尔特起跑快，加速快，冲刺更快，一快到底，赢得冠军。但经济和社会发展不是百米赛跑，未可一味追求高速度。为了人的自由幸福，我喜欢、向往那个慢字：中国，请你慢些走；事关民生的好多东西，也请慢些长、长慢些。

2013 年 1 月 28 日

（载 2013 年 2 月 19 日《杂文报》）

凝视高科技

　　高科技是大宝贝，世人都渴求拥有它。

　　高科技一经孵化、形成产业，就转化为先进生产力，带来巨大的财富效应。它既能造就盖茨、乔布斯式的世界顶级富豪，又能拉动经济增长，提升国家综合实力，在全球化竞争中抢占制高点，当上大赢家。高科技之魅力，无与伦比。

　　我无力给高科技下精确定义。但从高科技策源地美国硅谷的情形看，我发现它有几个特征。

　　极强的时效性。今天的高科技，明天或将就是常规科技，甚至成低科技；知识创新的步伐愈快，高科技的淘汰率愈高。10年前一个新技术的产生需要一年或几年推向市场，而今高科技日新月异，几个月以至几星期即可估量其市场价值。所以，苹果公司要不断推出升级版或革新换代的智能化手机。它没有终身制，只有"暂住证"。

　　极大的风险性。与高科技的高回报相伴的，是高风险。并不是每项高科技成果都能市场化，即便能推向市场，它的市场价值也前途未卜；因而投资高科技须小心翼翼，尽量分散风险，只把资金投向那些持续成长、不断创新的市场型高新企业。也就是说，金钱堆不出高科技，尤其是政府大把撒银子。

　　人才的密集性。高科技人才集中的硅谷，大都是世界各地的佼佼者，总计超过100万人。其中有在此任职的美国科学院院士近千人，获诺贝尔科学奖的科学家就有30多人。由于肤色、母语各别，文化背景、学术专长也不同，所以他们聚集起来，就思维活跃、优势互补，能在交锋中擦出科技创新的火花。

　　硅谷的不可复制性。硅谷异军突起之后，世界各地纷纷效仿，试图搞自己的硅谷。如波士顿的"第二硅谷"，"日本硅谷"，"韩国硅谷"。咱们也不甘落后，要搞中关村硅谷、浦东硅谷、深圳硅谷、武汉光谷，等等。可30年过去，复制硅谷的梦想均未能成真。举世公认的高科技中心，只有一个硅谷，即在美国也找不出第二个硅谷。这似乎表明，高科技只能"一花独放"，不会"百花齐放"。

中国的高科技发展怎样？与硅谷的大小高科技公司上万家相比，我们的高新技术企业，在2012年底多达6万余家，仅北京一地就超过8千家。而挂上高科技中心或高新开发园区招牌的，从京、沪、津等大都市，到穗、汉、宁等省会城市，以及东莞、宁波、苏州等二线城市，甚至中山、昆山、岳阳等县级小市，蜂拥而上，都要创办高科技产业，以图振兴经济，造福地方。这种发展高科技的初衷，或叫主观愿望，自然不错；只可惜天不遂人愿，客观效果不佳。遍地开花的高新开发园区里，不见几朵高科技的奇葩，反倒成了一些伪高新企业避税偷税的天堂。高新开发园区的企业坐享15％的所得税优惠，而实际做的是芯片生产线之类成熟的二三流商品工艺技术；但它们在创业板上市公司的比重高达90％以上，圈了一大把钱。以至国家相关部门不得不出手"打假"，仅2009年，被摘帽的伪高新企业即占了高新技术企业总数的近4成。"李鬼"如此之多，怎不叫人心忧？高科技在中国，似变成另一件"皇帝的新衣"。

旅美华裔学者托里斯托夫·金说，除了航天、卫星、纳米、生物遗传等少数高端技术领域，"中国实际上没有真正意义上的高科技"。这盆冷水泼得或许过分，但我们真得好好反思自己的高科技发展企划及其政策了。遍地开花的高科技中心、高新开发园区，不该进行切实的甄别、整顿和转型么？否则的话，不但浪费大量资源，而且贻误中国崛起，岂可掉以轻心！

祸福无门，唯人所召。凝视高科技，不由记起李商隐的诗："敛笑凝眸意欲歌，高云不动碧嵯峨。"（《闻歌》）硅谷的成功经验可供借鉴，但我们切忌赶时髦、玩山寨而又自鸣得意。

2013年1月29日

（载2014年第6期《雨花》）

幽默出于平等

风起于青萍之末，幽默出于何端？

我无言以对。恰好看到奥巴马总统会见 NBA 上赛季总冠军迈阿密热火队的视频，视频里的奥巴马谈笑风生，十分幽默。

当地时间 1 月 28 日，全体热火队球员依惯例赴白宫拜会总统并向他赠送集体签名篮球，以及一件印着 44 号（与奥巴马出任的第 44 任美国总统相吻合）的球衣。兴致勃勃的总统邀"皇帝"詹姆斯作即席演说，"嘿，伙计，这是你的世界。"从未享此礼遇的詹姆斯，有些语无伦次，不住讷言，奥巴马却如数家珍地夸赞起热火夺冠的主力球员来。

对詹姆斯，他说："勒布朗，……你现在已经拥有了可以杀人的眼神！"似赞美詹姆斯在球场上咄咄逼人的眼光，其实，现场的"皇帝"分明戴着一副酷酷的黑边大眼镜。霎时引得哄堂大笑。

才夸完韦德是热火队的灵魂，他又称韦德的着装"可以登上 GQ 杂志"，像个绅士靓模，并盯住其脚上黑白红三色锃亮的皮鞋道："德韦恩，快给大家看看你的脚吧，如果除了韦德以外，其他人还有谁也有这样的品位，快告诉我。"又赢得笑声一片。

更妙的是总统竟向热火队邀功，似乎他们夺冠有其一半功劳。他这样说，"我并不想一个人邀功太多，但我要说，和我一起打球显然是一项很好的备战"，因为"显而易见，跟我练球的经历给他们提供了所需的对抗能力，让他们做好了对抗杜兰特和韦斯布鲁克的准备"。

奥巴马如是说，确有由头。2010 年 8 月，10 多名球星应邀到华盛顿参加奥巴马 49 岁的生日会，还和总统一起打球，切磋球艺，当时参赛的就有现效力于热火队的詹姆斯、韦德、巴蒂尔。而奥巴马的言外之音是，热火夺冠，一半靠俺！这个不大不小的幽默，既道出总统对篮球运动的热衷和执着，同时又令在场之人捧腹不止。这还不算完，奥巴马又一本正经的对大家说，"这次他们来白宫的一部分原因，就是想再跟我这个老家伙比划比划，好对付那些老对手。"似乎今年热火要卫冕，还得靠他。风趣幽默的谈吐，招来了阵阵欢笑。

我未身临其境，可视频画面表明，奥巴马一连串的幽默，将热火球员的拘谨、沉闷一扫而光。他们已和总统打成一片，同享欢乐。大牌球星虽见过大场面，可比照中国的规矩，他们只是一介平民，与总统这样的大人物不在一个档次；然而，贵为总统的奥巴马没有丝毫居高临下的架子，反像热火队的粉丝、"伙计"般的铁杆球迷，亲如一家，说笑谈球，全无生分。奥巴马的幽默、得体，而又魅力十足。若换做东方某些国度，总统接见体育健儿能有这般风趣幽默吗？

鲁迅认定，中国无幽默，中国也没有幽默作家。因为我们"不是长于'幽默'的人民"，幽默在中国变样，成为讽刺，或成了"说笑话"、"讨便宜"（《伪自由书·从讽刺到幽默》）。鲁迅又说，幽默是"只有爱开圆桌会议的国民才闹得出来的玩意儿，在中国，却连意译也办不到"。（《南腔北调集·"论语一年"》）起源于英国的圆桌会议，就是不分高下主次的平等对话协商；国民没有言论自由、平等对话的权利，什么都要讲身份、等级，幽默因子如何成长？中国两千余年来，别说帝王将相和平民百姓，即便是落草的梁山好汉，也要排座次、定名分的。而在大人物之间，如朝堂的大臣与皇上、后宫的皇后与妃子，更得分尊卑贵贱，相见如仪，不可随随便便，没大没小乱了套。大人物拿小百姓开涮、取笑，天经地义，反之，则犯上不敬，项上脑袋不保。主子与奴才，无丝毫平等可言，故不用幽默，无须幽默。等级制度之下，幽默失去生长的土壤，只剩下官势、官威。

国人又常将讽刺误读为幽默。身为大学教授、文字音韵学家的黄侃，曾在中央大学的课堂上调侃倡导文学改良的胡适，说："昔日谢灵运为秘书监，今日胡适可谓著作监矣。"学生大不解，黄释云，"监者，太监也。太监者，下部没有了也。"忍俊不禁的学生才明白，他是在讥笑胡适的《中国哲学史》《白话文学史》等，有始无终，只有上卷而没有下卷。有人视此为幽默，我看只是挖苦讥笑，乃至人身污辱。国人要有幽默，犹如缘木求鱼。

落笔至此，对开头的问题我好像有了答案。那就是，幽默出于平等，人的自由平等。平等的公民社会不立，幽默不会从天而降。看官，你说是也不是？

2013 年 1 月 31 日

（载 2013 年 2 月 26 日《杂文报》）

驻京办是啥玩意

标题似显突兀，可也不是我的无事生非，或蛇足之举。

中国人都知道，驻京办是各级地方政府的派出机构，或厅级，或处级、科级，算得上不大不小的权力机关。将这个正儿八经的机构呼为啥玩意，并非有意轻慢，而是它的一些作为，叫我不得不有此一问：

驻京办办了啥？

改革开放之初实行"双轨制"，经济的市场化刚起步，计划体制树大根深。上什么项目，投资多少，放在哪在，主管经济的各部、委握有很大的裁量权；地方政府为抢项目、争投资，就得和各部、委套近乎，拉关系，走门子的公关活动是少不得的。可地方政府与之路途遥远，鞭长莫及。设个驻京办，在首都随时活动，那就方便快捷，事半功倍。所以，那时驻京办忙乎的，大抵是上串下联、跑步（部）前（钱）进一类活计。驻京办就是个公关办。

20 世纪 90 年代之后驻京办的任务变了，几乎成了照应地方官员的接待站。省、市、县党政官员赴京公干，抑或办私事，除了有统一安排的，大都喜欢上自家的驻京办。那里人头熟，照顾周到，私密性好，吃喝玩乐一条龙，舒心又省心！故而此时驻京办办的，多是些迎来送往、招待吃喝、游玩娱乐等的"为领导服务"了。食宿在驻京办，安全系数高不说，而且超标准、超规格接待，都不成问题。说得难听些，驻京办就是个地方官员的吃喝窝。

从最近的情形看，驻京办又成了绝佳的避风港。中央作出党风廉政建设八项规定，要求厉行节约、反对浪费；北京的一些机关企事业单位，纷纷把原本订在高档星级酒店的宴请、年终聚餐等撤单，却又转移场地，扎堆各地驻京办餐厅，继续用公款大吃大喝。据《新京报》记者的实地暗访，四川、河南、河北、福建、甘肃等多家省级驻京办餐厅，生意红火，至少 3 日内的包间、宴会厅，早被预订一空。广西大厦用的，是每瓶 2180 元的茅台、每包 150 元的真龙；海南大厦餐厅某经理说，他们用的茅台酒，普通飞天茅台 3300 元一瓶，窖藏 15 年的茅台至少 1.8 万一瓶；江苏大厦餐厅经理称，一般干部的宴请需要 8000 多，"高级别的领导，怎么也得过万元"。记者暗访得出驻京办餐厅的宴请规格是，每桌 3000 元起步，5000 元标准，8000 元才像样，且不封顶（2013 年 1 月 29 日《现代快报》）。正所谓上有政策、下有对策，公款吃喝的"盛宴"和"剩宴"，在驻京办餐厅热闹依旧。我纳闷，它的胆量凭什么忒大，浑不把中央的禁令当回事？

公关办、接待站、避风港，驻京办所扮演的角色并不光彩，越来越不光彩。前些年搞过整顿，县级驻京办撤了一批，成效不小。但于今观之，驻京办这玩意，好事办得不多，坏事办了不少，对党风廉政建设干扰挺大。能容忍它继续做浪费腐败的避风港么？

驻京办里猫腻多。真需要一场公务接待制度的革命，并晒一晒驻京办的账本，把对权力的约束监督落实到权力触角所及的每一个地方。这样，把权力关进笼子里才不致是一句空话或废话。

2013 年 1 月 31 日

212

官与匪的流转

华衮尊荣的官与打家劫舍的匪，从理论或体制上说，是势同水火的对头，不相两立。可实际上在某种社会背景下，它们之间的流转像川剧的变脸一样，变幻不停。晚清奇案之"张文祥刺马"中的马新贻，堪称活标本。

进士出身的马新贻，道光年间就职合肥县令，标准的七品"父母官"。在一次与捻匪乱党的作战中，吃了败仗，丢了乌纱帽。赖有安徽巡抚唐启方赏识，才苟全性命，被派去招兵买马，督办团练，以将功折罪。但时运不济的他，不久又撞上曹二虎、石锦标、张文祥三兄弟为首的捻子军，弄得全军覆没，孤零零一人做了俘虏。官落匪手，似是死多活少，孰料大老粗的曹二虎看中马新贻是块"军师"好料，不但不杀，反硬拉他入伙，与他结拜为异姓兄弟。又因马最年长，被尊为"大哥"。此时的马新贻，由体制内切换到体制外，达成了从官到匪的角色转变，其流转之迅速似在朝夕之间！

马新贻善于鉴貌辨色，长于见风扯篷。1860年，曾国藩率湘军卷土重来，在江淮大破长毛、捻军，形势急转直下；马新贻以"兄弟们的前途"相诱惑，劝曹二虎等"弃暗投明"。马"大哥"摇身一变而为官军山字营统领，曹、石、张三人也当了营官。由匪到官的马新贻，攒足了政治资本，青云直上，到1863年任按察使、布政使，已跻身省级高官行列。其三兄弟，则成了他的一块心病，只安排他们做了麾下幕僚。马新贻的匪官流转，大功告成，前程无量。这时，识大体、讲政治的朝廷，对马新贻的战败被俘义为匪首等，居然既往不咎，反倒愈加重用。不知这是马新贻的鸿运当头，还是朝廷的昏庸腐败，竟会宠信这等反复无常、毫无节操的小人。然而，待到1868年，本为捻匪"大哥"的马新贻，官至两江总督兼通商大臣，俨然朝廷栋梁矣。

官匪交集的晚清官场，尔虞我诈，倾轧不断。若要整治一个人，给他安个"通匪"的罪名，就足够了。身居高位的马新贻，人面兽心、卑鄙之极，竟看上把兄弟曹二虎的漂亮老婆。先是假借公差支开曹二虎，入室威逼强奸其妻；然后又派曹到寿春镇领取军火，并暗中指使该地总兵以"有人告你通捻"、"用军火接济捻匪"的大逆之罪，把曹二虎就地斩首；最后公开纳曹妻为妾，长期霸占。似这般杀人夺妻的恶行，与匪何异？可叹曹二虎至死都未明白，正是他的马"大哥"，让他成了刀下怨鬼！但马新贻的毒辣诡计，没有逃脱机警的张文祥的眼睛。他抓住马新贻校场阅兵的机会，在江宁一举刺杀马总督，为曹二虎报了血海深仇。随即又主动投案，当堂揭发马新贻借刀杀人、霸占兄弟妻子的罪状。

朝廷特派曾国藩、郑敦瑾等审理张文祥刺马案。明知是结义兄弟间的恩怨仇杀，与"通匪"、"谋逆"之类毫不相干，但他们仍替马新贻遮丑，隐匿实情不报。最终遵照上谕，将张文祥按"谋反叛逆凌迟处死"；对马新贻，则赞其"公忠体国"，加封太子太保，并在江宁设专祠，以示褒旌。在官与匪间不断华丽流转的马新贻，生前做高官，死后备极哀荣。晚清官场之龌龊腐败，可见一斑。不过在体制外，江宁民间口碑中的马新贻，只留下忘恩负义、衣冠禽兽的骂名；而对为兄复仇的张文祥，人们报以同情，夸其为血性汉子。

官本位体制下，出现马新贻那样的官匪流转、官匪一家的现象，不足为奇。唯有人民当家作主，确立民本位体制，人民享有充分的决定权、评判权、监督权，官匪流转、白道黑道同流合污的闹剧才有可能降至最低的限度。

2013 年 5 月 13 日

（载 2013 年 5 月 28 日《杂文报》）

装傻的境界

官场的红利丰厚，风险也大。官员的生存要诀之一，就是要会装。装腔作势、装模作样之外，还得装聋作哑、装疯卖傻。而装傻的本领，有时关乎安身立命。

拿"以猛治国"的明代洪武朝来说，朱元璋精明之极，又很凶暴，动辄大开杀戒；据说官员上朝，稍不留神，为丁点小事忤逆上意，便再也回不了家。一旦发觉自己说错话、办错事，被皇帝盯上，官员就会装病、装傻，以求保命，虽功臣勋爵也莫能外。

外戚郭德成乃郭宁妃兄长、皇帝的大舅子，有一日在皇宫内苑陪朱元璋喝酒，喝高了的他趴在地上，去了官帽，给皇帝磕头谢恩，露出头顶的几根稀毛。朱元璋笑道："醉疯汉，头发秃成这样，可不是酒喝多了？"郭德成乘着酒劲脱口而答："这几根还嫌多呢，剃光了才痛快。"朱元璋听罢，拉长马脸，默不作声。郭德成回府酒醒之后，情知犯了大忌，做过游方僧的朱元璋，最忌讳别人揭这块癞疮疤。对剃发、贼秃一类字眼，极度敏感。为避灾祸，郭德成只得顺水推舟，你不说我是"醉疯汉"吗，干脆装疯到底，把头上的稀毛剃光，再穿上袈裟，当了和尚，整天吃斋念佛。凭着装傻，瞒天过海，朱元璋不怪罪了，他总算保住了项上人头。

然而，郭德成的装疯卖傻还不是最高境界。御史袁凯的装傻，那才叫无与伦比的高！有一次朱元璋又要杀许多人，让袁凯把案卷送交太子复讯，太子主张从宽；袁凯回报，皇帝问他："我要杀人，太子却要宽减，你看谁对？"左右为难的袁凯不好说谁不对，就模棱两可地说："陛下要杀是守法，皇太子要赦免是慈心。"朱元璋大怒，认定袁凯是耍滑头，两面光。吓得灵魂出窍的袁凯只好装疯卖傻。朱元璋不信，说疯子不会怕痛，命人用木钻刺他的皮肉，袁凯咬碎钢牙、忍着不叫痛。回到家中，袁凯又用铁链锁住脖子，蓬头垢面，满嘴疯话。可朱元璋仍不相信，派使者召他做官、秘密调查其虚实，袁瞪大眼睛对着使者唱月儿高的曲子，还爬在篱笆边抓吃狗屎。使者回报说，袁果已疯矣，才不予追究。

但这一次，朱元璋是彻彻底底地被袁凯耍了。原来，深知皇帝多疑的袁凯早就预作安排，事先叫人用炒面拌了糖稀，捏成狗屎状的段段，撒在篱笆下，待锦衣卫使者来侦察时，就抓来大口吞吃。终于完全蒙过了朱元璋！装疯卖傻而至如此精心设局，瞒骗精明的朱元璋，不能不说是洪武朝的一桩奇闻。

行文至此不由慨叹，洪武朝的官员真不好当！他们犹如刀砧板上的肉，任由朱元璋宰割。碰上这么个强势酷虐的皇帝，官员们都倒霉得"官不聊生"了。但我觉得，在冠冕堂皇的朝廷里，君臣关系形同猫和老鼠，这固然有朱元璋的性格因素，可说到底，还在皇帝手中的权力太重，臣子们的生死存亡，全系于朱元璋的一念之间。是一家独大、不容挑战的皇权制度，赋予皇帝生杀予夺、至高无上的绝对权力。而绝对权力，必建立在极端恐怖的暴力之上！因此，大小官员对朱元璋，除了听命、顺从，便只剩下装疯卖傻，以求苟活。寡头政治的可怕，就在它剥夺了最高权力者以外的所有人的人权，能把整个朝廷或国家置于恐怖万状的惊惶之中。在这种权力架构下，君臣、官民之间都谈不上有信任、真诚，他们不是瞒、就是骗，就看谁能玩过谁。

像袁凯那样装疯卖傻，把瞒和骗的把戏演绎得天衣无缝，能在绝处逢生，虽也显示了袁凯一类官员的生存智慧，但终究是绝对权力淫威下的人格扭曲。为做官、保命而到这步田地，与其说是官员装傻的化境，倒不如说是皇权恐怖的悲剧。做官、做人，如果没有免于恐惧的自由，那就真的是天下最大的灾难！

2013 年 5 月 16 日

（载 2013 年 5 月 24 日《湘声报》，

入选长江文艺出版社《2013 年中国杂文精选》）

周福清科场案始末

周恩来曾说过，鲁迅"出身于破产的士大夫家庭"，又称他为"宗法社会的逆子"、"士大夫阶级的叛徒"（《我要说的话》）。绍兴周氏的"破产"败落，与一桩晚清科场案有关，而此案之当事人即是鲁迅的爷爷周福清。

同治十年进士的周福清，1874 年由翰林院庶吉士选授江西金溪知县。周不善理政，且又出言不逊、冲撞了顶头上司抚州知府，被勒令调离；幸有两江总督沈葆桢开恩，未将其革职，还提议朝廷让他归部任教职。不想坐冷板凳的周福清，一气之下回乡卖了田地，凑笔钱捐了个从七品的内阁中书官，于 1879 年秋到京当差。

光绪十九年（1893）夏，在绍兴守制的周福清带着仆人陶阿顺赴京探亲。船行至上海，听说今年浙江乡试主考官是自己相识的同年殷如璋，就动了歪念头：儿子周用吉老大不小，却屡次乡试不中，这回倘能打通主考关节，便可图个功名；加之几个亲友子弟都要应考，如代为疏通，既做了人情，又不愁他们不付一笔好处费。拿定主意的周福清于七月廿五日晚到苏州，连夜写好关节一纸，书名帖一张，专候考官的官船到来。二十七日，殷主考一行抵达阊门码头，周福清遂命仆人前往拜见。不巧的是，殷主考当时恰与副主考周锡恩等在船上谈话，只把信函搁置一旁，并未理会；而做事不慎的陶阿顺却在码头上催促、讨要回复。殷如璋当众开拆，一看之下，变脸作色道："这个周福清好不懂事，竟敢贿买关节到我船上来了！"命人把陶拿下，送交苏州府收押。久候不见仆人回来的周福清，情知不妙，只得返航沪上，不久溜回绍兴家中。这一年，13 岁的周树人，即后来的鲁迅，在三味书屋读私塾。

科举取士关乎朝廷选拔人才，又与吏治、士林风气相关联，大清国历朝格外重视，对科场舞弊案惩处甚严，绝不宽纵。周福清撞在枪口上，其买通关节案一时传遍江南、京师，闹得舆情汹汹。案子转到浙江，当即由臬、藩两司会同杭州府、县共同审理。陶阿顺和投案自首的周福清，一一招供。请托的考生周用吉、马家坛亦被捉拿归案。九月初四，接阅浙江巡抚崧骏、江西道御史褚成博奏报的光绪帝，下旨革去周福清官职，并令严办。就这样，周福清科场案成了一桩钦命大案。

三个多月以后，案件审结。刑部奏报称：1. 周求通关节属实，但鉴于殷未允、事未成，应与已买通关节者有所区别；2. 所开一万元银票，系周所写虚赃，与双方约定或付款凭证不同，又未实付，故不宜按赃款论罪；3. 周主动投案，尚有畏法之心。刑部提出，若按《大清律例》处以斩决，有些过严，议请酌减一等，拟杖责一百，流放三千里。廪生马家坛、生员周用吉均不知情，现已剥夺其秀才资格，亦不必追加惩罚。周福清函内所列顾、孙、陈、章，俱无人名，且周事先未与各家商谋，应免查拿。虚赃一纸，并无实银，又周家境不裕，可免追缴。

显而易见，刑部是按行贿未遂来处置的，也比较客观、公正。但光绪皇帝不同意，并发上谕："该革员胆敢遣递信函，求通科举关节，虽与交通贿买已成者有所不同，但未便遽予减等处刑，周福清著定为斩监候，秋后处决，以严法纪，而警效尤。"虽贿买关节未遂，但周福清仍被定为斩决，只能坐等杀头了。

1894年秋审，周福清案幸运地列入缓决类，留待第二年再复核。1895年秋，三法司、九卿以及六科给事中并十五道监察御史的会审终于确认，周福清科场案中途停止，"不无可宥之处"。光绪帝也采纳了众臣意见，传旨"周福清著免勾"，改判为长期关押。1900年底，清政府与列强达成议和，回銮的两宫"大赦天下"，关押在刑部大牢的犯人得以释放。恰好新任刑部尚书薛允升与周福清同过事，薛将北京大赦推广到浙江。1901年四月，被关押8年之久的周福清也获释。三年后的六月初一，周福清在家中病殁，终年68岁。此时，24岁的鲁迅已东渡日本、在东京弘文书院修读日语，终未能与祖父见最后一面。

青少年时期的鲁迅，经受爷爷科场案的大变故，背负着"钦犯"家属的十字架，加之为父亲周用吉治病所累，常奔走于当铺、药铺，备尝人间的辛酸、屈辱。"走投无路"的他，不得已告别"仕途经济"，去南京学洋务。回忆这段苦难的经历，鲁迅在《呐喊·自序》里说："有谁从小康人家而坠入困顿的么，我以为在这路途中，大概可以看见世人的真面目"。鲁迅后来投身于反清革命，对旧制度、旧文化展开无情的批判，成长为现代中国的革命家、思想家、文学家，他爷爷的科场案，不能不说是其人生转折的一大节点。

2013 年 5 月 19 日

（载 2013 年第 10 期《杂文月刊·上》）

皇帝的生活作风

当今的腐败高官，如薄熙来、刘志军等辈，都有一条共同的罪状，叫生活糜烂，或曰腐化堕落。它所潜指的大抵是花天酒地、玩弄女性的恶行。故在对党员领导干部的要求中，咱们非常重视生活作风问题，力求防微杜渐，拒腐防变。

近读 20 世纪四大传记之一的《朱元璋传》，吴晗先生就专列"家庭生活"一章，称朱元璋虽贵为一国之君，却"生活比较朴素，讲究节俭"。看来这位太祖皇帝的生活作风，挺不错。有位杂文家还写了《朱元璋的"政治交代"》，说从社会底层拼杀出来的他，"了解民间疾苦，所以在当了皇帝之后，还保持着艰苦朴素的生活作风。"简而言之，朱元璋不失为皇帝生活作风之楷模。

对皇帝这个"国粹"，我素无研究。但说皇帝的生活作风，并推崇朱元璋的生活作风如何"艰苦朴素"云云，我就觉得不着调，怪怪的像吃了颗老鼠屎般瘆人。

皇帝是什么人？他是天底下最有权势的独夫。地上长的，天上飞的，水里游的，哪样不归他所有、为他所享？住金碧辉煌的宫殿，吃名山大川的珍馐，身边美女如云、夜夜可做新郎官，这神仙般的生活方式，其生活作风可谓穷奢极欲，能好到哪里去？躺在无比优越的特权上享乐的历代皇帝，生活起居的方方面面唯恐不及天下之奢，何来"艰苦朴素"一说？

我这么看皇帝，也许失之绝对化。是呀，相较于隋炀帝、唐明皇、宋徽宗等纵欲无度的主儿，朱元璋的生活作风要简朴、节俭些。然而，对此还须弄清楚以下两点——

其一，皇帝的俭朴，绝非寻常百姓意义上的艰苦朴素。试想一下，做了皇帝的朱元璋能像普通老百姓那样长年住茅屋、喝稀粥、吃腌菜吗？他会清心寡欲，只讨一个老婆吗？我断定，不可能！吴晗先生都说了，太祖皇帝的"妃嫔很多，生有 26 个儿子、16 个女儿"。妃嫔中不仅有汉人，还有蒙古人、高丽人，还有从元宫和陈友谅那里接收的女人，以及从民间征选的美女，等等。一个拥有众多妃嫔、生下 42 个子女的皇帝，他的生活作风还配称"艰苦朴素"吗？哪个大明子民能消受得起朱皇帝那样的"家庭生活"？无非是比荒淫无耻的皇帝收敛一些而已。在生活作风上，明太祖与隋炀帝、唐明皇、宋徽宗，大抵为五十步笑一百步。

其二，也不可排除是一种"行为艺术"或"政治秀"。大凡皇帝都爱作秀，越是精明强干的皇帝越擅长作秀。比如明太祖请客吃饭，搞"四菜一汤"，那是摆给臣子们看的，旨在作表率，让大家向他看齐。又如他带太子朱标去看农民的茅草房，并告诫说"农民四季劳苦，粗衣恶食，国家钱粮全靠他们供给；你要记住君主的责任，不可陷他们于饥寒"，就是一个用心良苦的"政治秀"。他希望太子做明君，不要做昏君。他的着眼点，不是要太子去过艰苦朴素的农民生活，而是要儿子懂得盘剥过分会激起民变的道理，做个合格的"接班人"，使朱家王朝万万岁。洪武九年，朱元璋为诸王公主定下年俸标准：亲王米 5 万石，钞 2500 贯，外加锦、丝、绢、布、棉及盐、茶等；公主赐庄田一所，年收粮 1500 石，给钞 2000 贯；郡王米 6000 石，郡主米 1000 石。由此可见，朱家龙子龙孙、金枝玉叶的生活，与艰苦朴素的农民生活有着云泥之别。这从一个侧面说明，对朱皇帝某些俭朴的"行为艺术"，不能太当真。

综上所述，讨论皇帝的生活作风，我以为有些画蛇添足。因为脱离具体的制度体系和权力架构，把皇家的特权丢在一边，去说朱元璋的朴素、节俭，总不大靠谱，也缺乏说服力。更何况，在现代政治条件下，我们不再需要皇帝。哪怕是白送一个朱元璋那样生活作风好的皇帝，我们也不要！

2013 年 5 月 21 日

（载 2013 年 7 月 12 日《湘声报》，

第 9 期《杂文选刊·下》选载）

美国特色

中国特色，咱们耳熟能详。可有美国特色？美国第 30 任总统柯立芝如是说——

"我们使自由成为一种与生俱来的权利……我们扩大了自由，加强了独立。我们日益具备美国特色，而且打算继续弘扬这种美国特色。我们相信，只要继续公开而真诚、热诚而认真地坚持美国特色，我们就能最好地为自己的国家效力，最成功地履行我们对全人类的义务。如果说我们有什么遗产，那就在于这一点；如果说我们有什么命运，那我们沿着这个方向即已找到了这种命运。"

美国总统说美国特色，又在自己的就职典礼上，很庄重，够权威！而这个美国特色的开创者、奠基人，正是有"国父"之称的华盛顿。1789 年 4 月 30 日，在临时首都纽约举行的首任总统就职仪式上，华盛顿就将本届政府称为"新兴的自由政府"，并把"究竟应在何种程度上巩固自由人的权利而令其坚不可摧"，作为政府的头等大事；他说，"人们经过深思熟虑，最后确定把自由圣火的保存和共和政府模式的命运，寄托在交付于美国人民之手而进行的实验之上"。由此开启的美国特色之路，一以贯之，薪火相传，延续至今。这不能不说是全球国家发展的一个奇迹。华盛顿的这个巨大贡献及其在人类发展进程中的深远意义，可谓举世无双！

美国人民挣脱殖民奴役的锁链，其对自由的渴望和崇尚，使他们对政府和权力始终保持着极高的警觉。他们认为，能够保证人民"享有自由"的政府，才是"世界上最强大的政府"。一如第 3 任美国总统杰斐逊所说，"唯有在这种体制下，每个人才会一旦听到法律的召唤，便飞快地奔向法律的旗帜之下，把对公共秩序的侵害看成与自己切身利害相关的事情而加以迎头痛击"。当有些人责难人类的自治能力的时候，杰斐逊反问："难道他们就能被托以治理他人的重任吗？难道我们从国王堆里找到过天使来统治他们吗？"美国人从骨子里就不想把自己的命运全部交托于政府。他们坚信，总统是靠不住的，任何有权的人都会滥用权力，侵害人民的自由权利。所以，对于权力、对于官员，必须加以严格的约束、严密的监督。尤其不能助长那种热衷官位、贪恋权力的倾向。因为"再也没有什么比这个更具腐蚀性和毁灭性的了。这种令人堕落的欲念一旦占据人的心灵，就会变得像对黄金的嗜求一样贪得无厌。"这种反对权力扩张、苛刻批评政府的声音，出自美国第 9 任总统哈里森之口足以说明，以人权、自由为核心的美国特色，已成为一种深入人心的美国文化。

美国特色的成功之处在于，它不是一句空洞的口号，也不是一个华丽的词藻，或一种虚幻的宣传。自由，在美国土地上化为真实的事物，贯穿于社会生活的广泛领域，并扎下了法律化、制度化、程序化的根基！诚如第 32 任美国总统罗斯福所说，美国人民要"在这块大陆创造出一种新的生活，一种能在自由方面展示全新面貌的生活"。"自由意味着任何地方人权至上。"为此，罗斯福提出著名的"四大自由"，即言论和发表意见的自由，宗教信仰的自由，不虞匮乏的自由和免受恐惧的自由。他又把人权归纳为六种具体的权利，就是：人人机会均等的平等权利，凡能工作者皆有工作的就业权利，公民人身和财产安全的权利，结束少数人的特权，以及享受科学进步果实并广泛不断地提高生活水平的权利。经过十数代人的努力奋斗，美国确立和完善了各项法律制度。如民主竞选、分权制衡、有限任期的宪政制度，独立的司法制度，公平竞争、自由贸易的市场化企业制度，言论和新闻出版自由的制度，学术自由和大学自治制度，以及公民生活福利的保障救济制度，等等。这个美国特色，确保宪法高于一切、人权大于一切，从而有效杜绝了绝对权力的滋生，避免了个人专权、权力终身制、世袭制等陋习，使美国的体制能够满足于全体公民的期望和追求。

从华盛顿点燃"自由圣火"，到林肯的"民有、民治、民享"，再到罗斯福高擎"圣火"、"寻找更大的自由"，直至克林顿关于 21 世纪要"使美国灿烂辉煌的自由之火传遍整个世界"的宣言，坚持两百多年不动摇的美国特色，令人叹为观止。它让我明白，一个国家要形成自己的鲜明特色，绝非一日之功。它的传承、光大，不只要有睿智的政治家的高瞻远瞩，还要有公民的广泛参与和全社会的共同理想与信仰，而且，这信仰和理想必须具备普世价值，符合人类发展进步的潮流。矗立在纽约哈德逊河口的自由女神举火燎天的形象，也许便是美国特色的绝妙写真。

美国特色，您怎么看？

2013 年 5 月 24 日

注：文中所引见天津人民出版社《美利坚合众国总统就职演说全集》

（载 2013 年 6 月 4 日《杂文报》，

获全国第四届鲁迅杂文大奖赛三等奖）

恐怖的威权

官有官威，官越大气场越强。威权之最的中国皇帝"威慑万乘，华夏称雄"（曹植《七启》），令天下臣民莫名恐惧。造反发迹的朱元璋大权独揽，把帝制威权推向了巅峰。

洪武一朝，如解缙《万言书》所说，"无几时不变之法，无一日无过之人"。功臣宿将、皇亲国戚，连同各级官员，纷纷做了朱元璋的刀下鬼。仅胡惟庸、蓝玉、空印等大案，就株连冤杀了10多万人，搞得血雨腥风，人人自危。凭借接二连三的清洗、屠杀，朱元璋踩着千万具死尸，确立了他的至尊威权。"绝对权威"云云，大概都以杀戮来立威。威权气焰之盛，哪怕朱元璋只是鼻子打个哼，或皱一下眉头，即足以使治下臣民诚惶诚恐，失魂落魄。能与朱元璋如斯威权比拼的，也只有嬴政、刘彻等数人耳。

如果说朱元璋对李善长、徐达、蓝玉等庙堂元勋大开杀戒，还可以拿功高震主、替太子继位扫除障碍之类作辩解的话，那么对处江湖之远的文人士子，就完全没有加害的理由了。他们无兵无权，手无缚鸡之力，对朱家新朝不构成任何威胁。可时值天下初定，治国的人才稀缺，尤其需要有文化的各级官员来治理地方；无奈之下只得起用前朝文士，而他们立场各异，有的人情绪抵触，并不愿为新朝效力。在改朝换代的背景下，这很正常，未可强人所难。朱元璋却不这么看，他在《大诰二编》中定下一条特别律令："率土之滨，莫非王臣。寰中士大夫不为君用，是自外其教者，诛其身而没其家，不为之过。"就是说，凡不与新朝合作的、不能为朱元璋所用的文士，统统杀头抄家，一个都不留！其威权之烈，不亚于秦之焚书坑儒。

实际上，就是愿意跟新朝合作的文士，仍不时的被吹毛求疵，无端的就大祸临头了。如明初著名诗人的"吴中四杰"，因他们曾与张士诚有染，虽出仕明朝而不得善终，三人被杀、一人流放。为首的高启做了翰林院编修，按说已"为君用"，再没有歧视、坑害他的必要了。然而，因为高启的《题宫女图》诗"小犬隔花空吠影，夜深宫禁有谁来？"的句子，惹恼了皇帝，认定是讥讽皇家，给他记下一笔账。后来高启退居苏州，为知府魏观写了《上梁文》，文中"龙蟠虎踞"四字犯了大忌，朱元璋新账老账一块算，把高启处腰斩。一个诗人就这样被虐杀。

朱元璋长达10多年的文字狱阴霾，让许多文士患了恐惧症。庐陵人张昱，颇有文名，做过元朝的官，朱元璋召他入朝，一看发觉他太老了，就说："可闲矣。"放了回去，从此张昱自号"可闲老人"，小心翼翼，绝口不谈时政。他写了一首诗："洪武初年自日边，诏许还家老贫贱。池馆尽付当时人，惟存笔砚伴闲身。刘伶斗内葡萄酒，西子湖头杨柳青。见人斫轮只袖手，听人谈天只箝口。"险恶处境下，文人士大夫只有做哑巴，对世事不发一声，方得苟且偷生。这不是朱元璋一手制造的吗？文士们的人身自由、择业自由、言论自由等，都不复存在，唯有乖乖地做明朝这部国家机器上的"齿轮"和"螺丝钉"。

古人云，"威权既震，孰敢议者？"（《新唐书·高力士传》）威权乃是专制君主的命根子，它迫使天下子民臣服，做顺民、愚民，有时还能打造出个承平之世；可是，权力和利益的垄断，舆论的一律，绝不会有长治久安，反倒加速了国家的停滞、腐败。恐怖的威权，于今尤不合时宜。明智的抉择，只有遵行当代政治文明的要义，把权力缜密地关进笼子里去。

2013 年 5 月 27 日

（载 2013 年 8 月 13 日《联谊报》）

勤劳不富勤捞富

以勤劳刻苦著称的中国人，几乎从未真富过。能吃饱肚皮、过上安稳日子，那便算躬逢盛世，三生有幸。依稀记得几句古民谣：耕田的咽米糠，泥瓦匠住草房，纺织娘没衣裳。这些流汗苦干的普通劳动者，大都困顿于饥寒交迫之境。对他们而言，勤劳致富，总是个遥不可及的美梦。

30多年改革开放，国人的命运迎来了大转机。"让一部分人先富起来"的方针，激发了国人的致富能量。确有人靠自己的勤劳和创造，发财致富了，如"杂交水稻之父"袁隆平，在为国家作出重大贡献的同时，股票上市、成了资产不菲的有钱人。对这类致富者，大家服气，不会仇视。

但在"先富"的人群中，袁隆平式的不多见；而以不法手段巧取豪夺、发家致富的，为数不少。他们变勤劳为勤捞，多捞多得，很快就捞得大发特发了。从近期的媒体报道，我就见识了他们勤捞的招数。

小儿科的，要算是占编制、吃空饷。河南叶县水利局下属的河道管理所所长赵书奇，一个股级小吏，就为上学的儿子捧了"铁饭碗"，月入超千元，空饷一吃就是6年。山西静乐前县委书记杨存虎之女，5年空饷捞了10多万元。事情败露后，杨仅受到党内严重警告、免职处分，且两个月之后又闪电复出。这样不用上班、坐吃空饷的不劳而获，岂不是勤捞致富？

审批是把大勺子，捞得又多又快。如财政部企业司的陈柱兵处长，手握国家财政专项补贴资金的审批权，企业要拿补贴，必须给他上贡。四川一家乳业公司刚到手的493万补贴资金，当月就把345万打进陈柱兵的账户，侵吞占比高达七成。截止案发的10年间，陈染指8种专项资金、受贿总额达2454万元。多捞多得的陈柱兵，捞成了千万富豪啦！

以改制、拍卖的名义狠捞一把。国有的山西保德县扒楼沟煤矿，2007年搞改制、拍卖，经安监局局长李新生策划并打通评估、拍卖关节，由其内弟张怀保以37万元把矿买到手；第二年，该矿转让给神达晋保煤业公司，售价蹿升为2.6亿元。转手之间，等于白送给李新生、张怀保两个多亿。巨富的"煤老板"，就是这样靠"白捞"打造出来的。

上列所说的都还是些小角色，大佬们勤捞的名堂就更骇人听闻。原铁道部部长刘志军，利用前些年大上高铁项目之机，从中大把寻租纳贿，他的老婆、儿子又幕后操控春运火车票的倒买倒卖，据称刘志军一家聚敛的财富有数十亿之巨。像这样位高权重的省部级高官，他们如要攒劲猛捞，必为腐败透顶的巨贪。看看已经落马的腐败高官，哪个不是钱多、房多、女人多的"许三多"？他们不登胡润富豪榜，实在是个谜。

咱们平凡人用两只手劳动。某些大、小官员则不然，他们在"劳"字左边多长一只"手"，勤劳化为勤捞，做了"三只手"的贪官。他们大发腐败财，靠的就是多长的那一"手"，以权谋私，权力寻租，权钱交易，捞得盆满钵满。怪不得鲁迅要说，中国最有大利的买卖就是造反做官呀！勤劳不富勤捞富，做官发财、亘古不变。"权力通吃"的制度设计，使高人一等的官员独领风骚，其致富的机会、门径，使平凡劳动者的工人、农民、教员等只能望其项背，无法企及。由之可知，个人勤劳与否并不是致富的关键。倘若没有人人机会均等，没有公平的起跑线，做什么都要"拼爹"，看身份、凭权势，那么国人勤劳致富的概率就很低下，乃至我们个个都是勤劳不富的"杨白劳"。

于今争说"中国梦"，其间肯定有国人的致富梦。然而我想，此外还当有正义梦、公平梦，以及公民权利和机会均等的自由梦。倘无这些，"中国梦"就会是跛足的、难于兑现的镜花水月。

2013 年 5 月 31 日

自由是个宝

　　《共产党宣言》关于"每个人的自由发展是一切人的自由发展的条件"的论断，充分显示了自由对于人和社会的重要意义。后来的无数志士仁人，都把谋求人民自由幸福写上自己的旗帜。如果说民主是个好东西，那么自由就是个宝。这是因为，民主好就好在有人的自由，而民主宪政的大厦终须建立在公民自由的深厚基础上。没有人的充分自由，民主即无从谈起。

　　西方人崇尚、追求自由。"生命诚可贵，爱情价更高；若为自由故，两者皆可抛。"在他们眼里，自由是人权的核心，"不自由毋宁死。"但在世界的东方，自由的发展道路则有些坎坷不平。它不是被曲解，就是贴上丑恶的标签、被打入"另册"。远在 70 多年前的中国，有人就指责自由主义是"资本主义社会的人生观"，并嘲笑它是"维多利亚时代的过时思想"。秉持自由的胡适，对此作了坚决的回击。他反问那些责难自由的人："难道在社会主义的国家里就可以不用充分发展个人的才能了吗？难道社会主义的国家里就用不着有独立自由思想的个人了吗？难道当时辛苦奋斗创立社会主义共产主义的志士仁人都是资本主义社会的奴才吗？"胡适又对那些嘲笑维多利亚时代的人说，"马克思、恩格斯都生死在这个时代里，都是这个时代的自由思想独立精神的产儿。他们都是终身为自由奋斗的人。我们去维多利亚时代还老远哩。我们如何配嘲笑维多利亚时代呢！"

　　胡适的批驳，铿锵有力，这种把自由、自由主义视为资产阶级、资本主义专利品而一味加以批判、反对的态度，实在愚不可及。这样做，不知其置马克思、恩格斯于何地？又何以面对《共产党宣言》这部全世界共产党人的经典？如果连人的自由权利、思想和言论的自由都可以弃之如粪土，或随心所欲地加以剥夺，那么这样的社会主义，还能吸引人们为之不懈奋斗吗？"一个把自己的特权看得比原则还重的民族，就很快将两者都丧失殆尽。"艾森豪威尔的名言，值得我们这个古老的东方民族深长思之。

　　1948 年秋，胡适为自由主义的内涵作了较为完整、准确的诠释。他说，"自由主义的第一个意义是自由，第二个意义是民主，第三个意义是容忍——容忍反对党，第四个意义是和平的渐进的改革。"中国的改革开放和现代化建设之所以取得巨大成功，不正在于我们摈弃了封闭和僵化，扩大了自由，中国人民才迸发出了热情和创造力吗？是自由这支第一杠杆撬动了中国，也震撼了世界！人的解放、人的自由发展，永远是推动改革的力量之源。

当然，自由的发展必须有宪法来保障。我们需要亚当斯所说的"自由与法律齐头并进"。但在"世界各个大国正在经过通向自由的大门走向民主。全世界的男男女女则经过通向繁荣的大门进入市场。全世界人民正在经过通向只有自由才能赋予的道德与智性满足的大门，奋力争取言论自由和思想自由"的大趋势下，我们真该像美国总统老布什说的那样，懂得自由是正确的、真正发挥作用的东西，如果我们想为自己"争取更为公正和繁荣的生活"，那我们就唯有"借助自由市场、自由言论、自由选举以及不受国家干涉地行使的自由意志"。自由是个宝。我们可以失去别的东西，但我们不能失去自由；我们可以看轻、淡化 GDP，但我们绝不可藐视自由、放弃对自由的追求。

央视农业频道 5 月 30 日播出一档"科技苑"节目，名叫《还猪自由幸福》。说的是湖南永州为发展地方优质土猪，从育种、养殖、饲料到运输、宰杀的各个关节，要让土猪获得原生态的自由和快乐，从而保证猪肉的高品质。看完节目，顿生感叹：猪都需要自由，那么人呢？

2013 年 6 月 1 日

写作与吃饭

　　作家，当然要写作，但也要吃饭。说写作为吃饭是有些俗，可作家不能饿着肚子写作；况且作家并非清一色的"王老五"，免不了还要养家糊口。生计、生存问题，每个作家都绕不开这道坎。

　　代表拉美魔幻现实主义风格的巴西著名作家马西奥·索萨，1985年在回答巴黎图书沙龙关于"您为什么写作？"的问题时，说得很干脆："写作是我的职业，我的工作，同时又是我赖以生存的手段。一旦我写不出书来，就拿不到稿费，就要饿肚子。我只有靠文学工作谋生，没有其他生活来源。"相比于法国作家让·马拉凯说的，"因为对于我，写作是觅求真理的唯一手段"，索萨的回答似显形而下，不大漂亮；但我倒觉得，他说得实诚、坦白、可爱。对他这个职业作家而言，写作与饭碗无异，写作、吃饭合二为一，不分彼此。

　　中国的情形不同。以前除了一个巴金，中国的作家都领着一份工资，不必靠写作生存。所以，我们只有国家养着的专业作家，没有索萨式的职业作家。两类作家，只差一字，其间却隔着一道厚重的体制之墙。既然咱们的专业作家不必为生计操心，不用为吃饭发愁，那他们就能潜心创作、写出无愧于时代的好作品了吧？60多年过去，中国作家中有多少举世公认的像样的作家？

　　更有意思的是，由于作家分别按行政或专业级别拿工资，不少名作家宁可要钱少的行政级别，也不要钱多的专业级别。如茅盾为正部的4级，丁玲、周扬为副部的7级，孙犁为行政9级，赵树理行政10级。他们都是新中国数一数二的作家，却不以写作为生，而以当官为荣。因为官员、尤其是高官，要比作家更受尊重，于己也更有利。谁叫咱们是官本位呢？他们那样选择，在体制内寻求权力资源，能全怨他们个人吗？

　　鲁迅曾说，"中国最不值钱的是工人的体力了，其次是咱们的所谓文章，……倘真要直直落落，借文字谋生，则据我的经验，卖来卖去，来回至少一个月，多则一年余，待款子寄到时，作者不但已经饿死，倘在夏天，连筋肉也都烂尽了，哪里还有吃饭的肚子"　　（《华盖集·并非闲话

〈三〉》）。在北平生活的鲁迅常给报刊写稿，他又是响当当的新文学大家，但靠微薄的稿费是吃不上饱饭的。他"总用别的道儿谋生"——如在教育部任金事、谋一份官俸，又在北大、女师大兼做讲师，赚些外快。金事的月俸为 300 元大洋，就顶得上写 100 篇文章。鲁迅最后 10 年在上海不再任官职和教职，专以写作吃饭，似真成了体制外的职业作家。但实际上，此时鲁迅仍未割断与体制的经济联系。1927 年 12 月，鲁迅与吴稚晖、李石曾、马寅初、江绍原一起，被蔡元培聘为"中华民国大学院"的首批"特约著述员"，每月领"补助费"300 元，"听其自由著作"。这等于是享受政府的"特殊津贴"。截至 1931 年底，鲁迅共计得大洋 14700 元。期间鲁迅没有任何"著述"贡献或学术成果，反而一手坐拿政府补助，一手写着抨击时弊的杂文。后期的鲁迅，还是沾了些党国体制的光。只不过鲁迅没有"吃了人家的嘴软"，依旧挥动着那支犀利的"金不换"毛笔罢了。

如今且不谈业余作家，就说体制内的专业作家，假如取消其按月领取工资，叫他们卖文为生，全靠写作来吃饭的话，我恐一大半都要挨饿，能有 1/10 的存活率就烧高香了。我们过去承袭苏俄的官办体制，把大学、作协等搞成国有事业单位，对教授、作家大包大揽养起来，但这"铁饭碗"也就化为悬在头顶的"达摩克利斯剑"。"文革"期间，因为不下去就不给开饭，"臭老九"们只能乖乖地奔向"广阔天地"、去"五七干校"。国家用饭碗扼住知识分子的咽喉，他们要自由发声就真的很难。

但我想，本为自由职业者的作家、教授，还是以自由谋生、自找饭碗为好。不必靠着体制吃"皇粮"。这样既可减轻国家的财政负担，又免得受制于人而能保持人格独立和自由思想。说这些已关涉行政和事业单位的体制改革，扯远了，且打住。

2013 年 6 月 3 日

（载 2013 年 9 月 14 日《彭城晚报》）

苏东坡缘何喜爱宜兴

　　苏东坡一生时运不济，屡遭贬谪，如浮萍飘零，备尝苦辛。最叫他留恋不舍的地方，不是家乡蜀中的眉山，而是古称阳羡的常州府治下之宜兴。东坡将宜兴直作"第二故乡"，情有独钟，唯愿卜居终老于此。这是什么缘故呢？

　　他喜爱宜兴的山和水。深受道家思想影响的东坡，对秀美的山川有着一片赤子情怀。熙宁六年（1073）秋赴常州、润州赈灾途中，东坡在好友单锡宜兴老家小住数日，即为那里的湖光山色着迷；次年春，他在宜兴长住三月有余，遍游宜兴，发出"吾行四方而无归兮，逝将此焉止息"的感叹！宜兴素有"山水甲江南"之誉，两水抱城、双峰作屏，农桑繁盛，舟楫穿梭。山间篁竹蔚为海洋，茂林蔽日遮天，又有溶洞鬼斧神工，奇异瑰丽；而东南部又有太、滆两湖之万顷碧波，和沃野千里的江南平原。宜兴的独山不高，却郁郁葱葱，颇具眉山风致，如东坡所说，"此山似蜀"。元丰七年（1084），在买下和桥镇南塘头的第二处田庄之后，苏东坡即自称："遂为常人矣"。他在一首词中说，"买田阳羡吾将老，从初只为溪山好。"是宜兴的好山好水，征服了一代词人的心。他同年所写的散文《入荆溪题》云，"吾来阳羡，船入荆溪，意思豁然，如惬平生之欲。逝将归老，殆是前缘。工逸少云，我卒当乐死。殆非虚言。"直白无误地道出了东坡因山水而结缘宜兴。

　　他也喜爱宜兴的米和茶。东坡生长于眉山，养成吃米饭、品香茗的生活习惯；而丘岭、平原兼有的宜兴，既出产珠润玉圆的大米，又盛产茶叶、号称"茶的绿洲"。其中"阳羡雪芽"，更是茶中极品，自唐代起即为贡茶。唐人卢仝，写有"天子未尝阳羡茶，百草不敢先开花"的佳句。据说，东坡饮茶非唐贡茶不饮，而煮茶之水又必取山上的金沙泉水；宜兴又出陶瓷，东坡自制了一把紫砂提梁壶，用以煮茶，沏茶，以至成为一种饮茶时尚。东坡写给杭州太守陈述古的诗说，"惠泉山下土如濡，阳羡溪头米胜珠。"他给同榜进士、武进人胡宗愈的诗云，"雪芽为我求阳羡，乳水君应饷惠山。"他还专门写有《汲水煮茶》诗："活水还将活火烹，自临钓石取深青。……枯肠未易禁三碗，坐数山城长短更。"宜兴的好米好茶，不能不说是东坡爱上宜兴之一因。

但喜爱宜兴的山水米茶之外，苏东坡的最爱，还在宜兴的人，即宜兴这块土地上的人们给他的亲情友情。冥冥之中似有一根红线，把苏东坡与宜兴人系下深深的情缘。就像他为常州好友钱公甫所作的《哀词》所说，"独徘徊而不去矣，眷此邦之多君子。"跟他结下君子之交的，起码有这样两拨人：

首推同榜进士的宜兴人蒋之奇、单锡。嘉祐二年（1057）汴京琼林宴上，东坡与蒋之奇同席，又与单锡相识，结下"鸡黍之约"。从此相守一生，成为志同道合的好友。东坡还做月老，把伯父苏涣的外甥女嫁于单锡，双方成了亲家。他们政见相同、习性相近，在经济生活上，蒋、单也屡屡对苏家伸出温暖的援手。如苏打算在宜兴买田筑家就得到蒋的鼎力相助，是蒋写信托宜兴县令为苏买得黄墅里的首处百亩山地，并嘱咐自家亲属蒋公裕为之打理经管；后东坡上表乞居常州获准，也与蒋之奇相商并得其帮助有关。苏、蒋二人还诗词唱和、互相勉励，终成莫逆。苏、单两家更是过往甚密，特别是在元祐八年（1093）东坡再遭诬陷、削贬惠州的危难时刻，长子苏迈、次子苏迨全家以及三子苏过的家眷，全部安置于宜兴。苏氏30余口人的生活，全赖单家兄弟照拂，才使东坡安心、只带苏过和侍妾朝云远赴岭南。真是患难见真情啊！

次赖宜兴闸口的邵梁、邵民瞻父子。当时许多平时的亲朋故旧都"莫敢与通"，邵氏父子，仰慕东坡，不畏谗言，乐意结交。东坡倍感失落、孤独之时，是邵民瞻陪伴东坡，"晨夕周旋"，带他在宜兴游历散心，给东坡以莫大的抚慰！东坡获准来宜兴安家，因人口多、不足吃用，想再买一块地，又是邵民瞻帮忙，才买下和桥塘头的一所田庄，解了燃眉之急。为表谢忱，东坡特意将从老家带来的海棠花种相赠，并亲手植于邵家花园。千年海棠，怒放至今。东坡一生10多次到宜兴。临终前一个月，沉疴缠身的他一心想着叶落归根而作《乞致仕状》："臣素有薄田，在常州宜兴县，粗了饘粥，所以崎岖万里，奔归常州，以尽余年。"因为这里有他的家人、亲人、友人。

东坡缘何爱宜兴，四分风物六分人。盖非虚言耳！

2013 年 6 月 5 日

（载 2013 年 6 月 11 日《杂文报》）

造反利害论

在中国"最有大利的买卖是什么"？留学日本时，有同学这样问鲁迅。他答道："造反。"惹得同学们"大骇怪"（《华盖集续编·学界的三魂》）。

那么，鲁迅的造反"有大利"论，究竟对不对？

就中国的历史说，此论大抵有七分真实。试看混混儿的刘邦，在秦末大起义中扯旗造反，破咸阳，败项羽，一举得天下而唱大风，做了大汉朝高祖皇帝。再看游方僧的朱元璋，投红军、闹造反，剿灭群雄，建大明新朝而成太祖皇帝。他俩的造反买卖都做得很成功，其获利之大，就算最成功的巨商陶朱公，也会望尘莫及。所以，游手好闲、"不治产业"的刘邦，在夺取天下之后就曾得瑟地调笑其老爹：是兄长的产业大，还是朕的产业大？他用造反"大利"，回敬了兄嫂当年给予他的讥讪。刘邦、朱元璋之类造反成功人士，岂不羡煞、羞煞别的生意人！

说造反是桩大买卖，在中国大致不错。但是，鲁迅的话犹有三分不准确，或不精当。如同做生意的有赚有赔，谁也不敢打包票说只赚不赔一样，造反是脑袋拴在裤腰带上的买卖，风险忒大，闹不好就性命不保，乃至被夷九族、掘祖坟。只要瞧瞧陈胜、吴广、李自成、洪秀全这些造反家的下场，即一目了然。他们也做造反买卖，有的攻占了几座城池，有的把京城都拿下了，自个儿也称王称帝的，可到底没有夺得天下。于是，他们或丢了脑袋，或潜入深山藏匿，把自己那点造反的"老本"赔个精光。造反曾给他们带来一些短期好处，但"大利"则归于零。所以，造反是既"有大利"，又有大害，实际上是利害相交的赌命博弈。个中关键在造反的成功与否，即能不能夺取政权、一统天下。如若不能，这笔买卖准就赔个没商量。

不说改朝换代的造反，哪怕是体制内"杀人放火受招安"的造反，如水泊梁山的宋江等人，都归顺了朝廷，最后也没好果子吃，一个个"魂归蓼儿洼"。其造反是利大还是害大？一时掰不清。40多年前的"文革"之初，首都"四大领袖"的聂、蒯、谭、王，奉旨造反，神气之极；但后来，也去吃牢饭、成了"跳梁小丑"式的罪人。阿Q似的喊喊"造反"、毫无真造反举动，不也被"大团圆"了么？就此而论，鲁迅的造反"有大利"论，确有些偏颇。

但鲁迅又说过，"中国历史的整数"，"只是两种物质，——是刀与火"（《热风·随感录五十九"圣武"》）。所谓"刀与火"，主要就是代表暴力的刀把子、枪杆子。枪杆子里面不但出政权，而且出财富，出美女，出名声，出一切。历来的造反者要想打江山、夺天下，没有刀把子、枪杆子是万万不能的；而他们之所以"揭竿而起"，舞刀弄枪，其最终目的，总为夺取权力而已。权力，尤其是一统天下的最高权力，恰是不少国人梦寐以求的"最高理想"；有权就有一切嘛！造反这桩大买卖，就大在它能攫取权力，甚至是做皇帝的至尊大权。造反的"大利"，不都终归要靠权力作威作福么？有人还想"龙一代"、"龙二代"……传之万代哩！或许这便是吴思说的"血酬定律"。然而在中国，造反夺权除了皇帝易姓、改朝换代之外，平民百姓却只是血流飘杵，继续为奴为婢。为什么不跳出一家一姓的利害得失，替老百姓算一算这笔买卖的盈亏呢？直如鲁迅所云："'地大物博，人口众多'，用了这许多好材料，难道竟不过老是演一出轮回把戏而已么？"（《华盖集·忽然想到》）

迷恋权力、夺大权图"大利"的"国魂"，纠缠、折磨我们太久。造反并不准是革命，革命也非必造反。革命造反，在特定的历史条件下自有其合理性，但中国人为造反夺权所付出的代价，太高太大了！只要夺权牟利、不求制度创新的革命造反，换汤不换药，其推动历史进步、社会和谐的作用就有限，人民的自由、幸福终难以实现。在风行改革的于今，还是鲁迅说得对："改革自然常不免于流血，但流血非即等于改革。血的应用，正如金钱一般，吝啬固然是不行的，浪费也大大的失算。"（《华盖集续编·空谈》）倘为民众计，还以少些流血的造反夺权、多些和平的渐进改革为佳。

2013 年 6 月 6 日

（载 2013 年 6 月 28 日《杂文报》）

神奇功夫

  武术，又称中国功夫。它内练一口气、外练一层皮，铜拳铁腿，好生了得，是咱们的"国粹"之一。屏幕上的功夫大家，如霍元甲、马永贞、李小龙等，简直是打遍天下无敌手的"东方不败"。中国功夫，无比神奇！

  可是，鲁迅却呼中国功夫为"鬼画符的东西"（《热风·随感录五十三》）；又批评那些鼓吹中国功夫的人"多带着'鬼道'精神，极有危险的预兆"。（《集外集拾遗·拳术与"拳匪"》）我对武术向无兴趣，本不想置喙，但看了电视剧《黑玫瑰之铁血女骑兵》，就叫我再不能沉默。剧中的"大姐"——功夫超级棒的女游击队员岚么，左肩中枪负了重伤，竟能用一根扫帚竹柄，与手执钢刀的日军中佐江川比武，且几个回合便将敌手打得满地找牙；因有约在先，愿赌服输的江川不得不向岚么磕头谢罪。正气凛然的岚么教训对手云：中国功夫博大精深、源远流长，凭你小日本的三脚猫功夫，岂敢到功夫祖师爷的中国来撒野！

  神奇，真的很神奇。但听了岚么这番话，我唯有慨叹：咱们多有"爱国的自大家"！（《热风·随感录三十八》）电视剧里的东洋日本人、西洋美国人，全都拜倒在中国功夫的脚下。咱们能不自豪么？不过，我有两点不明白：

  中国功夫如此了得，近代以来的西洋人、东洋人是怎么打进来的？中国抗日战争的胜利，又何劳苏联红军和美国扔原子弹？凭咱神奇功夫不早结了么？

  既然国术精妙，少林、武当的功夫独步天下，近现代的中国人何以被讥为"东亚病夫"？即在当代，咱们中、小学生的身体素质又怎会落到日本、韩国同龄孩子之后呢？难道中国功夫连那点强身健体的功效都没有？

  以中国功夫抗衡外国列强，确有过一回，那就是庚子年的义和团"扶清灭洋"，围攻北京的各国驻华使馆。但后果很严重，自恃"刀枪不入"的拳民，被洋枪打得东倒西歪，西太后、光绪帝和王公大臣纷纷逃亡；后来订立辛丑条约，要让中国赔偿 4.5 亿两银子，本息合计达 9.8 亿两之巨！中国功夫挡不住洋人的枪林弹雨，反倒给中国招来了耻辱和灾难。

别以为中国人讲求实际，咱们的奇思妙想多得很，至少在武侠小说、武侠大片里似喷泉般迸发着。东邪西毒、南帝北丐、中神通的绝世武功且不谈，金庸笔下的郭靖、杨过、乔峰、令狐冲等大侠的功夫，便满可以称雄世界。倘遇战事，我也来试作奇想：敌机来袭，咱只消挥动"独孤九剑"的剑气，即等于是安了一张固若金汤的防护网；偶有漏网的，"六脉神剑"一出，准叫它爆在空中。对付敌人的坦克群或装甲车，一记"降龙十八掌"，便可让它趴陷于地、化作一堆废铁。飞来巡航导弹，咱用"乾坤大挪移"，管叫它掉头炸翻了自个。抢滩登岛的鬼子兵来势汹汹，也只需发几声"狮子吼"，就震得他们经脉断裂、横尸海疆；要不就给他们种童姥"生死符"，令其求生不能、求死不得地活受罪，以免杀孽太重。武侠片里的中国功夫，开山裂石、气浪排空，威力不逊于原子弹。保卫咱国防，请几位功夫大侠出手，足矣！

这就击中了神奇功夫的命门。那就是鲁迅担忧的"危险的预兆"——排斥科学文明的反智倾向，以虚妄的"鬼道"精神蒙骗国人，陷己于落后愚昧的泥淖而不能自拔。

太神奇，则不现实，终于是神话。况且金庸的武侠小说，也只是"成年人的童话"。神话、童话，都是不作数、不当真的话。有人说，中国足球是用嘴来踢的。中国功夫呢，我看也多是嘴上功夫。吹得天花乱坠，实为银样镴枪头。所以，对"一国独有，他国所无"的"中国功夫"这个"国粹"，我的回应仍是鲁迅的话，"特别未必定是好"，因为"粹太多，便太特别；太特别，便难与种种人协同生长，挣得地位"。（《热风·随感录三十五、三十六》）

太极拳之类武术，自然仍可玩下去。但屏幕上胡编乱造、神乎其神的中国功夫，当须降温了。

2013 年 6 月 7 日

（载 2013 年 6 月 25 日《杂文报》，

入选辽宁人民出版社《2013 中国最佳杂文》）

我的平民梦

中国梦，风行神州，震撼世界。我这个退休平民也做了个好梦，梦见自己当上堂堂正正的中国人，过上了安康祥和的好日子。

我梦见一家子吃上无公害绿色食品，再不为误食"毒大米"、"彩馒头"、"瘦肉精"、"苏丹红"、"三聚氰胺"之类而提心吊胆，惶恐不安。

我梦见坐了安全舒适的高铁列车和公共交通，不再为追尾、爆炸事故担忧，出门上街散步，也不见有城管队员追逐打人、掀摊子。

我梦见儿时的绿水青山，能喝上干净水，吸上新鲜空气，再没有灰蒙蒙的雾霾天，活得神清气爽，健健康康。

我梦见儿女们都有一份稳定的工作，生计有着，小孙子也高高兴兴的入托、上学，不用为高额的择校"赞助费"发愁。

我梦见自己老有所乐，病有所医，身边有亲人陪伴，再不是孤独的"空巢老人"。

我又梦见，舆论环境大改善，文明批评、社会批评的杂文，不再受歧视、遭封杀，可以自由发声；说真话、报真相的作家、记者，不再有被割舌头、受抓捕的危险。

我还梦见，平民有了说话、申诉的渠道，法律主持公道，伸张正义，再没有对上访者的堵截，也没有刑讯逼供、冤假错案，人人都能有尊严地过日子。

我更梦见，白己去权力机关，不再是"门难进"、"脸难看"，办事情也不再要"找人"、拉关系，我再也看不到官商勾肩搭背，丑陋的权钱、权色交易以及成串的腐败大案、窝案，从此大家不再"仇富"、"仇官"。

我的平民梦并不宏大，也不高调，但与我的生活息息相关，与我的权利休戚与共。我只是普通平民，但我知道中国梦里应有我的自由幸福，所以不想自欺欺人，我不愿也不会去做"难于质证"（鲁迅《华盖集续编·无花的蔷薇》）的大梦，或"在似懂非懂之间"的"天机"（《准风月谈·诗和预言》）般的美梦。

梦有醒来时，人不能总活在梦里。梦想成真，光靠做梦、说梦是不行的。平民梦的成功，要靠我们大家去努力奋斗，勤勉劳作。当务之急，须对那些阻碍实现梦想的问题、弊病，进行有效的医治和改革。千万不可像一个段子说的，"上海大火，抓几个装修的；三鹿奶粉害人，抓几个养牛的；'房姐'事件，抓几个办证的；高官淫乱，抓几个陪睡的；官员大吃大喝、铺张浪费，抓几个吃盖浇饭没吃完土豆丝的；北京空气污染，听说要抓几个放屁的？"（转见《杂文月刊》2013年第4期下）倘尽出些荒腔走板、"跑偏感觉"的招数，那我的平民梦也许就算做了白日梦。

但我确信，平民梦不是空头支票。党和政府的坚强领导，改革开放的不可逆转，全体国民的合力追梦，使我从地平线上看到了圆梦的曙光！

2014年6月9日

贪官放卫星

"神十"飞天的同一日，《现代快报》揭载了原铁道部长刘志军案所追缴的巨额财产数。乍看之下，我不禁浩叹：又放了颗贪官大卫星！

1958年的中国，曾放过高产卫星。亩产粮食几万斤、十几万斤的卫星，连连升空，吓着了苏联"老大哥"。于今贪官放卫星，是说他们贪污受贿、不明来源的财产数额，节节攀升，大有贪不惊人死不休之势。在我的记忆里，即有以下数据：

江西省原副省长胡长清，500多万元；

安徽阜阳市原市长肖作新，1300万元；

全国人大原副委员长成克杰，4100万元；

号称"许三多"的原杭州市副市长许迈永，超过1个亿；

深圳市原副市长王炬，超过2个亿。

贪官的财产数额，岂不是钱潮逐浪高么？他们放的卫星，不是一个比一个大么？

但比起刘志军来，他们又都只算"小字辈"。除了扣押汽车16辆、冻结几个公司的股权、612件书画、饰品之外，仅追缴的房产就达374套，人民币超过8个亿。按一套房产300万计算，374套房产的价值，超过11亿。也就是说，刘志军被抄没的财产总额，逼近20亿元！这等巨贪，虽不敢说是绝后，但称空前则无疑了。这就让刘志军稳坐目前中国贪官排行榜的头把交椅。

如果说当年放的高产卫星是些华而不实的虚数，那么刘志军这类贪官所放的卫星，就都是真金白银的硬通货。然而，由刘志军号大卫星，我却想到了几个问题。

为什么中国九成多的官员抵制、反对申报、公示自己的财产？不就因为许多官员的"家底"见不得阳光吗？我不能说官场就是洪洞县，因为领导干部的多数还是好的；但有相当数量的官员捞足了、喂肥了，其财产来源说不明道不白，则准是事实。就像刘志军，若如实申报有20亿财产，不等于自曝了巨贪嘴脸么？申报、公示官员财产，无异会揭开许多贪官的老底，也让众多官员头疼、心惊。他们岂甘束手就擒，而不推三阻四的延宕？普京总统那才叫狠："谁不愿意公示财产，就一定是贪官，一个禽兽不如的东西！"

为什么中国的房地产调控屡屡变作"空调"，房价总是降不下来？百姓买房置业的刚性需求固为一因，但我以为最怕房价下落的，要数那些有权有势的"房姐"、"房妹"、"房爷"们。咱给刘志军算了笔账：374套房产，就算平均每套200平方米，合计约7万多平方米；如果每平方米降价1000元（约占房市均价的5%），他就会损失7000多万元。相反，若涨价5%，他就增值7000多万。搞房地产调控，把房价降下来，即好比割了"房爷"的肉，能不心疼么？房地产业，沉积着某些官员，特别是潜藏贪官的巨大利益。他们对调控措施能诚心拥护么？做做样子，应付应付，拉倒吧。

刘志军放的巨贪卫星，这些天成了街谈巷议的热点。有的吃惊，有的痛骂，有的说要枪毙他400回（比照胡长清数额换算），似又引发了些"仇官"、"仇富"的情绪。这真应了托克维尔《旧制度与大革命》一书里的话："对享有特权者来说，最危险的特权是金钱特权……金钱特权所产生的金额有多少，它所产生的仇恨就有多少……许多人对谁在统治他们可以不问不闻，但是对其私人财产的变化漠不关心的却寥寥无几。"我理解，现今不少人的"仇官"、"仇富"，倒不是仇视权力和财富，而是仇恨贪污腐败，痛恨社会不公。刘志军辈大小贪官不清除，腐败、不公现象不扭转，老百姓的"仇官"、"仇富"心理恐就很难消亡。

亡羊补牢，犹未为晚。在坚决反腐败的同时，加快改革和制度建设的步伐，贪官竞相放卫星的丑象方能止息。刘志军案的彻查，无疑彰显了党和国家惩治腐败的魄力，也为实现"中国梦"注入了正能量。我由衷地赞一声：好！

2013年6月11日

（载2013年6月24日《西安晚报》，

第8期《杂文选刊·上》选载）

道德无能转乾坤

病中卧读 2012 中国杂文向选本，许家祥先生的作品攫住了我的目光。它从当今中国"最缺底线"说起，提出人和社会"都要有道德底线"之论，颇慰我心；再往下读就不爽了，一些论点亦不再令我信服。

譬如，"社会最大的危机是道德危机，国家最大的灾难是道德灾难"。似这般高腔倡道德，将道德的能量推向"大"之"最"级，合适吗？

又如，"'银子'是道德的天敌，道德回归必须解决'向钱看'问题"。金钱真的有原罪？解决了"向钱看"，国人和社会便守住了"德德底线"吗？

坦白说，我以为不合适，也不可行。请容我引经据典，略作申述。

马克思主义认为，作为社会意识形态之一的道德，"归根到底都是当时的社会经济状况的产物。"（恩格斯《反杜林论》）恩格斯又指出，"国家也不像黑格尔所断言的是'道德观念的现实'"（《国家、私有制和国家的起源》）；他还把费尔巴哈宣扬的"永恒不变的道德原则"，视作"在任何时候和任何地方都是不适用的"（《路德维希·费尔巴哈和德国古典哲学的终结》）东西。存在决定意识。道德对社会、对国家虽然具有一定的维系作用，但它绝不是关乎国家和社会存亡兴衰的根本因素。过分夸大道德的力量，把"道德危机"、"道德灾难"当成社会和国家的"最大的危机"、"最大的灾难"，那么道德就真成了国家和社会的生命线。这将置"现代生活的生产和再生产"（恩格斯致约瑟夫·布洛赫信）于何地？生产力、经济基础的作用，又在哪里？"道德危机"真比经济危机还大？"道德灾难"真比政治灾难还大？我不信。许先生之说有些危言耸听，与历史唯物主义不相符，他似像犯了与黑格尔、杜林一样的认知错误："一切都被弄得头足倒置了，世界的现实联系完全被颠倒了。"（《反杜林论》）

不妨再听听鲁迅的说法。他说，"决不能认为道德，当作法式。"（《坟·我之节烈观》）谈及国人排斥外来学术和思想时，他又说，"现在没有皇帝了，却寻出一个'道德'的大帽子，看他何等利害。"（《热风·随感录三十三》）对那些以道德、风化为改良社会手段的政治家、道德家，鲁迅讥笑其"是坐了津浦车往奉天"（《坟·坚壁清野主义》），"什么保存国故，什么振兴道德，什么维持公理，什么整顿学风"之类，其实全是"做戏"(《华盖集续编·马上支日记》)。鲁迅还一针见血地指出："中国人至今还有无数'等'，还是依赖门第，还是倚仗祖宗。倘不改造，即永远有无声的或有声的'国骂'。"(《坟·论"他妈的！"》)鲁迅的看法表明，道德担负不了治国平天下的大任，道德的进步必须以社会的改革为前提，尤要改革旷日持久的、落后的门第等级制度。否则，中国就永远弥漫着"他妈的！"——即粗野的道德。可叹许先生对此充耳不闻，把"道德底线"当作国家和社会的七寸命门，充当起了当代中国的道德家！这是我所始料不及的。

所谓金钱是道德之"天敌"论，也不靠谱。作为货币形式的金钱，并无原罪。它是社会商品流通的必需，价值交换之必备。人们的生产、生活，都离不开。"向钱看"问题，错不在钱而在人；"道德回归"固然要反对拜金主义，但即使解决了"向钱看"问题，仍不能保证"道德回归"。这是因为，道德的真正"天敌"——拜权主义还在。集权自肥的拜权主义，无时无刻不在荼毒人的心灵，腐蚀人的道德。权力寻租与道德堕落、社会溃烂，互为因果，恶性循环。当下中国如真有"道德沙尘暴"的话，那么搅动、刮起这"沙尘暴"的，主要不在拜金主义的"向钱看"，而在拜权主义的"权力通吃"。为什么千万富豪甘愿放下身段，要去报考小公务员？为什么几十个教授都去争当处长？权力的诱惑、魅力太大了。金钱、资本，都只配做权力的奴仆。一个人只要有了权，想不发财都难！在过去的皇权官僚等级制度下，道德被强权挟制、无限放大，如为贞女烈妇树牌坊之类，其往往走向道德的反面，异化为不道德，甚至是恶。缺钙严重、唯权是从的国人，挺不直道德的真诚脊梁。陈丹青说，"中国没有上流社会，但有上级社会。"(转见《杂文月刊》2013年第5期下)这个具有"中国特色"的国情，杂文家的许先生，竟若桃花园中人般浑然不知？

翻开中国史书，搞德治的名堂不少。可有哪个朝代是不依仗暴力强权的？哪个权势者不是外披儒家"王道"的大袍、内着法家"霸道"的背心？国人的道德水准，是水涨船高还是江河日下？即在于今，咱们道德建设的努力，极目全球不数第一、也数第二；从上世纪80年代的"五讲四美三热爱"，到新世纪初的"八荣八耻"，还有各色各样的道德教育，接二连三的"道德模范"评选，等等。中国的道德构建投入，真的很给力。然而，社会的道德面貌如何，大家心知肚明。只消几个薄熙来、刘志军般的狗官，便把国家、社会闹得乌烟瘴气，公信力降至低点。或许咱们张扬道德应了兵法所云，"实则虚之，虚则实之"，是在虚功实做？

还是陈独秀说得对，只有德、赛"两位先生，可以救治中国政治上、道德上、学术上、思想上一切的黑暗"。（《本志罪案之答辩书》）只讲"道德底线"，不讲政治底线、经济底线、学术底线，光喊"道德回归"，不要权力回归（指以权利约束、监督权力）、社会回归（指政社分开、依法自治），不在呵护"道德生态"的同时，着力改善政治生态、经济生态和法律生态，那我们道德建设的大举小措，总不免事倍功半，乃至流于"客里空"。

社会转型期利益的复杂多变，注定了道德的焦虑、错乱和危机种种。假如道德"礼崩乐坏"好比压垮国家这头骆驼的最后一根稻草，那么我要说，它终究只是一根稻草，而绝非白素贞盗来救命的仙草！况且，愚笨如我者也懂得，真正压垮骆驼的，本是早就沉重不堪的超负荷。存亡兴衰凭何定，道德无能转乾坤。"道之不存，国破家亡"，许先生此说之"道"，确指道德；但在我看，此"道"被抬举过头，而实"道"外有道，始可成立。

一得之见，愿与许先生商榷之。

2013 年 6 月 12 日端午

（载 2013 年第 9 期《唯实》、《杂文月刊·上》）

说真话

真话，不等于正确，更不等同真理。但它是发于内心、出自真诚的话，是道出事实、真相的话。就认识论看，只有真话，人们才可能靠近正确，逼近真理。假话，永远与真实、真理无缘。

然而现实生活里，人每每不愿说真话，不敢说真话，甚或假话真说，真话假说。说真话成了个社会难题。原中纪委副书记刘顺元1984年春约见江苏作家时就说，"党内缺乏思想交流，主要是不肯、不敢讲真话。"（转见《雨花》2013年第1期）这位老革命家说的确是真话、实话，令人钦佩。

说真话在中国不容易。主张"要说真话，不讲假话"的季羡林，曾自谓"真话不全讲"，适见说真话之难。而说真话难，还是个世界性问题。苏俄文学家高尔基，就把说出真话、真情称为"一切艺术中最困难的一门艺术"。十月革命前后，他发表了些"不合时宜的思想"，便遭致《新生活报》被查封，惹出一堆麻烦。说真话，在社会主义的苏联终成久悬的难题。

中国文学家里力主说真话的，当数鲁迅、巴金。鲁迅批评李四光、陈源时这样要求知识精英："除下假面具，赤条条地站出来说几句真话就够了！"关于他的少读或竟不读中国书的建议，鲁迅说"乃是用许多苦痛换来的真话"。偏爱他的读者说，鲁迅作品是"说真话的"；鲁迅则在认同自己"不想太欺骗人"之余，又坦承道："也未尝将心里的话照样说尽，大约只要看得可以交卷就算完。"可见，鲁迅杂文同样"真话不全讲"，是有所保留的。"文网"密布之下，鲁迅只能打"壕堑战"，以免自己中枪倒下。保存自己，总须放在第一位。这怨不得鲁迅。

巴金亲历旧、新两个中国，尤其在亲历"文革"劫难后，说真话成了他的唯一追求。"人只有讲真话，才能够认真地活下去"。最后完成的5本《随想录》，他即称是"真话的书"。他说，"我也只是以说真话为自己晚年奋斗的目标。"我想，大家崇敬巴金，就为他说真话。视说真话为巴金最珍贵的文学遗产，或说是他的"临终嘱咐"，都不为过吧？因在巴金看来，说真话的才是人，不说真话、枉自为人。这个意见看似平常，却意义非凡，既还原了自由的人性，也合乎马列之大义。

我们尊崇的老祖宗马克思说过，"说真话"，是"人人应尽的义务"（马恩全集第1卷138页）。我们敬仰的列宁也说，"决不要撒谎！我们的力量在于说真话。"（列宁全集第9卷281页）共产党人、人民政府，自当与劳苦大众血肉相连、心心相印，敢说真话，愿听真话，立党为公，造福于民。如果不说真话，不听真话，岂非咄咄怪事？岂不是落入离经叛道、数典忘祖的歧途？

皇权时代，大抵如石崇所说，"荣华于顺者，枯槁于逆违"。离奇的是，网名"半个诗人"的中国社科院李小平研究员，前不久写下两首诗。一曰："既生在中国，真话应少说。须知碗中肉，常赖嘴定夺。"又云："志新因言割喉管，罗克因语脑开花。苟且偷生真要义，理直气壮说假话。"说真话要付出丢饭碗、掉脑袋的惨重代价，谁还愿意说真话而不说假话呢？说真话之难，并不难在说，最大难处在于有人听不得真话，或不许说真话。打造一个人人能说真话、听真话的健康的社会环境，这才是难上难呀！

说真话是人的天性。要不然，在皇帝光身子游大街的时候，为什么只有那个天真的小孩，站出来说真话呢？大人们的沉默、说假话，已然有些可怕、可悲；但最可怕、最可悲的，我看还在小孩说了真话之后，会被国王和大臣们当作"犯上作乱"，拉下去割了舌头或关进大牢。那样的话，《皇帝的新衣》之骗局，就会继续招摇过市。公民自由言说、自由表达的权利得不到法律保障，说真话的难题，即为无解。

今天，我们要奋力争取、捍卫说真话的权利，敢于、善于说真话。中国的宇宙飞船都能在太空遨游对接了，而我们的说话仍不改假话连篇，那只能怪自己太不争气、太没出息。

2013年6月13日

（载2013年7月23日《杂文报》）

悲悯田妇叹

　　原本以为苏轼诗词，上承李白，下启陆、辛，浪漫瑰丽，雄浑豪放；近读其与宜兴相关之作，始知他亦具杜、白遗风，关注民间疾苦，乐为百姓鼓呼，还是个写实主义的诗家。

　　1090年，龙图阁学士的苏轼出任杭州知府。当时太湖周边的三吴（苏、常、湖三州），水患多发，灾害不断。苏轼挥如椽之笔，写下《吴中田妇叹》一诗：

> 今年粳稻熟苦迟，庶见霜风来几时。
> 霜风来时雨如泻，杷头出菌镰生衣。
> 眼枯泪尽雨不尽，忍见黄稻卧青泥。
> 茅苫一月陇上宿，天晴获稻随车归。
> 汗流肩赪载入市，价贱乞与如糠粞。
> 卖牛纳税拆屋炊，虑浅不及明年饥。
> 官今要钱不要米，西北万里招羌儿。
> 龚黄满朝人更苦，不如却作河伯妇。

　　苏轼代江南田家妇立言，直白明快，尽现悲凄，对辛勤耕作又受官府盘剥的劳动人民，表达了真挚的同情和怜悯。其书写生民之哀，足堪与"三离三别"、"卖炭翁"相媲美。子瞻此诗，发扬了杜甫"独立苍茫自忧民"的文学创作传统。

　　秋收季节的三吴，大雨滂沱，下个不停，成熟的黄稻倒伏于地，无法收割；田家农人哭干了眼泪，不得已搭草棚、住田陇，好不容易盼得晴天，把收获的稻米挑到街市去出售，却不料价钱与糠粞一样低贱。可是，为应西北战事之需，官府今年"要钱不要米"，百姓只得卖牛凑钱、缴纳赋税，再也顾不上来年的饥荒和农事。天灾加人祸的双重逼迫，促发了吴中农妇的哀叹：即便朝中多有龚遂、黄霸（西汉助民归田务农之循吏）那样的好官，农家也都苦不欲生，我宁愿做西门豹治邺时的沉河少女，去投水而死！真所谓"时日何丧？予及汝偕亡"。绝望的江南农民被逼得活不下去了，能不酿成社会危机吗？

苏轼的难能可贵，不仅在他以诗歌写民生之多艰，而且还以实际行动拯救民众于水火。目睹三吴水患成灾的苏轼，于1091年7月向朝廷呈《进单锷吴中水利书状》，建言兴修水利，造福于民。他说，吴中水患"近岁特甚"，"盖人事不修之积，非特大天时之罪"。问题出在，太湖之水经松江水道入海，而"自庆历以来，松江始大筑挽路，建长桥，植千柱水中"，致使水道"艰噎不快"，海潮挟泥沙而上，淤塞日积。苏轼提议，"欲治其本，长桥挽路固不可去，惟有凿挽路于旧桥外，别为千桥，桥拱各二丈，千桥之积，为二千丈，水道松江，宜加迅驶。然后官私出力以竣海口，海口既浚，而江水有力，则泥沙不复积，水患可以少衰。"他还手抄宜兴进士单锷所著《吴中水利书》，与奏状一并进上，恳请朝廷"委本路监司躬亲按行，或差强干知水官吏考实其言"，以保"两浙之富"和"国用所恃"。苏轼爱国爱民之心溢于言表。

须加说明的是，著《吴中水利书》的单锷，系苏轼同年好友单锡之弟。他中进士而不喜做官，屡请屡谢，积30余年之功考察三吴水情，终成此书。苏轼细读此书，还在任所专邀单锷赴杭州，讨教太湖流域治水之事。可叹苏轼奏状与单锷《吴中水利书》受了一番赞扬，仍被束之高阁。但苏轼的眼光准远，明清以降，屡屡根据单锷的主张，筑高坝，疏百渎，畅水道，以解决太湖之水的"纳"与"泄"，除害兴利，使得三吴长保富庶。单锷亦被后世尊为"治太（湖）之宗"。可以说，苏轼力荐单锷《吴中水利书》，泽被江南，功德无量！

马克思说，"有才智的人总是被一条条无形的线和人民大众联系在一起的"（致迈耶尔的信）。经世治国之良才的苏轼，其《吴中田妇叹》诗和殚精竭虑呈《进单锷吴中水利书状》，昭明着一个亘古不变的定律：大诗人必有大悲悯，大学士须具大襟怀。

2013 年 6 月 15 日父亲节

困惑的数字书写

进入数字化时代，人们天天跟数字打交道。由于常写短文，我与报刊社、出版社的编辑同志有不少接触。书写数字，我好用汉字一二三四，编辑们却说，现今的正式出版物都须用阿拉伯数字，让我改改习惯。我也"遵命"照办，可写着写着，一串困惑便缠住了我。试举数例：

二十世纪五六十年代，是写 20 世纪 50－60 年代，还是写 20 世纪 560 年代？

三师兄参加一二九运动，写为 3 师兄参加 129 运动，就好像三个师兄参加什么电玩比赛。

九〇后年轻人，写成 90 后年轻人，这位年轻人似比九十岁还大？

光绪二十六年九月三日，非要写为光绪 26 年 9 月 3 日，是中国的农历，还西方的公历？

白发三千丈、坐地日行八万里等诗句，写作 3000 丈、80000 里，倘再"接轨"换算为公制，变成 10000 米、40000 千米，还有什么韵味？

打一斤酱油半斤醋，1 斤好写，半斤咋办？是写 0.5 斤还是 1/2 斤？

人们三三两两地走过来，倘写作 3322，算什么玩意？

不管三七二十一，写成不管 37201，或写作 3×7 是 21，不太无厘头么？

好看的九尾狐，写为 9 尾狐，那究竟是一只狐，还是九只狐？

影视剧里常喊"吾皇万岁、万万岁"，落笔书写，是写 10000 岁、10000×10000 岁，或简作 1 万岁、1 亿岁，别说皇上听了不高兴，连我自己都觉得忒别扭！

"去带慵腾醉，归因困顿眠。"我被阿拉伯数字的书写闹得晕头转向不说，最令我意外的，是权威文本的数字书写，一律用中国汉字，不用阿拉伯数字。

如人民出版社 2012 年 11 月出版的、胡锦涛总书记在党的十八大所作的报告，无论是时间、届次，还是经济数据，全部以汉字表述。17 大以来的 5 年，写作"十七大以来的五年"；综合国力大幅提升，"二〇一一年国内生产总值达四十七点三万亿元"，而没有写为 47.3 万亿元。权威文本的数字书写，岂不是否决了出版物都要用阿拉伯数字表述的说法？又或者，我们在数字书写上有"双重标准"，莫非汉字数码属官方专用？

我特别留意查看了《毛泽东选集》《邓小平文选》。年月日、百分比、长度、重量等使用数字处，均是清一色的中国汉字，不见有一个阿拉伯数字。有这些权威范本在，我更坚定了自己的主张：数字书写，毋须强求阿拉伯化。咱爱怎么写就怎么写。但我还想问，出版社的要求为什么不一视同仁，咱们不早就"书同文"了么？

至此，我数字书写的困惑稍解。却不知报刊社、出版社的编辑同志，对我之问作何回应。

2013 年 6 月 17 日

土性杂俎

盛暑看《热风》，鲁迅对"土人"特性的议论，叫我心生丝丝凉意。

大约在 1919 年五四运动之后，鲁迅从朋友处听到，杭州一个英国医生在一本医书的序里说，中国人"为土人"。起初鲁迅听了很不舒服，因为它"有侮辱的意思"，但仔细再想，鲁迅不得不说，"我们现在，却除承受这个名号以外，实是别无方法。""土人"是"野蛮人的代名词"，那鲁迅为何要承当"土人"之名呢？因为鲁迅懂得，辩明这类是非，凭的是事实，而非口舌。当中国的社会里还存在着"吃人，劫掠，残杀，人身卖买"等现象，"凡有所谓国粹，没一件不与蛮人的文化恰合。拖大辫，吸鸦片，也正与土人的奇形怪状的编发及吃印度麻一样。至于缠足，更要算在土人的装饰法中，第一等的新发明了。"（《热风·随感录之四十二》）近百年前的中国人，野蛮、愚昧、丑陋，称之为"土人"，是不可视为"污名化"的。

今天的中国人，非往昔可比了。经历了 30 多年的民国，又做了 60 多年共和国公民，特别是近 30 年来的开放国门，中国人面向世界，在奔小康的路上高歌猛进！鲁迅当年揭示的种种野蛮、愚昧、丑陋景象，不说在中国绝迹，至少也罕见了。老外给咱国人的那顶"土人"帽子，该丢进太平洋去了！但深刻的鲁迅又指出，"自大与好古，也是土人的一个特性"（同上引）。对此，我姑称之为土性。坦白说，我们虽已不是"土人"，但我们灵魂深处的土性，仍难言涤荡干净。国人的"自大与好古"，就像打摆子那样抽搐不定。

多年前美国哈佛大学某研究中心预测，再过 20 年中国就成世界第一。许多国人跟着起哄，称"21 世纪是中国人的世纪"，"21 世纪的世界文化将是中国儒家思想领导的文化"。被封为"国学大师"的季羡林都声称，只有中国所代表的"东方文化"才能"拯救"西方的没落衰败，"东学西渐"的时代到来了！

若说中国科学技术不发达，至今没有出现马克思、爱因斯坦般千年级大师，本土学人迄今与诺贝尔科学奖无缘，便立马有国人反驳，中国有孔夫子、诸葛亮，连李约瑟编著的《中国科技史》也说，"世界上 4/5 的科技发明归中国人"。西洋人发明的计算机很先进，可它的祖先还是咱中国的"阴阳八卦"。似乎世界上所有的新思想、新发明，其源头都在咱这个5千年文明之古国。

"金庸热"、"国学热"、"孔子热"，热浪滚滚。你说中国百年来还没有比《红楼梦》更有价值的小说；有些国人便称，金庸的新武侠小说"比《红楼梦》好10倍"，大呼金庸"就是好，就是大师"！名牌大学教授接二连三登上央视讲坛，说《论语》心得，讲《三字经》《弟子规》，京粤两地还把《新三字经》引进课堂，热闹非凡。莫非"新国学"、"新儒家"、"新武侠小说"，已经引领了中国文化发展的新潮流？

哪怕是秦淮河边操皮肉生意的姑娘，一经大导演张艺谋的塑造点化，就都变作令日本侵略者心惊胆寒的利器。她们在"爱国"政治的感召下慷慨献身，且占据了独步天下的道德高地，让全世界的反法西斯战士，都要拜倒在"金陵十三钗"的石榴裙下。

说实话，自咱们成功举办奥运会，经济总量超过日本、跃居世界第二之后，国人的自大狂即一发不可收。鲁迅笔下"爱国的自大家"，就趾高气扬的跋扈起来。如钓鱼岛争端爆发后，便有一伙持"牛二的态度"的国人，上大街、呼"爱国"口号，强横地冲砸同胞开设的销售日产车的4S店，扰乱社会秩序——但这并不妨碍他们在家里悄悄地使用日本造的夏普电视机、三菱空调器。确如鲁迅所说，"多有这'合群的爱国的自大'的国民，真是可哀，真是不幸！"（《热风·随感录之三十八》）

"自大与好古"的土性，总使我们"把国里的习惯制度抬得很高，赞美的了不得"，那就会窒息、扼杀改革、改良的机遇，陷己于"昏乱的子孙"，不求进步、创新。阿Q似的躺在"先前阔多了"上做梦的国人，醒醒吧！鲁迅说，"民族根性造成之后，无论好坏，改变都不容易的。"（同上引）我们真得检讨一下自己的土性，别再做"丑陋的中国人"。

2013年6月19日

（载2013年7月30日《联谊报》，

入选漓江出版社《2013年中国年度杂文》）

导游宰客也疯狂

寒冬腊月里，跟随老伴和她的姐弟们去粤港澳旅游。我们这些游客像货物一样被三地旅行社来回倒腾，分分合合，前后接触了八九个导游。除深圳、澳门的两位稍好，其他导游的刀子都磨得亮亮的，把我们宰得血咕铃铛，苦不堪言。

从皇岗口岸出关，一位香港女导游前来接应。她的第一着，就是叫60岁以上的游客每人先缴500元。理由是，年龄大的老人，旅行社要多费心、多服务。我想也对，导游不能都做活雷锋，再说咱都到这地头了，总不至于为区区500元折回南京去，就认了、缴吧。我没有想到，这只是挨宰的开始，后来的导游宰客，真可用疯狂来形容。印象特深的，有以下3位。

L，30大几的港仔，一副江湖老油条模样。自登上旅游大巴，他就口若悬河，滔滔不绝地神吹香港大亨怎样发财暴富，以及他们对风水吉凶如何信奉不疑。花大半天逛了几个景点，第二天一大早即拉开了购物大戏的帷幕。一车人被他带到一家珠宝商行。上午9点钟进店，不用三刻钟就满可逛完全场；我和老伴本就对金银珠宝之类素无兴趣，加之自己也没有高消费的能力，所以转了几圈就意兴阑珊，急着要离开。L堵在出口，称"购物天堂"的香港，金银珠宝的价格比内地城市便宜15％，你们不多淘几样？被堵住的我俩，只得转回去继续晃悠。眼瞅着快要12点，该去吃午餐了，L还是不依不饶，说你们这车客人的购物指标尚未完成。我问指标是多少？他说，每人5000元，一车30多号人，起码要购物15万元，才算功德圆满。又急又饿的我，心里窝火，蹲在出口处外的巷子里抽烟；足足挨到下午一点半，一车人才如获"大赦"，踏上用餐路。在车上，被闷在店里四个多钟头的游客口出抱怨，L却一脸沮丧地说：你们抱怨个啥？我还挨骂了呢！你们这一车人购物不到10万元，旅行社老板刚才还打电话来说我无能哩。你们在香港吃住行全免费，靠的就是商家的赞助，你们不多购物、回报赞助商，真以为天上掉馅饼呀？"大陆客"们顿时哑口无言。后来得知，所谓"免费港澳游"，原来是旅行社和商家合谋的一个"局"。而导游，也能从游客购物款额中拿5％的好处。今天一上午，L就进账近5000元。难怪他要

252

死死地把我们摁在珠宝店不放啊！

香港女导游 W。从清晨 5 点钟起床，到她把我们送达去澳门的船运码头，不到两个小时；但她在车上不停地推销，其中一款代表香港特区的紫荆花礼品，每个 100 元港币，要求人手一份，不得推诿。好说歹说，咱老俩口才买了一件，算是额外"开恩"。但到澳门的小店里一看，同款的紫荆花，售价才 15－20 港元。我们白白地被宰了 80 元，岂不冤哉枉也？

小 M，操山东口音的珠海导游，口才之好如小品演员。乘车回广州的路上，他先自曝说：香港导游是"洗衣机"，把你们的口袋掏翻过来了；澳门导游是"甩干机"，你们的油水快被榨干；俺珠海导游就得像"烘干机"，要把你们的最后一点油水吸干净！三"机"妙喻一出，赢得一车游客的满堂彩。一路上，他引我们分别去了电子产品、玉器和竹棉制品商铺，最后又亮出"杀手锏"——推销 4 条澳门赌王烟。他强调，这是他留给大家的纪念品。因他供职的那家旅行社，隶属于澳门一位赌王，烟每条进价 250 元，他加价 50 元，以 300 元一条销出。看在同为大陆同胞的份上，请大伙帮忙，一定要销光 4 条烟。可车上的烟民不多，且在澳门买过了赌王烟，小 M 手举的 4 条赌王烟一时无人问津。僵持许久，总算有位河北大姐买下两条，剩下的两条咋办？只见小 M 扯开外包装盒，说：那就请叔叔阿姨、大哥大姐们每人买一包吧！整条不行拆包卖，小 M 这招还真管用，咱老两口也花 100 元要了 3 包。唉，咱们既为砧上肉，哪能不挨刀子宰。

在港澳三天两夜，住的是螺丝壳，吃的是减肥餐，真正旅游的时间也就一天一夜，其余都在转商店。旅游团成了购物团，导游原来是导购。"东方明珠"之香港，给我的印象不佳。但我想，疯狂宰客的导游，将会把香港的旅游业推向什么样的未来？

2013 年 6 月 20 日

（载 2013 年 7 月 9 日《联谊报》）

米勒果园的无人售货店

端午节放假，女儿一家从北京来宁探望我这个老爸。我虽在腰椎间盘手术后的康复期，但说话聊天已无大碍。闲谈之间，回想起美国的见闻，我去果园买苹果的一幕，霎时浮现在眼前。

那是5年前的一个冬日午后，阳光灿烂，地面的皑皑积雪在丝丝融化。因为我不喜欢吃面面的大蛇果，住地附近商店又没有脆甜的富士苹果，在克里弗兰大学任教的女儿就委托她的同事、来自中国唐山的高志翔老师，带我去乡下的苹果园看看。高老师接上我，驾车走了约半个多小时，来到俄州阿姆西尔斯特的米勒果园（Miller Orchards）。

停好车，我与高老师一起走进设在果园旁的路边小店。抬眼扫视，店内空无一人，但见一张长条桌上，放着一小篓、一小篓苹果，上面贴着标签，写明品种及售价；靠墙根地面上，是一大筐、一大筐的各色苹果，也挂着标签。窗户边的小巴台上，贴着一张告示：请顾客自行投币入盒，找零也请在盒中自取。我在店里走了一圈，发现有我要买的富士苹果，售价7.5美元，就伸手拿了一篓。高老师则买了两篓子黄香蕉苹果。我从口袋里掏出一张10美元纸币，投进盒里，又取出两张一美元纸币和两个两毛五分的硬币。在取货、投币、找零的时候，一串疑问从我的心头升腾而起——

这店太怪了，不但货物无人管，连钱也无人管，店主就不怕顾客光拿货、不付钱？又或者，干脆把苹果和盒子里的钱一块卷了跑？难道老美这地儿当真遍地是君子，没有一个爱贪便宜的小人？而且，临走前我特意观察过，店里店外，居然连一个摄像头都没安装。在这么偏僻的乡间果园，几乎不见人影，他们对人性和道德的期许，怎会这样高？莫非这里是"路不拾遗、夜不闭户"的清平世界？我狐疑，奇怪，感到不可思议。

捧着苹果回到女儿家里，我把自己的疑惑一说，女儿笑道：老爸少见多怪了。跟你的想法相反，这种无人售货店只能开在人烟稀少的乡村或小镇上，如果开到纽约这样的大城市去，说不定连货带钱都被人卷走了。我问为什么？她说，你想啊，能开着汽车跑几十公里路去米勒果园买苹果的人，会在乎那一小篓子苹果或钱盒里的几个小钱吗？他们多半是中产阶级，一般说来素质都较高；贪这点小便宜，还不如不去所省下的汽油费呢！纽约等大城市就不同，那里富豪多，穷人更多。因为穷人在大城市，就业机会多，也不用买车买房，有公共交通、有出租屋，所以生存相对容易；如果穷人住到城郊或农村，那就麻烦了，工作、出行、住房问题，很难解决。米勒果园的无人售货店，若开到纽约去，一准完蛋。

看来，人的素质、道德水准，是不能脱离人的经济状况的。古语云，饥寒起盗心。贫穷是道德堕落的根源。这倒不是埋汰穷人，但在普遍贫困之下，人们的诚信度、耻辱感要达到较高水准，不大可能。第二天，又遇见高老师，谈及米勒果园的无人售货店，他说：美国人大都有一个基本的道德底线，绝大多数人不会干那种顺手牵羊的梁上君子之事。人与人的信任互动，是一个诚信社会必具的道德基础。听此，我似有顿悟。

逛了一回美国乡村的无人售货店，我的魂灵像受到一次震颤的拷问。我在梦里都想，要是中国的城乡也有米勒果园般的无人售货店，那该多好啊！

2013 年 6 月 21 日

（载 2013 年 7 月 5 日《湘声报》）

江湖读解

　　无聊读金庸，有心识江湖。

　　中国的文人士大夫，"居庙堂之高，则忧其民；处江湖之远，则忧其君；是进亦忧，退亦忧。"（范仲淹《岳阳楼记》）这个江湖，与庙堂相对，指远离权力中枢的处所，乃隐士遁迹之地。近读金庸"收山作"《笑傲江湖》，我才发现，其所"笑傲"的江湖，涵义复杂、丰富得多。

　　《笑傲江湖》倾力塑造的大侠形象——令狐冲与任盈盈这对"神仙眷侣"——既来自江湖，又跳出江湖，最终"笑傲"江湖。金庸笔下的主人公视江湖为无物，凭些什么呢？

　　凭超一流的武功。在武林，武功高下决定生死存亡。令狐冲与任盈盈习成绝世神功，是顶尖高手中的佼佼者。尤其令狐大侠，功夫超越六大门派之掌门，胜过前辈武林耆宿，已臻于空前绝后的化境。他"笑傲"武林，岂不绰绰有余？江湖即武林，这是金庸笔下之江湖的第一重意义。

　　凭其特立独行的人生追求。论出身，令狐冲师出名门正派，而任盈盈则为邪魔歪道。但冤家对头的他俩，却走到一起，擦出了爱情的火花！他们没有正邪不两立的门户之见，也不在乎武林的羞辱、打压，不惜背负着"叛徒"、"欺师灭祖"的沉重十字架，去追求自己的幸福，过一种无拘无束、逍遥自在的快乐生活。他俩"笑傲"的，不只是那些固守陈规陋习的江湖人物，而且鞭笞了泛存于社会的江湖道义，诸如血统论，门第观，接班论，正邪说，等等。

　　然而，金庸笔下的江湖，犹有更深的用意在。武侠小说家的他，又兼《明报》主笔，写作《笑傲江湖》时，适值"文化大革命"的各派"大夺权"和武斗风愈演愈烈；金庸的自述说，他在撰写社论、时评之余，每日一章的写《笑傲江湖》，虽非什么"影射文学"，但"文革"的血腥武斗、夺权，他不能不闻不问。他要在小说里表述他的厌恶和批评的情绪。他想借助《笑傲江湖》，斥责"人性中的卑污阴暗品质"——唯权是夺的人生观、价值观。因为不论庙堂或江湖，国人所遵循的都是同一规则：奉权力为圭臬，疯狂地追逐权力，视夺权为人生最大的乐趣。

试看武林各门各派，无不为"掌门"之位，争得你死我活；即便已经做了"掌门"的岳不群、左冷禅、任我行，也都要做一统江湖的"武林盟主"。其野心之大，权欲之炽，与居庙堂之高的人物，没有什么两样。1931年8月，鲁迅在演讲中说，"二十多年前，都说朱元璋（明太祖）是民族的革命者，其实是并不然的。他做了皇帝以后，称蒙古朝为'大元'，杀汉人比蒙古人还厉害"。鲁迅认为，"至今为止的统治阶级的革命，不过是争夺一把旧椅子。"（《二心集·上海文艺之一瞥》）《笑傲江湖》在描写武林人士夺权斗争丑恶面目的同时，着力塑造令狐冲、任盈盈这对大侠的独特风骨：心甘情愿地放弃"掌门"、"教主"之位，对"武林至尊"的"盟主"大权，也唾之如粪土！他们卓尔不群、正大光明的人性美，不是对"卑污阴暗"大爆发的"文革"的讽刺、抨击么？令狐冲、任盈盈身上，寄托着金庸对自由的人性美的热烈向往。

中国的江湖，始终摆脱不了庙堂的束缚。权力主宰一切之下，只有权力之"任我行"、"任我吹"，而很难有人的自由行。听听上官云的肉麻吹捧，"教主令旨英明，算无遗策，烛照天下，战无不胜，攻无不克。属下谨奉令旨，忠心为主，万死不辞"。当教主任我行都觉得吹牛拍马太甚、表示听不下去，上官云仍坚称："教主指示圣明，历百年而常新，垂万世而不替，日月之光，布于天下！"它们与"文革"中流行的个人迷信、神化领袖的话语，不是如出一辙吗？而所谓武学"秘笈"、"宝典"的残片化、语录化，以及习武者的"自宫"、走火入魔等等，不也极具象征性吗？1980年5月，金庸在《笑傲江湖》的"后记"里说，图谋"千秋万载，一统江湖"的任我行，由"掌握大权而腐化，那是人性的普遍现象"，他要"通过书中一些人物，企图刻画中国三千多年来政治生活中的若干普遍现象。""不顾一切的夺取权力"的任我行、东方不败、岳不群、左冷禅等，"主要不是武林高手，而是政治人物"；连林平之、向问天、方正师太、冲虚道长、定闲帅太、莫大先生、余沧海等人，"也是政治人物"。《笑傲江湖》虽号称武侠小说，其实是一部社会讽刺小说。故我想，邓小平的爱读金庸，复出后又亲切会见金庸，也许就在他俩对"文革"有着不少共同语言吧？

我终读解，金庸"笑傲"的江湖，武林倒在其次，其讥锋所向，在于庙堂，在于政治人物以及国人心性的幽暗。我们倘看不清权力垄断的流弊，对权力予人的腐蚀、毒害浑然不觉，那"金大侠"著《笑傲江湖》的一番良苦用心，真就付诸东流——白费啦！

2013 年 6 月 26 日

（载 2013 年 7 月 12 日《杂文报》）

谁家的"政治智慧"

闲来无心翻旧刊，每见有趣奇异事。《特别文摘》前年转载原发于《世界知识》上的《金正日高明卡扎菲拙》，引人注目。可读毕之后，令我一头雾水，啧有烦言。

该文对比利比亚、朝鲜两个政权的命运，且提升至"江山得失"的高度。它断言，前者土崩瓦解，卡扎菲命丧战火，后者则"屹立"60多年"不倒"，个中"很关键的一点是金正日政治智慧要胜出卡扎菲一筹"。金正日的"政治智慧"高在哪里？据说有两条：其一，"做人要低调，做事留有余地"；其二，"朋友不在多，关键时候拉一把"。

不谙政治的我，更遑论什么"政治智慧"，况且咱们恪守"不干涉内政"，不宜对他国政事说三道四。但看该文的口气，我仍忍不住想问：这是谁家的"政治智慧"？

循之经典，政治乃是经济的集中表现。剥削阶级政治，以压迫劳动人民、维护本阶级狭隘利益为目的；无产阶级政治，则是为劳动人民翻身得解放、过上幸福生活的。两种政治，高下立判。卡扎菲之"拙"、金正日之"高明"，像坐实了两类"政治家"的愚贤吧？我唯有一点想不通，金正日及乃父金日成既如此"高明"，朝鲜政权"挺这么久"，其治下千百万人民，时至今日，怎会吃不饱肚子、常常伸手乞求国际社会的"人道主义援助"？坐着朝鲜"江山"的金家祖孙三代，为何老被视作"独裁者"而屡遭联合国制裁，沦为地球上之"孤家寡人"？一脉相传的宁要导弹、不要面包的"先军政治"之"优越性"，难道就在不管朝鲜人民死活、但求保住金家政权吗？

愚以为，江山是人民的江山。政治，也当是人民的政治，即把人民利益放在执政第一位的政治。不管人民利益、不顾人民死活的政权，纵然"屹立不倒"，也谈不上有多"高明"，而仅是统驭有方，或专制有术。称此类"独裁者"有多高"政治智慧"的人，不就把自己置于与人民相反的立场么？其实，政治越神秘、越封闭，必越阴暗、越腐败，与民心越背离。这就注定它的脆弱、衰亡，不以任何人的意志、智慧为转移。相较于卡扎菲的狂悖乖张、四面树敌、"低调"且又拉上"铁哥们"的金正日，在东北亚的地缘政治博弈中，神神秘秘，翻云覆雨，躲过了一次次危机，保住了金家王朝。但是，这样的"政治智慧"，于饥寒交迫的朝鲜人民何益？对世界的和平与发展又有何助？中国人有什么理由要为其"拥核"自重的"政治智慧"唱颂歌？

"吾宁斗智，不能斗力。"楚汉相争时刘邦的道白，或许可为此类"政治智慧"作注脚。不过须明白，那是两千多年前的政治理念，目的全在一家一姓之"打天下"、"坐江山"。现代人的我们，岂可复蹈旧辙，对现代政治文明懵懵懂懂，不理不睬！吊死于歪脖子树上的朱由检，尚能在死前留言，毋残害我大明子民，替百姓说句良心话；今之知识精英的政治智商，岂可低下得不及一个末代皇帝？他们完全不必对独裁者的"政治智慧"津津乐道。

真正高明的政治家，总是与人民心心相印、处处为人民谋福祉的人。那些只为自家稳"坐江山"、不顾人民水深火热、把住龙椅不放的人，终不过是丧心病狂的奸猾政客，或叫独夫民贼。金家的"政治智慧"，我非止不赞赏，还要说四个字：嗤之以鼻。

2013 年 6 月 27 日

（载 2013 年 3 期《浙江杂文界》）

三个太上皇

太上皇，本为有名无权的虚号。如嬴政追封其父庄襄王，刘邦尊其号于太公，即属此类。它都是沾了皇帝儿子的光。但历代皇帝中，确有自己退居二线、传位于太子的"内禅"，而为太上皇的。较著名的，就有唐玄宗与宋、清之两高宗。对比三个太上皇，不乏可鉴之处。

三个太上皇的相同处，似有三。首先，三位均是老寿星，活的岁数挺大。唐玄宗 77 岁，宋高宗 81 岁，清高宗 89 岁。在医学不发达、人均寿命不长的古代，他们真算得上"寿比南山"。

其次，他们当权的时间都很长。李隆基在位 44 年，赵构 35 年，弘历更长达 60 年。或许三个老皇上的离退休，就有执政时间过长而引发的权力疲劳症、或政事厌倦症的诱因吧？

再有，三位太上皇颇具才干，又都创下了突出政绩。如唐玄宗、清高宗，分别打造出"开元之治"和"康乾盛世"，可称"太平天子"。最不济的南宋高宗皇帝，也曾有半壁江山的繁荣昌盛，是所谓"中兴之主"。所以我想，宋、清两高宗之乐于做太上皇，确有些踌躇满志、功成身退的意味。

然而，三个太上皇的境况，又差异甚大。第一，禅位交权的自主性不一样。如果说赵构、弘历是功成名就、甘居幕后的话，那么李隆基，则是不情愿做太上皇的。他交给儿子的是个"安史之乱"的烂摊子；且马嵬坡兵变后，大权旁落的他还在逃亡四川途中，其子李亨即在灵武抢班夺权、南面称帝。唐玄宗，实是"被太上皇"的。

由之生出第二个大不同，即三位虽都贵为太上皇，但日子过得很不一样。宋、清两高宗，一个太上皇干了 25 年，另一个干了 3 年，他俩过的，是锦衣玉食、美女相伴、惬意之极的神仙日子，一端的是"福如东海"；唐玄宗可惨了，流亡在外的两年不说，回到长安之后的 4 年间，他被儿子关进废弃的宫殿，形同囚犯，连个说贴心话的人都没有，只得夜夜对着长空重温与贵妃的恩爱旧梦，最后抑郁而死。

同为太上皇，结局缘何殊如云泥？说白了，还在一个"权"字。赵构、弘历名义上退位了，实际上仍穿着权力的"铁布衫"、"隐身衣"。朝中要员，尽是太上皇的人；特别是清高宗乾隆，国家的大事小情还由他来拍板，"接班人"的嘉庆帝，啥事都得向他请示汇报。大清国这艘巨轮，还靠太上皇"掌舵"呢。

风流情种的李隆基，头上顶着太上皇的名号，却是手无寸权，一切听由儿子唐肃宗摆布。他成了儿子的一块"心病"，生怕他卷土重来，再坐龙廷。所以时时处处像防贼似的限制、削弱其太上皇的影响。在唐玄宗这个太上皇身上，我真领教了相声大师侯宝林名言的精妙：大人物不可一日无权。丢权失势的太上皇，犹丧家犬般可怜！哎，那个曾经励精图治、敢作敢为的李三郎，岂会料到老来落魄的凄凉啊！

乾隆之后的清朝，再没有太上皇。但是，深谙乾隆权力学的，仍有人在。譬如那个西太后慈禧，就搞"垂帘听政"，把同治、光绪两个皇帝玩弄于股掌。她没有太上皇的名目，但其实比乾隆这个太上皇，权力更大，气焰更甚。同治、光绪两个皇帝，也就只能做窝囊的受气包。至于再后来的情形，我说不好、也不想说，却只记得鲁迅《热风·随感录三十九》的一段话：

"我们应该明白，从前的经验，是从皇帝脚底下学得；现在与将来的经验，是从皇帝的奴才的脚底下学得。奴才的数目多，心传的经验家也愈多。"

我唯愿此类"心传的经验家"快些失传，乃至绝种。

2013年6月29日

（载2013年7月19日《杂文报》）

生活并非总是布满阳光

　　读了赤壁市中学生王娱萤的《我们的生活充满阳光》（载 6 月 28 日《杂文报》校园版），我真被感动，也对生活更加热爱，很想"尽情享受""身边的每一缕阳光"。

　　不幸的是，我要告诉"文思流畅"、"激情涌动"的王同学：生活并非总是布满阳光！现实生活里，信念、善念、友情等等，并不能真正排解困难。道德的阳光纵然温暖，但生活的沉重，绝非道德这根扁担所可一肩挑起。何况现在，还是道德底线沦陷的年头。

　　不说社会生活的大难题，诸如贫富悬殊、贪污腐败、假冒伪劣充斥之类，就围绕中学生的平常生活，说说我们面临的困境吧。

　　当大中城市的孩子们，坐在装了空调的书桌边、享受着优质教育资源的时候，许多山区和贫困地区的孩子却上不了学，或被迫中途辍学，失去了平等接受义务教育的权利。他们的校园生活没有阳光普照；而未来，也只有"穷二代"、"穷三代"地蹉跎着，因为农村孩子的上升通道已被堵塞。

　　在应试教育的指挥棒下，学生们每天背着沉甸甸的书包，有上不完的课、做不完的作业，还有穷于应付的各种大小考试。他们起得最早，睡得最迟，失去了孩提时代的欢颜，也没有求智的乐趣。他们成了世界上最苦最累的人！被考试压得苦不堪言的学生生活，去何处寻觅灿烂阳光？

　　你的考试成绩很棒，完全够格上重点名校，可你却进不去，因为有限的录取名额，被非权即贵者的子弟挤占了；而你指望不上"拼爹"、"拼妈"。你很优秀，但当不上班长、三好生，因为别人捷足先登，给校长、班主任送了"红包"，你的心里不窝火？就算你很有爱心，在马路上扶起跌倒的老婆婆，做了件济危扶困的好事，可老婆婆却讹上了你，要你赔付医药费、抚慰金，你爹妈就不怪你多管闲事？生活中不公平、不公正、不合理的事太多，你还想高歌"我们的生活充满阳光"？

　　"信念坚定如山"，"善念洋溢在胸"，够清纯、也很好。倘人如其文，理应评为"道德模范"。可现实生活里处处有阴霾、陷阱，叫人寒心、哀伤。"我们的生活充满阳光"，其实是个虚幻的乌托邦。若将乌托邦当作现实，那就免不了吃亏上当，或由充满希望坠入一片迷惘，乃至绝望。

一个中学生，"能在有限的考试时间内匆匆成草"《我们的生活充满阳光》，颇具写作功力。我不愿苛责于她。而阅卷的王津生老师，一味地抬爱点评，我就觉得有点问题。最大的问题在于，学生作文是提倡说真话，还是说假话？如果假话说得漂亮、就得高分，那么这样的作文评估机制将把学生引向何方？他们长大了，又会怎样说话、行事？中国社会要发展进步，需要的不是虚伪的道德家，而是敢说真话的诚信人。但我不信，用瞒和骗可以陶冶出诚信人来。

再次申明，我没有"骂杀"王同学的意思。作为饱经风霜的老人，我也许有些世故，但我不想把国人的魂灵看得太幽暗；我只是想说，别过于美化生活，别总唱着高调的道德畅想曲。此类作文可由切合"主旋律"而得高分、获好评，但予中学生的成长害多益少；一旦面临真实生活的挫折、挑战，他们是会脆弱得崩溃的。今年的高考刚结束，不就传来有考生因"考场失意"而服毒、跳楼的惨剧吗？

天有电闪雷鸣、刮风下雨。太阳里面还有黑子呢。我们的生活不可能总是布满阳光。中国的语文教学，早该揖别矫情唱高调的那一套！

2013 年 6 月 30 日

大学没围墙

高等学府、学术殿堂的大学，居然没有围墙，连栅栏也没有，这在中国是不可思议的；大学没围墙，成何体统？校园安全怎么保障？可在美国，我到过的七八所大学，真的全都没有围墙。

没围墙的大学，跟咱们的农贸市场差不多，什么人都可以自由出入，开车、步行，随你的便。马里兰大学、克里夫兰大学的校园里，还有城市公交车进出。美国的大学，如在闹市区的，它就是城市的一部分，道路纵横，四通八达，没个校园的样子。其对社会的开放度之高，是有围墙的大学不可比拟的。

没有围墙的大学，自然没有门卫、保安之类学校员工；不说大白天，就是深更半夜，你去大学也没人拦你，或要你填写会客单。记得在一个冬天的午后，女婿驾车沿着宽阔的90号高速公路向芝加哥疾驰；驶入印第安那州境内，已是晚上8点多，我们又在长城饭店吃了晚餐，女儿提出去诺特丹的圣母大学赏夜景。我想这么晚、太不可行了，女儿却道，没关系，去了你就知道了。当我们的车开进圣母大学时，已过了晚上9点，校园内空寂无人，唯见草坪上尺把深的积雪，屋檐下挂着一串串冰凌柱。好不容易找到一个夜间值班的洋大爷，问明路线，我们一行3人来到这所大学的博物馆和教堂，这里依旧灯火通明，可任意参观、照相。据说100多年前，3个法国天主教徒到此兴办了私立的圣母大学。现在，它占地1250英亩，总资产达22亿美元，成了一所颇有名气的综合性大学。夜半逛大学，我是平生头一遭。

在芝加哥奥海尔机场送女儿登机回北京之后，女婿又带我去密西根湖畔的西北大学。这所大学的工科很有名，它没什么高楼大厦，校园风景如画。那天的天气阴沉沉的，似像要下雪，我们又转到以文理科著称的芝加哥大学。这里照样不见有围墙，但哥特式风格的校舍，土红色砖墙上爬满了古朴的树藤，有一种沧桑感；一幢幢建筑，线条轻快，造型挺秀的小尖塔，修长的立柱、簇柱，还有墙面上镶嵌的彩色玻璃花窗，都给人以神秘的向上升华的视觉冲击！不愧是名校，它的校舍也别具一格，与众不同。

如果说中国大学的围墙，有形直观、很碍眼，那么无形的围墙，即信息和资源的封闭、单位化，更是其一大内伤。而美国大学的开放和信息资源的共享，则胜人一筹，出乎想象。女儿供职的是所公立工科院校，没有什么中文图书，可我闲来无事，总想借些书来阅读；女儿说，不碍事，我带你去欧柏林人文艺术学院图书馆。走进这所规模很小的私立大学，我看到在图书馆的台阶上，坐着白皮肤、黑皮肤、黄皮肤的各色学子，或在读书，或在低声交谈。在图书馆的第三层，辟有中文书刊阅览室，墙上还挂着一面中国山西一所艺术学校赠送的锦旗，说明他们之间有文化交往。在这儿，我看到不少港台出版的书籍、杂志，甚至还有中国"文革"期间群众组织编印的小册子和传单，算是饱了一回眼福。我一口气挑了6本中文图书，其中包括2册晚明小品和3册"自由人文集"，以女儿的名义借回了家。大约过了半月，6本书读完，我催女儿去欧柏林学院还书，她却说：不用去欧柏林，明天我上班，还到本校图书馆就行了。原来，俄亥俄州内所有公立、私立大学之间建立了图书资料的流通共享机制。也就是说，你在一所大学图书馆借的书，可以还到另外任何一所大学的图书馆去。这样流通共享，节省多少时间和汽油费啊！还能互通有无，加速图书的流通利用，为读者提供便利。中国的大学，为什么就做不到呢？我们的大学，不仅有有形的围墙，而且还有无形的围墙，其公共化、开放度，有待改进。

　　大学没围墙，你看怎么样？

2013 年 7 月 3 日

（载 2013 年 7 月 16 日《联谊报》）

闲言碎语（之一）

岁届古稀，退休 10 载，一如左思《魏都赋》云，"闲居隘巷，室迩心遐"。空闲无事好漫步的我，又像白乐天诗曰，"花寒懒发鸟慵啼，信马闲行到日西"（《魏王堤》），混日子耳。岂料闲不住一颗骚动的心，"裁有闲暇，手自写书"（《南史·刘穆之传》），草得闲言碎语数则。

●**久违的"最高指示"**——7 月 1 日《体坛周报》头版，红底黄色的"最高指示" 4 个大字，令我猛然回首 40 多年前！读罢方知，因国足 1∶5 惨败于泰国队，引得高层震怒，"不能容忍"，并作出批示：要像抓奥运一样抓足球。于是，以"中国足协"、"足协国管部"和"国家男足全体运动员"名义连发 3 封致歉信，拟将几个消极怠工的"国脚"除名，又立即让主教练卡马乔"下课"顶罪，好一串"危机公关"的组合拳。"最高指示"的威力，不一般啊！只是时光不会倒流，"最高指示"风行的时代，早为明日黄花。把最高领导的话语、批示奉为"最高指示"的做法，虽夺人眼球，实则不明智，且有重拾"林副统帅"牙慧之嫌。从前，皇帝的旨意叫"圣旨"，后来闹出个"圣旨"变种的"最高指示"。现在再称"最高指示"，大大的不合时宜。现代媒体还在助长个人迷信、仍走不出皇权的阴影，岂非咄咄怪事？

●**枉交"学费"不问责**——合肥国足惨败的后遗症，还在发酵。《现代快报》7 月 4 日报道，中国足协与提前被解职的洋教头卡马乔的"分手费"，总计 7650 万元人民币。5150 万违约金，由大连万达集团支付，税金 2500 万（另一说 3500 万），则归中国足协承担。不管最终谁付钱，反正中国人又做了"冤大头"，坐实了"人傻钱多"的流言。但我要问，聘请这么个"高薪低能"的洋教练，是谁的主意？一纸只见高额资薪、不讲目标要求的"傻瓜合同"，又是谁拍板签下的？7650 万买了个"国际玩笑"，竟无人可追究、问责？这样缴冤枉"学费"，中国足协、体育总局都是白吃干饭的？以当下中国足球的水准，别说卡马乔不行，就是请如来佛祖当主教练也枉然。巧妇难为无米之炊嘛。中国足球太不职业，从足协管理层到俱乐部、球员，都缺失职业操守，所以老在亚洲二三流水平徘徊。依拙见，与其花大把钞

266

票请洋教练，还不如把这笔钱投向中小学体育，先把大众体育的基础夯实。急功近利搞瞎折腾，必一事无成。

● **"打耳光"的教育**——央视中文国际频道7月2日播出一条新闻：江苏东海县一小学四年级女生包某，就为做不出一道题，被任课教师陈怡责令"打耳光"。先是自打30记，嫌打得太轻，又叫出一位男生重重再打30记，共扇了60记耳光，打得10岁小女生脸面红肿。后经家长到校理论，该县教育局作出处理决定，按"师德一票否决"，开除陈怡的教师资格，小学校长亦被调离。中国的教育，如此野蛮，如此可怕，真叫人不寒而栗。"打耳光"的教育，还配得上称教育吗？它是教孩子成人，还是让孩子成鬼？东海县教育局的处罚很果断，也能平抑"民愤"，可它真能解决中小学教育的问题吗？未必。只要应试教育的体制还在，"以考分论英雄"的教育评估机制还在，校长、教师、学生、家长围着分数转的格局，就改变不了。由之，为考高分而不择手段，"打耳光"之类便应运而生，不可遏止。开除教师、调离校长，立竿见影、轻而易举，但要把应试教育转变为素质教育，则非一日之功，亦不是一县一校所能搞定的赏心乐事。

● **不要再"羞辱"马克思**——关于人类历史，过去总说是从奴隶社会→封建社会→资本主义社会→社会主义社会→共产主义社会。这个"五阶段论"，被捧为马克思主义的金科玉律，"放之四海而皆准"。遗憾的是，马克思自己却不认同。在1877年《答米开洛夫斯基书》中，马克思评价俄国一位史学家说，"他一定要把我关于西欧资本主义起源的历史概述彻底变成一般发展道路的历史哲学理论，一切民族，不管他们所处的历史环境如何，都注定要走这条道路……但是我要请他原谅（他这样做给我过多的荣誉，同时也给我过多的羞辱）"。马克思说得分明，他不认为人类历史发展的"五阶段论"是普遍真理；张冠李戴、硬把它套到中国头上，人为的削足适履、搞僵死的教条主义，马克思地下有灵，恐又会说播下"龙种"、收获"跳蚤"。

2013年7月6日

（载2013年10月4日《杂文报》）

闲言碎语（之二）

● **"击鼓传花"终非久计**——美联储主席伯南克打个"QE3 结束"的喷嚏，中国股市就大跳水，中小银行闹"钱荒"。银行交易员间流传一首仿东坡词《江城子》："你发央票我发狂，闹钱荒，债满仓。隔夜难求，抛券最心伤。烧香哭求逆回购，几时有，问周郎。一念头寸就发慌，天苍苍，野茫茫。黑白照片，怕要挂墙上。垂死病中惊坐起，西北望，跪央行。"GDP 主义盛行之下，地方政府举债搞发展，债台高筑；6 月 27 日《南方周末》披露，地方政府债务总量达 15～18 万亿之巨，而年税费收入仅 6.1 万亿，入不敷出，难以为继。这是多年来，历届政府"击鼓传花"的后果，前任借债推给后任还，任任叠加，能不"闹钱荒，债满仓"？"击鼓传花"延得了一时，延不了一世；即以 GDP 论，投资所占比重达历史最高点的 48.3％，经济转型拖得越久，风险、危害愈大。

● **政客和政治家之不同**——游宇明说，高官可分为政治家与政客两种，言行一致的是政治家，言行不一、玩忽悠的是政客（6 月 25 日《联谊报》）。但我听近日央视《百家讲坛》的"千古一后"，发觉不然。那个居深宫、装养伤的北魏冯太后，密定大策、诛灭乙浑，自己临朝听政，还被北京语言大学教授周思源称作是"有作为、有风度、有建树"的政治家呢！中国的"千古一帝"、"千古一后"，并不见得有多诚信，但哪个不称政治家？而最终失败、完蛋的高官，如王莽、胡惟庸、袁世凯、林彪们，只得叫野心家、阴谋家。或者干脆，咱们的成功高官都是政治家，而西方的高官，不论其多成功，都是政客。中西有别，唯我独尊，成王败寇，其揆一也。

● **出售"伪权力"**——7 月 4 日《南方周末》报道，河南伊川农民党金国，假冒"中国动态调查委员会"的"秘书长"，到处出售"伪权力"，诈骗钱财。卖官买官，玩的是真权力；子虚乌有的"伪权力"，也能出售，适见权力的市场需求有多旺！党金国为搭建诱人平台，不但把办公地址伪设在中央统战部西楼、河南省委南院，似乎真的"上面有人"；最发噱的，还发了个"中建字 2010 第特 001 号文件"，隆重聘任周恩来为"中国新农村建设促进会名誉会长"。周公地下有知，不知会怎样痛骂骗子。其骗术之低劣，小学生即可一眼识破。但"伪权力"的登场，不也表征着真权力的失范、腐败么？倘真权力公正廉明，"伪权力"骗子岂能猖狂若斯。权力造假与造假权力，大抵是一个硬币的两面。

●**别笑"牛栏关猫"论**——记不清是哪个贪官说的了，反正其垮台后的反思结论是：现行监督体系对他这样的"一把手"而言，犹如"牛栏关猫"。以"牛栏"来"关猫"，欲管住权力，"白猫黑猫"恐要高兴疯了！形同虚设、徒有其名的监督，哪个官员会当回事？把权力关进"笼子"里去，那"笼子"的密度、强度，就有讲究。权力自己总是不大愿意被关进"笼子"里去的；仅靠权力自身打造"笼子"，多半沦为"牛栏"。只有布下权利的层层钢丝网，才能防止滥权谋私。要打造严密、牢固的"笼子"，我们就不可因人废言，笑话贪官的"牛栏关猫"论。

●**阮仪三"不受欢迎"之耻**——同济大学教授、国家历史文化名城研究中心主任阮仪三，现在成了"不受欢迎的人"。不少历史文化名城，对他敬而远之，以至拒之门外。原因无他，就为阮仪三反对乱拆旧城，反对造假古董，屡屡与地方政府的发展冲动闹别扭。湖南凤凰古城本只有13座古老的吊脚楼，现在有130多座；阮仪三较真，说那100多座是假古董，不该搞，凤凰古城的旅游经济怎么形成规模，进而拉动GDP快速增长？汉高祖刘邦故里的沛县，现在有条复古的"汉街"；阮仪三则说，汉代无街，"汉"与"街"连在一起是不懂历史，不懂文化。你这是揭人家的短，叫书记、县长的脸往哪儿搁？其实，阮仪三之"不受欢迎"，不光是某些地方官员之耻，尤其是中国的历史和文化之耻。假古董充斥的历史文化，无论多么发达繁荣，最终必成一堆破烂垃圾，它只会毁了真的历史、文化，也没有未来。

2013 年 7 月 7 日

（载 2013 年第 10 期《杂文月刊·上》）

闲言碎语（之三）

●**扬汤止沸不如釜底抽薪**——开展群众路线教育实践活动，刹"四风"，我很赞成。唯存一点隐忧，莫由之延缓改革。"四风"之"毛"，附于过分集中的权力体制之"皮"上；本之不治，标亦治难。如公款吃喝的奢靡风，历30年而屡禁不止，上百个"红头文件"管不住一张饕餮嘴，不就是对权力的约束、监督太软么？搞教育、定"不准"，只管得一时；扬汤止沸总不如釜底抽薪。从权力的来源到运作全程，改革、打造一个公正、公开的好制度，实为重中之重。否则，即不免耗时费力，心劳日拙。

●**制度创新再不可缓行**——人道"十年磨一剑"，自1994年列入人大立法规划，官员财产申报公示制度迄今未出台。对此国际通行的"阳光法案"，我们实行起来为何阻力忒大？恰在既得利益集团作梗，反反腐败的能量强势。天天喊勇于创新，而对遏制官员腐败的好制度犹犹豫豫，有人还公然要"大赦贪官"，但又不想大力扩展公民权利。反腐败之制度创新，再不可拖延缓行。

●**中国大学患了"美国病"**——高等教育"全民化"的美国，本科生的失业率居高不下，2009年为17.6%，2012年仍有12%。中国今年大学毕业生699万人，就业艰难。《华盛顿邮报》、《纽约时报》不久前报道称，中国21—25岁青年的失业率，小学以下者占4.2%，初中8.1%，高中、技校8.2%，大专11.3%，本科以上最高，达16.4%。失业率与受教育程度成反比，学历越高，就业越低，浪费了诸多教育资源。中国高校的"大扩招"，后果初现，不可持续。而今，奥巴马总统大刀阔斧改革教育，向德国看齐，学生提前分流，加大对职业技术教育的投入，培养熟练的技术"蓝领"。我们呢，还搞高等教育的"大跃进"吗？社会转型，教育变革当先行。

●**"最后一课"要不得**——江苏的大四学生何光，跟他的30多名同学一起，与南京一家商贸公司签了"就业协议"。可说来笑话，这家商贸公司子虚乌有，它是何光花130元刻了个图章，盖到"就业协议"上，再上交应付校方的规定："如在6月10日之前还没有签订三方协议，就不得参加毕业论文答辩"（见7月4日《南方周末》）。于是，先造假、再毕业，成了应届大学生的"最后一课"。有的干脆网上弄张"就业协议",找超市老板、花两元钱盖个章子,就算完事。注水"就业率",不足为怪;但反教育的"最后一课",逼良为骗,催人堕落,连做人的底线都不要了,呜呼哀哉!

●**厚颜的"轮流发生性关系"**——"星二代"兼"富二代"的李天一涉嫌轮奸案,正在北京海淀区法院审理。可从7月8日《现代快报》上,我见到一个新名词:"轮流发生性关系"。这样一置换,性质恶劣的轮奸犯罪,便被淡化得面目全非,顶多也就按聚众淫乱,或嫖娼论处。司法实践中的"嫖宿幼女罪",已为某些专好强暴幼女的权势者,打开了重罪轻判的方便之门;如今再造个"轮流发生性关系",给强奸嫌犯作"无罪辩护",李天一及其父母恐要睡在梦里也笑醒!拜托律师,别再开这种法律玩笑。德艺双馨的"老艺术家"养出这么个"坑爹"的儿子,太悲催。

●**一片"涨"声九州同**——2002至2012的整10年间,中央政府出台的房地产市场调控文件,如"老八条"、"新八条"、"国六条"、"国十五条"、"国四条"、"国十条"、"新国八条"种种,频率之快、力度之大,史无前例。不无讽刺的是,10年调控急匆匆,一片"涨"声九州同。大中城市的商品房价格,逆袭而上,反升不降!按官方显然缩了水的统计数据,2002年商品房市场均价为1805.51元/平方米,到2012年,均价达6422.85元/平方米(见2013年5月10日《文汇报》),涨幅为3.5倍。平民百姓穷其一生,倾其所有,也架不住在京、沪、穗买一套房。倒是那些"房姐"、"房叔"、"房爷",坐拥几十套房,资产猛增值。平抑房价,不让房地产泡沫拖累经济发展,过往的调控措施已然不灵,得出新政、用硬招。

2013年7月15日

慢笑女人不是龙

周思源教授登央视《百家讲坛》，讲"千古一后"，把北魏皇太后冯氏，从历史深处推向舆论高端。听他"杰出政治家"、"杰出教育家"的赞誉，看他眉飞色舞的样子，我认定他是冯太后的崇拜者。但我想，廉"家"高帽，赠之轻飘，亦失之草率。

冯太后幼遭"门诛"，侥幸活命，由宫中杂役而至贵人，再到皇后、皇太后、太皇太后。她的大半辈子，过着勾心斗角、刀尖上舔血的日子。能一步步爬上权力巅峰，固有其精明强干之处，然较真而论，她所创的业绩、建树，不足以称"千古一后"。

即如北魏的统一北方，只是小一统，与"千古一帝"秦始皇的"振长策而御宇内，吞二周而亡诸侯，履至尊而制六合"（贾谊《过秦论》）相比，还差得远。北魏称雄，充其量跟东汉末的曹魏相类。而且，倡中央集权之郡县制，行书同文、车同轨的秦帝国，在制度上有所创新，可冯太后的北魏不过承袭秦汉，并无多少出新创举，捧她为"杰出政治家"，有溢美之嫌。

如果说她是女人，曾两度临朝听政，共计 17 年，既辅佐夫君文成帝拓跋浚，又培养献文、孝文二帝，很了不起，要尊其为"千古一后"，那么在她之前，有汉初吕雉开临朝称制之先河，而她之后，复有武则天登极称帝、君临天下，清末的慈禧太后操控同治、光绪，垂帘听政长达 40 多年。冯太后称"千古一后"，吕雉、武则天、慈禧往哪儿摆？

所谓"杰出教育家"，也颇难成立。冯太后一无完整的教育理念，二未建立完备的教育制度，她只是在皇宫内教太子、太孙读些儒家经典而已。她搞的"国子学"，也就是个皇家子弟培训班，她亲编的教材"劝戒歌"、"皇诰"之类，与开发民智的教育不相干，洵属修齐治平的统治权术。说她是个"帝师"，马马虎虎，称"教育家"，就混淆了教育与政治的不同范畴。对此，周教授焉可不察？

事实上，冯太后对太子、太孙的教育，又说不上很成功。最突出的例子，就是她与献文帝拓跋弘的母子关系，剑拔弩张，很是失败。冯太后把拓跋弘当作亲生儿子来养育，并在听政3年后还政于儿子；孰料拓跋弘亲政一年就举起屠刀，把母亲的情人兼心腹重臣的李奕三兄弟满门抄斩！为钳制、削弱冯太后的势力，18岁的献文帝居然想做太上皇，要把皇位禅让给年长的皇叔。476年，身为太上皇的献文帝与大司马、大将军万安国联手，图谋兵变、诛杀冯太后，阴谋败露后被迫服毒自杀。"杰出教育家"的母亲，教出这么个大逆不道的儿子，真叫人笑掉大牙！再说皇太孙拓跋宏上台、当了孝文帝，对这个10来岁的毛孩子，也就为触犯了先皇兵变的大忌，冯太后生怕其走献文帝的老路，于己不利，便想废之另立新君；还把孝文帝冻饿3天，打了几十棍子，幸得众臣劝谏，太皇太后才放弃了废立的念头。皇家你死我活的权力斗争，把亲情、母性之类，统统浸于血泊之中。

作为成功女人的冯太后，死后谥"文明太皇太后"。她在一个鲜卑贵族集团中传播儒家经典文化，确有些"文治"业绩。但是，家天下的皇权制度，"文明"终究只是装饰，暴力专制才是实质。按说，幼年经历灭门之灾的冯太后，对滥用权力、制造冤狱，该有切肤之痛；可号称"文明"的冯太后，滥权杀人照样眼不眨、手不软。例如诬告李奕兄弟的李欣，孝文帝时已官至司空、镇南大将军，但为替被诬告、遭冤杀的情人李奕报仇雪恨，冯太后再度听政不久，就借"谋反"大罪将李欣及其亲属10多家，一并杀个精光，株连、冤死许多无辜者。昨天他是冤狱的蒙难者，但今天或明天有了生杀大权，又成为新冤狱的制造者，而且心安理得，从不认错。在成王败寇、唯以权力论英雄的历史观下，一个人掌握最高权力、成龙成凤，这个"家"、那个"家"的帽子就戴不完。我们现在再这么干，谈何与时俱进？对有姓无名、深通权术的冯太后，戏诌打油四句以为结束：

千古一帝秦始皇，文明太后独姓冯；

母子斗法非为床，慢笑女人不是龙。

2013年7月17日

（载2013年8月6日《杂文报》）

咸言辣语（三则）

●**中国企业家的胆量**——7月12日CCTV－4午间新闻播报，中国企业"三一重工"正式向华盛顿地方法院起诉美国总统奥巴马。敢在太岁头上动土，中国企业家的胆量够大！事情缘于"三一重工"在美投资的风电项目，挨近军事基地，被奥巴马以危害国家安全为由，下令撤走该项目；而美方审批机构未有事先告知，且又准予开工。现要中企撤离，美方理应赔偿经济损失。"三一重工"老总说，虽明知胜诉机会不大，但为维护合法权益，他们不得不状告奥巴马。中国企业家据理力争、不畏权贵的精神，我为之竖大姆指。稍有一点不解的是，我们的企业家在国内碰到权力横加干预、合法权益受损，维权胆量就成了芥子，多半忍气吞声。不要说状告总统级大人物，哪怕公开起诉一个县长、市长的，均闻所未闻。他们为何在美国胆壮如牛，在国内却噤若寒蝉？既然市场经济是法治经济，那中国企业家怎么会"内外有别"地行事呢？此乃我的一大惑。

●**食品安全没有"双重标准"**——国家卫生计生委首次新闻发布会上，食品安全风险评估中心主任助理王竹天回答记者问时说，"我们还是发展中国家，还要按照自己的国情来制定我们自己的标准"（7月14日《现代快报》）。王助理官的言下之意，是中国的食品安全只能低标准，不能跟发达国家一样。意识形态、政治制度等等，国情不同，不可强求一律，这尚可理解；食品安全标准与国情无干，它是个纯科学问题。某种食品是否安全，地球人都只有一个标准，即对人体健康和生命不构成伤害或危险。王竹天之"我们自己的标准"，即承认某食品对洋人不安全，但对国人则是安全的。违背生命科学的"双重标准"论，拿国情做幌子，自欺欺人，昧了良心。刘洪波批评其"忽视食品安全"；不，此论实乃贱视国人生命！肩负食品安全监管之职的政府官员，说这种违反科学、丧失常识的屁话、鬼话，恰恰暴露了中国当下食品安全危机深重的症结所在。非不能也，是不为或不屑也。反正自己有"特供"的安全伞罩着，老百姓的生命、健康，丢一边去！中国官员中，尸位素餐的废物、吃里扒外的白眼狼不少；广东土地重金属污染最严重的韶关市农业局副局长陈少梦公开宣称，镉超标大米不是毒大米，吃一两年没问题（7月21日《现代快报》）。食品安全标准之低，只要"吃不死人"就行！陈少梦的"雷语"，为王竹天"我们自己的标准"作了最好注脚。此类无良官员不下课，国人的食品安全，永无宁日。

● **"洋贿赂"的真面目**——英国葛兰素史克公司这些天在中国臭名远扬。央视新闻报道说，这家全球最大洋药企在华公司的4位高管，涉嫌洗钱、商业行贿，被中国公安机关立案侦查。中国的媒体，异口同声讨伐葛兰素史克公司搞"洋贿赂"，以不法行为抢占中国药品市场。洋药企违法犯罪，理当受罚；好笑的是，称之为"洋贿赂"，似乎行贿受贿也是洋人传染给咱们的腐败病菌。但略加剖白，不难发现"洋贿赂"的真面目：第一，不是葛兰素史克公司总部的洋人，带着大把英镑来华行贿，而其中国公司的涉案高管都是黄皮肤的国人，洗钱的旅行社老板也是中国人；第二，受贿者，也全是中国"个别政府部门官员、少数医药行业协会和基金会及医院、医生"等；第三，葛兰素史克公司在本土没有商业行贿的前科，其在华公司却大搞贿赂，因为环境不一样。在中国，企业倘不用钱"铺路搭桥"，就寸步难行。这能怨洋药企吗？贪污受贿，咱们传统悠久，手法高超，何劳洋人来垂范作则？"洋贿赂"难挽国人颜面，下决心改革权力集中的弊端，打造一个公平竞争的法治环境，才是根治商业贿赂频发的长久之计。

2013年7月21日

（载2013年8月13日《杂文报》）

"官智难开"说

对比 19 世纪末的清朝慈禧太后与英国维多利亚女王，王龙先生断言，宪政改革的"主要障碍不在民智未开，而是官智未开"（见《随笔》2013 年第 4 期）。此论不差。但我还想作些延伸：与其说官智未开，不如说是官智难开。

晚清面临两千多年来前所未有的"世界大变局"，民主宪政在欧美节节推进，蔚为大观。中国的有识之士，如龚自珍、冯桂芬、王韬，特别是郭嵩焘、薛福成等出过洋的官员，对西方政教、经济、文化的长处，已具相当的认识，并倡言清国改革之迫在眉睫。他们官智早开，可叹人微言轻，不为朝廷所器重、实施罢了。而慈禧、李鸿章等实权派，对列强的先进、中国的落后，也并非一无所知；要不然，慈禧就不会批准光绪维新变法以及后来搞立宪改革，而李鸿章也不可能大力推行洋务运动。说他们官智未开，全然懵懂，难以实证。

官智难开，并不难在思想认识上，其最大难点，就在清朝统治者的既得利益，即种种特权的难以割舍。当改革触及特权，爱新觉罗氏的既得利益受损时，原本允准变法的慈禧便不再妥协，要痛骂光绪帝："变法祖法，臣下犯者，汝知何罪？试问汝祖宗重，康有为重？背祖宗而行康法，何昏聩至此？"这表明，涉及权力、利益再分配的改革，行至"深水区"，主要障碍不再是思想认识，即官智开不开的问题，而成一场权力和利益的博弈。晚清"自改革"的进退失据，有时甚至进一步、退两步，以失败告终，莫不与既得利益集团的阻挠、破坏相关。如讨论改革清朝官制，事涉权力调整，慈禧即定下"五不议"的基调：军机处事不议，内务府事不议，八旗事不议，翰林院事不议，太监事不议。人为设置五大"禁区"，不准触动朝廷内外官僚体制的一根毫毛。这样的官制改革，不是开玩笑么？要慈禧为首的特权者放弃既得利益，还政于民，无异于与虎谋皮。

但是，官智难开的权势者又往往借口国民文化低下，民智未开，所以实行宪政的条件不成熟，改革不宜仓促，云云。曾被袁世凯赞为"睿智英明，知深虑远"的杨度，在回答袁关于帝国、民国两种国体，何者最适合中国的问题时说，"民主共和是世界潮流所趋，国家主权属于人民全体，乃为不可争议的定数，但以中国国情而论，民智未开，政治未修，文盲充斥，思想闭塞，建设落后，比之西方，差距何止百年"。他明明知道民主共和优于皇权专制，却仍怂恿袁世凯复辟帝制。只要能过把皇帝瘾，哪管它洪水滔滔，赤地千里！极权者是很不愿意自己的权力受到人民制约、监督的。一方面，他们不会承认官智难开，另一方面，又屡屡拿国情来说项，扬言民智未开，拒绝或拖延改革。此类荒唐现象，百余年来反复重演。我不知这是中国之幸、抑或不幸？

当下的改革攻艰，要吸取晚清"自改革"的一个教训，我恐莫过于如何突破既得利益集团的掣肘、抗拒。官智难开之结不解，我们的民主宪政建设之路，也许仍将崎岖而漫长。

2013 年 7 月 23 日

（载 2013 年 10 月 8 日《杂文报》）

天子一怒为自由

隋高祖文皇帝杨坚，史云"虽未能臻于至治，亦足称近代之良主"。可他有个强势而又妒性十足的独孤皇后，私生活受限，"后宫莫敢进御"。放着身边一行行闭花羞月的美人，他却只能干瞪眼。

好不容易逮住个机会、在仁寿宫碰见沉鱼落雁的尉迟回孙女，杨坚龙心大悦，偷腥宠幸、极床第之欢。不知咋的消息传入独孤后耳朵，趁文帝上朝的间隙，她悄悄命人把尉迟女杀了。杨坚回宫得知此事，"由是大怒，单骑从苑中而出，不由径路，入山谷间二十余里。高颎、杨素等追及上，扣马苦谏。上太息曰：'吾贵为天子，而不得自由！'"（《隋书·卷三十六之列传第一》）

天子一怒为自由，杨坚负气竟出走！他这皇帝，做得窝囊。

独孤后敢把皇帝刚爱上的美人弄死，心狠手辣，过于残忍。但这也不可全怪独孤，谁叫你跟她结婚时立下了"誓无异生之子"的盟约呢？既然不许与别的女人生儿子，那最好的办法就是禁止杨坚与皇后之外的女人同床共枕。当年大隋初立，高祖文皇帝"思革前弊，大矫其违，唯皇后正位，傍无私宠"（同上引），后宫祥和安宁，唯独孤一人侍寝。于今杨坚违誓毁约，独孤矫而惩之，有何不可？我想，杨坚负气出走，自叹窝囊而不开罪皇后，或许就有理亏心虚的因素。

从隋文帝的角度考虑，"吾贵为天子，而不得自由"之叹息，也不能说全无由来。九五至尊的皇帝，却只有皇后一个女人，如平头百姓般行一夫一妻，似有些苛刻。三皇五帝以来，皇宫中美女如云，设三宫六院七十二妃，外加才人、御女，这是天子享有的特权，天经地义，不容旁人说三道四，更不用说阻拦干预、横刀夺爱了。特权制度必然滋生特权心态、特权思维。刚宠幸过的小美人竟被皇后杀了，杨坚咽不下这口气；连个爱妾都保不住，他做皇帝还有啥意思？独孤后杀尉迟女，显然是对天子皇权的挑战和侵犯嘛！杨坚发火、要争的"自由"，并非于今通常所说的人的基本权利，而是皇权制度下皇帝的性特权，即皇帝可以随心所欲，尽享美色而名正言顺。天子一怒为自由，其实不过是"冲冠一怒为红颜"。此"自由"非

278

彼自由，我们须当拎得清。

天子发怒，后果严重。深更半夜被劝回宫的隋文帝，脸色难看，独孤皇后"流涕拜谢"，不能不让步。"自此意颇衰折"，她再也不能像以往那样独占皇帝，一意孤行了。天子的威权，至高无上，不可冒犯！然而，杨坚的私生活"自由"了，他的肉欲、快感满足了，美色消费指数上扬了，麻烦也就沾上身来。

602 年，50 岁的独孤皇后崩于永安宫。没了皇后约束，62 岁的隋文帝彻底"自由"了，终日与"姿貌无双"的两个大美人宣华夫人陈氏、容华夫人蔡氏厮混，"性福"无比。情欲的堤坝一旦决口，则成滥觞之势。终归是年过花甲，怎架得住双斧砍伐，渐渐体力不支，以至疾发病倒。待到病情危重，杨坚终于想起了"妻管严"的好处，他对侍者说："使皇后在，吾不及此。"（同上引）是呀，如果独孤后还活着，他就不致酒色无度，纵欲胡来，身体不会这么快就垮掉！可世上没有后悔药，两年后杨坚一命呜呼。他为性特权之"自由"付出了高昂的代价。

天子一怒为自由，自由到手悔而忧。中国历代皇帝中不乏短命鬼，纵情声色，乃其一大因也。作为皇帝，要在色欲和养生上两全，像康熙、乾隆那样求得某种平衡，殊为不易。直如苏轼名言所云，"养生难在去欲"。杨坚在女色上的始怒终悔，令人啼笑皆非，思绪难平。

2013 年 7 月 25 日

薛道衡之死

专精好学、文才出众的诗人薛道衡，入隋后甚得文帝杨坚赏识、器重，屡次说"道衡作文书称我意"。可算大隋之"文胆"。史书云，"道衡久当枢要，才名益显，太子诸王争相与交，高颎、杨素雅相推重，声名籍甚，无竞一时。"（《隋书·卷五十七之列传第二十二》）

这个出类拔萃的高官兼诗家，在609年被登极五载的隋炀帝赐死。事情的起因，或说导火线，竟是薛道衡呈进的一篇文章《高祖文皇帝颂》。

辞藻宏丽、洋洋洒洒2600余字的《高祖文皇帝颂》，对先帝杨坚竭尽歌功颂德、拔高吹捧之能事。它由天地洪荒起笔，与历代圣贤明君作比，宣扬文帝"诞圣降灵则赤光照室，韬神晦迹则紫气腾天"，乃龙种天生；褒其"天柱倾而还正，地维绝而更纽"、"除旧布新，移风易俗"，打造"八荒无外，九服大同，四海为家，万里为宅"一统帝国之伟业。既赞其"开运握图，创业垂统"之"圣德"，复推其"拨乱反正，济国宁人"之"神功"，再歌其"禋祀上帝，尊极配天"之"大孝"，终颂其"纳民寿域，驱俗福林"之"至政"。在薛道衡如椽之笔的塑造下，杨坚"张四维而临万宇，侔三皇而并五帝"的辉煌形象，跃然纸上。它期望大隋"鼎业灵长，洪基隆盛"，先帝精神"流泽万叶，用教百年"；翘盼"尚想睿图，永惟圣则，道洽幽显，仁沾动植"。

循之常理，老臣薛道衡呕心沥血颂扬先皇文帝，又送上对大隋帝业的美好祝福，没有招惹炀帝什么，焉有死罪？其公忠体国之心，天日可鉴。

隋炀帝读罢此文，却老大的不高兴。生性多疑又好妒才的杨广，来个正面文章反面看，他对大臣苏威说，"道衡致美先朝，此鱼藻之义也。"原来在杨广眼里，薛道衡作颂，乃仿《诗·小雅》之"鱼藻篇"，"言万物之失其性，故君子思古之武王焉"，用意在"刺幽王"。也就是说，薛道衡明颂先皇，暗讽今上，已犯下大不敬。这正是，马屁拍在马脚上，歌功颂德反遭殃。才高八斗的薛道衡，果真要悔青了肚肠！

可惜薛道衡，至死不醒悟。要好的同僚劝其放低身段，杜绝宾客，谨言慎行，他只当耳旁风。有次在朝堂讨论一项新政令，众说纷纭，久议不决；书生气十足的薛道衡说，"向使高颎不死，令决当久行"。炀帝闻奏大怒，说：他还在惦记着高颎邪？高颎本是大隋第一功臣，位高权重，但在大业年间以"谤讪朝政"被杨广处死。如果仅为颂先皇而抓你、杀你，这理由还摆不上台面的话，那么于今薛道衡为罪臣张目叫好，就是飞蛾扑火、自寻死路了。先是关入大牢，可薛自以为不是大过，希望能得赦免，还让家人备下酒菜，说是要等出狱后招待宾客呢。后杨广令其自尽，薛很意外，不肯引诀，只得叫人把他"缢而杀之"。"时年七十，天下冤之。"

是冤、还是不冤？说其冤者以为，他作《高祖文皇帝颂》，罪不当死；后替高颎抱不平，也属小事一桩，算不上谋逆大罪。将其缢杀，是炀帝小题大作，滥杀大臣。实际上，杨广杀薛道衡，绝非偶然心血来潮，而是处心积虑已久。其一，杨广在扬州时曾有意招募薛道衡，但薛不乐意，宁可追随其弟汉王杨谅，由此结下怨恨；其二，薛与高颎交好、是先帝的左臂右膀，但高颎力阻杨坚废长子杨勇，站在谋夺太子位的杨广的对立面；其三，薛作为老臣，对新上台的杨广，犯上不敬，借古讽今，已成炀帝独揽大权的障碍。有这三条，薛道衡非死不可！绝对权力者是不能容许异己力量存在的。清除异己，就要斩草除根、不留后患。

由歌功颂德而招来杀身之祸，薛道衡死得惨。但道衡之死，也不像《隋书》所说是"不护细行之所致"。因为说到底，薛道衡从一开始就站错了队、跟错了人，不与杨广作一党，且又不识相，不肯彻底臣服于炀帝。薛道衡呀，你作什么《高祖文皇帝颂》，以你的才情作篇《大隋炀皇帝颂》，那情形恐就不一样喽。看来，文人拍马、歌功颂德，最为关键的就是不可弄错对象。还是杨坚最了解薛道衡，叫他"戒之以迂诞"，可他没有听进去，总好乱发议论，遂为之丢了性命。处在权力风涛中的文人，欲要安身立命，难哪。

2013 年 7 月 26 日

（载 2013 年 8 月 9 日《湘声报》，
第 11 期《杂文选刊·上》选载）

世无永久朋党

酷暑看《隋书》，从杨广、杨素朋比为奸、夺储篡位，又相互忌害的恩怨情仇，始知世无永久朋党，惟有永恒利益。

581年，杨坚受禅称帝，即立长子勇为太子，令其参决军国政事，成为大隋的"接班人"。但次子晋王广不甘为藩王，"阴有夺宗之计"。由此，杨广的"晋王党"向杨勇的"太子党"，展开了夺储之战。

"太子党"占据正统高地，上有父皇杨坚庇荫，下有高颎等一干大臣拥戴，而"晋王党"则势单力薄。可杨广又具太子所没有的优势，一是深得母后独孤钟爱，且独孤与文帝并称"二圣"，有很大的发言权和影响力；二是太子在明处，树大招风，晋王在暗处，又长于矫饰伪装。杨广的短板，就在缺乏朝中重臣的扶持。杨广相中"兼文武之资，包英奇之略"的越国公杨素，"卑躬以交"，结为朋党，共谋扳倒太子。

杨素出手，又准又狠。他摸清独孤后有意扶植晋王为储君的"底牌"，就与杨广联手，打出一串"重拳"。

其一，买通东宫幸臣，随时掌握"太子消息"，由杨素在朝堂扩散，向文帝进谗言，诋毁太子，使之"过失日闻"，名誉扫地，把杨勇的形象抹黑。

其次，抓住太子的某些僭越行为，恣意夸大，无中生有，栽赃陷害，挑拨离间。如说太子私养马匹，窝藏火燧，调动皇宫侍卫，有不臣之心；使文帝误以为太子急不可耐、要抢班夺权，促其滋生废立之念。

其三，内有独孤撺掇，外有杨素攻讦，杨勇日渐失宠，成了"性识庸暗，仁孝无闻，昵近小人，委任奸佞，前后愆衅，难以具纪"的"不肖之子"。太子终被废黜，晋王入主东宫。但杨勇犹作困兽之斗，爬上大树，隔墙喊话，想要向父皇"面申冤屈"；杨素即反诬废太子"情志昏乱，为癫鬼所著，不可复收"，令文帝信以为真，视为疯子、神经病，让杨勇不得翻身！

至此，杨勇"太子党"惨败，杨广"晋王党"大胜。但杨素、杨广的勾结夺储战，并未完结。为巩固晋王的太子地位，确保其承嗣大统，他们又使出两大杀招。

第一，皇四子杨秀，称王蜀地，对废勇立广"意甚不平"。为铲除这个潜在对手，杨广耍弄移花接木之计，暗使巫蛊、作木偶人写上汉王杨谅、文帝杨坚名讳，"缚手钉心"，埋于华山之下，再由杨素带人前往发掘、具奏文帝，嫁祸杨秀造反，秀被废为庶人、软禁起来。

第二，紧急关头，杨素果毅决断，助推杨广登极。604年，文帝病卧仁寿宫，入侍的太子广调戏宣华夫人，"奸乱宫闱"；闻知此事的杨坚拍床大呼："枉废我儿！"并传诏随侍的驸马柳述、黄门侍郎元岩，要他们速速召回废太子勇。二人外出写旨的当口，杨素与杨广协谋出击，假传圣旨，将述、岩抓捕入狱，杨广遂即弑父称帝。杨素草拟的"遗诏"云，"皇太子广，地居上嗣，仁孝著闻，以其行业，堪成朕志。"可以说，"晋王党"大功告成，杨素居功至伟，无出其右。

"争竞则朋党，朋党则诬罔，诬罔则臧否失实，真伪相冒。"（《晋书·郤诜传》）杨广、杨素一伙结党营私，夺储登极，不惜离间父子，手足相残，造谣诬陷，栽赃坑害，无所不用其极。但成功夺权之后，杨广与杨素的朋党关系便很快解体，新的权力斗争拉开了帷幕。

一方面，杨广夺储杀父，权力来路不正，害怕杨素抖露其大逆阴谋，且杨素功高震主，威权日重，对炀帝的皇权构成极大威胁，故而不得不"外示殊礼，内情甚薄"，急欲除之而后快；另一方面，杨素自恃有大恩于杨广，骄纵弄权，飞扬跋扈，同时又恐新君疑忌，加害于己，处处设防。杨素生病时，炀帝常派御医去为其诊治，并"赐以上药"，每次御医回宫，总要细加盘问，唯恐素不死。而杨素也"自知名位已极"，生怕炀帝在医药中做手脚，从不肯吃御医所开之药，并对其弟杨约说："我岂须更活耶？"本为朋党的他俩，此时形同水火，到了有你无我、你死我活的地步！权力和利益的博弈，碾碎了原有的朋党关系。政坛朋党，无不以权力、利益为转移、作分化；一波争权夺位之结束，往往是又一波争权夺位之开始。利益博弈，永无穷期。

颇为讽刺的是，助推杨广夺储篡位的杨素之子杨玄感及其诸弟，"潜谋废帝"，举兵谋反，最终被"磔其尸于东都市三日，复脔而焚之"，惨遭灭门。倘杨素地下有灵，对他的加盟"晋王党"，怎不知是悔作嫁衣，还是自艾怨报。年轻时豪言"但恐富贵来逼臣，臣无心图富贵"的杨素，实乃亡隋之巨奸元凶。

2013年7月29日

（载 2014 第 10 期《杂文月刊·上》）

283

血统迷信亡隋论

隋亡于炀帝，灭亡的种子，却由其亲爹亲妈杨坚、独孤手播。直如史官评曰，"听哲妇之言，惑邪臣之说，溺宠废嫡，托付失所。"一句话，杨坚选错了"接班人"。临终前的隋文帝，口出怨言："畜生何足付大事，独孤诚误我！"

怪罪独孤，事出有因。在废长立幼、更换太子问题上，独孤皇后起了很大作用。但把责任推给皇后，又有失偏颇，因为废勇立广的最终决策人，是文帝而不是独孤。从挑选太子的指导思想上看，杨坚夫妇都犯有血统论的错误；是他俩的血统迷信，导致选错"接班人"而亡隋。

宗法社会，嫡庶有别、长幼有序。血统直接关乎人的尊卑贵贱。立长不立幼、立嫡不立庶，是中国皇家立储的不二标准。这个标准实为典型血统论——皇帝与皇后所生的嫡长子，血统最纯粹，因而最正宗、最尊贵，最具承继大统的资格。文帝上台伊始，即立世子杨勇为皇太子，遵循的正是此道。立储初，勇颇受帝信赖，杨坚曾扬扬得意地对群臣说，"前世皇王，溺于嬖幸，废立之所由生。朕傍无姬侍，五子同母，可谓真兄弟也。岂若前代多诸内宠，孽子忿诤，为亡国之道邪！"

自秦汉至魏晋，皇家多有立储的嫡庶长幼之争，酿出不小乱子。隋文帝吸取历史教训，不与别的女人生儿子，勇、广、俊、秀、谅"五子同母"，均出于独孤皇后，是血脉一系的"真兄弟"。他以为这样做，就可避免由于血统不同而产生嫡庶之争，平稳、牢靠地完成皇权交接。隋文帝陷入了血统论的认识误区，自恃"真兄弟"就没问题，亲手足不会为争权夺位而争斗撕咬。他过高估计了血亲的作用，又太低估了皇位的最高权力之诱惑。事实上，在权力决定一切的皇家，没有任何东西比皇位更尊贵，更诱人。父子、兄弟、夫妻之类血缘亲情，在代表最高权力的龙椅面前，全都苍白无力，黯然失色！别说什么亲兄弟，哪怕是嫡亲父子，为了皇位，从来就不惜杀戮流血。杨广坑害三个兄弟又弑父篡位，岂不是对乃父血统迷信之极大讽刺么？

"五子同母"的"真兄弟"，在父母眼里也不可能完全"一碗水端平"。

或亲或疏，或宠或嫌，在所难免。如独孤皇后，她就看不惯老大勇儿的做派，而特别钟爱乖巧伶俐的老二杨广，想用老二取代老大的储君之位。独孤后为何有意废长立幼？还是根深蒂固的血统论在作祟。

太子杨勇"多内宠"，对小妾云氏宠爱有加，不喜欢老妈独孤后为他所选的元妃。云氏又替杨家生下皇长孙，而元妃则无生育，且不久夭逝，独孤后怀疑是勇"遣人投药"所致。在晋王杨广挑唆下，独孤后"悲不自胜"、大发感叹："我在尚尔，我死后，当鱼肉汝乎？每思东宫竟无正嫡，至尊千秋万岁之后，遣汝等兄弟向阿云儿前再拜问讯，此是几许大苦痛邪！"独孤后想得真怪。因为太子勇"无正嫡"，只有庶出的皇长孙，一旦文帝晏驾、太子为君，那么小老婆生养的皇长孙就成了新的皇太子，广、俊、秀、谅诸兄弟都要给他请安朝拜。让正宗嫡传的儿子们去向小老婆生的皇长孙拜谒，这在独孤后看来，简直就是奇耻大辱，人生最大的痛苦！所以，为维护大隋嫡传血统，她要未雨绸缪、趁早废黜杨勇，立已有嫡孙的杨广为太子，以免嫡子拜庶孙的一幕出现。独孤后的"正嫡"观念，不也是一种血统迷信么？

北宋司马光说，杨坚"徒知嫡庶之多争，孤弱之易摇，曾不知势均位逼，虽同产至亲，不能无相倾夺"。（《资治通鉴·隋纪四》）此论一语中的。但血统论使隋文帝盲目自满，对诸子夺储失去应有的警惕和防范；血统论又让独孤后眼光狭隘，不辨愚贤正邪，只知血缘亲疏，萌生废长立幼之心。大隋帝国的"二圣"，被血统迷信搞得昏头涨脑，终为杨广、杨素等所乘，铸下错选"接班人"的大误。"坟土未干，子孙继踵屠戮，松楸才列，天下已非隋有。"说什么"独孤诚误我"，是偏狭的血统论，误了你们自己。

"老子英雄儿好汉，老子反动儿混蛋"的岁月，已然过去；但至今仍有人相信，把权力交到自家子孙手上总比交给外人放心，恨不能搞血脉相传的世袭。血统迷信亡隋的殷鉴虽远，但其现实意义似未可小视。

2013 年 7 月 30 日

高颎之死与直道之穷

　　"有文武大略，明达世务"的高颎，为隋朝屡建奇勋，官拜尚书左仆射，堪谓大隋第一功臣。甚得文帝杨坚器重，"委以心膂"，"每呼为独孤而不名也"。个中原委，在颎父高宾，做过北周大司马独孤信的幕僚、并赐姓独孤氏，而文帝之妻恰为独孤信之女。独孤皇后和高家每相往来，关系亲密。但就是这个深受皇家赏识、推重的大隋宰相，却先被文帝削职为民，复遭炀帝诛杀，诸子皆发配边疆。《隋书》称，"及其被诛，天下莫不伤惜，至今称冤不已"。

　　高颎冤案，所为何来？愚以为，就在他率性耿直，触犯了独孤后及其次子杨广。

　　杨广与高颎的过节，由来已久。开皇九年，杨广率军伐陈，高颎作为"元帅长史"，握有"三军谘禀，皆取断于颎"的大权；隋军攻克建邺，俘获陈后主宠妃张丽华，晋王广有意纳之。但高颎以妲己亡殷作谏，说"不宜取丽华"，并下令斩之。惹得杨广老大的不高兴，结下梁子。

　　后来杨广与杨素等结党，谋夺太子位。文帝为废立事征询高颎的意见，颎长跪于地、断然否决："长幼有序，其可废乎！"杨坚中止了废黜太子勇的打算。这就触怒了独孤皇后和杨广，视高颎为政敌、"阴欲去之"，对他百般中伤、诬陷，离间文帝对高颎的信任。

　　如高颎丧妻，独孤后提请文帝为之续弦，高颎流涕辞谢，说"臣今已老，退朝之后，唯斋居读佛经而已。虽陛下垂爱之深，至于纳室，非臣所愿。"事遂作罢。但过了不久，高颎的爱妾生下儿子，文帝为其高兴，独孤后却不悦，借题发挥说：陛下当初要为他续娶，他不答应，实乃"心存爱妾，面欺陛下"，"今其诈已见，陛下安得信之！"独孤皇后这么一挑拨，文帝就渐渐疏远高颎。

　　再后来，有人出首诬告，说高颎的儿子高表仁私下里怂恿高颎："司马仲达初托疾不朝，遂有天下。公今遇此，焉知非福！"隋文帝再也不能忍耐，龙颜大怒，把高颎关进大牢、严加审问，以谋逆大罪"除名为民"。一代名相，就此淡出大隋政坛。

但事情仍未完了。杨广篡位称帝，又拜高颎为太常，专司祭祀礼乐。不料高颎屡进诤言，反对炀帝收集故乐、纵情声色，批评炀帝修筑长城，以及对启民可汗的"恩礼过厚"，并斥责"朝廷殊无纲纪"。高颎直言犯上，激起炀帝算总账的狠心。原来，高颎与废太子勇是亲家，其次子高表仁娶了杨勇的女儿，乃"太子党"之中坚。现在又处处与炀帝作对，杨广即以"谤讪朝政"的罪名，下诏将高颎处死。

《隋书》评价高颎，"及蒙任寄之后，竭诚尽节，进引贞良，以天下为己任"；"当朝执政将 20 年，朝野推服，物无异议。治致升平，颎之力也。论者以为真宰相。"但"真宰相"不敌诸多小人谗言，到头来难逃横祸，掉了脑袋。还在他初任仆射时，老母亲就告诫高颎说，"汝富贵已极，但有一斫头耳，尔宜慎之！"可叹一语成谶。权力场上，只为说真话、进诤言而蒙难受冤者，代不乏人。追根溯源，盖在直道之穷。直道既穷，枉道渐纵。皇家政坛，风云变幻，唯权是夺，权势者能容率性直言者于一时，却不能容于永远。而得势称意的，尽是那些拍马造假、阳奉阴违，善搞阴谋诡计者。高颎这等耿介之士，秉行直道，遂为肇祸之阶。

中国缘何阴盛阳衰，由高颎之死与直道之穷，不亦管中窥豹、略见一斑乎？

2013 年 7 月 31 日

杨广作秀

以荒淫无道而臭名昭彰的隋炀帝，夺得皇位前"尤自矫饰"，是个作秀大行家。他高超的秀术，蒙骗了上自父皇母后、下至文武百官的许多人，为其成功夺储添加了很重的砝码。

小名"阿摩"的晋王杨广，长于"矫情饰貌"，隐蔽伪装。他深知，要扳倒太子勇，关键在博取父皇母后欢心，使之认为自己更有资格和条件做储君。于是，杨广以朝堂为秀场，在隋文帝、独孤后面前，大展秀技。

老爹老妈性好节俭，不尚声色；本性骄奢淫逸的杨广，就强压欲念，乔装简朴，每次朝见父母都轻车简从，衣饰朴素，十分节俭；父母来藩邸，则故意摆着断了弦的乐器，上面蒙了一层灰尘，好像从来不用。给他们留下"不好声妓"的印象。

父皇母后特别厌恶诸王及朝臣多内宠，嬖幸姬妾；性好渔色的杨广就假装坐怀不乱，府中只备极少几个服侍丫鬟，整天跟王妃萧氏在一起，同食共眠，恩爱有加。与太子勇之宠幸小妾、冷落元配，形成鲜明对比，以彰显自己德行高尚。

有次和文帝一同外出打猎，途中遇雨，左右送上油衣；杨广即一脸正色道，"士卒皆沾湿，我独衣此乎！"坚辞不受。文帝感动，赞其仁孝。他率军伐陈、打下皇城，则封存府库，金银财货无所取，令"天下称贤"。

他还纡尊降贵，低调行事，对朝中大臣"礼极卑屈"，刻意笼络；连父皇母后身边的内侍、宫女，也施以小恩小惠；对深得父皇喜爱的宣华夫人，则彬彬有礼地巴结示好，馈送金蛇、金驼等物，让她为自己进口角春风。

种种作秀表演，使晋王广在形象上压倒了"率意任性，无矫饰之行"的太子勇。朝堂上下、宫里宫外，一片"晋王孝悌恭俭，有类至尊"的赞扬声！他在夺储战中占得上风。加上独孤后、杨素等人离间骨肉，构诬太子，杨广水到渠成地入主东宫，夺得储位。

仁寿四年，杨广登极称帝。上述作秀再无必要，其骄奢淫逸、嗜好享乐的本性大爆发。筑建宫室，营造东都，广罗美女，沉溺声色，奢侈腐败，不一而足。他撕下了假仁假义的画皮，凸显出不忠不孝的败家子嘴脸。

但是，隋炀帝没有停止作秀。只是秀场变了，由朝堂扩展至天下，目的也变了，由取悦父皇母后切换为满足自己的虚荣心。他迫不及待地搞"政绩秀"，要把自己跻身于秦皇汉武之列。为此，炀帝一手打造了四大"政绩工程"。

之一，西域开市，广招客商，撒大把银子，用丝绸裹饰长街树枝，为外商提供豪宅、美食，并厚加赏赐，以示大隋之强盛富足，举世无双。

之二，动用数十万军卒、民工，几度修葺秦汉构筑之废坏长城，以显其不逊始皇帝之大经济、大手笔。

之三，遣发上百万徭役人伕，开凿从洛阳到江都的大运河，以满足其幸游四方、享乐人生之私欲，复创华夏水渠工程之冠。

之四，亲率百余万水陆大军，三次出师辽东、征讨高丽，开疆拓土，耀武扬威，旨在使四夷宾服，万国来朝，立不世之功业。

然而，四大"政绩秀"走向了杨广意愿的反面。它们败光了先皇攒下的家底，耗尽天下民力，闹得国库空虚，饥荒频仍，盗贼遍地，民心丧尽，天下大乱。杨广以天下为秀场，到头来却白绫绞颈，丢了天下！杨广犹胡亥再世，《隋书》将他钉于耻辱柱："社稷颠陨，本枝殄绝，自肇有书契以迄于兹，宇宙崩离，生灵涂炭，丧身灭国，未有若斯之甚也。"

看杨广作秀，我得出一个结论：秀术即骗术，权力场上的作秀行家大抵是口蜜腹剑、盗名欺世的两面派、大骗子。善良的人们能不惕之唾之乎？

2013 年 8 月 1 日

（载 2013 年 8 月 13 日《西安晚报》）

父子罹祸皆由舌

常言道，病从口入，祸从口出。能如《孝经》之"言满天下无口过"的，惟有圣人。可父子两代，皆由口舌罹祸遭致杀头的，也算异闻。

"以武烈知名"的贺敦，在北周任金州总管，位列封疆大员。但他出言不逊，得罪了专断周政的大冢宰宇文护，被"忌而害之"。临刑之际，贺敦将儿子贺若弼召来，说："吾必欲平江南，然此心不果，汝当成吾志。且吾以舌死，汝不可不思。"为加深印象，他特意用锥子刺儿子的舌头至出血，要让贺若弼牢记"诫之慎口"的教训。

对父亲的临终遗言，贺若弼记住了前半句，忘掉了后半句。隋代周后，得高颎力荐，贺若弼肩负起平陈大任。他先献取陈十策，又为"行军总管"，进军蒋山，与陈军主力大战，一举从北掖门杀进建康。隋文帝杨坚称赞说，"克定三吴，公之功也。"官升右领卫大将军，兄弟并为郡公，贵盛于朝。可以说，贺若弼出色地达成了亡父"平江南"的遗愿。然而，贺若弼也渐渐居功自傲起来，"自谓功名出朝臣之右，每以宰相自许"。特别对杨素任右仆射，而自己仍是将军，"甚不平，形于言色"。结果罢官入狱；杨坚问他，你说高颎、杨素两个宰相只会吃干饭，是什么意思？贺若弼坦言，"颎，臣之故人，素，臣之舅子，臣并知其为人，诚有此语。"他答得明了，反正两位宰相都是自己的故人亲朋，所以说句讥笑话也没什么大不了的。此语一出，朝臣大哗、纷纷奏请，其"罪当死"。幸好隋文帝爱其才惜其功，只将他削职为民；过了一年，又复其爵位。他没把老爹"诫之慎口"的临终嘱咐当回事，侥幸的是，保住了性命。

贺若弼的口舌之祸还没有完。有一次，皇太子杨广与他谈论杨素、韩擒虎、史万岁三位良将的优劣长短，贺若弼又信口评说起来：杨素"是猛将，非谋将"；韩擒虎"是斗将，非领将"；史万岁"是骑将，非大将"。杨广问，那谁才是大将呢？他答道，"唯殿下所择"。意思是只有他堪称大将。这给杨广留下恶感，待其嗣位，即"尤被疏忌"。

大业三年，光禄大夫贺若弼从驾北巡，来到榆林。隋炀帝设下大帐，宴请突厥可汗启民及其部众 3500 人，奏百戏之乐，分予赏赐。贺若弼故态复萌，放言皇帝太奢侈，并与太常卿高颎、礼部尚书宇文弼等先朝老臣一起，议论朝政得失。谁知隔墙有耳，有人向炀帝告发。于是，他们几个同以"谤讪朝政"的罪名被杀，妻小为奴、发配边疆。哎，你说宰相、说将军也就罢了，这回竟说到皇帝头上，就没那么便宜了。看来，"且吾以舌死，汝不可不思"的遗训，贺若弼只当耳旁风，老爸的锥舌喋血，也枉费了心机！

撰《隋书》的史官说，贺若弼"若念父临终之言，必不及于斯祸矣"。此话顶多说对一半。在国法即家法、君主不可冒犯的语境下，为人臣者说话、写文章，不管对错与否，只要拂逆上意，对不上皇帝的"口径"，就都是死罪。何况，人长了口舌总要说话、发议论，不可能永远做哑巴，加之每有诬陷、告密的小人，防不胜防，最卑劣的，还可以搞"莫须有"。所以，"诫之慎口"、"多磕头、少说话"，虽可作官场生存术，但根本问题，仍在皇权独大、以言治罪的坏制度。没有法治下的言论自由，人就活得累；思想言论罪、文字狱等，即时有发生。贺敦、贺若弼父子，所处朝代不同，均由口舌被杀。我不禁悲从中来，旋剥李商隐句以释怀：

几时拓土成王道，口舌不再是祸胎。

2013 年 8 月 3 日
（载 2013 年 8 月 30 日《杂文报》）

隋炀帝之尊师重道

605年，登位不久的隋炀帝即下诏："君民建国，教学为先，移风易俗，必自兹始"；"朕将欲尊师重道，用阐厥猷，讲信修睦，敦奖名教。"摆开了尊孔兴教的架势。

隋炀帝这么做，自有其因。早在开皇初，秘书监牛弘就上表隋文帝，宣称孔学"治国立身，作范垂法"，建言隋朝"大弘文教，纳俗升平"。但杨坚"不悦诗书"、"素无学术"，加之"内有六王之谋，外致三方之乱"，不得不倚重武将，文臣亦"刀笔吏"居多。尊师重道之类，提不上议事日程。及至晚年，又"废天下之学"，只有一所国子监，弟子仅72人。炀帝上台伊始，想扭转文教之凋敝局面，于是"复开庠序"，在京城和各郡县开设学堂、培养人才，以臻文治。客观讲，尊师重道，合乎当时教育兴隋的需要。

继大业三年六月诏命"询谋在位，博访儒术"，608年，隋炀帝又下诏云："先师尼父，圣德在躬，诞发天纵之姿，宪章文武之道。命世膺期，蕴兹素王，而颓山之叹，忽逾于千祀，盛德之美，不存于百代。永惟懿范，宜有优崇。可立孔子后为绍圣侯。有司求其苗裔，录以申上。"

炀帝此话，奉孔子为圣人，尊为"尼父"、"素王"，又要寻求孔子嫡裔，拜爵封侯。其尊师重道之高调，为秦汉魏晋所未有；且创科举取士新制，首设进士科，选拔官员，给寒门士子打开向上流动的通道。杨广尊师重道、兴办学校，在历史上有进步意义。

但如鲁迅所说，隋炀帝的尊师重道，把孔夫子当成"敲门砖"，已"怀着别样的目的"（《且介亭杂文二集·在现代中国的孔夫子》），且带有不小虚伪性。我申说两点，以证其伪。

尊师重道，首在弘扬孔子孝悌仁爱的"圣德"、养成高尚德行，此乃儒家修齐治平之要旨。然而，倡言尊师重道的隋炀帝，自身却与"圣德"背道而驰。称帝前后，他弑父夺位，残害兄弟，屠戮忠良，苛役人民，纵情声色，无半点孝悌仁爱的影子；由这样的无道昏君来训示天下臣民尊师重道，岂不是大笑话？自己恶贯满盈，却惺惺作态、侈谈"圣德"，老百姓不成"老不信"才怪！隋炀帝的尊孔崇儒、尊师重道，不能排除做秀造势。他欲以孔夫子这件漂亮的外衣，来掩饰自己的丑恶嘴脸。上梁不正下梁歪。口是心非、言行相悖的尊师重道，行之不远，也难以奏效。

"百年树人"的教育，非朝夕所可计功。尊师重道、教育兴隋的方略，真实行起来，又与权贵者的急功近利，产生矛盾和冲突。而隋炀帝，恰恰是雄心勃勃、急于成就丰功伟业的主儿。事实上，发布尊孔诏书的608年，隋炀帝正忙于巡幸西北、调集军民大修长城，以与秦始皇齐名。在位13年，炀帝"骄怒之兵屡动，土木之功不息"，造"政绩"、搞享乐而唯恐不及，哪有心思、时间去尊师重道。急功近利、好大喜功的执政方式，注定了"空有建学之名，而无弘道之实"。一代名儒刘炫，定礼仪、修律令、"博学有文章"，只做了太学博士的小官，还被炀帝"罢之"；回到河间，又被郡官交给盗贼，后贼破还县城，郡官竟以其"与贼相知，恐为后变"，拒之门外。"饥饿无所依"的刘炫，活活被"冻馁而死，时年六十八"。难道这就是隋炀帝的尊师重道、敦奖名教？

尊师重道、教育兴国的口号，正确、响亮！就怕仅是说在嘴上、写在纸上、挂在墙上，而不能身体力行，持之以恒。倘若没有诚心，且又不能持长远、科学的政绩观，那它终是句空话而已。这，该算隋炀帝尊师重道所提供的一个历史警示吧！

注：文中所引除已标明者外，均见《隋书》之帝纪第四和列传第十四、第四十。

2013年8月7日

（载2013年9月10日《联谊报》，
第10期《杂文选刊·下》选载）

虞氏兄弟论

　　学而优则仕的古代，读书人以才学博取功名富贵，不足为奇。但富贵于读书人而言，因立身处世之不一，遂有取舍之别。隋唐之际的虞世基、虞世南兄弟俩，就分道扬镳，走了不同的人生路。

　　会稽余姚之虞氏兄弟，皆博学有高才，兼善书法，被人夸为"当今潘、陆"。由陈入隋的世基，官卑职小，一度"贫无产业"，经常靠卖书法来养家，"怏怏不平"；炀帝即位，他时来运转，为皇帝所"特见亲爱"，与苏威、宇文述、裴矩等"参掌朝政"，"朝臣无与为比"。他大富大贵了。有时候，出个主意，就为他赢来大把财富；如炀帝巡幸江都，虞世基建议在运河堤岸上种植杨柳，既增美两岸风光，又为拉纤的殿脚女庇荫，很为受用。炀帝一高兴，就赏赐虞世基黄金100两、彩缎10匹、御酒10樽。

　　虞世南则不同，视富贵为浮云，安贫乐道。他当了翰林院的秘书郎，散官一个，生活清苦。可大富大贵的兄长，爱财如命，从不肯接济弟弟，并由此引得"朝野咸共疾怨"，留下坏名声。大业八年，隋炀帝欲讨伐高丽，要草拟一道征辽诏书。翰林院官员一连起草、修改了几遍，都不称圣意；炀帝亲笔起草，还是写不下去。有人提议让虞世南来一试，只见他笔走龙蛇，一气呵成。炀帝读罢，满心欢喜，赞为"奇才"，并许诺明天就给他升官。后来炀帝妒忌心发作，不但不升官，连赏钱也一文不给，自食其言。可虞世南平心静气，安之若素。

　　而贪恋富贵的虞世基，不惜欺上瞒下、取悦炀帝，又纵容其妻卖官买官，贪赃腐败，大发不义之财，成了大贪官。他随侍炀帝于江都时，盗贼日盛，天下大乱，许多郡县已沦于贼手。但虞世基知道，炀帝只听喜不听忧，于是把郡县告急求援的奏章，或压下不报，或大事化小，"不以实闻"。太仆杨义臣在河北剿贼，一举"降贼数十万"，列状上奏，炀帝奇怪：哪来那么多的盗贼？世基即说，"鼠窃虽多，未足为虑。义臣克之，拥兵不少，久在阃外，此非最宜。"炀帝是其言，传旨杨义臣撤兵。隋朝之亡，虞世基该负一小部分责任。大富大贵的虞世基，完全丧失了"素士之风"，《隋书·列传第三十二》称，他这一家子倚仗权势，"鬻官卖狱，贿赂公行，其门为市，金宝盈积。"他发足了国难财。但最后宇文化及作乱，炀帝被杀，虞世基也作了陪葬。

一母所生两兄弟，一富一穷不相依。富贵很诱人，富贵亦害人。过于贪图富贵，必陷己于不义，乃至伤天害理，是没有好下场的。虞世基之死，可资明证。与之相反，虞世南秉持"不义而富且贵，于我如浮云"（《论语·述而》）的立身处世准则，不但受人尊敬，而且入唐后为李世民所重，任弘文阁学士，成了一代名臣兼唐初四大书家之一。

于今的知识精英，与古之读书人不可相提并论；然而，从做学问与图富贵的关系来说，还当要淡泊名利，方为正道。真所谓计利当计天下利，求名应求万世名；如果总被功名富贵牵着鼻子走，只想依附于权力、升官发财，那么其独立人格、自由思想就会扭曲、蒙垢，尽说些荒唐"雷语"，也会像虞世基一样遭人鄙弃。富贵纵然好，取之应有道。对今天的知识精英来说，"富贵不能淫"，依然是他们最可宝贵的品格！他们要学自甘清贫的虞世南，而不可去做贪恋富贵的虞世基。

2013 年 8 月 8 日

（载 2013 年 8 月 20 日《西安晚报》）

兰陵公主的婚姻悲剧

兰陵公主，小名"阿五"，是隋文帝的第五个女儿。姿仪秀丽、性格婉顺、好读诗书的她，在诸女中为其父皇"特所钟爱"。但漂亮贤惠的兰陵公主，一生中两遭婚姻悲剧，堪谓红颜薄命。

头一次悲剧属于天灾。嫁给王奉孝没几年，夫婿病故，她成了未亡人。第二次悲剧，就全系人祸。年仅 18 的兰陵公主再婚，嫁入建安郡公、卫州刺史柳机家，做了长媳。驸马柳述因为娶了"阿五"，也特受文帝宠信，先后代理兵部尚书、摄黄门侍郎，又任吏部尚书，一时权势显赫，"怙宠骄豪，无所降屈"。与娇贵的诸姐不同，嫁进柳家的兰陵公主，"折节遵于妇道，事舅姑甚谨，遇有疾病，必亲奉汤药"，是个称职的好媳妇。

然诚如恩格斯所说，历史上一切统治阶级之间"婚姻的缔结"，"仍然是一种由父母安排的、权衡利害的事情。"（《家庭、私有制和国家的起源》）皇家的婚姻总与权力利害相纠结，而并不以男女间的爱情为转移。兰陵公主的二度成婚，从一开始就被权力之争所挟持；随后又深度介入了朝廷中晋王党与太子党之间的利害博弈，从而注定其悲剧的运命。仔细考量，其因有三。

再婚前，晋王杨广为壮大自己的夺储实力，争取父皇文帝的支持，就有意要把妹妹"阿五"许配给自己的小舅子萧璟，文帝也答允了；但或许出于扶持太子的考虑，文帝变卦、将女儿嫁给了柳述。这让杨广很不高兴，埋下了报复、忌害的种子。

婚后，柳述得宠用事，又对晋王党的夺宗阴谋构成威胁。说起来，柳家一门，与太子杨勇关系紧密。柳述年轻时，做过"太子亲卫"；柳述的弟弟柳肃，又为太子"内舍人"，相类于今之大秘书；堂弟柳雄亮任太子左庶子。这些柳家子弟都是太子党，杨广能不视为政敌、恨得牙痒痒么？

更有柳述与杨广心腹的杨素相交恶。杨素官居宰相，朝臣都很怕他，唯有柳述屡屡在文帝面前告状揭短；处理朝政、不合素意，叫柳述更改之，柳述顶牛并声称："语仆射，道尚书不肯。"杨素对柳述这个皇家驸马，怨恨已久，必欲除之而后快。

机会终于来了。604年，病中的隋文帝发觉所托非人，命柳述召回废太子杨勇。当柳述和元岩领命写更换太子诏书的时候，杨素与杨广合谋，矫诏将他们拘禁，迅速发动政变，害死文帝，抢班夺权。炀帝登位后的第一件事，就是立即将柳述革籍除名，剥夺其驸马资格，并令其与兰陵公主离婚，再发配到岭南龙川郡。

可怜兰陵公主，不但救不了夫婿，还被炀帝敕令改嫁。公主誓死不从，要求与柳述一起流放，共赴龙川；杨广大怒，训斥公主曰："天下岂无男子，欲与述同徙耶？"公主回答说，父皇把我嫁给柳述，"今其有罪，妾当从坐，不愿陛下屈法申恩"。炀帝不准，公主忧愤而死，临终前上表说："昔共姜自誓，著美前诗，郿妳不言，传芳往诰。妾虽负罪，窃慕古人。生既不得从夫，死乞葬于柳氏。"心狠的杨广没掉一滴眼泪，把兰陵公主草草埋葬在洪渎川。宁死不屈的兰陵公主，冲破"夫妻本是同林鸟，大祸临头各自飞"的势利习俗，殊为难得。其夫柳述，亦在岭南"遇瘴疠而死"。这对皇家鸳鸯，死于非命，且魂各一方，分离天涯，不亦悲夫！

人道皇帝的女儿不愁嫁。其实，皇家公主的婚姻，由于夹杂着诸多权力利害因素，往往不大圆满，难言幸福。兰陵公主的婚姻悲剧，不能不说是拜皇权所赐。寡情薄义、专横暴虐的隋炀帝，故意拆散妹妹的婚姻，置兰陵公主遗愿而不顾，丧心病狂之极。撰修《隋书》的魏征、颜师古、孔颖达等，能将再婚的兰陵公主入载烈女传，以褒扬其重义轻生的情怀，适见唐人气度之不凡，心态之开放。他们断无后世俗儒的女子从一而终、一女不事二夫之偏见。这，也许算是对兰陵公主婚姻悲剧的一点抚慰吧。

2013 年 8 月 11 日

双重人格

酷暑"烧烤"下翻检《阿Q正传》，国人的双重人格，让我倒吸一口凉气。在他们身上，羊性和狼性交织，不断地变换着奴才和主子的意识或角色，叫人捉摸不透。

穷光蛋兼无业游民的阿Q，刚刚挨了假洋鬼子的一顿哭丧棒，受尽欺侮，一副可怜兮兮的羔羊相；可转过头去，撞见了静修庵的小尼姑，阿Q就变了模样，既油嘴滑舌地调戏之，又动手动脚地耍流氓，俨然是一头色狼。

不光阿Q是这样。未庄最高贵、最风光的赵太爷，同样是双重人格，与阿Q一副德性。阿Q潦倒时，口出狂言，说自己跟赵太爷是本家；赵太爷凶相毕露，不仅臭骂阿Q这"浑小子"，"你那里配姓赵！"而且重重地打了阿Q一个大嘴巴。主子面目，跃然于纸！但是，风传革命党进了城，阿Q又宣布"造反了"的时候，心惊胆战的赵太爷立马见风扯篷，低三下四地称阿Q为"老Q"，巴结讨好，像个奴才。

如果说阿Q是文学形象，还不足为凭，那么考之史实，国人的双重人格，似为不刊之论。鲁迅论及孙皓、赵佶在有权与失势时的反差，说："孙皓是特等的暴君，但降晋之后，简直像一个帮闲；宋徽宗在位时，不可一世，而被掳后偏会含垢忍辱。做主子时以一切别人为奴才，则有了主子，一定以奴才自命：这是天经地义，无可动摇的。"（《南腔北调集·谚语》）主子与奴才的双重人格的背后，实质是权势的张扬与失落，"有权时无所不为，失势时即奴性十足"（同上引）。帝王级大人物的双重人格，其实是一种权势效应，即权力对人格的扭曲。

鲁迅的独到与深刻，又在把这种双重人格，提到普遍的国民性层次，加以针砭和批评。他说："既许信仰自由，却又特别尊孔；既自命'胜朝遗老'，却又在民国拿钱；既说是应该革新，却又主张复古；四面八方几乎都是二三重以至多重的事物，每重又个个自相矛盾。一切人便都在这矛盾中间，互相抱怨着过活，谁也没有好处。"（《热风·随感录五十四》）哪怕是"正人君子"，他们"板起面孔维持风化，而同时正在偷偷地欣赏着肉感的大腿文化"（《南腔北调集·关于女人》）。这种"双重心态"、双重人格，虚伪而丑陋，让国人活得很累、很苦；中国人在皇权臣民社会中踯躅得太久，既不知自己有什么正当权利，又不懂得尊重别人的合法权益。

现今的情形虽与鲁迅所处的时代不同，但人们身上的双重人格，并无大的改观。譬如，国人个个憎恶贪官，必欲寝皮食肉而后快之，但一朝自己有了丁点儿权力，就照样弄权自肥、安享权力的乐趣；一方面痛恨制假售劣的无良商贩，恨不能让其倾家荡产，而另一方面，自己一有机会，也对别人坑蒙拐骗，以捞些好处；今天抱怨人家卖"毒大米"、"彩馒头"太缺德，但明天自己又去市场兜售"注水肉"、假名牌；前天刚刚在招考中吃了"暗箱操作"的亏，心中愤愤不平，今天却又去"走门子"、"拉关系"，想在招聘中讨些便宜。凡此种种，国人的双重人格、"双重心态"毕现，口头上倡扬公平、公开的明规则，行动上却多半遵奉晦暗、不公的"潜规则"。我们就这样在一场筵宴上"吃着"，或"被吃着"，没完没了。倘没有制度改革和建设的同步跟进，公民人格如何养成？

百余年前，英国人密迪乐的《中国人及其叛乱》一书，有个结论："中国现在最需要的并不是现代科技，而是基础文明。所谓基础文明，包括契约精神、权利意识以及对民主政治、个人自由的认知。"国人的双重人格，不正是我们基础文明缺失的表现么？阿 Q 还活着，其影子仍在你、我、他诸多人身上闪烁！熔铸、重塑公民人格这篇大文章，尚待我们花大功夫去书写。

2013 年 8 月 13 日

（载 2013 年 8 月 30 日《湘声报》）

黑格尔的名言

"凡是现实的都是合理的，凡是合理的都是现实的。"

这句两个"凡是"名言，出于黑格尔的《法哲学原理》。许多中国人未读过黑格尔此书，可也熟知这句名言，并能引而用之。

吊诡的是，某些拥有话语权的国人只偏爱名言的上半句，对它的下半句，要么讳言之，要么干脆丢到九霄云外。

关于这句名言，恩格斯在《路德维希·费尔巴哈和德国古典哲学的终结》这部著作中，有过透彻的引述、评析。他指明，两个"凡是"，"显然是把现存的一切神圣化，是在哲学上替专制制度、替警察国家、替王室司法、替书报检查制度祝福。"黑格尔此言，意在充当普鲁士政府的辩护士，带有保守性，乃至反动性。为此，恩格斯不得不说黑格尔是"庸人"，批判姿态，一目了然。

然而恩格斯又说，在德国、以至整个欧洲的哲学界，黑格尔堪称"奥林帕斯山上的宙斯"，是"一个富于创造性的天才"！两个"凡是"这句名言，蕴含着革命性、颠覆性。因为"按照黑格尔的思维方法的一切规则，凡是现实的都是合理的这个命题，就变为另一个命题：凡是现存的，都是应当灭亡的。"

在两个"凡是"面前，"不存在任何最终的、绝对的、神圣的东西，它指出所有一切事物的暂时性"，"除了发生和消灭、无止境地由低级上升到高级的不断的过程，什么都不存在。"作为辩证法大家的黑格尔，其名言的"保守性是相对的，它的革命性质是绝对的——这就是辩证哲学所承认的唯一绝对的东西。"恩格斯的话，对那些企图用黑格尔名言为现存制度辩护的人们，无疑是浇了一盆冷水！因为在事物运动、变化的客观规律面前，没有尽善尽美、永世长存的东西；黑格尔既承认现实的合理性，又为变革现实、走向更合理的彼岸，开辟了道路。

但现实生活、现存制度的既得利益者，总抱着一种幻想，无限夸大现实的合理性，漠视和掩盖现实生活中的矛盾，否认变革现实的必要性。他们把黑格尔的名言奉为护身符，其实是谬托知己，曲解了黑格尔的辩证哲学。黑格尔的两个"凡是"，不是因循守旧、维持现状的救命稻草，恰恰相反，它为既成现实敲响了没落、灭亡的警钟！

马克思在《黑格尔法哲学批判》导言中说，"德国唯一实际可能的解放是从宣布人本身是人的最高本质这个理论出发的解放"，"德国人的解放就是人的解放"。这个"以人为本"的科学论断，要求以人的解放、人的幸福为社会进步的旨归，摆脱现实生活和既存制度对人的压迫与奴役。衡量现实合理与否的试金石，就看它在多大程度上实现了"人的解放"。马克思的"以人为本"，给我们现今的社会改革，竖立了路标。

在并非哲学国度的地方，有人以黑格尔名言为搪塞、搁置改革的借口，不足为奇。但网上流传的关于某些官员的段子，却令人惊诧："你跟他讲法治，他跟你讲政治；你跟他讲政治，他跟你讲国情；你跟他讲国情，他跟你讲接轨；你跟他讲接轨，他跟你讲文化；你跟他讲文化，他跟你耍流氓；你跟他耍流氓，他跟你讲法治。"（转见 2013 年第 8 期《杂文月刊·上》）此类舌灿莲花的官员，实为地道的诡辩家、卑鄙的政治流氓。除了弄权压法、欺凌民众和吹牛撒谎，他们别无所长。跨入"深水区"的改革，倘不能让此类"狗官"出局，则难以推进。

2013 年 8 月 15 日

厚 脸 皮

见过脸皮厚的,却没见过这样的厚脸皮。

8月16日晚,中国男篮主教练扬纳基斯回希腊休息;体育总局篮管中心副主任胡加时,到天坛饭店为他送行。这本是依依惜别的温情一幕,可CCTV－5播出的画面,令人跌破眼镜——

拎着旅行包的扬帅来了,在此恭候的胡加时面带笑容、早早伸出右手,兴冲冲地奔上前去;两人相遇的一瞬间,扬纳基斯突然一甩右膀子,架开胡加时的右手,走向另一位来送行的女士,相互握手又亲颊告别,然后头也不回地出门而去,对胡加时全然不加理会。真是热脸贴了冷屁股,好没面子!

送别弄出这么尴尬的场景,闻所未闻,反而成了一条新闻。不该这样啊,他俩刚率队参加了在菲律宾举行的男篮亚锦赛,虽说只得了第五名,但不管怎么说,并肩作战的他俩总是休戚与共的"战友"嘛,怎会落到形同陌路的地步?唉,绰号"暴龙"的扬纳基斯,太不识抬举、太不留情面!人家胡副主任是个局级高官,好心好意来送行,你这么黑脸相拒,岂不是目无领导、不知好歹?

然而,接下来的一幕,叫人更加匪夷所思。有好事的央视记者现场采访,问胡副主任与扬帅的关系是否不睦,胡加时竟满脸堆笑、侃侃而谈,说他和扬帅相处"合作愉快";不光与扬帅,此前的几任外教,如尤纳斯、邓华德等,篮管中心跟他们都"合作"得很好。这话我就听不懂了,几分钟之前才遭人黑脸、被拒绝握手而蒙羞,何有一丝"合作愉快"的样子?此等睁眼说瞎话的修为、本领,倘不是脸皮厚如城墙,你我寻常人能办得到吗?

如果说中国男篮兵败马尼拉,在洲际赛场上丢了一回脸的话,那么胡加时的送行和随后答记者问的巧言令色,就再次丢脸,而且是丢了大脸!鲁迅说,"'丢脸'的机会,似乎上等人比较的多"(《且介亭杂文·说"面子"》)。局级高官可称"上等人",但他们越是爱面子、越是怕"丢脸",于是就越要掩饰矛盾、越想推卸责任,结果适得其反,洋相百出,颜面

302

扫地。

据说，对此次男篮遭遇滑铁卢，正在不同层次进行"认真总结"。我以为，如果连起码的事实都不肯承认，明明篮管中心领导与外聘洋帅之间存在着诸多"宫斗"和"内耗"，偏偏要说"合作愉快"，自欺欺人，那么这样的"认真总结"，能管什么用？要解决问题先得直面问题，正视矛盾；说句真话都这么难，能"总结"出个鸟啊！篮球赛场有加时，但人的脸皮不可加厚。

扬帅说，过些时候他还要回中国。我担心，他回来怕是要卷铺盖走人。洋帅卡马乔就是前车之鉴。中国男足的成绩一烂再烂，不都拿洋帅当了替罪羊么？这回男篮惨败，就拿扬纳基斯"开刀问斩"，就很合乎咱们的"问责"逻辑；而此次扬帅的"握手门"，便可坐实其分裂队伍、刚愎自用的罪名，为解雇添条理由。洋帅可以走马灯式地更换，而咱们体育官员稳坐钓鱼船，不伤半根毫毛！"死猪不怕开水烫"，他们的厚脸皮超乎想象。

不管扬帅的"握手门"是否有人导演，但体育官员的厚脸皮，对中国男篮重回亚洲之巅，有害无益。不信咱就骑驴看唱本——走着瞧。

2013 年 8 月 18 日

韦君素的忠节

　　隋末乱世，义军纷起；炀帝近臣，众叛亲离。但镇守河东的鹰击郎将韦君素，死心塌地效忠朝廷，《隋书》将他入载"诚节传"，又赞其"岂不知天之所废，人不能兴，甘就葅醢之诛，以徇忠贞之节。虽功未存于社稷，力无救于颠危，然视彼苟免之徒，贯三光而洞九泉矣。"

　　韦君素的忠节，感人至深。他跟随骁卫大将军屈突通，在河东一线抗击李世民部义军；当屈突通兵败，回师城下，劝韦君素说："吾军已败，义旗所指，莫不响应。事势如此，卿当早降，以取富贵。"韦答曰："公当爪牙之寄，为国大臣，主上委公以关中，代王付公以社稷，国祚隆替，悬之于公。奈何不思报效，以至于此。纵不能远惭主上，公所乘马，即代王所赐也，公何面目乘之哉！"屈突通泪流满面地叹道："吁！君素，我力屈而来。"韦君素应曰："方今力犹未屈，何用多言。"屈突通羞愧而退。一员副将，力拒主帅劝降，韦君素的忠诚，非同一般。

　　最现忠节的，犹在其后。当时李唐义军围攻东都洛阳，留守东都的隋朝大臣，如武卫将军皇甫无逸、监门直阁庞玉等，纷纷转投李唐，又来河东陈述利害，劝韦君素降唐。并许以赐不死"金券"，作为招降筹码；但韦不为所动，了"无降心"。李唐又打出亲情牌，让他的妻子来城下劝谏："隋室已亡，天命有属，君何自苦，身取祸败。"好个韦君素，一面回答说"天下事非妇人所知"，一面弯弓搭箭，将妻子射杀于城下。灭亲以显其忠节，世所罕见。

　　韦君素缘何这般死忠？早在杨广为晋王时，他就跟随左右，杨广称帝后，给他连连升官。他是隋炀帝的家奴、家臣。他的死守不降，忠心不二，实为报答主子的知遇之恩。韦君素对部下说，"吾是藩邸旧臣，累蒙奖擢，至于大义，不得不死……如若隋室倾败，天命有归，吾当断头以付诸君也。"他铁了心，为报主恩而不吝掉脑袋！他很有驾驭部下的本领，使"下不能叛"，但坚守了一年多，从外来难民口中确认炀帝命丧江都的消息，加之粮食乏绝，人不聊生，众心离散，韦君素终为身边人所杀害。他为炀帝尽了忠。

不过，韦君素的忠节，依我看实为愚忠。不明大势，不识时务，明知不可为而为之，是谓不智；为表忠节，射杀妻子，违逆夫妇人伦，是谓不仁；不分黑白，不辨是非，盲从昏暴君主，甘愿为之殉葬，更见其愚不可及。他和炀帝，名曰君臣，实系主奴。在家国一体的皇权时代，君臣关系往往是一种人身依附关系；做臣子的，把身家性命都抵押给了做主子的皇帝，不遗余力地为之卖命、效忠。在这个忠节观念支配下，韦君素之类"忠臣"就丧失了判断力和价值观，把愚昧死忠当成君臣大义。所以说，韦君素的忠节，本质上是奴隶主义，甚或是奴才主义。把这种奴隶主义、奴才主义，推崇为"贯三光而洞九泉"，合适么？

　　不能苛求古人具备现代政治理念。然而，由韦君素的忠节，我们应当认识到什么才是真正的忠诚、忠节。死心塌地效忠于某个人，哪怕这个人是圣主明君，都算不上忠诚、忠节；唯有忠于人民、矢志不渝地为普罗大众利益效力的人，才是真正的忠节之士。奴性十足的愚忠，万万要不得！因为于今需要的，不再是奴隶或奴才，而是公民和公仆。

2013 年 8 月 21 日

"职务消费" 之痛

　　"职务消费"，是最近冒出来的新名词。新华社披露的"职务消费"总数据，高达数千、上万亿之巨，令人咋舌！

　　人一为官，担任某种职务，如科长、县长、厅长之类，便生出了"职务消费"。按照现行的公务员薪酬制度，某个职务，就分别有基础工资、职务工资、工龄工资，各种津贴，等等。也就是说，公务员的"工资条"，包括了他的"职务消费"，由国家和地方财政负担，并纳入预算。这个"职务消费"是合法的，光明正大的，纳税人无话可说。

　　但"职务消费"的离奇处在于，除了"工资条"之外，还有名目繁多的"消费"，且统统由纳税人埋单，让老百姓痛心疾首，怨声载道。如最显眼的"三公"消费，即公款吃喝、公款旅游和公车消费，就大半与"职务"结纠在一起。此类"职务消费"，不只奢侈浪费，而且为腐败蔓延洞开了方便之门。

　　就拿公车消费来说吧。本来，关于官员配备专车，上世纪80年代中央就有明文规定：除国防、外交等部门副职，只有正部级的长官才配专车。但实际上，莫说副部、副省级高官，县长、乡长，乃至村长，都人手一部，有的还超标高配。有的地方搞"车改"，每月"车贴"就有两三千元，而且"公车"照用。这种违规的"职务消费"，让纳税人不知掏了多少冤枉钱。

　　新华社报道说，一个县委书记、县长一年的"职务消费"，就达几十万元。而副省以上高官的"职务消费"，更是吓人。南方某省在多年前做过一项调查，数据显示，提拔一个副省级，就意味着财政要为之开销至少500万元！其中包括他的工资、福利，以及住房、医疗、车辆开支等。一个显而易见的事实是，官员的"职务"越高，其"消费"也越多、越大，越不受制约监督。所以说，"职务消费"其实是一种制度性的官员特权。或明或暗的特权消费，对那些拥有者而言，就是一个字：爽！但对平民百姓来说，却只有痛与怨！痛恨某些官员的挥霍消费，痛恨"职务消费"带来的不公和腐败。

　　官本位之下，"职务消费"带有终身制性质。一个官员退了休，"职务"

卸下了，但他的"消费"仍居高不下。一般公务人员退休后，就拿一份退休金；但厅级或副省以上高官不同，他们不仅有一份退休金，而且原有的"职务消费"也多有保留。比如，专车照用，别墅照住，看病也有"红派司"、可住特护病房，等等。他们的"职务"待遇，并未随着卸职而消失。不说要取消领导职务终身制吗，怎么他们的"职务消费"种种，就取消不了呢？

敝人供职单位属正省级，退休后除了领退休工资，逢年过节，单位还给退休人员发"过节费"，每年还享有一次公费旅游。但这些额外福利，仍按原职务级别而定。如旅游，处级以下退休干部安排在省内或周边地区；而厅级以上的退休高官，就安排到外省的好去处。又如"过节费"，退休工人发1000，处级以下退休干部就发2000，厅级以上高官当然发得更多。谁说退了休都一样是老百姓？额外福利还是跟着你的"职务"走，官级越高越优厚。唉，"职务消费"到死方休，难怪大伙儿都想做大官呀！

10多年前，汕尾市副市长马红妹就说过，"公仆就该让公家包养"，"我花人民的一点钱算什么？"她的吃喝拉撒，甚至女人专用的卫生巾，全用公款"报销"。似乎做了官，"职务消费"就无穷无尽，天经地义的了。于今的"职务消费"之滥，到了一发而不可收的地步。难道官人们就不怕"消费"过头，引起消化不良、蛀空政权？不从制度源头上遏制官本位特权，不对"职务消费"作出严格规范并对违规者严惩不贷，搞什么"只花不拿，纪委不查"，那么克服奢侈浪费歪风，就难以奏效。我们就只能发文天祥之叹："痛定思痛，痛何如哉！"（《指南录后序》）

2013年8月23日

（载2013年9月6日《杂文报》，

获克服"四风"征文优秀奖）

丑旧美新须适当

人有喜新厌旧的习性。但时间和审美维度上的旧与新，未必完全重合。如以1949年为界的旧中国与新中国，说旧丑新美，很对，至少"政治正确"；可旧中国是否真的"一穷二白"、全无是处呢？我看还以实事求是地作具体分析为宜。

青少年从教科书上看旧中国，一塌糊涂，丑陋之极。即如中国的工业化，教科书总说及"洋火洋钉"，它的意思很明了：旧中国的工业几乎为零，连一根火柴、一颗铁钉都造不了，全靠从外国进口，所以物件名称要缀个"洋"字。籍此佐证旧中国的落后与丑，同时彰显新中国的进步与美。

当真如此？这种丑旧美新的爱国主义教育有多大可信度？凡有历史知识的人，不免会掩口胡卢而笑。

我非旧中国"遗老"，就让事实来说话吧。自19世纪中叶开始的洋务运动，旧称"同光新政"，它学西方，兴实业，修铁路，造军械，旨在富国强兵，力挽颓势。中国的近代工业从此起步。说旧中国"一穷二白"，工业几乎为零，岂不是一笔抹杀了洋务运动的业绩，一口否定其创办近代工业的种种努力？虽然洋务运动最终失败了，但其所开办江南制造局、福州船政局、开平矿务局、上海机器织布局、兰州机器织呢局等工业企业的事实，我们焉能视而不见？

以"洋火洋钉"来证明旧中国工业的"一穷二白"，如放在"同光新政"前的大清帝国身上还马马虎虎的话，则以它来说首肇共和的中华民国，那就简直是睁着眼睛说瞎话。事实俱在，不容讳言——

1920年，浙江人刘鸿生创立"大中华火柴公司"，至1930年，火柴销量占全国22％份额；1934年的火柴产量达15万箱，成为妇孺皆知的"中国火柴大王"。这不是结结实实打了旧中国不会造火柴之说的一个耳光么？

同在1920年，上海的江南造船所就造出了中国的第一艘万吨轮。之后，美国一次订货4艘，其载重万吨，排水量达14750吨。直到第二次世界大战中，这些中国造的万吨轮还行驶在大西洋上！一颗"洋钉"都造不了，能打造出万吨巨轮吗？

说旧中国的工业几乎为零，荒唐、离谱！以上海为中心的东南沿海近现代民族工业，包括造船、水泥、运输、纺织、面粉、烟草、食品、日化等，就为新中国的工业化作出了巨大贡献。它能用"一穷二白"、一无所有来概括、形容吗？

鲁迅说："事实是毫无情面的东西，它能将空言打得粉碎。"（《花边文学·安贫乐道法》）他又说，新和旧之间"不能有截然的分界"（《准风月谈·"感旧"以后〈上〉》）。从旧中国脱胎而出的新中国，难免带有旧的痕迹。旧中国的工业并不发达，但不发达不等于是零！有的人一面说不能割断历史，一面为突出新而不惜抹杀历史事实。对旧的泼脏水，一味丑化；对新的拍香粉，刻意美化。那个"一穷二白"说，既是对事实的不尊重，也是对历史的不尊重。虚妄的空话、谎言，支撑不了爱国、自信的教育大厦；它辱没先辈，误人子弟。

实事求是好。实事求是难。评判新旧事物，必须从客观事实出发，而不是从感情或概念出发。人为的丑化或美化，均不可取。丑旧美新不好，美旧丑新也不对。评判适当与否，关键在有没有实事求是的科学态度。如此而已！

注："洋火洋钉"、"一穷二白"说，见人教版《品德与社会》六年级上册。

2013 年 8 月 25 日

（载 2013 年 11 月 26 日《联谊报》）

经济发展要有德行

富民强国，要在发展经济，改善民生，让人民群众过上好日子。郑玄说，"在心为德，施之为行。"经济发展要有德行，就像第32任美国总统富兰克林·罗斯福说的，要"讲究经济道德"。

罗斯福12年内四任总统，创下美国历史独一无二的记录。1933年3月，他首次入主白宫时，美国正处在空前的经济危机之中；他实行大刀阔斧的改革，即"罗斯福新政"，挽狂澜于既倒，力图摆脱经济大萧条的阴影。80年后重读他的第一次就职演说，我们还可以感受到危机四伏的凝重与焦虑——

各类商品大贬值，税收不断上涨，各级政府入不敷出，自由贸易手段陷于冻结，工矿企业大量破产，农副产品没有销路，千家万户的多年存款一夜之间大缩水，成群结队的失业者到处流浪……整个美国，满目疮痍，惨不忍睹。

美国经济为何出现如此大萧条？罗斯福毫不客气地将之归因于贪得无厌的资本家，特别是那些热衷于炒股票的金融寡头和寡廉鲜耻的银行投机商。他们一手导演的股票投机，引发股市崩盘，金融危机的连锁反应，把美国经济推向大崩溃、大萧条。他们不择手段、疯狂地追逐高额利润，完全置经济道德于不顾，给美国带来了灾难。美国经济的繁荣景象毁于一旦，罗斯福认为最大的教训就是，"不讲究经济道德终究是要付出代价的"。有鉴于斯，他提出著名的经济道德准则：

"幸福并不仅仅取决于拥有多少钱财，而在于成功的喜悦和创造活动所带来的心灵震颤。在狂热地追逐变幻无常的利润的过程中，千万不可继续将工作的快乐和道德刺激置诸脑后。"

罗斯福很明智，既不否认资本的逐利性，也没有扼杀美国人的发财梦，但又把经济人的逐利、追梦，放在合乎多数人利益的界线之内，将其置于经济道德的伦理之上。就是说，一切经济人同时应当是道德人。用中国的古语说就是，君子爱财，取之有道。

1937年1月，连任总统的罗斯福，总结克服经济大萧条的实践经验，把自己的改革"新政"归结于:"我们所目睹的最伟大变革,乃是美国道德风尚的变革。"这是因为,许多美国人不再把拥有巨大财富,当作成功的主要标志;政府、企业和经济人的发展经济,也不再仅仅是追逐利润、发大财,而是要顾及保障千百万美国公民的幸福生活。罗斯福紧抓民生不放松,他此时所看到的,有几个"数百万":数百万个低收入家庭,生活艰难;数百万城乡居民,仍处在不体面的状况中;数百万人被剥夺了教育权利,并得不到改变自己命运的机会;数百万人缺乏购买力,导致其他数百万人无法进行生产和创业。"全国三分之一的人住不好、穿不好、吃不好。"为改变这些严重的社会"不公正现象",罗斯福给经济发展的进步与否,确立了检验标准。他说:

"检验我们进步的标准,并不在于我们为那些家境富裕的人增添了多少财富,而要看我们是否为那些穷困贫寒的人提供了充足的生活保障。"

罗斯福的这个检验标准,堪称穷人经济学。它履行联邦政府服务于全体美国公民的誓约,即其"目的是增进共同幸福,使美国人民得享自由的赐福。""罗斯福新政"的进步意义,不言而喻。从罗斯福的检验标准出发,可这样说:

只有少数人发财致富,而没有多数人生活改善的经济发展,是不道德的;造成穷富悬殊,两极分化,严重社会不公的经济发展,也是不道德的;只顾追逐超高利润,不讲环境、生态承载能力,浪费资源的破坏性、掠夺式经济发展,更是不道德的。唯有实现共同富裕,能为穷人提供充足生活保障的、注重正义公平和生态保护的经济发展,才是有德行的,可持续的。反观5年前由次贷泡沫破灭引发的金融危机,美国经济不是重犯了不道德的历史错误么?

身有残疾的罗斯福带领美国走出经济大萧条、重回发展正轨,又联合英、法、苏、中,抗击德、日、意,取得反法西斯战争的胜利。他的巨大功绩,使之能与华盛顿、林肯并肩而立,成为深受美国人民敬仰的"三大伟人"之一。从他力挺"经济道德"的言行,我不能不说——

经济不是无情物,普惠庶民真上善。

注:文中引述罗斯福语,均见天津人民出版社《美利坚合众国总统就职演说全集》。

2013 年 8 月 28 日

(载 2013 年 11 月 12 日《联谊报》)

说长道短

从华盛顿到奥巴马，美利坚总统共有 44 位。他们当政时的形势及出身、学识的差异，从长短不一、风格不同的就职演说中，可见一斑。若把演说长短与任职时间相比较，即发现某种逆向关联，即任职时间久、有所作为的总统，演说都较简短；而那些爱发长篇大论演说的，则多半任职时间短，且碌碌无为。

演说最长的，当数第 9 任总统威廉·哈里森。1841 年 3 月 4 日，68 岁的他在就职仪式上作了两小时之久的演说，计约 15000 字。自许精通文学、历史的哈里森，引经据典，侃侃而谈，由权力来源，说到权利的转让、权力的扩张，以及限制总统权力，防止人们贪恋官位、弄权自利等等，结结实实地上了一堂政治课。可悲的是，他年老体弱，演说冗长而染上感冒病毒，不久转为肺炎，上任刚满月就一命归西，成了短命总统。他做的唯一工作，就是搭了个内阁班子。毫无作为的哈里森，留下的唯有那篇华丽雄辩的就职演说。

言讷行敏的开国总统乔治·华盛顿，1793 年 3 月 4 日在费城的第二次就职演说，总共 6 句话，200 余字。它称得上超短就职演说，但华盛顿许下誓言："在我执政期间，倘若发现有任何自愿或故意违背有关总统职位的禁令的行为，我除了承当宪法所规定的惩处之外，还甘愿受今天所有亲临这一庄严仪式的人们的谴责。"他以身作则，树立依法行使权力、维护宪法尊严的典范。

大有建树、功勋卓著的总统，似乎不大善于辞令，讨厌长篇大论。华盛顿如此，林肯、罗斯福同样如此。亚伯拉罕·林肯的首次就职演说，因为要对"执行的方针路线作详细陈述"，篇幅稍长，但也不足 8000 字，只有哈里森演说词的一半；而其连任的演说，仅 1400 字。第 32 任总统富兰克林·罗斯福，四次当选，对美国摆脱经济大萧条、赢得世界反法西斯战争的胜利，作了杰出贡献。他的前三次就职演说，分别为 4300 字、4000 字、3400 字，越来越短；1945 年 1 月 20 日的第四次就职演说，鉴于当时内外的紧迫形势，他明确宣布，"把这次就职典礼办成一个简简单单的仪式，而我则只发表一个简短的演说"。篇幅不到 1200 字，却短小精练，掷地有声。

学者型总统一般均能言善辩，爱作长篇演说。第 23 任总统本杰明·哈里森，是那个创最长演说纪录的威廉·哈里森总统的孙子，他上学时就有"第一优等生"的称誉，又为职业律师，知识渊博，以擅长演说而闻名；1889 年 3 月 4 日，他入主白宫时的演说，就是一篇洋洋洒洒的"万言书"。他从法律的契约性质破题，回顾美国的法治进程，并对差别性关税法、移民归化法、财税法、抚恤金法、选举法等诸多法规的修订实施，发表了意见。其滔滔不绝的就职演说，可与乃祖的演说相媲美，不知是遗传基因、还是律师的职业习惯使然。好在他干完一届，在内政外交上施展了自己的才干，不像其爷爷那样了无政绩。

有没有说做俱佳的？第 35 任总统约翰·肯尼迪算一个。他于 1961 年 1 月 20 日所作的就职演说，3300 字，不短也不长。这位毕业于哈佛大学，写过畅销书，得过普利策奖的年轻总统，在华盛顿的冰天雪地里作了气势雄伟、词藻华美的漂亮演说，成了就职演说中的经典。其中不少语句，后来变为人们喜爱的名言。如，"一个自由的社会如果没有能力帮助众多的穷人，也就不能维护为数不多的富人"、"一种形式的殖民统治结束以后，决不应当仅仅代之以一种有过之而无不及的铁腕暴政。"又如，"我的同胞们，请不要问你们的国家能为你们做些什么，而应问一问你们能为你们的国家做些什么"、"全世界的同胞们，请不要问美国将会为你们做些什么，而应问一问我们大家一起能为人类的自由做些什么。"肯尼迪说得好，干得也不赖。他推行"新边疆"构想，大力振兴经济，发展尖端科技，应对贫困问题，进行民权立法，又与苏联强硬抗衡，维系美国的全球霸主地位。但他没有来得及施展其全部抱负，就在 1963 年 11 月遭暗杀，并留下不解之谜。

同草创期相比，现今的美国总统就职演说越来越像"形象秀"。其演说稿经由智囊班子起草、润色，个人风格趋淡。演说好坏不全在长短，我的说长道短，也不是凭就职演说来判定总统的称职与否。但那种语言的巨人、行动的矮子，显然不配称合格的政治家。说得棒不如干得棒。成功、成熟的政治家，总是审时度势、务实进取、能引领人民和国家走向富裕强盛的实干家，而不是夸夸其谈的演说家，更不是满口假大空的吹牛家。这，正是美国人至今铭记、仰慕华盛顿、林肯、罗斯福的原因所在。

2013 年 8 月 31 日

（载 2013 年第 11 期《杂文月刊·上》）

苏轼的慈悲心

北宋文豪苏轼是个慈悲为怀的善人。

还在中年时，苏轼就有意卜居阳羡（今宜兴），托友人在那里买田置房。1101年，苏轼遇赦，从海南北归并上表告老，欲回宜兴度余生。只是他一家老小30余口，原有的两处居所十分拥挤，想换一处大房子，以让全家人都能安居。于是，就请宜兴老友邵民瞻代为物色、购置。据宋人费衮的《苏东坡卜居阳羡》记载，买房过程中有件感人至深的事。

邵民瞻替苏轼买得一处住宅，苏轼看了也满意。有一天，邵陪同苏轼散步，他们踏着皎洁的月光，来到一个小村子，听到妇人伤心的哭声。苏轼倚杖细听，觉得有些蹊跷，就推门而入，要问个究竟；见了来人，老妇还是痛哭不止。苏轼问她，你为何这般痛哭，能否说来听听？老妇即说：我家有所房子，历代相传，已有100多年了，一代一代谁也不敢动卖祖宅，一直传到我的手上。但我的儿子不争气，把祖宅卖了，我今天搬到这里来住，离开家传老屋，想想怎能不伤心呢！

苏轼听罢也感到有些悲切，就问：你家祖宅卖给谁了？老妇人回答，卖给了苏学士。此言一出，苏轼心里"咯噔"一下，然后就爽快地说：原来你家的祖宅卖给了我！那请你不要悲伤，我今天就把房子还给你！苏轼立即叫人取来房契，当着老妇的面烧掉，并对她的儿子说：不要你还卖房钱了，明天陪你老娘回到老宅去，好好服侍你娘过日子吧！

才华横溢的苏轼，官声甚佳，文重天下，却不善理财。加之一生颠沛流离，有时连官俸都拿不全。所以在给杭州太守陈述古的诗中，他自叹："莫怪江南苦留滞，经营生计一生迂。"常常要靠胞弟苏辙接济扶持，才能度日。此次宜兴买房，苏轼花了"五百缗"。一缗即一千文，相当于一两银子；五百两银子，对苏轼来说不是个小数字，他倾尽宦囊，才刚够付买房款。如今焚契还宅，苏轼白白损失了"五百缗"，当了一回冤大头！这个举动，莫说常人做不到，就是现在的高官、富豪们，怕也无人能企及。我们不能不为苏轼此举大声喝彩！

佛经有云，"大慈与一切众生乐，大悲拔一切众生苦。"儒佛道兼通的苏轼，胸怀一颗慈悲心，宁可自己吃亏受累，也要成人之美，帮助受苦落难的芸芸众生。他是这样为官的，也是这样做人的。鄙功名利禄为粪土，视救苦救难为上善。苏轼无愧为"大写的人"。他再没钱买房子了，通过友人帮助在常州顾塘桥借得一居所，才暂时住下来。可叹天不假年，当年七月苏轼卒于借居之所，走完了他的人生旅程。但他焚契还宅一事，在宜兴成为美谈，长传民间。

苏轼的潇洒、伟大，不只在他开一代文风，尤在其人格的高标。兹诌打油四句作结：东坡真居士，常怀慈悲心；舍得吃大亏，救度苦厄人。

2013 年 9 月 5 日

（载 2013 年 12 月 17 日《西安晚报》）

上大学之"用"

　　成都女孩玲玲，为上大学和父亲起了冲突。考上本科的她，要上大学；父亲有钱却拒供学费、生活费，不想给女儿上大学。万名网友的调查投票，也分成"有用"、"无用"两派，争得面红耳赤。"无用"派说，上大学是浪费时间，白扔学费，毕业后挣的钱还不如上小学的人挣得多，所以"捡垃圾都比读书强"。而"有用"派认为，知识改变命运，上大学能提升人的综合素质，坚称读书"还是有用的"。

　　我非"无用"派，亦非"有用"派。现今的年轻人还要不要上大学？我持孔夫子的立场："无可无不可"（《论语·微子》）。衡量上大学之"用"的标准不同，各人的出发点迥异，就永远说不清、辩不明，没有"标准答案"。

　　相较于计划经济年代，现在上大学要缴一笔不菲的学费，又不能确保找到一份稳定而优裕的工作，投入不小、回报不大，确然"无用"了。但在过去，农家孩子考上大学，好比"鲤鱼跳龙门"，毕业后就能当干部、端"铁饭碗"，"有用"得很。这是功利性、职业化意义上的上大学之"用"。成都那位父亲的做法，虽显势利、绝情，却事出有因，未可一味"棒杀"。

　　但真正的大学，并不是升官发财的阶梯，也不是职业介绍所。传承文明的大学不只是要传授知识，尤要培养学生的独立人格、自由思想，促使人的全面成长与发展。大学生应有一技之长，或精通一项专业，是个人才；但更重要的，他们还应是合格的现代公民。这正是非功利性、非职业化意义上的上大学之"用"。此"用"乃大学之本，人的自我发展、自我完善，端赖于斯。

　　鲁迅说过，读书有两种，"一是职业的读书，一是嗜好的读书"。前一种读书，"和木匠的磨斧头，裁缝的理针钱并没有什么分别，并不见得高尚，有时还很苦痛，很可怜"；后一种读书，则"出于自愿，全不勉强，离开了利害关系的"。现实生活中的人们，由于"职业和嗜好不能合一"，所以"读书的人们的最大部分，大概是勉勉强强的，带着苦痛的为职业的读书"（《而已集·读书杂谈》）。时光荏苒，现今年轻人上大学，大部分还是

"带着苦痛的为职业的读书"。加之国人又具极强的实用理性，疏于"格物致知"、探寻事物的规律，对上大学这件事斤斤计较于"有用"、"无用"，是势所必然、毫不稀奇的。我的担忧不在上大学的"有用"与"无用"，而是为什么有这么多人相信上大学"无用"？"上大学无用"论究竟刺痛了谁？

"上大学无用"论的流行，揭开了现实生活之痛：农村孩子、弱势家庭子女，想通过上大学来改变自身命运的机会越来越小了。社会阶层的固化，已蔚成世袭态势。"上大学无用"的声音，真正刺痛的，是那些无权无势、穷困地区和普通工农子弟及其家长的神经！他们在呐喊、在呼号，很无奈、很无助。为政者岂能听而不闻，无动于衷？对纠结于上大学之"用"的成都女孩玲玲和她的同伴们，我谨提供下列参考意见：

如果你真的嗜好读书，热爱知识，追求真理，那就不要犹豫，大胆走进大学校园，去做一名刻苦用功的优秀大学生。

如果你只是想升官发财，或嫁个"高富帅"、娶个"白富美"，或只为混张大学文凭，那就不要彷徨，请你远离大学，赶快去创业、经营；或退而求其次，上个职业技校什么的，有门手艺，找个好职业，去过自己的小康日子。

中国的大学良莠不齐，品质佳、数一流的不多。我想提醒有心上大学的年轻人，最好去上富有学术传统的好大学。滥竽充数的大学、批发文凭的"克莱顿大学"，不上也罢。凡有志于学者还当切记颜元的话："学从名利入手，如无基之房，垒砌纵及丈余，一倒莫救。"（《习斋言行录》卷下）

2013 年 9 月 9 日

（载 2013 年 9 月 23 日《西安晚报》）

散品菊花诗

"朝饮木兰之坠露兮,夕餐秋菊之落英"。自屈原以降,文人士大夫写的菊花诗,汗牛充栋,各擅胜场。我偏爱北宋王禹偁之《村行》,爱其"马穿山径菊初黄,信马悠悠野兴长"的洒脱情致,喜其传世名句"万壑有声含晚籁,数峰无语立斜阳"的真幻交织、活蹦鲜跳,而"何事吟余忽惆怅,村桥原树似吾乡"的结句,回味悠长,将遭贬诗人的思乡之情,和盘托出。说它是古今菊花诗中的珍品,当不为过。

陶渊明的"采菊东篱下,悠然见南山",人所稔熟,素来尊为田园诗人、风雅隐士的佳构,菊花已然化作超脱尘世的具象。但鲁迅说,"诗文也是人事,既有诗,就可以知道于世事未能忘情。"(《而已集·魏晋风度及文章与药及酒之关系》)归隐山林的陶渊明,看似与世无争、逍遥自在,实际上,若非"还略略有些生财之道在","他老人家不但没有酒喝,而且没有饭吃,早已在东篱边饿死了。"做隐士,说到底也是一种"唉饭之道"(《且介亭杂文二集·隐士》)。不管什么人,都真实地活在社会之中,菊花落入诗人笔端,总会沾些尘世气的。隐于桃花源的陶渊明,身逢改朝换代,备尝世态炎凉,其诗作如白居易所说,"篇篇劝我饮,此外无所云"。他的采菊东篱下、和露摘黄花,原是为了泡酒,据说菊花酒有养生延年的功效,而成忘忧之物。

《红楼梦》第三十八回,曹雪芹把贾府的一帮才女、公子的菊花赛诗会,写得活灵活现。照李纨的"公评",雅号"潇湘妃子"的林黛玉,连中三元、"夺魁菊花诗"。其《咏菊》得冠,《问菊》居次,《菊梦》为三。李纨说黛玉的三首菊花诗,"题目新,诗也新,立意更新"。遍观三首菊花诗,我发现,林黛玉紧紧扣住陶渊明这条线索,诉自身的孤傲自怜、幽怨无诉,可谓淋漓尽致。如果说,《咏菊》的"满纸自怜题素怨,片言谁解诉秋心?一从陶令评章后,千古高风说到今",是欲言难诉、仰慕陶渊明的高古之风,那么《问菊》的"孤标傲世偕谁隐,一样开花为底迟?圃露庭霜何寂寞,雁归蛩病可相思",又凸显其落寞无助、知音难觅的现实困境;而《菊梦》的"登仙非慕庄生蝶,忆旧还寻陶令盟"、"醒时幽怨同谁诉,衰草寒烟无限情"，则表达了她对未来的迷惘、惆怅。人比黄花瘦的她，就像寄人篱下的菊花般孤苦无依，独自绽放。黛玉的三首菊花诗，情境交融，招人怜悯，但似未脱文人士大夫咏菊的孤芳自赏。

与失意的文人士大夫不同，草莽英雄的菊花诗，别开生面，独具韵味。"飒飒西风满院栽，蕊寒香冷蝶难来。他年我若为青帝，报与桃花一处开。"黄巢的《题菊花》，把这位"冲天大将军"颠倒春秋、扭乾转坤的"王霸"之气，表露无遗。但比起造反成功、当了皇帝的朱元璋来，犹稍逊一筹。他的《菊花诗》云："百花发时我不发，我若发时都吓杀！要与西风战一场，遍身穿就黄金甲。"龙袍加身的朱元璋，自拟"一花独放"之秋菊，却将他以"威猛治国"、君临天下的独夫嘴脸，跃然纸上！此类草莽英雄的菊花诗，看似豪气干云，却多了缕缕肃杀气，读来叫人汗毛凛凛，有些害怕，再也可爱不起来了。

诗如其人，人如其诗。诗与人不可分割地联系在一起。离开人去品诗，不顾及诗人的经历和所处环境，即难免隔靴搔痒，阴差阳错。读人重于读诗，这是我散品菊花诗的小小收获。倘读不懂人，则品诗难矣。

2013 年 9 月 16 日

（载 2014 年第 6 期《雨花》）

张释之何恐

太史公笔下的张释之，"守法不阿意"，以敢说敢干、无所畏惧而饮誉朝野。前156年，"释之恐，称病"。是什么让官拜廷尉的张释之突然害怕起来，装病请假，甚至要辞官请罪呢？

《史记·张释之冯唐列传》仅写了六个字，"文帝崩，景帝立"。刘氏王朝最高权力的交接更替，张释之由大胆硬汉变作胆小鬼！其个中原委，须从汉景帝刘启当太子时的一件事说起。

那时张释之任公车令不久，负责掌管司马门警卫、臣民上书及征召等事宜。有一天，刘启和梁王刘武同坐一辆车入宫，行至司马门而不下车，径往里闯，触犯了宫规；张释之见状，追上去阻拦，不准太子兄弟俩入殿，并立即上奏章弹劾他们的"不敬"之罪。事情闹到薄太后那里，逼得汉文帝刘恒检讨自己教子"不谨"，再由薄太后下诏赦免太子、梁王，然后才得以入宫觐见。就是这件说小不小、说大也不大的事，让太子刘启对张释之产生了不满和积怨。于今刘启接班、做了汉景帝，大权在握，张释之担心他挟怨报复，能不惶恐吗？

"释之恐"，合乎人之常情；可在文帝活着的时候，张释之为什么就毫无畏惧，像吃了豹子胆似的一往无前呢？我以为，这与汉文帝的宽容大度、对张释之的充分信任，大有关系。

张释之在宫中当侍卫整整10年，算得上是汉文帝的身边人。而且，还有中郎将袁盎的推荐，文帝对他知根知底，认为张释之贤明务实，值得信赖。

张释之在上林苑劝谏文帝，罢封虎圈啬夫；又劝阻文帝造陵墓，弘扬节俭之风，都深深打动了这位有心打造治世的皇帝。于是力挺张释之，拜为廷尉，授以重权。

张释之弹劾太子，以及其后的拂逆圣意，为惊驾的平民辩护、免其死罪，对盗窃汉高祖庙宇座前供器的犯人只处"弃市"，而不是文帝要求的"灭族"，都彰显了张释之忠于职守，严明执法，毋枉毋纵的职业精神。张释之关于"法者，天子所与天下公共也"、"廷尉，天下之平也"的话语，让汉文帝和朝廷上下心服口服，"天下称之"！可以说，张释之的公正贤明，对实现"文景之治"，与有功焉。

作为最高执法长官，廷尉张释之不怕得罪权贵，敢为平民请命，难能可贵。他视法律为天下公器，在法律、制度面前，哪怕是皇帝、太子，都得与平民百姓一样，一视同仁，平等对待。我不可说他有现代意义上的"法律面前人人平等"的思想（事实上不可能，太子违犯宫规，不仍被法外施恩、赦免了么？），但他的言行，对凌驾于法律之上的皇家特权，提出了挑战，因而具有历史的进步意义。

然而，太史公的一句"释之恐"，便足以说明臣民社会所谓法治的极大局限性及其人治本质。张释之、魏征、包拯等"青天大老爷"，如没有强大的权力靠山，即一个较为开明、包容的君主做后台，是不可能做到执法如山、铁面无私的。即如张释之，倘不是有汉文帝的高度信任、支持，他能够天不怕地不怕，不怕得罪太子，不怕冲撞皇帝么？一朝天子一朝臣。景帝取代文帝，张释之就胆子变小，惶恐终日。原因无他，后台老板没了，权力支柱倒了，张释之倒霉的日子也就不远了。

果然，过了一年多，张释之被解除廷尉职务，贬到淮南王那里为丞相。连他的儿子张挚，也"以不能取容当世，故终身不仕"。张释之终于为得罪太子付出了代价。

史家说"文景之治"，"京师之钱累巨万，贯朽而不可校。太仓之粟陈陈相因，充溢露积于外，至腐败不可食。"这是文、景二帝推行轻徭薄赋、与民生息政策的结果。但在用人、容人方面，看看张释之在文、景两朝的际遇，我不得不说，对两位同属治世的皇帝，司马迁虽不著一字，其高下之分立见！太史公的"春秋笔法"，妙哉！

2013 年 9 月 17 日

（载 2013 年 12 月 3 日《杂文报》）

"滑稽" 刺骨

卜居金陵、时称"乐王"的陈铎，以晚年的《滑稽余韵》闻名于世。136首全以口语写成的小令，尽现明代中叶的社会生活和各行各业的人物面貌，臻于"妙极俳谐，令人绝倒"的境界。就像文学家曹学佺所评价的，《滑稽余韵》"事尽而思不乏趣，言浅而情弥刺骨"。我姑且把它视为艺术化的杂文，略举数首，看它讽刺、鞭挞了些什么。

作威作福的里长——基层小吏，权力不大，欺压百姓的手段很多："小词讼三钟薄酒，大官司一个猪头。催促欠税粮，剖判闲争斗，在乡权一股平收。卖富差贫任自由，怕什么强甲首。"（《双调·沉醉东风》）乡级权属的事情，里长一手包揽；不论穷富，都要雁过拔毛，弄权自肥。基层权力的腐化、腐败，世道的昏暗、民生之艰苦，可见一斑。

趋炎附势的门子——大户人家的看门人，"描眉掠鬓精神，铺床叠被殷勤，献宠希恩事因。虚名承认，看门那里看门?"（《越调·天净沙》）顶着门子的虚名，干着溜须拍马、献媚取宠的勾当。一切为了讨好主人，活脱脱个奴才相，何有半点人模样！

唯利是图的柴炭行——行走市场的柴炭商，"守行市随时不肯，躲奸滑漏税抽分。逢寒长价钱，遇缺无分论，欺负杀冻饿穷民。但愿残冬暖似春，教那厮遭折本"（《双调·沉醉东风》）。那些不肯随行就市售货，偷税漏税，缺斤少两，在穷民头上刮油水的奸商，好不可恨！只有老天爷来个暖冬，才能叫昧心奸商大蚀本。

如狼似虎的牢子——管理监狱的牢头禁子，从来不去牢房，只知敲诈勒索，欺压良善，"当官侍立公堂，归家欺侮街坊，仗势浑如虎狼。军牢名项，一生那到监房"（《越调·天净沙》）。司法人员不尽职守，只是凌辱百姓，倚仗官势耍威风，何来社会的公平、公正?

吃迷信饭的一批寄生虫——做法事的和尚，"鼓钵儿一片响，直吃的挂肚撑肠；才拜了《梁皇忏》，又收拾转五方"（《双调·水仙子》）。设道场的道士，"志诚心无半分，一般的吃酒噇荤。走会街消消闲，伏会桌打个盹，念甚么救苦天尊！"（《双调·水仙子》）管香火的庙祝，"千张儿烧不尽，三牲儿克落起，盼望杀十五初一"（《双调·水仙子》）。胡说八道的相面先生，"指鹿为马，随心判断，劈脸称夸，十人讲论荣枯话，九个全差"（《中吕·满庭芳》）。烧金丹的法师，"痴心礼拜假神仙，葬了些业钱。泥盆里走了朱砂片，火炉里不见花银面，板箱中丢下大城砖，那里去诉冤"（《正宫·醉太平》）。上述各色迷信职业者，骗吃骗喝骗钱，全然是一副骗子嘴脸！

粉饰天下的颜料铺——前半阕用道地的行话写颜料铺，"好供给绘手施呈，颜料当行，彩色驰名。自造银朱，真铅韶粉，道地石青。"下半阕笔锋陡转，指向官场和世风，"小涂抹厅堂修整，大庄严殿宇经营。近日人情，奢侈公行，不尚清白，俱是妆成"（《双调·折桂令》）。官场上下，讲排场、比阔气，奢侈挥霍，全靠虚伪来妆扮，独独不要清白本色！五颜六色的颜料，就用来粉饰天下，掩盖龌龊！联想虚实相济，使人拍案叫绝。

《滑稽余韵》不是杂文，胜似杂文。陈铎犹今之郭德纲、周立波，以口语化的形象塑造，对生活中的丑恶现象和丑陋人物，作了鞭辟入里的揭露、讽刺。陈铎笔下的里长、门子、炭商、牢子、僧道和法师等等，不仍活在如今的生活中么？弄杂文的，学学陈铎的"滑稽"笔法，或可别开生面。

2013 年 9 月 23 日

（载 2014 年第 3 期《杂文月刊·上》）

和士开的享乐主义

北齐一朝，和士开之官运亨通，无人可比。他由府行参军入仕，至侍中、右仆射，拜尚书令，封淮阳王，位极人臣，红得发紫。

和士开的火箭式升官，与一种叫"握槊"的博戏，大有干系。据说它从天竺国传入，博戏双方各执 15 匹黑白马棋子，在左右各六路的方格上厮杀，故后又称"双陆"。也是踩了狗屎运，北齐长广王高湛，酷爱此道，"握槊"成瘾，而和士开恰"善于此戏"，加之"轻巧便辟"，又弹得一手好琵琶，所以高、和二人特别"亲狎"。561 年，高湛继位、做了北齐武成皇帝，此时的和士开，便平步青云、当了右仆射。和士开吹高湛"非天人也，是天帝也"，高湛则赞和士开"非世人也，是世神也"。他俩果真是乌龟相王八，对上了眼。

和士开的出名，不在治国有方，或有多大作为，而在他给武成帝高湛戴了一顶绿帽子。高湛和皇后胡氏，经常玩"握槊"，和士开陪侍在侧，一来二去，与胡皇后有了一腿。这在淫乱不堪的北齐朝廷里，不是稀奇事。史书云，高、和之间"言辞容止，极诸鄙亵，以夜继昼，无复君臣之礼"。他们之所以把"握槊"玩成龌龊，就人生观而言，奉行的都是及时行乐的享乐主义。和士开对高湛的一番话，即可佐证：

"自古帝王，尽为灰烬，尧、舜、桀、纣，竟复何异。陛下宜及少壮，恣意作乐，纵横行之，即是一日快活敌千年。国事分付大臣，何虑不办，无为自勤苦也"（《北齐书·列传第四十二》）。

对和士开的这番高论，"世祖大悦"，举双手赞成，且付诸实践，至死方休。君臣二人，志同道合，都要做"一日快活敌千年"的及时行乐者。但和士开的享乐主义，其实大谬不然，荒诞不经。在他看来，虽贵为帝王，但终有一死，明君的尧、舜与昏主的桀、纣没有什么不同；人生如朝露，倘不趁着年轻、及时行乐，那就等于白活了。似乎人生的全部意义，就像无名氏的古诗所云，"昼短苦夜长，何不秉烛游。为乐当及时，何能待来兹?"这个虚无的享乐主义人生观，在某些身居高位的权势者身上，反映尤烈。他们有权有势，有条件和可能去满足自己的声色私欲；同时，他们也以自己的荒淫无耻、狗苟蝇营，在游戏人生的享乐中，化为不齿于人的狗屎堆。轻则纵欲丧命，重则社稷倾覆。

魏晋之际老、庄盛行，其享乐主义思潮对北齐有很深影响。乱世中人，淡看人生，像陆机所说"人生居世为安，岂若及时为欢"的，不在少数；而"为欢"的方式，无非两样东西，一曰美酒，二曰美女。所谓寻欢作乐，大抵就是千金买醉和千金买笑。乱世往往多出酒鬼、色鬼。高湛、和士开持那样的享乐主义，则必堕为淫欲无度的酒色之徒。做了4年皇帝，高湛就把皇位传给太子高纬，自己躲进深宫当太上皇，专门纵横作乐，"快活"去了。可叹好景不长，4年之后他就一命呜呼，仅32岁，做了短命鬼。

高湛、高纬在位时，和士开"威势转盛，富商大贾朝夕填门，朝士不知廉耻者多相附会，甚者为其假子，与市道小人同在昆季行列"。和士开成了搜刮财宝、玩弄美女的大贪官。君昏臣贪治下的大齐，很快就玩完。"危亡之祚，昏乱之朝，小人道长，君子道消。"史官的评论，恰如其分。

于今的贪官，如薄熙来、刘志军之流，贪钱又贪色。从人生观来说，他们秉持的，仍是和士开的享乐主义。时势不同，其揆一也。在现今打造廉洁政府、建设政治文明的进程中，教育领导干部树立正确的人生观，反对及时行乐的享乐主义，真一刻也放松不得。

2013年9月24日

一帝五后乱哄哄

皇帝的正妻称皇后。母仪天下、正位中宫的皇后，从来只设一个。可在稀奇古怪的中国，如南北朝时的周宣帝宇文赟，就接连册立了五个皇后。五后并存，创下历史之最。

宇文赟册立五个皇后的动机，照史书所说，在"外行其志，内逞其欲，溪壑难满，采择无厌。于是升兰殿而正位，践椒庭而齐体者，非一人焉；阶房帷而拖青紫，承恩幸而拥玉帛者，非一族也。虽辛、癸之荒淫，赵、李之倾惑，曾未足比其仿佛也。"总而言之，仅是周宣帝的色欲难填、荒淫无道而已。

天下乌鸦一般黑，地上皇帝多好色。还在做皇太子的时候，宇文赟就嗜酒好色，被他的老爹、周武帝宇文邕打过脊杖，并威胁要废其太子位。用现在的话说，他就是个不成器的"问题青年"。578年，宇文赟接班登基。他老爹的尸骨未寒、丧事还没办完，便急吼吼地"阅视"先帝宫人，"逼为淫乱"，做出了悖违人伦的丑事。上台年把，又大张旗鼓地广选美女，以充后宫。后来干脆禅位给6岁的儿子，自为太上皇，"弥复骄奢，耽酗于后宫，或旬日不出"，不是酗酒沉醉，就是纵欲寻欢，成了十足的淫棍、酒徒。

有个细节，惹人注目。"唯自尊崇，无所顾惮"的宇文赟，特别喜欢"自称为天"：其号"天元皇帝"，所御宫殿，名曰"天德殿"，头上所戴，曰"通天冠"，且"自比上帝，不欲令人同己"，更不愿别的人有"高大之称"。他传敕天下，凡是姓高的，一律改为姜，家族辈分为高祖的，改称长祖，曾祖改称次长祖；朝廷官员名称有"大"字的，也改作长，有"天"字的亦改之。又禁止世间女子有粉黛之饰，只准宫中的女人乘有辐车、施粉黛。经他这么"率情变改"，"天"、"大"、"高"等字眼，即为皇家所独占。而他册封的五个皇后，则个个有"天"有"大"——

元配杨丽华，立为"天中大皇后"，后封"天元大皇后"；侧室朱满月，立为"天元帝后"，改封"天大皇后"；德妃陈月仪，初立"天左皇后"，改册"天左大皇后"，又被增设为"天中大皇后"；贵妃乐尚，初立"天右皇后"，改册"天右大皇后"；长贵妃尉迟炽繁，后也册为"天左大皇后"。五后并立，天、大、中、左、右，名目紊乱，改了又改，"后宫位号，莫能详录"，真把人都要弄晕。但唯如此，才能跟他这个"天元皇帝"相匹配。

五个皇后称"天"号"大"，可在宇文赟眼里，不过是他泄欲的器具。性格柔婉、不好妒忌的杨丽华，只因为"辞色不挠"，顶撞了他，遂令赐死，靠其母独孤氏当庭谢罪、叩头叩到流血，才得以免死。生下太子静帝的朱满月，洗衣宫女出身，又年长他10余岁，常被"疏贱无宠"。唯陈月仪、乐尚二后，系选美所得，年轻漂亮，最受宠爱。尉迟炽繁本是西阳公宇文温的妻子，因"有美色"，在随夫入朝时被宇文赟看中，"逼而幸之"，后来又杀其夫而掠之入宫，拜为长贵妃。五个皇后中，只有杨丽华是明媒正娶的，其余四人，要么是私幸的，要么是选来的，甚至是抢来的。有意思的是，除了杨丽华，另外四个皇后在周宣帝死后全都出俗为尼。也许，她们是以自己的余生，为宇文赟的秽乱罪孽而赎罪吧。

从宇文赟身上，我们看到手握绝对权力的皇帝有多么可怕、可恶。他不但要霸占权力、霸占财富，还要霸占女人，连文字也要霸占！今天幸天兴宫、明天游道会苑的周宣帝，一方面，"散乐杂戏鱼龙烂漫之伎，常在目前"，另一方面，对群臣和后宫嫔御，又极苛酷。稍不遂意，就要打"天杖"，每次开打至少120记，不是皮开血绽，就是立毙杖下。不少受宠的妃嫔，"亦多被杖背"，闹得"内外恐惧，人不自安"。这样暴虐、荒淫的君主，如史书所说，"昏虐君临，奸回肆毒，善无小而必弃，恶无大而弗为。穷南山之简，未足书其过；尽东观之笔，不能记其罪。"北周灭亡，"盖宣帝之余殃"。它若不亡，天道不彰！22岁驾崩的混蛋皇帝宇文赟，做定了"反面教员"。

注：文中所引，见《周书》之帝纪第七、第八和列传第一。

2013年9月27日

官狗商猪说

当官的有权，经商的有钱。当下中国，官员和商人算得上有头有脸的"精英"类人物。可当他们互视起来，有时却变了形。有的商人，将一些官员看成一条狗，而有的官员，又把一些商人当作一头猪。

前些年，四川简阳的大款商人张某与几个哥们一起喝酒，为显摆自己，他借着酒劲对哥们说："简阳谁最大？王善武（市长）最大。可我一个电话，喊他什么时候来，他就会像狗一样什么时候来。不信试试？"说罢，一个电话打过去，不一会儿，市长王善武果真就屁颠屁颠地赶来了。瞧见了吧，王善武这个官员，不就像是张老板喂养的一条狗吗？

再说官把商当作猪的。江苏赣榆县委书记孙荣章，经由一位姓米的老板资助，包养了两个情妇；某情妇对米老板乖乖掏钱让孙包养自己不解，孙荣章就大言不惭地对她说："我用权力帮这些商人得到优惠政策，等到有事时，我马上就会想到某个商人可以为我办事。说得直接一点，就像一头猪，我把它养肥了，需要的时候我再去宰它。"听听，商人米某在孙荣章眼里，不正是一头先养肥后宰杀的猪吗！

官狗商猪，说白了，是官员与商人之间结成了一条利益链，他们称兄道弟、勾肩搭背，亲如一家，"合作共赢"。实际上，他们还是一种相互喂养的关系。商人强势，用大把钞票、高档别墅和妙龄美女，把官员喂饱了，这个官员就成了被呼来唤去的一条狗；反之，官员强势，用手中的权力为商人揽项目、批地皮、搞经营，让商人大发其财，那么这个商人也就成了一头肥猪，要任由官来宰割了。狗一样的官，必是受贿渔色的贪官，猪一样的商，也定为不法经营的奸商。他们之间互为利用，在官，是以权谋私、弄权自肥，权力寻租；在商，则以钱开路，以色行贿，攫取权力红利。官商勾结、沆瀣一气，谁的主动权大、地位高，谁就是主子，而被动的弱势方，则沦为狗或猪。但他们不可能永远坚挺如铁、关系平衡，说不准什么时候就会反目成仇，相互撕咬起来。

在中国，商人要想发大财、成大款，没有权力靠山是不可想象的。权力通吃的环境里，官员做狗的几率小，商人做猪的几率大，除非你有胡雪岩、盛宣怀的能耐，集官商于一身，做叱咤商海的"红顶商人"。山西女商人丁书苗，生意做得够大，仅非法经营额就达 1788 亿；但在铁道部长刘志军眼里，她依旧是头肥猪，不但要给刘志军送钱 4900 万，而且要找女明星、女演员来供其淫乐。刘志军一声招呼，丁书苗还得掏几百万，为其下属的升官去搞公关、走门子。此类"官商勾兑"循环，即官员依托商人做大政绩，官越做越大，而商人依仗官员做大生意，钱越赚越多的现象，在权力与财富之间的不断置换，相互支撑，既违背科学发展，冲击了德才兼备的干部提拔任用制度，又违反公平竞争的市场规则，导致社会政治、经济生活的紊乱和不公，害莫大焉。

官员从政，商人经商，本是两股道上的车。我们倒好，官商勾结，喂狗养猪，弄得官不像官，商不像商。解决这一问题需要反腐败，对猪狗不如的贪官、奸商严惩不贷；然而更重要的，还在政治、经济、社会的制度变革和创新。理清官商关系，划定权力边界，就是关键的一环。做官的，别想发财；经商的，别想做官，或靠权力牟利。让官商各归其位，各行其道，各司其职。官和商可以交友，但要保持距离，恪守职业道德。要做交淡如水的净友、畏友，而不是做勾勾搭搭的狐朋狗友。苟如是，则政治清明、经济振兴、社会和谐，庶几可待。

2013 年 9 月 29 日

（载 2013 年 12 月 9 日《西安晚报》）

小宝有才？

"看朱成碧思纷纷，憔悴支离为忆君。不信比来常下泪，开箱验取石榴裙。"这首入载《全唐诗》、惹得诗仙李白慨叹的《如意娘》，缠绵哀怨，思恋沁骨，其作者恰是中国历史上唯一女皇的武则天。女皇也是人，也有七情六欲，写首情诗没什么大不了。但武则天的晚年包养男宠，与多个面首厮混，闹得鸡飞狗跳、朝堂不宁，终为后人所诟病。她的第一个男宠，名叫薛怀义，即原本在洛阳街头卖跌打伤药的小混混冯小宝。

央视《百家讲坛》，近日由中央民族大学蒙曼副教授开讲"女皇武则天"。提及冯小宝，蒙曼说，冯小宝能走进深宫、成为女皇枕边人，系由千金公主之举荐；千金公主侍女与小宝私通在先，公主发觉收归己用在后，她念及皇太后形单影只、煞是寂寞，于是将冯小宝作为"人才"推荐入宫，以讨好武则天。她这么讲，我开始想不通，冯小宝这么个男宠算什么"人才"呀？简直是辱没人才！可冷静想想，我不得不说，小宝有才，太有才了！

所谓英雄不问出处。冯小宝虽出身小混混，却无碍其成为大周的有用之才。按之辞书，某人品貌俊俏，即可称"人才"；冯小宝这个江湖浑小子长得伟岸、精神，肌肉发达，且床上功夫特棒，能让女皇充分享受肉欲的滋润，以解寂寞。谁说他不是个人才？他的用处，恐治国良才的狄仁杰、张柬之也未可企及，算得上是"特殊人才"呢。别以为男宠只会献媚取宠、吹枕头风，冯小宝可是替女皇办了几件大事、立下文治武功的。

头一桩，主持建造大周王朝标志性工程的"明堂"和"天堂"。30多层楼高的"明堂"，又称"万象神宫"，它是武则天拜天地、祭祖先、受百官朝贺的大宫殿，冯小宝用不到一年时间就建造完工，搞得富丽堂皇，代表了大周的国家形象。"明堂"后面还造了座"天堂"，塑巨佛一尊，规模之大，比"明堂"犹胜一筹。偌大一项国家顶级工程，冯小宝居然手到擒来，提前竣工。要放在今天，能主持这般大项目的人，弄个工程院院士头衔，还不是小菜一碟？你敢说冯小宝不是"人才"？

第二件，他替武则天君临天下提供充足的理论依据，又为之作了广泛的舆论准备。中国的儒家重男轻女，尤其对女人做皇帝不以为然；武则天久有称帝之心，却苦于找不到理论支撑。好个冯小宝，在白马寺组织一帮高僧精心研究，并从佛家《大云经》中找出了"女人可以当皇帝"的依据，填补了女人称帝的理论空白。冯小宝又牵头编译一部《大云经疏》，将深奥的《大云经》通俗化，广作宣传，说武则天系弥勒转世，"女主天下"，代唐为周，然后再升天成佛。经这么一疏注、一宣传，女皇登基就名正言顺了。能够发现新理论，又编撰专著出版传播，冯小宝的学问，怕不在于今的大学教授或特约研究员之下！他分明是大周的开国功臣，封个正三品的左威卫大将军，可谓对其论功行赏。

更有其三，冯小宝两次率军讨伐屡犯边境的突厥，为定边安民立下了功勋。据说他率领几十万大军出征，游牧部落的突厥人见势不妙，早消失得无影无踪。冯小宝则班师回朝，告捷说突厥人一听到他的名字就吓得魂飞魄散，全跑啦！你想啊，2个宰相、18个将军都给他打下手，他这个正二品的"辅国大将军"，谁能说他不算"人才"？以武艺而论，冯小宝也练过些拳脚功夫，他可不是外行领导内行。就算是外行，外行领导内行也是"普遍规律"嘛。

小混混、第一男宠的冯小宝，在一代女皇的鼎力支持下，动用国家的大量资源，短短五六年间，他就历练成大周重臣、栋梁之才。其成才之快、成果之硕，举世无双。但是，这可叹可悯的但是，从冯小宝的发迹史，我似窥见一个奥秘，这就是：哪怕在唐朝这样的开明盛世，至高无上的权力，竟可以随心所欲地打造出文武双全的"领导人才"来。冯小宝是不是人才，是哪一类人才，别人说了都不算，得由女皇武则天金口御言，一锤定音。她说是就是，不是也是；她说不是就不是，是也不是。有武则天的高度信任，破格提拔，小混混冯小宝不就华丽转身当了大将军吗？不信也得信，不服也得服。可悲的是，小人得志的冯小宝，飞扬跋扈，干犯众怒，而且女皇又有了新情人，对他这个老情人就淡漠了，最终被杀。

我不想以私生活来诋毁武则天。可从冯小宝的有才、成才，我还是对何为人才、对人才该怎样鉴别、选拔，生出了些腹诽和异议。在我看，与其说是千金公主荐人才，不如说她是送礼品，冯小宝就跟"伟哥"差不多。而武则天之类权势者，当真把冯小宝视为"人才"吗？人才真的可以那样练成吗？不知蒙曼副教授作何云。

2013 年 9 月 30 日

（载 2014 年第 8 期《雨花》）

棍棒底下无人格

历五帝 25 年的北周，武帝宇文邕一个人就干了 19 年；他韬光养晦，诛杀权臣，夺回国柄，又西征东讨，剿灭北齐，统一北方，可谓一代雄主。可宇文邕却生养了个不争气的儿子，宇文赟上台后很快就玩完了江山社稷。周武帝之教子，显然失策、失败了。

宇文邕是怎样教育太子的呢？

从《周书》记载看，其要求不可谓不严格，措施也不可谓不周密。例如：

朝见进止等日常事项，要求"与诸臣无异"，不论盛夏酷暑、还是数九寒天，或者刮风下雨，太子都须准时上朝，不许偷懒，不得休息，以养成勤政治国的能力与作风。

太子贪杯嗜酒，武帝就下令，酒水不准进入东宫，以防微杜渐，不使他染上不良生活习惯。

专门派遣东宫属官，紧盯太子的"言语动作"，每月写报告上奏，以便武帝掌握动向，对症下药地教育、管束。

太子犯了过失，武帝绝不轻纵。一是给儿子敲警钟，"古来太子被废者几人，余儿岂不堪立耶"？二是实行体罚，以棍棒"捶扑"，或打屁股，或杖背脊，以儆效尤，让他长记性。

"严"字当头的宇文邕，煞费苦心教子，所为何来？全在怕太子"不堪承嗣"，担当不起家国大任。鲁迅说，"惟经理孺子，首是要事"（1918 年 6 月 19 日致许寿裳信）。宇文邕教子，指导思想明确，教育措施周详；但太子宇文赟却太不成才，走向武帝意愿的反面，成了不肖之子。

老爸教他勤政，宇文赟上台后则惰政，懒得问事，并很快禅位给了乳臭未干的儿子，自为太上皇，十天半月地不上朝。他不务正业，不想干正经事。

老爸要他戒酒色，登位后的宇文赟花天酒地。武帝的尸体还未安葬，他就迫不及待地检阅其后宫女人，"逼为淫乱"，又到处选美女、抢女人，接连册立了五个皇后。

老爸让他力戒奢侈，厉行节俭，他竟将所居宫殿搞得珠光宝气，"极丽穷奢"，后又兴师动众、建造洛阳宫，壮丽程度超过了汉、魏。

统而言之，周宣帝宇文赟的所作所为，都反其父之道而行。惟有一件，承袭其老爸做派，就是严密监视群臣和后宫，对犯有小过、或令他不满意的人，实行体罚。他发明了"天杖"，"自公卿以下，皆被楚挞"。以打人为乐的宇文赟，像是要把老爸当年对他的体罚，连本带利地赚回来！

中国有棍棒底下出孝子之说。但在宇文氏家里，棍棒底下出孽子。一代雄主竟教养出个无道的荒暴之君。这是何缘故？

鲁迅说过，"小的时候，不把他当人，大了以后，也做不了人。"（《热风·随感录二十五》）宇文邕教子，采取高压政策，打屁股、杖背脊；这种酷虐的体罚教育，把太子的尊严、人格打光了，逼得宇文赟做"矫情修饰"的两面派。表面上老实听话，循规蹈矩，骨子里暴虐淫乱，包藏祸心，威严的周武帝一死，他就兽性发作，变本加厉地"逞其欲"，做了不折不扣的昏暴之君。棍棒之下无人格。没有人格的宇文赟，不淫乱、不暴虐才怪呢。

棍棒教育，其实是专制制度的遗祸。马克思在《摘自〈德法年鉴〉的书信》中说，"专制制度必然具有兽性，并且和人性是不相容的。"宇文氏父子迷信暴力，以为用暴力即可征服天下。他们的好用棍棒打人，不过是皇权专制本性的演绎。在他们眼里，人长屁股，就是用来打的，长了膝盖，就是用来跪的；除了自己，别的人都是奴隶，或奴才。打屁股、行"天杖"之类，只算略施薄惩，他们还可以随便砍人脑袋，甚至灭人九族。

中国的父母，有对孩子失于宠溺的，但也有不少的"狼爸"、"虎妈"。而"狼爸"、"虎妈"崇奉的棍棒教育，即所谓"不打不成才"，本质上依旧是专制余毒，未可作为教子真经。于今，倘不能如鲁迅所说，"一面清结旧账，一面开辟新路"（《坟·我们现在怎样做父亲》），我们仍将难称懂得教育要旨的合格父母。

2013 年 10 月 3 日

（载 2013 年 10 月 25 日《联谊报》）

"狗脚朕"

"天子自称曰朕。"从秦始皇起，朕即为皇帝所专用。飞龙在天的朕，威严无比，不可冒犯；它与四脚行走、被呼来唤去的狗，天悬地隔，不能同日而语。可东魏孝静帝元善见这个皇帝，竟被大将军高澄轻蔑地称为"狗脚朕"。

547年夏，大丞相兼大将军的高澄到邺城朝拜；一天，君臣二人在东郊打猎归来，元善见设盛宴款待高澄。高澄举一大觞敬酒，强要魏主尽饮，善见推辞说不能饮，高澄勃然作色道："臣澄劝陛下酒，陛下如何却臣？"本就对高家专权不满已久的孝静帝，此时忍不住拂袖而起说："自古无不亡之国，朕亦何用如此生！"大有不愿忍辱偷生，宁为玉碎、不为瓦全的意思。孰料听罢此言，高澄怒不可遏、大声呵斥："朕！朕！狗脚朕！"并随即叫黄门侍郎崔季舒上前连打孝静帝三拳，自己也扬长而去。

元善见这个傀儡皇帝，在大将军高澄眼里，就是他高家豢养的一条狗！要骂就骂，要打就打，没有半点朕的尊贵可言。大将军高澄，似乎才是威严的皇帝，而魏主元善见，反而成了只能仰他人鼻息的臣子。徒有空名的朕，任人摆布的皇帝，就像一条狗。

发噱的一幕还在其后。第二天，高澄假模假样地叫崔季舒入朝，为昨日的打骂皇帝，去向孝静帝谢罪；可怜的元善见不但不怪罪，反而赏赐给崔季舒100匹绢。崔不敢受，向高澄汇报，高让他拿一段；但元善见不允，加倍奖赏崔绢400匹，并说，这也就是一段嘛！看看，"狗脚朕"似是在花钱买挨打呢。莫非真像民谚云，骂是亲，打是爱？

然而，不甘受辱的元善见，在一帮臣子的唆怂下，还是发起了夺权行动。他们派人秘密挖掘地道，企图诛杀高澄。不慎事发，高澄即勒兵入宫，见主不礼，斥责孝静帝："陛下何意欲反？"元善见反驳说："从古只闻臣反君，未闻君反臣，王自欲反，奈何责我！"高澄回答："臣父子功存社稷，何负陛下！陛下想亦不欲害臣，一或系左右嫔妃等，从中谗构，所以致此。"孝静帝则对曰："我不害王，王亦必害我，我身且不能顾，何惜妃嫔，必欲弑逆，迟速唯王！"这时候的元善见认清了大势，自知来日不多，只得听任高澄宰割了。他真是个连自己命运都掌握不了的"狗脚朕"。

　　说也不怪，孝静帝本就是高澄的父亲高欢拥立的。534年，北魏孝武帝元修，受高欢胁迫、逃往关中；高欢遂立元善见为帝，并迁都邺城，史称东魏。朝中大权，悉归高欢。高欢死后，朝政便落入其长子高澄手中，身兼大丞相、大将军、大行台，先袭渤海王，后加封齐王，都督中外诸军事，享有"拜赞不名，入朝不趋，剑履上殿"的特权，成了不称朕的朕，即东魏的最高权力者。而此时的元善见被高澄幽禁起来，一举一动都在高澄的监视之下，别说军政大权，就连人身自由也不可得矣。他早被高澄视同犬马，所以欺辱君主，打他三拳，不在话下。血火乱世，君不君、臣不臣，伦理倾覆，莫此为甚。

　　凤凰落毛不如鸡。对皇帝而言，失去权力，尤其是调动、指挥兵马的军权，便只有乖乖地做"狗脚朕"。如果说，当年的高欢迷君为逆，改立少主，还要摆出"恪恭将事"姿态的话，那么，及高澄当国，对孝静帝就不须客气，不惜拳脚相向，戏弄侮辱之了。正如著历朝通俗演义的蔡东藩所说，高澄狡黠如父，而凶悍则过于父。在皇权社会，尤在朝堂之上，一切凭权力说话。大权在手的最高权力者，总把属下视为猪狗一样的东西，以供自己驱使、宰杀。550年，高欢次子高洋在其兄高澄死后不久，即逼迫元善见禅位，自己做了北齐皇帝。逊位诏书中，孝静帝虽仍称朕，但不得不说，"朕以虚昧"，"是以仰协穹昊，俯从百姓，敬以帝位式授于王"。被赶下龙椅的孝静帝，遂为名副其实的丧家狗。国人之嗜权如命，盖事出有因、自有其得乎？

2013 年 10 月 7 日

（载 2014 年第 8 期《雨花》）

怪杰奇谈

　　生在南洋、学在西洋、名噪东洋的北大教授辜鸿铭，有"文化怪杰"之称。对以中国儒家为代表的东方文明，他情有独钟、顶礼膜拜，而其言行举止亦怪诞迭出，令人喷倒。兹录奇谈数则，以为存照。

　　关于文明的评判标准——辜氏很少用"文化"、常爱用"文明"，1906年，他把文明评判标准归结为"道德责任感"："正是人类行为中的这种道德责任感不仅创造了文明，而且使社会存在成为可能。""生活水平本身却不是评价一个民族文明合适的尺度"。1915年英文版《春秋大义》的"前言"说得更明确："估价一个文明，在我看来，我们最终必须问的问题不是它修建了和能够修建巨大的城市、宏伟壮丽的建筑和宽广平坦的马路，也不是它制造了和能够制造漂亮舒适的家具，精致实用的工具、器具和仪器，甚至不是学院的建立、艺术的创造和科学的发明。要估价一个文明，我们必须问的问题是它能够造就什么样的人性类型，什么样的男人和女人。事实上，正是一个文明所造就的男男女女、人性类型，显示了该文明的本质和个性，即可以说显示了该文明的灵魂和精神。"晚年他又提出，"真正的文明的标志是有正确的人生哲学"；"文明的真正涵义，也就是文明的基础，是一种精神的圣典。我所说的'道德标准'指的就是这个。"（《中国文明的复兴与日本》）神乎其神的"道德标准"，真能用来评判人类创造的全部文明吗？

　　关于中西文明之优劣——辜氏认为，西方文明崇尚物质力，重利轻义，重智轻德，重势轻理，重器轻道，务外忽内，是一种贯穿着实利主义、机械主义和强权主义的"物质实利主义文明"。东方文明与之相反，崇尚道德力，侧重于人的灵魂与理性的进步，是一种"真正的道德文明"。它"首先公认一种道德责任感，将它作为社会秩序的基础"，"其次还使人们能够完满地获得这种道德责任感"。中国的"教育方式、统治方式和所有的社会制度都为这一目标服务，即致力于培养人们具有道德责任感；所有的风习，个人生活的追求等无不被鼓励和设计以服务于人们容易服从这种道德责任感"。（《中庸》译序）他断言，与西方文明相比，中国文明"即使不是一个较高层次的、也是一个更为博大的文明"。其《东西异同论》称，"东方文明就像已经建成的屋子，基础牢固，是成熟了的文明；而西方文明则还是一个正在建筑当中而未成形的屋子，它是一种基础尚不牢靠的文明"。扬中抑西，中优西劣，一目了然！

关于中国人与西洋人——从"道德教养"出发，辜氏眼里的西洋人都是"残忍的野兽"。法国人伪善，德国人极端自私，美国人和俄国人一庸俗、一残暴，而英国人，是既虚伪又傲慢的"恶魔"，他谴责尤厉。他认为，妇女是"民族的文明之花"，因而着重对比了中西妇女。他说，中西女性的差别，犹观音菩萨与圣母玛利亚之别，她们都很温柔优雅，但中国妇女更胜一筹，即比西方妇女更"幽闲"，有一种比紫罗兰、兰花"还要淳浓、还要清新惬意的芳香"。西方女性的健壮、野性，不拘礼仪，招摇社交等，辜氏深恶之。醉心于中国妇女"幽闲"美的他，爱屋及乌，对缠足、纳妾之类也大加赞赏。说什么"三寸金莲"乃构成中国女人惹人怜爱的温柔幽闲性情的组成部分，而非对女性的摧残，缠足与西方女人的束腰一样，赋予妇女以美。而由"立"、"女"组成的"妾"，则是男人的"手靠和眼靠"，有助于男人"恢复精力去适应其生活和工作"。辜自己确是力行"众杯翼壶"的一夫多妻主义（《中国的妇女》），并有爱嗅女人小脚之怪癖的。

辜鸿铭最欣赏中国的满族贵妇和日本女子，认为她们有"更好的文明"。他把西太后慈禧捧为"满族文明之花，准确地说，是标志着征服中国后的满人文明状态的花朵"。慈禧"纯朴而高贵"，"如果说世界上还有一个既具有高贵的灵魂，又不失赤子之心的伟大女性的话，那么她就非刚刚去世不久的皇太后莫属了。"她"生活中的支配动机不是野心，而是责任"，年近古稀，"还在努力学习如何给她的人民一个良治"。搞垂帘听政、废黜光绪，是出于"她有太强的责任感"，也因为光绪"不仅辜负了她的希望，甚至还罪涉试图毁掉她的工作成果和抛弃祖宗遗产的行为"。至于挪用军费、修缮颐和园，虽"花费了一笔巨款"，但考虑到为把长毛作乱时的混沌中国变成今之相对繁荣的中国，她整整操劳了 30 年，当她把权柄移交给外甥的时候，"向她的人民，伟大的中华帝国的人民提出为他们的太后修建一个富丽堂皇的家，让她在那渡过余生，这难道是一个那么奢侈的事情吗？"就连宫廷太监总管的李莲英，在辜氏眼里"依然不失良好的风度，可谓丑中见美"（《中国牛津运动故事》）。颠倒黑白，混淆美丑，怪杰说故事的本领真高。

关于辫子、吐痰之类——辜氏曾作《在德不在辫》，为那根被洋人讥为"猪尾巴"的辫子作辩护。后在《张文襄幕府纪闻》中说，"今人有以除辫变法为当今救国急务者，余谓中国之存亡，在德不在辫。辫之除与不除，原无大出入焉，独是将来外务部衮衮诸公及外省交涉使，除辫后窄袖短衣、耸领高帽，其步履瞻视，不知能使外人生畏敬心乎，抑生狎侮心乎？"而辜氏本人，也果真把"猪尾巴"一直拖进了棺材。对国人的随地吐痰、不讲卫生之病，他的辩解也颇怪诞：由于中国人过于注重心灵生活，因而极端忽视外在物质环境的缘故，所以不值得大惊小怪。

关于中国的出路与振兴——应对西洋列强的坚船利炮，中国人"恃天地不变之正气"；他声言，不仅半部《论语》可以治天下，"半章《论语》亦可以振兴中国"（《半部〈论语〉》）。他甚至说，"当兹有史以来最危乱之世，中国能修明君子之道，见利而思义，非特足以自救，且足以救世界之文明。"（《利义辨》）其对孔孟之道、儒家学说，推崇备至，颟顸的文化自大，溢于言表。

辜氏的文化贡献、尤对中西文化交流的功绩，不该一笔抹杀。但他的顽固保守，强词诡辩，以及文明观的偏颇、价值观的扭曲，不容置疑。当代中国人，若不知什么是尊孔崇儒的"国粹派"，不懂何为"爱国的自大家"（鲁迅语），听听辜鸿铭的奇谈，看看辜鸿铭的怪状，自可明白大半；或许，我们从于今"新儒家"的身上，还能看见隐现着辜氏的某些遗传基因呢。

2013 年 10 月 11 日

（载 2013 年 11 月 15 日《湘声报》）

论做官发财

共产党人"不是要做官，而是要革命"。伟人名言，彰显了共产党人的革命豪情，教育了一代又一代党员领导干部。时移世迁，现今一些党员领导干部起了变化，他们已在拼命追求升官发财。最典型的，数福建那位前县委书记丁仰宁的自白："当官不发财，请我都不来！"我们可以批判此类腐败贪官的腐朽人生观、权力观；但就中国的历史与现状论，我们更须严肃对待的，似不是官员个人的道德修为，而恰在中国源远流长的腐败官场文化。

中国官场文化的最大特色，就是做官发财的一体化、趋同化，导致整个社会形成一种文化定势——人们以做官为荣耀，以追求升官发财为人生的最高价值。它为贪官的滋生、蔓延，代代相续，杀不胜杀，准备了充足的阳光和雨水，即社会环境和文化氛围。直如陈独秀所剖析的，中国"以做官为发财之捷径，猎官摸金，铸为国民之常识，危害国家，莫此为甚。发财固非恶事，即做官亦非恶事，幸福更非恶事；惟吾人合做官、发财、享福三者一以贯之精神，遂至大盗遍于国中。人间种种至可恐怖之罪恶多由此造成"。（见《杂文选刊》2013年第10期·上）官员贪腐，实乃腐败官场文化罪恶之一端也。

明代朱载堉的《十不足》，形象地描绘了国人对升官发财的入迷、痴情。"终日奔忙只为饥，才得有食又思衣。置下绫罗身上穿，抬头又嫌房屋低。盖下高楼并大厦，床前缺少美貌妻。娇妻美妾都娶下，又虑出门没马骑……一铨铨到知县位，又说官小势位卑。一攀攀到阁老位，每日思想要登基。一日南面坐天下，又想神仙下象棋……若非此人大限到，上到天上还嫌低！"贪欲深如壑，逐福无穷多。秦汉以降，实行以皇帝为核心的集权制，把财富、资源乃至一切，都与权力紧紧捆绑在一起，形成无所不在、无远弗届的官本位社会。不受约束的权力，能把整个国家都吞下肚去。

隋唐后的科举制拓宽了读书人的上升通道，同时把知识分子导入读书做官、做官发财的权力桎梏中。"书中自有黄金屋，书中自有千钟粟，书中自有颜如玉"。其实，诗书里有这些好东西，并非书本有多么神奇；读书人倘不能科举入仕，即弄个一官半职，那他永远是个酸秀才、穷书生。没有功名，何来富贵？所以，与其说是诗书的力量、是知识改变命运，倒不如说是权力的道行，是乌纱帽改变命运。试看于今的一些落马贪官，动辄家财过亿，房产几十处，情妇成群结队，不也都靠权力寻租得来的么？黄金屋、千钟粟、颜如玉，都是权力这株大树上摇落下来的"果子"！

共产党人闹革命，图的是老百姓过上好日子，而绝非为自己升官发财。他们要与腐败官场文化"彻底决裂"！不幸的是，官场文化像无孔不入的病毒，不是靠一场革命就能彻底扫荡的，它仍在包围、侵蚀着人们；加之对权力缺乏刚性约束监督，更加剧了权力的被滥用。现今一些领导干部，如列宁所说，"有变为脱离群众，站在群众头上的特权者的趋势。"（《国家与革命》）甚至某些行政机关，也像恩格斯所预见的，"愈来愈深地陷入到贪污腐化的泥沼中去"，"由社会公仆变为社会主人"（《法兰西内战》1891年单行本导言）。

预防、遏制官员由公仆变为主人的办法，巴黎公社采取了"两个正确的办法"。其一，把一切公共职位"交由普选选出的人担任，而且规定选举者可以随时撤换被选举者"；其二，不论职位高低，对所有公职人员，"都只付给跟其他工人同样的工资"。恩格斯认为，这样就能"可靠地防止人们去追求升官发财了。"（同上引）显然，当下中国的情形，与马克思、恩格斯肯定的巴黎公社的原则精神，存有不小距离。只要腐败官场文化在，"升官又发财、不请我自来"，还要削尖脑袋！这种状况成为常态，足以亡党之国，重蹈苏联之覆辙。巴黎公社原则的落实不可能一步到位。但至少我们应当创造条件，在加快普选制进程、限制特权方面有所改进与创新，向着社会正义、公平迈进。

做官发财一体化、趋同化的腐败官场文化不变革、不改良，中国就难以摆脱盛衰兴亡循环往复的历史怪圈。

2013 年 10 月 15 日

（载 2013 年 11 月 25 日《上海法治报》）

抠门皇帝不节俭

清宣宗道光皇帝旻宁，史载是有"恭俭之德"的守成之君。他的节衣缩食、俭朴生活，在中国几百个皇帝中一准位列三甲，以至被谑谓"抠门皇帝"。

道光帝的节俭，并非空穴来风，其吝啬程度比百姓尤甚。

如每年万寿节，即道光帝在八月过生日，朝廷上下、后宫妃嫔总要张罗祝寿；可他一概不予款待，反下令"停筵宴"，以节省用度，贺客们连一杯清茶也别想喝上。寻常百姓庆生还吃碗长寿面呢，道光帝似比他们还要节俭。

给宠爱的皇后做千秋节，道光帝特批内务府宰杀两头猪，赏后宫每人一碗肉沫盖交面，算是额外恩赐。

他的衣着也寒碜。有年冬天，内务府为他添置了一件黑狐皮袍，道光帝一见就来气，喝令拿走，责成内务府从此不许置办此类奢侈品。他穿的套裤，膝盖处磨破了，叫尚衣司织匠补上一块圆绸布，俗称"打掌"，继续穿。贵为天子，着补丁裤，其节俭一如穷乡老农！为讨好皇帝，不少京官在新裤上"打掌"，军机大臣曹振镛便如此。有次道光帝问曹，你的"打掌"花多少钱？曹支吾着谎称花了 3 钱银子，道光帝便叹道：外间作物好便宜，内务府给我"打掌"要用白银 5 两呢！恨不能将此活计交到市面上去。他的"尤崇节俭"之名，不胫而走。

抠门皇帝真的很节俭吗？还是看看他建造自己陵寝的表演吧。

起初，他把陵寝选址在遵化马兰峪的清东陵，用了 200 多万两银子，都已经竣工了；可后来发现有质量问题，地宫渗漏，是建造时一帮大官小吏从中贪污、偷工减料所致。他龙颜大怒，处罚了几个贪官污吏，提出要另行选址重建。大臣们建议可以采取修补措施，但他拒绝，非要拆了再建。于是，在易县梁各庄的清西陵新造一座慕陵。建陵材料全用清一色的名贵金丝楠木，地宫吊顶上又雕饰了 1000 多条龙形图案，造价大大超过了拆毁的旧陵寝。为说服朝臣、给自己违背祖制的建陵行为找借口，他打出"恭孝"招牌，称为便于在地下尽孝，所以必须把自己的慕陵建于父皇嘉庆的

341

昌陵之侧。慕陵虽不像别的皇陵那样金碧辉煌、壮观气派，但外俭内奢，用材之讲究、装饰之精美、施工之精细，均超过了最为奢华的慈禧的定东陵。就这么建了拆、拆了建地折腾，前后花费的银子超过600万两！打个补丁花5两银子就肉痛的道光帝，在陵寝上的花费咋就那么大手大脚、不惜工本呢？抠门皇帝何有半点节俭样！

对洋人的勒索，道光帝也不吝啬。鸦片战争失败后，中英草签《江宁条约》，其中第一款，即要向英国赔偿银元2100万。道光帝眼都不眨，朱笔一挥，照准不误。为求苟安，息事宁人，赔款割地，丧权辱国，在所不计。他这是哪门子的节俭？

虚伪的道光皇帝，只节俭在一时一事的小处，在事关国计民生、主权得失的大问题上，他却糊涂而又怯懦。一国当权派，既不明了全球变局之大势，又放不下天朝大国的臭架子，富民无策，强国无能，只是庸庸碌碌做表面文章，浑浑噩噩当"维持会长"，能算称职吗？而在日常生活上，如吃次盖浇面、穿条补丁裤之类，自是不难做到；其难在一以贯之，一辈子艰苦朴素，那才叫真节俭。大清国到了道光帝手上，已日薄西山，内忧纷起，外衅屡生，国库空虚，吏治腐败，政风恶浊。道光帝微枝末节的节俭，根本于事无补。守成之君，守而不成，每况愈下。史书评之曰，"当事大臣先之以操切，继之以畏葸，遂遗宵旰之尤。真所谓有君而无臣，能将顺而不能匡救。国步之濒，肇端于此。"（《清史稿·宣宗本纪三》）道光恰是清王朝由盛转衰的拐点。道光帝无力回天，清王朝的没落、败亡，也就为期不远了。

节俭很好，须当弘扬。但绝不要外俭内奢的作秀，更不要道光帝的因小失大，坑民误国。开源节流，反对奢靡，也需要坚持不懈，务见真章！抠门皇帝不节俭，纠风反腐要创新。这就是我的看法和祈愿。

2013年10月17日

谈 禁 忌

　　人类原始时期，出于对大自然的蒙昧无知，常有些碰不得的禁忌。在中太平洋的波利尼西亚，称谓"塔布"。随着人类文明的演进，对大自然的"塔布"日见稀少，可社会生活中的各种"塔布"纷至沓来。其中，权倾天下的人主，禁忌特多，且凶险异常。百姓、官员稍不留神，一句话、或一篇奏章，触禁犯忌，惹下大祸，他们的脑袋就会被"咔嚓"。

　　且看两个明朝皇帝的禁忌，即可管中窥豹。

　　游方僧出身、又当过红巾军小兵（在元朝统治者口中为"贼"）的朱元璋，做了明朝开国皇帝以后，对"僧"、"秃"、"光"、"贼"等字眼，就特反感。他认定，那是揭他的癞疮疤，有损自己的皇威尊严，故而严禁深忌，不许别人提起。连这些字眼的近音字，都疑神疑鬼，看成指桑骂槐，居心不良，要严惩不贷。杭州府学教授徐一夔，在新年上贺表，内有"光天之下，天生圣人，为世作则"之句，其意本是歌颂朱元璋的圣明美德；但朱元璋读了大怒，说："生者僧也，骂我当过和尚。光是薙发，说我是秃子。则音近贼，骂我做过贼。"这可不得了，句句"恶毒攻击"皇上，无疑是个"现行反革命"，非杀不可！礼部官员也吓出一身冷汗，恳求朱元璋降一道表式，以使臣民们有所遵守。洪武二十九年，朱元璋特命翰林院学士刘三吾、左春坊等撰定庆贺谢恩表式，颁布天下诸司，如式录进，即照规定表式抄录，只填上官衔姓名，那些官员、文人的小命才算得以保障。对徐一夔而言，马屁拍在马脚上，死了都不知是怎么死的，冤不冤？

　　人主的禁忌，就像马蜂窝，碰不得！他才不管你有心无心、好意恶意。没办法，朱元璋握着臣民的生杀大权，他说什么就是什么，他要杀谁就杀谁，谁也挡不住。恐怖的人主，不惜以别人的鲜血和生命，来维系其禁忌。朱元璋的"塔布"，不知制造了多少桩冤狱。

　　一半个世纪之后，明朝传到嘉靖帝朱厚熜手里。他也是个禁忌甚多的主，虚荣心极强。据《万历野获编》载，御极登位的那天，他所穿的龙袍不大合身、有些过长，很不自在，屡屡俯下身子去看。首辅大臣杨新都见状，急忙上前进言解围道："这是陛下垂衣裳而天下治。"一语称意，龙颜大悦。过长的龙袍成了大吉大利的象征，朱厚熜能不心花怒放？晚年的嘉靖帝，身体欠佳，召太医院的徐伟诊脉；当时他坐在小塌上，衣襟拖到了地下。徐太医怕踩到龙袍、不敢靠前，皇上问何故，徐答："皇上龙袍在地上，臣不敢进。"嘉靖帝便将衣服提起来，并伸出手腕让他诊脉。看完病，朱厚熜即下一道手诏："徐伟刚才说'地上'而未说'地下'，足见其一片忠爱之心。'地上'是说人，'地下'是指鬼呀！"迷信道教、渴求长生的嘉靖帝，就这么抠字眼，对"地上"、"地下"斤斤计较，真是莫名其妙！就算说龙袍在"地下"，那也是一件衣裳而已，与人无干，怎么能说就是咒你作"鬼"呢？人主的禁忌，谁能捉摸得透？亏得徐太医没说"地下"，死里逃生，躲过一劫。人主，好难伺候呀！

从心理学上说，朱元璋的禁忌，多半出于自卑，即为掩饰自己的卑贱出身和不光彩经历，防人之口，不准触及其癞疮疤。朱厚熜的禁区则不同，大率出于自大的虚荣心，即为满足一己之欲望而只想听颂词和吉利话。人大都有自卑、自大的双重性。极度的自卑心和极度的虚荣心，实为一个硬币的两面。缺乏自信力的人，忽而自卑、忽而自大，一事自卑、另一事又自大，变幻莫测，全以需要和境遇而定。一旦禁忌与政治、权力纠结在一起，其社会危害即被放大。就此而论，人主的禁忌就不再是个人的好恶，而演变为社会的问题与障碍。

民间传说，明代布袋和尚曾在墙上留诗，劝告朱元璋："大千世界浩茫茫，收拾都将一袋藏；毕竟有收还有放，放宽些子又何妨！"其意当在讽谏朱元璋"以猛治国"的苛酷政治。而在人治之下，终不过是一厢情愿。社会生活中，百无禁忌不现实；但禁忌太多，自由逼仄，人的创造力萎靡不振，这就不是幸事。所以，少些禁区和忌讳，使全体公民享有充分的言说和表达权利，这才是我们今天要执着追求的目标。

2013 年 10 月 19 日

（载 2013 年 10 月 29 日《杂文报》）

344

当代官婢

古时候，被削籍没入官府为奴婢的女子，称官婢。现今时势迥异，本不该再有官婢；可看罢山西女老板（或曰女企业家）丁书苗的发迹简史，我不能不说，她就是当代官婢。

识字不多的卖蛋女丁书苗，很想倒运煤炭发财，苦于弄不到车皮。她找当地铁路运输部门，人家不理不睬；好个丁书苗，就在铁路官员所住的宿舍门口蹲点守候，一看宿舍门未关，她就进去把官员的床单、衬衣、内裤、袜子等，都洗个干净。如此这般的殷勤服务，终于打动铁路官员，最后批给了运货车皮，而丁书苗也由之发家，当了倒运煤炭的女老板。看她卑下打杂的模样，不就像个为奴为婢的官婢么？

较真而论，丁书苗与古时官婢也有不同。她不是被削籍的女子，而是有人身自由和公民权利的。但她巴结讨好权贵的行状，与官婢无异；不过，洗衣打杂之类，只算官婢的初级阶段。待到丁书苗积攒一定资本，傍上更大的官员时，官婢的"服务"档次也就水涨船高，要有升级版了。一如她和原铁道部长刘志军搭上关系之后所提供的"优质服务"，即远非洗衣打杂之类了。

刘志军爱捞钱，丁书苗就大方"出血"，一扔几千万，让刘志军成为富豪。刘志军又好色，丁书苗则挖空心思，物色靓丽的女歌星、女明星，满足其淫欲。刘志军还要给某些属下跑官，为犯事的亲信去"捞人"，她便铺践搭桥，曲线公关，直至着了骗子的道，白掷几百万。

总而言之，丁书苗心甘情愿地给高官当走卒、做乌狗，不吝惜抛重金，不怕吃苦受累，天大的委屈也往肚里咽。这样称心、服帖的奴婢，打着灯笼也难找呀！

官婢的人格，不免卑污。但他们提供的"优质服务"，其实并不是免费的午餐。唐代元结《自箴》云，"君欲求权，须曲须圆；君欲求位，须奸须媚。"官婢讨好、献媚权贵，目的正在从高官的手指缝里，讨得生意和大利。即如丁书苗，瞄准刘志军手中的工程项目调配权，承揽到几个高铁项目，一转手就是几亿、几十亿的赚头啊！官商勾结，上下其手，结成共同利益链，官员以权谋私、大寻其租，官婢则以钱（色）谋权、叱咤商海。倒霉的是国家和人民，在政治上、经济上损失惨重。官婢丁书苗及其贪赃主子刘志军等，终沦为人民的罪人。

写到此本想搁笔。可不经意间从媒体上读到一则消息，一些地方官员竟自取其辱，跑到京城一些部委干起了"勤杂工"。他们又端茶，又扫地，又打开水，在人家的办公机关里忙得屁颠屁颠的。这跟丁书苗为官员洗裤衩，有什么区别？都在当官婢嘛！不同的是，这些"勤杂工"既有官的身份，又有文化水平，绝非丁书苗那般卑下的农妇。可他们追求的，却与丁书苗相类，只为从上官那里要来上项目的"路条"，即批文。"路条"到手，项目核准上马，地方官员的政绩便火箭飞升，功名两全矣。这些有官身、拿官俸的"勤杂工"，其官婢成色，比丁书苗足赤许多。

应运而生的官婢，大率拜过于集中的权力所赐。根深蒂固的官本位社会，权力决定一切、调配一切、指挥一切。平民百姓、底层官员向权力膜拜，奉迎讨好，唯恐不及。这就形成了一种官婢文化，或曰侍婢文化。其影响所及，人们对丁书苗之类官婢不仅不厌恶，反而追羡、仰慕，认为他们能曲能伸，简直可以当作励志传奇来仿效。这真是莫大的悲哀。百年前的五四新文化运动，提出了重塑国民人格的大问题，只可惜它未能完成，乃至后来被打断。奴颜婢膝的官婢文化，在集权体制下大行其道，闹得乌烟瘴气。从丁书苗和某些地方官员的官婢嘴脸，我想起陈独秀的话——

"新文化运动是人的运动；我们只应该拿人的运动来轰散那狗的运动，不应该抛弃我们人的运动去加入他们狗的运动。"（《新文化运动是什么?》）

做人还是做狗，我们每个人都在用行动书写着自己的答案。

2013 年 10 月 23 日

（载 2013 年第 24 期《廉政瞭望》）

铁规的失灵

　　明朝立国伊始，太祖皇帝朱元璋就颁下一道禁令："内臣不得干预政事，犯者斩。"他专门铸造一块铁牌，刻上此令，悬挂于宫门，以作警戒、防范内宫宦官祸乱朝政。同时，朱元璋又出台禁止宦官干政的细则，如：不许兼任外朝文武职衔，官阶不得超过四品（副部级），不许读书识字，不准穿外朝官服，不得与外朝官员有公务往来，月领俸米一石，等等。这个禁令和针对性条款，称之为大明王朝的铁规、"高压线"，不为之过。

　　铁规如利剑高悬，加之明太祖的大权独揽和勤勉理政，洪武朝的宦官服服帖帖，不能也不敢去踩踏"高压线"，只有老老实实地在内宫当差做仆役。然而，天下没有不散的宴席。朱元璋一死，人亡政息，他处心积虑立下的铁规，便化作软豆腐，乃至烟消云散。从永乐帝朱棣开始，宦官渐渐崛起于政治舞台，后来则愈演愈烈，发展到宦官专权、架空皇帝的地步。明朝宦官之乱政，甚于汉唐，完全走向了朱元璋意愿的反面。

　　头一个公开践踏铁规的，是明英宗朱祁镇和司礼监总管王振。英宗尊王振为"先生"，对他言听计从，开明代宦官专权的先河；羽翼已丰的王振，胆大包天，竟把太祖皇帝御铸的那块"内臣不得干预政事，犯者斩"的铁牌，从宫门摘下，弃之如粪土！"高压线"一朝崩塌，后继的宦官益发得志便猖狂。如宪宗朝之汪直，武宗朝之刘瑾，世宗、熹宗朝之魏忠贤辈，纷纷结阉党，操纵朝政，诛杀大臣，残害皇嗣，敛财自肥，不可一世。刘瑾被呼为"刘皇帝"，魏忠贤称"九千岁"，成了权倾天下的主子。至此，朱元璋立的铁规，荡然无存。

　　大明王朝存世近280年，粗略算来，宦官乱政的时间超过200年，占有压倒性优势。躺在明孝陵内的朱元璋做梦都想不到他立下的铁规，竟会如此迅捷地失灵、失败。

　　平心而论，朱元璋的铁规、禁令，是汲取了历史经验的。如能真正落实，付诸行动，宦官纵有三头六臂，也翻不出皇帝的手掌心去。它缘何失灵呢？问题在于，大明朝的皇帝并不是个个都像朱元璋那样，精明强悍，勤于政事，对大小天下事，都有兴趣和能力去治理。如果说朱祁镇是无能，事事听凭宦官王振摆布的话，那么朱厚照、朱厚熜这两个皇帝就更加昏庸。他俩对朝政全无兴趣，一个只想做高级木匠，另一个只想修道成仙，大权岂能不旁落？而宦官作为皇帝身边最亲近、最宠信之人，便最有机会和可能代行皇权，宦官专权由之而生。

但从根本上说，宦官干政、宦官专权，确属皇权专制达到巅峰的必然产物。或者说，它是皇权专制的一种副产品。洪武时期，朱元璋削黜相权，集权力于一身；天下事无论大小，皆决于朕。这种以一人治理天下的集权体制，对皇帝提出了极为苛刻的条件，即皇帝应是无所不能、有无穷精力的圣主。可事实上皇帝也是人，他的能力有限，精力也有限，不可能担当那么繁重、艰巨的任务。因此，皇帝不得不假手于人，借助身边的宦官为耳目，来监视臣民、处理政务。朱元璋自己创设锦衣卫及朱棣设立东厂，搞特务统治，实际上已经在纵容宦官干政了。破坏铁规的，首先就是朱元璋父子。随着皇权专制的日趋腐败，朱元璋、朱棣的子孙越来越昏庸无能，就越发要依赖宦官来处理朝政。宦官干政、宦官专权，实乃皇权专制不治之症，是不可避免的。

专制制度之下，铁规、禁令的时效和作用，不会太长久。欲求长治久安，只有寄望于民主和法治。这，许是从朱元璋的铁规失灵中所悟出的一点启迪吧。

2013 年 10 月 26 日

（载 2013 年 11 月 8 日《湘声报》）

348

贿风似刀

官场风气，关乎吏治清浊和人心向背，是涉及政权稳固与否的大事。然纵观历史，官风好的时候不多见，贪贿成风几为官场痼疾，甚难治愈。真所谓贿风似刀，危害非浅。

贿风从来就不是单纯的经济犯罪，它首先恰是严肃的政治问题。行贿与受贿双方，也绝非简单的人情往来，而是利益攸关的政治交易。说贿风似刀，就为官员的行贿，大抵总有某种政治目的，而被当作官场生存术来运用、施展的。不妨看看北齐大贪官和士开的例子。

本为武成帝高湛宠臣的和士开，在高湛一死、靠山崩塌之后，面临丢官失势的危机；以赵郡王高睿、大臣娄定远为首的一帮人，即图谋将他赶出朝廷。在胡太后举行的一次宴会上，高睿当众历数和士开弄权纳贿、扰乱后宫等诸多罪状，扬言"士开不去，朝野不宁"，一干大臣极力附和，或投帽于地，或拂袖而起，对实际掌控朝政的太后施加压力。情急之下，和士开与老情人胡太后商量出个缓兵之计，说待先帝的丧事办完，就让和士开去兖州当刺史。当丧事已毕，高睿等催逼他上路时，和士开却祭出了一手"杀招"：他装了一车珍宝古玩、外加两名美女，到娄定远府上辞别，说：诸位权贵要杀我，承蒙您赐我一命，今来告别，特送上一份薄礼，以表谢忱。娄定远很是受用，问他还想不想重回朝廷，和士开谎称在朝日久、心生厌倦，再也不想回到朝中来了，唯一的愿望，求您能保护我，今要远行，盼您给个机会，让我入宫去与太后、后主告个别。受贿的娄定远满口答应。和一入宫，就在胡太后、后主高纬面前放声大哭，哭得太后、后主都掉下眼泪，问他怎么办？此时的和士开说，我已进宫，何必焦虑呢！现在所需的是一道诏书。在胡太后的怂恿下，后主下诏、派娄定远出任青州刺史，又将高睿召入宫中，以"不忠"之罪诛杀之。和士开就这样除掉政敌，安全度过危机，并升任侍中、右仆射。

和士开的行贿，不就是拉拢、分化对手的阴谋诡计么？贿风似刀，斫人头于无形，他把官场生存术玩到了极致。更有趣的是那个曾受贿、将外贬的娄定远，见大势已去、为求自保，就来个反行贿，即不但把先前和士开贿赂的珍宝、美女如数奉还，而且又加送大量珍奇。和、娄二人，就这么贿来贿去，互济互利，以保官位、性命。北齐王朝的贿风之盛，于此可见一斑。

贿风似刀之最具杀伤力的，在它对权力腐败的催化和对人心的腐蚀。因为官场贿风，总能诱导社会的腐化、溃败，即行贿、受贿的普遍化和人们廉耻心的沦丧。贿风之下，买官卖官、跑官要官之类，不再是见不得阳光的丑行，而成大行其道的潜规则；官场上下之间，官民之间，行贿、受贿变作礼常往来，大家心照不宣，乐此不疲；官员不得好处不办事，得了好处乱办事，持"当官不发财，请我都不来"的心态，官商勾结、官官相护，权力寻租、商人傍官常态化；平民百姓也唯权是从、唯利是图，连几岁的娃娃也学会了请客送礼、事以贿成那一套，端的是跨入了"全民腐败"的时代！官民无廉耻，似刀贿风把人心腐蚀得黑不溜秋，那是多么恐怖的情形啊！

唐代诗人元次山的《时化》云，"时之化也，情性为风俗所化，无不作狙狡诈谊之心；声呼为风俗所化，无不作谄媚僻淫之辞；颜容为风俗所化，无不作奸邪蹙促之色。"贿风"时化"，社会就到了最危险的时候。当下克服"四风"，切中肯綮，我乐见其成。但依愚见，尤须对贿风施以重拳，严加整饬。凡行贿、受贿者，不论是"老虎"还是"苍蝇"，均取"零容忍"，切毋纵容姑息，方可明法度、正人心，保持社会的稳定和进步。

2013 年 11 月 3 日

（载 2013 年 12 月 3 日《杂文报》）

清廉源自亲民

清康熙朝的张伯行，享有"天下第一廉吏"的美誉。他曾任福建、江苏巡抚，礼部尚书，官做得挺大，却能身居高官而秉持清廉。《新世说》载，在地方当官 20 余年的张伯行，每到一地，总是轻车简从，不带家眷赴任；每天吃用的米麦菜蔬，一布一丝，甚至推磨的牛、碾米的石碾，都从兰考老家运往任职之所，不沾当地一丝一毫。有次无锡县令送来惠山泉水，他觉得自个清廉如水，也就接受了，后来得知泉水系用老百姓的船运来的，耗费不小，顿觉心中有愧，立即退还。张伯行之清廉，实至名归。

清廉为官，殊属不易。清廉从何而来？就张伯行说，我以为实源自有颗亲民之心。据《郎潜纪闻二笔》记述，张伯行刚任江苏巡抚，为禁止馈送礼品、整饬官场风气，专门撰写一则公告，布于督抚衙门。其文曰：

一丝一粒，我之名节；

一厘一毫，民之脂膏。

宽一分，民受赐不止一分；

取一文，我为人不值一文。

谁云交际之常，廉耻实伤；

倘非不义之财，此物何来？

公告一出，举城肃然，官场送礼风收敛不少。这个禁令，自是对督抚衙门大小官吏的警示，但它所彰显的，确为张伯行有颗"亲亲而仁民"（《孟子·尽心上》）之心。

亲民，不只是贴近民众，或密切与民众的联系，尤在于要把民众视同自己的亲生父母、亲兄弟姐妹，血脉相连，休戚与共。就是说，要把老百姓当作"天"，置人民利益于第一位，全心全意为人民谋福祉而不计个人的荣辱得失。不可说张伯行就是大清朝的"人民公仆"，因为那样就混淆了现代与前现代的界限，而且封疆大吏张伯行的权力来源，毕竟是康熙皇帝，而非大清国的人民；但他的那则禁止送礼公告，确然昭示了张伯行的亲民、爱民。将"一厘一毫"视为"民之脂膏"，即人民的血汗钱，所以"取一文，我为人不值一文"，这就凸显其高洁人格，而且把老百姓当成自己的父母、兄弟姐妹，敬畏之、亲近之，服务之。一句话，张伯行很自觉、不想贪，其为官操守，不负"天下第一"之誉。

然而，我们不能企望官员个个都是不生一丝贪念的圣贤。皇权时代，像张伯行那样的清官、廉吏，只是凤毛麟角，不多见；相反，贪官污吏，比比皆是，直如王亚南生前所说，中国历史就是一部贪污史。防范官员贪污腐败，除了强化官德教育，使之不想贪，更紧迫的，还要从权力来源、运作机制等方面构筑道道防线，真正把权力关进笼子里去，从而使官员不敢贪、不能贪。也就是说，要真正落实人民是国家主人的宪法准则，由人民自主选择官员，并有机会和权力去约束、监督官员，使之成为名副其实的公仆。

清廉源自亲民，牧民必生贪墨。心中装着老百姓，对待人民像对待自己的父母一样，为官清廉，庶几可待。若当官的自视为"民之父母"，甚至视百姓如牛羊、草芥，可任由奴役，半点敬畏心都没有，则贪官污吏的层出不穷、杀不胜杀，势所必然矣。张伯行固然可敬，但我们今天不能仅仅满足于官员的自觉、自律，即不想贪，而须三管齐下，通过体制、机制的改革，使官员既不想贪，又不敢贪、不能贪，即对官员有刚性的他律和外部约束，方能迎来河清海晏的明天！

2013 年 11 月 5 日

（载 2013 年 12 月 27 日《杂文报》）

宋太祖反贪

北宋甫立，"创业垂统之君"赵匡胤，就"绳赃吏重法"，拉开了惩腐反贪的大幕。仅以《宋史·本纪第一》所载，自建隆至开宝的16年间，宋太祖亲手处置的贪官即达30人。几乎每年都有赃官受查处，轻则罢官、流放，重则抄家、杀头。惩治的贪官，如宗正卿赵砺、右千牛卫大将军桑进兴、监察御史间丘舜卿、殿中侍御史张穆、兵部郎中董枢等，均系部级军政大员。而且处死贪官，行刑都在京城闹市执行，并暴尸街头示众；对罪大恶极者，还动用了车裂分尸的酷刑。如蔡河务纲官王训等4人，因以"糠土杂军粮"，从中贪污，即被"磔于市"。太祖皇帝反贪，可谓重拳出击，不遗余力，令朝野震慑。

尤为引人注目的，是宋太祖对贪官赃吏永不宽宥的决绝态度。乾德五年冬，改元天宝，大赦天下；但太祖皇帝明令宣布："十恶、杀人、官吏受赃者不原。"这个永不赦免贪官的政策，无疑彰显着宋太祖坚定不移反贪的决心。

但事实上，重法反贪的宋太祖并不是真要将贪官一网打尽。其反贪所遵行的，乃为选择性的"双重标准"。一方面，对他所厌恶的贪官污吏，严加惩处；另一方面，却对那些自己的亲信、或视为心腹的贪官，网开一面，刻意庇护。就是说，同是贪赃枉法的官吏，处置时却因人而异，大不一样。个中关节，就在该官与太祖皇帝关系的或亲或疏，及其获信任度的孰高孰低。

宰辅之首赵普，即为贪而不反的典型。

赵普治下的中书省，官吏屡有贪贿事，宋太祖为此很不高兴，于开宝六年下诏，"中书吏擅权多奸赃"，要起用九品之内的州县官吏、给中书省"掺沙子"。可正在这一年，有次太祖微服私访、来到赵府，刚巧碰见越王钱俶的使者来赵府送礼，"海物十瓶，置于庑下"。猝不及防的赵普在皇帝追问下，只得承认那是钱俶所送之物，太祖命打开，原来"海物"竟是瓜子金。宰相赵普受贿，被宋太祖逮个正着！赵普惶恐地辩称，"臣未发书，实不知"，还想掩饰、抵赖；想不到，太祖竟叹道："受之无妨，彼谓国家事皆由汝书生尔!"铁心反贪的太祖皇帝,对宰相的重大受贿案,居然不反对、不严惩,反劝其把10瓶瓜子金收受之,岂非怪哉?赵匡胤为何要给赵普这么大的面子?

不为别的,就为赵普其人非同一般,他是赵家兄弟的铁哥们。早在后周时期,太祖的父亲赵弘殷,就待赵普如同宗之人;后来赵普追随于赵匡胤鞍前马后,做了掌书记、即大秘书。陈桥兵变、赵匡胤黄袍加身,赵普更是主要策划人之一。随后短短几年,他由枢密副使、枢密使、检校太保,升至宰相,被宋太祖"视如左右手"。太祖对赵普信任之极,也亲密之极,对赵妻"以嫂呼之"。所以,纵然赵普利用职权、指使亲吏贩卖木材,侵占皇家菜园地扩建私宅,又开商铺牟利,弄权纳贿,劣迹斑斑,被别的官员告发,宋太祖尽管不悦,但呵斥告发者曰:"鼎铛犹有耳,汝不闻赵普吾社稷臣乎?"反而把告状的大理寺判官雷德骧贬黜为商州司户。后来,中书省官吏的贪赃枉法实在闹得不成样子,加之"二把手"赵光义的挤兑,宋太祖才下令御史府勘问,分赵普的相权,并让赵出任河阳三城节度使,但依旧"同平章事",即保留相爵。或许,政治家的赵匡胤看问题的眼光,是我辈升斗小民望尘莫及,难以理解的吧。

宋太祖反贪,唯独不反宰相赵普的贪腐,反而袒护、包庇之。盖因赵普之贪,反不得,也不想反。反不得者,赵普系开国功臣,官拜宰辅,乃宋初皇权"铁三角"(赵匡胤、赵光义、赵普)之一,倘把赵普当贪官办了,不但会使朝廷的权力结构失衡、崩塌,而且又会让朝廷和太祖蒙羞;不想反嘛,当然是赵普与太祖皇帝私交甚深,视同家人,所以要竭力开脱、维护。但宋太祖选择性反贪、搞"双重标准"的直接后果,就是反贪越反越贪。那些落马、受罚的贪官,也没一个是服气的:比我更贪的官都没事,凭什么整到我头上?当然,他们只能自认倒霉,谁叫你不是太祖皇帝的铁哥们呢!可见人治之下的反贪,皇帝决心最大,法纪最严最重,仍不免"政治清洗"之嫌,总是看人下刀子,因而其反贪注定不会彻底、不够公允。这便是我对宋太祖反贪的一点感言。

2013年11月10日

(载2014年1月17日《湘声报》)

宋太宗贬弟

　　打虎亲兄弟，上阵父子兵。意谓只有血缘相亲之人，最是可信可靠。外人信赖不得。可亲兄弟一落于权力争斗的圈子，也就会变得形同陌路，六亲不认。宋太宗赵光义，便对其弟赵廷美极尽贬损、陷害之能事。

　　众所周知，宋太宗上台有"烛影斧声"之疑，权力来源缺少正当、合法性。虽然他与赵普合谋炮制了"金匮盟誓"，即老妈杜太后临终交待宋太祖赵匡胤，皇位传弟不传子，并确定了一传光义、二传光美（为避讳后改名廷美）、光美再回传于匡胤之子德昭的皇位继承顺序。这对太宗大有利，解了一时之急，他做皇帝名正言顺了；同时又带来个大问题：他将来必须传位于弟弟廷美，而不能传给自己的儿子。兄弟再亲，终不如儿子亲。天下父亲，哪有不为自己儿子前途着想、谋划的呢？旧的心病未去尽，新的心病缠上身，太宗皇帝很苦恼。后经赵普点拨，他下定决心要传位给儿子，可又不能公然违背"金匮盟誓"，唯一的办法，就是先把列于继承顺位上的赵廷美、赵德昭干掉！在借机逼死赵德昭之后，弟弟赵廷美就成了他要逾越的最后一个障碍。赵光义所用的招数，大抵可以"三贬"概括之。

　　先贬出京师，把赵廷美踢出权力中枢。宋太宗授意柴禹锡、杨守一等，出首告发廷美骄恣，与外臣勾结、诅咒今上，图谋政变夺权；遂即不经调查核实，就罢免其开封尹之职，改授西京留守，去洛阳居住。当时惯例，"亲王尹京"，意味着他就是皇位继承人；故罢免廷美的开封尹，即等于宣告他不再是大宋王朝的接班人。

　　再贬为涪陵县公，于房州（今湖北竹山县）安置。赵普使坏，谗言廷美"谪居西洛非便"，又唆使开封知府李符上奏本，称廷美不悔过，反生怨望，请求皇帝把他发配边远之郡，"以防他变"。赵光义准奏，削去弟弟秦王爵位，并派官员到房州专门监控廷美。一贬再贬的赵廷美，忧悸成疾，于984年死于房州，年仅38岁。

　　至此，宋太宗为儿子接班扫清了道路。可他仍不收手，还要在血统、名分上三贬弟弟廷美。太宗曾对赵普等人曝了一则猛料：廷美生母不是杜太后，而是朕之乳母耿氏。就是说，赵廷美并不是太祖、太宗皇帝的亲弟弟，他是老爸和奶娘的私生子！这样一来，赵廷美根本就没有资格做皇位继承人。这岂不是革其宗籍、贬出赵家么？殊不知，太宗这一手，他老妈第一个不认可。《宋史》的后妃传明载，杜太后"生邸王光济、太祖、太宗、秦王廷美、夔王光赞、燕国陈国二长公主"。五子二女、一个不少，只是长子光济、幼子光赞早亡，唯存匡胤、光义、廷美三子而已。杜太后自己，还曾以一母生三个天子而自豪过哩！宋太宗为贬弟弟，不惜抹黑、污辱自己的爹娘，其心肠之狠毒，无以复加矣！但赵光义又是个超一流的表演家。在廷美死后，他当着大臣的面痛哭流涕，还说："朕于廷美，盖无负矣！"活脱脱个猫哭老鼠假慈悲，他的滴滴泪水都毒如砒霜。

血缘、亲情之类，在至高无上的皇位面前，一钱不值！赵光义逼死侄儿、害死弟弟，乃至往老爹头上泼污水，真不知他有何面目见父母兄弟于地下！"沉谋英断"的宋太宗，在权力交替问题上，完全称得上是个诡计多端的阴谋家。"号称贤君"的他，就其恶毒谋害、贬斥弟弟廷美而言，何贤之有？难怪正史都要说，"涪陵县公之贬死，武功王之自杀"，"后世不能无议焉"。

皇家的权力斗争总是血腥的。但那种为了权力而不择手段地使坏，设计构陷、坑害他人，就只能说明他们的居心、目的，有多么卑鄙、肮脏。历史给国人出了一道难题：怎样才能使人们不再疯狂地贪恋、追逐权力？

2013 年 11 月 13 日

杜太后的"婆子气"

宋太祖、太宗皇帝的生母杜太后，史称"内助之贤，母范之正，盖有以开宋世之基业者焉。"并赞其"豫定太宗神器之传，为宗社虑，盖益远矣。"按此说来，杜太后就不愧是大宋王朝的奠基人、深谋远虑的女政治家。可明代李贽的《史纲评要》说，杜太后传弟不传子的临终遗命，乃是"婆子气"，评价不高。李贽此言，有些讪笑女人头发长见识短的况味，但事实上，确为对宋初皇权传承的洞若观火之语。因为杜太后的遗命，既失之简陋，又未能如她所愿，仍走向反面，而且铸下了兄弟、叔侄相残的悲剧。

961年，杜太后病重，召太祖皇帝及近臣赵普入内宫，交待后事。她问太祖："汝知所以得天下乎？周世宗使幼儿主天下，故汝得至此。汝万岁后，当传位光义，光义传光美，光美传德昭。国有长君，社稷之福也。"赵匡胤边痛哭、边承诺："敢不如教。"杜太后还让赵普把她所说记录在案，密藏金匮。这便是所谓"金匮誓盟"，它为宋初的皇权交接画下了路线图。

娃娃当国、"幼儿主天下"，皇权易旁落，为他人所乘。后周的恭帝登位时仅7岁，不久即被赵匡胤取而代之。但是，将宋太祖的得天下，全部归结于"幼儿主天下"，就属皮相之见了。倘若兵权不在赵匡胤手里，而由另一位忠于恭帝的大臣、如韩通来掌控，赵匡胤能变天吗？又如，石守信等一干武将不拥戴赵匡胤，龙椅轮到赵匡胤来坐吗？杜太后的说法，只知其表、不知其里，知其然而不知其所以然，未能切中问题的要害。称之曰婆婆妈妈的"婆子气"，不亦宜乎？

"国有长君，社稷之福"说，也得辨析、作两面观。一般而言，成人总比娃娃明事理些，能力也会强些，这是"长君"优于"幼主"的地方；同时应明了，"长君"也有昏明、愚贤之别，不可一概而论。如秦二世、隋炀帝之类"长君"，为非作歹、暴政虐民，何福之有？他们比那些不懂事的"幼主"，不知要坏多少倍！就拿杜太后的子孙来说吧，哲宗9岁登基、未失天下，而徽宗、钦宗上台时均已成年，是名副其实的"长君"，可他们不把江山社稷玩完、做了亡国之君么？权力传承、选拔接班人，只讲年龄长幼，即失之偏颇，是拣了芝麻、丢了西瓜，很不明智。还是赵匡胤厉害，登极之后就搞杯酒释兵权，加之重文抑武，就斩断了重演黄袍加身的根子。

杜太后的"婆子气"，又在她被人设计而不自知。杜太后对光义、光美，钟爱有加，想要他们做皇位继承人。所以，当赵光义勾结赵普、图谋夺权时，与杜太后一拍即合，逼迫宋太祖传弟不传子。可叹权术至上的宋太祖，碰上了权术至上升级版的赵光义，便黔驴技穷了。李贽说，"太祖在术中而不知"，他着了老弟光义的道！其实，杜太后也是中了赵光义、赵普的圈套，利用其溺爱小儿的弱点，让大孝子的太祖皇帝传弟不传子，把皇位夺到手。

杜太后的皇位传承路线图，真是为国有"长君"吗？我看说不通。太祖死时，他的大儿子德昭，早已是20大儿的成年人了，而且政治历练不浅，当过贵州防御史、兴元尹、山南西道节度使、检校太傅，又同中书门下平章事，即居相位，具有相当从政经验。所谓"幼儿主天下"，放在赵德昭身上，完全不通。尤其可悲的是，宋太宗上台后，很快撕毁了老妈预定的皇位传承路线图，反将弟弟赵光美、侄子赵德昭视同眼中钉，处处设局陷害，欲除之而后快。光美、德昭这两个大宋皇位接班人，先后被逼自杀、陷害致死。不仁不义的赵光义，只想把皇位传给自己的儿子。老妈的"长君"说和路线图，早被他丢到了爪哇国。"婆子气"的杜太后，对皇权争斗的认知，天真、糊涂得紧。

父传子、兄传弟，都没有跳出家天下的藩篱。杜太后的远虑，换汤不换药，也行不通。李贽评论从赵匡胤陈桥兵变到陆秀夫背负幼主跳海、历时320年的宋王朝说，"得天下于小儿，失天下于小儿，即令太祖闻之，亦当汗出。杜太后终能使社稷有长君耶？"此可谓至论。天下属一家一姓，就太平不了。唯有人民当家做主的天下，才能"万岁、万万岁"。

2013 年 11 月 19 日

（载 2014 年 1 月 10 日《杂文报》）

小人赵普

自诩"有《论语》一部，以半部佐太祖定天下，以半部佐陛下治太平"的赵普，官拜首辅，可称开国功臣、大宋名相。生前，他与太祖、太宗二帝名为君臣，实同兄弟，组成宋初最高权力的"铁三角"；死后，他极尽哀荣，赠尚书令，追封真定王、韩王，配享太祖神庙。但这个大人物，居然在明代学者李贽的笔下批作"小人"。岂非怪哉？

检读《宋史》，看赵普的行状，我不能不叹服李贽目光如炬，识人入髓。不错，赵普对宋王朝的功劳是大大的，然其为人不敢恭维，真是小人一个。

李贽说"赵普小人"，源于他得志后的一件小事。那时赵普为相，专权任事，总要太祖皇帝按他的意见办。为此，他屡次当着太祖的面，说些赵匡胤发迹前的糗事或短处，以显示自己高明。李贽认定，赵普是得志便猖狂的小人。

最见赵普小人嘴脸的，我以为，倒不在他抓人小辫子之类，而恰恰在政局攸关的大事情上，赵普见风使舵，挟公济私，背信弃义，简直跟市井流氓无异。

三赵的权力"铁三角"，并非铁板一块，渐渐的产生裂痕、摩擦。太祖健在时，赵普贴得很紧，而与光义就要疏远些。如关于皇位传承，虽然太祖不敢不遵从母亲杜太后的意见，但心里也很纠结。天下哪位皇帝不想传位给自己的儿子呢？赵普轧出苗头，提议太祖早立皇太子、以定名分，这就开罪了觊觎皇位已久的赵光义。所以，在赵普和中书省官吏滥权枉法、被人屡屡告发之际，赵光义趁机拨弄、排挤，使赵普失去太祖宠信，离京出任河阳三城节度使。折了臂膀的宋太祖，死得不明不白，谜团重重，也让继位的宋太宗赵光义心虚理亏，急于摆脱杀兄篡位的嫌疑。

982年三月，太宗藩邸旧部柴禹锡等，诬告御弟、秦王赵廷美犯上谋反，太宗召赵普咨询。赵普公然说，"臣愿备枢轴以察奸变"，并称杜太后有顾命，即所谓"金匮盟誓"，要太祖把皇位传给弟弟。他就是"金匮盟誓"的见证人。此言一出，太宗大喜。一则，证明了自己继位的合法性；

二则，可借赵普之手把秦王打下去，给儿子继位扫清道路。而太宗要付出代价，就是恢复赵普相位，出任首辅。双方互有需求，一桩政治交易就这样达成。

但我不免要问太宗皇帝，你上台已有 7 年，距杜太后去世则有 22 年之久，既有"金匮盟誓"，登基的时候咋不亮出来？为何迟至今日，再翻这陈谷子烂芝麻？

我们还可以问赵普，当年太后顾命、立"金匮盟誓"的当事人只有 3 位，太后、太祖和你；现在 2 位当事人作古，你的孤证可信吗？谁知道你是不是造假作伪，讨好太宗呢？

退一万步说，就算真有"金匮盟誓"，太宗继位是合法的，那么赵普、太宗为什么要处心积虑地陷害下任皇位继承人廷美呢？你们那么干不是背叛盟誓么？之前，太宗还把两个侄儿逼死，他有何面目去地下与兄长相见？

有奶便是娘的赵普，为了权力和泄私愤，从太祖的铁杆兄弟摇身一变为太宗的死党。其背信弃义、投机取巧的小人面目，不亦可鄙乎？

果然，赵普复相，而且在廷美被贬西京不久，他又进谗言，并指使人揭发廷美"怨望"，再贬房州，直至抑郁而死。李贽批道："普至此则恶矣。"小人升级为恶人，赵普的良心大大的坏了。在陷害廷美的同时，赵普连带着还把宿敌卢多逊一家老小发配崖州。卢多逊曾任知制诰、副宰相，素与赵普不和，屡揭赵普之短。赵普儿子承宗娶长公主女儿时，在潭州做知府，回开封成亲未满月，卢多逊即撺掇太祖让他归任，引得赵普发怒。现在，赵普抓住卢多逊曾派下属交通廷美事，大做文章，报复对方。李贽说赵普"一团私心耳"，当不为过。

兄弟难敌权力亲，赵普原来是小人。权力场上君子不多，小人不少。专制皇权扭曲人格，它总是使好人变坏，坏人更不用说。我说小人赵普，并非要对赵普作道德审判，只想告诉大家：绝对权力，乃是培植小人、甚至恶人的最大温床。

2013 年 11 月 23 日

杯酒释兵权

杯酒释兵权的故事，国人老少咸知。过去以为，它是宋太祖皇帝设的局，在酒桌上趁大伙酒酣耳热之际，解除武将兵权，似有些不大光明磊落。近读史书，才知不是那么回事。

赵匡胤干吗要解除武将兵权？有一条明摆着，陈桥兵变发迹的他，生怕别人再演自己演过的那一出，倚仗兵权在手、武将拥立，发动政变、改朝换代。为老赵家的江山社稷计，宋太祖必须那样做。可事实上，赵匡胤有更深的考虑，这便是：从唐末到五代的近百年间，藩镇割据，武将拥兵自重，"僭窃相踵，斗战不息"，国家分裂，动荡不安。宋太祖有心"息天下兵"，打造长治久安的局面，问计于赵普。赵普献抑制"方镇太重"三策：一曰"稍夺其权"，二曰"制其钱谷"，三曰"收其精兵"。从政治、经济、军事上全方位地限制、削弱武将实力，尤其是对禁军的掌控。赵匡胤采纳、实行之，遂有杯酒释兵权的一幕。

喝酒助兴是个由头，但杯酒释兵权的成功，绝非靠酒的神通。有权的人都不想失去权力，怎样才可使武将们乖乖交出手中兵权呢？"善行策"（李贽语）的宋太祖来了个"三管齐下"——

先是思想引导。晚宴上，赵匡胤对石守信等一干武将诉苦说：你们把我推作天子，但我现在还不如做节度使时自在快乐，我没有一天能安枕而卧啊！石守信问，天命已定、谁还敢有异心，陛下何出此言耶？太祖答道，"人孰不欲富贵，一旦有以黄袍加汝之身，虽欲不为，其可得乎"。此话道出人是政治动物之本质，也揭示了刀尖上行走的皇权争夺，不以人的意志为转移。石守信等听了，心惊肉跳，连连谢罪说："臣愚不及此，唯陛下哀矜之。"赵匡胤三言两语就使武将们服软，要恳求皇帝的怜悯了。

次为重赏利诱。光要嘴皮子不行，还得有利可图，才能让武将交出兵权。太祖对石守信等说，人生苦短，与其担惊受怕地握着兵权，不如多积钱财、多买田宅给子孙，自个儿又可歌儿舞女，颐养天年，岂不是互利双赢？太祖也挺有信用，在武将们称病、"乞解兵权"时，他都重重封赏，给以丰厚的利益补偿。如，几个高级将领均官升一级、拿宰相的爵禄，额外赏赐大笔钱财以及住宅、田地，让他们过上富裕、舒适的生活。其中石守信"专务聚敛，积财钜万"，成了京师首富。

三则联姻共荣。赵匡胤还和武将们约定，互通婚姻，长保富贵，"使上下两无猜疑"。也就是说，老赵家和武将通过缔结婚姻，结成利益共同体。归德军节度使、侍卫亲军马步军副都指挥使石守信的次子，娶太祖第二个女儿延庆公主；义成军节度使、殿前副都点检高德怀，娶了太祖妹妹、守寡的燕国长公主；泰宁军节度使、殿前都指挥使王审琦的长子，娶太祖女儿昭庆公主；镇安军节度使、侍卫亲军马步军都虞侯张令铎的第三个女儿，经太祖牵线、嫁给了御弟赵光美。这么一来，皇家与武将命运与共、血肉相连，成了一家子。

我真佩服赵匡胤的智商、情商之高。经上述"三管齐下"，武将的兵权被彻底收回，宋王朝中央集权大大加强。藩镇尾大不掉、篡权夺位的风险被降至零。宋太祖可以放心地安枕入睡了。但我想，杯酒释兵权，实质上是个赎买政策，即用超高的利益来交换、回收武将的兵权。说白了，那就是赵匡胤和武将们做的一桩政治交易。天下没有又要马儿跑、又想马儿不吃草的美事，干什么都有代价、有成本。宋太祖为释武将兵权所付出的，绝不是几杯美酒那么简单！但杯酒释兵权也带来不小副作用。从此，宋王朝奉行重文抑武的基本国策，文官掌握兵权，武将地位大降，导致国家军备不整，精兵良将难觅。一朝面临辽国、西夏铁骑的侵扰，除了议和纳贡，别无他法。北宋中后期积贫积弱的祸根，不是早由杯酒释兵权种下了么？

2013 年 11 月 29 日

（载 2013 年 12 月 21 日《湘声报》）

镀金时代

写下标题，心有不忍，生恐玷污了当下大好的黄金时代。只不过见多了弄虚作假、沽名钓誉的镀金术，不得不说它又是个镀金时代。

镀金不及真金。它仅是表皮抹些金粉，或贴层金箔，而内囊却是泥塑木雕，或铝、铁之材。就工艺说，镀金毋须用真金，镀上光灿灿的硫化铜，即可与真金相类。器物镀金，并不稀奇；离奇的在人、一些有头有脸的人物，总在为自己敷金粉、贴黄金面膜，活脱脱个猪鼻子插葱——装象。

向来玩低调、不露富的企业家，或叫商人，虽然有些家底，但远上不了年度"财富榜"。可他们不吝重金、公关买榜，使自己列名"中国第×富豪"，或"×行业第×富豪"。这些资产、财富的吹泡泡，我姑且名之曰，商人镀金。

吃开口饭的歌星、艺人，也乐此不疲地镀金。维也纳的"金色大厅"，名头响亮，中国的演艺团体在蛇年前8个月去那里演出的达133个之多。他们回来之后照例要大加渲染演出取得"巨大成功"。

官员镀金已有时日，捞一张大学文凭，有些人甚至挂上教授、博导头衔。而典型的镀金，要数铁道部前运输局局长张曙光。历时数年，组织编书，耗资近2000万元，想给自己弄一顶中科院院士的帽子。这个局级行政高官，居然"长期从事中国机车车辆的理论研究、技术创新和工程管理工作"，而且还有55万字的学术专著出版。神通广大呀！

费钱耗力镀金，所企求的盖在名与利。商人镀金，打肿脸充富豪，是给投资者、银行、政府部门、单位员工看的，它的潜台词是：你看我多有钱，怎么可能投资不起那个项目？怎么会还不上贷款或拖欠工钱呢？

艺人镀金，"金色大厅"光环护体，自己的名声传遍世界，今后的演出票房自然水涨船高，不说日进斗金，起码得升职称、涨工资吧？俺们是见过世面的"著名艺术家"嘛！

官员镀金，赚钱不说，升官总添加了个砝码。即如张曙光，若当选院士，提拔副部长就希望大增。没想到东窗事发，偷鸡不成蚀把米。

不可说镀金者都是骗子，但其镀金包含着欺诈成分则是无可讳言的。

不是吗，艺人的"金色大厅"演出，被安排在"垃圾时间"，又大半不对外售票，只是自娱自乐；甚至甲团体在台上演出，乙、丙、丁团体在台下充观众，然后再轮流转。如此骗局，自欺欺人，太过卑劣。鲁迅有篇《随便翻翻》，说"比较是医治受骗的好方子"，"就是要看一看真金，免得受硫化铜的欺骗。而且一识得真金，一面也就真的识得了硫化铜，一举两得了。"鲁迅说的是读书，而读人比读书更难。寻常百姓一辈子也见不着比尔·盖茨，又去不了"金色大厅"，也无缘与袁隆平院士晤面，怎么分得清真金、硫化铜？就算在电视上见过大老板、大明星、大干部的风采，也是浮光掠影，又怎么去同生活中镀金的硫化铜作比较，以防受骗呢？我只有一个笨办法，对那些挂着"金字招牌"、招摇过市的商人、艺人、官员，先打个折再说。咱们上当受骗 N 回了，总得长点记性。

镀金可蒙混一时，却不能骗人永远。是金子总会发光，真金也不怕火炼。不抄《双城记》里狄更斯的名言了，活在这矛盾错杂的镀金时代，不，该叫黄金时代，我更喜爱古人的白话——

"假金方用真金镀，若是真金不镀金。"（《唐摭言·矛盾》）

2013 年 12 月 3 日

（载 2013 年 12 月 10 日《联谊报》）

猜忌狂赵光义

　　人主多猜忌。中国的帝王群里，宋太宗赵光义盖可谓猜忌狂。他对兄弟、臣子的猜忌、陷害，姑且勿论；单以对赵家小字辈说，他的猜忌种种，便叫人毛骨悚然。用明代李贽的话说，即是"太宗绝忌"。

　　太平兴国四年，宋太宗发兵北征，先克太原，取得大胜，后与契丹开战，在幽州吃了败仗。在一次夜战中，太宗坐骑受惊、与卫队失散，不知所踪，急坏了一帮文武大臣。此时有人提议，军中不可无主帅，是否立太祖长子、随军出征的武功郡王赵德昭，有人主张等等再说。后来带伤的太宗总算回了营，大伙松了一口气，拥立德昭说也归于无声无息。然而，闻知此事的赵光义却老大的不悦。班师回汴京后，本该对太原之战的有功将领要行封赏，太宗迟迟拖着不办；有一天，德昭向太宗进言，尽快封赏有功者，不料龙颜大怒，并甩下一句狠话："待汝自为之，赏未晚也。"译成白话是，等你自个儿做了皇帝，再行封赏也不迟！他的意思分明在指责德昭谋皇篡位。

　　这真是天大的冤枉。个别将领私下议论立德昭，纯属是对太宗失踪这一突发事件的应急之想，而不是有计划有组织的预谋；再者，安分守己的赵德昭对此也持反对态度。如今，太宗诬指德昭谋逆，感到很无辜、很难承受的德昭，回府即自刎，以明心迹。捕风捉影、胡乱猜忌的赵光义，就这样活活逼死了亲侄儿。其猜忌狂疾，岂不恐怖？

　　人道知子莫若父，可猜忌狂赵光义是连亲儿子都不放过的。太平兴国七年，秦王赵廷美被诬陷，一贬再贬，谪徙涪陵；而太宗长子元佐素与廷美交好，他压根儿就不信叔父会犯上谋逆，就到父皇面前求情，恳请宽宥。赵光义不给亲儿子一点面子，反而疑心儿子和廷美勾结。后得知叔父客死异乡，深受刺激的元佐得了间歇性精神病，动辄持刀伤人，有次酒后疯病发作，在夜里纵火焚烧皇宫。太宗当即下令逮捕儿子，严加审讯，废为庶人，关禁闭 10 多年。为稳固皇权、显示自己"政治正确"，赵光义不惜将亲儿子搭进去，把冤案扩大化。

　　赵光义晚年，病情加剧，猜忌心也愈重，闹得令人啼笑皆非。至道元年八月十八日，太宗颁诏、册立三皇子元侃（即真宗赵恒）为皇太子，大赦天下。在这黄道吉日，皇太子照例要赴祖庙祭拜，京城百姓看到骑在马上的太子，气宇轩昂，纷纷夸颂之谓"少年天子"、"真社稷之主"。消息传到太宗耳朵里，他就犯嘀咕了，把宰相寇准召来，很严肃地说："人心遽属太子，欲置我何地？"居然妒忌起了儿子！幸好寇准方正慷慨，劝慰太宗说，太子是陛下您选定的，老百姓夸太子，那不正是夸您的眼光高明吗？再说，这个好太子，不也是您亲自调教出来的吗？赵光义这才缓过妒劲，情绪转好。要是换作王钦若那样的小人，新太子元侃的命运就难说了。

明代李贽的《史纲评要》对此评曰："异哉！太宗之为人也，既忌其侄，复忌其弟，今又忌及其子，何也？倘非寇公调停其间，安知自刎之祸不再见耶。"

奇怪吗？我说不奇怪。古有"猜忍之人，志欲无限"一说，宋太宗的猜忌狂，实为其自我膨胀、独霸权力欲的凸显。孤家寡人的赵光义，眼里除了权力，再无其他。天大地大，不如玉玺大；爹娘、兄弟、儿子再亲，也没有权力亲。只爱权力、只信自己的太宗皇帝，谁都不亲，谁都不信！猜忌狂的独夫嘴脸，显露无遗。他恨不能将最高权力带进棺材里去慢慢享用呢。可见，猜忌狂之本质，即是权力狂。权迷心窍、为权力发狂者，大抵总是疑心重、妒忌深的猜忌狂。而这种猜忌狂疾，非药石可救治。

我这番话，未知可否作为李贽"何也"问之一解。

2013 年 12 月 9 日

惩治歪招莫手软

"八项规定"出台一年有余，"四风"收敛是不争的事实。但《新京报》12月4日的报道，又让我心存疑虑，一些地方基层干部仍歪招频出，欺上瞒下，使中央政令的落实打了折扣。

中国的官员善变通、爱玩"上有政策，下有对策"。他们知道，公开对抗中央、开"顶风船"，风险很大，后果严重；故而往往口头上表示拥护，而行动上则推托延宕，移花接木，歪招百出，赖以自肥。如克服"四风"之一的奢靡风，有些基层干部的歪招即无孔不入。

办公楼超标了，他们就将编外人员、离退休人员，统统计入编制内，以压低人均面积。这么一来，超标变达标。

违规配专车、超标车，便把车辆落到下属企业、学校、医院的户头上，一则躲避检查，二则遭举报时可祭出"临时借用"的挡箭牌。

公款大吃大喝咋办？将餐饮发票换成小额购物发票，写作日用品或办公用品，或以小额加油费发票充项。这样既可应付餐饮发票不得报销的规定，同时又能照吃不误。

有句俚语，你有100样捉法，我有101样逃法。频出的歪招，使奢靡风觅得了避风港。事实明摆着，歪招不治，"四风"难绝。跟玩歪招的人讲党性、民心，有些多余。说重些，玩歪招就是在政治上搞机会主义。以往的经验告诉我们，以歪招避过风头之后，奢靡风常常变本加厉，如泥浆水里拖稻草般越拖越重。因之，惩治歪招莫手软。这里用得上毛泽东的诗句：宜将剩勇追穷寇，不可沽名学霸王。

惩治歪招，对违规的当事人分别给以党纪政纪处分，很有必要。但我以为，不可满足于此，还须有别的惩罚措施。其中，经济上的清理退赔，尤不可少。譬如：

对买专车、超标车的违规者，可以每辆车的实际年耗费，包括折旧费、汽油费、修理费、司机薪资等，按实际使用时间一一清算，由违规享用者赔付。

对公款吃喝，可把每次吃喝费用平摊到人头，累次叠加，计清后一并由吃喝者退赔。或者还可用"吃一赔二"之法，加重处罚。

这倒不是锱铢必较，而是对纳税人、对人民利益的高度负责。惩治歪招须罚在痛处，公开检讨、通报批评之类可以有，但触及灵魂不如触动利益；有两样东西，一是头上的乌纱帽，二是口袋里的钞票，那才是利益攸关，能真正触动痛神经。要罚得他们心痛加肉痛，经济上占不到半点便宜。如此从严惩处，让玩歪招者吸取教训、不再重犯，使心存侥幸者望而却步、不敢造次。

从严治党、从严治官，绝非一句空话，必须有严格的纪律、严厉的惩戒。实行经济退赔，不失为从严的一个实招。房子占了白占、车子坐了白坐、公款吃了白吃、纳税人老做冤大头，这种状况再也不能延续下去了。当然，惩治歪招也不能限于地方基层，对玩歪招的中高层更不容姑息，亦是不言自明的应有之义。

惩治歪招莫手软，党风政风得好转。

2013 年 12 月 13 日

（载 2014 年 1 月 18 日《当代杂文》）

咀嚼片言只语

《读者》每期辑录的"言论",虽是片言只语,却咀嚼有味,发人深思。今录2014年第1期的三则并略抒管见。

"人民币真的对不起中国人啊!"有人在央视外语频道的采访中抱怨物价上涨过快时作如是说。

中国的货币贬值,是近10年来的明显事实。一张百元大钞的实际购买力,至少下降了30%。老百姓吃、穿、住、用的方方面面,都承受着物价上涨过快的压力。这位仁兄说得很幽默,他不说货币贬值、钱不值钱,却道"人民币真的对不起中国人啊!"但在我看,真正"对不起中国人"的,并不是人民币,而是负责调控物价的政府部门,如发改委、央行、物价局等。甚至可以说,是长期以来政府主导的以投资拉动经济增长的发展模式,造成了物价飞涨的民生困局。《人民日报》海外版报道称,当下中国的货币总量与GDP之比已超过200%;咱们的经济总量居世界第二,大约是美国的1/3,但货币投放总量却比GDP第一的美国高出1.5倍,列全球第一。如此高投入、低产出的经济增长发展模式,再不加以改革、转型,那就真的很危险。现在美国已有中止量化宽松货币政策的迹象,这对人民币形成新的贬值风险。如何遏制人民币贬值、调控过快上涨的物价,事关每个中国人的切身利益,千万不可再熟视无睹了!

"汉语都成选修了,为什么英语还是必修?"中国人民大学将大学汉语从必修课改为选修课,引发诸多争议。

我很奇怪,也很赞同此问。汉语、英语,作为语言课,不同的大学、不同的专业,应有不同的要求;但你是中国人民大学啊,"国"字号的大学,把国语列为选修、而把英语列为必修,这样厚此薄彼,是不是"接轨"过了头?不说要弘扬"国学"、光大中国传统文化吗,把汉语的地位压得这么低,中国传统文化的未来岂不堪忧?大学教育要改革,可像人大那样改法,在语言课程上重外轻中,顾此失彼,能行吗?语言关乎文化,关乎人生,马虎不得!我们不是很忧心"西化"吗,人大那样做,是否有为"西化"张目之嫌?所以我想,倘若英语必修,那么汉语就更没理由改作选修。

中国人、尤其是中国的大学生，不学好汉语，岂不是滑稽？

"思想可以相互竞争，但持不同思想的人们是不需要互相杀戮的。"诺贝尔经济学奖得主罗纳德·科斯这样说。

科斯此言，其实还是西方那句名言所说的意思：我不赞成你的观点，但我捍卫你自由表达意见的权利。思想与言论的自由，乃是人的与生俱来的基本权利，任何人都没有剥夺他人自由思想的权力。如同世界上没有一片相同的树叶，人的思想不可能没有一点差异；要求人的思想完全一样，或强力实行思想管制，乃至使用杀戮手段，这就成了专制独裁。思想有是非之分，有先进与落后之别，但思想不是大棒，更不是机关枪。思想一旦成了杀戮的工具，那它就不再是思想，而是变作了暴力的淫威。思想是可以争论的，在争论中辨明是非，在实践中接受检验；但争论、辨别、检验的方法，必须是平和的切磋、平等的交流、平权的交锋，而不是暴虐地钳制、杀戮！不同种族、不同宗教、不同利益的人们，思想的竞争难以避免，但竞争不是排斥，不是杀戮，不是你死我活、唯我独尊。相反，他们要在竞争中互相了解，和谐相处，共存共荣。在大力提倡解放思想的今天，我们先要弄明白思想的本质，尊重人的权利，并正确地开展思想的竞争、争论。还是科斯说得好："目前中国的市场经济有一个致命伤，即缺乏自由宽容的思想市场。"（2013年9月10日《东方早报》）"思想市场"，自由竞争，新鲜！我们听得进去吗？

2013年12月23日

（载2014年1月7日《联谊报》）

重看《甄嬛传》

优秀的文艺作品具备吸引人一看再看的魅力。以故事曲折离奇、表演细腻得体、画面赏心悦目而走红荧屏的《甄嬛传》，我就看了不止一遍。重看之下，渐渐地瞧出些门道。

有人评《甄嬛传》说，其人物一个比一个坏，是在让人学着比坏？此话有些残忍，然也一语中的。不是吗，剧中的太后、皇帝、皇后、华妃，还有众多嫔妃、宫女、太监等，全在捣鬼、使坏，没个好东西。女主人公甄嬛，本是心地善良的纯情少女、大家闺秀，可一朝入宫、被卷进无休无止的女人间的争斗，便在血泪横飞的争宠战中逐渐变坏，蜕变为阴险恶辣的毒妇人。但我以为，问题似不只在后宫女人的学着比坏。问题的症结在于，她们为什么学着比坏？是什么原因让甄嬛这个单纯的小女子变为狠毒的权术家？

依我看，后宫女人的比着使坏，全拜皇权制度所赐。后宫小天地、醋海风波大，它从来就是女人们"百家争宠"的角斗场。因为，一国之君的皇帝掌握着后宫女人的命运，他宠爱谁，谁就有享不尽的荣华富贵；女人如果失去皇帝的宠爱，轻则罚俸禁足、打入冷宫，重则赐死、杖毙，且要殃及家人。但后宫女人几百上千，而所面对的男人、主子，却只有一个皇帝，所以她们得宠的机会很小，失宠的概率却很大。每一个新得宠的女人都会招来其他女人的妒忌，每一个失宠的女人又都想着要复宠，而已得宠的则要千方百计固宠。皇后、贵妃等也不会闲着，要时刻提防新宠威胁、危及自身的地位。皇权制度把后宫的所有女人都绑上了争宠夺位的战车！为自己眼前的利益和长远的前程，她们不能不争宠，不得不争宠。

而争宠，即讨好、巴结皇帝，让皇帝高兴、开心，除了姿色、才艺、玩心计、使手段，搞些盘外招，是必须的。不学着比坏，是不行的。即如甄嬛，刚入宫时无心争宠，可在无意中被皇帝看中、当上新宠之后，她就成了众矢之的。华妃当众羞辱、责罚她，其他嫔妃也中伤、排挤她，甚至使毒计、害死她腹中胎儿，直至被逐出后宫、做了尼姑，受尽折磨。贴身侍女流朱、闺蜜沈眉庄相继殒命，更深深刺激了她，使她明白了后宫的生存之道：女人不使坏、不争宠，别说站稳脚跟，连自己的小命都不保。必须比别人更坏，才能在后宫权位的阶梯上越爬越高。

大彻大悟的甄嬛，与崔槿汐、苏总管等结为死党，对后宫异己展开了无情的反击！复宠后的她，假借皇帝之手，先扳倒跋扈的华妃，继则搞垮嚣张的祺贵人，后又整治了阴毒的皇后和安陵容，熹贵妃权倾后宫了。这还不算完，趁皇帝病重，偷换药丸，恶气攻心，活活将绝情的皇帝谋害，并扶自己的养子四阿哥坐上龙椅，给为自己而死的心爱男人果郡王报了仇。此时的熹贵妃，使坏手段高超，移花接木，栽赃陷害，设局株连，无所不用。她成熟了，成功了，但也变坏了，变得比谁都坏。她踩着后宫女人的死尸，爬上了权力之巅。

我喜欢、同情那个天真烂漫、良心未泯的菀贵人，讨厌、憎恶那个老谋深算、固宠夺位的熹贵妃。这倒不是有自虐症，而是后期的甄嬛实在坏得叫人恐怖。她争宠的成功，虽有复仇反抗的成分，但手段过于卑鄙，怨毒过于深重，因而难说有多少正义性。她的成功，全以别人的血泪、死亡为代价，却无损于皇权制度的一根毫毛，相反，她成了皇权制度新的代表人物。熹贵妃所走的，其实是皇后、华妃所走过的同一条老路。她的成功，只是后宫争宠战的又一个轮回，始终没有、也不可能走出冤冤相报的陈年怪圈。

娱乐为主的电视剧，不足以成为怂人学着比坏的推动力。娱乐而又并不轻佻的《甄嬛传》的警示意义，我觉得在它演绎了一个朴素的常识：好制度比什么都重要，而坏制度只能使好人变坏。甄嬛不是当代人的励志偶像，但从她的蜕变可以明白一点：权力至上、赢者通吃的丛林法则，正是滋生阴谋家的最大温床。《甄嬛传》里确有两个甄嬛、两个艺术形象，一个叫菀贵人甄嬛，一个叫熹贵妃甄嬛。我想问列位看官：你喜欢哪一个？

2013 年 12 月 27 日

华盛顿的忠告

1797 年，连任两届总统的华盛顿决意归隐田园。他在告别演说中批评美国的党派纷争，强调权力制衡的必须，最后向全体美国公民提出了一个"老朋友的忠告"："警惕伪装的爱国主义的欺诈行为。"（海南出版社《历史深处的声音》）

200 多年后的今天，重温华盛顿的忠告，我真佩服他的先见之明！因为，以爱国主义搞欺诈、忽悠民众，进而达成其不可告人的企图，已经成为当今世界许多政客、政党的惯用手法。

远的不说、就拿美国而论，10 余年前"九一一"事件发生之后，美国国会和小布什政府立即启动并实施了"爱国者法案"。在爱国主义、保护公民生命安全的旗号下，美国拉开了对外"反恐"战争的大幕，先后出兵阿富汗、伊拉克，推倒了塔利班和萨达姆政权。但两场"反恐"战争，耗费了美国上万亿美元，数千军人伤亡，既没给阿富汗、伊拉克带来安全稳定，也没有使美国人获得多少安全感，竟然落得个"越反越恐"的尴尬局面。爱国主义就这样被欺诈利用，成了美国政客对外扩张、搞全球霸权主义的工具。

问题还不止于此。诚如华盛顿告别演说揭示的，"不管建成何种形式的政府，都会产生一种地道的专制"。这是人性的缺陷所致，即人类心灵中始终存在着"对权力的迷恋及滥用权力的癖好"。权力具有天然的扩张冲动，如不加以节制、约束，它就会反过来损害、侵犯公民的自由权利。对人性、权力洞若观火的华盛顿，之所以要提出"老朋友的忠告"，其目的就在提醒全体美国公民：警惕权力者玩弄爱国欺诈，祸害美国民众。

华盛顿不幸言中了。"延伸了恐怖主义的定义"的"爱国者法案"，使美国国家安全局的权力迅速膨胀，它"有权搜索电话、电子邮件通讯记录"了。表面则宣称，这是对内"反恐"的需要，以便从中侦查恐怖分子的活动踪迹。公民的通讯自由、个人隐私等基本人权，被政府以爱国的名义伤害，政府从信息上把人民监控起来了。美国这个世界头号"自由国家"，居然弄出个"棱镜门"，岂不是天大的讽刺！虽然挺"反恐"者心甘情愿，

"如果意味着放弃公民自由，允许普遍的秘密调查，也应当接受下来"；但一些民权人士仍对"爱国者法案"忧心忡忡，认为它构成"对民主自由的直接伤害"。

还好有个斯诺登。这个受雇于美国国安局的情报人员，携带大量机密潜逃，落脚俄罗斯、向全世界揭露了美国当局滥用权力、监听美国公民和外国政要的丑闻。"棱镜门"使奥巴马政府大出其丑，险些闹出外交风波。在美国，有人说斯诺登是叛徒、罪犯，也有人力挺他是英雄、斗士；我看斯诺登，他倒是把国父华盛顿的忠告听进去了。他的反戈一击，不就洞穿了美国政府"伪装的爱国主义的欺诈行为"——实则监听、监控公民的真相么？

华盛顿的忠告和美国的"棱镜门"告诉我们，莫为爱国遮望眼。对政府和权力是不宜过度信赖的，必须时时提防它滥权作恶。狭隘盲目的爱国情感冲动，并不是理性的爱国主义。每个公民都有义务和责任担当起监督政府、保卫自由、维护正义的使命！华盛顿的伟大，不只在他领导美国人民赢得独立战争、开创民主自由的新政体，而且在他对权力的专制倾向保持高度警觉，以及对公民权利的精诚保卫。"五月花号公约"的公民自治精神，在他的身上熠熠生辉。

让我们一起永远牢记华盛顿的忠告！

2014 年 1 月 2 日

（载 2014 年第 5 期《杂文月刊·上》）

杂文，我的人生伴侣

人生识字忧患始。岁届七秩、病痛袭扰，能给我以贴心抚慰的伴侣，一个是疼我护我的老伴，另一个就是让我魂牵梦绕的杂文。

近半个世纪前起步的弄笔生涯，迄今仍在继续。不同的是，退休前写杂文只算副业，退休后弄杂文成了正业。虽然上个世纪 80 年代初便有杂文在蓉、宁两地报刊发表，但我全身心地投入杂文写作，还是 90 年代中期、特别是 1997 年在杭州召开的全国杂文会议之后。会上，我有幸认识了邵燕祥、何满子、牧惠等前辈杂文名家，也结交了鄢烈山、朱铁志、阮直等杂文青年才俊，又熟悉了朱大路、张金丰以及杂文专业"一报两刊"的编辑名家。我写杂文的路子开阔了许多，产量扶摇直上，年发表量超过 200 篇，散布于京、沪、津、港、穗、冀、鄂、川等地的报刊。我也由此成了杂文人、或曰杂文作家。

我在《杂文报》发表的第一篇杂文《虎不敌牛推论》，那也是整整 16 年前的事了。自此，我长年订阅杂文"一报两刊"，同时给它供稿。粗略算来，我在《杂文报》发表的文章总数已逾 300 篇。近几年由于身体原因写得少了，但《杂文报》却给我带来了惊喜。在 2010、2012 的两届全国鲁迅杂文大奖赛中，刊载于《杂文报》的《教授治校的前世今生》和《世袭不是好鸟》分获一、二等奖。当我收到获奖证书和不菲奖金的时候，坦白说，我涌起了些许成就感，虽然只兴奋了半个钟点。

杂文这碗饭并不好吃。我不能以写杂文为生计。杂文报刊的老总、编辑，也难处多多。一方面，他们想多编多发尖锐泼辣、颇具鲁迅风的好杂文，另一方面，又要顾及舆论环境、种种禁忌，不能自砸饭碗。他们干的是"踩钢丝"的活计。以我的经验，最好、最精彩的杂文，大抵压在杂文家的抽屉里，很难面世。我不敢说我的杂文有多好，但每当自感不错的杂文被"圈禁"——多因涉及"敏感"或"太尖"，编辑先生爱莫能助，除了憋气、苦闷，我也有些怅然！但我能体谅杂文报刊的难处，不想因为我的一篇小小杂文累及编辑、老总。杂文人的杂文作者、编者，大家活得都不容易，更当和衷共济。

每周三、六，我都盼着前一天出版的《杂文报》能送达我的手里，然后从一版看到八版。每读到一篇佳作，我就像喝了一杯陈年老酒，舒心开怀，会心一笑；而读到一些粗陋肤浅、不痛不痒的东西，我又会觉得味同嚼蜡，苦涩得紧。没办法，我偏爱那些有批判元素、有血的热度的杂文，不喜欢那些"心灵鸡汤"式的小玩意、小摆设。尤其是一些替权贵脸面拍香粉的"补台"杂文，我更嗤之以鼻，哀其软脊梁。我不反对杂文多样化，但我总认为，鲁迅开创的杂文传统不能丢。背弃了自由思想和独立人格、阉割了讽刺与幽默，杂文就会被玩完。现在我不担心杂文的不景气，我更害怕杂文的虚假繁荣和泡沫化，即以非驴非马、伪劣滥竽的所谓杂文，顶替、损毁真正的杂文。倘若那样，杂文便真的死了，没救了。

　　杂文寄托着我的喜怒哀乐，写杂文、读杂文，已化为我生活的一部分、人生的一部分。杂文是我的人生伴侣，它伴我走过了大半辈子，也将伴我走完余生。人总有老去的一天，但我对中国的杂文依然抱有期待，期待着一个杂花生树、姹紫嫣红的杂文时代！穷年匆匆、得过且过，可我益发心仪苏东坡的人生境界："谁道人生无再少？门前流水尚能西，休将白发唱黄鸡。"

　　最后，祝愿三十而立、杂文人"娘家"的《杂文报》，越办越好！

2014 年 1 月 3 日

（载 2014 年 2 月 11 日《杂文报》）

"王呆子" 不呆

寡言少语、举止木讷的王嘉祐，人称"王呆子"。可他与大名鼎鼎的寇准成了忘年交，不只因为他是寇准好友王禹偁之子、同年张咏的女婿，而且因为"王呆子"见识非凡，触动了寇准。

那是1002年初夏，奉诏还京的寇准出任开封知府。十月，向敏中被罢相外放、相位出缺，京城政界普遍看好寇准入朝拜相。有一天，寇准为此事问王嘉祐：

"外边人都怎么评价你老叔我呀？"

"他们都说您当宰相是早晚的事情"，王答道。

兴头上的寇准追问，"你怎么看？"

"王呆子"实话实说："我觉得吧，叔父大人还不如不当宰相呢，当了宰相，您的声望肯定会受到损害。"

很有意思，寇准刨根问底："为什么呢？"

"自古以来，好宰相能够建功立业、造福百姓的前提，是君臣关系要像鱼水一样融洽。只有这样，皇帝才能对宰相言听计从，宰相才能既建功立业，又博得美名。叔父大人您跟皇帝，能像鱼和水吗？"

"王呆子"的这番言说，让寇准直点头。他拍着小王的肩膀说："你老爹文章甲天下，可是论到深谋远虑，比你差远了！"

"王呆子"把相权与皇权的依存关系说得一清二楚，对寇准的脾气了如指掌。他是个明白人，"王呆子"不呆！寇准对他刮目相看。

通俗说，皇帝与宰相是国家的一、二把手，权力都很大。但说白了，皇帝才是家天下公司的董事长，而宰相不过是公司的总经理——"高级打工仔"。宰相不能干、不会建功立业不行；但宰相再怎么能干、有作为，都得合皇帝的心意。从独断权力角度说，皇帝宁可要无能、却听话的宰相，也不要很能干但不听话、不称心的宰相。宰相跟皇帝不合拍，冒犯、得罪皇帝，一准没好果子吃。这就叫"伴君如伴虎"。

问题就在，寇准恰恰是个长于谋国理政、拙于处理君臣、同僚关系之人。他一生不改说实话、办实事，强势而又耿直的臭脾气。往往事情办得很漂亮、很成功，但又得罪了皇帝及其近臣，使自己很被动、很受伤。

1004 年 8 月，寇准拜相。闰九月，辽国萧太后亲率几十万大军侵犯边境，形势危急。宋真宗惊慌失措，是战是和举棋不定，一度还听信王钦若要想迁都江南。是寇准力挽狂澜，劝说、促逼真宗御驾亲征，最后以很小代价订下"澶渊之盟"，为大宋赢得几十年的和平安定。寇准的胆魄、能力、功劳，朝野钦服；但一心谋国的他也由此深深刺激、得罪了皇帝及王钦若等。他逼迫皇帝去做不情愿的事情，在皇帝几次犹豫退却的关头，寇准都加以尖锐批评，不留一点情面。这就让皇帝很没面子、很不高兴！加上王钦若的谗言挑唆，寇准很快走麦城。1006 年 2 月，他被解除宰相之职，在相位上只待了一年半。官方给出的罢相理由主要有两条，一曰"俾从进退之宜，用保初终之分"，一曰"眷言机务，不欲重烦"。这是说，不劳烦您了，为保全咱君臣情分，请您退下吧！

这叫什么理由呢？隐藏在背后的真相，是皇帝觉得寇准太强势，惹得皇帝不高兴了。相声名家马三立有个名段子，说"咱们得让领导放心，让领导高兴，领导不高兴就是我们犯错误……"真宗皇帝不高兴，那不就是宰相寇准"犯错误"么？你犯这么大"错误"，能不把您拿下么？"王呆子"的话应验了，谁让你"不学无术"、不谙官场关系学呢？

13 年之后，寇准再度拜相。但这次仅干了 11 个月，他就被赶出京师，并一贬再贬，死于雷州。寇准不愧为"真宰相"（李贽语），但在皇帝一个人说了算，皇帝的情绪、好恶左右着臣子命运的时代，像寇准这种既不是"官二代"、"富二代"，又方正慷慨、秉道疾邪的能臣干吏，虽能叱咤风云于一时，终不免仕途坎坷，运交华盖。"王呆子"的话，迄今不失为至理名言。

2014 年 1 月 5 日

（载 2014 年 2 月 28 日《湘声报》，

第 4 期《杂文选刊·上》选载）

慈禧的袜子与吴永的顶子

庚子年 8 月 15 日清晨，紫禁城里一片混乱。

眼看着八国联军就要打进北京，慈禧太后、光绪皇帝和王公大臣、一干随从等共约千余人，开始了名为"西狩"、实则逃跑的亡命之旅。行至西直门，天下小雨，把一行人的衣衫淋湿；17 日中午抵达怀来县，偏巧又逢大雨，道路泥泞、跋涉艰难不说，山洪下泄、河水暴涨，慈禧所坐的驼轿只得由人扶着蹚水过河，激流几乎把轿子冲走，慈禧的鞋袜被河水泡得湿漉漉的，难受之极。进了县城，两宫到县衙小憩，知县吴永捧着两包内眷用的衣物前来贡奉，其中一包就是十几双做工精细的布袜子。慈禧十分受用，立即让人伺候着把湿袜子脱了，换上吴知县送来的干袜子。

换双袜子，小事一桩。可慈禧大半辈子没遭过这份罪。在皇宫里，奢华的慈禧一双袜子只穿一次，天天要换新袜子，穿过的袜子不是赏人留念，就是收集起来销毁。此次逃亡路上讲究不了这许多，一双袜子穿了三天，还浸水受潮，湿哒哒地箍在脚上。这下吴永解了老佛爷的难，舒坦多了；召来一问，吴永还是"中兴名臣"曾国藩的孙女婿，慈禧好感倍添，即传谕提拔吴永为粮台，往西行路上州县办传驿、征调粮食，总揽行营事务。几天后又降旨，着吴永以知府留原省候补，并先换了顶戴花翎。次年两宫回銮，再升吴永为广东道台。

吴永的官帽顶子，由墨绿玉石变作宝蓝玛瑙，品级从正七品升为从四品。一包袜子让太后高兴，换来官升五级，从县级跃入副省，吴永踩了狗屎运！要知道，一般来说，从知县到道台，少说也得奋斗 10 年；而吴永机缘巧合，只用了几天、最多也就一年多，省去了他 10 年奋斗。

或曰，如此火箭式提拔吴永，坏了大清规矩。官员升迁，岂可不讲德才兼备的标准？依我说，站在慈禧的立场上，破格提拔吴永一点都不过分。

啥叫德？与最高领导心心相印，保持一致，能急领导之所急，想领导之所想，主动为领导排忧解难，那就是忠于朝廷，政治可靠。这不就是最好的德么？

啥叫才？吴永把上千"西狩"人马安置妥帖，吃穿住用一应齐备，特别是他的观察入微、组织调度，把接待工作做得这么好，连太后脚上的袜子问题都考虑到了。这份心思、能力，几人可比？"接待也是生产力"嘛，能说不是才？

至于规矩，大清国的规矩也是人定的，老佛爷说的就是规矩。领导熟悉、领导信任、领导器重，不就是提拔官员的最大规矩么？别说赏个道台，哪怕再擢升吴永做个巡抚、总督什么的，你也干瞪眼，而且不容说三道四！

一包袜子换得道台顶子，吴永全托老佛爷的福。看来，为人民服务真的不如为领导服务，尤其是为最高领导服务。现今的不少秘书、司机官运亨通，不知是否沾了贴近领导的光。

2014 年 1 月 6 日

（载 2014 年 3 月 7 日《湘声报》，

第 8 期《特别关注》选载）

西太后的膳单

在落实八项规定、纠正奢靡之风的当下，读到清末太监信修明所写的《宫廷琐记》。其中一张西太后慈禧的膳单，使我对宫廷权贵之舌尖上的腐败，增添了感性知识。现将膳单抄录于下。

小吃 1 桌：猪肉 4 盘，羊肉 4 盘，蒸食 4 盘，炉食 4 盘，共计 16 盘。

饽饽 4 品：白糖油糕寿意，立桃寿意，苜蓿糕寿意，百寿糕。

片菜 2 品：挂炉鸡，挂炒鸭。

火锅 2 品：八宝乳猪火锅，酱炖羊肉火锅。

碟菜 6 品：燕窝炒炉鸡丝，蜜制酱肉，大炒肉焖玉兰片，肉丝炒鸡蛋，溜鸡蛋，蘑菇炒鸡片。

杯碗 4 品：燕窝鸡皮爨鱼脯丸子，鸡丝煨鱼面，木须炒肉，炖海参。

碗菜 4 品：燕窝万字金银鸭子，燕窝寿字五柳鸡丝，燕窝无字白鸭丝，燕窝疆字蘑鸭汤。

野味十数种：鹿脯、鹿胎、山鸡、熊掌、芦雁、天鹅、地鹌、雪哈等等。

以上所列，计约 50 品。天上飞的，地上跑的，水中游的，一应俱全。西太后用膳的品味之佳，制作之精，冠绝天下。暴珍天物，奢华无比哦！

毫无疑问，这是奢侈挥霍、铺张浪费，西太后再长 10 个肚子也吃不了这许多东西。但实际上，它是西太后日常生活的一部分，天天如此，顿顿如此。遇有节庆、喜事什么的，膳单还得加长。而西太后的用膳，也不只是像咱老百姓那样，填饱肚皮、营养跟得上就算完事；它是宫廷礼义的规制，每个环节都要体现出西太后至高无上的身份。例如传膳时，每道菜肴得先经太监尝过，然后根据西太后的示意，或吃上一两口，或即撤下；剩余的糕点、菜肴，则赏赐给宫内的嫔妃或宫女、太监，有时还送给宫外的亲贵眷属，以示皇恩。

西太后用膳，不是简单的吃饭、吃菜。它讲的是排场，玩的是摆谱，显的是太后的威风和尊贵。君不见，那 4 品碗菜还用燕窝写成了"万寿无疆"么？

大清国到了晚期，内忧外患日炽，民生困苦，国库空虚，入不敷出。可最高统治者的西太后，依然奢靡无度，倒真是"前方吃紧，后方紧吃"。大清国焉有不败之理？以西太后为首的一批大大小小的饕餮之徒，不把大清国吃光、吃垮才怪。

一张膳单，意味多多。舌尖上的腐败，不可小觑。

2014 年 1 月 7 日

公民的成熟度

10多年前有家制鞋厂，因为给小平同志做布鞋得到老人家的赞扬，就在厂区特意高挂硕大的一只同款布鞋，供人瞻仰，并示荣耀。杂文家宋志坚著文批评此举，发出"请别高举鞋子"的呐喊！当时我曾觉得，这家鞋厂的领导有邀宠之嫌，公民意识太差。

想不到，类似一幕去年底又重演。外出调研的习近平总书记，中午乘便到庆丰餐馆"排队买包子"，自个儿端盘子，还做了"光盘族"。这条新闻一经传媒发布，刹时引来轰动；之后几天，不少人专程前往该店吃"总书记套餐"，而餐馆老板也把习近平同志用过的盘子、坐过的桌子，都收藏了起来。我忍不住叹息，中国的公民还不成熟。

这种不成熟凸显为在党和国家最高领导面前，仍不敢平视。他们习惯于仰视，把领导看得高高在上，神圣无比，缺乏一颗平常心。

最高领导也是人，是与我们一样的人，一样要吃喝拉撒，一样要着衣穿鞋。所不同的，是他们肩负重任，身居高级领导职务，仅此而已。可不少公民总有意无意地仰视领导，对其一举一动，怀有神秘的好奇心，盲目追捧。例如，跟领导握了一次手，就会激动半天，舍不得洗手；领导用过的餐具、穿过的鞋子，都视同圣物，当宝贝疙瘩般炫耀于人。他们见了大领导就伸不直腰，诚惶诚恐，顶礼膜拜，以致爱屋及乌。他们没有"公民的自豪感，刚直不阿的公民气概"（达仁道夫《公民社会》）。

这不是贬低领导，更不是对领导不敬。我只是想说，对领导的尊敬，须建立在人格平等的公民意识上。我很赞赏习总书记的平民风格。他亲近民众、自己排队买包子，不要特供、不坐包厢，像百姓一样用餐，践行群众路线，发扬了朴素节俭的好作风。我为此而尊敬他，但不赞成媒体、商家的炒作，更反对在包子、盘子、桌子上大做文章。因为那样会助长个人崇拜的不良风气，是一种低级趣味。再说了，领导本就不该高高在上、神神秘秘，特权多多、远离民众。公民是国家的主人，领导最大也是公仆。在仆人面前，主人的公民平视领导，乃天经地义！我们毋需像阿Q似的见官就下跪，自轻自贱，自我矮化！

社会常识表明，有怎样的公民便有怎样的国家，有怎样的公民便只能有怎样的国家。胡适说过，"没有自由独立的人格，如同酒里少了酒曲，面包里少了酵，人身上少了脑筋"（《易卜生主义》）；他又说，"自由平等的国家不是一群奴才建造得起来的!"（《介绍我的思想》）高举鞋子、包子、盘子，而又津津乐道、洋洋自得，只能说明还不配称合格、成熟的公民。

公民的成熟度，是检验社会进步的标尺。一个成熟的公民，既能履行好应尽的法定义务，又能维护好自己的合法权利，善于在法律框架内实现自身的利益诉求；相反，不成熟的公民，要么把命运寄托于青天大老爷，在自身权利受到侵害时逆来顺受，要么走向极端，过激闹事，把自己推向违法的边缘。而一个成熟的公民社会，恰恰是国家政治文明的基石。公民不成熟或成熟度差，就很难真正建成一个具有高度政治文明的国家。我们现在真的很需要一场公民思想文化的启蒙，把公民教育落到实处，而且得从娃娃抓起。

什么时候我们的公民、企业、媒体都能以平常心看待领导，都能平视最高领导了，那就可以说，我们的社会转型成功了。古语云，"桃李花实，累累日息，长大成熟，甘美可食。"（《易林·泰之小过》）桃李如此，社会亦然。在此，我仿宋志坚再次疾呼：请高举民主法治的旗帜，不要高举包子、盘子、桌子!

2014 年 1 月 9 日

（载 2014 年第 3 期《同舟共进》）

御膳房的份例

前几天写过西太后的膳单，今儿再来说说御膳房的份例。

份例，说白了，就是每天的伙食供应标准。按照宫内人员的不同地位、等级，内务府给御膳房订下不同的伙食供应标准。最高档，自然属于太后、皇帝，即给慈禧和光绪的小灶。据《宫廷琐记》所载，慈禧、光绪的份例如下。

盘肉（猪肘子）50 斤、猪 1 头、羊 1 只、鸡鸭各 2 只；

新细米 2 升（约 3 斤）、紫米 1 升半（约 2.2 斤）、江米 3 升（约 4 斤半）、粳米面 3 斤、白面 15 斤、荞麦面 1 斤、麦粉 1 斤、豌豆粉 3 合（约 4.5 两）、芝麻一合五勺（约 2.2 两）；

白糖两斤 1 两 5 钱、盆糖 8 两、蜂蜜 8 两；

核桃仁 4 两、松子仁 2 两；

鸡蛋 28 个、枸杞 4 两、干枣 8 两；

面筋 1.8 斤、豆腐 2 斤、粉锅渣 1 斤；

甜酱 2.8 斤、青酱 2 两、醋 5 两；

香油 3.7 斤、鲜蔬菜 15 斤；

另有燕窝、鱼翅、海参、银耳等山珍海味若干。

每天供应量这么大，太后、皇帝当真成了"吃货"。这份例要花多少银子？我无力逐一考证当时的物价，很难准确核算，那就以小见大，看看鸡蛋的价钱。李宝嘉的《南亭笔记》称，光绪帝早餐吃 4 个鸡蛋，御膳房的开价是 34 两银子，平均每个鸡蛋耗银 8.5 两。当时的市价，一个鸡蛋大约两文钱，即一两银子可买 500 个。也就是说，御膳房的蛋价是市场价的 4000 倍以上！称它"牛价鸡蛋"，毫不为过。由此可知，份例所列的每天 28 个鸡蛋，就得耗银 200 多两。

御膳房份例所列的货物，多为特供、专供，品质高，价钱贵点，合乎情理；问题在于，它高出市场价几千倍，就很不正常。个中秘密大致有二：首先，内务府很有钱、不在乎，皇家的钱不花白不花。况且，给太后、皇帝办货，没有最贵，只有更贵。花最多的银子，旁人也不好说什么闲言碎语，更别说审计监督。其次，宫中惯例，采办的各个环节都有好处，即从中吃回扣、捞油水，中饱私囊。内务府上上下下，就靠报花账发横财呢。官场谚云，要想早致富，就进内务府。

按鸡蛋的价格保守估计，太后、皇帝两个人每天的伙食费，不少于一万两。可怕的是，宫中主子不只有太后、皇帝，而且总管和首领太监跟主子一样吃份例。如隆裕太后的大总管张兰德，每餐一样有菜40品。光绪年间，宫中太监近2000人，其中总管和首领太监就有168人。他们一天要吃掉多少银子，绝不是个小数目。

特权制度下的宫廷生活，奢靡挥霍，腐败不堪。仅御膳房的份例，每天伙食费的耗银至少在5万两以上，一年开支就逼近2000万两。大清国库能不被掏空么？这样腐败透顶的王朝，能不灭亡么？

2014年1月10日

（载2014年2月11日《联谊报》）

碎思杂感（三则）

学历疑问

去年底的《现代快报》曾刊载江苏省管干部公示名单，内容有姓名、年龄、性别、学历以及原任职务和拟任职务等。瞄过一眼之后，我发现其中的学历，颇可存疑。

学历，我理解是指接受正规全日制教育的程度，如高中、大专、大学之类。公示的20人中，学历挺高，不少是硕士、博士，称得上知识精英了。然而，诸多学历，均出于党校。略作统计，有中央党校的6人，省党校的8人，另有2人系党校研究生在读，一共16人，占了公示名单的八成。他们的硕士、博士，也由党校授予。我的疑问是：

党校教育带有干部培训性质，不同于正规的全日制大学教育。它的招生，一不经国家正式考试，二不列入国家或地方招生计划。倘若承认党校教育为学历，那它就与全日制大学教育没有区别、混作一团了。这对正规学历的持有者是一种不公正、不公平，对领导干部的专业化、知识化弊多利少。党校学历有鱼目混珠之嫌，它只会导致干部学历的虚高和泡沫化。因此，这样的学历公示，就没有多大意义。

在反对"四风"的当下，党校学历算不算一种形式主义？学历公示，还以实事求是、挤干水分为好。它应以所受正规全日制教育程度为准。党校教育不属此列，自以不作学历为宜。一孔之见，献疑备考，切望组织人事部门细酌。

狗仗权势

早听说一条藏獒能卖几十万，甚至请条纯种公獒配一次种都得花5万。有调侃云：民工辛苦干一年，不及藏獒放一炮。"藏獒热"升温不退，几成产业。但看了12月26日《新晚报》的报道，我才知"藏獒热"背后掩藏的诸多秘密。

有用藏獒送礼公关的。眼下名贵礼品不好送，但藏獒可以；搞工程的、跑官的，送条藏獒即一路绿灯。还有以藏獒换取重刑轻判、到监狱捞人的，两只小獒一送，无期徒刑变作10年有期徒刑。

还有用藏獒圈地或洗钱的。某省国土部门的干部，私下买几只藏獒不过花了100多万，但所建的獒园却占地达上百亩。这片土地将来出手，要赚多少钱啊！

"藏獒不光是藏獒，你懂吗?"养殖藏獒的奚晖如是说。真是不说不知道，一说吓一跳！然而，我终于懂了，"藏獒热"背后有若隐若现的权力推手。有能耐搞工程发包、给人升官、给犯人减刑的，或圈地皮的，不都是手握权力的官员么？他们权力寻租，花样百出，藏獒不过是个道具、名目罢了。所以说，"藏獒热"实是狗仗人势、狗仗权势。

悲鸿遍市

马年说马。央视四套在1月6日晚就做了档节目，请文化专家说一代大师徐悲鸿及其名作奔马图。我与徐悲鸿算小同乡，老家距他的出生地屺亭桥不过10多里地。但是，专家讲的一组数字，令我震惊！

他说，徐悲鸿一生，连素描稿都算在内，传世真迹只有3000件，其中的1200件藏于北京的徐悲鸿艺术馆；但近些年来，书画市场上出售、拍卖的徐悲鸿作品达5万件之多。

估算一下，流传在外的徐悲鸿作品，总数仅1800件，收藏者不可能全都出手变现，打个对折，实际上顶多只有900件入市。900件与5万件，占比不到2%。也就是说，书画市场上的徐悲鸿作品，虚假度在98%以上。有个成语叫哀鸿遍野，如今则是悲鸿遍市，市场上的悲鸿作品卖家，几乎是清一色的骗子。

有艺术细胞，好，有可能成为徐悲鸿那样的艺术大师。造假细胞特发达，则大为不妙。假货充斥、骗子横行的书画市场，如何托起中国文化的繁荣星空？制假、售假，不只玷污悲鸿大师，而且损毁中国书画文化。听凭悲鸿遍市，中国画的未来在哪里？

救救徐悲鸿！救救中国的书画市场！

2014 年 1 月 11 日

如果……

1957年，罗稷南面询毛泽东主席：如果鲁迅还活着，他可能会怎样？

2007年，王元化对来访的吴琦幸说：如果胡风当官了，可能比周扬更坏。

相隔50年的两个如果都发生在上海，话题主角是文化名人的鲁迅和胡风。而胡风，素以鲁迅嫡传弟子自许。

鲁迅、胡风早已作古，不可能再作回应，故而只好说如果……

第一个如果，毛主席坦率作答，鲁迅要么关在牢里还是要写，要么他识大体不作声。其意显然，鲁迅活到1957年很可能当"右派"。第二个如果，彭小莲在今年第一期《随笔》著有专文，结论是：这个假设，"没有任何立足的根据和成立的可能"。似乎是王元化吃饱了撑的，说了多余的废话。

我则不作如是观。它作为体制内人的历史反思，道出了"一阔脸就变"的大势，而并非对胡风的丑化，或给周扬开脱。

彭文反驳王元化如果说的一大"根据"，是曾有北京的外调小组到监狱找到正在服刑的胡风，要他揭发死对头周扬，但胡风以其"做人的原则"和"对文学的虔诚态度"，"拒绝揭发"。这无疑彰显了胡风不愿乘人之危、落井下石的节操；但以此作为否定王元化如果说的"根据"，我看就是不讲逻辑，实难服人。

因为它丢掉了王元化所说的如果当官了这个大前提。当时在劳动改造中的胡风，是被"专政"的阶下囚，莫说当官，连个自由身也没有！此时的他不愿对周扬使坏，不等于他当官后不变坏。以不当官的胡风的"拒绝揭发"作为"根据"，来否定王元化的如果说，颇有些驴唇不对马嘴。

从"批判胡风反革命集团"到"反右派"，再到"反右倾"、"四清"，直至10年"文革"，接二连三的政治运动让许多知识分子遭罪受整，体制内的许多当权派，包括彭德怀、刘少奇这样的高官，都挨整、被打倒，乃至被折磨而死。可是，像彭德怀、刘少奇这些高官，他们哪个没整过人？彭德怀整过刘伯承，刘少奇在庐山会议上批彭的调门不就很高么？革命家的彭德怀、刘少奇尚且如此，又遑论文学家的胡风呢！在"以阶级斗争为纲"

的年代，当官的搞整人，就难免颠倒黑白、上纲上线、构陷人罪。如周扬整胡风，虽然有30年代的与鲁迅的恩怨、过节因素，但主要的还是组织行为、体制运作。周扬作为权力体制的得力干将、且又得到最高领导的首肯、支持，对胡风及其追随者的打击、整治，他不卖力都不行。后来周扬失宠，成了"文艺黑线"的头目而被清算，也是那个权力体制的需要罢了。直如过来人夏衍说的，今日整人者，明日复挨整。只要集权专制体系还在、民主法治不立，"一阔脸就变"、当官即变坏，总不可避免。人在官场、身不由己，哪怕主观上不想整人，但为自保，仍不得不违心参与或组织揭发批判。王元化的如果说，正挑明了这种体制病的宿命。其微言大义，或在呼吁体制改革的紧迫、紧要吧？

　　是的，历史只有结果，没有如果。生米煮成熟饭，时光不会倒流。但过去的一切，并不能因为过去了就算了，让它成为一笔糊涂账。我们拥有现在，还要面向将来；而现在和将来，又是过去的延续，未可一刀割断。我们回顾过去，总结历史，就是为了做好现在，迎接挑战。唯有如此，王元化的如果说，作为一种对体制的历史与文化反思，才具有了烛照现实、开拓未来的意义。

　　历史是不该遗忘的，错误是不可隐讳的。倘不愿直面自己的错误，不能正确吸取经验教训，那我们就很可能在同一条河流里再次呛水。

　　斯人已去，但王元化说的如果……掷地有声，值得好好反思。让我们自觉地投身于奔腾不息的改革洪流！

2014 年 1 月 13 日

（载 2014 年 2 月 4 日《杂文报》）

不须错爱秦始皇

　　在纪念毛泽东诞辰 120 周年的日子里，我读到邸延生所著《历史的借鉴——毛泽东评述中国历代帝王》一书。从中得知，他老人家谈论最多的，就是秦始皇。自 1939 至 1973 的 30 余年间，他 10 多次论及秦始皇，其主旋律为肯定和赞扬，并对咒骂秦始皇者作了批评。作为一家之言，毛泽东的评述不乏振聋发聩声；但他这样喜爱称颂秦始皇，究竟是为什么？

　　发思古之幽情，往往为了现在。力主古为今用的毛泽东谈论秦始皇的功绩，当然不是无的放矢的闲扯。1958 年春，轰轰烈烈的"大跃进"在神州大地风起云涌。同时在思想文化领域搞"兴无灭资"，"拔白旗、插红旗"，如火如荼；当时党内外有不少人担忧，说这是急功近利、好大喜功，厚今薄古、藐视过去。毛泽东在八大二次会议上就借范文澜的一篇文章为由头，大谈厚古薄今和厚今薄古，赞扬秦始皇是"厚今薄古的专家"，"秦始皇比孔夫子伟大得多"。毛赞秦始皇的厚今薄古，实际上是要为现实生活中的"兴无灭资"提供历史依据，并用秦始皇搞厚今薄古所建立的不世功业，来证明"大跃进"、"人民公社"运动的合理性、可行性。我们就是好大喜功，好社会主义之大、喜无产阶级之功！毛泽东曾这样回敬党外人士的议论。但是，现实很骨感，"大跃进"既没有使中国的经济迅速摆脱"一穷二白"，也没有创造出前古无人的文化奇迹，反倒劳民伤财，生产力受到严重破坏，国家的经济状况和文化教育陷入了大倒退，导致后来饿殍遍野的大饥荒。头脑发热的"大跃进"，终于受到了客观规律的惩罚。

　　辩护古人，每每是辩护自己。长于借古喻今的毛泽东，曾多次为秦始皇的焚书坑儒辩护。如说，"秦始皇是个好皇帝，焚书坑儒，实际上坑了 460 人，是孟夫子那一派的……孟夫子一派主张法先王，厚古薄今，反对秦始皇。"后又在一首给郭沫若的诗中说，"劝君少骂秦始皇，焚坑事业要商量"。甚至在有人指责秦始皇焚书坑儒时批评说："秦始皇算什么？他只坑了 400 多个儒，我们超过他 100 倍！"从这些评述可以感受到，在毛泽东眼里，焚书坑儒是正当的，是件厚今薄古的"事业"。然而，厚今薄古的焚书坑儒，开启了毁灭文化，迫害、镇压异端知识分子的闸门，它是一种残暴的文化专制主义，为后世两千余年的惩治思想犯、搞文字狱，创立了恶劣的先例。如果焚书坑儒是正当的、必须的，那么一网打出55万"右派分子"，以及"文革"中的"破四旧"，大量抄家、烧书，叫大学教授去扫厕所，学生批斗教师，驱赶知识青年上山下乡、去接受再教育等等，也就无可非议，应予褒扬了。所以，替焚书坑儒辩护，实际上就是替极左的知识分子政策、鄙薄知识的愚民政策辩护，替毁灭文化教育的"文化大革命"辩护！说得直白些，便是毛泽东在为自己作辩护。1973年9月，毛泽东在与来访的埃及副总统沙菲谈话时就这样说过："秦始皇是中国封建社会的第一个有名的皇帝，我也是秦始皇。""我赞成秦始皇，不赞成孔夫子。"毋需多加一字，毛泽东为秦始皇辩护，骨子里就是为自己辩护。他的喜爱、赞赏秦始皇，不就成了自恋、自赏么？"数风流人物，还看今朝"，毛泽东自信比秦始皇更了不起，但他真的是错比了，也错爱了。

明知秦始皇所建立的是"专制主义的中央集权"的国家，作为人民领袖、马克思主义者的毛泽东，为什么还要不断地给秦始皇评功摆好、百般辩护呢？谆谆教导人们"要搞马克思主义"的毛泽东，为什么在晚年就犯糊涂，对秦始皇的专制主义一往情深呢？他的马克思主义跑到哪里去了？这不只是毛泽东的人生悲剧，而且隐喻着彻底清除皇权专制传统的影响，任务艰巨，未可懈怠。在倡行以人为本、科教兴国的今天，我们没有任何理由再去歌颂秦始皇、赞美焚书坑儒。胡诌四句，聊充结尾：

横扫六合似虎狼，焚坑暴政没商量；

帝业功成天下苦，不须错爱秦始皇。

2014年1月15日

（载2014年2月7日《杂文报》）

回归教育原点

适应传授生产、生活经验之需要而生的教育，古老而又年轻，并与人类的生存、发展相伴始终。但是，在它成为国家、学校、家庭的功利化目标以后，即可能走向反面，沦为反教育。当下，诟病多多的中国教育，就亟待尽快回归教育原点。

回归教育原点，当然不是回到钻木取火、结绳记事的远古时代，也不是回到以"确立人"为宗旨的古希腊教育。准确说，是要按照1970年联合国教科文组织通过的1—131号决议《学会生存——教育世界的今天和明天》关于现代世界教育的最终目的，去实施和发展教育。这些目的是：

1. 走向科学的人道主义；

2. 培养创造性；

3. 培养承担社会义务的态度；

4. 培养完善的人。

上列四项，完整表述了现代教育的核心价值观，以其超越民族、国家、阶级和党派的全球视野，从而具备了普适意义。回归教育原点，即要用这个核心价值观统领教育，把全部教育工作的出发点和落脚点都放在四项"最终目的"之上。这才称得上是百年树人的现代教育。

反观中国教育，长期摆脱不了权力的掣肘，总被国家的功利化目标所左右。如在培养目标上，先是有文化的普通劳动者，继则是革命接班人，后又变作"四有"新人、现代化建设的专门人才，等等。它有实用、合理的一面，却又使我们的教育背离原点，游走在现代教育的边缘。近来10多年，我国的本科生、研究生以及博士、教授数量，已跃居世界第一，可质量和学术成就，则流于平庸；吊诡的尤在，大学毕业生纷纷奔向官场，"国考"热得发烫，高端人才的博士群体也大半聚集于官场。名牌大学争相攀比出了几个大官、大款；大学像衙门，行政化严重。这样的高等教育，跟科举时代的国子监相类，令人有恍如隔世之感。

中国学生的应试能力，独步天下，但就是缺乏想象力、创造力，屡屡被谑呼为"高分低能"。教育本该促进人的全面、自由发展，可我们的中、小学教育，既不全面、又不自由；德智体美劳，顶多只有前两项，体美劳作为"副课"，不受待见，可有可无；而智育，也仅是灌输知识，外加大量训练和名目繁多的考试，而不是启迪智慧，发展人的想象力、创造力。更严重的是，我们的中、小学教育与人的自由发展背道而驰，喜欢搞"标准答案"，不鼓励独立思考、质疑权威、挑战成见。学校几乎成了工业生产流水线，学生没有自由发展的空间，什么都管得死死的，只能像一架应试机器般运转。其典型标本，当数有"超级高考工厂"之称的河北省衡水中学，它实行"量化管理"，把学生的每一分钟都安排得满满的，3年高中生涯，试卷摞起来比姚明还要高10多厘米！该校前校长李金池坦言道，"搞的就是题海战术，拼学生、累得学生发昏，拼教师、累得老师吐血，做了不少违背教育规律的事"。但由于衡水中学包揽2013年河北省高考文、理科"状元"，上北大、清华的人数达104人，成了地方的"名片"，受到全国各地许多中学的追捧，到此参观学习的人络绎不绝。我们太急功近利，拿高分、考名校的中国中、小学教育，真该尽快与现代世界教育"接轨"！

中国教育，教书有余，育人不足，应试痼疾，积重难返。累得学生发昏、教师吐血的教育，恰在摧残身心、扭曲人格，事实上成了反教育。它与现代教育的核心价值观，渐行渐远。长此以往，我们的创新型人才在哪里？国家未来的发展与进步，岂非缘木求鱼？

我不愿把中国的教育说得一无是处。但我相信，成绩不说跑不掉，问题不说不得了。现在到了正本清源、回归教育原点的时候！把中国教育搞上去，只能寄希望于教育体制的大刀阔斧的改革。舍此别无出路。在这里，用得上邓小平1991年视察上海时说过的三句话："思想更解放一点，胆子更大一点，步子更快一点。"

2014年1月23日

（载2014年2月12日《今晚报》）

最高档"封口费"

　　山西煤老板与媒体记者间"封口费"的恩怨情仇，足可写一部长篇报告文学。"封口费"古已有之，其中最高档的，恐要算宋朝真宗皇帝送给宰相王旦的那笔"封口费"了。称之为最高档，是基于以下三要素：

　　首先，经济价值巨大，特上档次。宋真宗送出的"封口费"，不是一般的黄白之货，而是一壶又大又圆的上等合浦珍珠。当时开封市价，每斤珍珠600两银子，即60两黄金，不过这是普通珍珠的价码；皇帝出手不凡，一壶极品珍珠的实际价值，完全能让王旦在京城黄金地段买一座带花园的大宅子，说不准能买开封半条街呢！他可不像煤老板这些"土豪"，"封口费"多的二三万、少则三五千，在北、上、广不够买个厕所间。皇家气派嘛，自有大手笔。

　　其次，当事人双方的身份特殊。送方的真宗皇帝，贵为一国之君，是至高无上的"真龙天子"；受方的王旦，乃百官之首，是在朝中当权多年的宰相。他们可是大宋中央的领导核心，国家的一、二把手！这样两位权力金字塔尖的顶级人物，以政治地位的档次而论，只有最高，没有更高。

　　再次，宋真宗的"封口费"，送法高妙，高妙得叫人浑不觉那是在收买人。一日散朝，真宗特意留下王旦，请他喝酒；酒席很丰盛，主客仅君臣二人，聊家常、说闲话，相谈甚欢。席散时王旦刚要走，真宗叫人端出一个酒壶，对王旦说：这壶酒的味道极佳，你拿回家去，跟太太、孩子们一道分享吧！王旦本就纳闷，无缘无故、不年不节的，请我吃什么饭？怎么又赏起酒来了呢，皇上的酒壶里究竟装的是什么药？回家之后，王旦不敢怠慢，屏退仆人，躲进书房，打开酒壶一看，啊，壶里满满的全是珍珠！瞧瞧，宋真宗的"封口费"，不叫珍珠叫美酒，高雅、闲适，话又说得艺术。最高档"封口费"忌俗，一俗，就掉价、不上档次了。

　　皇帝贿赂宰相，听来有些荒唐。但眼前这壶价值巨大的珍珠表明，一切皆有可能。宋真宗这么做，就有他的考虑：

　　第一，封禅大典这项国家顶级形象工程，仅靠自己的决心和王钦若、丁谓等少数几个大臣的支持，而没有宰相王旦的赞同，没有以王旦为首的行政机关的组织协调和抓落实，是办不好的。王旦这关必须过，至少得让他沉默、不反对。

第二，事先派王钦若向王旦吹过风，王旦的态度不冷不热、不咸不甜，明摆着是不赞成、不热心的。因此，真宗皇帝只能纡尊降贵，亲自出马来做王旦的工作。

第三，他与王旦素来融洽，不想因为封禅闹得君臣反目，朝堂不宁。王旦从枢密使到参知政事、再到宰相，在朝中干了将近20年，称得上是宋真宗的左臂右膀；真宗知道，王旦低调、谨慎，虽有不同意见，但也不至于跟自己唱对台戏，对着干。所以要他不作声、默认封禅，出笔"封口费"作为抚慰，是少不得的。

宰相不是糊涂人。瞅着书桌上那壶珍珠，王旦完全明白了皇帝的真实意图，封禅大典是铁定要做的，没有商量余地了。想到真宗皇帝绕这么大弯子、下这么大本钱来说服自己，也给足了自己面子，再说用封禅来宣告天下盛世，向外显示大宋文明的优越，也不算多大坏事，以大宋目前的财力也还折腾得起。于是，王旦妥协了，从封禅的反对者，成了"天书"造假的默许者。

宋真宗那笔最高档"封口费"，立竿见影，封禅大典顺利开张。贿赂成为国家机器运转的润滑剂，"政由贿成"，一点不假。但出人意料，封禅及随后的"天书"运动，竟闹得大宋王朝民穷国弱，一蹶不振。王旦临死前，一再向宋真宗力荐耿直、强势的寇准接掌相位，或许他是在为自己的软弱、胆小作补救吧？

2014 年 1 月 27 日

（载 2014 年第 8 期《唯实》）

给《同舟共进》提几点意见

王总、应副总以及诸位编辑同志：

作为政协同仁和编辑同行，自贵刊1988年创办迄今，我就一直认定其在全国政协系统报刊中的独创性和引领作用，即在全国纸质新闻传媒中，它也不失为倡扬民主、思想新锐的一面旗帜！我既是它的热心读者，兼为之撰稿，并曾有文章入选《领袖们的千古难题》一书。而今岁届七秩、退休10余年，但订阅贵刊从未中断，且每期杂志从头读到尾，视同一大精神享受。现就贵刊的美中不足处，提几点意见，以供参考。

1. 编委用稿不宜密度过大。贵刊有个阵容强大的编委队伍，人才荟萃，高手云集，自是好事；编委的稿件不是不能用，目前的占比量还算合适；但具体到"文化广角"、"舟边絮语"两个栏目，编委的用稿密度似显过大，几成开专栏。这就容易招来近水楼台、瓜田李下之议，且总是那两张老面孔，亦予壮大作者队伍不利。建议"舟边絮语"多用精短千字杂文。

2. 专题策划应更贴近热点、焦点，并需要有不同意见的争鸣与交锋。现今该栏目的一组文章，大致从不同角度、层面阐述同一题旨，稍显呆板、单调，尤乏争鸣与交锋；而事实上，对社会热点、世界焦点，绝非只有一种观点，往往诸多见解并存。倘能围绕某一议题，如可不可大赦贪官，官员财产申报公示可否采用"老人老办法、新人新办法"，中日、中美果真"终有一战"，朝核危机与中国的抉择等，邀各路高手各抒己见，正面的、反面的，赞成的、反对的，或可行、或不可行，批评、反批评、反反批评，亮出各自观点，不求唯一正确，但求言之成理、持之有据。这也该是人民政协协商监督、参政议政、建言献策的应有之义吧。

3. 文史栏目文章，也要力求简练，增强可读性。以今年前两期为例，"人物春秋"、"往事历历"栏稿件，篇均近万字，最长的占了8个页码，约14000字。如能精练些，压缩至每篇5千字左右，节省了篇幅，加大了容量，更丰富多彩，何乐不为？

4. 标注"文史学者"要慎重、名副其实。前两期文末注"作者系文史学者"的，计有15篇之多。我以为，能称"文史学者"的大抵有三类人：

一为大学的文史专业教授，二为社科院文史研究员，三为文学、史学学术期刊之编审。据我所知，标作"文史学者"的安立志、郑连根，一是工会管理学院领导干部，一是报纸副刊编辑；倘标注为"杂文家"，比"文史学者"更切合实际。再说，文章质量的高下，也与作者身份无干；所以可否考虑，除极少数名家外，一律不标注作者身份。

5. "编读往来"宜增加互动，既有读者之"来"，又有编者之"往"。读者意见有表扬说好的，也有批评揭短的，刊出比例要适当。目前是表扬有余、批评不足。若把"编读往来"变作了"表扬与自我表扬"，那就有违初衷、没有意思了。

吹毛求疵的管见，偏颇难免。可在我，则是爱之深而责之切。最后祝愿贵刊越办越好，马年再创辉煌！

2014 年 2 月 4 日于南京

（载 2014 年第 8 期《同舟共进》）

零思闪念（五则）

"狠斗'私'字一闪念"的日子远去，人们的思想复杂、敏感起来，媒体上的一事一语都能挑动零思碎想。它们在脑际一闪而过，不加捕捉，即如电光火石，无影无踪。我不想放弃独立思考的权利；我思故我在，不思枉活哉！

"土豪"逻辑

四川达州电视台1月6日播出的视频显示，罐子乡党委书记罗颂在采访记者前甩下一句狠话："威胁我就是威胁党！"

马年第一"雷语"，名不虚传。说来可笑，达川区居民孙林夫妇长期收不到由乡综治办代转的废弃物处理费，找罗多次反映无果，不得已求助于媒体，但罗仍推脱不理、并恐吓记者说，"你威胁共产党，我马上叫公安局来处理……"芝麻绿豆官自封党的化身，拉大旗作虎皮，欺蒙百姓，打压媒体，一副"老虎屁股摸不得"的"土豪"嘴脸！专制者不论大小，逻辑都一样——"朕即国家"。罗颂的"威胁我就是威胁党"，"土豪"逻辑很张狂，但一经媒体曝光，遂为众矢之的，以"不当言论"被停职、"接受调查"。看来，热昏的"雷语"，还是闷在肚子里为妙。

"连中三元"，喜忧参半

1月17日至24日的一周中，国家体育总局"最年轻副局长"的蔡振华，先后当选中国乒协、中国足协和中国羽协主席。一身兼任三"掌门"、"大球小球一把抓"，在中国体育史上创下奇迹。

恭喜蔡局"连中三元"。可见其专业才干、领导能力之出众，大家都看好他能把中国的球类运动搞上去！但一转念又有些忧虑。第一，蔡局三个主席一肩挑，担子太重，身心俱疲，怎么吃得消？第二，小球好说，"老大难"的中国足球，难保不拖后腿，让他上上下下不好交待，毁了一世英名。尤有其三，党的十八大明示，要"加快形成政社分开、权责明确、依法自治的现代社会组织体制"；现如今，蔡局一个人做三个体育协会的主席，权力更集中，几乎成了政社合一的"体育寡头"，这就很不利于竞技体育组织的社会化、职业化改革。中国的体育协会咋就那么喜欢傍官傍权，全瞄上蔡局这只官场"潜力股",是不是太势利了？我们的体育事业,何时才能彻底告别劳民伤财的"举国体制"呢？

"中国的拉斯维加斯"

美国的拉斯维加斯,以"赌城"闻名全球。"中国的拉斯维加斯"在哪里？在澳门？不,在海南三亚。1月26日央视报道,三亚红树林五星级大酒店摇身一变而成了大赌场,下赌单注最少200元,最大筹码面值5万元,有人在此一天输掉几百万,此处的玩法和澳门赌场一模一样,连"筹码都长得差不多",还特意从澳门赌场请了一位行家到红树林当副总,指导博彩业务。别看赌场仅3000平方米面积,它的收益却占了整个酒店的"半壁江山"。

开赌场"太赚钱",尝到甜头的红树林要大干一场了。它扩建30000平方米面积,楼房已拔地而起;而工地围墙上,赫然写着8个大字:"中国的拉斯维加斯!"中国内地的赌民真有福,想过赌瘾,不用去美国,也不用去澳门,去三亚就行了——这里既安全、方便,又省得办出境签证。可我要问:海南发展旅游,当真就黄赌毒一齐上？

"不方便说"

南方科技大学校长朱清时,以直言敢说著称,很有改革家的范儿。不知为什么,在最近接受《北京青年报》采访中,他特别小心谨慎,一连给了记者五个"不方便说。"

您卸任南科大党委书记,是否标志着教育改革失败？"我不方便说什么。"

有消息说您还将卸任南科大校长一职？"我不太方便说这些。"

您任职时的教改措施还会延续吗？"我现在不方便说。"

能说一下您在1月21日南科大干部大会上的发言内容吗？"这个不方便说吧。"

南科大的现状与您当初的预期有不同吗？"这个我不方便说。"

除了"不方便",还是"不方便"。朱清时的难言之隐,有种种不能说、说不得的苦衷!我们对他要多体谅。然而,诸多"不方便说",又让我真切感受到一个改革家面临的巨大困境!改革,难免有不同意见,通过平等的争论,或时间的检验,终可辨明是非得失;但中国的问题恰恰就在,缺少自由争论的改革氛围。许多事情说得做不得,或做得说不得,说与做之间难以平衡、统一。在卸职、离任的"敏感时期",朱清时选择"不方便说",虽属无奈,亦颇明智。他作为体制中人,去做体制外改革之事,称得上是第一个"吃螃蟹"的人。他主张大学自治、教授治校的教育改革,在南科大做得并不顺利;"南科大这样的教育改革一定会成功,但是不一定在南科大。"朱清时这句话看似矛盾,实则透露了失败的讯息。书记不干了,校长也干不下去,朱清时要与南科大"拜拜"了。接下来的问题是——

谁来扛起中国大学改革的旗帜?又或者,随着南科大的复旧、大学改革从此偃旗息鼓?

春晚是新民俗吗

大年三十的晚上,总导演冯小刚给国人出了一道题:春晚是什么?

见仁见智,答案多多。有种看法很奇特,说春晚就是当下中国的新民俗。貌似有理的新民俗说,我看不能成立。

民俗,是民间的风俗习惯。凡称民俗者,须满足三个条件:一是源于民间,出自草根族之事物;二是大多数民众认同、喜爱,是大家共同参与、奉行的习俗;三是经由长时间的淘洗、积淀,在内容、形式上具有超稳定性。清明上坟祭祖,端午包粽子、划龙舟,中秋吃月饼、合家团圆,春节放鞭炮、贴春联、调龙灯、看花灯、闹元宵等民俗,都历经了上千年的传承、积淀,才约定俗成,在民间广为流传。央视的春晚并不具备这些条件。

央视乃副部级官方媒体,不是普通老百姓。它办的春节晚会体现"主旋律",即官方的主流意识形态;演员谁上谁不上,节目哪个上哪个下,谁当主持人,程式怎么走,都得由官员来安排、审查、拍板。冯总导演说了不算,他就是个央视的临时工。官办官审、官味十足的春晚,咱老百姓只是看客,怎么一眨眼成了新民俗呢?莫非当真官民合作一家春了?我想起鲁迅的话,他说,"有官之所谓'民'和民之所谓'民'","有官以为'民'而其实是衙役和马弁","所以貌似'民魂'的,有时仍不免为'官魂',这是鉴别魂灵者所应该十分注意的。"(《华盖集续编·学界的三魂》)民俗,新民俗,也该如此鉴别吧?退一万步说,就算春晚是新民俗,那也说早了,还是到它真的成了新民俗,再说也不迟。

2014 年 1 月 30 日至 2 月 4 日

(载 2014 年 3 月 7 日《今晚报》)

遥忆当年学雷锋

1964年的春天，刚上华师大一年级的我们，就卷入了上海大专院校轰轰烈烈的学雷锋活动。

开始，班级团支部组织我们去沪西的武定桥蹲点守候，看到有负重的人力车过来，就迎上去帮忙推过桥去，算是学习雷锋、助人为乐。后来说，这样不行，咱们得与工农大众打成一片，才能学到工农的好品质，助推自身的"思想革命化"。由政治辅导员钱老师的指引、牵线，全班同学来到梵航渡路的清洁管理所，当起了清洁工人。有位老工人给我们上了第一课，讲城市清洁工作的意义、作用、工作流程、注意事项等等。时隔半个世纪，可我至今还记得他说的两句话："阿拉三天不出工，上海城就臭哄哄。"言语间满是光荣感、自豪感。我们不得不对这些倒马桶、涮痰盂、拉粪车的清洁工刮目相看。

为什么清洁工要一大清早走街串巷倒马桶、拉粪车？居民家里就没个设有抽水马桶的卫生间？那时的上海西北角，可不像现在的浦东，高楼林立，居民区不但有公共厕所，而且家家住套房，大小便过后一揿按钮，哗啦啦冲水，万事大吉。那儿人口稠密，一个个里弄像鸽子笼似的住着几十户人家，别说公厕，连自来水龙头也就只有三两个，要大伙合用；白天还好说，晚上一家数口的拉屎撒尿，全靠坐马桶、蹲痰盂来解决。第二天清早，清洁工人来倒马桶、痰盂，将大、小便收拢来装进圆筒形的粪罐车里，再拉到粪便集中处理点，这样就保障了城市的清洁卫生面貌。当时没有几辆保洁汽车，清管所主要靠人工保洁，所以倒马桶、拉粪车是万万少不得的大活计。

我的第一次干活，是给一位40多岁的女师傅做帮手。天刚蒙蒙亮，我在前面拉着粪罐车，慢悠悠沿着马路走，她则在车后头亮起嗓子吆喝："倒马桶喽，倒马桶！"一面用竹刷把敲打粪车边沿，发出"啪啪啪"的声响。听到喊声的居民，提着马桶过来了，我就停下车，只见她麻利地接过马桶，往粪罐车的槽口里倒下粪水，然后用刷把涮几下，再将马桶还给居民。有时候，一些拆烂污的居民，偷偷地把粪便倒在马路边的下水道里，小便下去了，大便却留在下水道盖子上，很不像话。师傅见了说声"停"，让我等等她，她用铁钩、扫帚把粪便捅下去，再到附近里弄的水龙头下接桶水来冲洗。她对我说，"勿格样勿来山咯，要臭熬人咯。"当个合格的清洁工，不简单。

跟着师傅学了几回，后来就独立干了。印象最深的一次，是我和同寝室的赵传爱同学为一组，五点来钟赶到清管所。拾起工具正要出工，天就下起了雨，风也不小，我俩各借了一件雨衣披上，照干不误。但风雨交加之下，倒马桶的难度大了，雨水、粪水、汗水，沾头浃背，很不好受。倒完马桶，才发现那天的粪罐车特别沉，脚下打滑，费尽九牛二虎之力，我俩才把粪车推过武定桥，送到处理点，完成了当天任务。早上七点多钟，筋疲力尽的我俩回到学校，赶忙去冲澡、换衣服，然后再去食堂吃早餐。不知咋的，好像身上总有一股屎臭味。因为淋了雨，我当天下午就感冒发烧了。

不知什么原因，我们班的"学雷锋、见行动"——学做清洁工活动，停了下来。这个活动有助于我们这些大学生接近工农群众，了解劳动的艰辛，但它片面强调大老粗最美、最光荣，打上了轻视知识和知识分子的时代烙印。我们"臭汗"出了N身，"红心"似仍未炼成。

如今的大学生也许认为我说的是天方夜谭。但我认真地告诉你，我只讲事实，不讲故事。这就是我们半个世纪前亲历的学雷锋，也算我们这些40后的"致青春"，由此生出四句打油——

遥忆当年学雷锋，鸡鸣五更倒马桶；

落花流水匆匆去，惟余白发笑春梦。

2014年2月5日

（载2014年3月5日《今晚报》）

403

意　外

　　一个贪腐官员落马，上下左右连呼"意外"的现象，屡见不鲜。例如：

　　2011年7月9日，以全票当选漯河市长的吕清海，上任49天即被河南省纪委"双规"，漯河人跌破眼镜、很是"意外"。

　　2013年11月下旬，正在丹江口南水北调工程陪同上级领导视察的湖北省副省长郭有明，当场被调查人员带走，11月30日郭被免去公职，宜昌各界人士直呼"意外"，都"没想到他会出事"。

　　一再出现的"意外"，令我不得不要问，为什么我们总有这么多"意外"？

　　对大多数普通群众而言，"意外"大致出于两点。其一，不明真相。他们能看到的官员形象，都是正面的，勤政廉政的，对官场之腐败、贪官之隐蔽，缺少真切了解；其二，秉性善良。他们不会以恶意来打量官员，他们相信、寄希望于官员，甚至对做过一些好事的贪官也抱有同情心，称之为"好贪官"。因此，当一个官员忽然落马时，他们就大吃一惊，殊感"意外"。

　　但是，有些人的频呼"意外"，就有打马虎眼的猫腻。他们与贪官穿着一条连裆裤，相互间有直接或间接的利益输送关系，对贪官说不定还记有一本行贿受贿账。他们对官员"出事"喊"意外"，表示"震惊"，是想借此撇清关系，装作一无所知的样子，蒙混过关。也不排除有这种情况，那就是他们明知某官员有问题、迟早会"出事"，只不过没有想到那么快就被"双规"，因而连呼"意外"，舒缓一下心理。

　　"意外"连连的最大原因，还在于官员落马前后的反差巨大，即贪腐官员的潜伏、隐藏本领高超，高超得让人不敢相信他们是贪官、腐败分子。譬如郭有明，刚从宜昌市委书记履新湖北省副省长不久，是一颗冉冉升起的"政坛新星"，谁都没有想到他会"出事"；而且，他主政宜昌期间，一贯"务实、低调"，政绩卓著、创出"全通奇迹"，又能力行廉洁自律，住的是120平方米的商品房，不抽烟、不搓麻、不善应酬，穿着也不讲究，出差武汉不住宾馆、当天往返。所以在宜昌坊间，郭有明的"口碑"挺不错。

这么个难得的好官，突然被中纪委、监察部宣布为"严重违纪违法"，宜昌人能不大吃一惊、深感"意外"吗？

狐狸再狡猾，终斗不过好猎手。郭有明虽潜藏有术，但还是被揪出来了！"意外"？我不作如是想。要说"意外"，还有比堂堂"打黑英雄"、重庆市副市长王立军，逃亡美国驻成都领事馆寻求"庇护"更大的吗？再说，身为政治局委员、重庆市委书记的薄熙来，贪污受贿，弄权枉法，竟犯下包庇其妻毒杀合伙做生意的英国人之惊天大案！副省长郭有明落马，跟薄熙来下台相比，岂不是小巫见大巫，能算什么"意外"？见惯贪官落马没有最大、只有更大的我们，该多问一句：还有多少潜藏的贪官？

有网民戏云，"远看都是孔繁森，近看都是王宝森"，"粗看很像周恩来，细看却是薄熙来"。话有描黑官员之嫌，却也道出一个真谛：品评官员，仅仅远看、粗看是不行的，唯有近看、细看，方能洞察其真面目。如果只是远看、粗看，那就容易对官员落马产生"意外"。反之，有一副孙悟空那样的"火眼金睛"，明察秋毫，那么无论什么妖魔鬼怪，无论他们如何乔装打扮，我们都能识破之、战胜之。

2014 年 2 月 9 日

（载 2014 年 4 月 14 日《今晚报》）

"提头来见"

  沙暴频袭、雾霾高发的首都北京,这回要铁心治理大气污染了。因为不久前,习近平主席给北京市长王安顺说了句"既是玩笑话,也是分量很重的话"——

  "如果空气污染(治理目标)到2017年实现不了,提头来见。"(2月10日《体坛周报》)

  所谓"提头来见",我想也不会真砍他的脑袋;头上的乌纱帽,是一准要被摘了。这话字字千钧!分量之重、态势之严,为习主席近年来讲话所少见。它表明,中央高层对北京的空气污染问题,忍无可忍,断然采取"零容忍",同时又开启了对治污不力者追究责任的问责机制。我不居京城,也要为之额手称庆,击节叫好!

  我们的经济发展,功绩卓著,震惊世界;但不必讳言,我们的环境恶化、生态危机,也到了最危险的时候。虽有环境保护法,但贯彻落实不得力,对违法排污的企业和个人,惩治很不给力;片面的唯GDP主义,盲目追求高增长,以致进行掠夺式开发,抓经济发展一手硬,抓生态保护一手软,导致环境问题丛生,各种污染后遗症困扰得人们寝食不安。

  肚皮圆了,不用再挨饿了,但放眼望去,粮食、蔬菜、猪肉、牛奶等基本生活必需品,没有一样能放心食用;

  钱包鼓了,摆脱贫穷落后了,但再也吸不上新鲜空气,喝不到清澈的纯净水,粉尘、雾霾包围着大、中城市;

  楼房、轿车全有了,可绿水青山、鸟语花香没了,由污染带来的种种疾病和公共安全事故,严重威胁着人们的健康与生命。

  尤须明白,污染容易治理难,生态的平衡、恢复,周期很长。环境污染、生态破坏的恶果,不只让我们这代人身受其害,而且很可能祸及我们的下一代、下下代。再不重视生态文明建设,不把污染当回事,任由生态继续恶化,那我们就既愧对祖宗,又遗祸子孙,将沦为历史的罪人。习主席的"提头来见",恰恰彰显了为中国生态文明、不惜壮士断腕的决心!

  首善之区的北京,空气不洁净,粉尘、有害气体严重超标,老百姓出门要戴口罩，楼房的窗户不敢打开，办公室要装空气过滤器。这不能不说是首都之耻、中国之耻！北京一旦成了不适宜人类居住的地方，中国的形象何在？其实，形象倒在其次，最重要的是，空气污染危及2000万京城居民的健康与生命，还有什么是比这更大的民生问题？说得重一些，称之为政治问题也不为过。一个国家、一个政府，连它首都的空气污染都治不了、治不好，如何面对本国国民？又怎能不让世界耻笑？污染环境是断子绝孙的重罪，治污不达标要"提头来见"，理所当然，早该如此。

但我相信，有中央的大力关注，有首都丰富的科教人文资源支撑，加之办北京奥运会的控排经验，首都空气污染治理工作到2017年定能见大效。我所牵挂的，一是四年内7600亿巨额环保投资，会不会又成官商"盛宴"，被"雁过拔毛"；二是北京之外的地方，如珠三角、长三角、渤海湾周边的大、中城市，空气污染、水污染、土壤污染等最基本的生态问题，并不比北京少，甚至更严重；没有习主席"提头来见"的耳提面命，这些省市的当家人能立王安顺式的"军令状"吗？唯有各地各级领导干部都有了"提头来见"的紧迫感，对治理污染动真格，对污染环境的不法行为下狠招，那么国人安享蓝天白云、青山绿水的生态好梦，才有望成真。

依法治理污染，依法保护环境，刻不容缓。我乐见有更多的地方像北京那样，治污不达标，"提头来见"！

2014年2月11日

（载2014年3月18日《联谊报》）

此生再无娘可叫

病危已久的老娘走了，把生命定格在 2014 年 3 月 11 日 14 点 50 分。

第二天上午，我抱病从南京赶到乡下老宅，见老娘直挺挺地躺在门板上，揭开蒙头的红布，那张苍老而又亲切的脸庞映入眼帘，神色自若的她似跟生前没什么两样。我伸出右手抚摸她的脸颊，只觉得凉凉的，止不住的泪水洒落在娘的身上。我从心底里默默祝祷：娘，你终于脱离苦海，再不用劳神费力替儿孙操心，愿你在天国长乐！

癌细胞折磨了老娘大半年，只得用吗啡来减缓痛苦。去年国庆长假，我特意回家探视，老娘拉着我的手说：儿子，娘这回过不去了，你们也不要伤心，娘活到 90 岁，够本了；娘把后事都安顿好了，只剩一件事，你大姨家表妹上个月来看我，非要给 1500 元钱，我欠下一个人情，要记得给我还了，我这辈子就不欠别人了。年轻时候，娘嘴边爱唠叨一句话："儿女都是债。"我们做错了事，总是娘去给我们擦屁股补救，她说我们兄弟姐妹六个，净是淘气的"讨债鬼"。现在娘走了，她生前的桩桩件件浮现在我的眼前……

身为长子，我是老娘的头一个"讨债鬼"。70 年前呱呱落地，我便给娘招来一场灾难，她产后受了风寒，染病不起，几乎丢了性命。娘却说，她没能亲自把我奶大，自责没尽到做娘的本分。

父亲年轻时脾气暴躁，有家暴倾向，打起人来不分轻重。有一次，父亲挥刀要砍我，我往娘的怀里躲，是娘用双手挡住刀刃、护住我的小命，而她的右手，被拉出了长长的一道血口子。

娘不识字，却敬惜字纸、仰慕知书达理，千方百计要供儿女上学。三年饥荒时我正在读高中，每次周末回家，娘总是特别为我煮个鸡蛋，说我读书费脑，要补一补；星期一去学校，娘还给我的书包里塞几个山芋，以便充饥。1963 年我考上大学，娘给我置了一床新被子，又做了两双新布鞋，千叮咛万嘱咐地送我去小火轮码头。她说：儿子，你要自个儿飞了，别忘了给娘争气啊！

大学毕业赴四川工作，那时缺吃少穿，我的饭量大、定粮不够吃。每年春节回乡，娘总事先准备好几十斤全国粮票，又把自家养的猪宰了腌成盐肉，让我带上几大块回川。后来我有了儿女，他们自小都在娘的身边生活好几年，为我分忧解愁。娘为我做到了她所能做到的一切。

娘的勤劳节俭，在村子里是公认的。70多岁的时候，她仍自食其力，还种菜挑到街上去卖钱；年过80，大热天的，带上小板凳，坐在黄豆地里松土、除草，中暑生了一场大病。村里人说她有福不享，她却说，我天生一副劳碌命，一天不干活就闷得慌。从参加工作时起，我每年都给娘一些赡养费，特别是父亲过世之后，给她的生活费每月不少于500元；可她的手特紧，从不肯乱花一分钱，全存进银行。我多次劝她自己买些吃的、穿的，过几天好日子，她则对我说，娘过惯苦日子，儿女给的还是要还给儿女，只要娘还能劳动，就不用花你们的钱。

大前年，在纽约的长孙回来探望她，看到大热天的祖母房里只有一个电风扇，就掏出几千元让她买台空调。钱她收了，空调却未买，我问她做什么了，她笑笑说，那几千元钱全用来装修房子了，给老二、小妹的房里装了浴缸和排风扇。唉，真不知说她什么才好。就这样，她把儿女给的钱都攒着，又全都用到儿女身上。每个孙子、孙女结婚成家，她都要掏份子，甚至每个重孙、重外孙出世，她都要花上一两千元、打个金银挂件什么的，以表心意。哪怕远在美国的两个重孙，老娘也都托人把生肖挂件捎过去。直至临终，她还专门存下3万多元，说那是给自己办后事用的，免得给儿女增加负担。老娘心中只有儿女后辈，从来没有她自己。

老娘一世人生抚育了六个子女，还帮老二抚养了两个孩子。30多年前，老二媳妇出走、丢下两个嗷嗷待哺的娃娃，老二自己又不争气，眼看着这个家就要完了。是老娘，一肩挑起老二家的全副担子，从责任田的耕种，到当家理财，直至两个孙子的上学、就业、成家，都由老娘一手操办！她又当奶奶又当妈，把两个孙子抚养成人。7年前村里搬迁，各家纷纷另盖新居；可老二、小妹两家经济拮据，无力盖房，又是年过80的老娘，挺身而出，东挪西借，一手为他俩建起了三间楼房，还作了简单装修。村里人说，我老娘是穆桂英转世，老当益壮。但我知道，正是这次盖房耗尽了她的心血。我们这些"讨债鬼"儿女，欠娘的实在太多、太多。

晚岁的老娘，虔诚礼佛，信奉观世音菩萨。今阴阳两隔，似天母爱儿难报，此生再无娘可叫！也许老娘的亡魂此刻已踏入紫竹林深处，但作为儿子，我还是要大叫一声：娘！劳碌一生的娘，你听到了儿子的呼唤吗？

2014年3月26日

东鳞西爪

开了什么"坏头"

歌坛"一姐"宋祖英在"两会"期间反省说，国内演艺团体赴维也纳金色大厅演出多而滥、变作笑话，"我想想也确实开了一个坏头"。开了什么"坏头"？宋祖英说，是艺人一窝蜂"涌到金色大厅去演出"，水平低劣，造成"浪费"，故而她建议文化部门对赴外演出要加强"审核"，云云。

隔靴搔痒，不大对谱。在文艺演出市场化的当今，演艺团体和艺人完全有演出的自由，去不去金色大厅，是他们自己的事；与演出水准的高低，没有什么依存关系。如果他们掏的是自家腰包，赴金色大厅圆梦，也说不上"浪费"，所以不必大惊小怪地要文化部门来加强"审核"、加以限制，也不劳宋祖英盐吃萝卜淡操心。真正的"坏头"是依仗权力，以赴外演出为名搞公款旅游，浪费纳税人的钱，甚或把去金色大厅演出当成文化"政绩"，沽名钓誉，欺蒙世人，那才是耗了公款，坏了风气，万万要不得！宋祖英是中国首位赴金色大厅演出的艺术家，敢问一声：你去维也纳开演唱会的一应费用，是自己买的单吗？如果不是，才真要作点自我批评哩。

袁隆平的怪论

"杂交水稻之父"袁隆平，在央视访谈节目中发了一通怪论，说他招收研究生喜欢自由散漫的，而不喜欢那些循规蹈矩的；循规蹈矩的人缺少创造性，而那些平时自由散漫的人，不墨守成规，富有想象力，容易产生创见，以致有所发明创造。他还夫子自道，他上大学、做研究时，就很有些自由散漫，率性而行。

怪论不怪。自由散漫，历来被当作一个人的缺点、短处，招致非议；但在袁隆平看来，它是个好东西，是具有创造力的表现。科学家的眼光独特。想想也对，按部就班、循规蹈矩者，去从政、混官场，较为合适，因为那儿不宜有创见，也不怕平庸；但让他们去搞科学研究，那就捉襟见肘了。可自由散漫、乐于想象者，正适合去做研究、搞科学，因为这里就需要特立独行，别出心裁。一味循规蹈矩，就永远超不过书本和老师。看来，不同的行当需要不同性格、气质的人。不拘一格育人才，就得摈弃那些陈规陋习，自由散漫不能做压制人才的借口。科学与民主、自由是密不可分的，只有在充分自由的环境里，才能最大限度地激发人的创造力。袁隆平的成功证明，自由是科学发明之母。

医院岂能像衙门

前些时候因病住院，在一家省级大医院待了 20 多天。无意中发现，它的组织机构设置，竟与党政机关差不多，令我觉得意外。该院共设有处级机构 28 个，其中属于医疗业务部门的仅 7 个，而行政事务部门多达 21 个，行政化倾向严重！除了党委办、院长办，还有人事处、计财处、纪监室、保卫处、信息处、科技处、教育处、资产处、审计处、工会、团委，乃至还设立了基建办、宣传办、离退休办、西扩工程办、公费医保办、干部保健办等机构。各个机构都有处长、副处长，主任、副主任，科长、副科长，一大堆"医官"由之而生。这样的机构设置，像不像个衙门？

不只是大学要去行政化，大医院同样要去行政化，从组织结构上加以整改。作为公益性事业单位，医院与党政机关性质不同，岂能在组织结构上雷同？公办医院"姓公"，但医院毕竟不是衙门，两者的组织机构怎能用一个模式呢？眼下，老百姓对医院的服务态度和质量颇有微词，医患关系也趋于紧张，其中的深层次原因，组织机构的行政化、"医官"太多，算不算一个？

贫富悬殊的三大球

习总书记是个球迷，对足球情有独钟，多次指示要把中国的三大球搞上去。但是，中国的三大球患了贫富悬殊症。

三大球里，足球最富，篮球次之，排球最穷。从俱乐部的投入到球员、裁判的收入，均如此。可论国家队的水平、成绩，恰好倒过来，排球居前，篮球列次，足球、特别是男足最臭。2013 年体坛财富榜，郑智领衔的"恒大帮"有 7 人上榜，年收入达 1300～1900 万；但中国男足连巴西世界杯的入场券都拿不到，只能苦苦在亚洲挣扎。恒大老板猛烧钱、登顶亚冠联赛，可地球人全明白，它仰仗的是三杆"洋枪"，靠咱们的"土炮"，没门！

同样踢足球，男女不一样。男足球员的收入高得离谱，而女足球员就可怜了，月收入三五千元，最少的仅两千元，男女球员的收入差距超过 600 倍！贫富悬殊、天差地别，既不合情，也不合理。女足、女排球员的贫困化，使队伍青黄不接，后继乏人，今后怎么去打翻身仗？中国足球的假、赌、黑腐败，臭名昭彰，虽经整治，但改观有限；尤叫人不安的是，CBA 有步中超腐败后尘的苗头。显证之一，央视篮球评论员苏群公开宣称，十几家篮球俱乐部用来收买裁判的贿金至少 3000 万。这不就是一封实名举报信吗？纪监机关也该打打这些"苍蝇"吧？贫富悬殊、腐败横行，教育、体育两张皮，校园足球、篮球、排球不振兴，中国的三大球只能陷于沉沦。要把三大球搞上去，反腐败这步棋非先行不可。

改口不如改本

中国官员的称呼，从老百姓到官员自身，不少人叫惯、听惯了"父母官"。《现代快报》首席评论员伍里川日前著文，说"该把'父母官'的称呼扔掉了"，"父母官"的称呼必须"叫停"。其意可嘉，惜乎皮毛，未能触及问题要害。

"父母官"绝不只是个称呼问题。在它的背后，有强大的官本位体制、机制在支撑。"父母官"之说，也不是说"扔掉"就能扔掉，说"叫停"即能叫停的。官员权力的来源、运作、制衡、监督等实质性问题尚未真正解决，改个称呼，叫"公仆"、"同志"、"勤务员"之类，听起来美妙，但没有实际意义。社会的官本位不"叫停"、不改革，天天叫"公仆"也没用！现实一再表明，改口容易改本难，触动利益比触动灵魂更难！唱唱高调，宣传所谓主流价值观，并不能真正把权力关进笼子里去。所以，改口不如改本，对方方面面的官本位弊端进行实实在在的改革。李克强总理说，"干一寸胜过说一尺"。我们与其在官员称呼上做文章，倒不如在约束、制衡、监督官员手中的权力上多出些实招。中国的许多事情，坏就坏在说一丈干一寸、甚或只说不干上。不知伍里川先生以为然否？

2014 年 3 月 27 日

（载 2014 年 4 月 4 日《湘声报》，

第 5 期《杂文选刊·下》选载）

睿智的叶利钦

苏共倒台、苏联解体，这件 20 世纪人类史上的重大事变，让不少中国人、特别是一些左派理论家瞠目结舌，痛心疾首。而对在苏共及其政权生死存亡关头，2000 万苏共党员大都麻木不仁，鲜有起而抗争、捍卫者，更感到大惑不解。个中有何蹊跷？2000 万苏共党员怎么了？

曾为苏共高官、后任俄罗斯首届总统的叶利钦的一番话，令我茅塞顿开。那是一位西方记者与叶利钦对话，谈及苏联时期莫斯科一家纺织厂的 4000 名女工全部加入苏共，一所名叫斯拉维克的高级中学，所有年满十六岁的学生都递交了入党申请书；由此，记者说，苏共最鼎盛的时候党员人数达 2000 万，几乎占了苏联总人口的十分之一。叶利钦马上打断记者话头，说：我需要纠正你的一个错误，苏共党员人数达到 2000 万的时候，并不是它最鼎盛时期，恰恰是它最虚弱的时候。

记者问为什么，叶利钦答道：这时，绝大多数人入党绝不是因为信仰，而是为了谋取党内职务，有了党内职务，他本人和他的家庭、甚至亲戚朋友，都能获得源源不断的额外利益。这就意味着，党员人数越多，苏共对国家和群众的利益侵害就越大。其实，此时"苏共"已经成为一张获得利益的门票，谁也不信任它，只是在利用它，它已经失去影响力、公信力和号召力了（见 2014 年第 3 期上半月《特别文摘》）。

叶利钦不简单，非我辈凡夫俗子可比。人们以为拥有 2000 万党员的苏共处在鼎盛期，他却一眼洞穿，说是"最虚弱的时候"。他的目光如炬，烛照出一个执政党的强大与否的奥秘。就是说，看一个党是否强盛，仅仅看它有多少党员是不够的。党的强大与党员数量并不一定成正比。对一个执政党而言，决不是党员越多越好。搞成苏联那样的"全民党"，表面上人多力量大，实际上远不是那么回事。没有信仰、没有质量的党员越多，党的战斗力越弱，越是经不起大风大浪！看看苏联的历史，列宁在世时，苏共前身的联共（布），党员区区 2000 人，可它成功地发动了十月革命，夺取了政权，建立了世界上第一个社会主义国家——苏联。斯大林时期，苏共党员大约 200 万人，却赢得了卫国战争，与美、英、法、中一起，打败了不可一世的德、日、意法西斯。然而，当它有 2000 万党员时，竟然眼睁睁地看着苏共垮台而无动于衷！苏共的悲剧粉碎了党员越多越好的神话。

睿智的叶利钦，对苏共的认识没有停留在信仰上，他紧紧抓住利益这个核心作深刻解剖，从而揭示了苏共垮台的真谛。中国的左派理论家一说到苏共垮台，要么归罪于帝国主义的"和平演变"，称是外部敌对势力颠覆了苏联，要么把账算到苏共末代总书记戈尔巴乔夫头上，说是戈氏的"新思维"搞乱了思想，让叶利钦这些野心家乘虚而入，篡权复辟，搞垮了苏共。现在，局内人的叶利钦站出来澄清迷雾、揭出真相：2000 万苏共党员的绝大多数，入党动机不纯，他们不是为社会主义、共产主义而奋斗，而仅仅是为"谋取党内职务"，即做官掌权。因为在一党专政的苏联，苏共垄断全部社会资源，它的党员、特别是党员领导干部，即可优先占有，权力寻租的机会多多，他们就"可以获得源源不断的额外利益"，如高额的收入，汽车、别墅、特供等种种特权享受，成为骑在人民头上作威作福的官老爷。这样一来，"党员人数越多，苏共对国家和群众的利益侵害就越大。"以投机钻营的利禄之徒居多的 2000 万苏共党员，其实是一帮谋私食利的乌合之众。当党员成了"一张获得利益的门票"，入党者既不信任党，"只是利用它"为自己谋私利时，这个党就站到了民众的头上，蜕化为压榨群众的特殊利益集团，它就必然"失去影响力、公信力和号召力"。对它的垮台，人民群众、包括许多普通苏共党员在内，就再无同情之心，更遑论去支持它、保卫它了。人心丧尽、腐败不堪的苏共，还有什么资格要求苏联人民来拥戴它、保卫它呢？诚如鲁迅所说，"革命的完结，大概只由于投机者的潜入。也就是内里蛀空。"（《三闲集·铲共大观》）是苏共及其领导层的专制腐败，拒绝改革，葬送了自己。

中国左派理论家头脑僵化，鼠目寸光，比起叶利钦的解剖来，差了十万八千里！莫名其妙的苏联情结和意识形态过敏，使他们丢人显丑，沦为笑柄。戈尔巴乔夫、叶利钦是苏共的"叛徒"、苏联的"掘墓人"，还是改革的"英雄"、民主的"先驱"，苏联人最有发言权，何劳中国人瞎操闲心？

王安石云，"睿则思无所不通。"（《洪范传》）只有真正与绝大多数人民站在一起，始终从群众利益出发看问题并为之奋斗的人，才配得上称为睿智的政治家。叶利钦庶几近之，而勃列日涅夫、苏斯洛夫之流，终究不过是弄权自肥的官僚政客而已。

2014 年 3 月 31 日

（载 2014 年 4 月 15 日《杂文报》，

获全国第四届鲁迅杂文大奖赛三等奖）

东鳞西爪补笔

移 民

中国富人投资移民居世界第一。外媒热议说：让一部分人先富起来，然后这些人都移民了。

移民的富人，非权即贵。他们本是中国改革开放的最大受益者。可他们先富之后，不去带动、帮助自己的同胞后富，反倒纷纷卷了财富、携带妻儿、情人跑到外国去了。其移民理由，有说是为安全的，有说是为生态或教育的；但很清楚，富人移民，把中国的财富转移走了。

让一部人先富起来，到头来变作尽为他人作嫁衣裳。中国老百姓吃的亏，忒大！

移 污

北京治理大气污染，出了大手笔。重污染企业的首钢，迁到河北省去了；动物园、大红门一带的批发大市场，脏、乱、差，据说也打算搬迁到河北去，预计外迁人口有 50－100 万。

治污很好。但北京那样做，把污染源挪个地方，搞污染大转移，治污岂不成了移污？

北京人要呼吸新鲜空气，河北人就活该吸污染空气？不说京津冀一体化发展吗，怎可以邻为壑，转嫁污染！治理污染，首都不该搞特殊化。

"四不像"，谁之过

有记者采访进城的农民工，问："你是农民？工人？城里人？乡下人？"农民工答曰："四不像。"又解释道，"说是农民，土地已被强征；说是工人，又没职工编制；说是城里人，户口在乡下；说是乡下人，又常在城里。"

"四不像"的农民工，全中国有一亿多，是个庞大的贫困弱势群体。他们干活最苦最累最脏，吃得最差，住得最挤，还屡屡遭受歧视，打工的血汗钱往往被拖欠，是最可怜的人。无土地、无编制、无住房的农民工，混在城里，苦在心里。城乡二元经济结构以及僵硬的户籍制度，使他们成了"四不像"。

一亿多农民工不能真正融入城市，"四不像"面貌依旧，中国的城市化就不能算成功。让农民工与市民一样享受城市公共服务，解决其身份、权利问题，才是城市化的重中之重。

领导的亲自

现在，有些地方在强调领导的亲自，如山东曲阜市决定，为促使领导亲力亲为、做好工作，取消给市领导的秘书配备；又如，南京市出台新规，要求市领导在调研工作中必须"亲自选定课题、亲自组织实施、亲自起草和修订调研报告"。看来，当领导，不亲自不行了。

从南京、曲阜的讯息里，我读出了弦外之音。它说明，过去和现在的一些领导干部，做工作不动脑、不动手，事事由秘书代劳，是十足的"甩手掌柜"。皮包有人拎，讲话有人写，有时连会议都有人代开，官做得轻松安逸，快活之极！

但怠政、懒政的他们，据说又很忙，忙着赶场子亮相、剪彩，走马灯地跑饭局、应酬交际，率团出境考察参观、旅游观光，或者拉关系、走门子，跑官要官，以求步步高升。为名为利为政绩，能不亲自出马么？领导者要勤政廉政，做工作要亲力亲为，不假手于人，是最起码的职业道德。开会、做报告、作批示、下基层、察民情等等，新闻报道总爱冠以某领导"亲自"，貌似褒扬，实为讽刺。亲自太多太滥，形同自贬自损。

私房话

国家能源委专家咨询委员会主任张国宝透露，在一次聚会时，有位朋友挪揄央行的金融政策造成大量坏账。在场的央行副行长吴晓灵说了句私房话："没有那么多坏账，中国哪来那么多富人？"

吴副行长的话，骇人听闻！中国的富人，竟是这样炼成的。他们内外勾结、从银行套来大笔贷款，最后又把它变成银行的坏账，一冲了之，不用偿还分毫。这不等于偷盗国库吗？靠从银行骗贷致富者，不就是窃国大盗么？

难怪中国富人纷纷移民国外。他们的财富来路不正嘛。但我要说，造成大量坏账，却不去追责、问责，岂非咄咄怪事？须知，那是金融犯罪啊！央行有没有失职、渎职？

2014 年 4 月 1 日

（载 2014 年 5 月 12 日《西安晚报》）

官人的学术头衔

　　某些官人、特别是高官，都拥有博士、教授、院士等高级学术头衔。也就是说，他们的能耐超群，不但是政治精英，而且是学术精英。你不佩服还不行。

　　新近落马的云南省副省长沈培平，让我看破了官人学术头衔的玄机，产生了"解剖"这只"麻雀"的念头。他的"博士学位"、"兼职教授"头衔，是怎样得来的呢？

　　论沈培平的真实学历，不过是保山师专中文系毕业，后在中学当了几年教师，与高级学术头衔不沾边。但1989年步入仕途的他，官运亨通，1997年升任腾冲县委书记，2004年任思茅市市长，稍后又升为普洱市委书记、云南省副省长。他的"博士学位"，就得于任思茅市市长、普洱市委书记期间。从2004年9月起，他在繁忙的党政公务之余，就读于北京师范大学资源学院自然地理学专业，成了"在职研究生"，并于2007年7月毕业，戴上了"博士"帽。其博士论文《云南省普洱茶产业发展研究》，颇有地方特色。至于他去北师大上了几堂课，论文是否有人捉刀代笔，大家心知肚明，不用我来置喙。市长、书记大人弄个"博士学位"，小意思。

　　如果说沈培平的"博士学位"还花了近3年时间，那么他"兼职教授"头衔的获得，简直就是"火箭速度"。2007年12月，即在研究生毕业5个月之后，北师大就聘其为"资源学科建设与发展指导委员会委员、资源学院兼职教授"。正常情况下，绝大多数学术研究者从获得博士学位到出任讲师、副教授、教授，一级一级爬台阶，大致得耗去近10年或更长时间，而且还须全职、全身心投入专业研究。而沈培平以一当十，只消5个月的业余研究，就把"教授"搞定。这哪是什么"聘任"，分明就是白白送他个"教授"头衔嘛！大学与高官之间做了些什么权学交易，有什么利益输送，你我局外人自然是不知内幕的。

　　外国也有高官兼有高级学术头衔的。如著名的美国"穿梭外交家"基辛格，人们总称之为"基辛格博士"。可他与沈培平不一样。人家是经严格学术训练的真博士，不是沈培平那样"在职学习"的水货"博士"；人家是先拿博士学位，再从政、当总统安全助理、国务卿，不像沈培平当上厅级高官，再去谋取"博士"；而且，基辛格当了高官，没人给他送"教授"头衔，他也没有机会凭借权力去做"学术研究"，搞权力、学术一肩挑；美国的大学腰杆硬，设有保持独立的"八项原则"，其中包括：官员不能读在职博士，不允许政府官员任兼职教授，学者去政府任职必须辞去教授职务，只给去政府任职者保留3年教师资格。美国的大学与官场，界限分明，决不搞权学一家、别无分店。因此，沈培平之获"博士"、"教授"头衔，虽如探囊取物、很不光彩，但也毋须作过多的道德批判，个中根源宜作两面观——

在大学，是不具独立地位，无学术尊严，总在权力面前低三下四，沦为附庸；而在行政权力，则很傲慢，既不尊重知识，也不敬惜学术，唯我独尊，恃权通吃。

严格划定党政权力的边界，它不但要更多地从市场退出，而且还要从教育、学术界退出，还大学以自治，还学术以自由。这，乃是当下中国"深水区"改革的焦点之一。

2014 年 4 月 3 日

（载 2014 年 4 月 30 日《今晚报》）

"吃教" 者的自信

思想家鲁迅对国民性洞察入微。他说："中国的一些人，至少是上等人"，"毫无特操，是什么也不信从的，但总要摆出和内心两样的架子来。"（《华盖集续编·马上支日记》）1933年，他又在一篇杂文中强调，中国的"文人学士，道士和尚，大抵以'无特操'为特色的"；接着以耶稣教的传入为例，"教徒自以为信教，而教外的小百姓却都叫他们是'吃教'的；这两个字，真是提出了教徒的'精神'，也可以包括大多数的儒释道教之流的信者，也可以移用于许多'吃革命饭'的老英雄。"（《准风月谈·吃教》）鲁迅的批判锋锐，直指吴稚晖、戴季陶等党国元老，扒下他们自信三民主义、崇尚革命的画皮，还其"吃教"者的本相。

80余年过去，某些"上等人"的"无特操"依旧，"吃教"者仍不乏其人。如那些大大小小的"裸官"，口称信奉中国特色社会主义，摆出很有"三个自信"的架势；但在内心深处，十之八九对社会主义毫无自信，早偷偷将老婆孩子、连同全部资产，统统转移到国外，只留自己"光杆"一个在中国混着。而且，他们身揣外国护照，随时准备拔腿开溜，到欧美国家去享福。此类"裸官"不就是当代中国的"吃教"者么？他们言之凿凿的自信，只不过是欺蒙世人的一层保护色。

"吃教"的也不光是"裸官"。某些高官、理论家，一样口是心非，是"毫无特操"的"吃教"之徒。中央编译局原局长衣俊卿，即为"吃教"典型。

以"马克思理论专家"面貌登场的衣俊卿，与一般的腐败高官不同，他有所谓"学术建树"，发表了诸如《关于〈新马克思主义评论〉》《谈十六大以来马克思主义著作编译成果》等著作。他的身边还有一帮"洗衣粉"、"马哲女"环绕，并推崇其为"衣帅"、"衣师"，追慕、崇拜之极！衣俊卿的"理论自信"，别人无可企及。但无情的事实戳穿了这位"马克思理论专家"的西洋镜——那些"马哲女"奉上的金钱与肉体，他照单全收，财色双敛。据说，一些"马哲女"还对他害了相思病，而某些有缘相晤的，则欣喜若狂，因为她傍上了衣局长这棵"大树"，似乎就有了"上天梯"，可以登堂入室、分享权力的乐趣。"自信"满满的衣俊卿，其实是个既贪财又贪色的贪官。什么"理论自信"，全是唬人的鬼话。衣俊卿真正信奉的，只是权力——弄权自肥的权力。"学术"、"理论"之类，不过是他"吃教"的"饭碗"，或曰博取更大功名的"敲门砖"。倘若马克思在天有灵，见到衣俊卿这样的"马克思理论专家"，定会再次声明：我不是马克思主义者。

小时候听老人说，有的人走夜路怕碰到鬼，就吹口哨，给自己壮胆。衣俊卿之类"吃教"者大谈什么"自信"，其实也是做贼心虚，所以要唱些高调来掩饰、壮胆，跟走夜路吹口哨差不多。他们心中有鬼，便用高唱"自信"来自欺欺人。

大凡借主义、理论之名为自己谋取功名利禄的"吃教"者，多半不是什么好东西。像衣俊卿那样的"马克思理论专家"，除了玷污马克思的英名，败坏马克思主义理论的声誉，还有什么呢？这让我想起严复。这位被鲁迅称作"19世纪末年中国感觉敏锐的人"（《热风·随感录二十五》），对中国旧传统有个入木三分的评语："华风之弊，八字尽之，始于作伪，终于无耻！"（转见2014年第1期《随笔》）古往今来的"吃教"者，哪个不是"作伪"、"无耻"之辈？国人心口不一，说一套做一套的劣根性，不知何时方能革除。故我固执己见——

"吃教"者的自信，当不得真！

2014年4月5日清明

梦回大宋

朋友聚会，酒过三巡，一位老友忽然问我：考道中国历史题，你喜欢哪个朝代？他又补充说，请从秦、汉至明、清的历朝中作出选择，并说明理由；无标准答案，只要言之成理、持之有据，便可得满分。

我听了有些惘然，便道：这题太大，得回去想想再答。或许是日有所思、夜有所梦吧，回家的当天夜里我就做了一场梦；梦里，我从秦、汉、魏、晋，到隋、唐、宋、元、明、清，穿越历史，累得一身汗。还好终于有了选择：我喜欢宋朝。准确说，我是喜欢宋神宗元丰二年（1079）之前的大宋。喜欢的理由，大抵有三：

喜欢大宋的富庶与祥和。澶渊之盟以后，大宋边境安宁，百姓安居乐业，农工商日臻发达，国库钱粮充盈，大家都过上了温饱日子。"清明上河图"描绘的汴京街市，一派繁华景象，多么叫人留恋啊！正所谓"宁为太平犬，不做乱离人"，人能活在太平盛世，无穷困潦倒之虞，是一种福气。生在宋朝，靠自己的双手劳动，一家人和和美美过日子，我想要比那些战火纷飞、祸事连连的朝代，舒坦得多。

喜欢大宋读书人的交好运、有奔头。自太祖皇帝始，重文抑武，"宰相须用读书人"，开科举取仕，一些贫寒士子有了一条上升通道。宋太宗更是"博求俊彦"，接连三次科考，录用进士达1303人，创下了科举史上的纪录。而且，三榜进士中，出了吕蒙正、张齐贤、李沆、寇准、王旦、向敏中等多位宰相。这倒不是我喜欢往"学而优则仕"、读书做官的套了里钻，想过官瘾；让天下读书人有机会施展其抱负，去实现治国兴邦、造福百姓的愿望，这比秦、汉、魏、晋、隋、唐时代的门阀制度，世卿世禄，总要进步些吧？相较于元、明、清的蔑视知识，压制、打击读书人，"富二代"、"穷二代"，代代相传，也好得多。

我特别喜欢大宋宽松、自由的环境，能批评朝政，讥讽皇帝，而不用害怕掉脑袋。宋太祖立下好规矩：赵氏君主"不得杀士大夫及上书言事人"，"子孙有渝此誓者，天必殛之。"大宋的多任皇帝都照规矩办，士大夫勇于指点江山、激扬文字。一如苏轼云："历观秦汉以及五代，谏争而死盖数百人，而自建隆以来，未尝罪一言者，纵有薄责，旋即超升。"东坡自己就是一例，他屡次上书言事，开罪朝廷，虽数遭贬谪、流放，一家老小尚能平安，他也上下沉浮，不致丢官。若在秦、汉，敢逆龙鳞的苏轼，不被活埋，也会像太史公一样遭去势。更不用说明、清两朝，文人士大夫稍有微词，即文字狱加身，乃至株连十族，闹得噤若寒蝉，只好乖乖做奴才。苏轼与王安石、司马光，政见不同、不相为谋，但这并不妨碍他们间的私交、友情。宋朝官场生态、文化环境的开明度、自由度，在各朝之上。能不喜欢？

当然，我喜欢大宋还有文学的因素。虽说唐诗的高峰宋难以逾越，但宋诗的造诣也不低；而大宋的词、赋、散文，是其他朝代所不能匹敌的。唐宋八大家，宋就占了六人。欧阳修、苏轼、王安石等，都是诗、词、赋、散文俱佳的文学大家。论文学艺术的发展与繁荣，堪与唐比肩而立的，唯有宋朝；大宋的文学艺术，在形式、风格上更丰富、更多样。茶余饭后，欣赏宋代的文学作品，是一种享受。我认同陈寅恪之说，"华夏民族之文化，历数千载之演进，造极于赵宋之世。"大宋是名副其实的文化盛世。

梦回大宋，颇有"喜大普奔"的意思。然而，梦里吃了许多糖，醒来仍旧躺在床。美梦很丰满，现实太骨感，且夜长梦多，变数不小。我有些怅然，但作为对友人考题的答案，或能得个高分吧。

2014 年 4 月 15 日

官家的御碑与石匠的良知

秦始皇封禅泰山，刻石记功，开树立碑碣之风。有时，石碑又被用来记过，即所谓耻辱碑。1102年，刚登基的宋徽宗赵佶，就将司马光、苏轼、程颐、王献可等120人列为"奸党"，并于次年颁诏，命宰相蔡京书写"元祐奸党碑"，刻石置于各州县，以警示天下。

由皇帝批准、宰相手书的"元祐奸党碑"，代表着宋王朝最高权力的意志。各州县纷纷行动，镌刻、树立这御碑。但在长安出了桩怪事，府衙找来的石匠安民，竟然拒绝为御碑刻字，他说："民愚人，固不知立碑之意。但如司马相公者，海内称其正直，今谓之奸邪，民不忍刻也。"府衙官员大怒，要治他重罪，无力抗命的安民一边哭泣、一边请求，"被役不敢辞，乞免镌安民二字于石末"。他的举动，令"闻者愧之"。明代李贽的《史纲评要》批曰："独蔡京二字这样不值钱。"

对司马光等元祐老臣的忠奸善恶，官家和民间评价大不一样。朝廷指其为"奸党"，百姓赞之"正直"，石匠不想给御碑刻字。可见"元祐奸党碑"不得人心。迫于权力淫威，安民只得要求不把自己名字刻上碑。耻与蔡京为伍的他，不只是顾惜个人名声，更凸现了人格的尊严以及明辨是非善恶的良知。

一般说，一个石匠对朝政得失、官员忠奸的认知，十分有限，是不可能超过当权的皇帝和宰相的。可这回恰恰相反，石匠安民的认知，竟在皇帝、宰相之上。这就叫公道自在人心！御碑很牛、很硬，终不如口碑、心碑坚挺、久长。鲁迅说，"诚然，老百姓虽然不读诗书，不明史法，不解在瑜中求瑕，屎里觅道，但能从大概上看，明黑白，辨是非，往往有决非清高通达的士大夫所可几及之处的。"（《且介亭杂文二集·"题未定"草之九》）以前有一说，卑贱者最聪明，高贵者最愚蠢。似很符合人民群众创造历史的唯物史观。其实，人的聪明或愚蠢，与其身份的尊卑贵贱并无什么内在联系。卑贱者也有愚蠢的，而高贵者也有聪明的，未可一概而论，陷入绝对化的认识误区。

即如石匠安民与皇帝赵佶、宰相蔡京，在评判司马光等人这件事上，虽然后者犯了愚蠢的错误，可我们也不能将之作为卑贱者最聪明、高贵者最愚蠢的例证。因为从根本上说，它不是聪明或愚蠢的认知问题。关键在利益、需求各异。官场上往往是屁股指挥脑袋，权力需要高于一切。赵佶、蔡京指鹿为马，颠倒黑白，将司马光等打成"奸党"，树"元祐奸党碑"，完全出于权力斗争的需要，是搞一朝天子一朝臣。一方面，他们把司马光等元祐老臣打下去，将朝廷权力夺归己手，另一方面，又借此立威，树自己的绝对权威，让天下臣民乖乖驯服。因此，他们非要指司马光等为"奸党"不可，才好进行权力大洗牌。在他们眼里，这么做既夺回了权力，又显示了崇宁新朝气象。权力至上的大宋朝廷里，是非善恶之类道德、良知，轻如鸿毛，只有权力、利益，重于泰山。石匠安民则不同，他与朝廷党争无涉，更没有权力需求和政治企图，故能公允地看待司马光等元祐老臣，由坊间流传的"正直"舆情，判定他们并非"奸邪"。说他有多聪明，真的扯不上。

但石匠的良知可贵。皇权时代，一介草民有幸为御碑刻字，把自己的名字与宰相的名字刻在一起，是件荣耀、风光之事。可安民推辞刻碑，皇命难违之下坚持不刻自己名字，保持清醒理智，宁可舍弃权力赐予的风光，也要固守做人的良知和底线，这就很不简单、值得一赞。他的举动，闪烁着独立人格的光彩。鲁迅说，"惟有民魂是值得宝贵的，惟有他发扬起来，中国才有真进步。"（《华盖集续编·学界的三魂》）历史的演进不会永远听凭权力摆布，是非功过、忠奸善恶终会大白于天下。1106 年，御碑树立 4 年之后，宋徽宗不得不指派太监、在深夜偷偷将立在皇城端礼门的"奸党碑"毁了，并"赦除党人一切之禁"，为司马光等平反。弄权误国的蔡京，最后也以北宋"六贼"之首的恶名，被钉于历史耻辱柱。

2014 年 4 月 17 日

424

宋朝之造假有理论

亲历"造反有理"岁月的我，读到宋朝的造假有理论，仍不禁从头顶凉到脚底心。造假骗人的把戏，国人玩得太久了。

此论的发明者，是身居枢密院长官（相当于今之军委副主席兼国防部长）的王钦若。大中祥符元年，御极10年、踌躇满志的宋真宗赵恒，一心想封禅泰山，以"镇服四海，夸示外国"，显摆自己治国有方和盛世功业。但自古封禅都须有天赐祥瑞，倘无祥瑞，说明上天不认可君主的治绩，是万不可举行封禅大典的。真宗皇帝去问视同心腹的王钦若怎么办，王对曰："天瑞安可必得？前代盖有以人力为之者。惟人主深信而崇奉之，以明示天下，则与天瑞无异也。"赵恒沉思半晌，还有些犹豫，便去找皇家图书馆馆长杜镐、咨询传说中的河图洛书是咋回事。不明上意又书生气的杜镐随口应道，"此圣人以神道设教耳"。译成白话，说那是圣人用神道来教化民众的一种方式罢了。而说白了，便是圣人以装神弄鬼忽悠百姓。听了这话，宋真宗心里的一块石头落了地，他铁心要玩人造祥瑞了。从此，宋朝开启了造假有理的"天书"运动。

正月初三上朝，宋真宗对众大臣说：去年十一月底朕做了个梦，有个头戴星冠、身披紫袍的神仙对朕说，"快在正殿里设黄绿道场，一个月之后就会降下天书《大中祥符》三篇。"当时没跟大家说，但朕早就吃斋了，并在朝元殿设下道场；于今一月期限已过，担心神仙是否将此事忘了，可今日早晨，有人看见左承天门南角的鸱吻上挂了一块黄缎子，想必就是"天书"了。随后，他率百官奔赴左承天门，叫两个宦官登梯而上、取下黄缎包，载上御辇，恭恭敬敬地供奉于朝元殿道场。"天书"原文现已失传，据宋人记载，其内容大体是：上篇褒扬真宗是大孝子、好皇帝，中篇告诫真宗要以清净无为治理天下，下篇则预言赵宋江山永固、会延绵700代，等等。

赵恒、王钦若，君臣联手，合谋造假。一如李贽所批评的，"堂堂君臣，为此魑魅魍魉之事。可笑！可叹！"（《史纲评要》）上有所好，下必甚焉。各州县的官绅民众纷起请愿，敦促皇帝封禅。十月二十四日，封禅大

425

典在泰山举行，"万岁"呼声响彻云天，真宗沉醉在"太平盛世"中！"天书"虽假，封禅成真，大大满足了赵恒的好大喜功之心。他挺有成就感，似乎比三皇五帝还要伟大。宋真宗尝到了造假的甜头，滋味美极了。

细察宋之造假有理论，不难发现其思维逻辑。其一，前代圣人可以造假，咱就照样造得，毋须有什么顾忌；其二，只要人主深信、崇奉，以假乱真、造假当真，天下就没人敢怀疑。咱大权在握，说是什么就是什么。皇帝说是"天书"，谁还敢否定它不是天赐祥瑞？再说，皇帝乃天子，代天牧民，他的旨意不就代表了天意么？皇帝造假，天经地义，就是有理，无可非议。我们由之明白，宋之造假有理论，实际上是"和尚打伞、无发（法）无天"的极权论。其虚伪、专横面目，一览无余。如果说王钦若的造假有理论为"天书"造假提供了理论支撑，那么"天书"造假的幕后推手，无疑确是最高权力者的宋真宗。

造假是有瘾的。一朝造假得手的宋真宗，再也抑制不住迷恋造假的冲动。忽尔要尊"圣祖"赵元朗，忽尔又祭"地母"，还建造了宏大的道观"玉清昭应宫"，一发而不可收。从"天书"下凡始，全国各地的"天书"运动也就高潮迭起，祥瑞层出不穷，宫观越修越多，整个大宋似疯了一样，天天都在过狂欢节！但这折腾10年，国库空了，百姓穷了，大宋王朝的情势急转直下。惟有"天书"运动的推波助澜者，如王钦若、丁谓、林特等"五鬼"，全都升官又发财。对他们而言，造假不但有理，而且有利，得利大大的。

在造假有理的"天书"运动中，国子监直讲孙奭曾提出质疑："天何言哉？岂有书也。"老天不会说话，哪来什么书呢！妙人快语，揭破"天书"骗局。然综观古今，恃权造假者代不乏人。这个世界很吊诡，欺诈、造假、谎言、陷阱一直纠缠着人们。真实、真相的脚步，总也追不上造假、欺骗的翅膀。终结造假有理，让生活回归真实，我们真须加倍努力。

2014 年 4 月 18 日

（载 2014 年 7 月 14 日《西安晚报》）

舌尖上的李鸿章

介绍美食文化的《舌尖上的中国》，一炮走红，现又推出了第二部。吃货们对各色美味佳肴，过足干瘾。这令人想起晚清老饕李鸿章。

1896年8月，参加完沙皇尼古拉二世加冕典礼的李鸿章，周游世界，来到美国。连头带尾10天访问，舌尖上的李鸿章，不但让美国人惊奇不已，而且被美国报纸大做文章。大清国的中堂大人不愧是吃货中的大佬，其饮食之考究、精美，现今的吃货们恐难望背项。

李鸿章当时已是年过古稀的老人，且又舟车劳顿；但他能吃，胃口之好，让人咋舌。在美期间，"盛宴"、"聚宴"、"欢宴"，达5次之多；有时，中午吃一场，晚上又接着吃。曹阿瞒拉拢关羽，也不过三日一小宴、五日一大宴；李鸿章的吃劲比关羽尤甚，他消磨在酒桌、饭局上的时间与精力，真不少。倘非好吃、能吃，他就不叫吃货。

除了吃请，李鸿章的日常饮食也非同一般。访美时他的行李就很奇特，有"金轿一顶，珍禽奇鸟8只，其中包括两只活泼可爱、会说英语的奇种鹦鹉，还有云南特产的长尾金鸡"，在衣物、日用品之外，还带了"酒、菜和大量用天山瓦罐泥封口的雪水，专供李氏烧茶饮用"，还有"宫廷特制的桂花皮蛋等，千奇百怪，应有尽有"。他不但带了很多"奇特的食物"，而且还带上一名"大厨"及其两个助手，以及"许多厨具"。他的晚餐有"燕窝汤、烧鱼、鱼翅"等，还要喝"一杯淡葡萄酒"。高档厨师加奇特食物，舌尖上的李鸿章，什么都是"特供"、"特制"的美味、珍馐，非寻常吃货可比！称之为吃公的"美食家"，名副其实。美国人对燕窝、鱼翅等"天方夜谭式的吃法"，感到不可思议；但对李鸿章来说，这是家常便饭。

代表大清国出访的李鸿章，在美食文化上摆足了谱，尽显风光。请不要忘记，当时的大清国，积贫积弱，已是被西方列强瓜分、蚕食的对象；甲午海战刚过两年，李鸿章呕心沥血组建的北洋水师全军覆没，由李鸿章签字的中日《马关条约》，墨迹刚干，仅赔偿日方的款项即达两亿两白银。贫穷落后、丧权辱国如斯，李鸿章并不放在心上，反倒在访美期间紧吃不误，大肆挥霍，企图用中国的美食文化来征服洋人，赚回面子。舌尖上的李鸿章，活生生地写实了清王朝的特权腐败和不可救药。身为晚清重臣，李鸿章的内政、外交，都很失败。

中国前驻德国大使卢秋田说过一个真实的故事：在法兰克福开往巴黎的列车上，有位旅客手捧一个鱼缸，进了包厢；包厢里的三个人先后向他发问，德国人问鱼的名称、特性和科学意义，日本人问能否引进、在日本能否生长，而中国人则问：这鱼是红烧好吃，还是清蒸好吃？卢大使以此来说不同国人的不同思维方式。国人的好吃、贪吃习性，深入骨髓，见到一样东西，首先想到的便是吃，如何才好吃。国人的舌蕾过于发达。

但我以为，一个民族舌尖上的事业兴旺，恰恰说明这个民族忍饥挨饿的日子太多、太长，温饱问题悬而未决。饿急了的人，见到什么总想着吃。过去国人见面的头一句话，就是问对方"吃了没有"？所谓美食文化，一方面，它是李鸿章之类人上人暴殄天物、特权奢靡的象征，另一方面，又是下里巴人绞尽脑汁、搜寻食物的表现，不大光彩，不可炫耀于人。一个只在舌尖上做文章、津津乐道于当吃货的民族，也不会有什么大出息。由之，对《舌尖上的中国》的走红，我不感兴趣，反倒有些沮丧。

2014 年 4 月 23 日

（载 2014 年 5 月 8 日《合肥晚报》）

走马观话

官员"群居"？

《现代快报》4月21日的新闻称，最近的住房申报数据显示，安徽省100多万公务员拥有的住房仅30多万套。即是说，三分之二的公务员没房产。网民戏谑云，安徽官员成了"群居族"。

三个官员才摊到一套自有住房，打死我都不信！安徽的经济欠发达，也不至于让官员"群居"吧？这样的申报，水分太大，没意思。今后的官员财产申报，须加以核实，并对虚假者施以重罚。否则，一样会流于形式，走过场忽悠人。此外，安徽一省上百万公务员，全国的公务员总数有多少？过去官方说是不足800万，看来这数字也有些水。倘若"官不聊生"得官员要"群居"，为何每年"公考"都人头攒动，要几百、上千的录用一人？当官无利可图，人们却争着当、抢着上，是不是脑子进了水？

过度赞扬，居心不良

河南信阳市浉河区委书记邵春杰，盛赞拆迁队员是"最可亲、最可敬、最可爱、最可歌、最可颂的人"，简直把他们捧上了云端。

很遗憾，邵书记的过度赞扬，不接地气，老百姓不买账。理由很简单，在房屋拆迁中，拆迁队员滥施暴力、强行拆迁的行为，早已闹得民怨沸腾。一方面，如此赞扬拆迁队员，等于贬抑那些维权拒拆的"钉子户"是最可恨、最可恶之人；另一方面，赞颂的真意是在鼓励拆迁队员"招之即来，来之能战"，让其更加卖力地为强拆效劳。以房地产开发为核心的城市化，事关官员"政绩"和地方财政的"钱包"。邵书记用五个"最"吹捧拆迁队员，为野蛮执法、侵犯民权张目、提劲，似居心不良。离开依法行政、文明执法，党和政府的公信力、亲和力，从何谈起？

精英胡话一箩筐

今岁两会，一些精英人士雷语连连。如有政协委员的"提案"说："房价哪怕涨到1000万一平方米也是合理的。"又如，人大代表、东南大学交通学院院长王炜称，"中国城市污染不是由汽车造成的，而是由自行车造成的。自行车的污染比汽车更大。"

精英胡话一箩筐，缘在站错了立场。倘能站在人民群众的立场上想问题，那就不至于常识沦丧，尽说胡话、屁话。房价1000万一平方米，"合"老百姓居有所屋的"理"吗？"合"经济协调发展之"理"吗？自行车的污染比汽车更大，"合"科学之"理"吗？一不烧油、二不排污的自行车，污染何来？亏他还是交通专家，对城市污染的成因不作科学分析，信口雌黄！胡话连篇的精英人士似乎不是地球人，而是天外来客，尽说些天方夜谭。其实，他们并非无知，只是装蒜、邀宠罢了。向谁邀宠？蔡明小品的一句台词正好作答："咱们都是千年的狐狸，你跟我玩什么聊斋啊！"

2014年4月26日

（载2014年第8期《杂文月刊·上》）

造反与造神

造反一本万利，风险也大，弄不好即会掉脑袋。成功造反有何秘诀？近读《史记》发现，欲造反先造神，精心包装自己，乃为成功造反之第一要着。

"不事家人生业"的沛人刘邦，是个吊儿郎当的无赖、流氓。他在沛地起义造反，就做足了造神文章。

岳丈、老婆联袂登场，神化刘邦。"好相人"的老丈人吕公，一见刘邦便说他相貌贵不可言，主动嫁女予他，并叫他好生"自爱"；之后，老婆吕雉，即汉之吕后，又散布神话，称她能经常找到隐匿于芒砀山泽间避祸的刘邦，是因为刘邦住处上空"常有云气"，即所谓五色斑斓的"天子气"，遂一找一个准。父女俩一唱一和，刘邦的形象焕然一新！"沛中子弟闻之，多欲附者。"一批刘邦的追随者，应运而生。

这还不够，再编演一出醉酒斩蛇的好戏，把自己打扮成天神下凡的"赤帝子"。时任秦之泗水亭长的刘邦，押送囚徒赴骊山服役，半路上囚徒跑了一大半，交不了差的他只得在山野间流亡；但一个神话出来了，说有一天，半醉半醒的刘邦赶夜路，遇见一条大蛇挡路，他"拔剑斩之"。后来人们到斩蛇之地，又听到一个老妪在哭诉：我的儿子本是白帝子，化为蛇当道，如今被赤帝子斩了！神话故事一传十、十传百，刘邦"心独喜"。用今天的话说，就是偷着乐！乐什么？因为神化的刘邦，成了"真命天子"，"从者口益畏之"。他的声望、权威树起来了。

可别小瞧刘邦这一手。有道是，推翻一个政权，必先制造舆论。刘邦、吕雉这对夫妻档，默契配合，造神功效颇丰。史书云，"沛中父老子弟共杀沛令，迎刘季，立以为沛公，旗帜皆赤。萧何、曹参等收沛子弟、得3000人以应沛公。"瞧瞧，一下子拉起了几千人的造反队伍，不都是刘邦一家子精心造神的成果么？

明代思想家李贽对此评曰："吕后望气，老妪哭蛇，英雄欺人耳。然应征之事，理自应有，莫作奇怪看。"（《史纲评要卷四·后秦记》）他戳穿刘邦造神的骗局，指吕雉、老妪为造神的"托"，一语中的。此处的"莫作奇怪看"，我以为并不只是李贽的信天命之"理"，尤在于勘破了中国之国情：在迷信盛行、盲众多多的国度，要策动造反、夺取天下，不搞造神，不玩神话，不把自己包装、美化成上应天命、下济苍生的"大救星"，是很难成功的。造反起家的"英雄"们，从揭竿而起的陈胜，直至起兵反清的洪秀全、杨秀清，哪个不是"欺人"的高手？陈胜在鱼肚子里塞纸片，上书"陈胜王"，洪、杨创"拜上帝会"，自称"天兄"、"天弟"，都用迷信造神打头阵，蛊惑人心，举事造反。迷信造神的力量大着呢。

但是，造神的功夫，仍有高下之别。以同代人的陈胜、刘邦而论，他俩的造神境界就不在一个档次。鸡肠小肚的陈胜，不过是只想称"王"而已，用的道具，也是一条鲤鱼；刘邦则胸怀大志，见了秦始皇的派头就豪情万丈，感叹"大丈夫当如此矣"。造神的道具，也是"赤帝子"下凡的大蛇，或祥云缭绕的"天子气"，比"陈胜王"要远大得多！而且，陈胜只搞了一次装神弄鬼，刘邦却造了一串神话。故而，两个造反者后来力量悬殊，结局迥异。陈胜才过了几天"王"瘾，即失败、完蛋，刘邦则干成大事，由沛公而汉王、最终取秦而代之，做了大汉朝之开国皇帝。成败得失自不可全归于造神，但适见"英雄欺人"的手段、功夫，不可同日而语。

2014 年 4 月 27 日

（载 2014 年 6 月 12 日《合肥晚报》）

隔靴搔痒的"高危职业"说

　　《现代快报》5月2日刊发新华社报道，说经不住钱、色诱惑，"20年来15名交通厅长栽了"，如果加上腐败落马的副厅长，"数量更为惊人"。报道剖析他们腐败的原因时还说，由于他们"权力太大"，从而使交通厅长成了"高危职业"。

　　"高危职业"说，听似有理，实则隔靴搔痒，不得要领。"高危职业"腐败论，我以为不能成立。

　　以职业的危险程度论，确有高下之分。例如深海勘探、救火消防、战地记者、武装特警等，或面对恶劣环境，或要制服火魔、凶残的恐怖分子等，其职业带有不可预知的危险性。称他们为"高危职业"者，实至名归。而行政官员的交通厅长，一不要下火海、上战场，二没有暴力威胁，风风光光、舒舒坦坦做官，何来"高危"一说？

　　同天的《现代快报》还报道了一条消息，上海徐汇区盛华景苑一所住宅楼突发火灾，两名90后消防员救火时被热气浪掀下13楼、英勇牺牲。他们是真格的"高危职业"，以身殉职，受人敬仰。但把交通厅长之类高官也称作"高危职业"，就很不着调，恐为天下人所笑！

　　或曰，其手中"权力太大"，容易腐败，故谓"高危职业"。仔细一想，也不靠谱。与交通厅长平级的财政厅长、发改委主任、教育厅长等，同样权力很大，能够调动的资源也很多，他们中虽有受贿落马的，但都没听说是"高危职业"嘛！再进一步说，比交通厅长权力更大的，如省委书记、省长，市委书记、市长等高官，他们中也有腐败的，但也不至如交通厅长般"前腐后继"，一个接一个地倒台。倘依"高危职业"说，他们岂不全陷在腐败的泥淖里？把"权力太大"当作"高危职业"的依据，于情于理于逻辑，都说不通。

　　权力大与搞腐败，并无必然联系。美国总统奥巴马、德国总理默克尔的权力够大吧，岂是区区交通厅长堪比，他们也没有贪污受贿，蜕变为腐败分子。为什么交通厅长手中的那点权力，就让其腐败了呢？原因无他，恰在其权力大而又没有制约、监督，形成了说一不二的绝对权力，而绝对权力滋生绝对腐败！把权力关进民主法治的制度"笼子"里，让权力在阳光下运行，权力再大也难以腐败；相反，权力成了脱缰的野马，又暗箱运作，它就变作寻租利器，"通吃"天下。从这个意义上可说，不把权力关进制度的"笼子"里，就很可能要把官员关进监狱的"号子"里。

有人说，交通厅长腐败案高发，是由于招投标制度有漏洞。这话只说对了一半。现行的交通工程项目招投标制度，确有某些漏洞，亟待弥补；但比堵漏洞更紧要的，还在如何减少行政权力对招投标的干预，甚至是操纵。在市场化改革不到位、权力干预微观经济时有发生的情势下，许多项目的招投标只是走过场、搞形式。因为官商勾结、联手舞弊，一切早已"内定"。交通厅长依仗权力、插手招投标，从中谋私，接受钱、色双贿，使制度的"笼子"名存实亡。打造严密的强有力的制度"笼子"，即做到权力来源明晰化，权力结构科学化，权力运作透明化，依旧是摆在国人眼前的紧迫任务。这个"笼子"不打造好，腐败的就绝不仅是交通厅长。

严羽论诗曰："意贵透彻，不可隔靴搔痒。"（《沧浪诗话·诗法》）惩治官员腐败，更不可隔靴搔痒，玩隔山打牛的花活。

2014 年 5 月 1 日

（载 2014 年 6 月 25 日《今晚报》）

三言两语

"遮丑墙"

青奥在即，南京全市掀起了"大干100天，环境大扫除"。人们发现，一堵"遮丑墙"，把环境隔成两个世界：墙外光鲜墙里脏。

"遮丑墙"，常被用来应付上级的检查、验收，也被拿来搪塞老百姓的埋怨、批评。它欺上蒙下，"创卫"成功，"政绩"斐然，虽遮丑于一时，终不能遮丑于永远；且随着时间推移，墙内垃圾堆积如山，臭气熏天，愈发不可治。"遮丑墙"，遂为藏污纳垢之代名词。

有道是，家丑不可外扬。只顾面子、不要里子的有形和无形的"遮丑墙"，除了存活于环境卫生方面，别的地方就没有吗？

"大　师"

常州羽毛球大师杯赛，林丹夺冠。乒乓、网球、斯诺克、中国象棋等，都有大师赛，热闹非凡。影响力巨大的足球、篮球、田径、游泳等竞技项目，却只有世界杯、世锦赛，未闻有大师赛。岂不怪哉？原来，"大师"玩的尽是小球、小玩艺。

当下，"大师"多如牛毛。什么相声大师，书画大师，音乐大师，国学大师，犹雨后春笋。然真正的学术大师、艺术大师，千呼万唤出不来。

"大师"遍地终见小。古人说得好，"君子不自大其事"。自吹自擂的"大师"，不要也罢。

"临时工"

中国多"临时工"，企业、机关、事业单位里都有。"临时工"真好，拿钱不多，干活不少；既卖力又好使唤，随意"开"了也没事。特别是遇到麻烦事，需要有人承担责任的时候，"临时工"就派上大用场。城管打人、闹出了民怨，领导醉驾、惹下交通事故，那就拿"临时工"顶杠。一句"他是'临时工'"，便把什么都推脱得光光的。

不要以为"临时工"都是无编制、无地位的卖苦力的干活。某些有权有势的人物，比如"裸官"，骨子里也是"临时工"。他们身在曹营心在汉，预先安排好一切，时刻准备着"移民"异国他乡。又如大学生"村官"，大多数也是"临时工"，干不长，迟早要另谋出路。

当然，此"零时工"非彼"临时工"，两者或许有霄壤之别。

"甜　妈"

重庆"甜妈"甘霖，为解女儿写作文《桃花》之困，自掏腰包承包 20 多亩山地，办起了一个果蔬园，让女儿及同学体验农耕生活，还请农民教孩子种植果树、蔬菜。

这篇作文的代价太高了！"甜妈"的用心良苦。但大多数城市孩子的家长不是"土豪"，能像"甜妈"那样一掷万金，买座荒山来搞教育。"甜妈"此招，他们学不了，用不上。

过去的学校教育，曾有过"学工"、"学农"、"学军"，有些鄙薄书本知识，未足为训。现在的城里学校又走向另一个极端，学生"两耳不闻窗外事，一心只读教科书"，与大自然、与工农大众绝缘。"甜妈"此举，刺痛了许多孩子家长，更击中了学校教育一个软肋——怎样让孩子们亲近自然，在社会实践中增长知识、才干。教育部门和学校，应接好"甜妈"的招。

"证　叔"

前有"房叔"、"房姐"，现又有"证叔"——山西长治市公安局副局长兼交警支队长樊红伟，先后在屯留、长子、长治等县公安机关办了 8 张假身份证件。弄这么多假证干吗？转移"聚敛的巨额财富"。

普通百姓办张身份证，不跑上三四趟，很难办成。樊红伟神通广大，一声招呼就行了。近水楼台先得月，有权就是好办证。可是，办假证属非法行为，这些执法机关咋就不当回事，反倒带头违法呢？莫非真是"灯下黑"？

"证叔"被免职了。为他办假身份证的相关人员也不可轻纵。一切有权的人都可能滥用权力、牟取私利。这，大概可算"证叔"给我们提供的一点教训吧？

2014 年 5 月 6 日

（载 2014 年 5 月 23 日《今晚报》）

寇准的肚量

被李贽点赞为"真宰相"的寇准，器量弘大，胸襟宽广，确可以"宰相肚里能撑船"形容。

寇准的肚量，在他与政敌丁谓的恩怨纠葛中，展现得最充分，最感人，最见其君子风度。

丁谓其人，绝顶聪明，行政能力强，又写得一手好文章，堪称大才子。起初寇准对他颇欣赏，惜其才华。但此人品性卑劣，心术不正。寇、丁结怨的导火索，缘于"溜须"二字。

天僖三年，寇、丁同时入阁，当上正、副宰相。一天中午，中书省官员在一起吃工作餐，一不留神，黏糊糊的羹汤沾在了寇准的胡须上，但他并不在意；此时，坐在下首的参知政事丁谓，却起身猫腰，亲手替寇相爷擦起胡须来了。孰料寇准不领情，反笑着批评说：身为国家大臣，你的工作就是给长官擦胡子么？众目睽睽之下，寇准让丁谓出丑，羞得丁谓恨无地洞可钻！史书载曰，丁谓"由是倾污始萌矣"，他暗下狠心，发誓要报复、搞垮寇准。

溜须遗笑柄，寇、丁成仇人。天僖四年，丁谓报复的机会来了。染病不起的宋真宗昏昏沉沉，而傍上权力靠山刘皇后的丁谓，借机在真宗面前告刁状，大肆中伤寇准；原本支持寇准的真宗皇帝动摇了，接受丁谓意见，立即罢免寇准，令其在京等待安置。丁谓则由副转正，当了宰相。但这仅是搞垮寇准的第一步，丁谓步步紧逼，把寇准往死里整。

七月二十四日，大宦官周怀政谋反案事发。其罪有四：一、胁迫真宗退位，传国于皇太子；二、废黜刘皇后；三、杀害丁谓等大臣；四、扶寇准复相位。虽然寇准与周怀政谋反毫不相干，但因寇准被周怀政做了旗帜，所以仍脱不了干系。刘皇后、丁谓联手在朝中进行大清洗，周怀政被杀3天之后，寇准受到降级处分，由一品降至三品，外放去河北任相州知州。得势的丁谓仍不罢休，又撺掇真宗再贬寇准，改任僻远的湖北安州知州，这让年近花甲的寇准，吃尽了北南奔波的苦头。可政治迫害还在加剧，被贬安州令下达18天以后，寇准又被贬往更远的湖南道州，官衔也降为小小的

437

司马。就这样，在不到一个月内，寇准被连贬三次，不停地辗转赶路，他只能打算在道州赋闲度残生了。

狠毒的丁谓在真宗驾崩、仁宗即位后，再施杀招。他以朝廷名义下达再贬令，说真宗病重的原因就在寇准身上，还让传令的宦官持尚方宝剑，欲威逼寇准自尽。幸亏寇准镇定，要求出示敕书，阴谋才未得逞，但这回贬得更远了，要他去雷州任司户参军，官衔也由六品谪至正科级的八品。好在寇准洒脱，看淡官场的大起大落，在荒凉的雷州安然度日。

皇权时代高层的权力斗争，总是一波未平、一波又起。原本联盟的丁谓与刘皇后，即现在的刘太后，又对掐上了。被刘太后抓住把柄的丁谓，数罪并罚，贬为崖州司户参军。巧的是，丁谓赴崖州，必定要从寇准所居的雷州经过；寇准得知这个消息后，许多人都等着看寇公会怎样报这深仇大恨，寇家仆人也都想乘机去杀丁谓。但寇准的举动，全出人意料——

首先，他派人把一只蒸羊送到丁谓要经过的路口，以略尽地主之谊。五味杂陈的丁谓提出想见见寇准，寇准拒绝了。

其次，丁谓路过那天，寇准锁上大门，把家人都招到院子里坐下，在一张大桌子上玩各种博彩游戏，并叫大家玩个痛快，但决不许出门！他自己则靠在一旁的躺椅上，笑眯眯地看着仆人大呼小叫、嬉戏玩闹。直到确定丁谓已走远，才下令开启大门。

丁谓害寇准，欲置之死地而后快，无所不用其极；而丁谓落魄，寇准却不落井下石，反倒施以温情，不许仆人去报复。这样的肚量、磊落、善良，非寻常人所能企及！当然，他心中自有是非善恶的底线。他绝不搞以私害公，也不想搞相逢一笑泯恩仇的一幕。既持原则立场，又不刻薄待人，哪怕这个人曾是一再迫害过自己的政敌。可以说，对丁谓过境一事的处理，寇准显示了"真宰相"的恢弘肚量，彰显了君子的人性、人格美。胸怀天下器自弘，个人恩怨，在所不计。后辈北宋名臣范仲淹褒扬寇准说，"天下谓之大忠"，信哉！

一代名相寇准，当得起一个大写的"人"字。

2014 年 5 月 7 日

（载 2014 年 5 月 20 日《联谊报》）

汉朝礼仪之由来

孔夫子鼓吹"克己复礼"、"齐之以礼",把礼治抬得很高。后起的儒家又称:"人无礼则不生,事无礼则不成,国家无礼则不宁。"(《荀子·修身篇》)但牛皮一戳即破。孔子就是其爹妈"野合"而出,"无礼"透顶,不照样生下了么?说人、事、国尽系于礼一端,未免言过其实,是头足倒立的唯心论。礼之外化的礼仪,在汉朝是怎样形成规制,被规范化、程式化的呢?

汉朝礼仪的由来,与两个人颇有干系。一个是刘邦之父刘太公的"家令"(史书未留其姓名,相当于家仆总管一类角色),另一个是山东儒生、博士叔孙通。

大汉新朝甫立,社会秩序处于整合期。历经秦末的大动乱,群雄逐鹿,秦之旧礼仪土崩瓦解;加之追随刘邦打天下的一帮文臣武将,大多出身布衣,不少还是鸡鸣狗盗之辈,不讲什么礼仪。所以,高祖六年封功臣时,朝堂上没个体统。在洛阳南宫,群臣吵嚷不休,或"饮酒争功",或"拔剑击柱",闹得一团糟。刘邦心中厌烦,却无可奈何。

第一个出头为刘邦立威的,不是别人,恰恰是那个太公"家令"。作为天子的刘邦,每隔5天就去拜见他的父亲刘太公,"家令"看不下去了,进言说:"皇帝虽子,人主也;太公虽父,人臣也。奈何令人主拜人臣,而使威重不行乎?"他的意思是,做皇帝的儿子,岂有拜为人臣的父亲之理!应当倒过来才对。这话把乡下佬的刘太公吓坏了。后来刘邦再来时,他就拿着扫帚,"迎门却行",弄得刘邦有些难为情,连忙扶起父亲,并封为太上皇。但皇威在家里先树起来了,刘邦一高兴,赏"家令"铜钱500斤。就这样,区区奴才的一番话,颠覆了父子伦常,也把骨肉亲情浸没在权力的冰水之中。故李贽的《史纲评要》,斥"家令"为"小人、畜生"。

礼仪的核心是朝仪。而提议整肃朝仪的,便是叔孙通。他主动要求赴山东征召儒生,与自己的弟子一道对古礼仪和秦礼仪作筛选,掺合、杂成朝仪。有两个儒生不肯为朝廷效力,说"今死者未葬,伤者未起,又欲起礼乐。礼乐积德百年而后可兴也"。意思是说,刘家皇朝还不配搞礼乐。叔孙通则讪笑其"鄙儒不知时变",榆木脑袋不开窍。他把征来的儒生、内宫侍从和自己的弟子共百余人,组织起来,引绳为绵,立表为蕝,在野外进行朝仪的操练、彩排。高祖七年,长乐宫建成,诸侯群臣按照叔孙通制定的朝仪,向刘邦朝贺,"莫不震恐肃敬",喝酒时朝堂上也"无敢喧哗失礼"。高踞于龙椅的刘邦心花绽放,连连感叹:"吾乃今日知为皇帝之贵也。"立大功的叔孙通,官拜太常,成了九卿之一的重臣。

叔孙通厘定的朝仪,缘何能让刘邦这么开心?说穿了,在他抄袭合成的礼仪,无非是"择其尊君抑臣者存之"。抬高皇帝,贬抑臣子,凸显皇威,如此而已。他的那一套,与刘太公"家令"之说,如出一辙,毫无二致!

朱熹曾为"齐之以礼"作注,曰:"礼,为制度品节也。"皇权时代的礼仪,完全服从、服务于权力等级制度。它强制人们以权力大小、官阶高低,排定社会秩序,并由之衍生一系列礼节规范、程式。它以皇帝为核心,一级管一级,一级拜一级,上尊下卑,不得僭越。可见汉朝礼仪,就是臣民拜皇帝,奴才敬主子。在"人主"刘邦面前,文武百官、天下苍生,连同刘太公在内,都是"人臣"、奴才;高官是主子,下官为奴才;平民百姓则更是奴才的奴才了。这样,整个社会结构、秩序,即被等级分明的皇权制度所主宰和覆盖。

刘太公"家令"和叔孙通的礼仪,流毒甚广,遗祸匪浅。想不到吧,堂堂汉朝礼仪,竟出于小人、鄙儒之手!于此,我们似可窥见儒家的虚伪及其帮闲、帮凶嘴脸。

2014 年 5 月 8 日

蝗虫闹剧

小小蝗虫，酿出大大闹剧。这丑陋的一幕发生在宋真宗大中祥符年间。

1016 年 7 月，大批蝗虫在大白天掠过汴京。正在用膳的真宗皇帝猛然觉得天色灰暗，他踱到窗边向外张望，只见黑压压的蝗虫遮天蔽日，如乌云般笼罩大地。联想到近来各地蝗灾四起，饥荒连连，饿殍盈野，他再无心情吃饭，陷入沉思、焦虑之中。

蝗灾刚起，真宗就派遣转运使到各地巡察灾情。可他们捎回来的，多半是悦耳喜讯：有说蝗虫不食庄稼的，还有说蝗虫都自杀了的。似乎天下太平，形势大好。半信半疑的宋真宗，有天上朝时特意向朝中文武百官展示使者呈报捎回的死蚂蚱，叫众臣商议，该怎样评判灾情、作出处置。

有位副相级高官从袖子里掏出一只拾来的死蚂蚱，趋前奏对说，蝗虫确实死光了，有此物为证。他建议在朝堂上展览这些死蚂蚱，并由百官向皇帝上表晋贺。说蝗虫自杀，不吃禾苗，此乃天降祥瑞，是天佑大宋、天佑吾皇！真宗听罢，心头窃喜，这主意好哇。许多官员也随声附和，向真宗道贺。惟有宰相王旦表示反对，相互争执不下。

无巧不成书的是，就在双方争论不休之际，一大群蝗虫从宫廷上空飞过。朝堂上霎时寂静无声，文武百官面面相觑；不知咋的，有几只没飞稳的蝗虫，从天空跌落地面，活蹦鲜跳地在宫殿院内乱窜，像是向朝廷抗议、示威一样。

见此情景，真宗只得苦笑着对王旦说，如果百官朝贺时蝗虫也像这样来了，不是让天下人耻笑朕吗？那些原先说蝗虫都死了的大臣，连忙下跪磕头，转而颂扬王旦的远见卓识。

很有趣、很滑稽吧？这幕朝堂闹剧，不就是"皇帝新衣"的大宋版么？唉，一个糊涂皇帝，一帮苟且官员，合伙演了一场荒诞戏。

蝗虫吃庄稼，蝗虫不会自杀，这是人尽皆知的普通常识，还用得着什么远见卓识吗？视蝗虫为祥瑞，让百官上表道贺，这本身就荒唐、愚昧得离奇，还要等到祝贺时蝗虫飞来才觉得可笑、丢面子，不是太可鄙、太可悲吗？可这，就是大宋君臣应对蝗灾的认知与选择！

实际上，大宋君臣的智商也不至于低得如此离谱。要不然，宋真宗怎么会叫众臣讨论蝗灾、商定对策呢。但当时的宋王朝已经病得不轻，从上到下的大小官员，说假话、说鬼话，习以为常，报喜不报忧，蔚然成风。自祥符初年兴起的"天书"迷信运动，历时近10年，搞得全国乌烟瘴气。伪造祥瑞，讨好朝廷，报喜得喜，报忧得忧，各级官员不以为耻，反以为荣。在这种社会语境下，真相、真话无立锥之地，而假象、谎言，则大行其道。当各路使者纷纷上报蝗虫死光、蝗虫不吃庄稼的喜讯，而宋真宗又拿着死蚂蚱当朝展示的时候，百官们就一个个地睁眼说瞎话，高呼祥瑞，大唱赞歌！贪恋富贵而又不敢直面现实的他们，除了弄虚作假，媚上欺下，便只有吹牛皮、说梦话，自欺欺人，自我麻醉了。

可叹蝗虫不识趣，把朝堂上的一幕荒诞剧给搅黄了。该死的蝗虫，早不来晚不来，偏偏在君臣欢欣鼓舞贺祥瑞的时候来。难道正如李迪后来所说，"旱蝗之灾，盖天意所以儆陛下也。"真宗虽未生气，却道："卿之言然，一二臣误朕为此。"把责任推卸给下面的臣子，大谬矣。当年伪造"天书"，炮制最大谎言的始作俑者，不正是你宋真宗么？怪不得奸臣，也怨不得蝗虫，最该反省的，确是你这个"朕"呀！

老子曰，"信言不美，美言不信。"假话、谎言，悦耳动听，像肥皂泡一样美丽，而真话、真相，往往是朴素的，痛苦的。就看为政者喜欢、选择哪一个。他们在克服人性弱点的同时，尤须牢记西哲培根的名言："谎言是请求上帝来执行末日审判的钟声。"

倘今人能从大宋蝗虫闹剧中汲取些历史的启示，则阿弥陀佛！

2014 年 5 月 10 日

（载 2014 年 6 月 15 日《西部杂文》）

这个女人不寻常

从歌女到皇后，这个女人不寻常；她，就是北宋真宗皇帝的皇后刘氏。

刘皇后史不载名，来自蜀地，出身贫贱，却天生丽质，绝顶聪明。这川妹子年轻时做过卖唱歌女，且敲得一手好鼓，算个文艺小星；她也嫁过人，丈夫龚美是打首饰的银匠，艺人配匠人，倒也门当户对。可造化弄人，被带到京城开封不久，龚美竟将她献给了三皇子赵恒，即后来的宋真宗。从此，"我拿青春赌明天"，川妹子在权力的阶梯上越爬越高，最后"母仪天下"了。

刘氏发迹靠的不全是美色和运气。男权社会，女人的奋斗、发达必须擅长开发、利用男人。舍此别无他途。有句话颇传神，男人是先征服世界，再征服女人；女人则先征服男人，再征服世界。刘氏的最聪明处，就在她极善征服男人，开发、利用男人。被她征服的男人主要有两个。

一个是赵恒。刚入王府，她仅是没名没分的小妾。老公公、太宗皇帝赵光义，根本就瞧不起她，皇室也不认可这桩婚姻，太宗曾下令把刘氏赶出王府。命悬一线的她，紧紧抓住三皇子赵恒的心，让他一天都离不了自己；于是，赵恒就金屋藏娇，在王府外面修造一所别院，秘密同居。这样既躲避了皇室的歧视、非议，好向父皇交待，又可在两人世界里甜甜蜜蜜，绽开摧不垮的爱情之花！997年，赵恒称帝，这桩地下婚姻才合法化，刘氏正式入宫，当了宠冠后宫的皇妃。后来，真宗原配的郭皇后去世，她就成了后宫的当家人。

如果只到此为止，那么刘氏的心机、手段，也就说不上有多出类拔萃。聪明的刘氏深知，以色伺人不会长久，最美丽的女人也总有衰老的一天；所以，必须从男人身上进行深度开发，从他的手指缝里掏取权力，才能真正稳固自己的地位。一方面，她学着宋真宗批阅奏章，参与国政，再网罗亲信、在朝内朝外安插自己的人；另一方面，她竭尽全力，帮助皇帝解决"后继有人"的问题——因为当时真宗已40多岁，却一个儿子都没有，加上真宗身体不好、常犯病，所以生个儿子，是真宗最忧心的头等大事；然而，刘氏只比真宗小两岁，过了最佳生育年龄，她明白，谁能帮真宗生下儿子，谁就是皇家功臣，当皇后即指日可待。她的招数很特别，一不给后宫别的女人下避孕药，二不对怀孕的用打胎药，而是派自己宫中的贴身宫女李姑娘去侍寝；果然，李姑娘的肚子大了，宋大中祥符三年（1010）四月，一个男孩呱呱落地，他就是真宗的独生子赵祯，即后来的宋仁宗。当然，太子得归刘氏抚养，由她做亲妈。了却心病的宋真宗，不久就让刘氏正位中宫。她实现了从歌女到皇后的华丽蜕变！麻雀登高枝，一跃为凤凰。这个女人传奇，震古烁今。

刘皇后征服的另一个男人，就是太子赵祯。她牢牢掌控住大宋"接班人"的监护权。在真宗起疑心，谣传"女主昌"的不利局面下，她联合丁谓等人，将反对自己的宰相寇准赶出朝廷，确立以她和新宰相一起辅佐太子、由她代理太子处置军国大事的权力格局。1022年初，真宗死了，13岁的赵祯即位；遵循真宗遗诏，"军国事兼权取皇太后处分"，刘皇后升格太后，成了宋王朝第一位摄政皇太后。随后，她又除掉了专权跋扈的宰相丁谓，把最高权力悉操于己手。这时候的刘太后，历练成了一个很有手腕的女政治家。

但事情并未完结。1033年刘太后死后，有人报告仁宗，说太后不是他的生母，亲生母李宸妃在一年前就被太后害死了。犹遭五雷轰顶的宋仁宗，手足无措；在他心里，刘太后是处处维护自己的慈母，现在忽然成了杀害亲母的凶手，他当然要弄个明白。于是开棺验尸，仁宗看到的李宸妃，"玉色如生，冠服如皇太后"。他心里刚冒头的几缕仇绪，霎时就化为了云烟！原来刘太后生前，对李姑娘的一切作了妥帖安排：一是册封李姑娘为宸妃，在后宫安居；二是接受吕夷简的建议，在李宸妃死后以太后礼厚葬。这就让仁宗无话可说，不能不折服于刘太后的仁慈大度和先见之明。

一个民间小女子，攀上权力之巅，还把国事、家事办得如此周到、圆满。不得不说，这个女人不寻常。有人说，当女人崇拜金钱时，这个国家是腐化的；而当女人攀附权贵时，这个国家是堕落的。似乎女人真是国家的风向标。试看刘氏的发迹，步步离不开阿附权贵，然能据此说那时的大宋堕落么？国家堕落与否，跟女人扯不上多大干系。中国的男人，有几个不爱钱、不傍权的？用女人替男权开脱，仍是变相的"红颜祸水"论，总觉得有些南辕北辙，不切实际。

2014年5月13日
（载2014年5月23日《湘声报》）

兔死狗烹与主死狗烹

事成见弃，杀戮功臣，即谓兔死狗烹。原由简单，兔子没有了，要猎狗何用？况且功高震主，尾大不掉，不如趁早收拾掉，以绝后患。所以，助勾践灭吴兴越的文种，替汉王刘邦打败项羽、建不世之功的韩信，都落个兔死狗烹。韩信被逮后叹息："果若人言，'狡兔死，走狗烹；高鸟尽，良弓藏；敌国破，谋臣亡。'天下已定，我固当烹！"（《史记·淮阴侯列传》）死到临头才懊恼未听蒯通之计，韩信悔之晚矣。

兔死狗烹，几乎是雄才大略君主所用的惯技。但这并不像范蠡所说，是"越王为人长颈鸟喙，可与共患难，不可与共乐"（《史记·越王勾践世家》）的个人秉性问题，而是家天下的皇权制度，注定了兔死狗烹、滥杀功臣的必然性。大凡独裁者，都不愿与他人分享最高权力；而且，封侯拜相的功臣们多为异姓之人，与父传子的皇权体制有碍，构成某种潜在威胁，不能不除去。从这层意义说，范蠡、韩信只知兔死狗烹之然，而未知其所以然。

与兔死狗烹并存的，还有主死狗烹。汉文帝时的邓通即为显例。

邓通其人，一无功劳，二无长技，本是未央宫苍池划船的黄头郎。有个晚上，文帝刘恒做梦，梦见自己飞升上天而不能，忽有一黄头郎从背后推了一把，才终于上天，回头一瞧，那黄头郎的上衣反穿着。梦醒后文帝暗中寻找，恰好发现了邓通，且反穿衣衫，与梦中的黄头郎无异。文帝龙心大悦，"尊幸之日异"，赏赐邓通数十万钱，官上大夫，又不时去邓通家里游戏、玩乐。有个相面的说，邓通将来会贫饿而死。汉文帝完全不信，说有我在，邓通怎么可能穷呢？于是把蜀地的一座铜矿山送给他，又让他自铸"邓氏钱"布天下，遂后邓通富甲天下。

被天上掉馅饼砸中的邓通，虽"悦主耳目，和主颜色，而获亲近"，却在无意中得罪太子刘启，结下怨仇。有次文帝身上长痈，邓通就常为文帝吸吮脓水；文帝问：天底下谁最爱我？邓通说当然是太子了。后太子来问病，文帝也让其吸脓水，太子勉强吸了、但面露难色。后太子得知邓通常给父皇吸痈，而且父皇让他吸痈又与邓通关联，就认定邓通是在离间父子，给他难堪，决意报复之。

前157年，文帝崩，太子刘启上台。他做的头一件事，就是罢免邓通。不久，又抓住邓通盗铸钱币的把柄，让姐姐馆陶公主来处置。公主则抄了邓家，财产充公，令邓通"一簪不得著身"，最后"竟不得名一钱，寄死人家"（《史记·佞幸列传》）。大富豪沦为穷光蛋，贫饿而亡，真给相面先生说中了。邓通就像一只宠物犬，在文帝手下恩宠无比，可文帝一死，他的好日子就到了头，活活为景帝整死。这不是主死狗烹么？

功臣也好，佞臣也罢，在君主眼里，他们都是狗，都是供自己役使的奴才，最终的运命，也总难逃被烹。恰如《老子》所云，"天地不仁，以万物为刍狗；圣人不仁，以百姓为刍狗。"臣民百姓的命运，全由君主来主宰，凶吉未卜，祸福难料。人治之患，就在它带有极大的随意性、不确定性；除了最高权力者自己，所有人都生活在战战兢兢的恐惧中，没有安全感。指不定什么时候，祸从天降，闹得妻离子散，家破人亡。只有极个别大智者，如范蠡、张良之辈，功成身退，远离朝廷，浪迹江湖，方得以避免兔死狗烹，或主死狗烹。

2014 年 5 月 15 日

雾炮打中了什么

鲁迅说过："在中国要寻求滑稽，不可看所谓滑稽文，倒要看所谓正经事，但必须想一想。"（《准风月谈·"滑稽"例解》）时移世易，滑稽的"正经事"，仍在中国上演着。

近日在兰州的一个大广场上，展出了两台大炮，据说能将自来水雾化并喷射数百米高，从而降低空气中的粉尘和雾霾，因而被称为"雾炮"。

无独有偶。古城西安街头也出现了一种置于洒水车后面的巨大雾炮，据称同样具有降低大气中 PM2.5 浓度的功效。

我不是环保专家，对雾霾的形成和治理不甚了了；但凭着一点常识和良知，我不得不说，雾炮就是一种正经的大滑稽！用大炮打麻雀，就够滑稽；而以雾炮打粉尘颗粒和有害气体构成的雾霾，那就滑稽得可鄙。雾炮到底打中了什么？

打中了排污多多的重化工企业了吗？没有。就说兰州，重化工企业是这座城市的支柱产业，每天向空中排放的烟尘、有害气体，数量巨大而又长期不得治理；雾霾的源头纹丝不动，却用雾炮去轰击，不仅脱裤子放屁、多此一举，且有为污染企业遮丑、开脱之嫌。兰州登上国际"不宜居"城市黑榜，怪谁呢？

打中了那些挖土不止、尘土飞扬的建筑工地和拖运垃圾的渣土车了吗？没有。中国的城市几乎个个都是大工地，老城区、棚户区拆迁，房地产开发，热浪滚滚，但建设工地管理不当，不讲清洁作业，任由尘土翻滚、垃圾满地；不阻断粉尘污染源，而用雾炮去打粉尘，至多不过是扬汤止沸，做些无用功罢了。

打中了屁股突突冒烟的大客车、大卡车、小轿车了吗？也没有。多年来，城市的汽车投放量呈狂飙突进态势，居民的买车欲望被吊得高高的，以致汽车尾气排放成了雾霾的成因之一。现在倒好，雾炮声声，与汽笛声汇成交响乐，如此治污，太搞笑。

兰州、西安的雾炮面世之后，遭到网友吐槽，大都责其"治标不治本"。这话自然不错。但依我看，它是连治标都算不上的。因为事实俱在，雾炮打出的水珠、水汽，并没有消灭天空中的粉尘和有害气体，它只能稀释 MP2.5 粉尘颗粒，最终仍要降落到城市的地面上！太阳一晒，落到地面的粉尘又会随风飞舞，飘到空中；再说，大西北本就干旱缺水，用几门雾炮应对漫天灰霾，犹杯水车薪、无济于事，可置众多雾炮，又不知要耗费多少自来水，反加剧了水资源危机。故而也就宣告了此路不通。

治理雾霾，还城市天空以碧蓝，让广大城市居民呼吸上干净、清新的空气，事关民生大计，马虎、草率不得。政府、企业、居民，应各尽其职，各显其能，做好这项惠民工程。可叹如鲁迅所说，我们太不认真，"中国的事情往往是招牌一挂就算成功了"（《集外集拾遗·今春的两种感想》）。挂一块环保招牌，造几门雾炮，都容易，但问题仍在，雾霾天越来越多。城市的大气污染治理工作刚刚起步，成效甚微，老百姓很不满意。政府和环保部门，别再玩花拳绣腿的雾炮之类滑稽戏，多在控制污染源，如严令重化工企业减排，让废气排放达标，把大小工地的清洁作业监管好，发展公共交通、减缓汽车投放等方面，开展扎实工作，以期雾霾治理初见成效。依法治污，下决心，动真格，庶几雾霾可望消退。

"正经"的滑稽戏，不容再演！

2014 年 5 月 17 日

（载 2014 年 5 月 27 日《联谊报》）

鲁迅谈国学

　　国学，辞书说犹言国故、国粹，指本国故有的学术文化。有数千年文明史之中国，其国学囊括诸子百家，经史典籍，可谓汗牛充栋，浩如烟海。五四以来，国学热潮涨潮落，从未消停，延续到新的 21 世纪。该怎样看待国学和国学热？鲁迅为我们展示了独特的视角，提供了有益的鉴戒。

　　学贯中西的鲁迅，国学根底不薄。他对国学的整理、研究也用力不少，如辑录《古小说钩沉》、《唐宋传奇集》、《小说旧闻抄》等。特别是他历时 11 年，三遍抄写、四次校勘而成的《嵇康集》，堪称迄今最好的善本。鲁迅晚年曾打算编著一部中国文学史，惜未能如愿，但像许广平的《欣慰的纪念》所说，"国学方面的参考资料如《四部丛刊》正续编，《二十五史》等书的购置，在他逝世前后，还是不断地送到"。而他 20 年代所著的《汉文学史纲要》、《中国小说史略》，批判地继承、发展了中国古典文学遗产，为弘扬国学、创造新文化作出了不可磨灭的贡献。从这些来看，鲁迅当得起国学家的徽号。但从整体上说，对于国学，鲁迅贬抑多于颂扬。尤其对执政当局提倡的尊孔读经教育，以及所谓"国学家"的文化复古主张，鲁迅作了不调和的"韧"的战斗！坚定地站在人民的进步的立场上的鲁迅，直击现实，推陈出新，成就了他的中国文化革命闯将的历史和文化地位。

　　鲁迅谈国学，其鲜明特征有二。

　　一是，他对国学的腐朽、落后本质，洞若观火，尤为深刻。鲁迅认为，中国传统的学术文化，即国学主干、代表的孔学儒家文化，它作为几千年皇权时代的统治思想和主流意识形态，必须唾弃之、批判之。对此国学的核心内容，他评判说：

　　"中国十三经二十五史，正是酋长祭师们一心崇奉的治国平天下的谱。"（《热风·随感录四十二》）

　　"中国的文明，就是这样破坏了修补，破坏了又修补的疲乏伤残可怜的东西。"（《华盖集续编·记谈话》）

　　"孔夫子之在中国，是权势者们捧起来的"，"孔夫子曾经计划过出色的治国的方法，但那都是为了治民众者，即权势者设想的方法，为民众本身

的，却一点也没有。"（《且介亭杂文二集·在现代中国的孔夫子》）

由上可见，孔子实为权势者的"圣人"，国学霸主之儒家文化，衰败、破烂，其本质是反人民的，充当着统治者压迫、愚弄民众的工具。这就剥去了国学博大神秘的面纱，褪却其华丽神圣的光环。

二是，他对形形色色的"国学家"所鼓噪的"尊孔读经"、"整理国故"、"复兴国学"的论调，无情抨击，入木三分。

在鲁迅看来，有两类国学家，一类是真心研究国学的，如他的老师章太炎、清华教授王国维等，"要谈国学，那（指罗振玉、王国维合撰的《流沙坠简》）才可以算一种研究国学的书。开首有一篇长序，是王国维先生做的，要谈国学，他才可以算一个研究国学的人物。"（《热风·不懂的音译》）对这类真国学家，鲁迅心怀敬意，十分尊重。另一类是打引号的所谓"国学家"，他们只知国学的皮毛，有的甚至狗屁不通，却打着"国学"的旗子，诋毁新文化运动，嘲笑写白话文的进步作家、青年学生，企图把人们拉回到复古倒退的老路上去。对这些冒牌"国学家"，鲁迅嬉笑怒骂，挖苦讽刺，使之无可遁形。例如：

以吴宓、梅光迪为中坚的《学衡》派，在五四之后掀起一股文化复古风。鲁迅迎头痛击，指斥他们是一伙"大小昏虫"；他们拼命抬高孔孟之道，实为"科学的死对头"（《华盖集·补白》）。他们以折中、调和的姿态登场，"上午'声光化电'，下午'子曰诗云'"（《热风·随感录四十八》），一副不偏不倚的样子，但骨子里仍是，"中学为体西学用，不薄今人爱古人。"（《华盖集·论辩的魂灵》）鲁迅还写《估〈学衡〉》一文，对"几个假古董所放的假毫光"，挥笔解剖，挑错指谬。

《学衡》"弁言"说，"杂志迄例弁以宣言"，宣言即布告，但"弁"者本为周人头顶之瓜皮小帽，故"弁言"，"就是序，异于'杂志迄例'的宣言，并为一谈太汗漫了。"原来《学衡》派连序言和宣言都未弄明白。

其《国学摭谭》云，"虽三皇寥廓而无极，五帝搢绅先生难言之。"人能"寥廓"，"已属奇闻"；而太史公的"搢绅先生难言之"者，实指"百家言黄帝"，而并非指五帝，且《史记》中《五帝本纪》赫然在焉，"又何尝'难言之'"，莫非汉朝史官的司马迁成了"下等社会中人么?"他们太没有历史常识，胡言乱语，令人喷饭。

所以鲁迅说，《学衡》派"诸公虽然张皇国学，笔下却未免欠亨，不能自了，何以'衡'人"。"'衡'了一顿，仅仅'衡'出了自己的铢两来，于新文化无伤，于国粹也差得远。"鲁迅就这样以其人之道还治其人之身，揭示了所谓"国学家"的浅薄，昏乱。

1922 年之后，上海冒出所谓"国学家"。如鲁迅所说，"不知怎的那时忽而有许多人都自命为国学家了。"（《热风·题记》）对他们，鲁迅同样毫不留情，揭破其唬人的假面，曝其"昏愚"的丑态。

　　譬如，一些"租界上的'国学家'"，一面指责做白话文的青年没有看过古书，一面又用故作高深的"国学"来震慑青年。《时报》的一篇《文字感想》文章有这么一段："新学家薄国学为不足道故为钩辀格磔之文以震其艰深也一读之欲呕再读之昏昏睡去矣。"鲁迅信手拈来，指出："钩辀格磔"是古人用来形容鹧鸪的啼声，可"国学家"却说，是鹧鸪叫得"艰深"了，"闻鹧鸪啼而呕者，世固无之"，"呕吐的原因决不在乎别人文章的'艰深'，是在乎自己的身体里的，大约因为'国学'积蓄得太多，笔不及写，所以涌出来了罢。"而且，"以震其艰深也"的"震"字，从"国学的门外汉看来也不通"；"国学国学，新学家既'薄为不足道'，国学家又道而不能亨，你真要道尽途穷了。"（《热风·"以震其艰深"》）租界里的"国学家"，倒真的要催人作呕呢。

　　鲁迅对十里洋场的"国学"又作了真切的透视。他们的"国学"不外乎两件东西，"一是商人遗老们翻印了几十部旧书赚钱，二是洋场上的文豪又做了几篇鸳鸯蝴蝶体小说出版"。可是，"出于上海的所谓'国学家'"之手的"国学"书，居然"错字迭出，破句连篇（用的并不是新式圈点），简直是拿少年来开玩笑。"至于把鸳鸯蝴蝶派的小说当作"国学"，更是牛头不对马嘴，鸳蝶派小说家"自己也并不以'国学家'自命的"，自作多情，岂不可悲！然而，这就是"他们之所谓'国学'"（《热风·所谓"国学"》）。上海的"国学家"，"暴发"得很猛，其实一团糟。

　　执着捍卫五四新文化运动成果的鲁迅，在其晚年仍不放松对所谓"国学"、"国学家"的批评。当一些人高声颂扬《四库全书》珍本的时候，鲁迅一针见血地指明，《四库全书》珍本的好处何在？就"因为这可以做摆饰，……供在客厅上"，用它来装点自家的门面（《准风月谈·四库全书珍本》）。而当一些"考官"在报章上大讲中学生考卷瞎写、乱做笑话的时候，鲁迅又站出来说公道话，他说，抓住青年人的毛病不放，加以嘲笑，实际上助长了不良倾向，"使文人学士大叹国学之衰落，青年之不行，好像惟有他们是文林中的硕果似的，象煞有介事了"（《花边文学·考场三丑》）。可以说，鲁迅为反对旧国学、倡导新文化，斗争到了生命的最后。

　　说到国学，不能不提及鲁迅与胡适围绕"整理国故"的争论。因倡导白话文而暴得大名的胡适，在五四之后却与同道中人的鲁迅产生分歧，进而分道扬镳。分歧的焦点在于，是让青年学生一头钻进故纸堆，去"整理国故"，或"踱进研究室"，一心做学问，还是让他们投身于爱国救亡的革命斗争，关心民族的命运，推动社会的进步？

主张不谈政治、走和平的渐进的改良道路的胡适，自然倾向于青年学生要好好读书，不要去参与社会上的政治运动。他特意给青年开列了一张近200百部的"一个最低限度的国学书目"；他自己也在"整理国故"的旗号下，从事中国古典小说的一系列"考证"、"研究"，完成了"几十万字的小说考证"著作，以推广其"实验主义"的治学方法。

鲁迅则与向青年推荐"国学书目"的胡适相反。1925年初，鲁迅在答《京报副刊》关于"青年必读书"问时，交了白卷，并说"从来没有留心过，所以现在说不出"。他还在"附注"中提出，"我以为要少——或者竟不——看中国书，多看外国书。"因为少看或不看中国书，无非是"不能作文而已"，"但现在的青年最要紧的是'行'，不是'言'。只要是活人，不能作文算什么大不了的事"（《华盖集·青年必读书》）。

鲁、胡二人，针锋相对。可鲁迅的伟大与深刻，不只在挑明青年人读死书、啃国学的错误，尤其在他揭露了"整理国故"、"复兴国学"对国家前途、民族命运的危害。他说，"若拿了这面旗子来号召，那就是要中国永远与世隔绝了。倘以为大家非如此不可，那更是荒谬绝伦！"（《坟·未有天才之前》）后又斥责"国学家的崇奉国粹"（《坟·灯下漫笔》），鼓吹"整理国故"的"老调子"别有用心，"是要中国人永远做侍奉主子的材料，苦下去，苦下去。"（《集外集拾遗·老调子已经唱完》）

从鲁迅谈国学，似可得出几个要点。第一，国学、国粹之中国传统文化，已然落后、衰败，它拯救不了国家和人民，尊孔复古，没有出路；第二，国学既不应全盘继承，也不该"放一把火烧光"，而要批判地继承，"弃去蹄毛，留其精粹"（《且介亭杂文·论"旧形式的采用"》），在扬弃中创造新文化；第三，既要尊重真国学家的劳作，又要警惕伪"国学家"的浑水摸鱼，以售其奸；第四，新旧文化的碰撞，往往反映着现实的进步与保守、改革与反改革的两条路线之争；有志于救亡图存的人们须顺应现代化、全球化，按文化发展的规律行事："文化的改革如长江大河的流行，无法遏止，……回复故道的事是没有的，一定有迁移；维持现状的事也是没有的，一定有改变。有百利而无一弊的事也是没有的，只可权大小。"（《且介亭杂文二集·从"别字"说开去》）

观照当今，鲁迅的话还是那么振聋发聩，富有鲜活的生命张力！

2014年5月19～20日

胡适是尊孔复古派吗

名人身后是非多。胡适亦然，从上世纪70年代迄今，他头顶的帽子就又多又重。其中一个叫"新尊孔复古派"。之所以冠上"新"，一来，有别于五四前的老尊孔复古派；二则因其是中国新文化运动的领军人物，但后向右转，坠入尊孔复古泥淖，带些嘲笑味。

那么，胡适果真是尊孔复古派吗？

指胡适尊孔复古，依据大抵有二。其一，1923年前后，胡适曾为青年学子开过"最低限度的国学书目"，且倡言"整理国故"；其二，他作于1934年、并于1936年再版的长篇论文《说儒》，称孔子为春秋战国时代学术文化"最伟大的代表者"，推崇孔子"周而不比"、"群而不党"、"有教无类"之学说，谓孔子贡献了"博大的'择善'的新精神"。我阅读浅仄，所见贬胡适尊孔复古的资料仅有：

人民出版社1974年1月出版的北大、清华两校编写的"批林批孔材料"——《五四以来反动派、地主资产阶级学者尊孔复古言论辑录》，其中五四运动前后、第二次国内革命战争时期两部分，均列举了胡适言论。胡适被打入尊孔复古派之"另册"。

同年10月，人民出版社《学点历史》丛书之《鲁迅杂文的社会历史背景》，有一节标题为"愤怒抨击以资产阶级右翼知识分子胡适为代表的新尊孔复古派"。指其《说儒》，"积极吹捧'孔子的伟大贡献'，为国民党反动派的尊孔复古活动提供理论依据"。胡适的"新尊孔复占派"恶名，由之尘埃落定。

陕西人民出版社1979年4月出版吴云的《"鲁迅论文艺遗产"浅探》，斥胡适为"帝国主义与封建主义的双料的孝子贤孙"，以"复古主义的态度"对待旧文化，"跳出来""提倡'整理国故'"，"实际上是反对马克思主义的传播，反对青年们学习马克思主义"。并以胡适不要"被马克思，列宁，斯大林牵着鼻子走"一语佐证。

平心而论，单凭上述两条证据，就把胡适打成尊孔复古派，有失偏颇，甚至可说是莫大的冤枉和诬陷。因为，虽然在政治思想上，五四之后的胡适发生右倾、不赞成马克思主义的暴力革命论，而认同"好政府主义"，但在文化观念、特别是对待孔学儒家问题上，胡适革新旧文化、反对尊孔复古的立场，一以贯之。白纸黑字，历历在目。

例如关于"整理国故"。胡适作于1920年11月底的《介绍我自己的思想》说，他有关"整理国故的文字"，其实是说"历史考证的方法"，要点有三：第一，用历史的眼光来扩大研究的范围；第二，用系统的整理来部勒研究的资料；第三，用比较的研究来帮助材料的整理与解释。其目的，在"要读者学得一点科学精神，一点科学态度，一点科学方法"——"寻求事实，寻求真理"，"撇开成见，搁起感情"，"大胆的假设，小心的求证"。有一分证据说一分话，不可先入为主，主观武断，妄下定论。常被用来当作胡适反马克思主义"罪状"的那句话，"被马克思，列宁，斯大林牵着鼻子走，也算不得好汉"，固然表明胡适的思想倾向，但更重要的，是他坚持"实证主义"，"不受人惑"的治学态度和方法；而且，包括马列主义在内的任何理论，在胡适看来，都是研究问题的一种方法，而不是金科玉律的教条。他的这个观点，说不上有多大的错误。马、列不也正是这样看待自己的学说和理论么？尤为关键的是，在"被马克思，列宁，斯大林牵着鼻子走，也算不得好汉"一语的前边，还有另外半句："被孔丘，朱熹牵着鼻子走固然不算高明"。退一步说，就算胡适此语有贬损马列之意，那么他同时也是反对尊孔崇儒的复古倾向的。事实上，胡适是既反对偶像化孔子、又反对偶像化马列，我们为什么只提后半句、不顾前半句呢？据此指斥胡适尊孔复古，与事实不符，与情理不通！

又如在作《说儒》论文的同年，胡适曾有《写在孔子诞辰纪念之后》一文，对国民政府的祭孔大典作了辛辣批评。他指出，当局搞尊孔复古，"曾何补于当时的惨酷的社会，贪污的政治？"胡适肯定五四"打倒孔家店"，对国家、教育、家庭、社会风俗等变革的历史进步的推动作用，又强调说，解决社会现实问题，"孔圣人是无法帮忙的；开倒车也决不能引你们回到那个本来就不存在的'美德造成的黄金世界'的！"给当政的尊孔复古派以当头棒喝。

1935年初，萨孟武、何炳松等10位教授发表《中国本位的文化建设宣言》，刮起了一股复古思潮。又是胡适，迅速回应，指出这个宣言"正是今日一股反动空气的一种最时髦的表现"，"无一句不可以用来"替尊孔复古的"何键，陈济棠诸公作有力的辩护"。他剖析文化"中国本位"的错误，实质上仍是"中体西用"论的转世还魂，其结果是，"思想的内容与形式，从读经祀孔，国术国医，到满街的性史，满墙的春药，……何处不是'中国的特征'?"信奉全盘西化，即"充分世界化"的胡适，深知中国旧文化的惰性大得可怕，故须借"世界文化和它背后的精神文明"的"朝气锐气来打掉一点我们的老文化的惰性和暮气"；"如果我们的老文化里真有无价之宝，禁得起外来势力的洗涤冲击的，那一部分不可磨灭的文化将来自然因这一番科学文化的淘洗而格外发挥光大"（《浅评所谓"中国本位的文化建设"》）。胡适并不像现在有人说的，"跟红卫兵没什么两样"、要对造成20世纪中国文化的断裂负责；他没有跌入文化虚无主义，他是要用外来文化洗刷中国的旧文化，中、西交融，土、洋激荡，进而创造新文化。这个不封闭、不僵化，采取包容大度的"拿来主义"，让中华文明融入世界文明发展潮流的进步理念，能与尊孔复古同日而语吗？

罔顾事实，好贴阶级标签，又不顾及全人全文，只是摘取一言半语，便抓辫子、戴帽子、打棍子，这便是极"左"年代里的所谓"革命大批判"。胡适那顶"尊孔复古派"的帽子，不就是这样罗织而成的么？现在，该是到了拨乱反正，还胡适以一个公道的时候了！

2014 年 6 月 3 日

武大打猫（故事新编）

昔有武松打虎，今有武大打猫。

且说武松病殁于杭州六和塔后，一缕英魂，飘飘荡荡，直奔地府，与仍在阴谷县城卖炊饼的兄嫂比邻而居。所不同者，功名在身的他享着离休高干待遇，不时地跟林冲、吴用、李逵等一干生前好兄弟，交往聚首，谈古说今，日子过得倒也逍遥自在。那武大有了这些兄弟做靠山，也不再似从前一般的卑怯、委琐了。

一日，卖完炊饼，武大被几个小商贩拉进酒肆，喝了三碗女儿红；醉醺醺地回家，踱进厨房，忽见有只毛茸茸的花猫，躲在墙角喵唔喵唔地吃着东西。定睛一瞧，糟糕！原来是昨晚从渔船上买来的黄河鲤鱼，预备端午节那天请自家兄弟时做道大菜的，却让这偷腥的馋猫糟蹋得只剩下半拉子骨架。气不打一处来的武大，操起做炊饼的擀面杖，兜头盖脑地痛打下去。不消片刻，花猫在杖下咽了气。

酒劲上涌、情绪冲动的武大，拎起那只死猫，窜出门去，顺着大街边跑边嚷嚷，"俺武大也打了只大虫啦！"引得过街路人都来看热闹，有说武大醉的，有说武大疯的，叽叽喳喳，莫衷一是。恰好这幕被在不远处卖水果的郓哥看到，他拽住胳膊、拉武大进了王干娘新开张的"天上人间"茶楼；无巧不成书，这天武松正在此与几个兄弟小聚，喝茶休闲，见这情形，立马大步流星跑过来，一把夺过武大手中的死猫，甩出八丈远，又啐一句："活丢人！"再强将他摁在凳子上坐下，吩咐店小二，"快弄碗醒酒汤来给俺兄长解酒"。

喝下醒酒汤，醉意消去一大半，可武大还不大服气。他说："猫虎同科，本就是一家子嘛。俺打猫，不等于是打虎么？前几日《历城报》登的名家文章也说，每只'苍蝇'都可能变成'老虎'；那猫就更容易变成虎啦！"

"苍蝇都能变老虎？"刁滑的王婆揶揄说，"今儿早上老身在灶头捏死两只蟑螂，它可比苍蝇大多了，那老身也就是除了两只白额吊睛大虫哩！"

"呸，没让你老虔婆来嚼舌根！"武大回应道。闷头喝茶的何九叔插话说，"武大你少啰唆。在咱这地面上，打虎英雄就数武二兄弟一个。他不但打了景阳冈的老虎，而且杀了西门庆、蒋门神、张都监等官场'老虎'，岂是你大郎比得的！"

豹子头林冲接过话头，"我不信每只'苍蝇'都能变成'老虎'的屁话！官场'老虎'不是阿狗阿猫随便充数的。它得有条件，一是贪得多，不上亿不够格；二是职位高，梁中书那样的贪官，我看才勉强凑合。被武松兄弟打死的西门庆、蒋门神，不过是黑社会的混混，张都监那厮也就是个警备司令，只能算条'狼'，甚至是只'黄鼠狼'。这倒不是驳武松兄弟的面子；有人说咱大宋一下子打趴下了二十几只'大老虎'，实为夸夸之谈，连'大老虎'在哪里都没搞清楚。'大老虎'藏在汴京城里，像蔡京、童贯、高俅们，才够得上'大老虎'嘛。除奸反腐可曾伤了他们一根毫毛？'苍蝇'好打，打'老虎'嘛，我不乐观。"

"林教头到底是京官出身，见高识远，小弟佩服！"智多星吴用摇着鹅毛扇说，"汴京城里的'大老虎'，依旧老虎屁股摸不得，这怪不得开封府的铁面包拯。赵官家不开腔，谁敢去捋虎须？蔡、童、高之辈'大老虎'，官家还宠着、罩着呢！倘论腐败，哪个比得了道君皇上？'大老虎'满世界搜刮，珍奇玩好大半贡奉给了官家。武松兄弟敢到汴京去打'虎'么？"

黑旋风李逵听罢，眼冒火星，一掌击得桌上的茶壶、茶盅叮当作响。"俺早瞧那皇帝老儿不是个好鸟！捞珍宝，玩女人，害忠良，坏事干了一箩筐。霸占着几千个美女还不满足，又挖地道、跟名妓李师师勾勾搭搭，当了嫖客。可恼李师师这娼妇，仗着后台硬，在东京城里开当铺，卖官爵，还圈了一大片地皮，做起房地产生意，听说上了什么'福布斯榜'。宋大哥要招安那阵子，想让她去吹枕头风，光元宝、珍珠就塞了两麻袋。她也算得上吃人不吐骨头的'母老虎'哩。依俺铁牛的性子，早就想把这些'大老虎'劈作两片！"

"嘘！莫谈国事。"王婆上前作揖说，"隔墙有耳。请诸位好汉喝茶，好好喝茶，老婆子拜托了！"牛脾气的李逵不买账，拔出腰间的大板斧，高高扬起，"他皇帝老儿干得丑事，俺们说几句都不行，天下哪来这等便宜事！"作势要砍那王婆。吓得王婆心惊胆战，膝颤着趔到柜台边去了。

武大见状，哈哈大笑："铁牛兄弟真仗义，替俺出了腌臢气！"话音未落，门外来了花枝招展的潘金莲，"好你个三寸丁，灌了泡马尿，就充打虎英雄"，她一手扯着武大的耳朵说，"还不快回屋，做你的饮饼去！"武大则小声哀求，"娘子松手，娘子松手"。只见那小郓哥，调皮地唱着："武大郎，怕婆娘……"

2014 年 6 月 5 日

457

"世界老大"， 咱做过么

5月28日，奥巴马总统在西点军校毕业典礼上演说称，美国还要领导世界100年。一副"世界老大"、舍我其谁的架势。未几，中国外交部发言人秦刚在新闻发布会上对此作出评论，他说，美国梦想领导世界，还要搞100年；在历史上中国可是真做过"世界老大"的，而且还不止100年，我们倒可以给他提供些做"老大"的经验。话颇风趣，也带点揶揄、嘲讽，赢得了满堂彩。

我也不赞成奥巴马之说，它霸权味太重。且未来百年的世界会发生些什么，谁也说不准；除非是未卜先知的刘伯温。但是，秦先生的话，虽听来舒服，却经不住推敲。"世界老大"，咱中国什么时候做过，而且还不止100年？我真有些丈二和尚、摸不着头脑。

较真而论，"世界老大"至今只有两个。一个是英国，它凭借工业革命威力，在19世纪初成为"日不落帝国"；另一个就是美国，它籍两次世界大战之利，由工业化迈向知识化、信息化，做了20世纪迄今的唯一"超级大国"。能称"世界老大"的，不仅GDP量大，还须有超强的军事、科技、思想、文化等综合实力，才足以引领、影响全世界。在近代资本主义崛起之前，一无商品、资本的输出，二无技术、文化的创新，任何强国都不可能做主导全球的"世界老大"。由此，也就发现了所谓中国做过"世界老大"说的破绽。

不止百年的"老大"中国，指的哪朝哪代？是张骞通西域的大汉，有丝绸之路的大唐，还是郑和下西洋的明永乐朝，抑或是国人最引以为豪的大清康乾盛世？无可讳言的事实是，中国长期徘徊在自给自足的农耕社会。鼎盛的汉、唐、明、清时期，开疆拓土，对外交往，但主要足迹均未迈出过亚洲。也就是将周边的一些小国小邦，做了"藩篱"而已。这样的中国，尽管GDP总量曾占全球的40%，它也不配称"世界老大"。至于康乾盛世，它实行闭关锁国的"海禁"政策，与工业化、全球化的潮流背道而驰；以至后来江河日下，被西方列强的坚船利炮打得灰头土脸，只得以割地、赔款的屈辱外交来应付洋人。若说思想、文化，中国的孔子、儒家似乎红过一阵子，但它对世界的影响甚微，且在宋、元以后变得衰朽、腐败，死气沉沉。如鲁迅所说，"中国本不是发生新主义的地方，也没有容纳新主义的处所，即使偶然有些外来思想，也立刻变了颜色，而且许多论者反要以此自豪。"（《热风·随感录五十九"圣武"》）"世界老大"，能是这番面目!?

不过，从秦皇汉武到唐宗宋祖，连同朱棣、玄烨、弘历在内的众多"天子"，倒总以"天朝大国"自居的，以中原为"四夷之中"、"世界中心"。俨然井底之蛙，抬眼看天只有巴掌大！这怨不得他们，中国的科学不发达，不懂地球为何物呀。但在工业文明蓬勃于世，东西方各国被拉得愈来愈近之际，大清国主子的帝王及其臣民们，仍不知地球是方是圆，对蒸汽机、远洋轮一窍不通，不思变革进取而又端着"天朝"的臭架子，持"世界老大"的心态，那就颟顸、愚昧透了。他们多是些土得掉渣的"土人"。照鲁迅的说法，"自大与好古，也是土人的一个特性。"（《热风·随感录四十二》）秦刚先生说，中国做了不止百年的"世界老大"，该不会是沾染了"自大与好古"的习性吧？

说中国做过"世界老大"的，是倚老卖老的妄言；而说要给美国介绍做"世界老大"经验的，更是班门弄斧、热昏的扯淡！不说要想知道梨子的滋味就得亲口尝一尝么，你又不活在汉、唐、明、清，也不是大不列颠的遗老，凭什么去谈做"世界老大"的经验？妄自尊大，痴人说梦，本想讪笑他人，结果反落下话柄，为他人所笑。岂不哀哉！

"世界老大"不好当。咱也暂时当不了。先把中国的事情办好了再说。若有得罪之处，还请秦刚先生海涵。

2014 年 6 月 6 日

（载 2014 年 6 月 17 日《联谊报》）

欲说未休

说"老大"

广东省纪委日前出台规定，对领导干部，尤其是书记、市长等"一把手"，一律不准使用"老大"、"老板"的称呼，以免庸俗化，有损公仆形象。

此举用意甚好。然能否落到实处，尚须观察。理由简单，"老大"称呼所反映的，并非是纯粹的叫法；其背后，往往是"一言堂"，乃至是"一霸手"的严峻现实！旁人说了都不算，"老二"、"老三"也只能干瞪眼，唯"老大"马首是瞻耳。"老大"的养成，虽有个人的品性、作风因素，但最根本的，还在长期以来所通行的权力高度集中，什么都要"一把手"来拍板、定夺的体制、机制使然。权力过于集中的态势不变，凭发通知、不准叫"老大"，纵有小补，却无大用。

废弃"老大"称呼，须在分权制衡、铲除滋生"老大"的政治土壤方面用真功夫。

说"老师"

"小姐"蒙尘已久，近闻"女同学"一词也遭了殃。江苏盐城某官员的一段不雅视频曝光后，他自我澄清道，"我抱的是我女同学，不是什么小姐"。惹来众网友一番哄笑。

被毁的词汇远不止"小姐"、"女同学"，"老师"亦中招——虽不像"小姐"般带些龌龊的意淫。重庆卫视转播 NBA 比赛，邀前国手马健做解说嘉宾；可主持人对他口口声声"马老师"，"马健老师"。马健何曾做过教师？老夫不久前赴浦东开杂文会，媒体编辑、同道杂文人，也都一口一个"老师"招呼我。我哪来这么多学生？我没当过教师呀！当然，我更非年辈最尊的学者，"老师"之称岂不是给我戴高帽子？后向一位好友讨教，他说：现在"老师"掉价，随便叫，只是客套话耳。

"老师"一词成客套，泛于社会，实乃尊师重教的变味、异化。但我想，"老师"当正名，即复归于传道授业解惑之定位。乱叫"老师"，可以休矣。

说 "名片"

扬州华丽家居厂总经理姜某，因在"名片"上印了虚假的"家居木门鲁班奖"字样，遭客户投诉，所在工商分局以"涉嫌虚假宣传"，开出了江苏首张"名片罚单"。

国人皆知，"名片"，就是大明大白的骗，不会太较真。这回姜某由"名片"受罚，开了吹牛上税的先例。我颇欣慰，但又心有戚戚，搞"虚假宣传"的，何止一张"名片"？在荧屏上狂轰滥炸的"明星广告"，有几个是货真价实、不掺水分的？篮球明星姚明代言的"汤臣倍健鱼油软胶囊"，就被顾客冯长顺告上法庭，要求姚明负连带责任、为"虚假代言"作赔偿；法庭至今未作出回音，姚明也只当耳旁风。虚假的明星代言广告，依旧风头不减。监管部门为何不出手治理"虚假宣传"乱象？又该怎样去向渎职的相关部门追责、问责？

"名片"、"明星广告"，看来也不是"虚假宣传"的"七寸"。吹牛、撒谎、骗人的一池"混水"，深着呢！咱们距诚信社会，至少还有 3000 里。

说 "相关部门"

一座煤矿出了透水、死人事故，一家饭店出了食物中毒事件，在调查取证、问责处理的过程中，"相关部门"的身影，总是影影绰绰，神神秘秘，备受关注。可对受害的当事人及其亲属而言，最难找、最闹心的，恰恰是那个"相关部门"。

中国的"相关部门"，不但机构众多，而且职能交叉重叠。遇有好处、能捞油水的事，"相关部门"一拥而上，争着办；可碰到问题、出了事故，这些"相关部门"要么作壁上观，要么踢皮球，庸政懒政现象屡见不鲜。比如食物中毒事故发生后，你去找"相关"的工商"部门"，它说管不了，要去找食品安全"部门"；到了食品安全"部门"，它又说，还得去问"相关"的卫生、质检"部门"。兜了一大圈，说不定又回到工商"部门"。倘非媒体施压、"相关部门"的上级领导出面牵头、协调，它们是不肯卖力的。龙多不治水。"部门"越多，"相关"度越低，腾挪余地越大，权责不清，推诿、扯皮没个完。

打造"平安中国"，不治治那些拖拖拉拉、遮遮掩掩的"相关部门"，行吗？请别再让咱老百姓有事，求诉无门，走投无路！

2014 年 5 月 7 日

（载 2014 年 6 月 20 日《湘声报》）

鲁迅为许世瑛开书单

众所周知，鲁迅是反对青年读死书、死读书的。1925年初关于"青年必读书"的那场风波，因为鲁迅缴白卷，说了要少看或"不看中国书"的意见，而招致许多非议。有说周氏兄弟自己读了非常多的中国书，"偏不让人家读"的；也有说鲁迅太武断，"冤枉了中国书"的；更有如警官高等学校的柯柏森那样，指责鲁迅为"卖国"的。但鲁迅不为所动，不要青年去啃胡适开列的多达200部的"国学书目"，一头钻进"活埋庵"，耗费青春。

事实上，鲁迅也没有完全否认读中国书。要不要读中国书，尤其是所谓"国学"书，那得看具体对象，因人因时而异。1930年，在上海的鲁迅就给老友许寿裳之子许世瑛开列了一张书单，共计12部。其中有：王充的《论衡》，葛洪的《抱朴子外篇》，刘义庆的《世说新语》，王定保的《唐摭言》，计有功的《唐诗纪事》，辛文房的《唐才子传》，严万均的《全隋文》，丁福保的《全隋诗》，胡应麟的《少室山房笔丛》，吴荣光的《历代名人年谱》，以及清乾隆朝编的《四库全书简明目录》等。

这张书单，有史，有论，还有工具书，可称学习中国文学的基础，是青年人学习中国文学很好的入门指导。特别可贵的还在，鲁迅为有些书的阅读指明了要义、着眼点。如，从《论衡》见汉末的风俗迷信，由《抱朴子外篇》看晋末的社会状态，从《世说新语》见晋人清谈之状，由《唐摭言》观唐文人取科名之状态，等等。对工具书，鲁迅也提供了须留心的地方。如读《历代名人年谱》，因"其书为表格之式"，简捷明了，从中"可知名人一生中之社会大事"；但"作者所认为历史上的大事者，未必真是'大事'"，因此须参考日本三省堂出版的《模范最新世界年表》，互为对照，使学习者具备世界眼光。再如看《四库全书简明目录》，一方面要懂得，它是现存的较好的"书籍之批评"，另一方面，又须"注意其批评是'钦定'的"，代表清朝官方立场，带有历史的、时代的局限。不难看出，鲁迅开这份书单，很是用心，耗了不少脑筋。

鲁迅为什么要这样认真地开书单呢？倘以一言蔽之，曰：高情难却。他得向老朋友的恳请负责，也希望对老友儿子的学习有所助益。

许寿裳是鲁迅一生中最要好的朋友。他忠厚朴实，既是鲁迅同乡，又是幼年同窗，而且与鲁迅一起在国民政府教育部共事多年。双方过从甚密，交往不断，互视对方为同调知己。因此，当许寿裳请鲁迅给自己读清华大学中文系的儿子许世瑛开张必读书单，鲁迅是不能推托的；况且，鲁迅在多所大学开过文学课，讲过中国文学史，给他读中文的孩子作点读书指导，也算轻车熟路，得其所哉。

鲁迅之所以如此用心开书单，更出于"诲人不倦"的为师之道。这是因为，鲁迅曾是许世瑛的"开蒙先生"。1914 年 2 月 5 日，许世瑛 5 岁，许寿裳按照浙江乡风，要替儿子选一位品学兼优的老师做"开蒙先生"，便买了本《文字蒙求》，敦请鲁迅在教本封面上写下儿子姓名，希望能得到先生的真传。鲁迅当天的《日记》载，"上午季市将其大儿世瑛来开学。"据许寿裳回忆，那天鲁迅只教给他儿子认两个汉字，一个"天"字，一个"人"字。而这"两个字的含义实在广大得很，举凡一切现象（自然和人文），一切道德（天道和人道）都包括无遗了"。如今许世瑛上大学，读中国文学，作为"开蒙先生"和文学家的鲁迅，自然要悉心指导，以期他学有所成。给自己的学生开书单，不是天经地义么？

一张书单，显现着鲁迅真挚的朋友之情，师生之谊，还有严谨治学的拳拳之心。鲁迅 80 多年前开的这张书单，对于今读中文的大学生仍可做必读书吧？或者读通了这 12 部书，还可以当文学博士，乃至做半个"国学家"呢。

2014 年 6 月 9 日

（载 2014 年 7 月 8 日《联谊报》）

争宠吃权

　　女人好忌妒，爱争风吃醋。但看了红透荧屏的清宫大戏《甄嬛传》，我觉得，与其说她们在争风吃醋，倒不如说她们是争宠吃权。

　　有人说，自春秋战国以降，再没有百家争鸣，只有百家争宠。这话切中秦汉之制的肯綮。始皇帝确立"天下事无大小皆决于上"的统治铁律之后，皇权专制的权力至上主义就始终主宰着中国的社会；从皇宫、官场到民间、江湖，乃至黑社会，无一例外。百姓巴结官吏，下级讨好上级，百官、后妃更得一个个地献媚皇帝，其最终目的全为了争宠吃权。或给自己捞些好处，或踩着别人的肩膀往上爬。

　　试看雍正后宫，上自皇后、妃嫔，中至贵人、答应，连卑下的宫娥在内，她们千方百计地想要得到雍正帝的宠幸、宠爱，争宠倾轧，视若仇寇，不择手段，不也都为的份位、权势么？

　　争宠，须有资本、更须有技术。漂亮脸蛋，轻歌曼舞，床上功夫，能讨得一时恩宠，却难以长久固宠；唯有甄嬛那样，出自名门闺秀，具有天姿国色，知书达理而又善解圣意，还能为皇家传宗接代的顶级女人，才能克服重重艰难险阻，踏着竞争对手的死尸，在后宫权力角斗场上崭露头角，步步登高，一跃而为宠冠后宫的熹贵妃，获得协理六宫之大权，最终当了权倾朝野的皇太后。

　　吃醋？笑话！它酸酸的，有什么吃头。可吃权、大权在握，就大不一样。显赫的地位，绵绵的荣华富贵，应有尽有；父母兄弟，七姑八姨，整个家族都沾光，尊荣无比。吃权的滋味，美妙之极！

　　争宠吃权的，何止只是女人，男人也一样。甄远道、年羹尧之类文武大臣，哪个不是争宠吃权者？严忠济的一首元曲云，"宁可少活10年，休得一日无权"，真写尽了天下男人的嗜权癖。倘说《甄嬛传》有"戏说"成分，那么见诸史籍的两则笔记，盖可观照官场争宠的真相。

　　《曲洧旧闻》卷八载，宋徽宗赵佶召见蔡京，假惺惺地谈及裁减皇家费用开支问题，以求节约用度；蔡京赶忙拍马道，"普天下就贡奉皇上一人，恐怕不宜这样做吧！"得知这个消息的梁师成，立即将此密报宰相王黼，并

464

在第二天就设置"应奉司"，专事为徽宗皇帝采买物品，且由王黼总负责，结果奢靡铺张，远远超过了"花石纲"。

《老学庵笔记》卷十，有则关于蔡攸谄媚的小插曲。以淮康节度使拜相的蔡攸进京履任，宋徽宗赐宴接风，宴席上赵佶对他说了句"相公公相子"；因蔡攸之父蔡京为当朝太师，号称"公相"，徽宗的意思，在夸奖蔡相国是"公相"的儿子、家门荣耀。言多诙谐的蔡攸，张口就对了一句："人主主人翁。"其意分明，"人主"的皇上，才是俺蔡家父子的"主人翁"。马屁拍得响，徽宗很高兴。

蔡京父子，王黼、梁师成等朝廷重臣，对昏庸的徽宗皇帝，争宠唯恐不及。但他们吃的不是醋，而是要奉迎皇帝，把事权揽到自己手里，好去搜刮天下，借以自肥。为博得皇帝的恩宠，正史野史中的一些狗官，简直丧尽廉耻，诸如狗叫侍郎、洗鸟尚书、导淫翰林之类，不绝于书。只要能升官发财，他们争宠吃权，什么下三滥法子都使得出来。

皇权专制的祸害，把国人推向争宠吃权的渊薮，导致整个社会文化、伦理的黑洞化，虚伪和腐败弥漫，政治流氓、文化痞子、市井混混，联袂作恶，跋扈嚣张，乃至完全扭曲国人的灵魂、心理。百家争宠，蔚为大观矣。

世态炎凉，人情冷暖，古今相通乎？争宠吃权的老戏新剧，焉可长盛不衰！

2014 年 6 月 10 日

（载 2014 年 8 月 18 日《当代杂文》）

深居简出论

韩愈《送浮屠文畅师序》云，"夫兽深居而简出，惧物之为己害也。"可知深居简出，是一种出于自我保护的动物本能的兽道主义。

很不幸，由动物进化而来的人，也玩深居简出，似是延续了兽道主义。只不过，它与平民百姓无缘，多在某些人主身上强烈存在罢了。按明代学者李贽之说，首倡深居简出论的，就是那个指鹿为马的大宦官赵高——

公元前209年，陈涉揭竿起义，项梁、刘邦等纷纷举兵伐秦，天下大乱。矫诏篡位的秦二世胡亥，听信赵高谗言，诛杀大臣，闹得朝中鸡犬不宁，产生了不安全的恐惧，连入朝奏事的大臣都不想见面，唯恐生变。赵高乘机劝导胡亥说，"天子所以贵者，但以声闻，群臣莫得见其面也。陛下不如深拱禁中，与臣及侍中习法者视事，事来有以揆之。如此则大臣不敢奏疑事，天下称圣主矣。"荒唐的秦二世，从此"常居禁中，事皆决于高"。

李贽痛斥赵高之言为"放屁"，并说："深拱禁中始此。后世多蹈其覆辙，何也？"（《史纲评要·卷四后秦纪》）深居简出几成一种帝王病，就连打进金陵、做了"天王"的洪秀全，也天天在"小太阳城"的后宫厮混，不肯让众臣见他的天颜。人主好深居简出，除了安全，深层次的原因大抵有二：

一在，制造皇权的神秘感，彰显皇帝的天威。正如赵高所说，天子的尊贵，就在只闻其声、不见其人。这才像"圣主"的样子！皇帝如果跟群臣、百姓打成一片，让人觉得他是个平常人，没什么奇异之处，那就真的是"混同于普通老百姓"了。所以，深居简出，叫天下人不知所踪，摆出神龙见首不见尾的架势，神秘兮兮，捉摸不定，臣民们就生出畏惧感，敬奉之，膜拜之。"圣主"的皇威，由之"大树特树"！

又一，满足皇帝的享乐欲，而又不损害皇家形象。皇帝也是人，欲望多多，长生、享乐是他的不二主义。胡亥称帝后说，"人生世间，譬犹骋六骥过决隙。吾欲悉耳目之所好，穷心志之所乐，以终吾年寿，可乎？"赵高则顺水推舟，赞美"此贤主之所能行也。"于是，秦二世在深宫中大纵其欲，歌舞音乐，美食佳肴，倚红偎翠，斗鸡逐鹰，腐化堕落得一佛出世、二佛升天！贵为天子，深居简出，整天不干正经事，只求快活享乐。倘若天天上朝，总与众臣、百姓在一起，他哪有时间、机会去享乐，纵情声色犬马？再说，做那些淫乐丑事，被外人知晓，岂不大跌颜面，有损威仪？所以，唯有深居简出，才好让皇帝的后宫生活变作"最高机密"，籍以维护其光辉形象。

然而，皇帝深居简出的朝代，每每有权臣捣鬼，以致尾大不掉，皇权旁落。秦之赵高，唐之李林甫、杨国忠，宋之蔡京、童贯，明之严嵩、魏忠贤，太平天国之杨秀清、韦昌辉，他们都借帝王深居简出、怠于政事之机，填补权力真空，擅权网利，成了一人之下、万人之上的"九千岁"——距"万岁"只差一小步。可叹秦二世，践行赵高的深居简出论，快活没几年，反被赵高弑于望夷宫。他老爹打下的大秦江山，不久也毁于一旦。

家天下的皇权制度，注定只会有深居简出的兽道主义，以及少数人在宫闱中窃窃私语的密室政治。只有公天下的民主制度，方能有广泛的公民参与、群众路线和真正的人民当家作主，并彻底终结兽道主义。

不知我这番言说，可否解得 400 多年前李贽的"何也"之问。

2014 年 6 月 11 日

（载 2014 年 6 月 24 日《联谊报》）